# OS GRANDES SISTEMAS DO DIREITO CONTEMPORÂNEO

# OS GRANDES SISTEMAS DO DIREITO CONTEMPORÂNEO

René David

Tradução
HERMÍNIO A. CARVALHO

martins fontes

Publisher *Evandro Mendonça Martins Fontes*
Coordenação editorial *Vanessa Faleck*
Produção gráfica *Sidnei Simonelli*
Revisão da tradução e texto final *Gildo Sá Leitão Rios*
Revisão *Maria Regina Ribeiro Machado*
*Sandra Garcia Cortés*
*Andréa Vidal*
*Pamela Guimarães*

**Dados Internacionais de Catalogação na Publicação (CIP)**
**(Câmara Brasileira do Livro, SP, Brasil)**

David, René
Os grandes sistemas do direito contemporâneo / René David ; tradução Hermínio A. Carvalho. – 5ª ed. – São Paulo : Martins Fontes - selo Martins, 2014. – (Coleção justiça e direito)

Título original: Les grands systèmes de droit contemporains.
Bibliografia.
ISBN 978-85-8063-135-7

1. Direito comparado I. Título. II. Série.

14-02398 CDU-340.5

**Índice para catálogo sistemático:**
1. Direito comparado 340.5


***Martins Editora Livraria Ltda.***
*Av. Dr. Arnaldo, 2076*
*01255-000 São Paulo SP Brasil*
*Tel.: (11) 3116 0000*
*info@emartinsfontes.com.br*
*www.emartinsfontes.com.br*

# *Sumário*

*Introdução* .......... 1
Seção I – O direito comparado .......... 1
Seção II – Diversidade dos direitos contemporâneos .......... 19

PRIMEIRA PARTE

A FAMÍLIA ROMANO-GERMÂNICA

Título I – A FORMAÇÃO HISTÓRICA DO SISTEMA .......... 35
Capítulo I – O período do direito consuetudinário .......... 37
Seção I – O direito comum das universidades .......... 41
Seção II – Os direitos nacionais e regionais .......... 48
Capítulo II – O período do direito legislativo .......... 65
Capítulo III – A expansão além da Europa .......... 77

Título II – ESTRUTURA DOS DIREITOS .......... 83
Capítulo I – As divisões e os conceitos .......... 85
Capítulo II – A noção de regra de direito .......... 101

Título III – FONTES DO DIREITO .......... 111
Capítulo I – A lei .......... 119
Capítulo II – O costume .......... 143
Capitulo III – A jurisprudência .......... 147
Capítulo IV – A doutrina .......... 163
Capítulo V – Os princípios gerais .......... 167

SEGUNDA PARTE

## OS DIREITOS SOCIALISTAS


Título I – EVOLUÇÃO HISTÓRICA ... 179
Capítulo I – O direito tradicional ... 181
Seção I – O direito russo ... 182
Seção II – Outros países socialistas ... 188
Capítulo II – O marxismo-leninismo ... 191
Capítulo III – A nova ordem ... 205
Seção I – O direito soviético desde 1917 ... 205
§ 1º Do Estado burguês ao Estado socialista ... 207
§ 2º Do Estado socialista à sociedade comunista ... 213
Seção II – Outros países socialistas ... 222
Seção III – O princípio de legalidade socialista ... 235
§ 1º Alcance do princípio ... 235
§ 2º Garantias do princípio ... 242

Título II – FONTES DO DIREITO ... 253
Capítulo I – A lei ... 255
Seção I – União Soviética ... 255
Seção II – Outros países socialistas ... 271
Capítulo II – A jurisprudência ... 277
Seção I – União Soviética ... 277
§ 1º Organização judiciária ... 278
§ 2º Contencioso não judiciário ... 286
A) A arbitragem ... 287
B) O apelo às organizações sociais ... 294
§ 3º Função da jurisprudência ... 298
Seção II – Outros países socialistas ... 303
Capítulo III – O costume e as regras socialistas de vida em comum ... 313
Capítulo IV – A doutrina ... 317

Título III – ESTRUTURA DO DIREITO ... 323
Capítulo I – Divisões do direito ... 325

Capítulo II – Os conceitos jurídicos .......................... 335
Seção I – A propriedade .......................... 336
Seção II – Os contratos .......................... 341

TERCEIRA PARTE

## A *COMMON LAW*

Título I – O DIREITO INGLÊS .......................... 353
Capítulo I – História do direito inglês .......................... 355
Seção I – O período anglo-saxônico .......................... 356
Seção II – A formação da *common law* (1066-1485).. 357
Seção III – A rivalidade com a *equity* (1485-1832).. 370
Seção IV – O período moderno .......................... 377
Capítulo II – Estrutura do direito inglês .......................... 381
Seção I – Divisões e conceitos jurídicos .......................... 384
§ 1º *Common law* e *equity* .......................... 388
§ 2º O *trust* .......................... 397
§ 3º Processo e normas substantivas .......................... 403
Seção II – A regra do direito e a *legal rule* .......................... 408
Capítulo III – Fontes do direito inglês .......................... 415
Seção I – A jurisprudência .......................... 416
§ 1º A organização judiciária inglesa .......................... 416
§ 2º A regra do precedente .......................... 427
Seção II – A lei .......................... 433
Seção III – O costume .......................... 437
Seção IV – A doutrina e a razão .......................... 439
Seção V – Conclusão .......................... 441

Título II – O DIREITO DOS ESTADOS UNIDOS DA AMÉRICA .......................... 447
Capítulo I – História do direito dos Estados Unidos .. 449
Capítulo II – Estrutura do direito dos Estados Unidos... 459
Seção I – Direito federal e direito dos Estados .......................... 460
Seção II – Outras diferenças de estrutura .......................... 474
Capítulo III – Fontes do direito dos Estados Unidos..... 477

Seção I – A jurisprudência .................................... 477
§ 1º A organização judiciária.................. 478
§ 2º Os juristas americanos...................... 485
§ 3º A regra do *stare decisis* .................... 489
Seção II – A legislação (*Statute law*)...................... 494

QUARTA PARTE

## OUTRAS CONCEPÇÕES DA ORDEM SOCIAL E DO DIREITO

Título I – O DIREITO MUÇULMANO ........................ 511
Capítulo I – A base imutável do direito muçulmano .. 515
Capítulo II – A adaptação do direito muçulmano ao mundo moderno .................................... 525
Capítulo III – O direito dos países muçulmanos .......... 533

Título II – O DIREITO DA ÍNDIA .................................. 545
Capítulo I – O direito da comunidade hindu ............. 547
Capítulo II – O direito nacional da Índia ..................... 565

Título III – DIREITOS DO EXTREMO ORIENTE ........ 583
Capítulo I – O direito chinês ...................................... 585
Capítulo II – O direito japonês .................................... 603

Título IV – DIREITOS DA ÁFRICA E DE MADAGASCAR .................................................... 617
Capítulo I – A base consuetudinária .......................... 619
Capítulo II – O período da colonização ...................... 627
Seção I – O direito moderno ................................. 629
Seção II – O direito tradicional .............................. 633
Capítulo III – Os Estados independentes ..................... 639

ANEXO I

## INFORMAÇÃO BIBLIOGRÁFICA


Seção I – Guias bibliográficos ........................... 653
Seção II – Revistas de direito comparado ........... 654
Seção III – Obras de introdução ao direito comparado e aos direitos estrangeiros .......... 657
Seção IV – Enciclopédias de direito comparado. Coletâneas ........................................ 661
Seção V – Família romano-germânica ................ 664
Seção VI – Família dos direitos socialistas........... 669
Seção VII – Família da *common law*...................... 673
Seção VIII – Outras concepções da ordem social e do direito ........................................ 675
Seção IX – Unificação e harmonização do direito... 682


ANEXO II

## INFORMAÇÕES ÚTEIS


I – Centros de direito comparado................................ 683
II – Bibliotecas........................................................ 683
III – Cursos de direito comparado ................................ 685
a) Na França .......................................................... 685
b) Em outros países ................................................ 685
c) Bolsas de estudo................................................. 687

# *Prefácio*

*A formação tradicional, nas faculdades de Direito dos diferentes países, exige atualmente uma complementação. A interdependência das nações e a solidariedade que envolve todo o gênero humano são fatos evidentes no mundo contemporâneo. O mundo tornou-se um só. Não é mais possível isolarmo-nos dos homens que vivem em outros Estados e em outras partes do globo. Suas maneiras de ver e de agir, sua opulência ou miséria, condicionam nosso destino. O mundo atual impõe, tanto aos políticos quanto aos economistas e aos juristas, uma nova visão dos problemas que lhes dizem respeito.*

*Independentemente de qualquer preocupação acadêmica, as necessidades práticas exigem o conhecimento dos direitos estrangeiros. A movimentação das pessoas, das mercadorias, dos capitais tende, cada vez mais, a ignorar as fronteiras dos Estados. As relações internacionais ganharam, em todos os domínios, uma importância que aumenta a cada ano. A edificação de uma ordem jurídica que convenha a estas relações é uma tarefa que não pode ser realizada se as autoridades nacionais, com a falsa ideia de sua onipotência, ignoram o direito estrangeiro. A simples preocupação com a coexistência e, mais ainda, o estabelecimento da indispensável cooperação internacional, exigem que nos voltemos para os direitos estrangeiros.*

*Todas as faculdades de Direito francesas instituíram há alguns anos – às vezes com outro nome, que não expressa bem o seu conteúdo – um curso de introdução ao estudo dos grandes sistemas de Direito contemporâneos. O sucesso deste livro indica que correspondia a uma necessidade. Publicado em 1964, foi traduzido para o alemão, inglês, espanhol, finlandês, húngaro, italiano, português e russo.*

*Desde então teve sete edições por mim cuidadas, conservando o mesmo esquema e espírito, mas modificando sucessivamente diversos capítulos.*

*Tendo chegado à aposentadoria, renunciei à preparação de uma nova edição. O livro correspondeu a uma época; é necessário agora modernizá-lo. Julguei que alguém mais jovem o faria melhor. Camille Jauffret-Spinosi teve a gentileza de aceitar o encargo; eu lhe entrego com confiança e alegria meus* Grandes sistemas do direito contemporâneo, *esperando que no futuro ela faça mais do que atualizá-los.*

*O Direito comparado não é, não deve ser, o que era ainda há pouco tempo. Aplaudirei com entusiasmo tudo aquilo que nas edições futuras vier servir à divulgação e à difusão de um método que, mais que nunca, me parece fundamental da ciência do Direito.*

René DAVID

*Agradeço muito ao professor René David, que depois de me ter ensinado e feito amar o direito comparado me confiou o futuro* Grandes sistemas do direito contemporâneo. *Quero testemunhar-lhe a minha grande admiração e profundo reconhecimento.*

*A atualização desta obra tornou-se possível graças às preciosas informações que me foram fornecidas por diversos comparatistas franceses e estrangeiros. Quero agradecer sobretudo a B. Audit, P. Bourel, H. Lazrov, M. Lesage, H. Mattila, H. Safai, A. Sajo e T. Weir.*

Camille JAUFFRET-SPINOSI

# *Introdução*

**1. Plano.** O objeto desta introdução é duplo. Em primeiro lugar de traçar a história do direito comparado, mostrar-lhe o interesse e realçar as tarefas que se impõem, na nossa época, aos comparatistas. Em segundo, de expor como pode ser concebida uma obra relativa aos principais sistemas de direito, apesar da diversidade que caracteriza os direitos do mundo contemporâneo.

Seção I – O direito comparado.
Seção II – Diversidade dos direitos contemporâneos.

## SEÇÃO I – **O DIREITO COMPARADO**

**2. Desenvolvimento do direito comparado.** A comparação dos direitos, considerados na sua diversidade geográfica, é tão antiga como a própria ciência do direito. O estudo de 153 constituições que regeram cidades gregas ou bárbaras serviu de base ao Tratado que Aristóteles escreveu sobre a Política; Sólon, diz-se, procedeu do mesmo modo para estabelecer as leis de Atenas, e os decênviros, segundo a lenda, só conceberam a lei das XII Tábuas depois de uma pesquisa por eles levada a cabo nas cidades da Grande Grécia. Na Idade Média comparou-se direito romano e direito canônico, e o mesmo aconteceu na Inglaterra onde se discutiu, no século XVI, sobre os méritos comparados do direito canônico e da *common law.* A comparação dos costumes serviu, mais tarde, de base aos trabalhos daqueles que procuram conservar na França um direito comum consuetudinário, na Alemanha um *Deutsches Privatrecht.* Finalmente, Montesquieu esforçou-se, pela comparação, por penetrar no espírito das leis e descobrir os princípios de um bom sistema de governo.

Podem, portanto, ser evocados numerosos antigos precedentes; contudo, o desenvolvimento do direito comparado como ciência é um fenômeno recente no mundo. Há somente um século a importância dos estudos de direito comparado foi reconhecida, o método e os objetivos do direito comparado foram sistematicamente estudados, a própria expressão "direito comparado" foi acolhida e entrou em uso.

As razões que explicam o tardio desenvolvimento do direito comparado, como ciência, são fáceis de compreender. Durante séculos a ciência do direito entregou-se à descoberta dos princípios e soluções de um direito justo, conforme à vontade de Deus, à natureza e à razão humana. Ela estava dissociada dos direitos positivos. As investigações sobre os costumes interessavam a jurisprudência e os profissionais, as ordenanças dos príncipes interessavam os governos dos diversos países. Nem os costumes nem as ordenanças eram, entretanto, assunto que dissesse respeito àqueles que meditavam e escreviam sobre o direito. As universidades em particular os negligenciavam: tinha-se desprezo pela sua diversidade e sua barbárie e considerava-se, como mais nobre e mais favorável à formação dos estudantes, unicamente o ensino da verdadeira ciência do direito, o método pelo qual se poderiam, em todos os países, descobrir as soluções de justiça. Adquiria-se este método estudando direito romano e direito canônico, os quais apareciam, através das obras dos seus comentadores, como o direito comum do mundo civilizado, reduzido à cristandade segundo a ótica da época.

É necessário esperar pelo século XIX e pela destruição deste *jus commune* substituído por codificações nacionais, para que a noção de um direito de valor universal caia em descrédito e para que, em consequência desta "revolução cultural", a oportunidade, depois a necessidade levem, progressivamente, à comparação das diversas leis que as nações da Europa adotaram: leis sobre cujo estudo se fundamenta desde então o ensino das universidades. O desenvolvimento do direito comparado foi uma reação contra a nacionalização do direito que se produziu no século XIX. Por outro lado, tornou-se necessário e urgente devido à expansão sem precedentes que, na nossa época, tomaram as relações da vida internacional.

**3. Início do direito comparado. O seu interesse atual.** Os estudos de direito comparado tiveram, depois do começo do nosso século, um grande desenvolvimento. Considerado há um quarto de século ainda como um domínio reservado de alguns diletantes, o direito comparado veio a ser considerado, atualmente, como um elemento necessário de toda a ciência e a cultura jurídicas.

Os primórdios do direito comparado foram marcados por discussões tendentes à definição do seu objeto e sua natureza, a fixar o seu lugar entre as diferentes ciências, a caracterizar os seus métodos, e a determinar as suas possíveis aplicações e seus interesses. Foi discutido se o direito comparado devia ser considerado como um ramo autônomo da ciência do direito ou se, pelo contrário, ele não passava de um simples método, o método comparativo, aplicado à ciência jurídica; procurou-se atribuir ao direito comparado um domínio próprio, distinguindo-o da história comparativa do direito, da teoria geral do direito e da sociologia jurídica; procurou-se também determinar em que ramos do direito se podia obter proveito da comparação; colocou-se a questão de saber que direito era útil, oportuno ou mesmo permitido comparar entre si; chamou-se a atenção para os perigos que os juristas deviam evitar, quando se empenhassem nos estudos do direito comparado. Estas discussões constituem o fulcro das primeiras obras que apareceram nos diferentes países sobre o direito comparado, e foram estes problemas que estiveram na ordem do dia no primeiro Congresso Internacional do Direito Comparado, realizado em Paris em 1900; um eco tardio dessas discussões encontra-se ainda em certas obras de publicação recente.

É natural que estes problemas tenham sido colocados em primeiro plano logo que se impôs aos juristas o direito comparado; era inevitável que se interrogassem então sobre quem era este recém-chegado, como deveriam ser orientados os novos ensinamentos a serem dados, em que direções deveriam ser encaminhadas as investigações que iam ser feitas ao abrigo desta expressão. Estas discussões perderam grandemente a sua validade e já não é ocasião própria para nos demorarmos demasiado com isso, agora que o direito comparado ganhou sólidas raízes. O que importa hoje é realizar uma dupla tarefa: esclarecer, por um lado, para convencer os céticos, as diversas vantagens que apresenta para os juristas o direito comparado; habilitar, por outro, os que lhe atribuem importância a utilizarem, tendo em conta os diversos fins que lhes são próprios, os direitos estrangeiros.

As vantagens que o direito comparado oferece podem, sucintamente, ser colocadas em três planos. O direito comparado é útil nas investigações históricas ou filosóficas referentes ao direito; é útil para conhecer melhor e aperfeiçoar o nosso direito nacional; é, finalmente, útil para compreender os povos estrangeiros e estabelecer um melhor regime para as relações da vida internacional.

**4. História, filosofia e teoria geral do direito.** O direito comparado pode ser utilizado nas investigações relativas à história, à filosofia ou à teoria geral do direito.

É sob este aspecto que se reconheceu, no século XIX, a sua importância. Depois de Montesquieu, ao qual chamaram por vezes, não sem algum exagero, o pai do direito comparado, tornou-se moda, no século XIX, pintar vastos afrescos histórico-filosóficos, sobre a evolução do direito, dentro da perspectiva das ideias de progresso e evolução de que os espíritos de então estavam imbuídos. O direito dos povos mais diversos contribuiu para esquematizar os grandes quadros históricos, através dos quais se projeta o progresso da Humanidade; partindo dos costumes de tribos primitivas, chamadas a testemunhar as origens do direito, o jurista fica maravilhado ao contemplar o direito dos povos mais avançados na civilização moderna. Maine na Inglaterra, Kohler na Alemanha são os prestigiosos representantes desta geração; foi com este espírito que se criou em 1831, no Collège de France, a primeira cátedra de legislação comparada.

Hoje, a moda destas generalizações passou. A contribuição que o direito comparado pode dar às investigações de ordem histórica e filosófica continua, entretanto, indiscutível. Com a condição de se tomarem todas as precauções devidas, podem-se utilizar os dados fornecidos pela observação de certas tribos primitivas para tentar compreender as origens da noção de direito, ou para aprofundar o sentido de certas instituições ou regras dos direitos da Antiguidade. O antigo direito romano, o antigo direito germânico, o direito feudal foram, deste modo, mais bem entendidos em vários de seus aspectos pelo recurso ao direito comparado.

Trata-se de filosofia do direito? O direito comparado mostra-nos a variedade de concepções do direito. Ele nos põe em presença de sociedades nas quais se ignora a noção de direito; dá-nos a conhecer sociedades para as quais o direito é sinônimo de opressão e mesmo símbolo de injustiça, outras em que o direito está, pelo contrário, estreitamente ligado à religião e participa do caráter sagrado desta.

Uma história da filosofia do direito pode, sem dúvida, limitar-se a descrever os aspectos que se conservaram, quanto à natureza e à função do direito, num certo setor da humanidade. A própria filosofia, porém, postula o universalismo; não é necessário sublinhar a miséria e a estreiteza de uma filosofia do direito cujas bases fossem estabelecidas sobre a consideração apenas de um direito nacional. O direito comparado tem necessariamente um papel fundamental a desempenhar neste domínio. Também a teoria geral do direito se beneficia consideravelmente do estudo do direito comparado. A origem histórica das nossas classificações, o caráter relativo dos nossos conceitos, o condicionamento político ou social das nossas instituições, apenas nos são revelados com clareza, se para os estudarmos, nos colocamos fora do nosso próprio sistema de direito.

De que valem as nossas distinções de direito público e direito privado, de civil e de comercial, de direito imperativo e supletivo, de lei e regulamento, de direitos reais e de direitos de crédito, de móveis e imóveis? Aquele que apenas estudar o direito francês considera estas oposições naturais e é tentado a atribuir-lhes um caráter necessário. O direito comparado faz-nos ver que não são aceitas em toda parte, que podem estar em declínio ou mesmo ter sido abandonadas em certos países; mais que a sua origem, o direito comparado nos leva a nos interrogarmos sobre a sua justificação e o seu alcance reais no sistema do nosso direito nacional atual.

O mesmo sucede aos conceitos utilizados no nosso direito: também neste caso o direito comparado contribuiu para modificar a atitude que tende a atribuir a estes conceitos um caráter de necessidade, e que, em certas épocas ou em certos países, esteve pronta a sacrificar à sua coerência lógica os interesses que o direito, em última análise, está destinado a servir.

O mesmo se poderá dizer, ainda, das fontes do direito e dos métodos. A teoria geral, exposta pelos civilistas franceses, exalta a codificação e a lei; ela as apresenta como a forma mais apta e conveniente de exprimir as regras do direito num Estado democrático, limitando-se apenas a ver na jurisprudência e na doutrina órgãos que se destinam a aplicar ou a comentar a lei.

O direito comparado desvenda todo o exagero de preconceitos e de ficção que esta análise comporta; mostra-nos que outras nações, julgadas democráticas, aderiram a fórmulas muito diferentes, rejeitaram a codificação e opuseram-se a um alargamento, segundo elas perigoso para a democracia, da função da lei; revela-nos, por outro lado, que em outros Estados se consideram como falsamente democráticas as fórmulas cujos méritos afirmamos. O estabelecimento da verdade progride com estas reflexões.

**5. Melhor conhecimento e aperfeiçoamento do direito nacional.** O direito comparado é útil para um melhor conhecimento do nosso direito nacional e para seu aperfeiçoamento.

O legislador sempre utilizou, ele próprio, o direito comparado para realizar e aperfeiçoar a sua obra. Não foi por acaso que se falou, no século passado, de *legislação comparada.* A preocupação daqueles que criaram na França, em 1869, a Sociedade de Legislação Comparada, que englobava as universidades que criaram cadeiras de legislação comparada, foi estudar os novos códigos que vinham sendo publicados nos diversos países, com vista a verificar as variantes que comportavam em relação aos códigos franceses e sugerir ao legislador, em tais circunstâncias, certos retoques nestes últimos.

De fato, as mesmas circunstâncias criando necessidades e gerando sentimentos idênticos, o movimento legislativo tem seguido, em larga medida, as mesmas vias nos diversos países da Europa nos últimos cem anos. Quer se considere o direito comercial, penal, o direito do trabalho e da segurança social, ou mesmo o direito da família, o do processo e o direito administrativo, constata-se não apenas a existência de algumas grandes correntes que se assemelham, mas, mais concretamente, a concordância de numerosos desenvolvimentos legislativos; num período de vinte anos, de dez anos, ou mesmo inferior, a reforma que foi realizada num país e que aí provou o seu valor, é introduzida noutros países, com uma ou outra modificação, levando em conta circunstâncias especiais ou que visam aperfeiçoá-la ou integrá-la mais perfeitamente no direito desse novo país. O cheque inglês, a suspensão belga na execução das penas, a sociedade de responsabilidade limitada alemã, o regime sueco de participação nos lucros são apenas alguns exemplos, bem conhecidos, de instituições estrangeiras que serviram de modelo para a França.

O recurso pelo legislador à ajuda do direito comparado não pode deixar de se tornar, na nossa época, cada vez mais frequente, uma vez que se tende a deixar de o considerar como um mero instrumento de estabilização, passando-se a vê-lo como fator de transformações mais ou menos radicais da sociedade pela ação de novas leis. Basta que o leitor lance uma vista de olhos pela *Revue internationale de droit comparé*: aperceber-se-á, ao consultar a rubrica “atualidades e informações”, ou a das "Jornadas" organizadas pela Sociedade de Legislação Comparada, ou lendo as informações bibliográficas, como em todos os domínios os juristas procuram informar-se sobre as experiências realizadas em diversos países, para aí encontrarem, na maioria das vezes, a inspiração das ideias que proporão ao legislador do seu país[1].

Não só o legislador pode utilizar o direito comparado para aperfeiçoar o direito. Idêntica possibilidade está aberta à doutrina e à jurisprudência. A lei pode ter um caráter nacional; o direito jamais se identifica efetivamente com a lei. A ciência do direito tem, pela sua própria natureza de ciência, um caráter transnacional.

O que é editado, escrito, julgado em outro país, com a mesma estrutura e a mesma tradição do nosso, não é indiferente ao modo como o direito do nosso próprio país será explicado, interpretado e por vezes renovado, mesmo sem qualquer intervenção do legislador.

Neste campo, os exemplos podem ser múltiplos. É manifesto que as decisões do Tribunal de Cassação ou do Conselho de Estado determinaram frequentemente as orientações da jurisprudência em muitos países, em que se considerou o direito francês como um modelo; tal fato é ainda mais evidente quando se consideram os países de língua inglesa em que o direito é constituído essencialmente pela jurisprudência: as decisões proferidas pelos supremos tribunais da Inglaterra determinam muitas vezes o que os juízes têm de precisar no direito australiano ou canadense e, inversamente, certas decisões australianas ou canadenses são vistas, na Inglaterra, com uma autoridade quase igual àquela que teriam tido se tivessem sido proferidas com base no direito inglês, por um tribunal de justiça inglês. A doutrina francesa atualmente se interessa cada vez mais pelo direito

---

1. Os *mass media* contribuem para a popularidade do direito comparado, elogiando-nos a forma como o consumidor é protegido na Suécia, como a poluição é combatida nos Estados Unidos etc. Carbonnier, J. "A beau mentir qui vient de loin, ou le mythe du législateur étranger", in *Essais sur les lois* (1979), p. 191.

comparado, mas a jurisprudência o tem utilizado de forma muito restrita. Os juristas franceses podem, como os demais, aproveitar as experiências levadas a cabo no exterior: materiais úteis para realizar uma justiça melhor. O desenvolvimento dos estudos do direito comparado servirá a este fim; ele se situa dentro da linha de uma evolução que tende a promover, sobre todos os aspectos, uma melhor cooperação internacional.

**6. Compreensão internacional: direito internacional público.** O direito comparado é útil para compreender os povos estrangeiros e fornecer um melhor regime para as relações da vida internacional.

Este terceiro aspecto do direito comparado tornou-se talvez, na nossa época, o principal. Afeta, em primeiro lugar, o direito internacional público. As condições do mundo atual impõem uma total renovação deste; é necessário que se estabeleçam entre os Estados, além de uma simples coexistência pacífica, novas relações de cooperação nos planos técnicos, regionais ou mesmo mundiais[2]. Claro que estas relações não podem se estabelecer nem se desenvolver, como convém, na ignorância dos direitos que, nestes Estados, exprimem o sentimento do justo e regulam, de acordo com certos fins políticos, as estruturas dos diversos Estados[3]. Disciplinas de direito romano foram instituídas na Inglaterra pelo rei Henrique VIII, no século XVI, para contribuir para a formação dos diplomatas que representariam a Inglaterra nas relações com os países do continente europeu, onde o direito era fundado sobre a tradição romanista. Os nossos diplomatas, os negociadores dos tratados de comércio ou convenções internacionais de amanhã devem estar igualmente preparados para compreender o ponto de vista alheio e saber de que maneira e por que argumentos podem esperar convencer os seus interlocutores. Não estarão à altura

2. Friedmann, W., *The Changing Structure of International Law* (1964).

3. O Ato Constitutivo da UNESCO (art. 3º) preconiza o conhecimento e a compreensão mútua das nações pelo desenvolvimento, em escala universal, do estudo dos direitos estrangeiros e pela utilização do método comparativo.

da sua função se, nas negociações com os Estados Unidos da América, a União Soviética ou a China, apenas compreenderem um raciocínio à maneira francesa, e se falarem e agirem como o poderiam fazer com sucesso diante da opinião pública do seu país. Nas negociações com os Estados Unidos, é necessário saber alguma coisa do direito constitucional desse país: devem tomar-se em consideração, muito particularmente, as limitações que esse direito impõe aos poderes das autoridades federais. Para quem negocia com a União Soviética, é necessário compreender que seu interlocutor, vivendo numa sociedade organizada em moldes completamente diferentes dos nossos, coloca questões, experimenta dúvidas, entrevê obstáculos, numa palavra, raciocina de modo diferente do nosso. Nas conversações com um país do Extremo Oriente, é necessário ter em conta modos de pensamento que levam a conceber o direito e as relações internacionais de modo completamente diferente do ocidental. O direito comparado não é menos necessário se se pretendem estreitar os elos de cooperação entre diversos países e uni-los no seio de uma comunidade regional, como em certos Estados federais ou nas formações políticas e econômicas que se desenham na Europa e nos outros continentes.

Uma das fontes do direito internacional público, prevista pelo estatuto do Tribunal Internacional de Justiça, é constituída pelos "princípios gerais do direito, comuns às nações civilizadas"; a interpretação desta fórmula deve ser feita com base no direito comparado.

**7. Direito internacional privado.** O direito comparado, necessário ao desenvolvimento e ao emprego do direito internacional público, não tem uma função menor a desempenhar, quando se considera o direito internacional privado. Este se encontra atualmente num estado aflitivo. Consiste essencialmente nas regras de conflito, destinadas a determinar em cada Estado se as jurisdições nacionais serão competentes para conhecer tal relação de caráter internacional, e por qual direito nacional essa relação será regida. Essa maneira de considerar o problema seria satisfatória se se chegasse, nos diversos países, a soluções uniformes. Entretanto, conflitos de leis e conflitos de jurisdições são resolvidos em cada país sem preocupação com o que é decidido nos outros, daí resultando que as relações internacionais são submetidas, nos diversos países, a regimes diferentes. Duas consequências prejudiciais resultam deste fato: a imprevisibilidade das soluções e o risco de decisões contraditórias sobre um mesmo problema.

Uma das principais tarefas dos juristas da nossa época é terminar com esta anarquia; num mundo em que as relações internacionais tomam uma extensão e adquirem uma frequência crescente de ano para ano, importa conferir uma base segura a estas relações. Deve ser obtido um consenso entre os diversos países para que, por toda parte, seja aplicado a uma dada relação o mesmo direito nacional. Os Estados devem elaborar e aceitar, na matéria, soluções uniformes. Devem ser feitas convenções internacionais, e mesmo na ausência de tais convenções, a jurisprudência deve, em cada país, levar em consideração, quando estabelece uma regra de conflito, a maneira como o problema foi resolvido pela lei ou jurisprudência nos outros países.

**8. Unificação internacional do direito.** Mais do que procurar unificar as regras de conflito de leis, julgar-se-á mais fácil, ou preferível do ponto de vista prático, por vezes, a procura de um acordo sobre as próprias regras de fundo chamadas a reger esta ou aquela categoria de relações do direito. A unificação internacional do direito, no que diz respeito às relações internacionais de direito, constitui sem dúvida uma das mais importantes tarefas da nossa época. Alguns, ligados aos modos de ver particularistas do século passado, denunciam-na como uma quimera; no entanto, a posição quimérica é bem mais a das pessoas que julgam poder perpetuar, no estado atual do mundo, uma situação que consagra a anarquia nas relações internacionais de direito. Não se trata, ao realizar a unificação internacional do direito, de substituir aos diferentes direitos nacionais, um direito supranacional uniforme decretado por um legislador mundial; sem chegar a isso, podem-se, por métodos variados, com grande flexibilidade, realizar certos progressos no sentido de aperfeiçoar, gradualmente, o regime das relações internacionais de direito. Uma certa unificação internacional do direito é exigida no mundo de hoje e será ainda mais necessária no mundo de amanhã. A obra de síntese ou de harmonização que ela implica não pode ser bem realizada sem o auxílio do direito comparado. O direito comparado é necessário para que apareçam os pontos de convergência ou de divergência existentes entre os diferentes direitos, e para reconhecer os limites, geográficos ou outros, que convém assinalar à unificação; não o é menos para harmonizar as diversas técnicas empregadas, de modo que os esforços que visam a unificação sejam coroados pelo máximo de sucesso que se pode esperar nas presentes circunstâncias.

**9. Função dos comparatistas.** O direito comparado é chamado a desempenhar uma grande função na renovação da ciência do direito, e na elaboração de um novo direito internacional que corresponda às condições do mundo moderno. Não basta, portanto, aos comparatistas colocar em evidência a função que deve desempenhar o direito comparado. Uma outra função é, para eles, tornar os juristas aptos a cumprir, cada um na sua especialidade, a tarefa que lhes é confiada. O direito comparado não é o domínio reservado de alguns juristas que encontram o seu interesse nesse ramo. Todos os juristas são chamados a interessar-se pelo direito comparado, quer para melhor compreenderem o seu próprio direito, quer para o tentarem aperfeiçoar, ou, ainda, para estabelecer, de acordo com os juristas dos países estrangeiros, regras de conflito ou de fundo uniformes ou uma harmonização dos diversos direitos. Sem dúvida que, para a maior parte, o direito comparado apenas será um método, o método comparativo, podendo servir para os variados fins que ele se propõe. Pelo contrário, para outros, pode se conceber que o direito comparado seja uma verdadeira ciência, um ramo autônomo do conhecimento do direito, se a preocupação for concentrada sobre os próprios direitos estrangeiros e sobre a comparação que importa, em diferentes aspectos, facilitar com o direito nacional. Ao lado de juristas que farão simplesmente uso do direito comparado, há lugar para os "comparatistas", cujo trabalho se limita a preparar o terreno a fim de que outros possam, com sucesso, empregar nas suas variadas funções o método comparativo.

A comparação dos diversos direitos é, por vezes, difícil; é necessário conhecer, antes de se arriscar a isso, os perigos aos quais se está exposto e as regras de prudência às quais se deve sujeitar quem penetra neste domínio.

Durante muito tempo, o problema escapou aos juristas, porque o círculo dos direitos pelos quais se interessavam era restrito. Nenhuma preparação especial lhes foi exigida enquanto, na França, se interessaram unicamente pelos direitos do continente europeu, sendo estes, pela sua tradição, pela sua estrutura, pelos seus métodos, pelo meio no qual eram chamados a funcionar, muito próximos, ou relativamente próximos, do direito francês. O que então era verdadeiro continua a sê-lo ainda hoje, na medida em que se interessam pelos direitos pertencentes à mesma "família" do nosso direito; não é necessário ser comparatista para compreender que o mesmo acontece com os outros direitos.

Porém, o mundo de hoje já não é o mesmo. Estamos cada vez mais frequentemente em relação com homens, com juristas, que receberam uma formação diferente da nossa, não raciocinam seguindo os mesmos métodos, empregam conceitos distintos dos nossos, possuem uma visão do mundo e uma concepção do direito diferentes das nossas. São necessários, portanto, comparatistas para instruírem os juristas, antes que eles encontrem dificuldades para compreender os seus interlocutores e fazer-se compreender por eles; esta é a principal explicação para o moderno desenvolvimento dos cursos e dos institutos de direito comparado.

**10. Direito comparado e sociologia jurídica.** O direito comparado foi considerado por alguns como um simples aspecto da sociologia jurídica. Embora com reservas sobre este modo de ver, convém reconhecer que entre direito comparado e sociologia jurídica existem numerosos pontos de contato e alguns domínios comuns. O direito comparado deve, em primeiro lugar, como a sociologia, descobrir em que medida o direito determina o comportamento dos homens, e a importância que estes lhe conferem enquanto fator de ordem social.

Vivendo em sociedade em que o direito é altamente considerado e olhado como apto para regular os mais variados aspectos das relações sociais, somos levados a pensar que o mesmo sucede em todos os países ou, pelo menos, em todas as sociedades que atingiram um nível de desenvolvimento comparável ao nosso. Somos levados a pensar também que o direito positivo é uma única realidade, esquecendo a antiga dualidade que durante séculos existiu, nos nossos próprios países, entre o direito tal como era ensinado nas universidades e as regras segundo as quais os tribunais estatuíam.

Para quem quer ter em consideração um direito estrangeiro, é necessário ter presente no espírito que o direito, tal como aparece nas suas fontes formais, não constitui o único fator de modelação das relações sociais. As regras e os procedimentos jurídicos que nós consideramos essenciais podem num outro meio desempenhar apenas uma função subsidiária, quase supérflua, uma vez que entram em jogo outros princípios reguladores das relações sociais. Assim, no direito japonês as regras de *giri*, no de Madagascar os *fomba*, em outros a arbitragem desta ou daquela autoridade religiosa ou comunitária, ou ainda o simples temor da opinião pública ou o controle de um partido político todo-poderoso podem fazer do direito explicitado uma simples fachada, da qual a vida social está mais ou menos dissociada. Esta dissociação pode vir a ocorrer em países onde o direito é altamente respeitado, mas em que existe a tendência para ver nele um ideal inacessível na prática: é o caso dos numerosos países onde reina em teoria o direito muçulmano. Semelhante dissociação pode, inversamente, se produzir porque o direito é desprezado: é o caso dos países do Extremo Oriente onde os bons cidadãos regulam os seus litígios por processos de conciliação, em que ir à justiça e recorrer ao direito é considerado como uma desonra. Mesmo nos países do Ocidente, é evidente que o direito está longe de encerrar toda a realidade da vida social: nem todas as infrações penais são objeto de perseguições, nem todos os impostos são pagos, nem todas as decisões da justiça são executadas; existem práticas administrativas, comerciais, profissionais e elementos de ordem religiosa, política e social que influem no modo de agir dos indivíduos; aquele que considerasse tão só a teoria do direito, *strito sensu*, teria uma visão falsa da maneira como são reguladas as relações sociais e do que representa na realidade o direito.

**11. Fontes do direito.** Dirijamos agora a nossa atenção sobre as fontes formais do direito. Uma função muito diferente é atribuída à lei, ao costume, à jurisprudência, à doutrina, à equidade nos diferentes sistemas. Quando se estuda um direito estrangeiro, é necessário saber que as ideias no nosso país, referentes às relações que existem entre estas diferentes fontes possíveis das regras jurídicas, não são as mesmas em todos os países e que os métodos de raciocínio, aplicados pelos juristas para a descoberta das regras de direito e o desenvolvimento do corpo do direito, podem ser, por consequência, variados. Determinado direito pode ter um caráter religioso ou sagrado, e nenhum legislador pode modificar as suas regras. Num outro, a lei apenas constitui o modelo, entendendo-se como natural a sua derrogação pelo costume. Em outros, ainda, os acórdãos da jurisprudência têm reconhecida uma autoridade que ultrapassa o círculo daqueles que tomaram parte no processo. O recurso a certas fórmulas gerais ou a certos princípios superiores de justiça pode também, em algumas ordens jurídicas, corrigir de modo mais ou menos extensivo a aplicação estrita das regras formais existentes.

É necessário, em direito comparado, saber tudo isto em relação aos sistemas de direito que se pretende considerar. Mas é também necessário saber que as fórmulas empregadas pelos teóricos, relativamente às fontes do direito ou aos modos de interpretação da lei, nem sempre fornecem um cômputo exato da realidade. A teoria clássica, na França, afirma que a jurisprudência não constitui uma fonte de direito; não é menos verdade que as decisões proferidas em certas circunstâncias pelo Tribunal de Cassação ou pelo Conselho de Estado têm, por vezes, de fato, uma autoridade igual ou maior que a que emana da lei. Ainda hoje, na Inglaterra, a lei nos é apresentada como um fenômeno de exceção, num sistema que é por excelência um sistema de direito judiciário (*case law*). Todavia, torna-se necessário compreender esta fórmula. As leis são igualmente numerosas na Inglaterra e desempenham aí um papel que não é inferior ao da legislação na França. Com frequência acabaram igualmente por ser interpretadas literalmente e de modo restritivo como o prescreviam os cânones antigos. De qualquer modo, os juristas ingleses continuam a sentir-se pouco à vontade em presença das regras formuladas pelo legislador; eles as envolverão tão rapidamente quanto possível, sob a onda de decisões jurisprudenciais com vista à sua aplicação. A doutrina do islã não admite que um legislador possa modificar as regras de direito pertencentes ao corpo sagrado do direito muçulmano; esta proibição não impede que, por diferentes meios policiais ou processuais, o soberano possa efetivamente paralisar uma regra ou subordinar a sua aplicação a condições diversas, sem que por isso seja posta em causa a ortodoxia.

**12. Estrutura do direito.** A observação que acaba de ser feita chama a nossa atenção para uma última ordem de diferenças, entre os direitos, que interessa ao comparatista destacar. Os diferentes direitos comportam, cada um deles, conceitos à sombra dos quais exprimem as suas regras, categorias no interior das quais eles as ordenam; a própria regra de direito é concebida por eles de um certo modo. Ainda neste triplo aspecto existem, entre os direitos, diferenças, e o estudo de um dado direito implica uma tomada de consciência das diferenças de estrutura que podem existir entre este direito e o nosso.

O equilíbrio entre interesses opostos e a regulamentação da justiça que o direito se propõe realizar podem, em direitos diferentes, ser obtidos por vias diversas. A proteção dos cidadãos contra a administração pode ser confiada, num país, a organismos jurisdicionais, em outros ser assegurada pelos mecanismos internos da administração, ou ainda resultar da supervisão exercida pelas comissões parlamentares ou por um mediador. A individualização da pena pode ser repartida, de modo variável, entre os juízes e as autoridades penitenciárias. As regras de prova podem desempenhar em um país uma função que em outro é desempenhada pelas regras de forma. A situação do cônjuge sobrevivente pode ser assegurada, num direito, por regras que resultam do regime matrimonial, e, em outro, por regras que resultam do direito sucessório. A proteção dos incapazes será aqui assegurada por uma técnica de representação do incapaz, e noutros países pela técnica particular do *trust*. O comparatista deve chamar a atenção para a diversidade destes modos de ver; deve colocar em evidência a necessidade, para o jurista, quando realiza a comparação dos direitos, de considerar o problema que o interessa, mais do que o papel conferido a este ou àquele conceito. Por esta razão, é necessário desconfiar-se dos questionários, método ao qual se é tentado a recorrer, para comparar entre si os diferentes direitos. As respostas mais exatas dadas a um questionário arriscam-se a dar uma visão inteiramente falsa de um dado direito, se aquele que as recebe não se aperceber de que, em virtude da existência de outras regras que ficaram fora do questionário, elas constituem apenas uma parte de uma realidade mais complexa.

A ausência de correspondência entre as noções, e mesmo entre as categorias jurídicas admitidas nos diversos países, constitui uma das maiores dificuldades com que se depara o jurista desejoso de estabelecer uma comparação entre os diversos direitos. Espera-se, na verdade, encontrar regras de conteúdo diferente; mas haverá uma certa desorientação, quando não se encontrar em um direito estrangeiro um modo de classificar as regras que nos parecem pertencer à própria natureza das coisas. É, porém, necessário considerar esta realidade: a ciência do direito desenvolveu-se de modo independente no seio das diferentes famílias do direito, e as categorias e noções que parecem mais elementares a um jurista francês são frequentemente estranhas ao jurista inglês, e mais ainda ao jurista muçulmano. As questões que são primordiais para um jurista francês podem ter uma importância muito limitada aos olhos do jurista soviético que vive numa sociedade de tipo diferente.

As questões formuladas por um jurista francês a um africano, relativas à organização familiar ou ao regime das terras, são incompreensíveis para este último, se formuladas em termos que correspondem às instituições europeias, inteiramente estranhas ao seu modo de ver. Cabe aos comparatistas, através de estudos gerais que visem a estrutura das sociedades e direitos, criar as condições necessárias para um diálogo frutuoso; explicar as mentalidades, modos de raciocínio e conceitos estranhos e organizar, no sentido lato, dicionários de ciência jurídica, para permitir que pessoas que não falam a mesma língua possam se compreender.

**13. Conclusão.** O direito comparado tem uma função de primeiro plano a desempenhar na ciência do direito. Tende, com efeito, em primeiro lugar, a esclarecer os juristas sobre a função e a significação do direito, utilizando, para este fim, a experiência de todas as nações. Visa, por outro lado, num plano mais prático, facilitar a organização da sociedade internacional, fazendo ver as possibilidades de acordo e sugerindo fórmulas para a regulamentação das relações internacionais. Permite, em terceiro lugar, aos juristas de diversas nações, no que respeita aos seus direitos internos, considerar o seu aperfeiçoamento, libertando-os da rotina.

Para que o direito comparado cumpra a função que lhe compete, é necessário que os juristas deixem de se concentrar unicamente sobre o estudo do seu direito nacional, e que, na ocasião própria, façam uso do método comparativo. Cada um, no seu ramo, encontrará certamente nisso um proveito. Muito falta fazer, contudo, para que assim seja. A utilidade do direito comparado foi reconhecida apenas recentemente; os trabalhos dos comparatistas que visam alargar o campo de interesse dos juristas e devolver-lhes o sentido do universal são ainda imperfeitos. Muitos dos nossos juristas atuais, embora reconhecendo a utilidade do direito comparado, abstêm-se de fazer uso do método comparativo, porque não receberam a iniciação necessária para os estudos do direito estrangeiro. A nova geração recebe esta nova formação. Mais consciente das realidades do mundo atual, e mais sensível às necessidades da coexistência entre as nações, ela não aceitará que a ciência do direito seja, como lamentou Jhering, posta ao nível da jurisprudência local. É talvez inevitável que os práticos do direito, na sua atividade quotidiana, limitem o seu horizonte ao direito nacional; entretanto, não existe ciência do direito que não seja universal. O direito comparado é um dos elementos deste universalismo, particularmente importante na nossa época; desempenha e é chamado a desempenhar, mais ainda, uma função de primeira ordem para o conhecimento e o progresso do direito.

## SEÇÃO II – **DIVERSIDADE DOS DIREITOS CONTEMPORÂNEOS**

**14. Multiplicidade dos direitos.** Cada Estado possui, no nosso mundo, um direito que lhe é próprio e muitas vezes diversos direitos são aplicados concorrentemente no interior de um mesmo Estado. Certas comunidades não estatais têm igualmente o seu direito: direito canônico, direito hindu, direito judaico. Existe também um direito internacional que visa regular, num plano mundial ou regional, as relações entre Estados e as do comércio internacional.

O objeto desta obra é fornecer um guia através desta diversidade e facilitar a tarefa do jurista que, por uma razão ou por outra, pode estar interessado em conhecer este ou aquele direito estrangeiro.

A obra que nos propomos realizar é complexa. Os diversos direitos exprimem-se em múltiplas línguas, segundo técnicas diversas, e são feitos para sociedades cujas estruturas, crenças e costumes são muito variados; sua própria multiplicidade torna difícil operar, num número limitado de páginas, uma síntese satisfatória. Porém, não nos pareceu que fosse necessário renunciar ao nosso projeto. Com efeito, se no mundo contemporâneo existem muitos direitos, estes se deixam classificar em um número limitado de famílias, de modo que a nossa finalidade pode ser conseguida sem entrar nos pormenores de cada direito, expondo as características gerais de algumas famílias às quais uns e outros se ligam. A primeira coisa a fazer, nesta introdução, é, por consequência, esclarecermo-nos sobre esta noção de famílias de direitos, e definir quais as diversas famílias de direitos existentes no mundo contemporâneo.

**15. Elementos variáveis e elementos constantes no direito.** A multiplicidade dos direitos é um fato. Convém ainda precisar a dimensão deste fenômeno, e a sua verdadeira significação. Em que consiste e como se manifesta a diversidade dos direitos?

Um prático do direito, cuja atenção está concentrada sobre um direito nacional, responderá sem dúvida a esta pergunta, dizendo que diferentes regras são editadas e aplicadas nos diversos países. É este o sentido mais nítido, o mais fácil de aprender, da diversidade dos direitos: o direito dos Estados Unidos e o direito francês diferem porque o primeiro admite e o segundo não admite um controle judiciário da constitucionalidade das leis; o direito inglês e o direito irlandês diferem porque o primeiro admite e o segundo não admite o divórcio.

Contudo, a diversidade dos direitos não corresponde unicamente a esta variedade de regras que eles comportam. Na verdade é um aspecto superficial e falso ver no direito simplesmente um conjunto de normas. O direito pode realmente concretizar-se, numa época e num dado país, num certo número de regras. Porém, o fenômeno jurídico é mais complexo. Cada direito constitui de fato um sistema. Emprega um certo vocabulário, correspondente a certos conceitos; agrupa as regras em certas categorias; comporta o uso de certas técnicas para formular regras e certos métodos para as interpretar; está ligado a uma dada concepção da ordem social, que determina o modo de aplicação e a própria função do direito.

"Três palavras do legislador e bibliotecas inteiras podem desaparecer", escreveu em 1848 um autor alemão[4]. É um simples

4. Kirchmann, J., *Die Wertlosigkeit der Jurisprudenz ais Wissenschaft* (1936), p. 25.

gracejo. É verdade que as regras do direito mudam, e que o prático deve desconfiar das obras que não estão completamente atualizadas. O ensino do direito, porém, só é possível porque o direito é feito de outra coisa, distinta das regras mutáveis. O que se exige, ou se deveria exigir, ao estudante não é aprender de cor e pormenorizadamente as regras atualmente em vigor: para que lhe serviria isso, dez anos mais tarde, no exercício de uma profissão que provavelmente não terá relação com a imensa maioria dessas regras? O que importa ao estudante aprender é o quadro no qual são ordenadas as regras, é a significação dos termos que elas utilizam, são os métodos usados para fixar o seu sentido e para as harmonizar entre si. As regras do direito podem mudar, consoante a opinião emitida pelo legislador. Nem por isso nelas deixam de subsistir outros elementos, os quais não podem ser arbitrariamente modificados, porquanto se encontram estreitamente ligados à nossa civilização e aos nossos modos de pensar: o legislador não exerce mais influência sobre elas do que sobre a nossa linguagem ou sobre a nossa maneira de raciocinar.

A obra de Roscoe Pound, nos Estados Unidos, pôs em evidência a importância destes elementos, subjacentes às regras jurídicas que os diversos direitos comportam. É sobre a presença destes elementos que se funda o nosso sentimento da continuidade histórica do nosso direito, apesar de todas as modificações que as regras possam sofrer; é, também, a presença destes elementos que permite considerar o direito como uma ciência, e que torna possível o ensino do direito.

**16. Agrupamento dos direitos em famílias.** A diversidade dos direitos é apreciável, se se considerar o teor e o conteúdo das suas regras; porém, ela é bem menor quando se consideram os elementos, mais fundamentais e mais estáveis, com a ajuda dos quais se podem descobrir as regras, interpretá-las e determinar o seu valor.

As regras podem ser infinitamente variadas; as técnicas que servem para as enunciar, a maneira de as classificar, os modos de raciocínio usados para as interpretar, resumem-se, pelo contrário, a certos tipos, que são em número limitado. É possível, por isto, agrupar os diferentes direitos em "famílias", da mesma maneira que nas outras ciências, deixando de parte as diferenças secundárias, se reconhece a existência de famílias em matéria de religião (cristianismo, islamismo, hinduísmo etc.), de linguística (línguas romanas, eslavas, semitas, nilóticas etc.) ou de ciências naturais (mamíferos, répteis, pássaros, batráquios etc.).

O agrupamento dos direitos em famílias é o meio próprio para facilitar, reduzindo-os a um número restrito de tipos, a apresentação e a compreensão dos diferentes direitos do mundo contemporâneo. Porém, não há concordância sobre o modo de efetuar este agrupamento, e sobre quais famílias de direitos se deve por conseguinte reconhecer. Alguns baseiam as suas classificações na estrutura conceitual dos direitos ou na importância reconhecida às diferentes fontes do direito. Outros julgam que estas diferenças de ordem técnica têm um caráter secundário, pondo em primeiro plano as considerações de conteúdo, o tipo de sociedade que se pretende estabelecer com a ajuda do direito, ou, ainda, o lugar que é reconhecido ao direito como fator de ordem social.

Estas discussões fizeram correr bastante tinta; apesar disso, elas não têm muito sentido. A noção de "família de direito" não corresponde a uma realidade biológica; recorre-se a ela unicamente para fins didáticos, valorizando as semelhanças e as diferenças que existem entre os diferentes direitos. Sendo assim, todas as classificações têm o seu mérito. Tudo depende do quadro em que se coloquem e da preocupação que, para uns e outros, seja dominante. Não se proporão as mesmas classificações se se considerarem as coisas num nível mundial ou num nível simplesmente europeu. Considerar-se-ão as coisas de um modo diferente se nos colocarmos na perspectiva do sociólogo ou do jurista. Outros agrupamentos poderão merecer aceitação, conforme o seu sentido se centrar sobre o direito público, o direito privado ou o direito penal.

Iremos nos abster, por esta razão, de qualquer polêmica com os autores que propuseram classificações diferentes.

Limitar-nos-emos, de modo pragmático, a pôr sumariamente em relevo as características essenciais de três grupos de direitos que, no mundo contemporâneo, ocupam uma situação proeminente: família romano-germânica, família da *common law* e família dos direitos socialistas. Estes grupos de direitos, porém, qualquer que seja o seu valor e qualquer que possa ter sido a sua expansão, estão longe de dar conta de toda a realidade do mundo jurídico contemporâneo. Ao lado das concepções que eles representam, ou combinando-se com essas concepções, outros modos de ver relativos à boa organização da sociedade persistem e continuam a ser determinantes num grande número de sociedades. Algumas indicações serão dadas sobre os princípios aos quais se ligam esses outros modos de ver.

**17. Família romano-germânica.** A primeira família de direitos, que merece reter a nossa atenção, é a família de direito romano-germânica. Esta família agrupa os países nos quais a ciência do direito se formou sobre a base do direito romano. As regras de direito são concebidas nestes países como sendo regras de conduta, estreitamente ligadas a preocupações de justiça e de moral. Determinar quais devem ser estas regras é a tarefa essencial da ciência do direito; absorvida por esta tarefa, a "doutrina" pouco se interessa pela aplicação do direito que é assunto para os práticos do direito e da administração. A partir do século XIX, um papel importante foi atribuído, na família romano-germânica, à lei; os diversos países pertencentes a esta família dotaram-se de "códigos".

Uma outra característica dos direitos da família romano-germânica reside no fato de esses direitos terem sido elaborados, antes de tudo, por razões históricas, visando regular as relações entre os cidadãos; os outros ramos do direito só mais tardiamente e menos perfeitamente foram desenvolvidos, partindo dos princípios do "direito civil", que continua a ser o centro por excelência da ciência do direito.

A família de direito romano-germânica tem o seu berço na Europa. Formou-se graças aos esforços das universidades europeias, que elaboraram e desenvolveram a partir do século

XII, com base em compilações do imperador Justiniano, uma ciência jurídica comum a todos, apropriada às condições do mundo moderno. A denominação romano-germânica foi escolhida para homenagear estes esforços comuns, desenvolvidos ao mesmo tempo nas universidades dos países latinos e dos países germânicos[5].

Devido à colonização, a família de direito romano-germânica conquistou vastos territórios, onde atualmente se aplicam direitos pertencentes ou aparentados com esta família. Um fenômeno de recepção voluntária produziu o mesmo resultado em outros países que não estiveram submetidos ao domínio dos povos do continente europeu, mas em que a necessidade de se modernizarem ou o desejo de se ocidentalizarem levaram à penetração das ideias europeias.

Os direitos que se ligam à família romano-germânica fora da Europa devem ser colocados em grupos distintos. Num grande número de países foi possível "receber" os direitos europeus. Mas nestes países existia, antes de se verificar esta recepção, uma civilização autóctone, que comportava certas concepções de agir e viver e certas instituições. A recepção foi frequentemente, nestas condições, parcial, com diversos setores das relações jurídicas (notadamente o "estatuto pessoal") permanecendo regidos pelos princípios tradicionais; independentemente disto, os antigos modos de ver e de se conduzir podem ter levado a uma aplicação do novo direito em termos bastante diferentes daqueles que constituem a sua aplicação na Europa.

**18. Família da *common law*.** Uma segunda família de direito é a da *common law*, comportando o direito da Inglaterra e os direitos que se modelaram sobre o direito inglês. As carac-

---

5. A denominação "direitos românicos" que igualmente usaremos, *brevitatis causa*, é cômoda, mas parece dar menos importância à função da ciência, que foi fundamental na formação do sistema; ela se arrisca também a fazer perder de vista que as regras dos direitos atuais, pertencentes a esta família, são extremamente diferentes das regras do direito romano. As denominações *continental law* ou *civil law*, usadas frequentemente em inglês, são ainda mais sujeitas à crítica.

terísticas tradicionais da *common law* são muito diferentes das da família de direito romano-germânica. A *common law* foi formada pelos juízes, que tinham de resolver litígios particulares, e hoje ainda é portadora, de forma inequívoca, da marca desta origem. A regra de direito da *common law*, menos abstrata que a regra de direito da família romano-germânica, é uma regra que visa dar solução a um processo, e não formular uma regra geral de conduta para o futuro. As regras respeitantes à administração da justiça, ao processo, à prova, e as relativas à execução das decisões de justiça têm aos olhos dos *common lawyers* um interesse semelhante, e mesmo superior, às regras respeitantes ao fundo do direito, sendo sua preocupação imediata a de restabelecer a ordem perturbada, e não a de lançar as bases da sociedade. A *common law* está, pela sua origem, ligada ao poder real; desenvolveu-se nos casos em que a paz do reino estava ameaçada, ou quando qualquer outra consideração importante exigia ou justificava a intervenção do poder real; surge como tendo sido, na sua origem, essencialmente um direito público, só podendo as questões entre particulares ser submetidas aos tribunais da *common law* na medida em que pusessem em jogo o interesse da Coroa ou do reino. Na formação e no desenvolvimento da *common law*, direito público resultante do processo, a ciência dos romanistas, fundada sobre o direito civil, desempenhou uma função muito restrita: as divisões da *common law*, os conceitos que ela utiliza e o vocabulário dos *common lawyers* são inteiramente diferentes das divisões, conceitos e vocabulário dos juristas da família de direito romano-germânica.

Tal como os direitos romano-germânicos, a *common law* conheceu uma expansão considerável no mundo inteiro por efeito das mesmas causas: colonização ou recepção. As mesmas observações podem, por consequência, ser apresentadas quer relativamente à família da *common law* quer à família romano-germânica. Ainda aqui convém distinguir a *common law* na Europa (Inglaterra, Irlanda) e fora da Europa. Fora da Europa, pôde acontecer que a *common law*, em certos países muçulmanos ou na Índia, fosse apenas parcialmente recebida. Quando a *common law* foi recebida, tornou-se necessário considerar o efeito produzido sobre a sua aplicação, pela coexistência desta com as tradições anteriores de civilização. Além disso, um meio diferente pôde originar uma diferenciação profunda da *common law* no país em que ela nasceu e num país onde foi introduzida. Esta última observação apresenta um interesse particular no que se refere à família da *common law*; entre os países da *common law* acontece, como nos Estados Unidos ou no Canadá, que se formou uma civilização muito diferente, em múltiplos aspectos, da civilização inglesa; o direito destes países pode, por esse fato, reivindicar uma larga autonomia no seio da família da *common law*.

**19. Relações entre duas famílias.** Países de direito romano-germânico e países de *common law* tiveram uns com os outros, no decorrer dos séculos, numerosos contatos. Em ambos os casos, o direito sofreu a influência da moral cristã e as doutrinas filosóficas em voga puseram em primeiro plano, desde a época da Renascença, o individualismo, o liberalismo e a noção de direitos subjetivos. A *common law* conserva hoje a sua estrutura, muito diferente da dos direitos romano-germânicos, mas o papel desempenhado pela lei foi aí aumentado e os métodos usados nos dois sistemas tendem a aproximar-se; sobretudo a regra de direito tende, cada vez mais, a ser concebida nos países de *common law* como o é nos países da família romano-germânica. Quanto à substância, soluções muito próximas, inspiradas por uma mesma ideia de justiça, são muitas vezes dadas às questões pelo direito nas duas famílias de direito.

A tentação para falar de uma família de direito ocidental é tanto mais forte quanto é certo que existem, em certos países, direitos que não se sabe bem a qual das duas famílias pertencem, na medida em que tiram alguns dos seus elementos à família romano-germânica, e outros à família da *common law*. Entre estes direitos mistos podem citar-se os direitos da Escócia, de Israel, da União Sul-Africana, da província do Quebec e das Filipinas. Família de direito romano-germânica e família da *common law* são enfim confundidas sob o mesmo epíteto, pretendido infamante, de "direitos burgueses" pelos juristas do campo socialista, composto pela União Soviética e pelos países que tomaram por modelo a União Soviética ou que professam, como ela, a sua adesão ao dogma do marxismo-leninismo.

**20. Família dos direitos socialistas.** Os direitos socialistas constituem uma terceira família, distinta das duas precedentes. Os países do campo socialista são todos, até agora, países que outrora tinham direitos pertencentes à família romano-germânica. Conservaram um certo número das características que notamos nos direitos romano-germânicos. Assim, a regra do direito é aí sempre considerada como uma regra geral de conduta; as divisões do direito e a terminologia dos juristas permaneceram, em larga medida, como o produto da ciência jurídica edificada sobre a base do direito romano pela obra das universidades europeias.

Ao lado destas semelhanças existem, contudo, tantas diferenças que parece legítimo considerar os direitos socialistas, de acordo, aliás, com o que firmemente defendem os juristas dos países socialistas, como tendo-se destacado da família romano-germânica e constituído, hoje, uma família distinta de direitos. Os dirigentes dos países socialistas visam fundar um novo tipo de sociedade, na qual não mais haverá nem Estado, nem direito. A fonte exclusiva das regras do direito socialista, tal como ele subsiste atualmente, encontra-se por esta razão na obra do legislador, que exprime uma vontade popular estreitamente guiada pelo partido comunista. De acordo com a doutrina marxista-leninista, que é doutrina oficial, procura-se em primeiro lugar estabelecer uma nova estrutura econômica. Todos os bens de produção foram coletivizados. O domínio das relações entre cidadãos, nas novas condições, é limitado relativamente à antiga situação; o direito privado perdeu a sua proeminência em benefício do direito público.

A família dos direitos socialistas tem o seu berço na União das Repúblicas Socialistas Soviéticas, onde estas concepções prevaleceram e um direito original se desenvolveu depois da revolução de 1917.

Do direito soviético, convém distinguir, como constituindo grupos distintos, os direitos socialistas ou populares da Europa e os das repúblicas populares da Ásia. Estes direitos pertencem à família socialista, mas nos primeiros nota-se uma maior persistência de traços pertencentes aos direitos da família romano-germânica, e nos segundos é conveniente indagar se conciliam as novas concepções, na prática, com os princípios da civilização extremo-oriental que governavam a sociedade antes da era do socialismo.

**21. Outros sistemas.** As três famílias que acabamos de enumerar, as quais comportam, como vimos, numerosas variantes, são indiscutivelmente as três principais famílias de direito existentes no mundo contemporâneo. Não existe, por assim dizer, neste mundo, nenhum direito que não tenha tirado, a uma ou outra destas famílias, alguns de seus elementos, e a muitos parece que todos os outros sistemas constituem simples sobrevivências destinadas a desaparecer num futuro mais ou menos próximo, com o progresso da civilização.

Porém, este ponto de vista, fruto de um complexo de superioridade bastante ingênuo, exprime uma simples hipótese e não corresponde à realidade que nós podemos observar no mundo contemporâneo. Todos os Estados, é verdade, fizeram uma concessão às ideias do Ocidente, porque isso lhes pareceu necessário para manter sua independência e realizar determinados progressos. Os homens do mundo contemporâneo não repudiaram, entretanto, os pontos de vista que ainda numa época recente eram geralmente aceitos na sua sociedade. Todos reconhecem, sem dúvida, a superioridade técnica do Ocidente; as opiniões estão, entretanto, divididas quanto à superioridade, em bloco, da civilização ocidental. O mundo muçulmano, a Índia, o Extremo Oriente, a África estão longe de lhe terem dado uma adesão sem reservas; continuam, em grande parte, fiéis a concepções nas quais o direito é compreendido de modo diferente, ou não é chamado a desempenhar a mesma função que no Ocidente.

Nenhum quadro realista pode ser estabelecido no que diz respeito aos direitos do mundo contemporâneo, sem se ter em conta esse fato.

Os princípios aos quais as pessoas se reportam, nas sociedades não ocidentais, são de duas ordens. Algumas vezes é atribuído ao direito um valor eminente, mas este é concebido de um modo diferente do ocidental; outras vezes, pelo contrário, a própria noção de direito é rejeitada, e é fora do direito que se procuram regular as relações sociais. O primeiro modo de ver predomina no direito muçulmano, no direito hindu e no direito judaico; o segundo é o do Extremo Oriente e também o da África e de Madagascar.

**22. Direitos muçulmano, hindu e judaico.** O ponto de vista que é admitido no islã, assim como nas comunidades hindus e judaicas, é fácil de ser compreendido por um jurista do Ocidente. Sabe-se que dificuldade sempre suscitou e continua a suscitar a definição do direito. Nenhuma definição até agora conseguiu congregar a unanimidade dos sufrágios. Uma das profundas razões que estão na origem do desacordo é a oposição, sempre tenaz, que existe entre adeptos e adversários da noção de "direito natural".

Para alguns, o direito não é outra coisa senão o conjunto de regras efetivamente observadas, e cuja aplicação é feita pelos tribunais. É assim que o direito é concebido nos nossos dias nas universidades em que se ensina, nos diversos países, o direito nacional: direito francês, direito inglês, direito búlgaro ou argelino. Esta maneira de conceber o direito não é, porém, a única. Outros veem no direito um modelo ideal de conduta e recusam-se a confundi-lo com as regras às quais os particulares, as administrações ou os tribunais podem conformar o seu comportamento ou as suas decisões. As universidades da Europa, antes do século XIX, negligenciaram de modo quase total os costumes ou direitos nacionais para, assim, ensinarem um direito ideal, elaborado sobre uma base de direito romano, o único que a seus olhos merecia o nome de direito. Paralelamente, nos países muçulmanos, a atenção concentrou-se num sistema ideal, o do direito muçulmano, ligado à religião do islã; os costumes locais são considerados fenômenos de puro fato; leis e ordenanças dos príncipes são consideradas como medidas de administração, expedientes de alcance local e transitório, que não atingem plenamente a dignidade do direito. A mesma observação deve igualmente fazer-se para o direito judaico; e, da mesma forma, em um contexto diverso se distingue nitidamente, na Índia, o *dharma*, ciência do justo, da *artha*, que fornece as receitas do poder e da riqueza.

O direito pode estar ligado a uma religião, ou pode corresponder a um certo modo de conceber a ordem social.

Em um e outro caso, ele não é necessariamente seguido pelos indivíduos nem aplicado pelos tribunais, mas exerce, sobre uns e outros, uma influência considerável; pode, particularmente, acontecer que, entre os homens, um grande número de "justos" regulem a sua existência, ou se esforcem por regulá-la, em conformidade com o que eles consideram como sendo verdadeiramente o direito. Aquele que estuda as sociedades ocidentais pode concentrar a sua atenção, numa ótica positivista, sobre as regras editadas pelo legislador ou aplicadas pelos tribunais ou, numa ótica sociológica, reservar o nome de direito para as regras que são efetivamente seguidas na prática. Isto não oferece inconveniente maior, tratando-se de sociedades em que se atingiu um elevado grau de adequação entre a justiça e o direito positivo ou os costumes. A mesma atitude não pode ser mantida no caso de outras sociedades, em que as regras de direito, entendido à maneira ocidental, conservaram um caráter inorgânico, fragmentário, instável e em que o sentimento geral vê algures, que não nas leis, nos costumes ou na jurisprudência, o verdadeiro direito. Pareceu-nos necessário por esta razão, sem tomar partido na querela entre positivistas e jusnaturalistas, incluir o direito muçulmano e o direito hindu entre os grandes sistemas contemporâneos de direito. O direito judaico foi deixado de lado, apesar do seu interesse, já que o seu domínio de influência é incomparavelmente mais restrito.

**23. Extremo Oriente.** Muito diferente se apresenta a situação no Extremo Oriente, especialmente na China. Aqui já não existe o problema de tomar em consideração um certo direito ideal, distinto das regras editadas pelo legislador ou seguidas na prática. É o próprio valor do direito que, aqui, está posto em causa.

No Ocidente, no islã, na Índia, considera-se o direito como um pilar necessário, a própria base da ordem social. A boa ordem da sociedade implica o primado do direito. Os homens devem viver de acordo com o direito; eles devem, quando necessário, lutar pelo triunfo do direito; a própria administração deve também observar as regras do direito; os tribunais devem assegurar o seu respeito. O direito, espelho da justiça, é superior à própria equidade. Fora dele, só pode existir arbitrariedade ou anarquia, o reino da força ou o caos. O direito é objeto de veneração; os tribunais, templos da justiça, são povoados por juízes respeitados.

Os países do Extremo Oriente, pelo contrário, rejeitam esta concepção. Longe de representar a condição da ordem e de ser o símbolo da justiça, o direito é, aos olhos dos chineses, o instrumento do arbítrio e um fator de desordem. O bom cidadão não deve se preocupar com o direito; deve viver de uma maneira que exclua toda a reivindicação dos seus direitos e todo o recurso à justiça dos tribunais. A preocupação primordial dos homens não deve ser o respeito ao direito; a conduta de cada um deve ser dominada continuamente, fora de qualquer consideração jurídica, pela procura da harmonia e da paz. A conciliação tem mais valor do que a justiça; a mediação deve servir para dissolver os conflitos, mais do que o direito para os resolver. Podem perfeitamente existir leis, com um valor de intimidação ou para servir de modelos; elas não são feitas para ser aplicadas como no Ocidente, e desprezam-se aqueles que, deixando de lado a conveniência e as boas maneiras, pretendem regular sua conduta segundo o direito, ou dedicam a sua vida ao estudo ou à aplicação do direito.

Todo o Extremo Oriente conserva, tradicionalmente, este modo de ver, resumido na fórmula de que o direito é bom para os bárbaros. O regime comunista chinês e a ocidentalização do Japão não mudaram fundamentalmente esta concepção, enraizada no espírito dos homens. O regime comunista, na China, repudiou os códigos inspirados no Ocidente que haviam sido elaborados depois da queda do regime imperial; depois de breve período de hesitação, afastou-se igualmente da via soviética e enveredou por uma via própria, que concede um lugar muito restrito ao direito, para construir o comunismo. No Japão foram publicados códigos segundo o modelo europeu, mas a população, de um modo geral, faz pouco caso deles; abstém-se de recorrer aos tribunais e estes se esforçam para levar os pleiteantes à conciliação e desenvolvem técnicas originais para aplicar – ou dispensar-se de aplicar – o direito.

**24. A África negra e Madagascar.** As observações que acabam de ser feitas para o Extremo Oriente valem igualmente para os países da África negra e para Madagascar.

Também aí, num meio que coloca em primeiro plano a coesão da comunidade e que pouca importância dá ao individualismo, o essencial é a manutenção ou a restauração da harmonia, bem mais que o respeito pelo direito.

Também o direito ocidental, que aí foi estabelecido, não é senão uma fachada; as populações, na sua imensa maioria, continuam a viver sem se preocupar com esse corpo artificial de regras, de acordo com os seus modos tradicionais de vida, que ignoram o que se entende, nos países do Ocidente, quando se alude ao direito.

PRIMEIRA PARTE

# A família romano-germânica

**25. Características desta família.** Uma primeira família de direitos, que encontramos no mundo contemporâneo, é a família romano-germânica.

A família romano-germânica tem atrás de si uma longa história. Liga-se ao direito da antiga Roma, mas uma evolução mais que milenar afastou, de modo considerável, não só as regras substantivas e de processo, mas a própria concepção que se tem do direito e da regra do direito, da que era admitida no tempo de Augusto ou Justiniano[1]. Os direitos da família romano-germânica são os continuadores do direito romano, cuja evolução concluíram; não são de modo algum a cópia deles, tanto mais que muitos dos seus elementos derivam de fontes diversas do direito romano.

A família de direito romano-germânica está atualmente dispersa pelo mundo inteiro. Ultrapassando largamente as fronteiras do antigo Império Romano, ela conquistou, particularmente, toda a América Latina, uma grande parte da África, os países do Oriente Próximo, o Japão e a Indonésia. Esta expansão deveu-se em parte à colonização, em parte às facilidades

1. O direito inglês está, em diferentes aspectos, mais próximo que os direitos românicos do direito romano, do qual, de modo plenamente autônomo, reproduziu a evolução nas suas grandes linhas: importância primordial das formas de ação, caráter casuístico da regra de direito, desconfiança em face das fórmulas gerais e da sistematização. Cf. Buckland, W. W. e McNair, A. D., *Roman Law and Common Law* (2ª ed., 1952); Thomas, J. A. C., "Roman Law", in Derrett, J. D. M., org., *An Introduction to Legal Systems* (1968), p. 1-27; Peter, H., *Römisches Recht und Englisches Recht* (1969).

que, para uma recepção, foram dadas pela técnica jurídica da *codificação*, geralmente adotada pelos direitos românicos no século XIX.

A dispersão do sistema e a própria técnica de codificação, que tende a provocar uma confusão entre direito e lei, tornam difícil ver o elemento de unidade que une direitos muito diversos, aparecendo à primeira vista como direitos nacionais inteiramente distintos uns dos outros. Os desenvolvimentos que consagraremos à *common law* e aos direitos socialistas vão nos ajudar a tomar consciência da unidade que existe realmente, apesar das aparências, entre estes múltiplos direitos.

Tanto quanto no caso das outras famílias, esta unidade não exclui, bem entendido, uma certa diversidade; teremos de nos interrogar se, para pôr ordem nesta diversidade, não convém reconhecer, no seio da família romano-germânica, a existência de certos agrupamentos secundários: direitos latinos, germânicos ou escandinavos, direitos da América Latina etc. Levantaremos esta questão no quadro de cada um dos títulos que consagraremos ao estudo da família romano-germânica e nos quais consideraremos sucessivamente a formação histórica do sistema, necessária para se compreenderem as características atuais, depois sua estrutura e, por fim, o sistema das fontes e métodos que admite.

Título I – A formação histórica do sistema.
Título II – Estrutura dos direitos.
Título III – Fontes do direito.

TÍTULO I

# A formação histórica do sistema

**26. Plano.** O sistema de direito romano-germânico formou-se na Europa Continental e é aí que ainda hoje conserva o seu principal centro, ainda que, devido aos fenômenos de expansão ou de recepção, numerosos países extraeuropeus tenham aderido a este sistema ou extraído dele alguns dos seus elementos.

A época em que surge, do ponto de vista científico, o sistema de direito romano-germânico é o século XIII. Até esta época existem, sem dúvida alguma, elementos com a ajuda dos quais o sistema será constituído; mas parece prematuro falar de sistema, e talvez mesmo de direito. Um primeiro período começa, no século XIII, com o renascimento dos estudos de direito romano nas universidades: fenômeno essencial do qual mostraremos a significação e o alcance. Durante cinco séculos o sistema vai ser dominado pela doutrina, sob a influência principal da qual a própria prática do direito evoluirá nos diferentes Estados. A doutrina preparará, com a Escola do Direito Natural, o despertar do período seguinte, aquele em que ainda atualmente nos encontramos – período no qual o sistema será dominado pela legislação. Finalmente, num terceiro capítulo, tendo estudado o que se passou na Europa, estudaremos a expansão da família de direito romano-germânica fora da Europa, nos outros continentes.

Capítulo I – O período do direito consuetudinário.
Capítulo II – O período do direito legislativo.
Capítulo III – A expansão fora da Europa.

Capítulo I

# *O período do direito consuetudinário*

**27. Declínio da ideia de direito.** Qual é, antes do século XIII, o quadro do direito europeu? Os elementos que existem, e com a ajuda dos quais o sistema vai poder ser constituído, apresentam-se essencialmente, nesta época, como tendo um caráter consuetudinário. O Império Romano conheceu uma civilização brilhante, e o gênio romano construiu um sistema jurídico sem precedentes no mundo; mas o Império Romano deixou de existir há séculos no Ocidente. As invasões de diversos povos, germanos em particular, levaram à sua queda no século V; em seguida a estas invasões, as populações romanizadas por um lado, os bárbaros por outro, passaram a viver lado a lado, seguindo, uns e outros, a sua própria lei. Contudo, com o tempo, os modos de vida foram-se aproximando; a miscigenação entre os diversos grupos étnicos foi-se gradualmente verificando, e os costumes territoriais, com a feudalidade nascente, voltaram a vigorar, excluindo o princípio primitivo da personalidade da lei.

Existem, na verdade, certos documentos, aos quais podemos reportar-nos para conhecer quer o estado do direito romano, quer o dos direitos bárbaros. As compilações de Justiniano (Código, Digesto, Institutos, publicados de 529 a 534 e completados por uma série de Novelas) no Oriente e, em certa medida, na Itália, a *Lex Romana Wisigothorum* ou Breviário de Alarico (promulgado em 506) na França e na Península Ibérica representam em teoria o direito romano. A partir do século VI, foram redigidas leis bárbaras para a maior parte das tribos germânicas; este processo mantém-se até o século XII para as leis das diversas tribos nórdicas ou eslavas[1].

Porém estes documentos não nos dão uma ideia exata do direito que é aplicado realmente na Europa no século XII. As "leis bárbaras" apenas regulam uma parte, muitas vezes ínfima, das relações sociais que atualmente consideramos como sendo regidas pelo direito. As compilações romanas, mesmo na sua edição simplificada por Alarico, tornaram-se, rapidamente, por outro lado, demasiado eruditas e complicadas. O direito *erudito* que se encontra nestas compilações foi modificado e substituído, de fato, por um direito *vulgar*, aplicado espontaneamente pelas populações. Ninguém se preocupou em fixar por escrito as regras deste direito, que têm apenas um alcance local. Na Itália (Édito de Teodorico, 500) e na Espanha (Fuero Juzgo, 654-694), os soberanos ostrogodos e visigodos tentaram reunir num corpo de direito único as regras aplicáveis aos seus súditos, tanto de origem germânica como de origem latina; mas a obra assim realizada foi destruída pelas invasões dos lombardos na Itália (565) e dos árabes na Espanha (711). As autoridades públicas, postas de parte essas tentativas, limitaram-se a intervir ocasionalmente, sobre este ou aquele ponto preciso, nas matérias que geralmente interessam mais ao direito público que ao direito privado (Capitulares Francas). A iniciativa privada não será suficiente para suprir a sua inação.

Para que serve conhecer e precisar as regras do direito, quando o sucesso de uma das partes depende de meios tais como o juízo de Deus, o juramento das partes ou a prova dos ordálios? Para que serve obter um julgamento, se nenhuma autoridade, dispondo de força, está obrigada, ou preparada, para pôr esta força à disposição do vencedor?

Nas trevas da Alta Idade Média a sociedade voltou a um estado mais primitivo. Pode existir ainda um direito: a existência de instituições criadas para afirmar o direito (as *rachim-*

---

1. As leis bárbaras, redigidas na sua maior parte em latim, foram publicadas na coleção dos *Monumenta Germaniae Historica*.

*bourgs* francas, as *laghman* escandinavas, as *eôsagari* islandesas, as *brehons* irlandesas, as *withan* anglo-saxônicas), e até mesmo o simples fato da redação de leis bárbaras tende a convencer-nos disso. Mas o reinado do direito cessou. Entre particulares como entre grupos sociais os litígios são resolvidos pela lei do mais forte, ou pela autoridade arbitrária de um chefe. Mais importante que o direito é, sem dúvida, a arbitragem que visa menos conceder a cada um o que lhe pertence, segundo a justiça, do que manter a solidariedade do grupo, assegurar a coexistência pacífica entre grupos rivais e fazer reinar a paz.

O próprio ideal de uma sociedade que garanta "os direitos" de cada um é abandonado: uma sociedade cristã não deverá antes procurar fundar-se sobre ideias da fraternidade e de caridade? São Paulo, na sua primeira epístola aos coríntios, exalta a caridade em vez da justiça e recomenda aos fiéis que se submetam à arbitragem dos seus pastores, ou dos seus irmãos, em vez de recorrerem aos tribunais. Santo Agostinho defende a mesma tese. No século XVI, também um adágio, na Alemanha, diz *Juristen, bose christen* (juristas, maus cristãos); se se aplica de preferência aos românicos, o adágio vale para todos os juristas; o próprio direito é coisa má.

**28. Renascimento da ideia do direito.** A criação da família de direito romano-germânica está ligada ao renascimento que se produz nos séculos XII e XIII no Ocidente europeu. Este renascimento manifesta-se em todos os planos; um dos seus aspectos importantes é o jurídico. A sociedade, com o renascer das cidades e do comércio, toma de novo consciência de que só o direito pode assegurar a ordem e a segurança necessárias ao progresso. O ideal de uma sociedade cristã fundada sobre a caridade é abandonado; renuncia-se à criação na Terra da cidade de Deus. A própria Igreja distingue mais nitidamente a sociedade religiosa dos fiéis da sociedade laica, o foro externo do foro interno, e elabora, nesta época, um direito privado canônico[2].

---

2. Le Bras, G., "Naissance et croissance du droit privé de l'Église", in *Mélan ges Petot* (1959), p. 329-45.

Deixa de se confundir a religião e a moral com a ordem civil e o direito; o direito vê-se reconhecer com uma função própria e uma autonomia que, no futuro, serão características dos modos de ver e da civilização ocidental.

A ideia de que a sociedade deve ser regida pelo direito não é uma ideia nova. Fora admitida, pelo menos no que respeita às relações entre particulares, pelos romanos. Mas o regresso a esta ideia, no século XII, é uma revolução. Filósofos e juristas exigem que as relações sociais se baseiem no direito e que se ponha termo ao regime de anarquia e de arbítrio que reina há séculos. Querem um direito novo fundado sobre a justiça, que a razão permite conhecer; repudiam, para as relações civis, o apelo ao sobrenatural. O movimento que se produz nos séculos XII e XIII é tão revolucionário quanto será no século XVIII o movimento que procurará substituir a regra do poder pessoal pela democracia, ou, no século XX, aquele que pretenderá substituir a anarquia do regime capitalista pelo remédio da organização social marxista. A sociedade civil deve ser fundada sobre o direito: o direito deve permitir a realização, na sociedade civil, da ordem e do progresso. Estas ideias tornam-se as ideias mestras na Europa Ocidental nos séculos XII e XIII; elas imperarão aí, de modo incontestado, até os nossos dias.

A eclosão do sistema romano-germânico, que se produz nos séculos XII e XIII, de modo nenhum é devida à afirmação de um poder político ou à centralização operada por uma autoridade soberana.

O sistema romano-germânico diferencia-se por isto do direito inglês, em que o desenvolvimento da *common law* está ligado ao progresso do poder real à existência de tribunais reais fortemente centralizados. No continente europeu não se observa nada disto. O sistema de direito romano-germânico vai, pelo contrário, afirmar-se, nos séculos XII e XIII, numa época em que não só a Europa não constitui uma unidade política, mas em que a própria ideia de que ela poderia ser diferente acaba por parecer quimérica: numa época em que se torna evidente que os esforços do papado ou do Império não bastarão para reconstituir, num plano político, a unidade do Império Romano. O sistema de direito romano-germânico *foi fundado sobre uma comunidade de cultura.* Ele surgiu e continuou a existir, *independentemente de qualquer intenção política*: este é um ponto que é importante compreender bem e sublinhar.

O meio principal pelo qual as novas ideias se espalharam, favorecendo o renascimento do direito, foi constituído pelos novos focos de cultura criados no Ocidente europeu; uma função essencial pertence às universidades, das quais a primeira e a mais ilustre foi, na Itália, a Universidade de Bolonha. Convém, por consequência, estudar em primeiro lugar como as universidades conceberam a sua função e como elaboraram, no decorrer dos séculos, negligenciando as fronteiras dos Estados, um direito erudito comum a toda a Europa. Em seguida, estudaremos os direitos aplicados pelos tribunais, direitos que variam de Estado para Estado e de região para região; e veremos como, numa medida variável, eles sofreram a influência do direito erudito ensinado nas universidades.

Seção I – O direito comum das universidades.
Seção II – Os direitos nacionais e regionais.

## SEÇÃO I – **O DIREITO COMUM DAS UNIVERSIDADES**

**29. O direito, modelo de organização social.** As universidades não são escolas práticas de direito. O professor dedica-se a ensinar um método apto a destacar as regras de fundo consideradas as mais justas, as mais conformes à moral, as mais favoráveis ao bom funcionamento da sociedade. Não concebe a sua função como sendo a de descrever práticas existentes, nem de dizer como na prática se poderá dar eficácia às regras que declarou conformes à justiça[3].

3. Cf. também, no capítulo deste livro referente ao direito do islã, a distinção entre direito muçulmano (ligado à religião) e o direito dos países muçulmanos (ligado às autoridades estatais), assim como em nosso capítulo referente à Índia, a distinção entre *dharma* (ciência do justo) e *artha* (ciência das riquezas e do poder).

O direito, nas universidades, é considerado como um modelo de organização social. Não se volta para o contencioso nem para os julgamentos: processo, provas, execução são negligenciados, abandonados à regulamentação administrativa e ao estilo dos práticos. O direito, ligado à filosofia, à teologia e à religião, indica aos juízes como, segundo a justiça, devem estatuir; estabelece as regras às quais os homens justos devem obedecer no seu comportamento social. O direito é, tal como a moral, um *Sollen* (o que é necessário fazer), não um *Sein* (o que se faz na prática). Poderá conceber-se um ensino que se limita a expor a moral corrente dos indivíduos, os seus comportamentos, sem se preocupar em dar uma lição, em dizer como convém viver? Isto é igualmente verdade para o direito.

De resto, como seria possível organizar, na Idade Média, um ensino de direito orientado para o que nós hoje chamamos o direito positivo? Este, na maioria dos países, apresentava-se sob um aspecto caótico, incerto, extremamente retalhado, por vezes bárbaro. A Itália e a França, de onde parte o modelo dos novos estudos, não tinham direito nacional; o regime feudal continuava a reinar nestes países, onde ainda não se havia afirmado nenhum soberano geral incontestado. A situação era a mesma na Espanha e em Portugal, onde os reis eram apenas os chefes de uma coligação sempre precária contra os muçulmanos. A *common law* começava apenas a se formar e a susbtituir os costumes locais na Inglaterra. Sob pena de se tornarem escolas locais de processo, sem prestígio, sem irradiação e sem meios, as universidades deviam ensinar algo diferente do direito local. Além disso, foi precisamente para superar este direito local, para se elevar acima dos costumes atrasados e insuficientes, que o renascimento dos estudos do direito romano se produziu. Nenhuma universidade europeia vai tomar como base do seu ensino o direito local consuetudinário; este, aos olhos da Universidade, não exprime a justiça, não é verdadeiramente direito. "*Non est proprie jus, sed fex*", diz sem reservas um autor alemão.

**30. Prestígio do direito romano.** A hesitação era tanto menos possível quanto era certo que, em face da diversidade e da barbárie dos costumes locais, um direito se oferecia ao estudo e à admiração de todos, tanto professores como estudantes. Este direito era o direito romano. Direito fácil de conhecer: as compilações de Justiniano expunham o seu conteúdo, na língua que a Igreja tinha conservado e vulgarizado e que era a de todas as chancelarias e de todos os sábios: o latim. O direito romano fora o de uma civilização brilhante, que se estendera do Mediterrâneo até o Mar do Norte, de Bizâncio à Bretanha, e que evocava no espírito dos contemporâneos, com nostalgia, a unidade perdida da Cristandade.

Contra este direito romano, segundo o qual a Igreja vivera, e sobre o qual o direito canônico se fundara, não lhe trazendo senão corretivos ou apêndices, elevara-se uma crítica durante muito tempo: o direito romano era um produto do mundo pagão, um dos aspectos de uma civilização que não conhecera Cristo, ligado a uma filosofia que não era a do Evangelho, dos Padres da Igreja e do cristianismo. Construir a sociedade sobre o direito romano, tomá-lo por modelo, não seria afastar-se da lei divina, procurar a justiça em detrimento e na ignorância da caridade?

São Tomás de Aquino, no início do século XIII, eliminava esta crítica. A sua obra, renovando a de Aristóteles, e mostrando que a filosofia pré-cristã, assente na razão, era em grande medida conforme à lei divina, teve por efeito "exorcizar" o direito romano. Ela constitui a definitiva rejeição de toda a pretensão para construir a sociedade civil sobre um modelo apostólico, dominado pela caridade. Com São Tomás eliminou-se o último obstáculo ao renascimento dos estudos de direito romano[4].

**31. Ensino dos direitos nacionais.** A base de todo o ensino do direito será, portanto, em todas as universidades da Europa, o direito romano, com o direito canônico a seu lado. Somente num período tardio o ensino do direito nacional fará a sua aparição nas universidades. O direito sueco é ensinado em

4. Villey, M., *Leçons d'histoire de la philosophie du droit* (2ª ed., 1962), p. 43-9 e 203-19.

Upsala desde 1620, e uma disciplina de direito francês é criada na Sorbonne, em Paris, em 1679, mas na maior parte dos países o direito nacional só vem a ser ensinado nas universidades no século XVIII: em 1707, em Wittenberg, primeira universidade do Império que ensina o *Deutsches Recht*, em 1741 na Espanha, em 1758 em Oxford e em 1800 em Cambridge, na Inglaterra, em 1772 em Portugal. Até o século XX e o período das codificações nacionais, o ensino do direito romano continuará, em todas as universidades, a ser o ensino básico, ocupando o ensino do direito nacional, em relação a ele, um lugar inteiramente secundário. É necessário, na verdade, ter em conta estes fatos e esta preponderância incontestada do ensino do direito romano em todas as universidades durante séculos, para apreciar o que significa o fenômeno do renascimento dos estudos de direito romano; este fenômeno ultrapassa consideravelmente, pelo seu alcance, por um lado, a Universidade de Bolonha, por outro, os séculos XII e XIII.

**32. O *usus modernus Pandectarum*.** O ensino do direito romano, ministrado nas universidades, sofreu uma evolução; várias "escolas" se sucederam, tendo cada uma as suas preocupações e os seus métodos próprios. Uma primeira escola, a dos *glosadores*, procurou reencontrar e explicar o sentido originário das leis romanas. A partir desta época são abandonados alguns textos das compilações de Justiniano porque se referem a instituições da Antiguidade desaparecidas (escravatura) ou porque se relacionam com matérias que presentemente são reguladas pelo direito canônico da Igreja (casamento, testamento). A obra dos glosadores é coroada, em meados do século XIII, pela Grande Glosa de Acúrio, que retoma o essencial do trabalho dos seus predecessores numa obra que comporta cerca de 96.000 glosas. Com a escola dos *pós-glosadores*, no século XIV, uma nova tendência se manifesta e um trabalho muito diferente é realizado: o direito romano é devidamente expurgado, submetido a distorções; presta-se a desenvolvimentos inteiramente novos (direito comercial, direito internacional privado), ao mesmo tempo que é sistematizado na sua apresentação, de uma forma que contrasta vivamente com o caos do Digesto e o espírito casuístico e empírico dos jurisconsultos de Roma. Os juristas já não procuram encontrar soluções romanas, mas se preocupam sobretudo em utilizar os textos do direito romano para introduzir e justificar regras adaptadas à sociedade do seu tempo. Nos séculos XIV e XV, ensina-se, sob o nome de *usus modernus Pandectarum*, um direito romano profundamente deformado, especialmente sob a influência das concepções do direito canônico; segundo o método escolástico, apresentam-se, sobre as diferentes questões, as opiniões de Bartolo, de Balde, de Azo e de outros diversos pós-glosadores e procura-se encontrar assim a solução justa do problema, tomando em consideração a *communis opinio doctorum*.

**33. *Jus commune* e *common law*.** Os desenvolvimentos anteriores ajudam a compreender o que é o *jus commune* do sistema romano-germânico. É um monumento, edificado por uma ciência europeia, que visa, ao fornecer aos juristas modelos, um vocabulário e métodos, orientá-los na procura de soluções de justiça. A obra das universidades apenas se compreende em referência a um conceito de direito natural. Nas suas escolas de direito procura-se descobrir, com o auxílio dos textos romanos, as regras mais justas, as regras conformes a uma ordem bem concebida numa sociedade cuja existência é exigida pela própria natureza das coisas. As universidades não fazem, e não pretendem fazer, uma obra de direito positivo, não têm competência, de resto, para fixar regras que, em todos os países, juízes e práticos deveriam necessariamente aplicar. É muito importante assinalar estas características, no momento em que se volta a falar de Europa e de direito europeu[5]. O sistema romano-germânico uniu os povos da Europa, respeitando a sua diversidade – fora da qual a Europa não seria o que é e o que nós queremos que ela seja.

O *jus commune* da Europa continental é, por isto, algo muito diferente da *common law*, que representa um direito uniforme

5. *Nouvelles perspectives d'un jus commune européen* (Colóquio acontecido no Instituto Universitário Europeu de Florença, maio 1977).

aplicado pelos tribunais reais na Inglaterra. Por outro lado, notar-se-á, relativamente à sua natureza e à sua autoridade puramente persuasiva, a flexibilidade deste *jus commune* europeu. A rigidez da *common law*, sistema de direito positivo ligado a considerações de processo, tornou necessária a elaboração de regras, na Inglaterra, ditas regras de *equity*, destinadas a completar e corrigir a *common law*. Uma tal necessidade jamais se fez sentir nos países da família romano-germânica, e todos estes países ignoram, por consequência, a distinção fundamental inglesa da *common law* e da *equity*.

A ideia de um direito estrito, que não seria "equitativo", vai contra a própria concepção do direito tal como a admitem as universidades; este direito estrito, evidentemente, não poderia ser proposto por elas como um modelo; não é, a seus olhos, direito.

**34. A escola do direito natural.** Sistematizado pelos juristas, adaptado por eles às necessidades da sociedade moderna, o direito ensinado nas universidades desde a época dos pós-glosadores afastou-se cada vez mais do direito de Justiniano, para se tornar um direito sistemático, fundado sobre a razão, tendo por isto vocação para ser aplicado de modo universal. A preocupação de respeitar o direito romano sobrepõe-se cada vez mais, nas universidades, à preocupação de descobrir e ensinar os princípios de um direito plenamente racional. Uma nova escola, dita do direito natural, triunfa nas universidades nos séculos XVII e XVIII.

A escola do direito natural, que acaba por dominar a cena nos séculos XVII e XVIII, afasta-se, em diferentes pontos de vista importantes, da dos pós-glosadores. Abandonando o método escolástico, eleva a um alto grau a sistematização do direito, que ela concebe de modo axiomático, eminentemente lógico, à imitação das ciências. Afastando-se da ideia de uma ordem natural das coisas exigida por Deus, ela pretende construir toda a ordem social sobre a consideração do homem; exalta os "direitos naturais" do indivíduo, derivados da própria personalidade de cada pessoa. A ideia do direito subjetivo vai, desde então, dominar o pensamento jurídico[6]. Recusando a concepção clássica de uma ordem alicerçada na vontade divina e na própria natureza das coisas, relacionando todas as regras do homem considerado como única realidade existente, a escola do direito natural, mal denominada, não vê mais no direito um dado natural, mas uma obra da razão. A razão humana, desde então, será, por consequência, o único guia; na época da filosofia das luzes, os juristas, inspirando-se num ideal de universalismo, procurarão proclamar as regras de justiça de um direito universal, imutável, comum a todos os tempos e a todos os povos[7]. Estas concepções reforçarão a tendência para uma amálgama dos costumes locais e regionais; a exaltação da razão, a nova função reconhecida à lei pelas doutrinas voluntaristas, preparará a via da codificação.

A escola do direito natural renova completamente a ciência do direito nos seus próprios métodos, pelas suas tendências axiomáticas e pelo apelo que faz à legislação. No que respeita à substância do direito, a sua ação deve ser considerada em dois domínios: o do direito privado e o do direito público.

Em matéria de direito privado, a escola do direito natural, quanto à substância, não é revolucionária. Não repudia, de modo geral, as soluções às quais chegaram os pós-glosadores; estas parecem a Grotius, Domat, a Stair na Escócia, a Hugo na Alemanha, como estando justificadas pela razão. A escola do direito natural exige somente que as regras do direito romano só sejam recebidas e aplicadas após exame: quando não sejam contrárias à razão, à justiça, aos sentimentos e necessidades da sociedade, tal como são concebidas nos séculos XVII e XVIII. O que ela exige não é o abandono do direito romano, é um

---

6. Para uma crítica destas concepções, cf. Villey, M., *Seize essais de philosophie du droit* (1968) e "Contro l'umanesimo nel diritto", in *Riv. int. di filosofia del diritto* (1967), p. 670-82.

7. Os novos estatutos, dados pelo Marquês de Pombal à Universidade de Coimbra em 1772, prescrevem que o ensino seja dado, no futuro, não mais sobre a base do direito romano, mas sobre uma base de direito comparado, considerando os princípios de direito reconhecidos pelas nações civilizadas.

novo método, mais progressista, de aplicação e de interpretação deste direito; é necessário repudiar a regra que impõe em certos países (Itália, Espanha, Portugal) a obediência obrigatória à *communis opinio doctorum*, e adotar, pelo contrário, a atitude dos países, como a França, nos quais o direito romano apenas vale a título de "razão escrita". O direito natural, na matéria, não inventou e não ofereceu na prática nenhum sistema que se substitua ao direito romano; a sua ação se aplica apenas sobre pontos específicos e serve mais à procura da modernização e da clarificação das soluções admitidas que à proposição de novas bases.

Em matéria de direito público já é diferente. Aqui, o direito romano jamais forneceu um exemplo[8]. A escola do direito natural vem completar a obra secular das universidades, propondo modelos, deduzidos da razão, no tocante às Constituições, à prática administrativa e ao direito criminal. Estes modelos conformes à razão são, em larga escala, inspirados no exemplo inglês porque, se a *common law* não chegou, em matéria de direito privado, a igualar a perfeição do direito romano, o direito inglês concilia melhor que nenhum outro, segundo parece, as necessidades da administração e da polícia e as liberdades dos indivíduos.

A escola do direito natural exige que, ao lado do direito privado, fundado sobre o direito romano, a Europa elabore o que lhe faltou até então, porque a Universidade, orientada para o estudo das leis romanas, não se ocupou disso: um direito público consagrando os direitos naturais do homem e garantindo as liberdades da pessoa humana.

## SEÇÃO II – **OS DIREITOS NACIONAIS E REGIONAIS**

**35. Regresso à ideia do direito.** O movimento tendente a fazer renascer o direito romano, que se desenvolveu nas uni-

8. Schulz, F., *Principles of Roman Law* (1936).

versidades, estava, como todos os movimentos de ideias, exposto a um perigo: o de se limitar a ser e permanecer acadêmico. As universidades propunham um novo sistema de organização social; elas professavam que a sociedade civil devia ser regida pelo direito e afirmavam que o melhor, o único direito intelectualmente concebível, era o direito romano por elas remodelado. Restava então convencer as populações, os dirigentes, sobretudo os juízes de quem dependiam, principalmente nesta época, não só a aplicação, mas igualmente a determinação do direito aplicável. Em que medida as ideias professadas nas universidades foram aceitas, e de que modo o modelo por elas proposto pôde tornar-se o direito positivo, aplicado nos diferentes países europeus?

A ideia de que a sociedade deve ser regida pelo direito impôs-se no século XIII. Um acontecimento muito importante manifesta com clareza a necessidade que é sentida nesta época de se voltar à ideia de direito: uma decisão do IV Concílio de Latrão, em 1215, proíbe aos clérigos participarem em processos nos quais se recorresse aos ordálios ou aos juízos de Deus. Esta decisão marca uma mudança decisiva. A sociedade civil não podia ser regida pelo direito, enquanto os processos fossem resolvidos pelo apelo ao sobrenatural; o próprio estudo do direito não tinha grande interesse prático, enquanto a solução dos litígios fosse abandonada a um sistema de provas irracional, a função do tribunal sendo somente a de dizer a qual prova se deveria submeter cada uma das partes. A decisão do IV Concílio de Latrão, excluindo este sistema, vai ter como consequência, nos países da Europa continental, a adoção de um novo processo, racional, que terá como modelo o direito canônico; ela abre, assim, o caminho ao reino do direito.

O renascimento da ideia de direito é um dos aspectos que o renascimento dos séculos XII e XIII comporta e exige. A decisão do Concílio de Latrão traduz nitidamente as novas ideias e os novos sentimentos. Porém, ela não indica como se vai reencontrar a ideia de direito, sobre que bases será construído o novo direito.

**36. Possibilidades oferecidas para a evolução do direito.** As universidades, nas quais se produz o renascimento dos estudos de direito romano, propõem uma solução: repor em vigor o direito romano. Uma outra solução pode, porém, ser imaginada: desenvolver um novo direito com base nos costumes existentes ou, na falta de tais costumes, sobre uma base jurisprudencial. Pode-se tomar um direito completo e adaptá-lo; ou pode-se construir algo de novo, à medida que se manifesta a sua necessidade. A segunda solução é, como veremos, a que prevaleceu na Inglaterra, onde se edificou um novo sistema, o da *common law.* As condições próprias da Inglaterra impediram que os tribunais considerassem o direito como as universidades os convidavam a considerá-lo; isto era impossível porque as jurisdições reais (tribunais da *common law*) tinham apenas uma competência restrita, ligada a processos que não lhes permitiam considerar o direito, com toda a liberdade, sob o ângulo da moral e da política. O direito romano era, talvez, em si mesmo, o melhor direito, aquele que deveria ser aplicado, mas na Inglaterra era um direito que não se podia aplicar.

Uma outra tentativa a assinalar é a da escola de direito que, em Pavia, propõe como modelo, em vez do direito romano, o direito lombardo. Porém, esta tentativa é malsucedida; o direito lombardo poderá realmente manter-se e conhecer uma certa expansão, na Itália; não ultrapassará as fronteiras deste país, e nenhuma universidade, além da de Pavia, o tomará por base do seu ensino[9].

Nos países do continente, ao contrário da Inglaterra, prevaleceu a solução proposta pelas universidades. A família romano-germânica tira daí a sua existência: ela é composta de países que, numa medida variável, mas sempre importante,

9. Calasso, F., *Introduzione al diritto commune* (1951); Cappelletti, M., Merryman, J. H. e Perillo, J. M., *The Italian Legal System. An Introduction* (1967). O *Liber Papiensis*, que serviu de base ao ensino em Pavia, compreendia o Édito de Rotário (643), que em 388 capítulos constituía a exposição mais completa do direito de um povo germânico, e um certo número de capitulares, recolhidas no *Capitulare italicum*, todo ele acompanhado de glosas.

sofreram na sua maneira de conceber o direito, na apresentação, nos métodos de investigação e, por vezes, nas próprias regras do seu direito, a influência do ensino ministrado nas faculdades de direito destas universidades.

**37. Processo e organização judiciária.** Ao contrário do que se passou na Inglaterra, considerações de processo não embaraçaram, pelo contrário até favoreceram, na Europa continental, a romanização do direito. Depois do IV Concílio de Latrão, e imitando o direito canônico, um novo processo mais racional, mas também mais complexo, escrito e já não oral, foi admitido nos países do continente europeu. A introdução deste processo originou reformas profundas e decisivas na sua organização judiciária. O sistema carolíngio, no qual o juiz aparecia como uma personagem simplesmente encarregada de dirigir o processo (*Richter*), enquanto os almotacés (*Scabini, Schöffen*) estavam presentes para afirmar qual era o costume e para pronunciar a decisão, é abandonado gradualmente; a administração da justiça torna-se, do século XII para o XVI, a função exclusiva de juristas letrados, formados nas universidades, na escola do direito romano.

Vindo o direito a ser administrado pelos juristas, o sistema de direito ensinado nas universidades vai exercer uma influência considerável. Para compreender qual possa ter sido essa influência, é necessário considerar as circunstâncias da época. O direito, na Idade Média, não apresentava nem a certeza nem o caráter completo que adquiriu nos nossos dias. A sua evolução não era dirigida pelo governo, cuja função era essencialmente administrativa, O direito concebido como a expressão do justo (*id quod justum est*) não se identificava com as ordens de um soberano muitas vezes ainda discutido. Uma função muito importante na descoberta e na formulação das regras jurídicas era, por isso, atribuída à jurisprudência, guiada pela doutrina. O modelo de direito ensinado pelas universidades não foi de modo algum, em tais condições, a obra ideal de pensadores sem relação com a prática e sem influência sobre esta.

**38. Renascimento dos estudos e recepção do direito romano.** Em que medida e de que modo se exerceu esta influência?

O renascimento dos estudos de direito romano e o fato de aos juristas competir a administração da justiça não tiveram necessariamente por efeito a adoção nos diversos países, quanto à substância, das soluções propostas pelos doutores das universidades.

O renascimento dos estudos de direito romano teve por consequência, antes de mais nada, restabelecer na Europa o sentimento do direito, da sua dignidade, da sua importância para assegurar a ordem e permitir o progresso na sociedade. Este sentimento não existe necessariamente e havia-se perdido na Europa após a decadência do Império Romano: como no Extremo Oriente e nas sociedades primitivas, confiava-se muito mais na conciliação, na procura de uma solução de paz e de compromisso, na equidade do que no direito. As universidades valorizam a missão do direito; sublinham a função insubstituível que ele deve desempenhar na sociedade. Aqui está um primeiro ponto, independente do direito romano e da sua recepção: o renascimento dos estudos de direito romano é, em primeiro lugar e antes de mais nada, o renascimento de uma concepção que vê no direito o próprio fundamento da ordem civil.

O renascimento dos estudos de direito romano tem um segundo significado: que o vocabulário do direito, as categorias em que as regras serão ordenadas, os conceitos que se utilizarão, serão o vocabulário, as categorias, os conceitos da ciência dos romanistas. Divisão do direito público e do direito privado, classificação dos direitos em reais e pessoais, noções de usufruto, de servidão, de dolo, de prescrição, de mandato, de contrato de trabalho, tornam-se as divisões e noções sobre as quais os juristas raciocinam, visto que são formados pela escola do direito romano.

O renascimento dos estudos de direito romano é o principal fenômeno que marca o nascimento da família de direito romano-germânica. Os países que pertencem a esta família são, na História, aqueles em que os juristas e práticos do direito, quer tenham ou não adquirido a sua formação nas universidades, utilizam classificações, conceitos e modos de argumentação dos romanistas.

Os materiais de base, as regras, podem derivar de fontes locais, não romanas. A recepção de soluções romanas é uma coisa diferente e, afinal de contas, secundária. As universidades nunca pretenderam impor soluções romanas. Estas nunca foram instituições supranacionais encarregadas da aplicação do direito. Apenas declararam como era necessário conceber o direito, e, partindo dos textos romanos, procuraram mostrar qual era, segundo a sua opinião, o melhor direito e como se podia chegar ao seu conhecimento. A sua obra foi apenas de persuasão; não consistiu na imposição da uniformidade pela via da autoridade.

**39. Evolução necessária dos costumes.** Se é verdade que o renascimento dos estudos de direito romano é distinto da recepção do direito romano, não é menos verdade que a influência das universidades, um pouco por toda a parte, vai ter por consequência, mesmo quanto à substância do direito, um retorno da autoridade e de uma influência crescente do direito romano ou de regras dele derivadas. Em princípio, o direito aplicado na prática não é alterado, mas vai, no futuro, ser considerado de um modo mais crítico. Só poderá subsistir, para regular relações sociais, se apresentar as qualidades de certeza, de generalidade, de aplicação territorial e de conformidade com a justiça, que segundo as novas ideias caracterizam o direito. Será necessário, sobretudo, que se mostre adaptável às circunstâncias, como é necessário numa época de transformação.

Os costumes locais, variando de aldeia para aldeia, são repudiados. Só eram aceitáveis numa economia fechada; muito difíceis de conhecer, de provar, só subsistirão se se operar um reagrupamento, dando-lhes um domínio geográfico de aplicação mais extenso, e se uma compilação permitir conhecer facilmente as suas regras. Caso contrário, estão inevitavelmente votados ao desaparecimento; serão, na maior parte das vezes, substituídos na prática pelo direito erudito das universidades. Os progressos do direito romano só serão limitados quando este direito se confrontar com os grandes direitos consuetudinários, tal como surgem no século XIII, na França, com a obra de Beaumanoir, e na Alemanha com Miroir da Saxônia. Poder-se-á ainda conseguir limitá-los, elaborando novas compilações legislativas, como no século XIII, na Espanha, as *Siete Partidas*, ou procedendo simplesmente à redação dos costumes como o prescreveu, em meados do século XV, a ordenança de Montilles-tours (1454), na França.

Detenhamo-nos um pouco sobre estas compilações: redações ou comentários de costumes. O que choca, na maior parte delas, especialmente nas de direito consuetudinário francês, é o seu caráter fragmentário. Os costumes apenas se referem às relações sociais que já existiam antes do século XIII: relações de família, regime das terras, sucessões. Podem manter-se nestas matérias as antigas regras. Mas os costumes não oferecem nenhuma base sólida para desenvolvimentos em novas matérias. São aceitáveis para constituir um *jus civile* no sentido estrito – direito de uma comunidade restrita; são inaptos para construir um *jus gentium* e para abranger relações que excedam os limites territoriais em que eles se aplicam[10].

O direito ensinado nas universidades não está, do mesmo modo, ligado ao passado nem a um território; obra da razão, situa-se acima das contingências ou tradições locais. Pode-se exigir que regule as relações de tipo novo; está apto também a fornecer uma regulamentação aceitável por todos, nas relações entre estrangeiros. Os costumes eram o direito de sociedades tradicionais e fechadas; o direito das universidades é o de uma sociedade universal, aberta para o futuro. Estas duas características explicam a sua expansão, e eventualmente sua recepção.

**40. Modos de expansão do direito comum.** Expansão e influência, ou recepção? As duas fórmulas são usadas, sem que verdadeiramente denotem, de modo necessário, uma maior

---

10. Notaremos o mesmo fenômeno nos países muçulmanos, na Índia e na África, onde apenas as regras do estatuto pessoal serão suficientemente elaboradas para subsistir nos nossos dias.

romanização do direito nos diversos países. Entre um direito que é aplicável em princípio, mas sob reserva de exceções, e um direito que é aplicável ou aplicado a título supletivo para preencher lacunas possíveis, não há, de fato, grande diferença. O importante é o número de exceções, ou o volume do corpo indígena de direito, que o direito romano vem, por via da autoridade ou da persuasão, em tal circunstância, completar.

Na França, por exemplo, o direito romano é admitido por toda a parte a título de razão escrita: *imperio rationis* e não *ratione imperii*, porque o rei da França é imperador em seu reino, e não reconhece o valor obrigatório das leis romanas consideradas como leis imperiais. A mesma fórmula, porém, abarca uma realidade muito diferente nas regiões do sul da França, de direito escrito, e nas regiões do norte, regiões de direito consuetudinário.

No Sacro Império, em princípio, foi recebido o direito romano. Mas existem partes do Império em que a recepção não se operou, e em que o direito romano, por consequência, apenas pôde valer a título de razão escrita: cantões suíços, países submetidos ao direito do Miroir da Saxônia. Não se nota que haja uma diferença maior entre uns e outros, no que se refere à influência do direito romano. A mesma observação pode ser feita na Espanha, onde o direito romano é recebido na Catalunha, e apenas vale como razão escrita em Castela e em Leão.

Mais importantes que as fórmulas usadas nos diversos países são algumas considerações relativas à organização judiciária e ao processo. Na França, os progressos do direito romano foram refreados porque existiam as pesquisas feitas para constatar os usos e costumes vigentes, que permitiam estabelecer na justiça o conteúdo destes costumes; por outro lado, desde o início do século XIV, antes que os pós-glosadores tenham começado a preocupar-se com a adaptação do direito romano às necessidades da sociedade, constituiu-se um grande Tribunal Real, o Parlamento de Paris, capaz de realizar, sobre uma outra base, um trabalho análogo. Nos países escandinavos, os progressos do direito romano são, quanto à substância, limitados de modo semelhante, pelo fato de o direito ter sido, desde logo, unificado e o costume redigido em nível nacional.

Na Alemanha e na Itália, pelo contrário, nada disso se observa. Nenhum processo permite estabelecer o conteúdo dos costumes e não se pode esperar que os juízes tenham um conhecimento pessoal daqueles. Na verdade, recorre-se muitas vezes, na Itália, no século XII, a juízes itinerantes, que se escolhem propositadamente fora da região, na esperança de que eles serão, deste modo, independentes das facções e imparciais. Por outro lado, na Alemanha difunde-se, no século XIV, uma prática que chega a resultados análogos, a da *Aktenversendung*. A organização dos tribunais é, então, anárquica; existem mais de 2.000 na Saxônia. Para se obter a solução de justiça, envia-se o dossiê da questão, para longe do local do processo, a uma Universidade (*Spruchfakultat*), que dirá como o processo deve ser regulado em direito. Tais práticas asseguram inevitavelmente a preponderância do direito romano. Os juízes encarregados ignoram os costumes locais; apoiam-se voluntariamente nestas condições na *communis opinio doctorum*[11].

**41. Compilações oficiais ou privadas.** As compilações privadas ou oficiais apareceram em diversos países a partir do século XIII até o século XVIII, com o fim de fixar o conteúdo dos costumes regionais. Poder-se-á pensar, *a priori*, que estas obras puderam, sob certos aspectos, limitar o progresso do direito romano. Seu efeito, contudo, deste ponto de vista, foi limitado. Existiam duas possibilidades. A primeira possibilidade era que os redatores dos costumes se limitassem a fixar o conteúdo dos costumes: nesta situação a sua obra deixaria transparecer tudo o que o costume apresenta de lacunas, de arcaísmos e de insuficiências. Nenhum costume constitui um sistema completo necessário para regular as novas relações. O costume funciona, por isto, como uma "lei particular", como um corretivo a um sistema, em que se torna necessário descobrir os princípios. Tal será o caso, particularmente, dos costumes franceses

11. Dawson, J. P., *The Oracles of the Law* (1968), p. 134 ss., 196 ss.; Engelmann, W., *Die Wiedergeburt der Rechtskultur in Italien durch die wissenchaftliche Lehre* (1938); Calasso, F., *Medioevo del diritto* (1954).

redigidos por ordem de Carlos VII na segunda metade do século XV e na primeira metade do século XVI. A segunda possibilidade era que os redatores dos costumes se esforçassem quanto a apresentá-los como um sistema suficientemente completo, podendo bastar em qualquer ocasião: eles apenas podiam consegui-lo se levassem a cabo uma ampla obra de criação; esta, no entanto, implicava, a maior parte das vezes, uma importação dos princípios do direito romano. É isso que se constata claramente ao considerarem-se as Siete Partidas. Nesta compilação, o rei de Castela, Afonso X, o Sábio, retomou a tradição espanhola do Fuero Juzgo e pretendeu estabelecer uma conciliação entre as regras consuetudinárias de Castela, e as regras de direito romano e canônico defendidas pelas universidades e pela Igreja. Mais que quaisquer outras compilações da época, as Siete Partidas apresentam-se como uma obra de reforma. Representavam um avanço acentuado em relação às concepções da época, e, redigidas em 1265, somente em 1384, ao que parece, elas receberam força de lei, pela Ordenação de Alcalá. A sua influência será decisiva fora do seu país de origem, Castela, em toda a Espanha e em Portugal. Elas contribuirão, em larga medida, para uma romanização das regras do direito espanhol e português.

O simples desejo de apresentar o costume como sendo um "costume regional" levou, por outro lado, inevitavelmente, os redatores a negligenciarem as particularidades locais; sendo necessário escolher entre diversas soluções, não há dúvida de que eles optarão por aquela que esteja em harmonia com as regras do direito romano. Cada vez mais, à medida que o tempo passa, a ciência do direito romano surge como sendo a própria ciência do direito; o direito romano, tal como é ensinado nas universidades, revela-se como a razão escrita do mundo cristão. A influência do direito romano aumenta à medida que se consideram compilações mais recentes. A reforma dos costumes ou dos direitos municipais na França, como na Alemanha, revelam-no claramente. A única exceção é constituída pelas codificações realizadas na Noruega (1683) e na Dinamarca (1687), e na Suécia e na Finlândia (1734); excepcional, também, é a evolução verificada nos países ortodoxos, então desprovidos de universidades e separados do resto da cristandade.

**42. Papel do parlamento francês.** Examinemos mais detidamente o modo de desenvolvimento do direito, pela ação da jurisprudência, em diferentes países.

Na França, a partir dos fins do século XII, a justiça real está bem organizada no plano local no quadro dos bailiados e das senescalias, e, a partir de meados do século XIII, cria-se no seio da Cúria Régia um grupo especializado em matéria judiciária. O parlamento de Paris e mais tarde o das províncias constituem tribunais soberanos, que participam do governo do reino. Nem os costumes, nem o direito romano vinculam estritamente estes tribunais; eles podem recorrer a fontes diferentes para proferir a sua decisão; a sua ligação com o poder real permite--lhes excluir a aplicação do direito estrito para fazerem prevalecer a equidade. Assim, os juízes franceses sentir-se-ão sempre bastante livres perante a Universidade e o direito romano que aí é ministrado. A ciência é uma coisa, o governo é outra. Os parlamentos da França esforçar-se-ão por modernizar o direito, mas nesta obra caberão sempre considerações de toda espécie. O direito romano exercerá sobre eles o seu prestígio, particularmente em certas matérias (contratos) em que muito naturalmente se aceitarão as soluções por ele propostas; mas se for entendido na França como a razão escrita, o direito romano jamais aí será qualificado como *direito comum.* O direito comum, na França, é bem mais a jurisprudência dos parlamentos, da importância da qual as compilações publicadas nos dão um testemunho seguro. Particularmente nos séculos XVI e XVII, as "decisões regulamentares" são frequentes na França, dando a conhecer como futuramente um parlamento julgará nestas ou naquelas circunstâncias. Estas decisões regulamentares têm interesse principalmente para as questões de processo e de administração da justiça; mas disciplinam também numerosas questões de direito privado. Independentemente disto, os "precedentes", citados frequentemente, desempenharam na França, nesta época, uma função pelo menos igual ou superior àquela que, na mesma época, eles tinham na Inglaterra[12]. Considerando a jurisprudência dos parlamentos, tornou-se possível no século XVIII falar na França de um "direito comum consuetudinário", em oposição em certas matérias ao direito romano.

**43. O *Deutsches Privatrecht*.** A situação é muito diferente na Alemanha. A desintegração do império e da sociedade, que se produziu no século XIII, levou ao desaparecimento de toda a jurisdição central neste país. O Tribunal Imperial (*Reichshofgericht*) que subsiste tem uma competência muito reduzida devido às imunidades de jurisdição concedidas pelo imperador; não tem sede fixa, nem juízes permanentes, nem meios para fazer executar as suas decisões. Uma nova jurisdição imperial, o *Reichskammergericht*, estabelecida em 1495 pelo imperador Maximiliano, limitar-se-á a ter, do mesmo modo, uma atividade muito restrita. Nestas condições, a jurisprudência pôde alcançar na Alemanha alguma importância num plano regional, no quadro dos diferentes Estados alemães; não conseguiu, porém, constituir um sistema de direito alemão; a via foi, por este fato, aberta à recepção do direito romano.

Unicamente em domínios mais limitados do que na França será possível falar de um direito privado alemão (*Deutsches Privatrecht*). Um desenvolvimento promissor produziu-se, entretanto, na Alemanha, anteriormente à recepção do direito romano, no que diz respeito ao novo direito das cidades. Estas conheceram um progresso notável na Idade Média, especialmente com a organização da Hansa. Os estatutos de uma cidade eram com frequência, mais ou menos fielmente, decalcados sobre os de uma outra cidade (Leipzig, Magdeburgo). Sendo assim, estabeleceu-se o uso, sempre que se tinha de interpretar

---

12. Dawson, J. P., *The Oracles of the Law* (1968), p. 307, 324 ss., 348. O mesmo autor nota que os juristas mais influentes, na França, foram todos práticos, mais ainda que professores de direito. Entre os redatores do código civil não se encontrará nenhum professor.

os estatutos, de pedir uma consulta ao tribunal (*Oberhof*) sediado na cidade, cujos estatutos se tinham copiado. Esta prática poderia conduzir à constituição, em certas matérias (especialmente direito comercial), de um direito comum alemão, mas foi abandonada quando, no século XVI, os príncipes alemães quiseram ter, cada um no seu território, o monopólio da justiça[13]. Os *Oberhöfe* caem, de resto, na mesma época, sob o controle dos juristas.

No século XVIII verificou-se uma nova tentativa, por parte de alguns autores, no sentido de sistematizar o "direito alemão" e de fazer dele um rival do *jus commune* (*Gemeinrecht*), representado pelo direito romano. Contudo, era já bastante tarde; o direito romano estava solidamente implantado e o domínio do *Deutsches Privatrecht* limitou-se a certas instituições; não se conseguiu desromanizar e nacionalizar o conjunto do direito alemão.

Mais típica ainda é a experiência da escola histórica no século XIX. Esta escola afirma a necessidade de um desenvolvimento espontâneo do direito, paralelo ao dos costumes e da linguagem, e que se harmonize com os dados da civilização própria de cada país. Mas, por uma curiosa mudança de atitude, o chefe incontestado desta escola, Savigny, chega mesmo a justificar por estas premissas a recepção do direito romano, e a reivindicar uma mais estrita aplicação do direito romano na Alemanha: os intérpretes qualificados do sentimento nacional em matéria de direito são, efetivamente, segundo ele, os juristas que pretendem aplicar o direito romano. "Pretender eliminar o direito romano, fazendo um código, concluirá Saleilles[14], será o mesmo (nos fins do século XIX) que fazer um código alemão sem direito alemão", isto é tão verdadeiro que o direito romano havia de tornar-se, nesta época, o direito nacional da Alemanha.

13. Dawson, J. P., *The Oracles of the Law* (1968) p. 157 ss. Notar-se-á que os *Oberhöfe* nunca foram, salvo exceção, jurisdições de apelação. A prática do *Aktenversendung* apenas foi condenada e desapareceu finalmente com a promulgação da Ordenança sobre o Processo Civil (ZPO) em 1879.

14. Saleilles, R., *Introduction a l'étude du Code civil allemand* (1904), p. 8.

Frequentemente se notou que o código civil francês comportava mais elementos germânicos que o código civil alemão[15]. O vestígio romano é ainda mais evidente e indiscutível no código civil austríaco (ABGB) de 1811.

**44. Países latinos.** O direito romano tornou-se, muito naturalmente, o "direito comum" da Itália, da Espanha e de Portugal. Com efeito, ele representava nestes países o costume geral, independente de qualquer recepção. As Siete Partidas contribuíram decisivamente, na Península Ibérica, para o reconhecimento da sua autoridade, em detrimento dos costumes locais que podiam ser derrogados.

O perigo a que se esteve exposto, nestes países, foi o da "esclerose do direito" como efeito da estreita ligação às doutrinas dos pós-glosadores. Produziu-se uma reação a este respeito, sob a influência da escola de direito natural, contra os processos mecânicos que, na época anterior, impunham que se seguisse a *communis opinio doctorum.*

No reino de Saboia em 1729, e em Nápoles em 1774, o legislador interveio no sentido de condenar esta prática; proibiu os juízes de se estribarem na opinião dos doutores para justificarem as suas decisões, as quais deveriam fundar-se, na ausência da lei, na razão[16].

A mesma evolução se verificou em Portugal em 1769; uma lei atribuída ao Marquês de Pombal, a "lei da boa razão", libertou os juízes da obrigação estrita de seguirem as opiniões de Acúrsio e de Bartolo e a *communis opinio doctorum* segundo as

---

15. Mitteis, H., "Die germanischen Grundlagen des französischen Rechts", in *Zeitschrift der Savigny-Stiftung für Rechtsgeschichte, Germanische Abteilung*, vol. 63 (1943), p. 138 ss.; Koschaker, P., *Europa und das römische Recht* (1947), p. 140.

16. Gorla, G., "I tribunali supremi degli Stati italiani fra i secoli XVI e XIX, quali fattori della unificazione del diritto nello Stato e della sua uniformazione fra Stati (Disegno starico – comparativo)", in *La formazione storica del diritto moderno in Europa. Atti del terzo Congresso internazionale della Società italiana di storia del diritto*, (1977), p. 447-532.

regras que tinham sido prescritas pelas Ordenanças Filipinas[17]. Desde então, estas opiniões apenas deverão ser seguidas se forem conformes a uma sã razão (*recta ratio*), isto é, "às verdades essenciais, intrínsecas, inalteráveis, em que o direito divino e os direitos humanos colheram as regras morais e cívicas da cristandade"; os juízes são remetidos, além disso, para outras regras que "através do consentimento unânime, o direito das gentes estabeleceu para dirigir e governar todas as nações civilizadas".

**45. A legislação.** Resta-nos finalmente examinar o papel desempenhado, no período aqui considerado, pela legislação. Este papel, no plano estritamente jurídico, pode considerar-se secundário. Segundo as ideias que predominavam na Idade Média, o direito existe independentemente dos comandos da autoridade; o soberano não está qualificado nem para criar, nem para modificar o direito. A sua função é uma pura função administrativa; é unicamente com o fim de organizar e facilitar a administração da justiça que ele pode intervir para auxiliar a formulação do direito que ele não criou. Pelas ordenanças, pelos éditos, pelas práticas administrativas, tais como as cartas de rescisão, o soberano pode corrigir certos erros da justiça, do mesmo modo que é competente para organizar os tribunais de justiça e para lhes regular o processo; o soberano, propriamente falando, não faz leis. Esta concepção, como veremos, se perpetuou até os nossos dias. Podemos reconhecê-la no pensamento muçulmano: o soberano, pelos seus *qânouns*, apenas pode tomar disposições relativas à aplicação dos princípios de direito, sendo estes estabelecidos, independentemente dele, por diversas outras fontes. A doutrina hindu classifica paralelamente em duas categorias distintas (*artha* e *dharma*) as ordenanças dos príncipes, inspiradas por considerações de ordem material e pelas regras de justiça.

De acordo com este modo de ver, as ordenanças que se publicaram na Europa, em todo este período, desempenharam

---

17. Preâmbulo do livro III, título 64, *in fine*. As Ordenanças Filipinas datam de 1603 e foram confirmadas em 1643.

um papel muito importante na organização da administração dos diversos países e no domínio daquilo a que chamamos direito público. Desempenharam também uma função importante em direito penal, matéria intimamente ligada à polícia; a única lei imperial de alguma importância que se publicou na Alemanha, a *Carolina* (1532), referiu-se ao direito criminal. Em matéria de direito privado, ao contrário, o papel da legislação foi muito menor. As autoridades não procuraram modificar os costumes. Pelo contrário, os reis da França, em especial, preocuparam-se em vê-los redigidos a fim de assegurar a sua manutenção; é falso acreditar que os soberanos tenham desempenhado um papel ativo em favor do direito romano, considerado como favorável ao estabelecimento ou à justificação do seu poder absoluto. Se o direito privado foi modificado, o foi essencialmente por meio do processo; nós notamos, e nunca é demais sublinhá-lo, como a substituição de um processo oral antigo por um processo escrito, inspirado no modelo canônico, favorecera a recepção do direito romano. Na própria França, os monarcas absolutos não se consideraram inteiramente livres para modificar as regras de direito privado. Eles abandonaram as tentativas, recomendadas pelos autores, de realizar a unificação deste direito. Não se contam, antes de 1789, mais de uma dúzia de ordenanças ou de éditos relativos a matérias de direito privado[18]. As ordenanças do século XVI (Villers-Cottenêts, Moulins) apenas regulam questões de processo ou de prova. As ordenanças de Colbert, no século XVII, apenas se referem a assuntos relativos à administração da justiça (ordenanças sobre o processo civil) ou da polícia (ordenanças relativas ao comércio e à marinha); elas não se referem ao direito privado estrito. As ordenanças de Daguesseau, no século XVIII, dirão respeito ao direito privado, mas ter-se-á a necessidade de as apresentar como sendo fundamentalmente uma exposição sistemática de regras já admitidas pelo costume; o rei não considera que o direito possa ser modificado segundo a sua vontade.

---

18. Arnaud, A. J., *Les origenes doctrinales du Code civil français* (1969), p. 5.

A escola do direito natural, no século XVIII, rompe com esta concepção tradicional. Ela se recusa a reconhecer a onipotência do soberano e a atribuir a qualidade de leis aos comandos emanados da sua vontade arbitrária. Mas já transige ao ver na pessoa do soberano um legislador; atribuiu-lhe a função de reformar o direito de modo a rejeitar os erros do passado e a proclamar a autoridade de regras plenamente conformes à razão. Sob o império destas ideias, os países do continente europeu vão-se orientar para uma nova fórmula de codificação, muito diferente da fórmula das compilações anteriores. A nova fórmula de codificação conduz-nos ao período moderno da história dos direitos da família romano-germânica: aquela em que a descoberta e o desenvolvimento do direito vão ser entregues, principalmente, ao legislador.

Capítulo II

# *O período do direito legislativo*

**46. Elaboração de um direito público.** A escola do direito natural obteve dois êxitos espetaculares. Em primeiro lugar, fez reconhecer que o direito devia estender-se à esfera das relações entre os governantes e os governados, entre a administração e os particulares. O direito romano formulava a distinção do direito público e do direito privado, para deixar de lado o direito público; os juristas, prudentemente, não se aventuravam neste domínio reservado e perigoso[1]. A escola do direito natural pôs fim a este tabu. As matérias de direito público entraram, a partir do século XVIII, nas preocupações dos juristas. Com um sucesso variável – considerável em geral no que concerne ao direito criminal, menor no que se refere ao direito administrativo, e tardio no que diz respeito ao direito constitucional – eles conseguiram, a partir do século XVIII, construir no direito público uma obra que corresponde àquela, tradicional, do direito privado.

**47. A codificação.** O segundo êxito espetacular da escola do direito natural foi a codificação. A codificação constitui a realização natural da concepção mantida e de toda a obra empreendida desde há séculos nas universidades. Há seis séculos, as universidades ensinavam um direito que elas apresentavam como um modelo de justiça. Dera-se prova de bastante paciência para

1. Schulz, F., *Principles of Roman Law* (1936); Jolowicz, H. F., *Roman Foundations of Modern Law* (1957).

fazer penetrar esta ideia nos juristas. Eles estavam agora convencidos da excelência deste modelo e já não consideravam os direitos locais senão como uma sobrevivência arcaica de um passado obscurantista, um *jus asinimum* ao lado do modelo de direito das universidades. Por que não realizar, sob o signo da razão, que a partir de agora brilha intensamente e governa o mundo, a etapa decisiva, que se impõe de um modo tão evidente depois de ter esperado tanto, e por que não fazer do modelo de direito das universidades, completado e clarificado pela escola do direito natural, o direito "positivo", que será aplicado pela prática das diferentes nações? A escola do direito natural manifesta a vontade de transformar em direito positivo o direito que se ensina nas universidades. Com esta finalidade, mostra-se disposta a admitir outra inovação, a de que o soberano é competente para afirmar o direito e para o reformar no seu conjunto. Na verdade, este poder lhe é reconhecido para que ele exponha os princípios da lei natural: trata-se, como diz Cambacérès de estabelecer um "código da natureza sancionado pela razão e garantido pela liberdade". Porém, uma vez admitido este poder, será fácil afastá-lo deste fim; o legislador vai servir-se dele, fora de qualquer preocupação das "leis naturais", para transformar as bases da sociedade.

A codificação é a técnica que vai permitir a realização da ambição da escola do direito natural, expondo de modo metódico, longe do caos das compilações de Justiniano, o direito que convém à sociedade moderna e que deve, por consequência, ser aplicado pelos tribunais.

A codificação liquidará os arcaísmos que muito frequentemente se perpetuaram; ao mesmo tempo, ela porá fim à fragmentação do direito e à multiplicidade dos costumes, que são muitas vezes um obstáculo na prática, e para os quais se tornou impossível, na época, fornecer uma justificação. Por isso, a codificação se distingue das compilações, oficiais ou privadas, dos séculos precedentes; estas puderam, sempre que se lhes oferecia ocasião, realizar certas reformas úteis. Mas, nem pela extensão do seu objeto, nem pela generalidade de sua aplicação, realizaram a ambição dos juristas da escola do direito natural.

Para que a codificação respondesse a esta ambição e para que fosse coroada de êxito, eram necessárias duas condições. Por um lado, era necessário que ela fosse a obra de um soberano esclarecido, desejoso de consagrar – mesmo em detrimento dos privilégios da antiga ordem – os novos princípios de justiça, de liberdade e de dignidade do indivíduo. Por outro, era preciso que a nova compilação fosse estabelecida num grande país, exercendo sobre os outros uma influência à qual eles não saberiam esquivar-se. Ou seja, a codificação só poderia ter bom êxito e renovar os dados do sistema, nas condições em que foi realizada: na França, no alvorecer da Revolução, associada ao prestígio das ideias de 1789 e da expansão napoleônica. O *Allgemeines Landrecht* prussiano de 1794 fracassou pela falta da primeira destas condições; o código civil austríaco de 1811 apenas conheceu uma limitada expansão, por falta da segunda condição.

**48. Méritos da codificação.** A codificação é frequentemente apresentada como tendo sido causa de uma fragmentação do direito europeu, e como tendo originado uma ruptura da comunidade jurídica europeia e da família de direito romano-germânica. Esta censura dirigida à codificação exige um esclarecimento.

Com efeito, é necessário ver que o direito ensinado antes do século XIX nas universidades não era o direito aplicado na prática.

A codificação, por si mesma, não rompeu de modo nenhum a unidade do direito europeu. Pelo contrário, a expansão do código de Napoleão serviu para reforçar esta unidade[2].

Acrescentemos ainda que a codificação constituiu um instrumento admirável para a expansão, na Europa e fora dela, do sistema de direito romano-germânico. Voltaremos a este ponto,

---

2. *L'influence du Code civil dans le monde* (trabalho da Semana Internacional de Direito, Paris, 1950) (1954). Adenda artigos publicados na *Revue internationale de droit comparé*, nº 4 (1954) (Os cento e cinquenta anos do Código Civil). Cf. igualmente Schwartz, B., org., *The Code Napoleon and the Common Law World* (1956).

estudando o sistema fora do seu berço europeu, mas importa fazer desde já esta observação.

**49. Consequências desastrosas da codificação.** Pode dizer-se que os efeitos nefastos da codificação se produziram independentemente do seu próprio princípio, e compete em larga medida aos próprios juristas a sua correção. Pelo fato de se ter realizado, na França em 1804, na Alemanha em 1896, na Suíça em 1881-1907, a perfeição da razão, para apenas considerar os códigos civis, perdeu-se de vista a tradição das universidades, que era a de orientar a procura do direito justo, de propor um direito modelo e não de expor ou de comentar o direito dos práticos deste ou daquele país ou região. Quando surgiram códigos nacionais, pareceu que as duas coisas coincidiam, e que a função das universidades era apenas a de fazer a exegese dos novos textos. Abandonando o espírito prático dos pós-glosadores, a audácia dos pandectistas, os professores de direito voltaram à escola dos glosadores, aplicando as suas glosas aos novos textos. Uma atitude de positivismo legislativo, agravada pelo nacionalismo, foi originada pelos códigos, contrariamente à ideia que os tinha inspirado[3]. O direito tornou-se para os juristas o seu direito nacional. Os juristas concentraram-se sobre os seus códigos e deixaram de considerar que o direito, norma de conduta social, era, por essência, supranacional.

**50. Positivismo legislativo e nacionalismo jurídico.** A finalidade da codificação tinha sido enunciar os princípios de um *jus commune* rejuvenescido, adaptado às condições e necessidades dos homens do século XIX. Os códigos deviam constituir, ao suceder ao *usus modernus*, o *usus modernissimus*

3. Em 1827, Zachariä escreve: "deve existir em toda a Europa, pelo menos entre os intérpretes do direito civil, como entre aqueles que estudam a natureza, uma união que nenhuma divergência de ordem política deveria abalar" (*Handbuch des Französischen Rechts*, 3ª ed., p. VIII). Sabe-se que a obra de Zachariä serviu de modelo a Aubry e Rau, para o seu notável *Cours de droit civil français*.

*Pandectarum*. O declínio do espírito universitário e o nacionalismo do século XIX fizeram deles, pelo menos por algum tempo, algo de diferente. Os códigos foram tratados como se, em vez de serem uma nova exposição do direito comum, fossem a simples generalização, uma nova edição, de um "costume particular", elevado a nível nacional.

Em vez de se ver neles a nova expressão do direito comum renovado, tal como haviam concebido os seus promotores, viu-se o instrumento de uma "nacionalização do direito", depois da qual a propria ideia de direito comum quase desapareceu na Europa. O drama europeu não foi a codificação; foi a rejeição da codificação francesa na Alemanha[4], e foi, mais ainda, a atitude das universidades no alvorecer da codificação. A codificação e todo o movimento legislativo posterior originaram uma atitude de positivismo legislativo, ao mesmo tempo que de nacionalismo jurídico, no qual pôde parecer que desapareceu a ideia de que existia uma comunidade jurídica entre as nações europeias (e, cada vez mais, extraeuropeias) e que existia uma família de direito romano-germânica. O direito passou a confundir-se com a ordem do soberano, deixou de se confundir com a justiça. Todos os países da Europa, sobretudo a França e a Alemanha, foram atraídos por esta ótica nova que é a do marxismo. A mudança de atitude em cada país apenas se manifestou a partir do momento em que uma codificação nacional aí foi feita. Os próprios códigos, pelo contrário, foram a maior parte das vezes estabelecidos sobre uma base de direito comparado, ou se procuraram modelos para os diversos códigos em diversos países[5]; esta dupla prática atesta o parentesco de todos os direitos que fazem parte da família romano-germâ-

4. Os destinos do direito continental teriam sido diferentes se o código francês, recebido na Bélgica, nos Países Baixos, em Luxemburgo, nas províncias do Reno e Baden, na Polônia e na Itália, tivesse sido acolhido em toda a Alemanha.

5. Assim aconteceu particularmente no Japão, na Romênia, na Turquia. No que diz respeito à Grécia, cf. Zepos, P. J., "The Historical and Comparative Background of the Greek Civil Code", in *Inter-American Law Review*, vol. III (1961), p. 285-316.

nica; por outro lado, ela condena a doutrina que julga poder concentrar-se sobre o seu direito nacional, renunciando assim à função, que sempre foi sua, de fazer progredir a ciência jurídica e aperfeiçoar o direito.

**51. Novas tendências.** Atualmente a crise parece estar em vias de solução. O envelhecimento dos códigos atenuou, se é que não eliminou, a atitude de positivismo legislativo dominante no século XIX. Reconhecemos cada vez mais abertamente a função essencial que pertence à doutrina e à jurisprudência na formação e na evolução do direito, e nenhum jurista pensa mais que apenas os textos legislativos sejam importantes para conhecer o direito. Mesmo em matéria de direito criminal, em que o princípio da legalidade das penas pode parecer justificar esta convicção, os poderes cada vez maiores dados quer a juízes, quer à administração, para fixar a medida da pena e para regular a sua aplicação, colocam, na verdade, o direito, muito largamente, na dependência do ideal professado por aqueles que são encarregados de o administrar. A multiplicação das convenções internacionais, o desenvolvimento do direito comparado obrigam, ou incitam, os juízes a preocuparem-se, cada vez mais frequentemente, com a maneira como é concebido ou interpretado o direito nos países estrangeiros. O nacionalismo jurídico está em retrocesso e pode esperar-se que a crise, suscitada pelo movimento de codificação dos séculos XIX e XX, seja superada num futuro próximo. O renascimento da ideia do direito natural, que na nossa época se observa, é próprio para fazer reviver a ideia do direito comum, vivificando o sentimento de que o direito não deve ser concebido como se identificando com a lei e como tendo, por esse fato, um caráter nacional.

É claro, por outro lado, que o direito passa por uma crise. A preocupação essencial, outrora, era com a justiça comutativa; a ideia de justiça distributiva passou atualmente para o primeiro plano, e por consequência a ênfase, que antes era colocada sobre as relações entre os particulares e sobre o direito privado, é colocada atualmente sobre o direito público, sendo atribuído um papel primordial à administração e ao Estado, para fazer reinar um novo tipo de justiça em uma sociedade renovada. As concepções e as técnicas jurídicas que pareciam, há pouco tempo, satisfatórias, são mal adaptadas a esta nova ótica. Era fácil dizer, com a ajuda destas técnicas, o que a justiça exigia nas relações entre o vendedor e o comprador, o proprietário e o arrendatário, o editor e o autor; podia-se prever e aplicar, em todos estes casos, regras suficientemente precisas. É muito mais difícil regular e controlar a ação da administração, quando se trata de decidir se a licença para construir deve ou não ser concedida, que terrenos devem ser desapropriados para a realização de uma obra pública, se uma empresa deve se beneficiar de um crédito, ou se os estrangeiros deverão ser autorizados a se instalar no país. Falta-nos tradição, quando devemos resolver esses problemas, de tal modo, que se questionou se se tratava ainda de matéria jurídica. Parece-nos claro que esta pergunta deve receber resposta afirmativa, a função do direito e dos juristas sendo de fazer atuar e concretizar a concepção da justiça predominante na sociedade. Todavia, parece-nos evidente que, para elaborar o direito novo, requerido pela nova concepção de justiça distributiva, é particularmente indicado observar o que se faz no estrangeiro e recorrer ao direito comparado.

**52. Perpétua transformação do sistema.** Os desenvolvimentos precedentes lançaram luz sobre alguns dos fatores principais que fizeram a unidade da família de direito romano-germânica. Convém completá-los, assinalando certas correntes que, em diversas épocas e em diversos países, chegaram a dar a sensação de que esta unidade estava comprometida e que uma fração se iria destacar do sistema para vir a tornar-se autônoma. O direito romano-germânico é um direito vivo. Esta mesma vida implica a sua transformação contínua; alguns movimentos que visam a transformação do sistema têm a sua origem em um país ou em um grupo de países antes de serem seguidos por todos ou de serem, pelo contrário, rejeitados pelo conjunto da família romano-germânica. Existe, por isso, de um modo permanente, um certo afastamento entre os diferentes direitos da família, que podem encontrar-se defasados, uns em relação aos outros; ao serem tentadas algumas experiências ou ao serem acolhidas certas tendências novas, o direito de um país pode encontrar-se, em um dado momento, mais avançado em confronto com os outros em certos aspectos ou em alguns dos seus ramos. Em cada época se levanta a questão de saber se a unidade da família não está quebrada. Tudo vai depender de saber se o direito, no qual se experimentou uma modificação, será seguido pelos outros nesta experiência ou se, alternativamente, ele próprio acabará por renunciar à experiência que tentou, para regressar à linha tradicional.

Ao considerarmos as fontes, tal como a estrutura dos direitos do continente europeu, teremos ocasião de notar a diversidade que, deste modo, tende a dissimular constantemente aos olhos dos juristas a unidade profunda da família de direito romano-germânica. Sem nos anteciparmos aqui a falar destes desenvolvimentos, assinalemos alguns fatos para ilustrar esse incessante movimento, esse descompasso permanente, que caracteriza e condiciona a própria existência do nosso sistema.

**53. Fatores passageiros de diversidade na História.** Existiram na História, no próprio ensino das universidades, diferenças de escolas: um *mos gallicus*, de tendência histórica, opôs-se a um *mos italicus* mais orientado para uma adaptação à prática das regras de direito; um *mos germanicus*, mais ousado e mais inovador, esteve na base do aparecimento da escola dos pandectistas. Estas tendências regionais pareciam pôr constantemente em perigo a existência do direito continental europeu; porém, este continuou a existir, sendo restaurada a sua unidade pelo triunfo da escola do direito natural, que resolveu as divergências através de uma superação das diversas tendências.

O triunfo da ideia de codificação constituiu, em uma época ulterior, um novo perigo para a unidade. Indagou-se se a França seria seguida na nova experiência que constituía a codificação napoleônica e se os códigos não iam ser causa de uma fragmentação do direito europeu. Contudo, todos os direitos, salvo raras exceções, adotaram a fórmula francesa da codificação;

e parece-nos, cada vez mais nitidamente, que a diversidade dos códigos, semelhante à das leis e dos costumes de outrora, não é uma causa necessária de cisão no seio da família de direito romano-germânica.

O afastamento entre as datas em que a codificação foi realizada na França e na Alemanha não se realizou sem ter deixado alguns vestígios. Durante todo o período em que os juristas franceses se consagraram à exegese dos seus códigos, os juristas alemães continuaram o trabalho secular que as universidades tinham empreendido sobre os textos do direito romano. Uma nova escola triunfou na Alemanha, a dos pandectistas, que elevou os princípios românicos a um grau de sistematização ainda não atingido. A elaboração do código civil alemão, em fins do século XIX, realizou-se com base nesta ciência dos pandectistas; uma diferença de estilo entre os códigos francês e alemão é a consequência disto. Esta diferença é, como se vê, o produto de um acidente histórico; é duvidoso que aí se possa encontrar o germe de uma oposição permanente entre direito francês e direito alemão; é sobretudo arbitrário descobrir aí uma oposição de princípios entre concepções latina e germânica do direito, sem consideração pela História, e, mais ainda, quando os direitos de países "germânicos" diferentes da Alemanha (Áustria, Países Baixos, Suíça, países escandinavos) continuam a estar, no seu afastamento da abstração, mais próximos do direito francês que do direito alemão.

**54. Direitos latinos e direitos germânicos.** Será possível falar, por oposição ao direito alemão, de um grupo de "direitos dos países latinos", ao qual pertenceriam, com o direito francês, os direitos da Itália, da Espanha e de Portugal? Tal afirmação não encontra uma adesão unânime. Os direitos dos diversos países latinos da Europa apresentam certamente semelhanças entre si, mas apenas pelo fato da terminologia que empregam. Mas diferem também uns dos outros em numerosos aspectos, e essas diferenças podem perfeitamente ser consideradas tão importantes como as diferenças entre direito francês e direito alemão ou sueco.

Assim, existem grandes diferenças entre a França, a Itália, a Espanha e Portugal, no que se refere a seus direitos constitucionais e administrativos, aos regimes matrimoniais ou ao processo civil.

Cada um dos direitos do continente europeu tem a sua originalidade. Não se deve subestimar o alcance das diferenças entre estes diversos direitos. Contudo, existe grande semelhança entre estes direitos, quando se considera o conjunto dos seus elementos e pode-se seguramente falar numa família romano-germânica, embora reconhecendo que existem subgrupos no seio desta família, que, aliás, podem se referir apenas a um ou a diversos ramos especiais do direito.

**55. A secessão dos direitos socialistas.** A diversidade das estruturas econômicas e a dos regimes políticos estabelecidos nos diferentes países suscitam outro problema. É verdade que a unidade dos direitos do continente europeu pôde estabelecer-se e manter-se através dos séculos em países muito diferentes, desde o regime feudal até as democracias socializantes dos nossos dias. Não se deve, entretanto, subestimar a ameaça que a diversidade das estruturas econômicas e dos regimes políticos representam para a unidade do sistema. Esta unidade fundou-se historicamente sobre a consideração do direito privado; e, se ela resiste às variações econômicas e políticas que se observam, é porque o direito privado em cada país permanece, em larga medida, independente da economia e da política. Contudo, o direito dos nossos dias não se resume ao direito privado; depois da Revolução Francesa, em 1789, foi elaborado um direito público. Não se deve dissimular que a unidade da família romano-germânica estará bastante comprometida se se restringir ao direito privado e não se estender ao direito público. Hoje, isso se verifica mais do que nunca, no momento em que as intervenções crescentes do Estado conferem cada vez mais importância ao direito público, e colocam cada vez mais o direito privado numa dependência estrita do direito público.

O perigo de cisão aumenta quando se estabelece em um país um regime que pretende ser verdadeiramente revolucionário, e que, não satisfeito em remodelar as instituições do país, pode ir até o repúdio da própria concepção do direito que está na base do nosso pensamento. Deixemos de lado o episódio trágico do nacional-socialismo. Observamos nos nossos dias, entre os países que outrora pertenciam à família de direito romano-germânica, uma preocupante divisão entre a Rússia e os Estados ligados ao marxismo-leninismo de um lado, e os demais países da Europa continental do outro. Esta divisão é suficientemente nítida para que, no momento atual, seja considerada como uma verdadeira secessão. Nós agrupamos o direito soviético e os direitos das Repúblicas Populares, como o reclamam os juristas destes Estados, numa família de direitos própria, independente da família de direito romano-germânica. A concepção do direito romano-germânico, atualmente em vigor na União Soviética, não é, contudo, inteiramente nova. Karl Marx e Lênin receberam ambos uma formação jurídica em um país da família romano-germânica; a sua doutrina liga-se diretamente à tendência do positivismo jurídico que, preponderante no século XIX e vigorosa ainda no século XX, quis ver no direito a expressão da vontade do legislador, intérprete supremo da justiça.

Os autores soviéticos levaram esta ideia até as últimas consequências, enquanto os juristas do Ocidente, ao contrário, empreendiam contra ela uma reação e, para reafirmar a ideia tradicional de uma ligação estrita entre justiça e direito, acreditaram necessário afastarem-se do elo estabelecido no século XIX entre o direito e o Estado. O pensamento soviético difere fundamentalmente do nosso na previsão que faz do futuro, em que crê poder descortinar uma sociedade sem direito. No entanto, ainda conserva um Estado, um direito e um princípio de legalidade que, apesar de qualificados de socialistas, não deixam de evocar a ideia do Estado e do direito burguês. Presentemente, o direito dos Estados do campo socialista parece-nos manter-se fiel às concepções positivistas, hoje em declínio na Europa Ocidental, mais do que prenunciar uma organização verdadeiramente nova. Não é impossível que dentro de cinquenta ou cem anos se encontre restabelecida a unidade hoje quebrada.

Capítulo III

# *A expansão além da Europa*

A colonização de vastos territórios de além-mar originou a expansão da família de direito romano-germânica fora da Europa. A fórmula da codificação, adotada nos séculos XIX e XX, favoreceu, por outro lado, esta expansão em numerosos outros países.

**56. América.** As colônias espanholas, portuguesas, francesas e holandesas da América, estabelecidas em países praticamente desabitados ou cuja civilização estava votada ao desaparecimento, aceitaram de modo natural as concepções jurídicas características da família romano-germânica. Inicialmente, na prática, pôde predominar, fora das cidades e de alguns centros, um direito bastante primitivo, em consequência da subadministração do país e da ausência de juristas. À medida que a América foi se desenvolvendo, o direito prático começou a se aproximar do erudito: de início, direito doutrinal ensinado nas universidades da América[1] e da metrópole, depois, direito incorporado nos códigos redigidos à imagem e semelhança dos códigos europeus. Em nenhum momento se pensou em repudiar esta tradição. A questão que se levanta é somente a de saber em que medida as condições próprias da América, muito diferentes das do meio europeu, podem conduzir no plano do direito erudito, e conduziram, no plano da prática do direito, a reconhecer ou a conferir uma certa originalidade aos direitos

1. A universidade de São Marcos de Lima é criada logo em 1551; a universidade do México em 1553.

da América, em relação aos direitos europeus da família romano-germânica; um regime agrário original persiste, assim, nas comunidades indígenas do México, da Guatemala e do Peru; aquele que, teoricamente, se apresenta como proprietário da terra, pode ser na realidade um simples representante do grupo por conta e no interesse do qual ele deve, em conformidade com o costume, explorar esta terra. A vida social no Haiti se desenvolve, em muitos aspectos, na conformidade de costumes que ignoram o direito formal, erudito, da nação[2].

Por outro lado, um problema se levanta quanto a certos territórios da América, que outrora estiveram sob o domínio espanhol ou francês, mas que hoje pertencem a conjuntos políticos em que a *common law* é preponderante, ou estão submetidos à soberania ou à influência dominante de um país da *common law*[3]. Poderá ser conservada, em tais circunstâncias, a tradição da ligação à família romano-germânica? Deve-se responder negativamente quanto à antiga Louisiana francesa, exceção feita ao atual Estado da Louisiana, que apenas constitui uma pequena parcela do antigo território de New Orleans, no delta do Mississipi. As antigas possessões espanholas, atualmente Estados dos Estados Unidos (Flórida, Califórnia, Novo México, Arizona, Texas etc.), conservaram certas instituições, do direito colonial anterior, mas seguem, atualmente, o regime de direito da *common law*. O mesmo sucede na zona do Canal do Panamá e na antiga Guiana Inglesa. O Estado de Louisiana, a província de Quebec, Santa Luzia e Porto Rico, pelo contrário, puderam manter vitoriosamente, até aqui, a sua tradição, e submeteram-se a um direito misto, colhendo certos elementos da *common law*, mas conservando, em certa medida, a sua ligação à família romano-germânica.

**57. África e Madagascar.** Devido à colonização, assistiu-se igualmente, na África negra e em Madagascar, a uma certa

2. Montalvo-Despeignes, J., *Le droit informel haïtien* (1976).

3. Cuba, por outro lado, passou a pertencer à família dos direitos socialistas.

expansão da família de direito romano-germânica. Não existia nenhum sistema elaborado nestes países, onde uma estrutura tribal, em geral muito fragmentária, lhes havia paralisado a evolução. A própria noção de direito fora importada para aí, com a ordem e a paz, pelas potências coloniais. Os Estados originários do antigo Império Colonial Francês, o Zaire, Ruanda, Burundi, a Somália e as antigas possessões espanholas e portuguesas vieram deste modo a pertencer à família de direito romano-germânica. A Ilha Maurício e as Seicheles ligam-se igualmente, não obstante pertenceram à *Commonwealth*, ao mesmo grupo, por razões históricas. A Etiópia, fora de toda a colonização europeia, elaborou códigos (código penal, código civil, código comercial), em 1957 e em 1960, de inspiração francesa. O processo, civil e penal, é, ao contrário, regulado neste país por códigos de modelo inglês. Somente a sua evolução no futuro poderá dar-nos a conhecer se o direito etíope e os direitos da África negra deverão ser considerados como constituindo um ou vários grupos autônomos no seio da família romano-germânica.

Os países que fazem parte da União Sul-Africana pertenceram, antes da sua anexação pela Inglaterra, com a colonização holandesa, à família de direito romano-germânica. O direito romano-holandês, que aí era aplicado, foi posto em perigo pela soberania inglesa. Sob a influência inglesa têm sido operadas algumas modificações que levam a considerar os direitos da África do Sul e da Rodésia, assim como atualmente os de Botswana, do Lesoto e do Ngwane, como direitos mistos.

A África do Norte mantém elos estreitos com a família romano-germânica, tendo recebido, os diferentes países que a constituem, leis francesas ou italianas, devido à colonização ou sob a influência política ou cultural da França. O direito muçulmano, porém, continuou a desempenhar nestes países, sobretudo em certos domínios, uma função importante.

**58. Ásia e Indonésia.** Nos dois extremos da Ásia, a família de direito romano-germânica ganhou adeptos. A Turquia, depois da era do Tanzimat, iniciada em 1839, procurou no modelo dos códigos europeus uma fórmula de modernização do seu direito. Mantendo-se fiel à sua tradição muçulmana até a guerra de 1914, procurou desde então operar a sua renovação, repudiando esta tradição; a partir daí pertence à família romano-germânica.

Os Estados árabes que se formaram no Oriente Próximo depois da queda do Império otomano foram menos revolucionários. A sua evolução assemelhou-se mais à do Egito. Eles conservaram e acentuaram, com a França, depois de 1918, os elos jurídicos que o Império otomano lhes havia legado e que correspondiam às suas próprias inclinações, mas não secularizaram o seu direito, como fez a Turquia, e a maior parte deles conservou, pelo menos para os cidadãos de religião muçulmana, numerosas instituições do direito muçulmano. Israel constitui um caso à parte; o mandato britânico sobre a Palestina substituiu, em larga escala, neste país, a influência do direito franco-otomano, precedentemente em vigor, pela da *common law*[4]. O mesmo se verificou no Iraque e na Jordânia, mas o desaparecimento do mandato britânico foi seguido, nestes países, por um regresso às concepções do direito romano-germânico.

A península da Arábia recebeu, até agora, pouca influência romano-germânica. A maneira como se vai modernizar continua ainda a ser um enigma; não se pode dizer se a influência econômica inglesa e americana, poderosa na Arábia Saudita e nos diversos emirados no Golfo Pérsico, será preponderante, ou se os seus elos com o mundo árabe orientarão estes países para uma adesão, ainda que parcial, à família romano-germânica. A República Socialista e Popular do Iêmen, por outro lado, está próxima dos países da família socialista. Uma situação confusa predomina no Irã e no Afeganistão. É difícil dizer se nestes países a influência das concepções romano-germânicas ou socialistas será preponderante, e em que medida esta preponderância será contrariada por uma volta à tradição muçulmana, julgada mais pura.

---

4. Shalev, G. e Herman, S., "A Source Study of Israel's Contract Codification", *Louisiana L. R.*, 35 (1975), p. 1091-115.

Na outra extremidade da Ásia, a família romano-germânica apenas obteve um sucesso passageiro na China; a posição preponderante que aí haviam conquistado os direitos da Europa continental foi destruída pelo êxito do partido comunista. O mesmo sucedeu no Vietnã e na Coreia do Norte. Elos estreitos com a família romano-germânica subsistem no Japão, em Formosa, na Tailândia, na Coreia do Sul, enquanto uma situação muito confusa predomina atualmente no Camboja e no Laos. Colonização e recepção espontânea estão, aqui como na África, na origem deste parentesco.

A colonização espanhola levou as Filipinas a fazerem parte da família de direito romano-germânica. Contudo, cinquenta anos de ocupação pelos Estados Unidos da América introduziram aqui novos elementos e fizeram do direito filipino um direito misto.

O direito de Sri Lanka (ilha do Ceilão) teve uma sorte comparável ao da União Sul-Africana; também ele deve ser considerado como um direito misto.

A Indonésia, colonizada pelos holandeses, liga-se à família romano-germânica. As concepções romano-germânicas combinam-se, nestes países, com o direito muçulmano e com o direito consuetudinário (direito *adat*), de modo que parece apropriado considerar este sistema de direito como constituindo, também, um direito misto.

TÍTULO II

# Estrutura dos direitos

**59. Plano.** Os direitos da família romano-germânica diferem consideravelmente uns dos outros quanto à substância. Particularmente o seu direito público difere bastante, em relação a certas opções políticas ou ao seu maior ou menor grau de centralização; o seu direito privado pode, de igual modo, em alguns dos seus ramos, refletir concepções muito variadas ou ser marcado por um grau de desenvolvimento diferente.

Independentemente das regras de fundo que comportam, os direitos aqui considerados merecem ser aproximados; constituem entre si uma família porque estão aparentados pela sua estrutura.

Esta afirmação exige uma dupla precisão. Convém tomar em consideração, em primeiro lugar, as categorias nas quais são ordenadas as regras de direito. Convém, por outro lado, examinar se o primeiro elemento do sistema, a regra de direito, é concebida nos diferentes direitos do mesmo modo.

Capítulo I – As divisões e os conceitos.

Capítulo II – A noção de regra de direito.

Capítulo I

# *As divisões e os conceitos*

**60. Direito público e direito privado.** Em todos os países da família romano-germânica a ciência jurídica agrupa as regras do direito nas mesmas grandes categorias. Por toda parte se encontra a mesma grande divisão básica de direito público e de direito privado[1]. Esta distinção se baseia sobre uma ideia que parece evidente aos juristas desta família: as relações entre governantes e governados dão lugar a problemas específicos, e tornam necessárias normas diversas das que regulam as relações entre as pessoas privadas, quando mais não seja porque o interesse geral e os interesses particulares não podem ser pesados na mesma balança.

A esta consideração se acrescenta a circunstância de que é mais fácil impor o respeito do direito às pessoas privadas, podendo o Estado neste caso agir como árbitro, que impô-lo ao Estado, que dispõe da força. Pôde-se durante muito tempo afirmar a existência de um díptico direito público/direito privado, de acordo com uma concepção que ligava o direito a uma ordem natural, anterior e superior ao Estado; todavia a atenção dos juristas se concentrou inteiramente sobre o direito privado: se ocupar do direito público parecia ao mesmo tempo perigoso e inútil. Em Roma não existiu nem direito constitucional nem direito administrativo; o direito penal se desenvolveu

---

1. Sobre esta distinção, e sobre a maneira como ela está concebida nos países da família romano-germânica, cf. Szladits, Ch., *Int. Enc. of Comparative Law*, vol. 2, cap. II (1974).

somente na medida em que visava, em geral, regular as relações entre particulares (o autor da infração e sua vítima, ou suas famílias) e porque não estava, em consequência, plenamente no domínio do direito público.

Certos autores, colocando-se nos limites entre o direito e a ciência política ou administrativa, procuraram expor, em diferentes campos, as regras do direito público. Entretanto a matéria era muito ligada aos diversos regimes políticos e às estruturas administrativas nacionais, para permitir que estas tentativas tivessem grande alcance prático. Era possível descrever e criticar as instituições e as práticas em vigor e fazer recomendações aos dirigentes; esta obra de classificação e de reflexão era, entretanto, necessariamente, muito diferente da que empreendiam as universidades no campo do direito privado.

Novas perspectivas se abriram para o desenvolvimento do direito público, quando as doutrinas que postulavam o primado da razão e afirmavam a existência de "direitos naturais" do homem triunfaram em numerosos países no século XIX, acarretando neles o estabelecimento de regimes democráticos. Procurou-se então, como uma necessidade, transformar em realidade o que fora até então um ideal: o Estado, deixando de ser governado por monarcas de direito divino, deveria se organizar de maneira conforme à razão e, sobretudo, era necessário garantir eficazmente os direitos naturais dos indivíduos contra os abusos do poder. Esta dupla necessidade se tornou mais premente no século XX, quando o Estado-Polícia do passado deu lugar a um Estado-Providência, desejoso de criar uma sociedade nova e devendo fazer face a tarefas cada vez mais numerosas[2].

A partir desse momento, colocou-se o problema de saber como disciplinar e controlar as múltiplas atividades, que naturalmente levam ao exercício de um certo poder discricionário. A administração dirige o desenvolvimento social e econômico

---

2. Cortinas Pelaez, L., dir., *Perspectivas del derecho público en la segunda mitad del siglo XX. Homenaje a Enrique Sayaguès-Laso*, 5 vols. (1969).

do país, impõe limites ao direito de propriedade, regulamenta as profissões, outorga licenças, concede favores; como efetuar a necessária conciliação destas atividades diversas com os princípios de liberdade e igualdade, que se julga essencial garantir, e como, sem paralisar a administração, obrigá-la a tomar em consideração os interesses privados que a própria Constituição frequentemente lhe manda respeitar? Como vemos, surgem problemas novos, acerca dos quais nos perguntamos, se não se referem mais a uma nova ciência administrativa, que ao direito. Estes problemas se acrescentam aos antigos, que tomaram eles próprios uma nova importância: como fazer com que os tribunais instituídos pelo Estado, e decidindo em seu nome, sejam suficientemente independentes do poder político e, por outro lado, conseguir que a administração aceite se submeter a estas jurisdições e a executar as decisões tomadas por elas? A aplicação do direito público exige um alto nível de espírito cívico. Ela não se concebe senão quando a opinião pública exige que os membros do governo e os administradores se submetam a uma disciplina e a um controle, e supõe que os administradores vejam os administrados como cidadãos e não mais como súditos. Por outro lado, a experiência mostra que se podem encontrar maiores dificuldades ao procurar fazer a administração tomar uma medida de justiça elementar ou renunciar a um projeto que parece impróprio[3].

**61. Fragilidade do direito público.** Todas estas condições são difíceis de realizar; apenas o foram tardiamente e o são de modo ainda muito incompleto nos diferentes países. Tomemos assim o caso da França. A França é, efetivamente, um dos países, na família romano-germânica, em que o direito administrativo atingiu o seu mais alto grau de desenvolvimento. A obra realizada pelo Conselho de Estado francês é, por isto, justamente admirada; foi tomada para modelo por numerosos Estados, e os próprios juristas ingleses lhe rendem homena-

3. Peyrefitte, A., *Le mal français*, caps. XXIV e XXV (1977).

gem[4]. Porém, quantas insuficiências e que fragilidade apresenta este direito administrativo tão enaltecido, em comparação com o direito civil! A preocupação de não se intrometer indevidamente naquilo que diz respeito aos tribunais, leva o Conselho de Estado a não exercer o seu controle sobre a polícia judiciária; por outro lado, largos poderes são concedidos às autoridades policiais para prender indivíduos suspeitos de atividades que estão mal e muito pouco definidas. Diferentemente das sanções que a administração pode infligir, muitos dos favores que pode conceder não estão sujeitos a nenhum controle jurisdicional. Na ausência de um direito que ele possa invocar ou de erro cometido em seu prejuízo, o contribuinte pode, assim, transigir com a administração ou exigir que esta lhe conceda uma redução, tendo em conta a sua situação particular[5]. O direito administrativo, tal como o direito penal, é, no fim de contas, em larga medida, aplicado ou não segundo a discrição da administração, independentemente de qualquer controle jurisdicional, mesmo interno à própria administração. Além disso, os tribunais administrativos, na França, não se reconhecem o poder de dar ordens à administração[6]; eles se limitam a anular os atos ilegais que puderam ser executados, e a reconhecer o direito dos particulares de receberem uma indenização. Por outro lado, a lentidão da justiça administrativa e a dificuldade de fazer executar as decisões tomadas pelos tribunais administra-

---

4. Hamsom, C. J., *Executive Discretion and Judicial Control* (1954); traduzido para o francês sob o título *Pouvoir discrétionnaire et contrôle judiciaire de l'administration. Considérations sur le Conseil d'État statuant au contentieux* (1958).

5. Segundo o Ministério da Economia e das Finanças, anualmente, cerca de 200.000 contribuintes se beneficiam de uma redução de impostos, apelando para a "benevolência" da administração (*Le Monde*, 9 de agosto de 1968).

6. Este princípio, que tem uma explicação histórica, é atualmente objeto de crítica generalizada; o poder de endereçar à administração foi reconhecido, numa certa medida, às jurisdições administrativas da República Federal da Alemanha, por uma lei de 1960. Cf. a crônica de Fromont, M., in *Rev. dr. public* (1972), p. 135, 154.

tivos frequentemente enfraqueceram a eficácia do direito administrativo[7].

Os escândalos são relativamente raros e moderados na França, mas é necessário não ter ilusões. Aquilo que limita o seu número e o seu alcance é o sentido do dever e a consciência de uma administração, em geral, excelente; o direito administrativo, com os controles e as sanções que institui, seria por si só insuficiente para os impedir.

Se é assim na França, país de direito administrativo, qual será a situação em numerosos países nos quais não existem, no mesmo grau, nem a tradição liberal francesa, nem uma administração colocada ao serviço do Estado e do Direito, como é a administração francesa?

**62. Diferentes ramos do direito.** No direito público como no direito privado encontram-se, em todos os países da família romano-germânica, os mesmos ramos fundamentais: direito constitucional, direito administrativo, direito internacional público, direito criminal, direito processual, direito civil e direito comercial, direito do trabalho etc. A mesma correspondência nas categorias recebidas encontra-se, a um nível inferior, nas instituições e nos conceitos, manifestando-se em particular no fato de, regra geral, nenhuma dificuldade maior se sentir na tradução do francês para o alemão, espanhol, italiano, holandês, grego ou português das palavras do vocabulário jurídico.

Esta semelhança dos direitos oferece, àquele que conhece um deles, grande facilidade para a compreensão dos outros direitos. As regras fundamentais consagradas nesses países podem diferir; em todo o caso, nós sabemos imediatamente do que se trata; compreendemos a questão que se discute ou que se propõe; sabemos onde ela se situa, qual é a sua natureza, sem que seja necessário que nos forneçam a seu respeito explicações, e sem que tenhamos de nos adaptar a um corpo de ideias estrangeiro.

---

7. Rivero, Jean, "Sanction juridictionnelle et règle de droit", in *Études juridiques offerts à L. Julliot de la Morandière* (1964), p. 457-69.

A explicação desta semelhança já foi dada. Deve-se ao fato de a ciência do direito, em toda a Europa continental, ter sido fundada durante séculos sobre os mesmos ensinamentos, com base no direito romano e no direito canônico. Os métodos usados para ensinar esta ciência e para acomodá-la às necessidades da prática diferiram em função das épocas ou dos países; porém, o vocabulário usado foi sempre o mesmo e serviu para exprimir as mesmas ideias.

A explicação que acaba de ser dada levanta uma questão. Se é verdade que a semelhança entre os direitos da família romano-germânica se deve ao fato de uma mesma ciência jurídica ter florescido historicamente nas universidades, poder-se-á daí inferir que o parentesco entre estes direitos existe unicamente nas matérias que eram ensinadas nestas universidades? Noutros termos, a família romano-germânica existirá somente se se considerar o direito privado, que se desenvolveu sobre uma base do direito romano? Poder-se-á ainda falar de uma família romano-germânica quando se considerar o direito público, o direito criminal ou o direito processual? Consideremos sucessivamente o direito privado e o direito público.

**63. O direito privado.** Em que medida o direito privado dos diferentes países, pertencente à família romano-germânica, apresenta uma estrutura uniforme?

Nas próprias matérias que os códigos civis regulamentam, algumas delas não têm uma origem romana. O código civil francês, por exemplo, foi buscar a regulamentação de certas instituições no direito canônico (casamento, filiação) e de outras no direito consuetudinário (regimes matrimoniais). Por outro lado, ele renovou profundamente a regulamentação de certas matérias (propriedade, sucessões), consagrando as ideias da Revolução. Que resta, em definitivo, nesta obra da ciência jurídica elaborada nas universidades? Não restam dúvidas que cada direito nacional apresenta, relativamente ao direito civil, uma originalidade que se manifesta pelas instituições que lhe são próprias. Todavia, existe certo parentesco entre os diversos direitos.

A semelhança entre os direitos é evidente quando se consideram as matérias que foram reguladas com base no direito romano, mas ela não se confina só a este campo. Nas matérias em que a regulamentação assenta na base do direito canônico, existe igualmente uma relação estreita entre os diversos direitos, pelo menos no que se refere aos direitos dos países cristãos. Relativamente às matérias cuja regulamentação se extrai do direito consuetudinário, uma distinção se impõe. A regulamentação consagrada pelos códigos pode assentar na base dos costumes nacionais ou regionais e, neste caso, a sua originalidade deve ser reconhecida, ainda que estes costumes se restrinjam, em última análise, a certos tipos. Mas a regulamentação consagrada pelos códigos pode, noutros casos, assentar na base de um direito consuetudinário que era, antes da codificação, internacional; o parentesco entre os diferentes direitos reaparece então. Esta observação tem um grande alcance prático, porque afeta todo o direito comercial, quer terrestre, quer marítimo. Os costumes comerciais que surgiram e vigoraram na Idade Média foram artificialmente aparentados ao direito romano na obra dos pós-glosadores; aceitos em toda a Europa, que foi o seu berço, foram recebidos com o direito civil nos países do Oriente e do Extremo Oriente que pretenderam ligar-se à família romano-germânica, e constituem, com o direito propriamente civil das obrigações, um bloco que dá a este sistema uma grande importância, conferindo-lhe uma estrutura unitária em tudo o que se refere ao direito dos negócios.

**64. Direito das obrigações.** O direito das obrigações, ao qual acabamos de nos referir, constitui uma categoria fundamental em todos os direitos da família romano-germânica, e os juristas desta família têm dificuldade em conceder que uma tal categoria seja desconhecida noutros direitos, nomeadamente naqueles que pertencem à família da *common law*; o seu espanto transforma-se em estupefação quando verificam que o próprio conceito de obrigação, que para eles é elementar, é desconhecido, e que a palavra obrigação é intraduzível em inglês jurídico.

A obrigação é, no sistema romano-germânico, o dever que incumbe a um indivíduo, o devedor, de dar, fazer ou não fazer qualquer coisa, em benefício de uma outra pessoa, o credor. A obrigação pode resultar diretamente da lei; é o caso, por exemplo, da obrigação alimentar que existe entre parentes próximos. Pode resultar dum contrato, ou até, em certos casos, dum compromisso unilateral tomado por uma pessoa. Pode resultar de um delito ou de um quase-delito, dependendo do fato de se ter cometido qualquer falta ou de se dever reparar o prejuízo causado por uma coisa ou uma pessoa de que se é responsável. Pode finalmente acontecer que uma pessoa se encontre, devido a circunstâncias diversas, na posição de ser injustamente enriquecida à custa duma outra pessoa que tenha sofrido um empobrecimento. A doutrina, partindo dos dados do direito romano, construiu, nos direitos da família romano-germânica, um direito das obrigações que pode ser considerado como a parte central do direito civil, ele próprio objeto principal da ciência jurídica. No direito das obrigações estuda-se em que condições uma obrigação pode nascer, a que regime está submetida, quais são as consequências da sua não execução, como pode transformar-se ou desaparecer.

Esta matéria, de uma importância prática considerável, tem sido objeto de uma atenção constante por parte dos juristas, que a levaram a um elevado grau de perfeição técnica. O direito das obrigações tem, como fator de unidade da família romano-germânica, uma importância igual àquela que pode ter, para o mesmo fim, o *trust* nos países de *common law* ou o regime da propriedade nos países socialistas.

**65. O direito público.** A unidade do sistema descobrir-se-á quando se passa do domínio do direito privado e se consideram as noções que os juristas utilizam em matéria de direito processual, de direito criminal, de direito do trabalho ou de direito público? A resposta a esta questão assume um interesse fundamental dada a importância prática que estes ramos do direito assumiram no mundo contemporâneo.

Ainda que estas matérias não tenham sido ensinadas, outrora, nas universidades, e ainda que, para a maior parte delas, princípios inteiramente novos tenham sido desenvolvidos nos séculos XIX e XX, grandes semelhanças podem, mesmo assim, encontrar-se entre os variados direitos da família romano-germânica. Dois fatores explicam estas semelhanças.

O primeiro destes fatores, extrajurídico, é a comunidade de pensamento que se desenvolveu entre os diversos países. A ciência jurídica nada mais fez, por vezes, que dar executoriedade, no plano do direito, às ideias e tendências que inicialmente se manifestaram em um outro plano, filosófico ou político. A influência de Montesquieu e de Rousseau teve, assim, em todo o continente europeu, no que concerne ao desenvolvimento do direito público, uma importância considerável. Em matéria de direito criminal, Beccaria lançou as bases do direito penal moderno; as teorias tendentes à individualização da pena, ou dando lugar à ideia da reeducação do delinquente, conquistaram igualmente o mundo Ocidental[8].

A comunidade de formação dos juristas constitui o segundo fator que explica a existência, independentemente do domínio originário do direito civil onde ela teve a sua origem, de uma família de direito romano-germânica. Para traduzir, no plano jurídico, as novas ideias filosóficas e políticas, e para elaborar os novos ramos do direito, recorreu-se a juristas que haviam sido formados por um mesmo estudo do direito civil. A nova regulamentação que se estabeleceu, muito naturalmente, tomou por modelo, ou pelo menos por ponto de partida, o direito civil; o direito civil desempenhou nas ordens jurídicas o papel de uma disciplina de base, sobre a qual se modelaram os outros ramos do direito (direito administrativo), ou se esforçaram por aperfeiçoar certos tipos de relações (direito do trabalho).

Nas matérias que requeriam uma nova elaboração, a necessidade de considerar as experiências estrangeiras foi mais

8. Sobre a evolução comparativa do direito penal, cf. a introdução de M. Ancel à coleção *Les codes pénaux européens*, t. I (1956), p. 1-67.

sentida que no direito civil, para o qual se encontrava um padrão no direito romano. O direito constitucional é bem o exemplo de como, neste novo domínio, a ciência jurídica pôde manter o seu caráter internacional. No que se refere ao direito administrativo, a obra do Conselho de Estado colocou a França, entre os países do continente europeu, à frente dos países de democracia liberal, ainda que o modo como foi organizado o contencioso administrativo se possa considerar bastante diverso e possa mesmo ser fundado sobre ideias diferentes, nos diversos países[9]. É interessante notar que o primeiro tratado de direito administrativo escrito na Alemanha foi um tratado de direito administrativo francês; foi unicamente após ter escrito este primeiro tratado que o seu autor, Otto Mayer, se considerou apto a escrever, sobre o seu modelo, um tratado de direito administrativo alemão[10]. É verdade que a França levou mais longe que outros Estados a ideia da autonomia do direito administrativo em relação ao direito privado. A diferença, entretanto, é mais de grau que de princípio; cria interesse, sem servir de obstáculo à comparação entre os direitos do continente europeu.

Assim como nas matérias mais tradicionais de direito civil e comercial, não existe identidade entre as estruturas dos diversos direitos, no que se refere ao direito público. Porém, apesar da renovação total que o direito público e o direito criminal sofreram nos últimos cem anos, e a despeito do fato de se tratar de matérias em que falta de todo a tradição do direito romano, as semelhanças entre os direitos europeus ou extraeuropeus, pertencentes à família romano-germânica, não são menores aqui, do que nas matérias tradicionais. Existe, em ambos os casos, uma família de direitos romano-germânicos.

---

9. Sayaguès-Laso, E. *Tratado de derecho administrativo*, 2 vols. (1953); traduzido para o francês sob o título *Traité de droit administratif* (1964).

10. Mayer, Otto, *Theorie des Französischen Verwaltungsrechts* (1886). O *Deutsches Verwaltungsrecht* do mesmo autor foi publicado somente em 1895-96; tradução francesa sob o título *Le droit administratif allemand*, 4 vols. (1903-06).

**66. Originalidade de certos conceitos.** A semelhança de estrutura entre os direitos que fazem parte da família romano-germânica não é perfeita. Diferentes categorias ou noções podem existir num direito e desconhecerem-se nos outros direitos. Podem ser dados múltiplos exemplos. A Espanha, por exemplo, não unificou completamente o seu direito civil; as regras do código civil espanhol de 1889, se são consideradas como instituindo um direito comum (*derecho común*), deixam subsistir, em diferentes regiões da Espanha, direitos particulares regionais (*derecho foral*); estas noções, de *derecho común* por um lado, de *derecho foral* por outro, precisam ser explicadas aos juristas dos outros países, onde a distinção não é conhecida. Em outros países como na Alemanha, no México ou na Suíça, encontra-se um direito federal oposto ao direito dos Estados ou a um direito cantonal. No domínio dos conceitos, a Alemanha pode admitir uma fórmula especial de perda de um direito, denominada *Verwirkung*, a Argentina uma nova forma de *sociedad de habilitación*, a Suíça uma noção de *charge foncière*, o México uma fórmula de concessão da exploração da terra conhecida pelo nome de *ejido*, a Suécia e os outros países nórdicos podem conhecer, com o *ombudsman*, uma instituição particular destinada a controlar a administração. Todas estas noções são relativamente fáceis de compreender pelos juristas que conhecem um direito do sistema romano-germânico, porque eles veem rapidamente que utilidade se deve atribuir à nova instituição e o lugar que ela deve ocupar no direito que a admite. Contudo, estas noções enfraquecem a unidade do sistema: uma das tarefas daqueles que se preocupam em manter esta unidade é examinar se a nova peça merece ser integrada ao sistema, na medida em que a utilidade que lhe é atribuída se faça sentir, ou se ela corresponde às condições particulares do país que tentou a experiência. Felizmente, a ciência do direito não se demitiu desta missão e um certo paralelismo continua a poder ser observado, depois e apesar das codificações nacionais, no desenvolvimento dos direitos pertencentes à família romano-germânica.

O problema que se apresenta é claro, logo que uma nova noção surge. A dificuldade é muito maior sempre que uma instituição conhecida vem a ser deformada; o perigo existe, então, de que a semelhança do nome que foi conservado esconda a diferença de conteúdo que este nome vise exprimir. Há alguma dificuldade em reconhecer que expressões como móveis ou imóveis, boa-fé, impossibilidade de execução, enriquecimento sem causa, possam ter um conteúdo diferente e constituir, por isto, por vezes, conceitos bastante diversos. Limitar-nos-emos aqui a assinalar a dificuldade e a notar, assim, a ameaça que paira, em virtude da diferença das regras substanciais, sobre a identidade de estrutura dos direitos que fazem parte do nosso sistema.

**67. A parte geral do direito civil.** Dois fatos significativos se verificaram, no domínio do direito privado, que muito especialmente retiveram a atenção dos comparatistas. O primeiro é a nova técnica do código civil alemão que deu lugar, no seu sistema, a uma nova "parte geral". O segundo é a fusão do direito civil e do direito comercial, realizada num código único na Itália em 1942.

O código civil alemão (BGB), promulgado em 1896, comporta, diferentemente dos códigos anteriores, uma "parte geral" na qual estão agrupadas disposições que podem interessar os diferentes ramos do direito civil: regras relativas à capacidade das pessoas, aos atos jurídicos, à contagem dos prazos, à prescrição. A parte geral do BGB resulta do ensino, bastante dogmático, ministrado nas universidades alemãs pela escola dos pandectistas, que renovaram profundamente, na pretensão de o sistematizarem, o *jus commune* aplicado na Alemanha no século XIX[11].

Esta sistematização, ao ponto a que foi levada, não terá sido excessiva? Os juristas de todos os países, sem excetuar os

---

11. A ideia de uma "parte geral" foi apresentada sob forma legislativa pela primeira vez no Brasil na Consolidação das Leis Civis, de Augusto Teixeira de Freitas, em 1858. O código civil brasileiro de 1916 a consagrou, talvez mais em razão deste precedente, que por imitação do BGB.

juristas alemães, levantaram esta questão. Sempre que um novo código foi publicado, algumas vezes predominou a tendência favorável à parte geral, enquanto em outras não se seguiu o exemplo alemão. Assim, encontra-se entre os códigos publicados depois de 1900 uma parte geral no Brasil, na Grécia, nas diversas repúblicas socialistas soviéticas, na Polônia e na Tchecoslováquia; pelo contrário, a parte geral está ausente dos códigos da Suíça, do México, da Itália e da Hungria; na Holanda seguiu-se uma posição intermediária, inserindo-se no novo código civil uma parte geral (livro III) relativa unicamente aos direitos patrimoniais[12].

A existência de uma parte geral lança uma certa perturbação na ciência jurídica dos países da família romano-germânica. Mas, além desta parte geral, e mais do que a estrutura dos direitos, é verdadeiramente o espírito de sistematização e a tendência para a abstração, manifestadas pela parte geral, que estão em causa. A linha divisória que alguns julgaram poder estabelecer a este propósito, distinguindo um espírito dos direitos germânicos e um espírito dos direitos romanistas, é bem mais determinada, em cada país, por tendências que diferem entre os indivíduos, sendo alguns mais inclinados à sistematização e à abstração enquanto outros procuram ser mais empíricos. Existiram e existem na França partidários de uma parte geral, e na Alemanha, adversários desta técnica.

**68. Direito civil e direito comercial.** A unificação do direito civil e comercial, preconizada em certos países, pouco mais parece representar do que uma modificação de pura forma, cuja importância é limitada. O direito civil comercializou-se em todos os países economicamente desenvolvidos, a tal ponto que poucas regras ainda existem em que as obrigações

12. Langemeier, G. F., "La réforme du code civil néerlandais", in *Rev. int. dr. comparé* (1965), p. 55-72; Hartkamp, A. S., "Civil Code Revision in the Nether Lands", *35 Louisiana L. R.* (1975), p. 1059-90; adenda Zajtay, I., *Rechtsvergleichende Bemerkungen über den Code civil und Bürgerliche Gesetzbuch*, 157 Archiv für die civilistische Praxis (1959), p. 479-94.

comerciais sejam tratadas diferentemente das obrigações civis. As codificações nacionais fizeram perder, por outro lado, ao direito comercial, o caráter internacional que outrora o distinguia profundamente do direito civil.

A questão de saber se é oportuna a regulamentação de certas matérias por um código especial – títulos de crédito, sociedades, propriedade industrial, falências – que interessa, mais especialmente, aos comerciantes ou ao comércio, não parece constituir um problema maior da ciência jurídica[13]. A partir de 1865, a província de Quebec (Canadá) regulou no seu código civil certas matérias comerciais e renunciou a acrescentar ao código civil um código de comércio. Em 1881, a Suíça, por razões de ordem constitucional, publicou, no lugar do código civil, um código das obrigações, em que se encontra simultaneamente o direito (civil) das obrigações e o direito comercial. Este código conservou a sua autonomia, quando um código civil veio regular, em 1907, no plano federal, as outras matérias compreendidas no direito civil[14]. A Holanda realizou, desde 1934, a unificação material do direito civil e do direito comercial, decretando que as disposições do código do comércio se aplicariam a todos, comerciantes ou não, e a todos os atos, tal como ocorrera neste país antes de 1807. A Itália, em 1942, regulou em um código civil único as matérias do direito civil e do direito comercial.

Quererá isto dizer que esta distinção deva ser condenada? Na Suíça, na Itália, na Holanda, o direito civil e o direito comercial continuam a ser objeto, nas universidades, de ensinos distintos assegurados por juristas que se especializaram em um ou em outro destes ramos do direito. A unificação, no plano legislativo, do direito civil e comercial tem, nestas condições, um mero interesse formal. Mais importante hoje, sem dúvida, é a transformação que se verificou do direito comercial num "direito econômico" dominado por considerações de ordem

13. Rotondi, M., *L'unité du droit des obligations* (1974). Esta obra reúne 45 artigos escritos na sua maioria em francês ou em inglês.

14. O código federal das obrigações é, em teoria, o livro V do código civil.

política e social, em que o direito público e o direito privado surgem estreitamente ligados. As obras de direito comercial dão apenas uma imagem truncada das regras que interessam ao comércio quando se mantêm inseridas nos quadros tradicionais do direito comercial e negligenciam toda uma série de medidas que afetam, em primeira linha, o comércio: regime de impostos, regulamentação do comércio exterior, modalidades de controle e condições de crédito, estatuto dos trabalhadores etc.

Capítulo II
# *A noção de regra de direito*

**69. Unidade do sistema.** As semelhanças ou diferenças de estrutura entre os direitos da família romano-germânica não devem ser encaradas somente ao se considerar as grandes divisões do direito e os conceitos. Importa, para compreender o que faz a unidade da família, situarmo-nos ainda noutro aspecto: o do modo como é concebida a própria regra de direito. As constatações que se podem fazer sob este novo aspecto fazem sobressair um elemento dos mais importantes para assegurar a unidade da família de direito romano-germânica, considerada em toda a amplitude da área geográfica que nós lhe reconhecemos.

Por toda parte onde a regra de direito se apresenta é caracterizada, analisada, do mesmo modo, nos países da família romano-germânica. Nesta família, em que a doutrina goza de grande prestígio, a regra de direito deixou de ser entendida, fundamentalmente, como uma regra própria para assegurar a solução dum caso concreto. Através do esforço de sistematização da doutrina, ela se elevou a um nível superior; chegou-se a concebê-la como uma regra de conduta, dotada de uma certa generalidade, situando-se acima das aplicações que dela podem ter de fazer os tribunais ou os práticos num caso concreto. Tornou-se moda um certo desdém pela concepção contrária, da casuística, que situa a regra de direito ao nível dos casos concretos. As compilações de jurisprudência, os formulários dos atos, os dicionários de direito podem certamente constituir úteis instrumentos de trabalho para os práticos, e são igualmente indispensáveis aos juristas por lhes fornecerem a matéria básica dos seus trabalhos. Mas estas compilações não gozam do prestígio que se liga à ciência do direito. O jurista tem por função retirar dessa massa desordenada as regras e os princípios que classificarão a matéria, expurgando-a dos elementos impuros e fornecendo à prática e à jurisprudência, futuramente, um guia para a solução das situações concretas.

**70. A elaboração da regra de direito.** Tal é a atitude prevalente nos países ligados à família romano-germânica. Os direitos da família romano-germânica estão longe de constituir sistemas elaborados por teóricos, em que as realidades da vida são sacrificadas na procura de uma construção perfeitamente lógica.

Certos teóricos, em certos países e em certas épocas, sucumbiram a esta tentação; ainda que, na prática, tivesse sido bastante reduzida, a sua influência fez-se, contudo, sentir no ensino do direito. É certo que os pretores, em Roma, formularam as suas opiniões com base nas espécies concretas, e é igualmente certo que foi com base nas decisões proferidas pelos parlamentos que os autores do antigo direito francês escreveram os seus tratados; é na consideração da prática judiciária ou extrajudiciária que os autores modernos formulam as novas construções que os tempos tornam necessárias em matéria de direito administrativo, direito do trabalho ou de direito dos negócios. Contudo, a doutrina não considera que a sua função se resuma a apresentar e a ordenar, dentro do que lhe é possível, os elementos que lhe são fornecidos pela prática. Ela considera-se investida da função de formular, acima desta massa que progressivamente se forma ao acaso dos acontecimentos e sob pressão da urgência, sem princípios diretores bem definidos, as regras de direito que futuramente inspirarão os juízes e os práticos. A regra de direito não é explicitada pelos juízes: eles não têm tempo para a formularem; as considerações de equidade próprias à espécie concreta arriscam-se a perturbar, por outro lado, o seu julgamento; enfim, não lhes compete pronunciarem-se "por via geral e regulamentar". Não podendo nem devendo ser obra do juiz, a regra de direito só aparece num segundo momento; ela surge a partir de uma reflexão fundada em parte sobre a observação da prática, mas também, em parte, sobre considerações de justiça, de moral, de política, de harmonia do sistema que podem escapar ao juiz.

A regra de direito decanta e purifica a prática, rejeitando os elementos discordantes ou supérfluos. Simplifica o conhecimento do direito, reduzindo a massa dos elementos que devem ser tomados em consideração. Confere um sentido a esses elementos, mostrando como concorrem para assegurar uma melhor justiça social e uma ordem econômica ou moral mais segura. Permite à opinião pública, ao legislador, intervir mais eficazmente no sentido de corrigir certos comportamentos, ou mesmo orientar a sociedade em direção a determinados fins. Esta função atribuída ao direito conforma-se plenamente com a tradição, segundo a qual o direito tem de ser concebido como um modelo de organização social. O caráter ordenador e político, e não estritamente contencioso do direito, encontra-se confirmado e reforçado na época atual, em que se espera que o direito contribua para criar uma sociedade muito diferente da do passado,

A concepção de regra de direito admitida na família romano-germânica é a base fundamental da codificação, tal como se concebe na Europa continental. Não se pode elaborar um verdadeiro código, segundo os juristas desses países, se virmos uma regra de direito em cada decisão proferida pelo juiz e se nos colocarmos ao nível das decisões judiciárias. Um código, na concepção romano-germânica, não deve procurar a solução de todas as questões concretas que se apresentarão na prática; a sua função é formular regras, suficientemente gerais, ordenadas em sistema, que se tornem acessíveis à descoberta e ao conhecimento, para que dessas regras, por um trabalho tão simples quanto possível, juízes e cidadãos deduzam facilmente o modo como esta ou aquela dificuldade concreta deve ser resolvida.

**71. Generalidade ótima da regra.** A regra de direito romano-germânica situa-se a meio caminho entre a decisão do litígio, considerada como uma aplicação concreta da regra, e os *princípios* dotados de uma elevada generalidade, de que pode, ela própria, ser considerada como uma aplicação. A arte do jurista, nos países da família de direito romano-germânica, é saber encontrar a regra e formulá-la a este ponto de equilíbrio:

não é necessário que a regra assuma um caráter muito geral, porque ela deixaria então de ser um guia suficientemente seguro para a prática; é, sim, necessário que ela assuma um caráter suficientemente geral, para contemplar um certo tipo de situações e não ser unicamente aplicável, como a decisão do juiz, a uma situação particular. Acrescentemos que este ponto de equilíbrio não é, necessariamente, nem de fato, o mesmo em todos os ramos de direito: uma maior concretização pode ser desejável em matérias tais como o direito penal ou o direito fiscal, em que se deseja reduzir ao máximo o arbítrio da administração. Um elevado grau de generalização pode, ao contrário, parecer desejável em certas outras matérias mais fluidas, em que se deseja impor menos estritamente o rigor de soluções jurídicas.

Não se chegou de repente, nos diferentes países da família romano-germânica, às soluções que hoje nos parecem desejáveis. O código prussiano de 1794[1], mais ainda o *Svod zakonov* russo de 1832, apresentam um caráter casuístico que se julga, nos nossos dias, excessivo. Os códigos napoleônicos forneceram, de um modo geral, no início do século XIX, um modelo que foi seguido a partir de então; um nível próximo da abstração considera-se como o *optimum* em todos os países, sob reserva talvez de uma tendência mais casuística que se verifica nos direitos escandinavos.

Bem mais que entre os diversos países, a oposição existe, talvez, quanto a este ponto, no interior de cada país, entre matérias tradicionais e legislação nova. A censura dirigida às novas leis, nos diversos países, de procederem de uma má técnica legislativa, advém em grande parte do fato de o legislador, nas novas matérias em que intervém, não saber fixar exatamente a regra de direito ao nível em que desejamos vê-la. Com frequência, ele se entrega a uma casuística exagerada, em geral agravada pela regulamentação administrativa; outras

1. *Allgemeines Landrecht für dire preussischen Staaten von 1794*, com uma introdução do professor dr. Hattenhauer e uma bibliografia do dr. G. Bernert (1970). O código prussiano foi traduzido em francês sob o título *Code général pour les États prussiens* (An IX).

vezes, pelo contrário, ele se exprime em fórmulas muito gerais, e, então, não se saberá como deve ser a lei compreendida no momento em que ela terá de ser "interpretada". As críticas dirigidas à má técnica legislativa têm certamente um fundamento. Convém, contudo, considerar que a tarefa de legislar é tecnicamente muito difícil e que foram necessários séculos de esforços doutrinais para chegar às fórmulas dos códigos que hoje, sem dúvida, nos parecem muito simples.

**72. Interpretação do direito e técnica das distinções.** A concepção comum que se tem da regra de direito e do nível onde ela se deve situar em relação aos princípios, por um lado, e à solução dos casos concretos, por outro, é um dos pontos fundamentais – insuficientemente sublinhado – que estabelecem uma estreita comunhão entre os modos de ver e de raciocinar dos juristas em todos os países que aderem à família romano-germânica. Ela é uma das manifestações mais claras, e das mais importantes na prática, desta adesão. Está, com efeito, na origem do modo como é concebida a teoria das fontes do direito, na família romano-germânica, na época atual. A generalidade reconhecida à regra de direito explica que a tarefa dos juristas seja essencialmente concebida nestes países como uma tarefa de *interpretação* de fórmulas legislativas, ao inverso dos países de *common law*, onde a técnica jurídica se caracteriza pelo processo das *distinções*. A "boa regra de direito" não é concebida aqui e lá do mesmo modo: nos países de *common law* deseja-se que as regras de direito sejam formuladas de um modo tão precioso quanto possível; nos países da família romano-germânica considera-se, pelo contrário, como desejável, que a regra de direito deixe uma certa margem de liberdade ao juiz, sendo a sua função unicamente estabelecer *quadros* para o direito e fornecer ao juiz *diretivas*. O autor da regra de direito, jurista ou legislador, não deve ir muito longe e esforçar-se por regular pormenorizadamente, porquanto ele é incapaz de prever, na sua variedade, todos os casos concretos que se apresentarão na prática.

**73. Previsibilidade do direito.** A concepção que prevalece nos países do sistema romano-germânico vai implicar que existam, nestes países, muito menos regras de direito que nos países onde a regra de direito se situa a um nível de menor generalidade e em que ela entra numa regulamentação mais pormenorizada das situações concretas.

Daí resulta, pelo menos à primeira vista, que o conhecimento do direito francês, ou de um outro direito do sistema, é bem mais fácil de adquirir que o de um direito ligado ao sistema de *common law*. O prático francês, egípcio ou japonês terá menos dificuldade que o seu colega inglês, americano ou canadense em dizer ao seu cliente qual ou quais as regras de direito que vão ser aplicadas à sua situação. A vantagem que existe, por isto, em favor dos direitos da família romano-germânica, não deve, contudo, iludir-nos. Ela é largamente ilusória.

A concepção de regra de direito admitida nos países da família romano-germânica não traz como consequência autorizar uma previsão mais fácil da solução que comporta um determinado litígio. Tudo o que restringe a especialização da regra de direito aumenta automaticamente o papel de interpretação do juiz. Formular a regra de direito em termos de uma excessiva generalidade é fazer dela alguma coisa de menos preciso, e conferir aos juízes uma maior liberdade na aplicação da regra de direito. Por consequência, a segurança das relações jurídicas não aumenta pelo fato de se tornar mais fácil descobrir a regra de direito aplicável; antes se verificaria o contrário[2].

Uma outra observação deve ser feita. As regras de direito, tais como são formuladas pelo legislador, e a doutrina não bastam para dar uma ideia exata de tudo o que constitui o conteúdo do direito nos países da família romano-germânica. Com efeito, nem tudo deve ser considerado como referente aos "fatos da espécie" abaixo do nível em que o legislador formulou a regra de direito. Desejosa de reforçar a segurança das relações jurídicas, a jurisprudência, logo que em presença das regras

---

2. Sereni, A. P., "The Code and the Case Law", in *The Code Napoleon and the Common Law World* (1956), p. 55-79.

formuladas com caráter muito geral, esforça-se por deixá-las mais claras; os supremos tribunais, em particular, exercem o seu controle sobre o modo como estas regras são interpretadas pelos juízes de instância. A regra de direito formulada pelo legislador não é mais, nestas condições, que o cerne, um centro à volta do qual gravitam as regras de direito secundárias.

Em que medida as regras secundárias de direito vêm, assim, completar a regra principal é difícil de precisar. A situação varia segundo os países e também segundo os ramos do direito; ela está relacionada com o modo como as regras legislativas de direito são formuladas, com os princípios da organização judiciária, com a tradição dos juízes e com numerosos outros fatores. Mais ou menos disseminado e mais ou menos observado, o fenômeno é, contudo, universal. Por toda a parte, as fronteiras do direito e do fato são largamente artificiais e é difícil dizer em que medida a solução de uma dificuldade coloca em jogo a apreciação de fatos próprios à espécie ou a interpretação de uma regra de direito.

O que se pode dizer é que, logo que uma situação de fato surge como sendo suficientemente *típica*, suscetível de se representar frequentemente, se procura, pelo recurso a uma técnica ou outra, que ela seja coberta por uma regra de direito, de modo que os interessados saibam em que se apoiar e como devem comportar-se. O Tribunal de Cassação francês controlará, assim, neste caso, o modo como os "juízes do fato" aplicam a esta situação uma regra de direito; ele imporá, neste caso, a sua própria "interpretação" da regra de direito, ainda que em outras hipóteses, menos típicas, ele se recuse a exercer o seu controle e se limite a dizer que os juízes da instância apreciaram soberanamente os fatos que estavam na base do litígio[3].

---

3. Marty, G., *La distinction du fait et du droit* (1929), p. 365-6: "O Tribunal de Cassação deve tomar partido sempre que, segundo a natureza da decisão, objeto do recurso, o seu aresto possa ter um alcance geral e servir de guia para a solução de dificuldades futuras." A distinção entre fato e direito inspira-se na mesma ideia na Inglaterra. Cf. Devlin, Sir Patrick, *Trial by Jury* (1956), p. 61; Cornish, W. R., *The Jury* (1968), p. 105.

**74. Importância das regras secundárias.** O direito encontra-se, assim, nos países de família romano-germânica, não só nas regras de direito, tal como são formuladas pelo legislador, mas também na interpretação que os juízes fazem dessas fórmulas. É permitido perguntar-se se esta observação, precedentemente feita, não destrói o alcance da asserção, segundo a qual a regra de direito é concebida de uma maneira relativamente abstrata e geral. Não se regressará, pela via indireta das "regras de direito secundárias" destacadas pela jurisprudência, a uma concepção muito próxima daquela que coloca a regra de direito ao nível das espécies submetidas à jurisprudência?

A oposição entre as duas concepções, das quais julgamos ter dado uma ideia, permanece aos nossos olhos fundamental.

Qualquer que seja a sua importância, é certo que as regras de direito secundárias elaboradas pela jurisprudência conservam uma maior generalidade que a regra de direito à qual chega o juiz quando não é guiado pelo legislador. Nós temos, por consequência, nos países da família romano-germânica, muito "menos direito" que nos países em que a regra de direito resulta diretamente de formação judiciária. Os direitos da família romano-germânica permanecem direitos fundados sobre princípios, como exige o sistema; não são direitos casuísticos e conservam por este fato, ao que parece, certas vantagens de simplicidade e clareza.

Não restam dúvidas de que as regras de direito, tal como os legisladores e os juristas desses países as pensam com o fim de as formular, não se bastam a si mesmas; apelam para as regras secundárias que acabam por as precisar e completar. Elas nem por isso deixam de fornecer, ao direito desses países, quadros sólidos, não colocados em discussão, o que não deixa de ser vantajoso. Hesita-se por vezes, nos países onde o direito é de formação jurisprudencial, em abolir ou modificar uma regra, na medida em que se torna difícil determinar quais as consequências que uma tal derrogação ou modificação importariam para o conjunto do sistema. Torna-se mais fácil, nos países da família romano-germânica, aceitar tais reformas, porquanto se vê mais claramente quais serão as regras atingidas e quais as que subsistirão inalteradas.

As modificações podem mais facilmente incidir, em especial, sobre as "regras secundárias" do direito: as viragens da jurisprudência não atingem os fundamentos do sistema, não apresentam o mesmo perigo e não criam as mesmas incertezas que nos países que desconhecem a regra de direito do tipo admitido no seio da família romano-germânica.

TÍTULO III

# Fontes do direito

**75. Dificuldades da matéria.** Expor a teoria das fontes do direito, que é dominante no âmbito da família romano-germânica, constitui uma empresa difícil. As concepções originárias do direito romano, quanto a este ponto específico, foram completamente reformadas na nossa época; não são elas que podem servir para estabelecer uma base comum. Os direitos que constituem a família romano-germânica são múltiplos, e cada um deles possui, em confronto com os outros, a sua originalidade.

Além disso, no próprio interior de cada sistema de direito nacional, a matéria é complexa e presta-se, por vezes, à discussão; o modo como se consegue encontrar a solução que uma dada questão comporta pode variar de acordo com o ramo de direito que se considere; ela está, de certo modo, dependente da psicologia e do temperamento pessoal de cada jurista; finalmente, ela está apta a variar segundo as épocas, em relação estreita com as tendências filosóficas que se podem tornar, num certo momento, preponderantes e às quais, consciente ou inconscientemente, aderem uns e outros.

**76. Teoria e realidade.** A lei, considerada *lato sensu*, é aparentemente, nos nossos dias, a fonte primordial, quase exclusiva, do direito nos países da família romano-germânica. Todos estes países surgem como sendo *países de direito escrito*; os juristas procuram, antes de tudo, descobrir as regras e soluções do direito, estribando-se nos textos legislativos ou regulamentares emanados do parlamento ou das autoridades governamentais ou administrativas. A função dos juristas parece ser fundamentalmente a de descobrir, com auxílio de vários processos de interpretação, a solução que em cada caso corresponde à vontade do legislador. *Jurisconsulta sine lege loquens erubescit*, dizia-se outrora na Alemanha.

As outras fontes aparecem, nesta análise, ocupando uma posição subordinada e de importância muito reduzida em confronto com a fonte por excelência do direito, constituída pela lei.

Esta análise, por mais corrente que seja, está de fato muito distante da realidade. A doutrina na qual se resume esta descrição bem pode ter sido o ideal de uma certa escola de pensamento, dominante no século XIX, na França. Contudo, ela nunca foi plenamente aceita na prática e hoje reconhece-se na própria teoria, cada vez mais claramente, que a soberania absoluta da lei é, nos países da família romano-germânica, uma ficção; há lugar, ao lado da lei, para outras fontes muito importantes do direito.

Confundir o direito e a lei, ver na lei a fonte exclusiva do direito é contrário a toda a tradição romano-germânica. As universidades, que por meio do seu ensino forjaram as nossas concepções jurídicas, puderam apoiar-se sobre as leis romanas, mas apenas até certo ponto; os tribunais, especialmente os parlamentos franceses, desempenharam um papel fundamental na elaboração dos direitos nacionais e só excepcionalmente eles foram orientados, nesta obra, pelas leis. A escola de direito natural, a partir do século XVII, apelou para que o legislador sancionasse, com a sua autoridade, as regras justas elaboradas a partir dos postulados da natureza e da razão; mas, preconizando uma nova técnica, a da codificação, ela jamais pretendeu afirmar que direito e lei devam ser confundidos, e que o simples estudo das leis possa dar-nos a conhecer o que é o direito. Quanto a este ponto estabeleceu-se uma confusão: basta reler o admirável *Discurso preliminar do Código Civil*, de Portalis, para a dissipar[1].

---

1. Portalis, J., *Discours, rapports et travaux inédits sur le code civil* (1844).

**77. Persistência da tradição.** Seria necessária uma verdadeira revolução para provocar o repúdio da concepção tradicional, segundo a qual o direito não é o mesmo que lei. Objeto de investigação de todos os homens de boa vontade e muito especialmente dos juristas, o direito não deveria ser exclusivamente procurado nos textos do direito escrito; modificar-se-ia a definição e a própria natureza do direito, se se visse neste não mais a expressão do justo, mas a vontade dos governantes. Esta revolução produziu-se na União Soviética e nas repúblicas populares; não se verificou nos outros países.

Uma teoria positivista, defendendo que a lei era doravante a fonte exclusiva do direito, pareceu triunfar sem contestação, de um modo geral, nos diferentes países da família romano-germânica nos primórdios da codificação. Esta doutrina absoluta continua a ser apresentada aos estudantes pelos especialistas dos diversos ramos do direito como sendo admitida pelos nossos direitos. Ela é, por consequência, frequentemente considerada no estrangeiro, especialmente nos países de *common law*, como esclarecedora da prática dos países da família romano-germânica.

Na realidade, produziu-se um considerável abrandamento nas posições dos juristas. Assiste-se nos nossos dias a uma renovação da doutrina do direito natural[2]. Os próprios defensores do positivismo abandonaram o mito da lei, tal como se apresentava no século XIX; eles reconhecem, presentemente, o papel criador do juiz; já ninguém acredita que a lei seja a única fonte do direito e que uma operação puramente lógica de interpretação da lei possa, em todos os casos, conduzir à descoberta da solução de direito que se impõe[3].

Os países da família romano-germânica possuem constituições, códigos, múltiplas leis, quando outrora as regras e soluções do direito deviam ser procuradas em documentos que

2. "La reforme des études de droit. Le droit naturel" (1961), in *Archives de philosophie du droit*, nº 6; Brimo, A., *Les grands courants de la philosophie du droit et de l'État* (2ª ed., 1968).

3. Bobbio, N., "Sur le positivisme juridique", in *Mélanges Paul Roubier* (1961), p. 53-73.

se apresentavam de modo menos sistemático e, na maioria das vezes, sem terem recebido a chancela do poder soberano. Esta modificação introduzida na técnica jurídica é seguramente das mais importantes: ela permitiu acomodar o direito às necessidades da nossa sociedade moderna, fazendo desaparecer muito da inútil variedade e da perigosa incerteza que a maior parte das vezes arruinava a autoridade do direito antigo. O legislador desenvolveu a parte que lhe competia no enunciado do direito, numa época em que a concepção da justiça estava em plena evolução, devido a alterações profundas verificadas na economia e nas técnicas. Porém, esta admissão está longe do repúdio total da nossa concepção tradicional do direito, que implicaria um dogma de soberania absoluta do Estado.

Os juristas franceses do século XIX acreditaram que os seus códigos tinham realizado "a perfeição da razão" e que doravante o meio mais seguro de chegar a uma solução de justiça, de conhecer o direito, era fazer simplesmente a exegese destes códigos. Os juristas dos outros países puderam sentir o mesmo quando, por sua vez, receberam códigos. Esta momentânea coincidência entre o direito, que é a justiça, e a lei, que é a vontade do legislador, pôde iludir-nos durante algum tempo. O direito comparado ajuda-nos a corrigir este erro. Mostra-nos os juristas soviéticos partidários de um direito que se confunde com a onipotência dos dirigentes, e denuncia os nossos juristas pela hipocrisia com que pretendem aplicar a lei, ainda que, na realidade, eles frequentemente a deformem para servir os interesses políticos da classe burguesa. Mostra-nos, por outro lado, os juristas ingleses ou americanos, surpresos por descobrirem que as disposições das nossas leis não são ordens caprichosas do soberano, que é necessário executar à letra, mas que os nossos códigos próximos dos trabalhos de doutrina são, bem mais frequentemente, simples quadros no interior dos quais os juristas vão exercer uma atividade criadora na procura de soluções de justiça.

**78. Técnica e política da jurisprudência.** É certo que os tribunais e os juristas apenas se sentem à vontade nos dias de hoje, nos países da família romano-germânica, quando lhes é possível invocar, em apoio da solução jurídica que eles preconizam e em justificação desta solução, um ou vários textos da lei. Torna-se mesmo necessário invocar a violação de *uma lei* se se pretender a intervenção dos tribunais ou usar a via do recurso para algum dos supremos tribunais. Essa atitude e essas disposições podem levar-nos a pensar que na família romano-germânica direito e leis são uma e a mesma coisa.

Mas se torna ainda necessário, para uma visão exata das coisas, considerar o modo como as leis são interpretadas e, por vezes, neutralizadas. A jurisprudência, no limiar da codificação napoleônica, jamais se limitou, na França, a aplicar os textos da lei. A sua contribuição para a evolução do direito permaneceu na sombra durante todo o século XIX; no fim deste século já não fora possível dissimulá-la, quando as novas condições da sociedade provocaram da sua parte iniciativas cada vez mais ousadas. A celebração do centenário do código civil deu ensejo ao primeiro presidente do Tribunal de Cassação, Ballot-Beaupré, de proclamar que a jurisprudência, sem esperar a conversão da doutrina a esta ideia, tinha progressivamente avançado "para o código civil e para além do código civil", do mesmo modo como outrora havia progredido "para o direito romano e para além do direito romano". A construção do direito administrativo pelo Conselho de Estado constitui, na França, um outro exemplo evidente da função criadora desempenhada pela jurisprudência. A concepção do direito, que se sustentou durante séculos nas universidades europeias, não foi abandonada. O legislador pode e deve contribuir para nos revelar o que é o direito, mas o direito é, em si, algo diferente da lei. Ele não se confunde com o arbítrio do legislador; deve ser descoberto a partir do esforço conjunto de todos os juristas, de todos aqueles que colaboram na obra de administração da justiça. A importância das fontes legislativas e das fontes doutrinais pode, na nossa época, comparada à do antigo direito, considerar-se invertida; o nosso direito não deixa de ser por isso, um direito de juristas (*Juristenrecht*), de acordo com a tradição. A lei tornou-se o elemento principal para o conhecimento do direito, mas ela não exclui outros elementos e apenas adquire sentido em conjugação com eles; hoje, como no passado, o direito apenas pode ser conhecido na França, na Alemanha, na

Itália, através de uma investigação em que estejam empenhados o legislador e todos os juristas. O direito comporta outras fontes importantes que não só a lei, ainda quando este fato é dissimulado pela técnica dos juristas.

**79. Unidade do direito ocidental.** Uma mesma atitude se observa a este respeito, quer nos países da família romano-germânica, quer nos países de *common law*, porquanto, aqui como lá, se perfilha a mesma concepção do direito ligada à descoberta e realização da justiça. A diferença reside unicamente no fato de, no âmbito da família romano-germânica, se procurarem descobrir as soluções de justiça do direito pelo recurso a uma técnica que tem como ponto de partida a lei, enquanto na família da *common law* se pretende o mesmo resultado, utilizando uma técnica que toma prioritariamente em consideração as decisões judiciárias. Disso resulta, nas duas famílias, uma análise diferente da *regra de direito*, concebida sob um aspecto legislativo e doutrinal nos países da família romano-germânica e sob um aspecto jurisdicional nos países de *common law*. Contudo, daí não se poderia inferir, necessariamente, uma diferença tocante à própria natureza do direito: este é concebido dentro de uma grande família "ocidental", denominada, do mesmo modo, pelos autores soviéticos, "direito burguês", por oposição aos direitos da "família socialista".

Resta-nos determinar como o legislador e as autoridades administrativas por um lado, ao formularem as disposições gerais, os juízes e juristas por outro, ao interpretarem a lei ou ao recorrerem a outras fontes, fixam as soluções conformes ao direito nos diferentes países da família romano-germânica. Para o fazer ater-me-ei ao plano classicamente seguido e examinarei sucessivamente o papel da lei, do costume, da jurisprudência, da doutrina e de certos princípios gerais[4].

---

4. Cf. David, R., *Le droit français*, t. I (1960), p. 135-85, em que todas essas questões são examinadas em relação, muito especialmente, com o direito francês. Quanto ao direito alemão ver Fromont, M. e Rieg, A., *Introduction au droit allemand*, t. I, *Les fondements* (1977).

Capítulo I – A lei.
Capítulo II – O costume.
Capítulo III – A jurisprudência.
Capítulo IV – A doutrina.
Capítulo V – Os princípios gerais.

Capítulo I

# *A lei*

**80. Primado atual da lei.** Nas condições do mundo moderno e também por razões de ordem filosófica e política, considera-se hoje, de um modo geral, nos países da família romano-germânica, que a melhor maneira de chegar às soluções de justiça, que o direito impõe, consiste, para os juristas, em procurar apoio nas disposições da lei. Essa tendência obteve um sucesso decisivo no século XIX, quando a quase-totalidade dos Estados membros da família romano-germânica publicou os seus códigos e se muniu de constituições, escritas. Na nossa época, ela se encontra ainda reforçada com o triunfo das ideias dirigistas e o alargamento em todos os domínios do papel do Estado. Trabalhar para o progresso e para o primado do direito continua a ser a tarefa ingente da coletividade dos juristas, mas, nesta tarefa de todos, o papel do legislador, no mundo atual, é preponderante. Este ponto de vista harmoniza-se com o princípio da democracia; justifica-se, por outro lado, pelo fato de os organismos estatais e administrativos estarem indubitavelmente mais bem colocados que quaisquer outros, para coordenar os diversos setores da vida social e distinguir onde se encontra o interesse comum. Finalmente, a lei, pelo rigor de redação que ela comporta, parece ser a melhor técnica para enunciar regras claras, numa época em que a complexidade das relações sociais obriga a conferir prioridade, entre os elementos de uma solução justa, às preocupações de precisão e clareza.

As disposições de direito escrito, provenientes do poder legislativo ou da administração, que os juristas vão tratar de interpretar e aplicar para descobrir a solução justa que cada situação comporta, apresentam-se nos países da família romano-germânica como uma hierarquia.

**81. Regras constitucionais.** No vértice desta hierarquia encontram-se as constituições ou leis constitucionais. Todos os países da família romano-germânica possuem constituições escritas a cujas disposições se reconhece um prestígio particular. Em certos países, este prestígio especial reveste um caráter acentuadamente político; as disposições constitucionais podem ter sido adotadas, ou ser regularmente modificadas, apenas segundo certos processos, mas, em direito, elas só possuem a autoridade de leis ordinárias. Pelo contrário, noutros países as disposições constitucionais são, em direito, algo diferente das leis ordinárias; a sua particular autoridade manifesta-se pelo estabelecimento de um controle da constitucionalidade das outras leis, controle cujos órgãos e as modalidades podem ser diferentes[1].

Existe uma tendência nítida, atualmente, de reforçar o valor das normas constitucionais, elevando-as, na prática, acima das leis ordinárias. A Constituição da República Federal da Alemanha declara: "O poder legislativo deve respeitar as leis e o direito. Todo alemão tem direito de resistir, se nenhum outro meio pode ser usado, contra quem quer que seja que tente destruir este ordenamento"[2]. Procurou-se encontrar meios de garantir a ordem constitucional em numerosos países e, em particular, à semelhança dos Estados Unidos, se admitiu um controle judiciário da constitucionalidade das leis. As evoluções mais características se produziram na Alemanha Federal e na Itália, como reação contra os regimes que nesses países haviam escarnecido dos princípios da democracia e dos direitos humanos; uma abundante jurisprudência, nesses países, declarou nulas as leis

1. Max-Planck-Institut für ausländisches öffentliches Recht und Völkerrecht, *La juridiction constitutionnelle à l'époque contemporaine. Exposés de la situation en différents pays et étude comparée* (artigos em alemão, inglês e francês) (1963); Cappelletti, M., *Il controllo giudiziario della costituzionalità delle leggi nel diritto comparato* (1968).

2. Lei Fundamental (*Grundgesetz*) da R.F.A., art. 20, als. 3 e 4.

que atentavam contra os direitos fundamentais (*Grundrechte, Diritti Fundamentali*), enumerados em uma declaração de direitos incorporada à Constituição. Sem adquirir a mesma importância na prática, o princípio de um controle judiciário da constitucionalidade das leis foi admitido em numerosos países.

A autoridade encarregada de exercer este controle e suas modalidades varia segundo o país. No Japão e em diversos Estados da América Latina[3] qualquer juiz pode, como nos Estados Unidos, declarar que uma lei é contrária à Constituição e consequentemente recusar-lhe a aplicação, naturalmente sob controle do Supremo Tribunal. Na Europa e nos países da África, pelo contrário, o poder de declarar uma lei inconstitucional é reservado a um tribunal especial de justiça constitucional, instituído para este fim. E assim, por exemplo, na Alemanha Federal e na Áustria, na Itália, em Mônaco, na Turquia e em Chipre. Se outros tribunais têm dúvidas sobre a constitucionalidade de uma lei, podem tão somente suspender o processo e dirigir essa questão ao tribunal de justiça constitucional. Destaque-se que em diversos países (Alemanha Federal, Colômbia, Cuba, Panamá, Venezuela) é possível, aos simples particulares, agir perante este tribunal constitucional, mesmo na inexistência de litígio, para fazer declarar uma lei inconstitucional; possibilidade inexiste nos Estados Unidos.

Para avaliar a importância prática do controle judiciário da constitucionalidade das leis, é necessário considerar diversas circunstâncias. O alcance desse controle é restrito se a Constituição, cujo respeito se deve impor, puder ser facilmente modificada, ou se o executivo puder suspender-lhe a aplicação. Esta consideracão limita consideravelmente o interesse do controle judiciário da constitucionalidade das leis em numerosos países da África e da América Latina; mas se deve assinalar que mes-

3. Argentina, Bolívia, Brasil, Colômbia, México, Venezuela etc. A inconstitucionalidade das leis não pode, entretanto, ser declarada a não ser pelo Supremo Tribunal, no Chile, em Cuba, no Haiti, no Panamá e no Uruguai. Somente o Equador e o Peru não admitem o controle da constitucionalidade das leis, assim como, possivelmente, a República Dominicana, cuja Constituição é omissa a este respeito.

mo na Alemanha Federal a própria "lei fundamental" foi modificada vinte e sete vezes desde a sua promulgação em 1949 até 1970. É necessário considerar também a psicologia dos juízes e a precaução com que eles podem exercitar seu poder de declarar uma lei inconstitucional. Por este motivo, o controle judiciário da constitucionalidade das leis no Japão está longe de ter a mesma extensão que nos Estados Unidos, embora na teoria não exista diferença entre os dois direitos. Na Suécia, Dinamarca e Noruega a doutrina admite teoricamente que os tribunais possam recusar a aplicação de uma lei por julgá-la inconstitucional, mas a prática não oferece nenhum exemplo de uma lei declarada inconstitucional.

A possibilidade de declarar uma lei inconstitucional e em consequência recusar-lhe a aplicação continua a ser negada aos tribunais em diversos países. É este o caso, por exemplo, da Holanda e da França. Neste último país, os tribunais foram dissuadidos de se arrogarem o poder de fazê-lo; entretanto parece se esboçar uma mudança desta atitude com a jurisprudência do Conselho Constitucional, instituído em 1958[4]. Entretanto, o Conselho Constitucional só pode ser chamado a se pronunciar por algumas autoridades (ou por um grupo de sessenta parlamentares) e apenas antes que uma lei seja promulgada, na ausência de qualquer processo; não é portanto equivalente aos tribunais de justiça constitucional existentes em outros países, como a Alemanha Federal e a Itália. Na Suíça, o controle exercido pelo Tribunal Federal só se refere à conformidade das leis dos cantões com o direito federal e não se estende à constitucionalidade das leis federais.

**82. Tratados.** Uma condição comparável à das leis constitucionais pode estabelecer-se em relação às convenções internacionais. Certas constituições proclamam o princípio de que os tratados internacionais têm uma autoridade superior à

---

4. Favoreu, L. e Philip, L., *Les grandes décisions du Conseil constitutionnel* (1975). Sobre a recusa dos tribunais de controlarem a constitucionalidade das leis, ver Cass. civ., 20-12-1956, Bull. civ. 1956, II, nº 714.

da lei: é o caso da França e da Holanda. Daí decorre que nestes países não se aplicará a lei posterior à entrada em vigor de um tratado, quando esta lhe for contrária? O Conselho Constitucional francês se declarou incompetente para impedir a promulgação da lei neste caso, e o Conselho de Estado, da mesma forma, se recusou a exercer seu controle. O Tribunal de Recursos, entretanto, não tomou partido e preferiu utilizar seu poder de interpretação para fazer com que a nova lei não fosse considerada contraditória com o tratado[5]. Idêntica atitude têm os tribunais da Alemanha Federal, onde os tratados são, eles próprios, assimilados às leis ordinárias, mas em que a lei fundamental dispõe que os princípios gerais do direito internacional têm uma autoridade superior à das leis.

Pode também acontecer que a interpretação de um determinado tratado seja da competência de uma jurisdição supranacional; os tribunais nacionais, neste caso, podem, em diversas circunstâncias, se declarar incompetentes, quando se elevar uma dúvida substancial de um tratado. É o caso da interpretação dos Tratados de Paris e de Roma, que criaram, em 1951 e em 1957, diferentes comunidades europeias.

**83. Códigos.** Entre as leis ordinárias, algumas recebem o nome de *códigos*[6]. A palavra foi inicialmente empregada para designar as compilações onde eram reunidas diversas leis, como o Código Teodosiano ou o Código de Justiniano. No século XIX, a denominação pareceu dever ser reservada para certas compilações que visavam expor os princípios do *jus commune* moderno, declarado aplicável num Estado, mas dotado de uma vocação universal, por oposição às regras inspiradas por considerações de oportunidade, mais do que por considerações de justiça, que continuariam a existir no plano de cada nação. Con-

5. Tratou-se, no caso da Convenção Europeia dos Direitos do Homem, que proclama diversos princípios, em termos comparáveis aos da Constituição dos Estados Unidos.

6. Vanderlinden, J., *Le concept de code en Europe occidentale du XIII*[e] *au XIX*[e] *siècle – Essai de définition* (1967).

tudo, a terminologia está mal fixada, e na época atual a palavra código é largamente utilizada para designar compilações que procuram reagrupar e expor sistematicamente a regulamentação relativa a uma matéria particular.

Sob uma e outra destas formas o movimento de codificação estendeu-se, nos séculos XIX e XX, a todos os países da família romano-germânica. O parentesco entre os direitos desses países manifestou-se não só por meio dessa comum adesão à fórmula da codificação, mas também pelo modo como foram agrupadas as regras num certo número de códigos. A França forneceu o exemplo com a promulgação dos cinco códigos napoleônicos. Nos diversos países da família romano-germânica, vamos reencontrar os mesmos cinco códigos de base[7]. A única exceção a notar, na Europa, refere-se aos países nórdicos. Foi promulgado um código único em cada um destes países: em 1683 na Dinamarca, em 1687 na Noruega, em 1734 na Suécia e na Finlândia. Estes códigos, muito anteriores à codificação napoleônica, abarcam o conjunto do direito como o fizeram ulteriormente na Prússia o *Allgemeines Landrecht* (1794) e na Rússia o *Svod Zakonov* (1832). A partir de então, verificou-se uma evolução divergente nos dois grupos de países nórdicos. Os códigos deixaram de existir, na prática, na Dinamarca e na Noruega, assim como na Islândia; as suas diversas partes foram ab-rogadas e substituídas por grandes leis, não integradas nos códigos antigos. Na Suécia e na Finlândia, pelo contrário, o código de 1734, dividido em nove partes denominadas em sueco pelo nome curioso de "traves" (*Balk*), continua a ser citado como tal; mas todas as suas partes foram, em diferentes épocas, inteiramente reformadas. Projetos de códigos, especialmente do código civil e do código comercial, têm sido estudados,

7. Notar-se-á, contudo, que a palavra código (*Gesetzbuch*) não se aplicou nos países de língua alemã às "Ordenanças sobre o processo" (*Zivilprozessordnung, Strafprozessordnung*). O processo é uma matéria estreitamente ligada a questões de administração, bastante marcada por um particularismo nacional, para poder, nesta concepção, ser regulada nos "códigos". O mesmo escrúpulo se sentiu na Espanha (onde apenas existe uma *ley de enjuiciamiento civil*), mas não nos países da América Latina.

quer para os diversos países, quer para o conjunto deles em diversas épocas; quer tenham sido devidos a uma iniciativa oficial ou privada, eles não foram bem-sucedidos até o presente e é pouco provável que o sejam num futuro próximo; a colaboração que se estabeleceu entre os países nórdicos seria mais difícil de realizar através de códigos muito abrangentes do que por leis mais específicas[8].

A recente evolução, na qual já não se cuida do enunciado dos princípios de um direito comum, provoca uma diversificação aparente na família dos direitos romano-germânicos. O caráter estritamente regulamentar das matérias que aí são tratadas confere aos "códigos administrativos" franceses, promulgados depois de 1945, um caráter acentuadamente nacional. Podemos perguntar, no entanto, se certos reagrupamentos sistemáticos, realizados aqui e ali, não servirão, por seu turno, de modelos noutros países que poderão adotar, como na Itália, um código de navegação marítima ou, como a Bélgica, um código judiciário. Destaca-se sobretudo a questão de saber se não está próxima a hora em que se decidirá, no quadro da Comunidade Econômica Europeia ou num quadro mais vasto, combater o provincianismo atual redigindo, em certas matérias, códigos europeus.

**84. Códigos e simples leis.** A existência de códigos na família de direito romano-germânica levanta uma questão. Não será conveniente observar estes códigos, considerando a generalidade das matérias de que eles tratam, a permanência da sua aplicação e, sobretudo, a sua vocação para uma aplicação universal de um modo diferente do das "simples leis", que coexistem com eles em um dado país? Não convirá reconhecer-lhes uma autoridade especial e submetê-los a princípios de interpretação diferentes dos das leis não incorporadas neles? De fato, é vulgar ver os autores estigmatizarem as novas leis e procurarem restringir o seu alcance, qualificando-as de *leis de circunstância* ou *leis de exceção.*

8. Cf. Eek, Hilding, "Évolution et structure du droit scandinave", in *Revue hellénique de droit international* (1961), p. 33-51.

Esta atitude e esta distinção podem encontrar uma certa justificação histórica, se for verdade, como nós julgamos poder sugerir, que se tenham chamado *códigos* a leis que pretendiam exprimir, para além dos particularismos nacionais, o *direito comum* da Europa. No entanto, em momento algum leis nacionais ou costumes, qualquer que seja o seu caráter contingente, foram por esse fato considerados como inferiores aos princípios do direito comum, no que se refere ao seu possível alcance e aos métodos da sua interpretação. Por isso, convém manter esta tradição. Posto de parte o caso em que o legislador se teria pronunciado de modo expresso em sentido contrário, os códigos não gozam, em relação às leis que neles não estão incorporadas, de qualquer espécie de proeminência. Códigos e leis estão para os juristas, relativamente à sua interpretação, exatamente no mesmo plano. Na verdade assim é, tanto mais que a noção original de código, compilação que exprime o *jus commune* europeu, foi largamente posta de lado: várias leis que receberam o nome de códigos, de modo algum pretendem ser a expressão de princípios universais e imanentes da justiça. Porém, pode acontecer, se se considerarem os códigos mais antigos e os mais venerados, que o seu valor na prática seja superior ao das outras leis: os juristas tendem naturalmente a conceder grande valor aos princípios consagrados nestes códigos, na medida em que eles lhes mereceram uma especial atenção, mais justos na sua inspiração do que as leis particulares.

**85. Regulamentos e decretos.** Além das leis propriamente ditas, o "direito escrito" dos países da família romano-germânica comporta na nossa época uma multidão de regras e disposições diversas, emanadas de autoridades diferentes do parlamento. Estas regras podem dividir-se em duas grandes categorias.

Umas são disposições tomadas no quadro e em aplicação das leis. A sua existência e a sua própria multiplicação não levantam qualquer problema de ordem política. É evidente que, num Estado moderno, o "legislador" não pode editar uma regulamentação exaustiva. Apenas se pode esperar dele, pelo menos para um certo número de domínios, o enunciado de princípios, de regras mais ou menos gerais. Deve necessariamente, para conseguir a regulamentação o mais precisa possível, conformar-se com a atividade das autoridades administrativas. Ele o faz prevendo regulamentos de aplicação e delegando às autoridades administrativas a elaboração destes regulamentos. A questão principal que se levantou, durante muito tempo, foi a do controle destas autoridades administrativas, especialmente exercido com o fim de garantir a supremacia da lei e a conformidade com esta das disposições regulamentares tomadas em aplicação da lei pela administração. Este controle devia ser exercido por todos os tribunais (Alemanha) ou reservado às jurisdições administrativas especiais (França)? Em que condições, mais ou menos amplas ou limitadas, ele podia intervir?

Surge agora uma tendência intermediária que tende a organizar de um outro modo as relações entre as disposições legislativas e os atos regulamentares, através de uma nova concepção do próprio princípio da separação dos poderes. Tem-se sentido, em diversos países, que este princípio tem sido erradamente aplicado. O equilíbrio dos poderes que este princípio visa instaurar não tinha sido verdadeiramente conseguido. Aparentemente, o poder legislativo se tornara onipotente; de fato, ele fora ultrapassado e cumpria bastante mal a sua tarefa legislativa. O poder executivo, encarregado de dirigir a administração, desempenhava esta função com uma larga autonomia; ele era muitas vezes chamado a tomar medidas por decretos-leis que escapavam a todo o controle. A Constituição de 1958, na França, consagrou a ideia de que o Parlamento apenas devia ter, em direito, os poderes que lhe era possível, de fato, exercer. O domínio da lei foi restringido; o legislador apenas pode, em alguns domínios, formular certos princípios de base. Ao lado do poder legislativo, exercido pelo Parlamento, a nova Constituição francesa reconheceu, em favor do poder executivo, a existência de um poder regulamentar, não subordinado ao precedente, mas sendo, por sua própria natureza, autônomo. O novo princípio, consagrado pela Constituição francesa, levantou problemas que tiveram de ser resolvidos pelo Conselho Constitucional, relativamente à delimitação dos respectivos domínios de aplicação da lei e do regulamento. Em contrapartida, teve a vantagem de submeter ao controle de uma alta jurisdição, o Conselho de Estado, todo um conjunto de regras que outrora, quando eram formuladas pelo Parlamento, escapavam a este controle na França. Em outros países não se produziu uma evolução idêntica. Na Alemanha Federal a lei fundamental, ao contrário, se opõe ao reconhecimento de um poder regulamentar, autônomo em relação ao poder executivo, ao mesmo tempo que proíbe a prática de decretos-leis. Por isto os regulamentos, neste país, só podem intervir no contexto da lei e para sua execução; entretanto, o Tribunal Federal de justiça constitucional admitiu com crescente amplitude as disposições legislativas que vieram a conferir, de fato, grandes poderes à administração.

**86. Circulares administrativas.** Estabeleceu-se uma distinção clara, em princípio, nos países da família romano-germânica, entre os atos regulamentares que formulam regras jurídicas e as simples circulares administrativas que indicam o modo como a administração interpreta as regras de direito e entende aplicá-las. Verdadeiramente, a distinção tende, num grande número de casos, a ser mais teórica que prática. Muitas vezes, os funcionários administrativos apenas conhecem o direito através das instruções de serviço que eles recebem pela via de circulares; mesmo se conhecessem a lei eles prefeririam, na maioria das vezes, limitar-se a estas instruções do que terem conflitos com os seus superiores hierárquicos. Os particulares, por vezes, não têm nenhum meio de impor o respeito da lei à administração, especialmente quando a prática administrativa ilegal favorece indevidamente certas pessoas mas não causa diretamente dano a ninguém. Eles hesitam, por outro lado, muitas vezes, perante os imprevistos e inconvenientes de toda a ordem que uma ação dirigida contra a administração apresenta. Para saber até que ponto a lei se impõe efetivamente à administração nos diferentes países, não basta proclamar a subordinação da administração ao princípio da legalidade. É necessário que existam organismos, processos, condições políticas que permitam impor à administração uma conduta conforme ao direito e reparar as ilegalidades cometidas pela administração. Do mesmo modo, nas relações de direito privado, não bastam a existência de boas regras e a afirmação de que elas devem ser seguidas; estes princípios apenas valem se existirem tribunais facilmente acessíveis, juízes íntegros, uma administração disposta a executar as decisões judiciárias.

Seguramente existem, em todos estes aspectos, diferenças entre os vários países da família romano-germânica. Mas é característica desta família de direito que os juristas desses países prestem pouca atenção a estas circunstâncias; consideram que elas são relevantes na ciência administrativa mais do que na ciência do direito. Os estudos de sociologia jurídica têm aqui um grande papel a desempenhar. Eles não devem ser somente concebidos sob um aspecto de cultura geral e de filosofia; ao mostrar-nos o que se passa na realidade da vida prática eles podem servir para colocar os juristas perante a realidade e combater a sua tendência para a especulação e para os sistemas de teóricos.

**87. Estilo das leis.** Relativamente ao estilo das leis, duas tendências se defrontam nos diferentes países da família romano-germânica: uma tendência para se exprimirem de um modo tão compreensível quanto possível para a generalidade das pessoas e, inversamente, uma tendência para exprimir as regras de direito utilizando uma linguagem técnica tão precisa quanto possível, com risco de fazer do direito uma ciência um pouco esotérica. Em todos os países os juristas estão divididos entre estas tendências contraditórias. A oposição entre o BGB, por um lado, os códigos francês e suíço, por outro, manifesta nitidamente o obstáculo que pode surgir para a compreensão mútua da diferença das técnicas legislativas. É curioso constatar que, na técnica das decisões judiciárias, as posições são inversas: são os arestos franceses que, pela sua concisão, propendem para o esoterismo enquanto os arestos alemães, mais desenvolvidos, são de uma leitura mais fácil.

**88. Interpretação das leis.** Editar a lei ou o regulamento é a função das autoridades. Porém, a lei apenas tem valor prático pela maneira como é aplicada. A aplicação da lei supõe um processo de interpretação, cuja importância é sublinhada atualmente pela doutrina. Os métodos mais variados foram preconizados nos diferentes países da família romano-germânica por seus autores: desde uma interpretação estritamente exegética às teorias da Escola Livre de Direito (*Freies Recht*), passando pela *Interessenjurisprudenz*, de Jhering e Heck, na Alemanha, até a defesa de uma livre investigação científica, de Gény, na França.

É bastante difícil determinar a influência que cada uma destas teorias pode exercer, nos diferentes países, na prática. O legislador, com uma louvável prudência, nunca teve a ilusão de poder impor métodos de interpretação; as regras que pode estabelecer a este respeito deixam uma grande latitude aos intérpretes. Por consequência, nesta matéria, tudo vai depender da psicologia e das correntes de pensamento pelas quais, mais ou menos inconscientemente, os intérpretes se deixarão guiar. O juiz, na preocupação de evitar que o acusem de arbítrio, concede, por princípio, a preferência, em todos os países, a uma interpretação que respeite, dentro da lei, a intenção do legislador. Na maioria dos casos faz uma interpretação lógica, senão gramatical, completada ou retificada se necessário pelo recurso aos trabalhos preparatórios. Contudo, se a justiça o exige, ele encontra, em todos os países, meios para se libertar do texto que o oprime. Diversos processos podem ser utilizados para este fim.

**89. Apreciação dos fatos.** Grandes possibilidades são concedidas aos juízes, no pleno respeito ao texto da lei, de tal modo que o próprio legislador emprega muitas vezes, deliberadamente ou não, termos ou expressões desprovidas de precisão. No texto da lei faz-se referência à noção de erro, de injúria grave, de reparação do prejuízo, de impossibilidade de execução. O juiz é chamado, em cada espécie, a fazer uma apreciação para dizer se as circunstâncias justificam ou não a aplicação dos preceitos da lei, reportando-se a tais conceitos. Ao apreciar, de um modo mais ou menos rigoroso ou liberal, os fatos da espécie, ele pode, de fato, modificar consideravelmente as condições de aplicação da lei. Pode, assim, qualificar ou não de erro o ato cometido por um louco, pode conceber diferentemente as medidas requeridas pelo interesse da família ou dos filhos, pode apreciar com maior ou menor severidade a noção de motivo real e sério justificando a licença, pode admitir ou não certos modos de reparação, pode alargar ou restringir o conceito de força maior, e interpretar à sua maneira as exigências dos bons costumes[9]. Nos direitos da família romano-germânica os juízes não são obrigados a seguir os modos de ver dos seus predecessores; portanto, eles podem, ao apreciar diferentemente os fatos, modificar de maneira substancial as condições de aplicação do direito. Isto nada tem de ilegítimo. O legislador, empregando fórmulas de que não fixou o alcance, pode considerar-se como tendo autorizado uma "livre investigação complementar *intra legem*"; esta livre investigação exige, da parte dos juízes, juízos de valor independentes que não podem deduzir-se do direito positivo[10].

Contudo, em certos casos, as possibilidades assim oferecidas aos juízes não bastaram. Os tribunais, para proferirem decisões justas, tiveram de manifestar muita audácia; foi-lhes necessário libertarem-se de prescrições, ditadas pelo legislador, inadaptadas às novas condições da sociedade. Dois métodos serviram para este fim.

**90. Novo sentido dado a um texto.** Um primeiro método consiste em destacar os textos da lei do seu contexto histórico. As palavras empregadas na lei serão interpretadas, sem considerar a sua origem histórica e sem cuidar da intenção dos seus autores, dentro do sentido que parece, no momento presente, dar satisfação às exigências de justiça.

Excelentes argumentos têm sido apresentados para justificar este tipo de interpretação[11]. Para que as leis que estão em vigor num país constituam um sistema coerente, é necessário que todas sejam interpretadas dentro de um mesmo espírito, o do nosso tempo, sem se atender às circunstâncias nas quais,

---

9. O Supremo Tribunal da Holanda julgou, deste modo, que o fato de abusos das circunstâncias para obter um contrato vantajoso atentava contra os bons costumes: *Hoge Rad*, 11 de janeiro de 1957, N. J., 1959, nº 37.

10. Germann, O. A., *Probleme und Methoden der Rechtsfindung* (2ª ed., 1967), p. 388 ss.

11. Germann, O. A., *op. cit.*, p. 66-78.

em épocas diferentes, foram promulgadas. Quanto ao mais, a intenção do legislador é, na maioria das vezes, puramente divinatória; ela é particularmente difícil de descobrir nas condições da democracia moderna, em que a lei se apresenta como obra de uma vontade coletiva, muito complexa na sua formação. Os juízes, nos diferentes países, têm sido sensíveis a estes argumentos. Rejeitando certas teorias excessivas, eles continuam a atribuir importância à intenção do legislador. Se ela se deve procurar, entretanto, fora do texto da lei, nos trabalhos preparatórios, os juízes não se sentem vinculados de modo absoluto. O mesmo sucede nos países (Áustria, Itália) onde o texto legislativo prescreve aos juízes que interpretem as leis segundo a intenção do legislador.

**91. Jurisprudência francesa.** Considerando a interpretação do código civil, na celebração do seu centenário, o primeiro presidente do Tribunal de Cassação francês, Ballot-Beaupré, num discurso famoso, pronunciado em 1904, repudiou o método histórico de interpretação que até então havia imperado na doutrina de modo inconteste.

"Quando o texto, sob uma forma imperativa, é claro e preciso, não se prestando a nenhum equívoco, o juiz é obrigado a inclinar-se e a obedecer. Mas quando o texto apresenta qualquer ambiguidade, quando se levantam dúvidas sobre o seu significado e o seu alcance, e quando comparado com outro possa, em certa medida, estar ou em contradição ou restringido, ou, ao inverso, desenvolvido, julgo que, então, o juiz detém os mais latos poderes de interpretação; ele não deve dedicar-se obstinadamente à investigação de qual tenha sido, há cem anos, o pensamento dos autores do código ao redigirem este ou aquele artigo; ele deve interrogar-se sobre o que seria esse pensamento se o mesmo artigo tivesse sido hoje redigido por eles; ele deve a si próprio responder que, em presença de todas as modificações que, desde há um século, se operaram nas ideias, nos costumes, nas instituições, no estado econômico e social da França, a justiça e a razão impõem que se adapte liberal e humanamente o texto às realidades e às exigências da vida moderna[12]. A esta maneira de ver corresponde o desenvolvimento espetacular que se verificou na França, a partir do início do nosso século, na matéria da responsabilidade civil. Algumas palavras constantes de um artigo do código civil, art. 1.384[13] – palavras às quais, é certo, os seus autores não atribuíram nenhum significado particular –, foram carregadas pela jurisprudência de um novo sentido; este texto foi utilizado para se desenvolver ao extremo a responsabilidade do fato das coisas, deixando-se de lado qualquer ideia de erro. A jurisprudência francesa veio, assim, sanar a passividade do legislador, que não havia interferido na regulamentação dos problemas, quanto à responsabilidade, colocados pelo desenvolvimento da mecânica e especialmente pela multiplicação dos acidentes de automóvel.

O desenvolvimento revolucionário verificado nesta matéria não deve iludir-nos. Bem vistas as coisas, ele é único, e de modo nenhum característico dos métodos usuais da jurisprudência francesa. Na França, como nos outros países da família romano-germânica, os trabalhos preparatórios continuam a ter importância; quando são claros e as circunstâncias não levantam, depois da publicação da lei, um problema inteiramente novo, o qual é evidente que o legislador não pôde prever, os juízes franceses, normalmente, atentam aos trabalhos preparatórios do mesmo modo que os seus colegas dos outros países da família romano-germânica.

**92. Utilização de formas gerais.** Jurisprudência alemã. Um outro método pode ser utilizado para adaptar o direito às

---

12. *Le centenaire du code civil 1804-1904*, p. 27. Cf. igualmente Saleilles, R., "Le code civil et la méthode historique", in *Livre du centenaire du Code civil* (1904), p. 95-129.

13. Art. 1.384, al. 1: "Cada um é responsável não apenas pelo dano causado por seu próprio fato, mas também pelo dano causado pelo fato das pessoas sob sua responsabilidade, ou das coisas sob sua guarda." Essa frase, no pensamento dos autores do código civil, anunciava simplesmente as disposições que se seguiam relativamente à responsabilidade por fato de outrem (art. 1.384), à responsabilidade por fato dos animais (art. 1.385) e à responsabilidade por fato de obras (art. 1.386).

circunstâncias não previstas pelo legislador, sem modificar o sentido das disposições que este formulou; este método consiste em apelar para prescrições de alcance geral, enunciadas pelo legislador, para neutralizar disposições particulares contidas na lei.

A jurisprudência alemã oferece aqui os melhores exemplos. Depois que o código civil alemão (BGB) entrou em vigor em 1º de janeiro de 1900, a Alemanha foi abalada por crises violentas, que tornaram ainda mais necessária uma adaptação do direito às circunstâncias. A jurisprudência teve, por isto, de substituir-se a um legislador frequentemente omisso. Tratando-se de um código recente, ela hesitou, no entanto, em dar às disposições especiais do código uma interpretação forçada, manifestamente contrária ao sentido desejado pelo legislador. Os tribunais alemães continuaram, pois, a interpretar as disposições do BGB no sentido que lhes haviam dado os seus autores. Mas, quando a necessidade se fez sentir, eles neutralizaram estas disposições, fazendo intervir certos princípios gerais formulados pelos próprios redatores do BGB.

Recorreu-se a esta prática antes mesmo da guerra de 1914. Referindo-se à exigência de respeitar os bons costumes (*gute Sitten*), formulada no § 826[14], a suprema jurisdição alemã (*Reichsgericht*) não receou modificar em diferentes aspectos o sistema do BGB em matéria de responsabilidade delitual; ela permitiu perdas e danos em reparação de lucros puramente eventuais, sem fazer caso do § 823 que parecia não querer considerá-los; proibiu aos particulares que se comportassem futuramente desta ou daquela maneira (*Unterlassungsklage*) nas hipóteses em que o código previa apenas uma reparação (*Ersatz*); sancionou a conduta do terceiro cúmplice da violação de uma obrigação contratual sem atender à regra, consagrada pelo código, do efeito puramente relativo dos contratos.

---

14. § 826: "Quem quer que intencionalmente cause dano a outrem, de uma maneira que atente contra os bons costumes, é obrigado para com este à reparação do dano."

Foi, contudo, imediatamente após a guerra de 1914, no âmbito das excepcionais circunstâncias provocadas pela inflação – o marco alemão valia em 1923 a trilhonésima parte do seu valor –, que esta jurisprudência se afirmou. O artigo do BGB, no qual ela buscou o seu apoio, já não foi então o § 826, mas o § 242, que exige da parte dos que contratam o respeito pela boa-fé (*Treu und Glauben*)[15]. O Supremo Tribunal alemão reconheceu a necessidade de intervir para remediar as injustiças intoleráveis que os métodos clássicos de interpretação do código teriam originado. Já em 1920 ele acolhe a teoria da imprevisão, que havia anteriormente rejeitado; a sua decisão interveio em benefício de um proprietário que se havia comprometido por contrato a "aquecer" o imóvel arrendado; as despesas deste aquecimento haviam sido, em dois anos, iguais ao preço de dez anos de renda[16]. Em 1923 foi dado um novo passo decisivo. Rejeitando o nominalismo monetário (*Mark gleich Mark*), o *Reichsgericht* recusa-se a admitir que o devedor de uma soma em dinheiro possa libertar-se, pagando ao seu credor, em marcos sem valor, o montante nominal da sua dívida[17]. A exigência geral de boa-fé no § 242 do BGB apoia-se na disposição especial, análoga ao art. 1.895 do nosso código civil, segundo a qual aquele que recebeu uma certa soma libera-se pagando um número de unidades monetárias igual às que recebeu.

**93. Países nórdicos.** A ideia de fazer prevalecer, sobre as regras particulares da lei, certas fórmulas gerais parece à primeira

15. § 242: "O devedor é obrigado a fazer a prestação como o exigem a lealdade e a confiança recíproca, em correlação com os usos admitidos nos negócios."

16. *Entscheidungen des Reichsgerichts in Zivilsachen*: 100 RGZ 129 (21 de setembro de 1920).

17. 107 RGZ 78 (28 de novembro de 1923). Diferentes leis (*Anfwertungsgesetze*) foram publicadas na Alemanha, posteriormente a esta decisão, para operar uma revalorização dos créditos. Elas previram um certo número de casos e, para o restante, remeteram para os juízes a sua regulamentação segundo "os princípios gerais do direito". A jurisprudência do *Reichsgericht* encontrou-se, assim, legitimada *a posteriori*.

vista encontrar uma justificação na Suécia e na Finlândia. As edições oficiais das leis suecas (*Sverige Rikes Iag*) publicadas anualmente são precedidas de "regras para os juízes" (*Domarereglerna*), de acordo com uma tradição muito antiga que se encontra já numa lei ostrogoda do século XIII[18]. Essas regras para juízes, em número de 43, foram redigidas por volta de 1550 por um autor bem conhecido da Reforma, Olaus Petri. Encontramos essas mesmas regras no começo do *Suomen Laki* (leis finlandesas)[19]. Embora jamais tenham recebido força de lei, o fato de estarem inseridas, há mais de três séculos, em edições oficiais de leis suecas chama a atenção sobre elas. Algumas parecem conceder aos juízes poderes muito latos na aplicação da lei: "A lei que se reconheça nociva deixa de ser lei"; "o bom juiz sabe sempre decidir em razão das circunstâncias"; "considerar-se-á como lei o que se prove ser mais conforme ao bem do homem, mesmo quando a letra de uma lei escrita pareça dispor de modo diferente". Não resultará de tais princípios uma grande liberdade do juiz perante a lei? Esta conclusão seria errônea. Ao lado das máximas que acabam de ser citadas, encontram-se outras. Tais como *summum jus summa inluria*, ou, ainda, a afirmação de que "só deve ser juiz quem conheça o conteúdo da lei ou a razão e o sentido desta". Com o estabelecimento, nos seus países, de regimes democráticos, os juízes foram levados, nos países nórdicos, a considerar que o seu poder de estatuir em equidade estava limitado e que deviam, quaisquer que fossem as suas preferências pessoais, dar execução às regras formuladas pelo legislador. A interpretação da lei nos países nórdicos obedece, sob reserva de algumas particula-

---

18. Esta tradição fora retomada no *Volksgesetzbuch*, que o regime nacional-socialista se propunha substituir ao código civil alemão; foi, contudo, do direito romano e do Antigo Testamento que Olaus Petri tirou a maior parte das suas máximas. Somente estas regras fundamentais (*Grundregeln*) e a primeira parte do *Volksgesetzbuch* foram redigidas; o código jamais entrou em vigor.

19. Desde 1950, em cada ano par, é publicado na Finlândia o *Suomen Laki I*, compreendendo todas as leis de direito privado, e em cada ano ímpar é publicado o *Suomen Laki II*, compreendendo todas as leis de direito público.

ridades, a princípios idênticos aos dos outros países do continente europeu[20].

**94. Apreciação crítica.** O método que consiste em fazer prevalecer as fórmulas gerais que se encontram num código sobre as disposições particulares desse código foi utilizado na própria França; tem-se denunciado sobretudo o risco que o art. 1.382 do código civil representa para a ordem jurídica instaurada pelo código civil francês.

Aparentemente, a intenção do legislador é, com este método, respeitada. Não se diz que um texto de lei mudou de sentido. O processo usado é o de uma interpretação puramente lógica: em presença de dois textos, que parecem fixar, cada um deles, uma solução oposta, faz-se prevalecer aquele que conduz à solução julgada atualmente a melhor. Apenas é necessário sublinhar que se trata de um artifício. Os redatores do código civil alemão não imaginaram que as regras particulares por eles editadas pudessem revelar-se, numa época futura, injustas; não é para as corrigir e as eliminar, mas apenas para as interpretar e completar, que eles previram, além delas, regras gerais. Recorrer a estas "fórmulas gerais" em oposição às prescrições especiais do código é agir contrariamente ao adágio *Specialia generalibus derogant*, com risco de conduzir a uma subversão total da ordem jurídica, substituindo-se por uma jurisprudência de equidade fundada sobre alguns textos muito gerais, uma jurisprudência verdadeiramente fundada sobre a interpretação da lei[21]. Mais vale reconhecer francamente que as disposições da lei, como as dos contratos, estão ligadas a certas circunstâncias e que, se um estado de coisas inteiramente novo, imprevisível no momento em que a lei interveio, acaba por surgir, os juízes

20. Schimidt, Folke, "Construction of Statutes", in 6 *Scandinavian Studies* (1957), p. 157-98; Von Eyren, W. E., "The attitude towards judicial precedent in Danish and Norwegian Courts", in 3 *Scandinavian Studies* (1959), p. 53-86.

21. Hedemann, J., *Die Flucht in die Generalklauseln. Eine Gefahr für Recht und Staat* (1933).

podem, se a justiça o exigir, afastar a sua aplicação[22]. Está conforme à tradição do sistema admitir este *nobile officium* dos juízes. A idolatria da lei, que dominou a doutrina do século XIX, levou a utilizar estratagemas para manter esta tradição; ela não conseguiu suprimi-la. Como escreveu T. Ascarelli, "a atividade do intérprete é, mais do que obra de ciência, obra de ponderação; e é mais à ponderação do que à ciência, que nós devemos restituir o direito"[23].

**95. Princípios comuns de interpretação.** Definitivamente, em todos os países da família romano-germânica, a prática seguiu, entre as várias doutrinas, uma via média, caracterizada pelo seu empirismo, variando segundo os juízes, segundo as épocas, segundo os ramos do direito. Os textos legislativos são, por vezes, considerados mais como guias na descoberta da solução justa do que como comandos, impondo de modo estrito ao intérprete uma determinada solução. Por toda parte se prefere uma interpretação gramatical e lógica, e sublinha-se que o legislador é obedecido, quando esta obediência conduz a um resultado de justiça. Porém, a interpretação lógica dá já lugar a uma escolha, pela opção que pode fazer-se entre argumentos de analogia ou *a contrario*, ou pela combinação que se estabelece entre princípios variados. Uma interpretação histórica, esclarecendo os textos atuais pela situação anterior e tomando em consideração a intenção do legislador, pode servir-lhe de guia; e o mesmo resultado pode ser obtido na circunstância, considerando a *ratio legis*, estabelecendo o princípio de que a lei está ligada a circunstâncias de toda a ordem e que o sentido dos textos de lei é suscetível de variar com o tempo.

Em todos os países da família romano-germânica, o ponto de partida de todo o raciocínio jurídico encontra-se nos mate-

---

22. Rüthers, B., *Die unbegrenzte Auslegung, Zum Wandel der Privatrechtsordnung im Nationalsozialismus* (1968).

23. Ascarelli, T., "Norma giuridica e realtà sociale", in *Il diritto dell'economia*, vol. I (1955), p. 6; Marcic, R., *Vom Gesetzesstaat zum Richterstaat* (1957).

riais de direito escrito. Atualmente, estes materiais são constituídos essencialmente por textos de códigos, de leis e de decretos, ainda que outrora eles fossem constituídos por textos do direito romano ou de outras compilações, oficiais ou privadas. Mas por toda parte estes textos apenas constituem materiais de base. Mais do que o estabelecimento de um sistema de normas, como vê neles uma certa filosofia, nós vemos neles os quadros mais ou menos precisos de uma construção jurídica que cabe ao intérprete completar.

O intérprete, que é de fato soberano – porquanto não existe recurso contra as decisões de um supremo tribunal –, dispõe de uma certa latitude. Mas ele gosta de dissimular a função criadora que desempenha na elaboração do direito, e dar a impressão de que o seu papel é simplesmente fazer a aplicação das regras formuladas por outrem. A medida segundo a qual, de fato, a sua obra é original e o cuidado que tem em dissimular esta originalidade variam segundo as épocas, segundo os países, segundo os ramos de direito e segundo as jurisdições que se considerem. É difícil estabelecer aqui comparações com algum grau de segurança, porque a prática é, por vezes, ela mesma pouco consciente do modo como opera e os autores mal se apercebem disso, porquanto procuram, na maioria das vezes, fazer prevalecer uma certa interpretação, mais do que analisar os métodos efetivamente empregados. Os juízes franceses, alterando os princípios da responsabilidade civil estabelecidos pelo código civil, creem de boa-fé aplicar os artigos 1.382 a 1.386 do código civil. Certos juristas reconhecem que inicialmente sentem a decisão justa e procuram mais tarde justificá-la em direito; outros contestam com indignação este processo que, segundo eles, seria contrário à consciência dos juízes[24].

Procede-se do mesmo modo nos outros países da família romano-germânica[25]. Mas, por razões de ordem histórica ou

---

24. *Travaux de l'Association Henri-Capitant*, t. V (1949), p. 74-6.

25. Cf. especialmente Itoh, H., "How Judges Think in Japan", in *18 Am. J. Comp. Law* (1970), p. 775-804.

sociológica, pode acontecer que, neste ou naquele país, haja mais preocupação em preservar a aparência de que se obedece unicamente à lei ao proferir esta ou aquela decisão – e pode também acontecer que, em algumas épocas, ou em algum ramo do direito, esta aparência corresponda à realidade, na medida em que a lei pareça aos juristas benfeita, não exigindo da sua parte qualquer esforço de adaptação.

Entre as considerações de ordem histórica ou sociológica que podem ter influência nestes procedimentos, notar-se-ão certas diferenças devidas à tradição. Os juízes e os juristas alemães nunca constituíram uma casta tão independente como os juízes franceses, protegidos no antigo regime pela venalidade e hereditariedade das funções de judicatura. Uma enorme influência se fez igualmente sentir na Alemanha, pela ação das doutrinas dos professores e das filosofias, no plano prático[26]. Evitemos, contudo, atribuir um valor permanente às circunstâncias que pertencem ao passado. O direito alemão de hoje deixou de ser o direito de professores (*Professorenrecht*) que nele via Koschaker, o qual julgava poder opô-lo ao direito dos juristas (*Juristenrecht*) que era, segundo ele, o direito francês. Atualmente pode mesmo parecer que o direito alemão tenha alcançado e mesmo ultrapassado o direito francês neste aspecto; tanto ou mais que na França, o desenvolvimento do direito é, na Alemanha, pelo menos em certos setores, dirigido pela jurisprudência.

A Itália, na qual impera uma marcada tendência dogmática, está sem dúvida mais afastada que a Alemanha, no momento presente, dos métodos muito flexíveis de interpretação que se praticam na França. O divórcio entre a Escola e o Tribunal que se perpetua neste país torna difícil a um estrangeiro descobrir como os juízes e os práticos da Itália interpretam as suas leis. A própria leitura das sentenças é enganadora: estas decisões não são senão, em geral, relatadas de um modo incompleto, e é muitas vezes na parte omissa (os *omissis*) que se encontra a verdadeira explicação da decisão, mesmo admitindo que

26. Koschaker, P., *Europa und das römische Recht* (3ª ed., 1958).

os juízes, desejosos de manifestar o seu respeito pelos textos da lei, sejam estimulados a proferi-la[27].

Observações idênticas poderiam ser feitas para os direitos espanhol e português e para o direito dos países da América Latina. Igualmente, nestes países, a tradição não perdeu seus direitos, e a preocupação essencial dos juízes continua sendo a justiça, mesmo se uma filosofia política que enaltece a função da lei – aquela à qual se liga o marxismo – prevalece entre os teóricos. A jurisprudência argentina, passando de uma interpretação exegética a uma interpretação progressista da lei, tornou desnecessária uma reforma geral do código civil argentino[28]. Os autores soviéticos proclamam a sua indignação pela hipocrisia burguesa[29]; veem um testemunho disso no próprio princípio da separação dos poderes e na independência que os juízes dos países burgueses manifestam em relação à lei. Pode-se pôr em dúvida a sua interpretação deste fato, mas não o fato em si mesmo. Os juízes, nos países da família romano-germânica, gozam de uma certa independência em relação à lei, porque nesses países direito e lei não se confundem. A própria existência de um *poder judiciário* e do próprio princípio da separação dos poderes com as vantagens que nós lhe atribuímos estão ligados a esta independência. Esta tem por efeito colocar o direito acima da política de acordo com a tradição. Será isto um bem ou um mal? A resposta a esta questão depende de uma opção entre duas concepções de ordem social que se defrontam no mundo contemporâneo.

**96. Conclusão.** Os diversos países da família romano-germânica estão hoje unidos por uma mesma concepção da

---

27. Cf. a série de estudos publicados deste 1967 por G. Gorla e M. Lupoi nos "Quaderni del Foro italiano" na *Raccolta di saggi sulla giurisprudenza*, dirigida por G. Gorla. Adenda Gorla, G., "Lo studio interno e comparativo della giurisprudenza e i suoi presupposti: le raccolte e le techniche per la interpretazione delle sentenze", in *Il Foro italiano*, vol. LXXXVII (1964), p. 1-31.

28. Garrido, R. e Andorno, L., *Reformas al Código civil* (2ª ed., 1971).

29. Zivs, S. L., *Razvitie formy prava v sovremennyh imperialistieskih gosudarstvah* (1960).

função primordial que se deve reconhecer à lei. Contudo, certas diferenças podem, no que se refere à lei, notar-se entre uns e outros. Aludi a algumas diferenças relativas ao controle da constitucionalidade das leis, à codificação, à distinção da lei e do regulamento e à interpretação da lei. Estas diferenças têm certamente a sua importância.

Mais importantes que todas estas diferenças são as semelhanças que podem notar-se entre os variados direitos. Semelhanças que, antes de tudo, dizem respeito ao importante papel atribuído à lei. A lei, em todos os países da família romano-germânica, parece abarcar a totalidade da ordem jurídica; os juristas e a própria lei reconhecem, em teoria, que a ordem legislativa pode comportar lacunas, mas, na prática, parece que estas lacunas são insignificantes. A realidade que se refugia atrás desta atitude é, contudo, muito diferente, e pode surpreender aqueles que acreditam nas fórmulas da doutrina. A lei forma o esqueleto da ordem jurídica, mas a este esqueleto vai ser dada vida, em larga medida, por outros fatores. A lei não deve ser considerada unicamente no seu texto, independentemente dos processos, frequentemente muito extensivos, usados para a sua interpretação e nos quais se revela o poder criador da jurisprudência e da doutrina. Os códigos apenas representam, para os juristas, um ponto de partida, não um resultado; por isso se distinguem com clareza das compilações (*consolidation*, códigos de tipo americano) que se encontram nos países de *common law*, do mesmo modo que se distinguem dos costumes redigidos ou dos códigos anteriores à Revolução Francesa. São, de fato, sucessores do direito romano e das obras da ciência romanista, e não destes costumes ou destes códigos. Verificaremos isso ao examinar, na presente obra, o papel desempenhado pelas fontes do direito diferentes da lei.

Capítulo II

# *O costume*

**97. Conceito de costume.** Dentro de uma certa concepção sociológica do direito, o costume desempenha um papel preponderante; constitui a infraestrutura sobre a qual o direito é edificado e dirige a maneira pela qual é aplicado e desenvolvido pelo legislador, pelos juízes e pela doutrina. A escola positivista, ao contrário, esforçou-se por reduzir a nada o papel do costume; este já não lhe parecia ter de desempenhar senão uma função das mais restritas dentro do direito, doravante codificado, identificado com a vontade do legislador. Esta posição carece de realismo, enquanto, inversamente, a da escola sociológica, concedendo à expressão "fonte de direito" um sentido inusitado, exagera a função do costume. O costume não é, aos nossos olhos, este elemento fundamental e primário do direito como desejaria a escola sociológica; ele não é senão um dos elementos que permitem descobrir a solução justa. Esse elemento, nas nossas sociedades modernas, está longe de ter a importância primordial que se atribuiu à legislação. Mas está igualmente longe de ser tão insignificante como tem pensado a doutrina do positivismo legislativo.

Juristas franceses e alemães adotam, em teoria, uma atitude diferente perante o costume. Os juristas franceses são tentados a ver nele uma fonte de direito de certo modo ultrapassada, não desempenhando mais que um papel insignificante depois de termos reconhecido, com a codificação, a preponderância inconteste da lei. Estariam prontos a subscrever as fórmulas legislativas que, na Áustria e na Itália, apenas preveem a aplicação do costume nos casos em que a lei remete expressamente os juízes para este. Pelo contrário, na Alemanha, na Suíça e na Grécia a preocupação é apresentar a lei e o costume como duas fontes de direito colocadas no mesmo plano[1]; esta atitude é aparentemente orientada pela ideia da escola histórica que considerou o direito, no século XIX, como um produto da consciência popular. Assim, a discrepância que existe na teoria não tem qualquer consequência prática. De fato, ambos comportam-se como se a lei se tivesse tornado a fonte exclusiva ou quase exclusiva do direito; a realidade revela-nos, contudo, outra coisa, e confere ao costume um papel muito maior que a aparência nos leva a supor.

**98. Função prática do costume.** A lei tem, muitas vezes, a necessidade do suplemento introduzido pelo costume para ser compreendida, na medida em que as noções às quais recorre o legislador exigem ser esclarecidas do ponto de vista do costume. Não se pode, sem apelar para o costume, dizer quando a conduta de uma pessoa é faltosa, se uma certa marca constitui uma assinatura, se um indivíduo agiu dentro de um prazo razoável, se o autor de uma infração pode invocar circunstâncias atenuantes, se um bem constitui uma recordação de família, se houve ou não impossibilidade moral de se conseguir a prova escrita de uma obrigação. Todas as tentativas feitas para eliminar, a este propósito, o papel do costume conduzem a um conceitualismo e a uma casuística contrários ao espírito do direito nos países da família romano-germânica; é empresa vã pretender eliminar o vasto papel atribuído, deste modo, ao costume *secundum legem*.

O costume *praeter legem* tem tido, pelo contrário, o seu domínio muito restringido com o progresso da codificação e o primado reconhecido à lei nos regimes democráticos das sociedades políticas modernas. Os juristas da família romano-germânica, dos nossos dias, procuram a todo o custo apoiar o seu

1. Zepos. P. J., "Quinze années d'application du Code civil hellénique", in *Rev. int. dr. comparé* (1962), p. 281-308; Beguelin, M., *Das Gewohnheitsrecht in der Praxis des Bundesgerichts* (1968).

raciocínio nos textos legislativos. O costume *praeter legem* está condenado, nestas condições, a desempenhar apenas um papel muito secundário.

Igualmente o papel do costume *adversus legem* está, pelo menos em aparência, muito limitado, mesmo quando não é negado em princípio pela doutrina. Os tribunais, é evidente, não gostam de insurgir-se contra o poder legislativo.

Toda a análise do costume é, por assim dizer, falseada pela importância primordial reconhecida pela ciência aos textos do direito romano-germânico de outrora e aos códigos nacionais de hoje. O costume desempenhou, na evolução do sistema romano-germânico, um papel muito importante, mas parece que este papel necessitava de uma legitimação que se encontrou na Idade Média, em certos textos de Digesto[2]. Ainda nos nossos dias temos dificuldade em nos libertarmos da concepção romano-canônica do costume; procuramos colocar todos os costumes no quadro da lei, mesmo se, para isso, tivermos de apresentar falsamente, como sendo conformes à lei, costumes que, na realidade, preenchem lacunas ou vão mesmo contra a lei. O costume perdeu, assim, aos nossos olhos, salvo raras exceções, o seu caráter de fonte autônoma do direito. Sendo doravante o problema único o da interpretação da lei, pareceu que se podia deixar de falar dele.

Uma compreensão mais exata do papel do costume, permitindo, em particular, compreender os direitos tradicionais africanos, apenas pode ser obtida desde que se deixe de confundir o direito com a lei. Se a lei não se confunde com o direito, mas é concebida como um simples meio – o principal nos nossos dias – de chegar ao conhecimento do direito, nada impede que se reconheça, ao lado dos textos legislativos, a utilidade de outras fontes. Entre estas figurará, de modo importante, o costume: tão natural e, pode dizer-se, inevitável é considerar a conduta habitual dos homens para estabelecer o que objetivamente é considerado como justo na nossa sociedade. No entanto, não

2. Especialmente um fragmento de Julian, D., 1-3-32; cf. Dawson, J. P., *The Oracles of the Law* (1968), p. 128 ss.

deve ser atribuído um valor em si ao costume; ele apenas deve ser consagrado na medida em que serve para indicar a solução justa. O jurista não deve, portanto, aplicá-lo de um modo automático. Deve exercer sobre ele a sua crítica e interrogar-se sobre a sua razoabilidade.

Capítulo III

# *A jurisprudência*

**99. Critério de avaliação do papel da jurisprudência.** O lugar atribuído às decisões judiciárias entre as fontes do direito opõe os direitos da família romano-germânica à *common law* e igualmente diferencia os direitos da família romano-germânica dos direitos socialistas. É em relação com as concepções prevalentes nestas outras famílias de direito que nós nos esforçaremos por precisar a posição dos direitos romano-germânicos, entre os quais, de novo, nos parece que as diferenças afetam mais o pormenor que os princípios.

Para julgar a importância que têm, na elaboração do direito, as decisões judiciárias, é necessário, ainda aqui, duvidar das fórmulas feitas que, na intenção de sublinhar o exclusivismo da lei, recusam a natureza de fonte de direito à jurisprudência. Estas fórmulas são um pouco irrisórias quando são usadas em países como a França e a Alemanha, onde a jurisprudência assume, em certos domínios, um papel de primeiro plano na evolução do direito ou onde as obras de doutrina, muitas vezes, se limitam à exegese da jurisprudência[1]. Elas são igualmente falsas, apesar das aparências, nos países onde a doutrina pouco

1. Enneccerus, L., Nipperdey, H., *Lehrbuch des bürgerlichen Rechts, Allgemeiner Teil* (15ª ed., 1959), I, 275, não obstante, afirmam ainda que "a jurisprudência, como tal, não é uma fonte de direito", e esta afirmação exprime, ao que parece, o ponto de vista mais correntemente aceito na Alemanha. Cf. Esser, J., *Grundsatz und Norm in der richterlichen Fortbildung des Privatrechts* (1956) e Larenz, K., *Methodenlehre der Rechtswissenschaft* (2ª ed., 1969), p. 291, 341.

ou nada se importa com a jurisprudência[2]. Este comportamento não é senão uma indicação do divórcio que existe, nestes países, entre a Escola e o Tribunal; de modo algum significa que as decisões judiciárias não sejam uma fonte de direito. Mais que às fórmulas dos autores e mais que à consideração das obras de doutrina, é necessário, para ter a visão justa da questão, atentar para um outro fator que é a existência e o desenvolvimento das compilações ou repositórios de jurisprudência. Estas compilações ou repositórios não são escritos para uso dos historiadores do direito e dos sociólogos, nem para o prazer dos seus leitores; elaborados para uso dos práticos juristas, eles só se explicam se a jurisprudência for, no verdadeiro sentido desta expressão, uma fonte de direito; a sua quantidade e a sua qualidade são convenientes para indicar o grau de importância que, na família romano-germânica, a jurisprudência possui como fonte de direito.

O progresso de avaliação que acaba de ser enunciado exige um corretivo. Quando se consideram certos países, especialmente os pequenos países, os países novos ou os subdesenvolvidos, a importância da jurisprudência não se deve apreciar, considerando apenas as compilações que são publicadas nestes países. Com efeito, pode acontecer que se utilizem, com as necessárias reservas, as compilações de jurisprudência existentes nos outros países, com o direito dos quais o direito nacional apresenta particulares afinidades. A importância da jurisprudência francesa não se restringe, assim, às fronteiras da França; as decisões do Tribunal de Cassação francês e as do Conselho de Estado são estudadas e exercem uma certa influência em variados países, vizinhos ou distantes, de língua francesa, e, além destes, em outros países, europeus ou extraeuropeus, pertencentes à família romano-germânica, onde se atribui uma particular importância, em alguns dos domínios do direito, à jurisprudência francesa.

---

2. Realizou-se uma pesquisa na Itália, sob os auspícios do *Consiglio nazionale delle Ricerche*, no sentido de esclarecer o papel desempenhado pela jurisprudência como fator de evolução do direito. Cf. Gorla, G., artigo "Giurisprudenza" in *Enciclopedia del Diritto* (1969).

**100. Submissão dos juízes à lei.** O papel da jurisprudência nos países da família romano-germânica apenas pode precisar-se em ligação com o da lei. Verificando-se a propensão atual dos juristas, em todos estes países, nos nossos dias, para procurarem apoio num texto de lei, o papel criador da jurisprudência dissimula-se sempre ou quase sempre atrás da aparência de uma interpretação da lei. Só excepcionalmente os juristas se afastam deste hábito e os juízes reconhecem francamente o seu poder criador de regras de direito. Eles persistem na sua atitude de submissão cotidiana à lei, ainda que o legislador reconheça, expressamente, que a lei pode não ter previsto tudo. O juiz deve, neste caso, nos nossos países, pronunciar uma decisão[3]; não se pode refugiar atrás da fórmula do *non liquet*, como era permitido ao juiz, na época romana, quando o direito era incerto. O art. 1º, al. 2, do código civil suíço formulou, para este caso, uma regra: o juiz deve estatuir como o faria se fosse ele o legislador; inspira-se, nesta investigação, na tradição e na jurisprudência. O art. 1º do código civil suíço não é letra morta; acontece mesmo que os juízes descobrem, por vezes de um modo um pouco artificial, lacunas na ordem legislativa para fazer uso do poder que lhes é atribuído. Contudo, de um modo geral, ele tem sido pouco utilizado[4]. Esta prescrição, que suscitou um tão vivo interesse nos teóricos do direito, parece ter introduzido, em definitivo, bem poucas modificações no direito suíço, no plano prático. A "livre investigação científica", preconizada por F. Gény, é exercida respeitando o dogma da plenitude da ordem legislativa; era mais simples conservar esta ficção.

Por consequência, se nós quisermos analisar a medida em que a jurisprudência participa da evolução do direito, é necessário resignarmo-nos a procurar esta função atrás do processo de interpretação, verdadeiro ou fictício, dos textos legislativos.

---

3. C. civ. francês, art. 4º Os códigos estrangeiros comportam disposições análogas.

4. Du Pasquier, Cl., *Les lacunes de la loi et la jurisprudence suisse sur l'art. 1er du Code civil suisse* (1951); Meier-Hayoz, A., *Der Richter als Gesetzgeber* (1951); Germann, O. A., *Probleme und Methoden der Rechtsfindung* (2ª ed.,1967), p. 111-227 (ed. francesa, p. 395 ss.).

A jurisprudência desempenha um papel criador, na medida em que, em cada país, se pode, neste processo, afastar a simples exegese; tentei já demonstrar, quanto a este aspecto, a situação nos países da família romano-germânica.

Qualquer que seja a contribuição trazida pela jurisprudência à evolução do direito, esta contribuição, nos países da família romano-germânica, é diferente da do legislador. O legislador que, na nossa época, estabelece os quadros da ordem jurídica, recorre a uma técnica particular que consiste na formulação dos comandos, na elaboração das regras de direito. A jurisprudência é muito excepcionalmente autorizada a utilizar esta técnica; a disposição do código civil francês (art. 5º), que proíbe aos juízes estatuírem por via geral e regulamentar, tem o seu equivalente em todos os direitos da família romano-germânica, salvo um certo número de exceções, certamente interessantes, mas que deixam intocado o princípio.

**101. Alcance do direito jurisprudencial.** A jurisprudência abstém-se de criar regras de direito, porque esta é, segundo os juízes, tarefa reservada ao legislador e às autoridades governamentais ou administrativas chamadas a completar a sua obra. Dever-se-á considerar que, apesar desta posição de modéstia, as regras de direito sejam de fato criadas pelos juízes? Entre regras de direito jurisprudencial e regras de direito formuladas pelo legislador existem, em todo o caso, duas importantes diferenças. A primeira diz respeito à importância relativa, num dado sistema, de umas e outras. A jurisprudência move-se dentro de quadros estabelecidos para o direito pelo legislador, enquanto a atividade do legislador visa precisamente estabelecer estes quadros. O alcance do direito jurisprudencial é, por isto, limitado, sendo a situação nos países da família romano-germânica, neste aspecto, exatamente o inverso da que é admitida nos países de *common law.*

As "regras de direito" estabelecidas pela jurisprudência, em segundo lugar, não têm a mesma autoridade que as formuladas pelo legislador. São regras frágeis, suscetíveis de serem rejeitadas ou modificadas a todo o tempo, no momento do exame de uma nova espécie. A jurisprudência não está vinculada pelas regras que ela estabeleceu; ela não pode mesmo invocá-las, de modo geral, para justificar a decisão que vai proferir. Se numa nova decisão os juízes aplicam uma regra que já tinham anteriormente aplicado, isto não é devido à autoridade que esta regra adquiriu pelo fato de a terem consagrado; com efeito, esta regra não tem nenhum caráter imperativo.

É sempre possível uma mudança da jurisprudência, sem que os juízes estejam obrigados a justificá-la. Ela não ameaça os quadros, nem os próprios princípios do direito. A regra jurisprudencial apenas subsiste e é aplicada enquanto os juízes – cada juiz – a considerarem como boa. Concebe-se que, nestas condições, se hesite em falar aqui da regra.

A rejeição da regra do precedente, segundo a qual os juízes devem ater-se às regras que eles aplicaram num caso concreto, não é um mero acaso. A regra de direito tem sido sempre considerada, desde a Idade Média, nos países da família romano-germânica, como devendo ser de origem doutrinal ou legislativa, porque importa que ela seja feita ponderadamente de modo a abarcar uma série de casos típicos que ultrapassam os limites e se libertam das contingências de um processo determinado. No plano dos princípios parece-nos importante que o juiz não se transforme em legislador. É isto que se procura nos países da família romano-germânica; a fórmula segundo a qual a jurisprudência não é uma fonte de direito parece-nos ser inexata, mas exprime uma verdade se a corrigirmos, afirmando que a jurisprudência não é uma fonte de *regras de direito. Non exemplis, sed legibus, judicandum est*[5].

**102. Organização judiciária.** Apesar das regras técnicas que neste ou naquele pormenor podem divergir, esta concepção geral da função da jurisprudência assegura a unidade da família de direito romano-germânica. Esta não procede apenas da tradição, mas está ligada ao modo como os juízes são formados e recrutados.

---

5. Constituição do ano 529: *Código*, 7-45-13.

A organização judiciária varia profundamente, conforme se considerem os diferentes países da família romano-germânica. Pode-se contudo reconhecer, salvo algumas possíveis exceções, a existência de certos traços característicos nesta organização.

Em todos os países a organização judiciária é concebida como uma hierarquia. Os litígios são submetidos em primeira instância aos tribunais repartidos por todo o território do país considerado. Acima destes tribunais de primeira instância encontram-se, em menor número, os tribunais de segunda instância ou apelação. Um supremo tribunal coroa o edifício. Contudo, grandes diferenças existem na execução deste esquema. Em especial os tribunais de primeira instância podem ser muito variados. No mesmo país podem existir várias espécies segundo a natureza e a importância dos litígios; jurisdições especiais (jurisdições de exceção), tais como os tribunais de comércio, os de família, as jurisdições do trabalho ou da segurança social, existem em certos países e não em outros[6]. As jurisdições de segunda instância podem igualmente ser variadas, em relação com o tribunal cometido em primeira instância, e as condições nas quais é possível um recurso são igualmente muito variáveis. O supremo tribunal desempenha em certos países o papel de uma jurisdição de recurso ou de super-recurso, enquanto em outros representa somente uma função de cassação, não podendo estatuir, quanto ao fundo, sobre os litígios.

Independentemente da hierarquia dos tribunais judiciais aqui descritos, encontram-se em certos países outras hierarquias independentes de jurisdições. Assim, em numerosos países existem jurisdições administrativas que constituem uma hierarquia autônoma. É o caso da França, onde esta hierarquia é encimada na cúpula pelo Conselho de Estado, como também da República Federal da Alemanha, da Áustria, da Holanda, da Finlândia, da Itália, de Liechtenstein, de Luxemburgo, de Mônaco, da Suécia e de diversos países da América Latina (Colômbia, México, Panamá e Uruguai). Em outros países existem

6. Os tribunais de comércio, que precedentemente existiam, foram suprimidos na Itália, nos Países Baixos, em Portugal e no Brasil.

jurisdições administrativas, porém submetidas ao controle do Supremo Tribunal, ou uma câmara especial especializada no contencioso administrativo; este é o sistema da Bélgica, da Espanha, da Suíça e da maior parte dos países da África de língua francesa. Enfim, em outros países não existem tribunais administrativos: é o caso da Dinamarca, da Noruega, do Japão, do Brasil, do Chile, do Peru e da Venezuela. A possibilidade de procurar a justiça comum é frequentemente limitada, além disso, quando se trata de julgar a administração. As regras determinantes da competência dos dois tipos de jurisdições, quando existem jurisdições administrativas, são muito variadas: enquanto na França o princípio estabelece que os tribunais da ordem judiciária não devem conhecer os atos da administração[7], em outros países (Bélgica, Holanda, Suíça) este princípio não é reconhecido e os tribunais administrativos apresentam-se como jurisdições de exceção, tendo competência somente para os assuntos que a lei expressamente lhes comete[8].

Além das jurisdições administrativas podem-se encontrar, em diversos países, outras ordens independentes de jurisdições. A Alemanha possui, assim, uma série de supremos tribunais federais para o direito do trabalho, direito da segurança social, direito fiscal; a Suíça tem jurisdições federais autônomas em matéria de direito de seguros sociais, direito militar, para os assuntos aduaneiros etc.

Um elemento perturbador é, ainda, introduzido pela estrutura federal dos diferentes Estados. A justiça é, na maioria das vezes, nestes países, da competência das unidades federais (Estados, províncias ou cantões) e encontram-se no vértice somente uma ou várias jurisdições federais; este esquema corresponde especialmente ao da Alemanha, Suíça e, desde 1937, ao do Brasil. Pelo contrário, na Venezuela apenas existem jurisdições

7. Lei de 16-24 agosto 1790 e lei de 16 Frutidor, ano III. Rivéro, J., *Droit administratif* (5ª ed., 1977), nº 132.

8. Sayaguès-Laso, E., *Traité de droit administratif* (1964), t. II, nºs 942 ss. Cf. igualmente os numerosos artigos publicados na 3ª parte de *Études et Documents* (1947).

federais. Na Argentina e no México existe, como nos Estados Unidos da América, uma dupla hierarquia concorrente de jurisdições das províncias ou Estados por um lado, e de jurisdições federais por outro; contudo, a analogia com os Estados Unidos não passa de uma mera aparência porque as regras determinantes da competência das duas ordens de jurisdições não são as mesmas e, sobretudo, um domínio muito diferente é coberto pelas leis federais, que as jurisdições federais têm competência para aplicar[9].

**103. Os juízes.** Os juízes, nos países da família romano-germânica, são geralmente juristas que consagram todo o seu tempo à função de julgar. Quanto a isto não se manteve a tradição romana; com efeito, em Roma, nem os juízes nem o pretor eram habitualmente juristas[10].

O principio geral assim estabelecido comporta exceções. Encontram-se em certos países juízes eleitos por um certo tempo que podem ser desprovidos de qualificação jurídica (cantões rurais da Suíça, tribunais de comércio franceses). Por vezes, magistrados adjuntos ou o júri são associados ao juiz em matéria penal (Tribunal Criminal francês), ou em matéria civil (*namnd* sueco) para fazerem justiça. Os juízes são geralmente nomeados vitaliciamente, e o privilégio de inamovibilidade constitui uma das garantias fundamentais da sua independência. Contudo, estabeleceu-se uma regra inversa na Suíça para os juízes do "Tribunal Federal"[11] e em diversos outros países da Europa (Alemanha, Itália) para os juízes do Tribunal Constitucional de Justiça. Na América Latina, os juízes dos supremos tribunais apenas são nomeados vitaliciamente na

9. A Argentina tem, assim, um código civil e um código de comércio que são ambos códigos federais. O México tem um código de comércio federal, mas existe um código civil distinto em cada um dos 29 Estados, não estando em vigor o código federal senão no distrito federal e nos territórios federais.

10. Esta circunstância explica a importância então reconhecida aos "prudentes". Cf. Dawson, J. P., *The Oracles of the Law* (1968), p. 100-23.

11. Estes juízes são eleitos por seis anos pela Assembleia Federal mas são reelegíveis e geralmente, de fato, reeleitos.

Argentina, no Chile e no Brasil, enquanto nos outros países eles são designados por um período que varia entre três e dez anos; esta circunstância pareceu por vezes comprometer o *imperium* do direito.

De modo geral, nos países da família romano-germânica, a função judiciária dá lugar a uma carreira, que se abraça no início da sua vida profissional; é raro que os juízes sejam, como nos países de *common law*, escolhidos entre os advogados que alcançaram grande reputação[12]. Têm, por este fato, uma outra psicologia. Além das espécies concretas que lhes são submetidas, estão preparados, pela formação que receberam na Universidade, a ver de um modo mais lato os problemas que lhes são submetidos; a sua visão do direito é menos estritamente técnica, menos "insular"; isto é reforçado pelo fato de que, ao lado deles, se encontra muitas vezes uma outra categoria de magistrados, com os quais eles têm estreitas relações: os magistrados do ministério público, cujo papel é valorizar junto deles os interesses da sociedade. A existência do ministério público aparece como uma característica, digna de ser mencionada, dos direitos da família romano-germânica.

As características gerais acima traçadas não excluem naturalmente as variações. O corpo judiciário não tem em todos os países a mesma organização nem as mesmas tradições. A hereditariedade e a venalidade dos cargos de judicatura, o papel político que os parlamentos tentaram arrogar-se na antiga França, fizeram dos juízes franceses, outrora, uma espécie de casta dotada duma inteira autonomia em relação aos funcionários da administração. As mesmas circunstâncias não se verificaram em outros países, onde a independência dos juízes foi menor no passado. Estas diferenças, colocadas muitas vezes em relevo, desempenharam certamente um grande papel na História. Nos nossos dias estão muito atenuadas. O estatuto dos nossos magistrados aproximou-se consideravelmente do dos funcionários, e a ideia de que existe um verdadeiro poder judiciário

12. No entanto, sucede de um modo diferente em certos países da América Latina, no que diz respeito aos juízes dos supremos tribunais.

desvaneceu-se na França. Ao contrário, tomou-se consciência, nos outros países, da profunda originalidade da função judiciária; o sentimento de que não devem, de modo algum, receber ordens da administração, a qual de resto foi, de modo crescente, submetida ao seu controle, está por toda a parte profundamente arraigado nos juízes.

Notar-se-á igualmente o elevado número de juízes profissionais nos países da família romano-germânica, em comparação com os países da *common law*; são, no total, perto de 15.000 na República Federal Alemã e cerca de 5.000 na França (nas jurisdições da ordem judiciária).

**104. Compilações de jurisprudência.** Elementos de natureza muito diversa diferenciam, nos diversos países, a função desempenhada pela jurisprudência. Entre estes elementos convém citar ainda, como já o havíamos notado, a existência, e a maior ou menor perfeição, das compilações de jurisprudência e também o caráter oficial que estas compilações podem ter em certos países. É interessante notar, a este respeito, as transformações verificadas há um século no sentido de um aperfeiçoamento crescente das compilações de jurisprudência; elas testemunham o importantíssimo papel atribuído nos nossos dias à jurisprudência. Existem hoje, em numerosos países da família romano-germânica (França, Alemanha, Espanha, Itália, Suíça, Turquia), compilações oficiais de jurisprudência. Estas compilações oficiais podem, num dado momento, servir para estabelecer uma distinção, que nem sempre gostamos de reconhecer, entre decisões que constituem jurisprudência e decisões que será conveniente esquecer. Assim acontece na Turquia, onde a publicação de arestos escolhidos deve auxiliar a compreensão do novo direito pelos juristas. Mas o mesmo sucede, de modo mais discreto, na França, onde o Tribunal de Cassação apenas atribui autoridade às decisões que ele próprio considerou merecerem publicação, na Alemanha onde só são publicadas as *decisões de princípio* do Tribunal de Justiça Administrativa (*Verwaltungsgerichtshof*), na Suíça onde a intenção de ver seguir a doutrina das decisões que são publicadas surge claramente no modo como estas são apresentadas, especialmente com o sumário que as precede. A distinção feita na Espanha entre as decisões que são ou não publicadas na compilação oficial inspira-se, pelo contrário, em outro critério: somente são publicadas as decisões relativas à competência do Supremo Tribunal ou à admissibilidade de um recurso proposto perante esta jurisdição.

**105. Estilo das decisões.** Um outro elemento a considerar é o estilo das decisões judiciárias[13]. Estas, atualmente, devem ser sempre motivadas. A obrigação de motivar os julgamentos é, no entanto, recente. Durante muito tempo, concordou-se em ver nos julgamentos um exercício de autoridade, que não tinha de ser justificado. A prática de motivar os julgamentos estabeleceu-se gradualmente na Itália a partir do século XVI e na Alemanha no século XVIII; contudo, só em 1790 na França e em 1879 na Alemanha foi imposta aos juízes uma obrigação geral de motivar as decisões. O princípio de que os julgamentos devem ser motivados está hoje firmemente estabelecido; a própria Constituição o consagra na Itália. Surge aos olhos dos homens do nosso tempo como uma garantia contra as decisões arbitrárias e, mais ainda, talvez como uma garantia de que as decisões serão maduramente refletidas e conformes ao direito.

As decisões judiciárias nos países da família romano-germânica assemelham-se pelo fato de terem de ser todas motivadas. O estilo no qual são redigidas, no entanto, difere, segundo os países[14]. Em certos países observa-se a técnica francesa dos

---

13. Dawson, J. P., *The Oracles of the Law* (1968), p. 376-433; Sauvel, T., "Histoire du jugement motivé", in *Rev. dr. public et sc. pol.* (1955), 5-53; Gorla, G., "Civilian judicial decisions. An Historical account of Italian style", in 44 *Tulane L. R.* 740-49 (1970).

14. Cf. especialmente sobre este assunto a obra de Gillis Wetter, *The Style of Appellate Judicial Decisions* (1960), e os estudos históricos, de G. Gorla, "Lo stile delle sentenze: ricerca storico-comparativa e testi commentati", in *Quaderni del Foro italiano* 351-54, 367-74 (1967-1968); "I grandi tribunal italiani fra i secoli XVI a XIX" in *Quaderni del Foro italiano* 629 (1969); "Die Präzedenzentscheidungen der Senate vom Piedmont und Savoyen im 18 Jahrhundert", in *Ius privatum gentium, Festschrift für Max Rheinstein*, vol. I (1969), 103-25.

"considerandos", decalcada aparentemente do estilo das conclusões dos advogados; a decisão judiciária, sintetizada numa só frase, é considerada tanto mais perfeita quanto mais curta e elaborada num estilo mais concentrado for, que só juristas experimentados podem compreender e admirar. Esta prática é seguida na Europa, para além da França, na Bélgica, em Luxemburgo, na Holanda, na Espanha, em Portugal e nos países nórdicos, exceção feita à Suécia. Pelo contrário, em outros países a decisão judiciária apresenta-se sob a forma de uma dissertação mais ou menos longa e submetida a um plano mais ou menos exigente. Assim acontece na Alemanha, na Grécia, na Itália, na Suíça e na Suécia. As decisões nestes países comportam frequentemente referências a decisões judiciárias anteriores ou a obras de doutrina, que não encontraremos em geral nas decisões judiciárias do primeiro grupo de países.

**106. Decisões minoritárias.** Um outro elemento a considerar é ainda a existência, ou a exclusão, de decisões que exprimem os pontos de vista dissidentes dos juízes que estão em minoria[15]. As decisões minoritárias, consideradas na França com extrema hostilidade, não são uma particularidade própria dos países da *common law*. Muitos dos países da família romano-germânica as aceitam, em especial na América Latina (*discórdias, votos vencidos*). Na Europa, a sua existência pode estar ligada, como em Portugal, à estrutura de um processo totalmente escrito; ou pode admitir-se para aliviar a consciência dos juízes, naqueles casos em que os votos minoritários serão consignados ao processo verbal, mas não receberão qualquer publicidade (Alemanha, Espanha: *votos secretos*). A ideia de que não se deve saber em que sentido votou o juiz não é aceita por toda a parte, mesmo no caso em que for proferida uma decisão colegial; o processo de deliberação oral observado pelo

15. Nadelmann, K., "The Judicial Dissent. Publication v. Secrecy", in 8 *American Journal of Comparative Law* (1959), p. 415-32; Heyde, W., *Das Minderheitsvotum des überstimmten Richters* (1966), e discussões do 47º Juristentag (Nuremberg, setembro de 1968).

Tribunal Federal suíço permite saber em que sentido opina cada juiz, e uma prática análoga se instalou na França, no Tribunal de Cassação. Uma lei de 21 de dezembro de 1970, na Alemanha Federal, autorizou expressamente os juízes do Tribunal Constitucional Federal a tornarem públicas, após a decisão da maioria, suas opiniões dissidentes.

**107. Uniformidade da jurisprudência.** Diversos processos são utilizados para assegurar a certeza do direito, dando uma certa estabilidade à jurisprudência. Esta preocupação, que se verifica em numerosos países, põe em evidência o verdadeiro papel que é, nestes países, reconhecido à jurisprudência, mesmo quando a doutrina se obstina em lhe recusar a qualidade de fonte de direito.

A organização judiciária está, em geral, encimada por um supremo tribunal cuja missão, se é, em teoria, velar pela estrita aplicação da lei, é muitas vezes, também, assegurar a unidade da jurisprudência. A existência deste supremo tribunal ameaça, de fato, mais do que garante, a supremacia da lei. O legislador não precisaria ter receio da concorrência dos tribunais locais, dispersos, dos quais seria difícil obter uma jurisprudência coerente. Pelo contrário, o supremo tribunal, detentor de um grande poder, é levado a ver as coisas de uma perspectiva muito geral (em especial quando, como na França, desconhece os fatos), é tentado inevitavelmente a tornar-se uma autoridade complementar, senão rival, do legislador. A concentração do poder judiciário foi, na Inglaterra, a condição e a causa do desenvolvimento do direito jurisprudencial, que constitui a *common law.* A concentração da justiça administrativa no Conselho de Estado tem tido, na França, o mesmo efeito no que se refere à elaboração do direito administrativo. Evitando-se contraditoriedade das decisões de justiça, reforça-se indubitavelmente a autoridade da jurisprudência, mais do que se garante a "correta aplicação" da lei.

Contudo, a existência de um supremo tribunal não tem sido, na maioria das vezes, julgada suficiente, e foram tomadas medidas para assegurar, entre as câmaras que este tribunal possui, a unidade da jurisprudência. Esta função é entregue na França, desde 1967, a câmaras mistas, enquanto, a um nível superior, a "assembleia plenária" do Tribunal de Cassação (em substituição das câmaras reunidas) decide os possíveis conflitos entre as câmaras do Tribunal de Cassação e das jurisdições inferiores. Paralelamente, na Alemanha Federal, previram-se disposições especiais (*Grosse Senate, Vereinigte Grosse Senate*) no Supremo Tribunal Federal para o caso de uma câmara pretender repudiar a jurisprudência estabelecida por uma outra câmara. Do mesmo modo, a Assembleia Plenária (*Vollversammlung*) do Tribunal Administrativo Federal deve ser reunida, se uma câmara deste Tribunal pretender afastar-se da doutrina aceite numa decisão deste, já publicada. Notar-se-á, igualmente, como na Alemanha a autorização judiciária, que pode ser necessária por força de lei para interpor um recurso, deve ser obrigatoriamente outorgada quando a decisão criticada não perfilhou a jurisprudência do Supremo Tribunal.

**108. Precedentes obrigatórios.** Contrariamente ao que em geral é admitido, pode excepcionalmente fazer-se com que, num dado país, se torne obrigatório para os juízes seguirem determinado precedente, ou linha de precedentes.

A autoridade do precedente liga-se, assim, na Alemanha Federal, às decisões do Tribunal Federal de Justiça Constitucional, que são, por esta razão, publicadas no jornal oficial federal (*Bundesgesetzblatt*). Ela se liga, na Argentina e na Colômbia, às decisões do Supremo Tribunal proferidas em matéria constitucional e, na Suíça, os tribunais cantonais estão igualmente vinculados pela decisão do Tribunal Federal, quando este tenha declarado inconstitucional uma lei cantonal. A autoridade do precedente é reconhecida em Portugal às decisões (*assentos*) proferidas pelo Tribunal Pleno do Supremo Tribunal de Justiça, logo que tenham sido publicadas no jornal oficial (*Diário da República*) e no Boletim do Ministério da Justiça; ela é reconhecida na Argentina às decisões do Supremo Tribunal, quando este é obrigado a pronunciar-se pela via de um recurso extraordinário; ela é igualmente reconhecida, pelo menos no que concerne às jurisdições inferiores, às decisões de unificação que podem proferir, em condições especiais, na Turquia, o Tribunal de Cassação ou o Conselho de Estado[16].

O papel criador de direito da jurisprudência é também reconhecido oficialmente na Espanha com a noção de *doctrina legal*[17]. Admite-se, em virtude da lei, neste país, um recurso para o Supremo Tribunal, contra uma decisão judiciária, se esta decisão violou a *doctrina legal*, isto é, a jurisprudência estabelecida por várias decisões do Supremo Tribunal. Uma noção análoga à *doctrina legal* espanhola é admitida em Honduras e no México, nas matérias que dizem respeito às liberdades públicas (*amparo*). De modo análogo, considera-se na Alemanha que, quando uma regra tenha sido consagrada por uma jurisprudência constante (*ständige Rechtsprechung*), ela se transforma numa regra consuetudinária, devendo ser a este título, a partir de então, aplicada pelos juízes. O mesmo não se passa na Suíça, mas as modificações da jurisprudência são, neste país, muito raras depois de o Tribunal Federal se ter pronunciado[18].

**109. Prática administrativa.** Paralelamente à jurisprudência dos tribunais deve aludir-se à prática administrativa. Entre uma e outra não existe senão uma diferença sutil, quando são consideradas as decisões proferidas por certos organismos administrativos que podem não ser, tecnicamente falando,

---

16. Estas decisões de unificação foram, de início, muito frequentes; puderam contar-se mais de 460 entre 1926 e 1966, em matéria civil ou penal, enquanto cem decisões deste tipo foram proferidas pelo Conselho do Estado. Tornaram-se muito raras a partir de 1960. Conhece-se só um caso em que o Tribunal de Cassação reviu a doutrina admitida numa decisão de unificação. Cf. Bilge, N., "Autorité de la jurisprudence en droit turc", in *Recueil de travaux de la 3e rencontre turco-suisse* (1966), p. 191-211; Postacioglu, I. E., "L'autorité de la jurisprudence en droit privé", *ibidem*, p. 213-28.

17. Herzog, J. B., *Le droit jurisprudentiel et le tribunal suprême en Espagne* (1942); Puig Brutau, J., *La jurisprudencia como fuente del derecho* (1953).

18. Meyer-Hayoz, A., "Zur Frage der normativen Kraft der Rechtsprechung", in *Recueil de travaux de la 3e rencontre turco-suisse* (1966), p. 229-48.

"jurisdições". De fato, "o contencioso administrativo" pode, segundo os países, ou dentro de um mesmo país segundo a natureza da questão, ser confiado quer a jurisdições ordinárias, quer a jurisdições especiais (administrativas), quer ainda a organismos não jurisdicionais. A prática destas jurisdições especiais ou destes organismos pode avizinhar-se muito da jurisprudência dos tribunais, mas pode igualmente diferir consideravelmente deles; a observação relaciona-se com o maior ou menor desenvolvimento, nos diversos países, de um direito administrativo que, de qualquer modo, se tem de considerar recente e em nenhum país atingiu, até agora, um grau de maturidade e de estabilidade suficientes para se prestar, no seu conjunto, a uma codificação do tipo napoleônico[19].

Ao fazer alusão à prática administrativa, temos em vista, igualmente, outra coisa, a saber: as circulares e instruções que as diversas administrações dirigem aos seus agentes. Estas circulares ou instruções têm apenas um valor "doutrinário". Ainda que emanem de órgãos administrativos, elas não têm um caráter normativo, não sendo, por consequência, consideradas como fontes do direito pelos autores ligados ao dogma do positivismo legislativo. Pelo contrário, os autores da escola sociológica considerarão que se trata de fontes do direito por excelência, porque é evidente que, na imensa maioria dos casos, os funcionários seguirão as instruções que receberam e é somente por meio delas que, na maioria das vezes, conhecem a lei; não é menos certo que, quase sempre, os particulares aceitarão a aplicação do direito tal como ele é interpretado pelas circulares administrativas. O fato de o interesse dos juristas estar, nos países da família romano-germânica, tradicionalmente concentrado sobre os problemas do direito privado, explica a pouca atenção dispensada a estas circulares ou instruções, cuja importância prática é, hoje, na época do Estado-Providência, primordial em muitos domínios.

---

19. Certas matérias especiais, no direito administrativo, podem, pelo contrário, prestar-se a uma tal codificação. A matéria dos contratos administrativos foi assim codificada, na Etiópia, no quadro do código civil, e, no Senegal, no quadro de um código particular.

Capítulo IV

# *A doutrina*

**110. Importância primordial da doutrina.** Durante muito tempo a doutrina foi a fonte fundamental do direito na família romano-germânica: de fato, foi nas universidades que os princípios do direito foram postos em evidência, essencialmente do século XIII ao XIX; é somente numa época recente que o primado da lei se substitui ao da doutrina, com o triunfo das ideias democráticas e da codificação.

O caráter recente dessa mudança e a consideração do que a lei representa na realidade, em oposição à teoria, na época atual, são adequados a fazer sobressair a verdadeira importância da doutrina, por oposição às fórmulas simplistas correntes, segundo as quais a doutrina não constitui uma fonte do direito. É evidente que essas fórmulas têm apenas sentido se admitirmos, de acordo com a opinião preponderante na França no século XIX, que todo o direito se encontra nas *regras de direito*, emanadas das autoridades públicas estabelecidas. Contudo, esta opinião, contrária a toda a tradição romano-germânica, parece pouco aceitável; hoje tende-se cada vez mais a reconhecer o caráter autônomo de um processo de interpretação que já não pretende descobrir exclusivamente o sentido gramatical ou lógico dos termos da lei ou a intenção do legislador.

É permitido chamar direito unicamente às regras de direito. Pelo contrário, para aquele que tem do direito uma visão mais abrangente e, ao nosso modo de ver, mais verdadeira, a doutrina constitui ainda nos nossos dias, como o fora no passado, uma fonte muito importante e muito expressiva do direito[1]. Esta função manifesta-se no fato de lhe caber a criação do vocabulário e das noções de direito que o legislador utilizará; manifesta-se, de modo ainda mais expressivo, no fato de caber à doutrina o estabelecimento dos métodos segundo os quais o direito será descoberto e as leis interpretadas. Acrescentemos ainda a isto a influência que a doutrina pode ter sobre o próprio legislador; muitas vezes este apenas se limita a efetivar as tendências que se desenvolveram, a registrar leis que foram preparadas pela doutrina. De modo algum se trata aqui de subestimar o papel do legislador; este papel é, na nossa época, de primeiro plano e nós consideramos como um progresso e como uma verdadeira necessidade, nas atuais condições, que ele se mantenha. Este reconhecimento do papel que pertence ao legislador e que é desempenhado por ele não deve, contudo, conduzir-nos a fechar os olhos às relações reais que existem entre a legislação e a doutrina, e acreditar numa ditadura da lei. As coisas são, na realidade, muito mais complexas e variadas. A doutrina age sobre o legislador, provocando a sua ação. Ela é apenas, de modo mediato, uma fonte do direito. Mas a doutrina exerce também uma função no que diz respeito à aplicação da lei; parece difícil, neste papel, contestar sua qualidade de fonte de direito a não ser por uma distorção da realidade.

**111. Direito francês e direito alemão.** Na verdade, a doutrina assume uma importância primordial, porque é ela que cria, nos diversos países, os diferentes instrumentos de trabalho dos juristas. A diferença dos instrumentos assim criados e utilizados pode, em muitos casos, ser uma fonte de dificuldade para o jurista estrangeiro e dar a impressão de que dois direitos, na realidade próximos um do outro, estão separados por diferenças essenciais. Foi isto, parece-nos, o que se verificou nas relações entre direito francês e direito alemão e foi esta uma das causas da oposição tão frequentemente estabelecida, ainda

1. Arnaud, A. J., *Les juristes face à la société. Du XIXe siècle à nos jours* (1975).

que muito superficial e fictícia aos nossos olhos, entre direitos "latinos" e direitos "germânicos".

O que preocupa um jurista francês, ao estudar o direito alemão, é, mais que uma diferença de fundo existente entre direito alemão e direito francês, a diferença que, quanto à forma, existe entre os modos de expressão dos juristas alemães e franceses. Os juristas alemães, e também os juristas suíços, preferem uma fórmula de código anotado (*Kommentare*), que existe também na França, mas que neste país está reservada unicamente aos práticos. O instrumento preferido dos juristas franceses é o tratado ou manual, mais sistemático; à falta de tal tratado recorrer-se-á mais naturalmente, na nossa época, a um repertório alfabético do que a um código anotado; o direito penal é a única matéria em que nós continuamos, na França, fiéis à fórmula do código anotado, sem dúvida em virtude do papel na realidade preponderante, e não em virtude de uma simples ficção, que a lei conservou nesta matéria.

**112. Países latinos.** Os modos de expressão das doutrinas alemã e francesa estão aparentemente em via de se aproximarem, tomando os *Kommentare* uma feição mais doutrinal e mais crítica, interessando mais, por outro lado, os manuais ou tratados (*Lehrbücher*) à jurisprudência e ao direito da prática na Alemanha. Pelo contrário, as obras redigidas na Itália e nos países de língua espanhola ou portuguesa continuam a ser embaraçosas para o jurista francês.

Um extremo dogmatismo caracteriza de um modo geral estas obras: dogmatismo que nos espanta na França, quando sabemos que as mesmas pessoas que escrevem estas obras e que descuidam sistematicamente do estudo da jurisprudência são, na maior parte das vezes, no seu país, numa outra face da sua atividade, os mais práticos advogados e conselheiros jurídicos, possuindo bibliotecas cuja base é constituída por compilações de jurisprudência nacional. A História, uma vez mais, explica este curioso desdobramento de personalidade, que se liga ao dualismo, anterior à codificação, do direito das universidades e do direito da prática. Nestes países continuou-se mais fiel do que na França ou na Alemanha à tradição dos pandectistas. Não se considera que o ensino do direito tenha por objeto principal expor aos estudantes como será resolvido um problema na prática; o que importa é fazer-lhes assimilar conceitos, os elementos de base de que o direito é feito. As soluções pouco importam, porque são mutáveis; o essencial é o sistema. O direito, nesta concepção, deve ser considerado como uma ciência plenamente autônoma. Convém destacá-lo da História: não possui o *corpus juris civilis*, durante séculos, valor de lei, ainda que a sociedade tivesse mudado completamente? O jurista tampouco precisa se preocupar com problemas econômicos e sociais: isso é domínio da política, à qual a ciência do direito deve permanecer, tanto quanto possível, estranha[2].

2. Cappelletti, M., Merryman, J. H. e Perillo, J. M., *The Italian Legal System. An Introduction* (1967), *passim*, em particular p. 165 ss. Para uma crítica desta tendência, cf. Cappelletti, M., "Prefácio", in *Processo e ideologie* (1969).

Capítulo V

# *Os princípios gerais*

**113. As fórmulas gerais da lei.** A colaboração dos juristas na obra de elaboração, e não só de aplicação, do direito manifesta-se ainda na utilização, por eles feita, nos direitos da família romano-germânica, de certos "princípios gerais", que lhes é possível descobrir por vezes nos próprios textos da lei, mas que eles sabem também, na ocasião e se isso se revela necessário, descobrir mesmo fora da lei. O recurso a esses princípios e a utilização que deles se faz são difíceis de ser explicados pelos teóricos do positivismo legislativo; põem em evidência a subordinação do direito aos imperativos da justiça, tal como é concebida numa época e num momento determinados, e o caráter de *direitos dos juristas*, e não unicamente de sistemas de normas legislativas, que pertencem aos direitos da família romano-germânica.

Assinalamos já a maneira como o legislador podia, por vezes, abdicar e expressamente apelar para a colaboração dos juristas, para encontrar num grande número de hipóteses a solução justa que uma situação comporta. Os limites da lei são claramente estabelecidos por estas situações, em que o legislador se exprime em termos voluntariamente gerais, quer conferindo aos juízes poderes de equidade, quer remetendo-os para os usos ou para o direito natural (c. civil austríaco, art. 7º), quer subordinando a aplicação das disposições legais aos imperativos dos bons costumes ou da ordem pública. Nenhum sistema legislativo pode passar sem estes corretivos ou sem estas fugas, sem as quais haveria o risco de produzir-se, entre o direito e a justiça, um divórcio inadmissível. A máxima *summum jus summa injuria* nem corresponde ao ideal dos nossos direitos, nem é por eles aceita[1]. Uma certa injustiça nos casos particulares pode ser o preço necessário de uma ordem socialmente justa; os juristas da família romano-germânica não estão prontos a aceitar uma solução que, no plano *social*, lhes pareça injusta. É característica da flexibilidade das concepções jurídicas na família romano-germânica que a equidade haja sido, em todos os tempos, integrada ao direito e que jamais se tenha sentido a necessidade, nesta família, de corrigir, por regras ou jurisdições autônomas de equidade, o sistema de soluções jurídicas[2].

O positivismo legislativo e os ataques contra o direito natural perdem uma grande parte da sua autoridade quando se considera o uso extensivo, nos períodos de legislação inadaptada ou de crise, de certas fórmulas gerais (*Generalklauseln, Blankettnormen*) que os juristas descobriram nas constituições ou nas leis. O declínio desta doutrina, no mundo contemporâneo, liga-se ao fato de o legislador consagrar, por sua própria autoridade, expressamente, certas fórmulas novas, como a que, no art. 2º do código civil suíço, proíbe o abuso do direito[3]. O art. 281 do código civil helênico dispõe paralelamente que o exercício do direito é proibido se ultrapassar manifestamente os limites impostos pela boa-fé, ou pelos bons costumes ou pelo fim social ou econômico para que foi criado[4].

Assinalemos ainda a grande liberdade que é conferida aos tribunais quando são chamados a avaliar se o respeito por cer-

---

1. Esser, J., dir., *Summum jus summa injuria* (1963). Cf., em particular, nesta obra, o artigo de J. Esser: "Wandlungen von Billigkeit und Billigkeitrechtsprechung im modernen Privatrecht", p. 22-40.

2. Newman, R. A., org. *Equity in the World's Legal Systems. A Comparative Study* (1973).

3. O art. 2º é muitas vezes invocado, mas raramente aplicado pelos tribunais, que desconfiam, com razão, da solução muito fácil que, por vezes, esta disposição oferece. Cf. Grossen, J. M., "Le projet de réforme du Code civil français et le droit suisse", in *Revue de Droit Suisse*, nova série, vol. 76 (1957), p. 21-51.

4. Sobre a interpretação dada a esta disposição, cf. Zepos, P. J., "Quinze années d'application du Code civil hellénique", in *Rev. int. dr. comparé* (1962), p. 291-2.

tos "direitos fundamentais" do homem foi salvaguardado pelo legislador. Na Alemanha Federal, o art. 117 da lei fundamental tornou caducas todas as disposições legislativas que os tribunais consideravam como contrárias ao princípio de igualdade entre homens e mulheres, com a consequência de, durante um certo tempo, ter sido atribuída aos tribunais a tarefa de reformar o direito no domínio dos regimes matrimoniais. Mais recentemente, o Tribunal Constitucional fixou ao legislador um certo prazo, expirado o qual os tribunais reformulariam o direito no sentido de dar efeito ao princípio de igualdade entre os filhos legítimos e os filhos naturais. Iniciando assim uma nova etapa, o Tribunal Constitucional alemão recusou, em 1971, a aplicação de certas regras de direito internacional privado alemão quando estas, remetendo para a lei nacional do marido, violavam o princípio da igualdade dos sexos ou quando conduziam à aplicação duma lei estrangeira (a lei espanhola, por exemplo) pela qual a liberdade do casamento não estava suficientemente garantida perante a lei fundamental alemã[5].

**114. Princípios gerais não previstos pela lei.** Quando os juristas apelam para princípios gerais, no caso em que isso foi previsto pela lei, é permitido pensar que eles agem em virtude de uma espécie de delegação de poderes autorizada pelo legislador. Mas quando o legislador se absteve de lhes conferir este poder, os juristas consideraram, contudo, que eram dele detentores, *pela própria função* que eram chamados a exercer. Eles têm feito uso deste poder com moderação, porque entendem que a melhor maneira de realizar a justiça, na nossa sociedade, é conformarem-se com a ordem que resulta das regras legais. Contudo, quando as circunstâncias o exigiram, não hesitaram em fazê-lo.

5. Labrusse-Riou, C., *L'egalité des époux en droil allemand* (1965). BVerfGE 35, 167; Labrusse, C., "Droit constitutionnel et droit international privé en Allemagne fédérale", in *Rev. crit. de d.i.p.* (1975), p. 1-75; Fromont, M., "Les droits fondamentaux dans l'ordre juridique de la R.F.A.", in *Mélanges Charles Eisenmann* (1974), p. 49-64.

Encontramos ilustrações desse comportamento no direito francês, em especial no direito privado, com a teoria do abuso dos direitos; em direito público, com o recurso aos princípios gerais do direito administrativo. A teoria do abuso dos direitos pôde, de início, ser referida a esse artigo-chave que é o art. 1.382 do código civil. Tornou-se claro, nos nossos dias, graças particularmente ao exemplo suíço, que o princípio aqui aplicado não é um princípio de responsabilidade; trata-se de um princípio geral, dominante a todo o direito, que deve ter o seu lugar, se o legislador entende formulá-lo, no início do código civil, considerado como a "parte geral" de todo o direito nacional. O desenvolvimento dos princípios gerais do direito administrativo após a Segunda Guerra Mundial acusou igualmente a insuficiência da ordem legislativa e deixou bem nítido que o direito francês não se confundia com a lei. Essa doutrina, que serviu inicialmente para interpretar tendenciosamente as leis contrárias aos princípios da democracia, promulgadas sob a ocupação alemã, adquiriu uma nova dimensão no momento em que a Constituição de 1958 distinguiu o domínio da lei do domínio do regulamento. Os "regulamentos autônomos" – os que se aplicam num domínio em que a lei não pode intervir – não podem ser submetidos em tese a um controle da legalidade; o Conselho de Estado admitiu, contudo, que estava habilitado a exercer sobre eles um controle: anula-os se eles são contrários aos "princípios gerais de direito", os quais se encontram expressamente referenciados no Preâmbulo da Constituição Francesa[6].

A França é, sem dúvida, em virtude da sua história, o país onde era mais natural que os juristas afirmassem a sua contribuição para a evolução do direito, em reação contra as teses do positivismo legislativo. Tendo sido os primeiros a serem seduzidos por estas teses, é natural, pois, que fossem também os primeiros a afastarem-se delas. É interessante notar, contudo, que uma mesma tendência se afirma hoje na Alemanha, por uma

6. Jeanneau, B., *Les principes généraux du droit dans la jurisprudence administrative* (1954); Chapus, R., "De la soumission au droit des règlements autonomes" (1960), Crônica XXII, p. 119-26.

reação benéfica contra a doutrina que na época do nacional-socialismo tendeu a sacrificar a justiça à política e ao mito da raça ou a ver no direito o que é útil ao Estado (*Recht ist, was dem Staate nützt*). A reação alemã adquire um valor e uma ressonância particulares, quando se considera que ela não se detém perante as leis mais elevadas na hierarquia. O Supremo Tribunal e até mesmo o Tribunal de Justiça Constitucional da República Federal Alemã não recearam declará-lo numa série de decisões: o direito constitucional, por um lado, não se limita aos textos da lei fundamental, mas é constituído também por "certos princípios gerais que o legislador não concretizou numa regra positiva"; existe, por outro lado, um direito suprapositivo que vincula o próprio legislador constituinte. "A adoção da ideia, segundo a qual o poder constituinte poderia regular a seu bel-prazer, significaria um retorno a um positivismo ultrapassado"; podem considerar-se "casos extremos" em que a própria ideia de direito deveria prevalecer sobre o direito positivo constitucional; o Tribunal Federal de Justiça Constitucional poderia então... ser levado a apreciar uma tal "inconstitucionalidade". A doutrina norueguesa admite, por seu lado, uma noção de "direito constitucional de necessidade", que serve para legitimar os atos constitucionais irregulares (secessão da Suécia, acontecimentos de 1940-45), mas conformes aos princípios e valores fundamentais da Constituição.

Igualmente, em outros países, os juristas não hesitam em fazer, quando as circunstâncias lhes impõem, a aplicação de princípios de ordem moral que não estavam inseridos na lei: princípio *fraus omnia corrumpit*, princípio *nemo contra factum proprium venire potest*[7]. Na Espanha, o recurso a tais princípios possui um fundamento legal, o art. 6º do código civil espanhol, que enumera, entre as possíveis fontes de direito, os princípios gerais deduzidos dos códigos e da legislação espanhóis.

A teoria das fontes de direito surge-nos definitivamente nos países da família romano-germânica, como sendo, ao mesmo

7. Puig Brutau, J., *Estudios de derecho comparado. La doctrina de los actos propios* (1951).

tempo, destinada e apta a realizar a concepção tradicional que nestes países deseja ver estabelecido o império do direito: o direito não poderia ser estabelecido *a priori* e residir exclusivamente nas regras de direito; a sua investigação é uma tarefa que deve ser realizada em comum por todos os juristas, movendo-se cada um numa esfera determinada e utilizando técnicas próprias, mas estando todos inspirados por um ideal comum, o de conseguir, para cada caso, a solução mais conforme ao comum sentimento de justiça, fundado numa conciliação de interesses, de todas as ordens, dos particulares e da coletividade.

SEGUNDA PARTE

# Os direitos socialistas

**115. Originalidade dos direitos socialistas.** A Rússia, em 1917, assumiu o encargo da edificação de um novo tipo de sociedade. Na sociedade que ela pretende criar, a *sociedade comunista*, colocada sob o signo da fraternidade, já não existirá nem Estado nem direito. Um e outro terão sido tornados supérfluos por um novo sentimento de solidariedade social, desenvolvido graças ao desaparecimento dos antagonismos do mundo capitalista. A necessidade da repressão terá desaparecido, e a disciplina das relações sociais, regidas anteriormente pelos costumes, limitar-se-á a simples regras de organização e eficácia econômicas.

Até agora, este ideal não pôde ser realizado na União Soviética, onde apenas se conseguiu edificar um *Estado socialista*, caracterizado pela coletivização dos bens de produção no plano econômico e pela onipotência do partido comunista no plano político. O Estado socialista propõe-se, como fim último, lançar as bases da sociedade comunista, mas estamos ainda longe desta sociedade. A repressão, longe de ter sido suprimida, mais do que nunca faz sentir o seu extremo rigor, pois o *Estado socialista* tem não só de prevenir-se contra os ataques dos inimigos do regime mas também de preparar os cidadãos, tendo em vista a criação de condições que tornarão possível o advento do comunismo. O Estado, enquanto aguarda o momento em que possa desaparecer, ampliou as suas atribuições e intervenções, adquirindo um poderio e uma força sem precedentes; enquanto se aguarda o seu enfraquecimento, regulamenta estrita e exaustivamente as relações sociais em todos os seus aspectos.

O mesmo acontece com o direito. Atualmente os soviéticos têm muita consciência da importância do direito em seu país. O desenvolvimento de uma economia planificada acarretou uma regulamentação abundante, e a existência do princípio da legalidade socialista é uma prova da força do direito.

O direito atual da União Soviética pode ser considerado subsidiário de um sistema original relativo aos sistemas de direito romano-germânicos? A sociedade comunista, da qual se anuncia o aparecimento, constituirá, no dia em que for concretizada, um tipo de sociedade inteiramente diferente das nossas sociedades atuais. Mas no presente ainda não se concretizou e o atual direito da União Soviética apresenta afinidades decisivas com os sistemas romanistas; conservou, em larga medida, a terminologia destes sistemas jurídicos e, pelo menos aparentemente, a sua estrutura; serve-se de uma concepção de regra de direito que não parece distinta da dos juristas franceses ou alemães. Também diversos autores, com relevo para ingleses e americanos, integram o direito soviético nos sistemas jurídicos do tipo romanístico, recusando-lhe, em princípio, a originalidade que ele reivindica.

A tese oposta é unanimemente afirmada pelos juristas dos países socialistas. O direito, segundo eles, é uma simples superestrutura, o reflexo de uma certa estrutura econômica. Apegando-se ao vínculo de importância primordial que une o direito e a economia, consideram que a dois tipos opostos de economia correspondem necessariamente dois tipos de direito inteiramente distintos; o direito dos países socialistas e o direito dos países não socialistas pertencem evidentemente a dois tipos distintos, uma vez que nestes últimos o jogo das forças econômicas é dirigido pelos interesses privados, enquanto naqueles os bens de produção são explorados segundo um plano estabelecido no interesse da coletividade.

É verdade que as democracias liberais, inspiradas por preocupações sociais, transformaram profundamente, no século XX, a sua estrutura, e as suas instituições jurídicas estão bastante afastadas do quadro que Marx e Engels justamente criticaram. Quaisquer que tenham sido estas transformações, convém reconhecer, contudo, que existem presentemente diferenças fundamentais entre as estruturas, instituições, formas de vida e de pensamento dos países socialistas e dos outros países. Estas diferenças atenuar-se-ão talvez um dia. Atualmente, transpondo a fronteira de um país do bloco socialista, imediatamente nos surge um mundo novo, em que os problemas se colocam de um modo diferente que nos países não socialistas e em que até mesmo as palavras adquirem, por vezes, um outro sentido. As palavras democracia, eleições, parlamento, federalismo, sindicatos, convenções coletivas têm um sentido bem diferente, devido, por exemplo, ao fato da existência de um partido comunista onipotente; as palavras propriedade, arbitragem, contrato referem-se a realidades diversas, devido à planificação global e à coletivização dos bens de produção. Por estas razões, deve-se classificar o direito soviético numa família diversa da família romano-germânica. A formação romanista de um jurista francês pode ser vantajosa em confronto com a de um colega inglês ou americano, se eles pretendem estudar o direito soviético. Contudo, o estudo deste direito revelar-se-á bem mais difícil do que o de qualquer outro sistema jurídico do continente europeu.

Assegurar a coexistência entre países socialistas e não socialistas é uma das maiores tarefas que temos pela frente. Convém que seja compreendida por nós a atitude que se toma nos países socialistas em face do direito, e nos é bastante útil observar como estes países procuram estruturar as relações sociais de acordo com ideias e segundo técnicas que não são as nossas. O estudo do direito dos países socialistas não nos dá apenas a conhecer um mundo novo, diferente do nosso; é uma fonte de ensinamentos. Permite-nos uma análise crítica do nosso direito; muitas vezes, as experiências tentadas num país socialista poderiam ser aproveitadas com vantagem nos nossos países, sem implicar uma adesão às posições teóricas do marxismo.

**116. Domínio geográfico considerado.** A palavra "socialista" não tem um sentido bem definido. Os mais diversos partidos políticos dela se têm utilizado em virtude da sua importância afetiva. A expressão "países socialistas" presta-se por esta razão à confusão, e o mesmo se pode dizer, naturalmente, da expressão "direitos socialistas". Não nos cabe a resolução destas ambiguidades e não contestaremos o direito que reivindicam alguns países – a Suécia, a Guiné, a Síria, a Tanzânia – de afirmar que aderem a uma doutrina de "socialismo".

O estudo aqui feito dos direitos socialistas não se estende aos direitos de todos estes países; orientado para o direito da União Soviética, ele se estende somente, além deste direito, aos direitos dos países que, na Europa, procuram, como a União Soviética, realizar uma sociedade comunista[1]. Entre o direito destes países e o direito da União Soviética existem numerosas diferenças que convém destacar para destruir o mito de um bloco monolítico dominado por uma ideologia totalitária sem "nuances"; estas diferenças são tais que se é tentado a perguntar o que faria verdadeiramente a unidade da família dos direitos socialistas[2]. Contudo, as numerosas semelhanças existentes, assim como a adesão a princípios comuns, permitem-nos integrar estes diversos sistemas jurídicos numa mesma família.

Excluímos deste capítulo os direitos dos países socialistas extraeuropeus. O direito da China, radicado numa tradição e numa civilização muito diferentes, exige um estudo à parte, no quadro da exposição relativo aos direitos do Extremo Oriente. Os países dos outros continentes, que se declaram socialistas, afastam-se, por outro lado, em pontos importantes – exceção talvez de Cuba – de princípios básicos considerados como fundamentais na União Soviética[3]. Por muita simpatia que possam

---

1. Três destes países (Romênia, Tchecoslováquia, Iugoslávia) qualificam-se hoje de repúblicas socialistas; outros quatro países (Albânia, Bulgária, Hungria, Polônia) são repúblicas populares; a Alemanha é a República Democrática Alemã (R.D.A.).

2. Hazard, J. N., *Communists and their Law. A Search for the Common Core of the Legal Systems of the Marxian Socialist States* (1969). O "Socialist Commonwealth of Nations" estudado neste livro compreende os nove países europeus já citados, a China, a Mongólia Exterior, a Coreia, o Vietnã do Norte e Cuba. O capítulo XVIII da obra é consagrado ao Mali, anteriormente ao golpe de Estado de novembro de 1968.

3. Hazard, J. N., "Marxist Models for West African Law", in *ius privatum gentium, Festschrift für Max Rheinstein*, vol. 1 (1969), p. 285-97.

merecer os seus regimes políticos, não se considera, na União Soviética, que os sistemas jurídicos desses países pertençam ao grupo dos direitos socialistas; nós seguimos essa maneira de ver.

Título I – Evolução histórica.

Título II – Fontes do direito.

Título III – Estrutura do direito.

TÍTULO I
# Evolução histórica

**117. Plano.** O presente título será dividido em três capítulos. No primeiro estudaremos o período anterior à conquista do poder pelos comunistas. Dedicaremos o segundo aos princípios fundamentais da doutrina segundo a qual os comunistas, uma vez no poder, pretendem transformar a sociedade. Um terceiro capítulo será consagrado à história do direito socialista, propriamente dito, a partir do momento em que, nos diversos países, esta doutrina prevaleceu.

Capítulo I – O direito tradicional.
Capítulo II – O marxismo-leninismo.
Capítulo III – A ordem nova.

Capítulo I

# *O direito tradicional*

**118. Importância da matéria.** O desejo de uma total renovação inspirou os dirigentes dos países socialistas desde o momento em que tentaram edificar, em cada um desses países, uma sociedade comunista. Continua, no entanto, a ser de grande importância o conhecimento da base da qual partiram, para compreender como eles conceberam esta tarefa de renovação. Independentemente dos novos princípios que foram adotados, a História explica a preponderância atribuída a certas técnicas e como se continuaram a agrupar as regras vigentes segundo certos critérios; a História explica igualmente certas atitudes psicológicas que puderam ora auxiliar dirigentes, ora, pelo contrário, criar-lhes obstáculos ou orientá-los em certas vias[1]. As diferenças que se notam entre os vários países da família socialista são frequentemente o produto de um condicionalismo diferente, no qual se desenvolveram os seus sistemas jurídicos; a ligação de uma doutrina comum, no que se refere à sociedade do futuro, deixou subsistir entre eles várias concepções quanto aos meios a serem utilizados para alcançar este objetivo.

Seção I – O direito russo.

Seção II – Outros países socialistas.

---

1. Berdiaev, N., *Les sources et le sens du communisme russe* (1936). Cf. especialmente os três primeiros capítulos.

## SEÇÃO I – O DIREITO RUSSO

**119. A Rússia de Kiev: *Russkaia Pravda* e direito bizantino*.** Os tempos históricos começam na Rússia apenas no fim do século IX, quando a tribo dos Varegues, vinda aparentemente da Escandinávia, dirigida pelo seu chefe Riourik, estabeleceu no ano de 862 o seu domínio na Rússia de Kiev. O Estado assim criado durará até 1236, ano em que será destruído pelos mongóis. O acontecimento mais importante da sua história é, em 989, a sua conversão ao cristianismo, no reinado de São Vladimir. Tal como acontecera no Ocidente, sente-se, nesta fase histórica, a necessidade de redigir por escrito os costumes, tendo como principal objetivo fazer penetrar nestes, pelo poder mágico da escrita, a influência da Igreja. Os costumes russos da região de Kiev são redigidos na primeira metade do século XI; ainda que com numerosas variantes, os costumes do século XI ao XIV encontram-se em compilações que receberam o nome genérico de *Russkaia Pravda* (o direito russo)[2]. Redigidas em eslavo, descrevem-nos uma sociedade em geral mais evoluída que as sociedades tribais germânicas ou escandinavas na época da redação das "leis bárbaras". O direito a que aludimos tem uma natureza territorial e não tribal, e os seus preceitos denotam a influência do regime feudal.

Ao lado do direito costumeiro indígena exposto na *Russkaia Pravda*, o direito bizantino assume uma particular importância na Rússia de Kiev. A Igreja, que vive no Ocidente segundo a lei romana, rege-se, efetivamente, na Rússia, segundo o direito bizantino, representado pelos "Nomocanons", que compreendem, na sua regulamentação, direito civil (relativo à sociedade civil) e direito canônico[3]. O direito bizantino tem, na Rússia de Kiev,

---

* As palavras russas que surgem no texto foram transcritas segundo a sua pronúncia na língua portuguesa. Nas notas foi adotada a transcrição segundo o alfabeto tcheco. (N. E.)

2. Sobre a Russkaia Pravda, cf. Goetz, L. K., "Das russische Recht", in *Zeitschrift für vergleichende Rechtswissenschaft*, vol. 26 (1911), p. 161-426.

3. Estes *Nomocanons*, traduzidos em eslavo no século XIII, são conhecidos sob o nome jurídico de *Kormčaja* (Guia). Sobre os *Nomocanons* bizan-

uma grande importância: a Igreja aplica-o diretamente aos clérigos, nos vastos domínios territoriais que a ela pertencem ou onde exerce a sua jurisdição. Por outro lado, alarga o âmbito de aplicação deste direito pela via da arbitragem e pelas diversas infiltrações do referido direito na redação dos costumes.

**120. O domínio mongol.** Um segundo período se abre na história da Rússia com o domínio mongol (A Horda de Ouro) em 1236. Este domínio terminará apenas no reinado de Ivã III, em 1480, depois de uma guerra de libertação que durou cem anos. As suas consequências políticas não deixaram de se fazer sentir até os nossos dias. Estas consequências são, por um lado, a elevação de Moscou, que sucede a Kiev. E sobretudo, por outro, o isolamento russo em relação ao Ocidente; este isolamento apenas terminará quando a Rússia, separada dos seus vizinhos ocidentais pela sua religião ortodoxa, tiver reconquistado a sua independência. O cisma com Roma consumou-se depois de 1056. O império de Bizâncio deixou de existir. A Rússia, recuperada a sua independência, encontrar-se-á isolada, e considerar-se-á como “a terceira Roma”, herdeira de Bizâncio na luta pela propagação da verdadeira fé.

Do ponto de vista estritamente jurídico, o domínio mongol, qualquer que tenha sido a sua duração, teve uma influência mais negativa do que positiva. O direito russo sofreu poucas influências do costume mongol (*yassak*), que nunca foi imposto ao povo russo. A ocupação mongol foi apenas um fator de estagnação das instituições jurídicas e, concorrendo decisivamente para um reagrupamento dos fiéis junto de seus pastores, uma causa do desenvolvimento da influência do clero e do direito bizantino.

**121. O código de 1649.** Um terceiro período da história e do direito russos vai desde o final da dominação mongol até a

---

tinos, cf. Mortreuil, J., *Histoire du droit byzantin ou du droit romain dans l'Empire d'Orient, depuis la mort de Justinien jusqu'à la prise de Constantinople en 1453*, 3 vols. (1843-1846).

subida ao trono de Pedro, o Grande (1689). A Rússia continuava voltada para si própria. Submete-se ao regime despótico dos czares para escapar à anarquia e preservar a sua independência contra as agressões vindas do Oeste; a servidão é instituída em 1591. A própria Igreja, privada de todo o apoio externo, está subordinada ao czar. Cria-se a convicção da onipotência dos governantes, de cujos caprichos são feitas leis. Polícia, justiça e administração mal se distinguem num regime em que sobressai uma ligação rotineira ao costume, sob reserva do arbítrio ocasional do czar, dos nobres ou administradores locais. Nenhum esforço sistemático foi realizado, por parte dos czares, para reformar a sociedade. Quando muito podem citar-se a este respeito, como sintoma revelador de um esforço de reorganização da justiça, os Livros de Justiça (*Sudebnik*) de 1497 e de 1550. Os subsídios mais importantes para a história do direito deste período são as compilações que procuram criar novas edições atualizadas da *Russkaia Pravda* e do direito bizantino (*Kormtchaia*). É particularmente importante, neste aspecto, a obra realizada no reinado do segundo czar da dinastia dos Romanov, Alexis Mikhaïlovitch. Graças à iniciativa deste soberano, levou-se a cabo a codificação do direito laico e do direito canônico da Rússia. O primeiro encontra a sua expressão no código de Alexis Mikhaïlovitch (*Sobornoê Ulojeniê*) de 1649, em 25 capítulos e 963 artigos. O segundo incluiu-se numa edição oficial da *Kormtchaia* de 1653, que substitui uma obra anterior inserida nos Cem Capítulos (*Stoglav*) de Ivã, o Terrível (1551).

**122. Pedro, o Grande, e os seus sucessores.** O quarto período da história do direito russo vai desde o aparecimento de Pedro, o Grande, em 1689, até a revolução bolchevista de 1917. A Rússia retoma o contato com o Ocidente. Pedro, o Grande, e os seus sucessores dotam a Rússia de uma administração do tipo ocidental; mas os seus esforços não abrangem o direito privado e, por esse motivo, são superficiais. O povo russo continua a viver segundo os seus costumes, dominado apenas por uma administração mais eficaz, cujo poder se habituou a respeitar. Os dois grandes soberanos russos do século XVIII, Pedro I e Catarina II, fracassaram, ambos, no projeto de revisão do código de Alexis II para adotarem, o primeiro, um código de modelo sueco, a segunda, um código inspirado nas doutrinas da escola do direito natural.

**123. O Svod Zakonov (1832).** O movimento de modernização do direito russo, inspirado pelo movimento francês, iniciar-se-á apenas no começo do século XIX, no reinado de Alexandre I, com o seu ministro Speranski. Mas a ruptura com Napoleão e a reação que se seguiu impediram seu êxito, fazendo com que, no reinado de Nicolau I, se consiga apenas uma nova "consolidação" e não a codificação e modernização do direito russo. A coletânea da legislação russa em vigor, a partir de 1832, é conhecida pela designação de *Svod Zakonov*. Consta de 15 volumes e 42.000 artigos, que passarão de 100.000 nas sucessivas edições; dois terços destes artigos dizem respeito a matérias de direito público. O *Svod Zakonov*, pelo seu conteúdo eclético, pelo seu método casuístico e pelo seu espírito, assemelha-se mais ao *Allgemeines Landrecht* prussiano de 1794 do que à codificação napoleônica. Nicolau I havia determinado que se procedesse à ordenação e sistematização das leis russas, mantendo inalterado o seu conteúdo. Estas instruções não foram, certamente, seguidas à letra pelo conde Speranski, a quem se deve o mérito desta compilação. Apesar disso, pode-se dizer que, de um modo geral, da *Russkaia Pravda* ao código de 1649 e deste ao *Svod Zakonov* de 1832, é sempre uma obra de compilação e de exposição que se conclui e nunca uma obra simultaneamente de reforma e de modernização. Só na segunda metade do século XIX, no reinado de Alexandre II, se desenvolveu um movimento liberal de reforma. Este movimento, marcado principalmente pela abolição da servidão (1861) e pela reforma da organização judiciária (1864), dá à Rússia um código penal (1855 – revisto em 1903), mas nunca lhe dará um código civil, cujo projeto será apenas estabelecido.

Tal era a situação em 1917, quando se estabeleceu o regime bolchevista. Convém sublinhar certos elementos que este comporta.

**124. Ligação do direito russo aos sistemas romano-germânicos.** Em primeiro lugar, a ciência do direito na Rússia segue muito de perto o padrão do direito bizantino – isto é, do direito romano – e dos países que pertencem ao sistema romanista da Europa continental. Existem costumes russos, como no século XVIII existiram costumes franceses ou alemães; mas, tal como na França e na Alemanha no século XVIII, também na Rússia não há outra ciência do direito que não seja a dos cultores do direito romano. As categorias do direito russo são assim, naturalmente, as dos direitos romanistas. A concepção do direito existente nas universidades e nos juristas é a concepção romanista. O direito russo pode encontrar-se numa compilação de tipo casuístico; o jurista russo não concebe o direito como um produto de natureza jurisprudencial; a regra de direito surge-lhe, tal como ao jurista alemão ou francês, como uma regra de conduta, prescrita aos indivíduos, e cuja formulação compete, não ao juiz, mas à doutrina ou ao legislador. A Rússia não está tão completamente dotada de códigos como os outros países da Europa continental; está preparada para ter códigos.

**125. Falta de tradição jurídica na Rússia.** Um outro aspecto que importa salientar é a debilidade da tradição jurídica na Rússia[4]. O mais grave não é o atraso, do ponto de vista técnico, do direito russo, nem o fato de ele só ter sido parcialmente codificado; o que importa sublinhar é que uma história diferente provocou, no povo russo, uma diferença de atitude perante o direito, contrastante com a dos outros povos europeus. Em toda a Europa continental, tal como na Inglaterra, o direito é considerado como um complemento natural da moral, e como uma das bases fundamentais da sociedade. Esta concepção do direito não se formou na Rússia. Até uma época recente, não houve juristas na Rússia: a primeira universidade russa, a de Moscou, só foi criada em 1755 e a universidade de Petersburgo

---

4. Kucherov, S., *Courts, Lawyers and Trials under the Last Three Tsars* (1953); Berman, H., *Justice in Russia. An Interpretation of Soviet Law* (1950).

em 1802; uma literatura jurídica russa surge apenas na segunda metade do século XIX; só com a reforma judiciária de 1864 se separam as carreiras de magistrados das carreiras administrativas e se cria um tribunal profissional (até à referida reforma reina a maior confusão entre a polícia, a justiça e a administração). Por outro lado, o direito escrito russo é estranho à consciência popular. Este direito é essencialmente um direito administrativo. A parte de direito privado que ele comporta é essencialmente urbana, feita para os comerciantes e para a burguesia. A massa camponesa o ignora e continua a viver de acordo com os seus costumes; apenas existe para ela, por exemplo, uma propriedade familiar (*dvor*) ou comunal (*mir*), com exclusão da propriedade individual que está regulada na lei; para os camponeses, a justiça é que é norteada por critérios de equidade, tal como a administra o tribunal do *volost'*, composto por juízes eleitos, que não são juristas; o tribunal do *volost'* depende do Ministério do Interior e não do Ministério da Justiça. O direito dos juristas não busca o seu fundamento, como acontece nos outros países da Europa, nem na consciência popular, nem na tradição; constituído por disposições legislativas, surge, em grau de medidas, como obra arbitrária, produto da vontade de um monarca autocrata, ou como um privilégio da burguesia. O próprio monarca não se encontra subordinado à lei, que se identifica com a vontade arbitrária do soberano, *princeps legibus solutus.* Os juristas são mais servidores do czar e do Estado do que propriamente do direito; não existe entre eles nenhum *esprit de corps.*

A unidade do povo russo não tem a sua base no direito. Por mais que os autores dos países ocidentais ridicularizem a justiça e os homens de leis, bem como as suas excentricidades, nenhum deles poderia imaginar uma sociedade sem tribunais e sem direito – *Ubi societas ibi jus* –, o que, na Rússia, não causaria estranheza. Como Santo Agostinho, León Tolstoi preconiza o desaparecimento do direito e o advento de uma sociedade fundada na caridade cristã e no amor. O ideal marxista de uma sociedade comunista fraternal encontra raízes profundas no sentimento moral e religioso do povo russo.

## SEÇÃO II – OUTROS PAÍSES SOCIALISTAS

**126. Características gerais.** No que se refere ao período do direito antigo, existem diferenças notáveis nas histórias dos diversos países. Limitar-nos-emos a fazer algumas observações de ordem geral, tal como o havíamos feito em relação ao direito russo, pondo em evidência certos traços que parecem ter permanecido importantes para uma explicação do direito atual, ou como causa de uma certa oposição entre o desenvolvimento do direito de um determinado país socialista e o desenvolvimento do direito na União Soviética.

Os Estados europeus onde se estabeleceu um regime de democracia popular pertenciam, antes desse fato histórico, ao grupo de sistemas de direito romano-germânico. Além desta característica essencial, podem, do ponto de vista da sua história jurídica, tomada num aspecto geral, ser divididos em dois grupos. Uns, ligados pela religião a Roma, sofrem a influência das ideias e do desenvolvimento das instituições da Europa ocidental, com a qual eles estabeleceram constantes e estreitas ligações. Os outros, pelo contrário, cristãos ortodoxos, ficaram separados do Ocidente, durante séculos, pela ocupação turca.

**127. Países de tradição ocidental.** O desenvolvimento do direito na Hungria, na Polônia, na Tchecoslováquia, na Croácia e Eslovênia caminhou sempre lado a lado com o desenvolvimento do direito na Alemanha, na Áustria e na França[5]. As condições que se observam, no tocante ao direito neste primeiro grupo de países, são as mesmas dos países germânicos e latino-europeus, em oposição às observadas na Rússia. Existia uma forte tradição jurídica: o direito era considerado como uma das bases fundamentais da sociedade; um corpo de juristas, numeroso e respeitado, assegurava a sua administração e contribuía para a sua evolução.

---

5. Zajtay, I., *Introduction à l'étude du droit hongrois* (1953); Csizmadia, A., Kovacs, K., dir., *Die Entwicklung des Zivilrechts in Mitteleuropa 1848--1944* (1970); Wagner, W. J., org., *Polish Law throughout the Ages* (1970).

**128. Estados balcânicos.** O curso da História havia sido muito diferente nos Estados balcânicos (Albânia, Bulgária, Romênia, Sérvia), países que constituem o nosso segundo grupo. Como na Rússia, estes países estiveram submetidos, na sua origem, à influência de Bizâncio e não à do Ocidente europeu. Como na Rússia, em virtude da ocupação mongol, também neles a evolução do direito foi paralisada durante séculos pela ocupação turca, com a circunstância agravante de que esta ocupação se prolongou durante muito mais tempo do que na Rússia, cessando apenas no século XIX ou mesmo no século XX. Por isso se podia esperar encontrar nesses países a mesma situação que se encontrava na Rússia: uma menor adesão aos princípios do direito, resultante da paralisação que este sofreu durante séculos e do fato de não se ter revelado como fator essencial, ou sequer importante, do sentimento nacional.

Uma diferença importante existe, contudo, no caso da Rússia, vindo atenuar, senão mesmo suprimir, a oposição entre os dois grupos de Estados. A Rússia libertou-se dos mongóis pelos seus próprios meios e constituiu, imediatamente após a sua libertação, um Estado ao qual a sua extensão e o seu poder asseguraram a plena independência e permitiram mesmo considerar-se o herdeiro da missão de Bizâncio. Os Estados balcânicos, pelo contrário, só conquistaram a sua independência com ajuda externa, e foram, nos primeiros tempos desta independência, pequenas nações obrigadas a recorrer ao apoio exterior. Para recuperar o atraso resultante da ocupação turca, e no desejo de estabelecer ligações julgadas necessárias, submeteram-se de bom grado à influência cultural dos Estados da Europa central ou ocidental.

**129. Conclusão.** Nestes países, o direito desfrutava, efetivamente, de um maior prestígio e, ao contrário do que acontecera na Rússia, as ligações com o Ocidente eram incomparavelmente mais estreitas. Estas circunstâncias não foram abolidas de um dia para o outro, quando um governo dominado pelo partido comunista tomou o poder nestes países. Foi contra a vontade dos seus cidadãos que se afrouxaram os contatos com a França, a Alemanha, a Áustria e a Itália. Orgulhosos da sua tradição jurídica, esforçar-se-ão por conservá-la, na medida do possível, pondo-a a serviço da nova forma de governo. Não lhes parecerá de modo algum necessário, para edificar o comunismo, aceitar regras ou instituições que podem explicar-se, na Rússia, pela fraqueza da tradição jurídica e pela ausência de juristas, mais do que como decorrência da adesão ao marxismo.

Capítulo II

# *O marxismo-leninismo*

**130. O marxismo, doutrina básica da sociedade.** Com a conquista do poder pelos comunistas operou-se uma revolução profunda nos países aqui estudados.

Todas as formas de visualizar os problemas, todas as instituições foram submetidas à crítica e na generalidade repudiadas ou transformadas à luz de uma doutrina, o marxismo-leninismo, que veio a ser considerada como expressão indiscutível da verdade. É importante conhecer ao menos os elementos desta doutrina para compreender não só a linha de orientação política, mas também as novas instituições e o novo direito dos países socialistas[1].

O marxismo-leninismo representa nos países socialistas algo diverso do que podem representar nos países ocidentais esta ou aquela doutrina filosófica. É a doutrina oficial, e nos países socialistas qualquer outra doutrina aparece não somente como errônea, mas como uma ameaça de subversão para a ordem social. O marxismo-leninismo descobriu as leis que governam o desenvolvimento da sociedade e a receita definitiva que permitirá o renascimento de uma sociedade fundada na concórdia e na harmonia, vitoriosa da miséria e liberta do crime. Aqueles que não aderem a esta doutrina ou põem em dúvida os

---

1. As bases fundamentais da doutrina estão expostas no *Manifesto do Partido Comunista* (1848). Uma obra de leitura fácil, apresentando os pontos de vista considerados ortodoxos, atualmente, na União Soviética; foi publicada nas edições em línguas estrangeiras (Moscou) sob o título *Les principes du marxisme-leninisme* (1961). Cf. também Stoyanovitch, K., *La pensée marxiste* (1974).

postulados do marxismo são, sejam eles conscientes ou não, inimigos do gênero humano, cujas doutrinas falaciosas devem ser perseguidas. O marxismo-leninismo é uma explicação do mundo; é um guia para a ação, indicando o caminho a seguir para que o mundo se torne melhor. O conhecimento dos princípios marxistas-leninistas é necessário a todos os cidadãos e deve ser ainda mais completo para os que recebem maiores responsabilidades. "A prática é cega e apenas pode tatear – disse Stálin – se não for iluminada pela teoria revolucionária." É fundamental que os governantes pertençam ao círculo de pessoas esclarecidas que compreendem e são adeptas dessa doutrina. Não é menos importante que as administrações, os juízes e os cidadãos igualmente a conheçam, de modo a darem uma contribuição esclarecida à execução de uma política destinada a dirigir a sociedade na via, doravante conhecida, do progresso.

**131. O materialismo histórico.** A doutrina marxista, cujos fundadores foram Karl Marx (1818-1883) e Friedrich Engels (1820-1895), tem por ponto de partida, por um lado, a doutrina filosófica do materialismo, por outro, a ideia da evolução. Doutrina do materialismo: as coisas materiais, que existem na natureza, constituem o primeiro dado; o pensamento, o espírito são uma simples propriedade da matéria; o pensamento, o espírito, a consciência nada mais são do que o reflexo do mundo material. Ideia de evolução: não há no mundo objetos estáticos, que surjam como um dado imutável; tudo se transforma, num mundo em perpétua evolução. Darwin propôs em seu livro sobre *A origem das espécies*, editado em 1859, uma explicação dos princípios que governam esta evolução na biologia. Marx e Engels pensam que, no domínio das ciências sociais, como no das ciências naturais, existem leis às quais obedece o desenvolvimento da humanidade. Eles procuraram descobrir estas leis, para propor uma doutrina científica do socialismo, em substituição aos sonhos do socialismo utópico anterior.

Seu ponto de partida é a tese de Hegel sobre o mecanismo da evolução (dialética histórica): a tese, proposta por alguns, provoca uma antítese, e a oposição entre a tese e a antítese é solucionada por uma síntese, geradora de progresso. Entretanto, Marx e Engels analisam diversamente de Hegel as causas da evolução. Hegel era um idealista; procura explicar através do progresso do espírito humano a evolução da sociedade. A doutrina de Marx e Engels vai ser, ao contrário, o materialismo histórico: é a matéria que comanda o espírito, a realidade que faz nascer a ideia; o homem, antes de ser um *Homo sapiens*, é um *homo Saber*. "Não é a consciência dos homens que determina a sua essência", escreve Marx. "O modo de produção da vida material condiciona o progresso da vida social, política e espiritual... A ideia é apenas o mundo material transposto e traduzido no espírito humano... A anatomia da sociedade civil deve ser procurada na economia política...[2]"

**132. Infraestrutura e superestruturas.** A doutrina marxista não é de maneira nenhuma fatalista. O homem desempenha um papel importante na execução das leis históricas. Mas as possibilidades que lhe são abertas são limitadas: "São os homens que fazem a sua própria história – escreve Engels –, mas num dado meio que os condiciona, com base nas condições reais anteriores."

O que é verdadeiramente decisivo numa sociedade é a sua infraestrutura econômica, são as condições nas quais são explorados os bens de produção. Com Saint-Simon, admite-se a superioridade dos princípios da economia política sobre os do direito civil. Tudo está na estreita dependência da infraestrutura econômica; é ela que determina as ideias dos homens, os costumes, a moral, a religião.

Particularmente, o direito não é senão uma superestrutura; na realidade, ele apenas traduz os interesses dos que possuem as alavancas de comando de uma dada sociedade; é um instrumento a serviço daqueles que exercem nesta sociedade a sua "ditadura", porque têm à sua disposição os bens de produção.

---

2. Marx, K., *Prefácio à crítica da economia política* (1859). Esta concepção materialista separa profundamente o marxismo tanto do "socialismo africano", de L. S. Senghor, como do socialismo posto em aplicação na Índia.

O direito é um meio de opressão da classe explorada; é justo apenas no ponto de vista subjetivo da classe dirigente. Falar de um direito justo é recorrer a uma ideologia, isto é, a uma representação falsa da realidade; a justiça é uma simples noção histórica condicionada pelas circunstâncias de classe; o direito de um Estado burguês, que despreza os interesses do proletariado, é, do ponto de vista deste, a negação da justiça.

A maneira como os marxistas consideram o direito é inteiramente oposta aos nossos princípios tradicionais. É, portanto, necessário, para compreendê-la e para compreender como os dirigentes soviéticos anteveem a sociedade comunista do futuro, conhecer a teoria que eles professam sobre a origem e sobre o significado do Estado e do direito. Esta teoria foi exposta por F. Engels em seu livro *A origem da família, da propriedade privada e do Estado* (1884). Vamos procurar apresentá-la sumariamente, de uma maneira tão conforme quanto possível à ortodoxia soviética.

**133. Concepção marxista do Estado e do direito.** Originariamente, segundo Engels, existiu uma sociedade sem classes, em que todos os indivíduos estavam na mesma situação em relação aos bens de produção; os indivíduos eram iguais, independentes uns dos outros, porque os meios eram livres, estavam à disposição de todos. Podiam respeitar regras de conduta, mas estas regras, fundadas nos hábitos, e não impostas nem sancionadas pela força, não eram *regras de direito.*

Mais tarde, com a divisão do trabalho social, a sociedade primitiva diferenciou-se; dividiu-se em classes. Uma dessas classes apoderou-se dos meios de produção, apropriou-se deles, desapossou a outra e começou a explorá-la. É neste momento que nascem o direito e o Estado. Entre as duas ideias de direito e Estado existe, para os marxistas, uma ligação estreita. O direito é uma regra de conduta humana caracterizada, por oposição a outras regras de conduta, pelo fato de admitir uma coação, isto é, a intervenção do Estado. O Estado é uma autoridade social que, pela ameaça ou pelo uso da coação, assegura o respeito desta regra. Não há direito sem Estado e não há

Estado sem direito; Estado e direito são duas palavras diferentes para designar uma mesma coisa.

Nem todas as sociedades humanas comportam uma organização de Estado e um direito. O Estado e o direito são o produto de uma certa estrutura econômica da sociedade. Encontram-se apenas numa forma de sociedade correspondente a um estado de evolução determinado. O Estado e o direito só surgem quando a sociedade se divide em classes sociais, em que uma explora a outra, ou outras, economicamente. A classe dominante recorre ao Estado e ao direito, neste estado de coisas, para consolidar e perpetuar o seu domínio. O direito é o instrumento que, na luta de classes, serve para salvaguardar os interesses da classe dominante e manter a desigualdade social em proveito desta última. Pode ser definido como um conjunto de normas sociais que regulamentam a relação de dominação da classe reinante em face da classe subjugada, nos momentos dessa relação que não poderiam manter-se sem recurso à opressão exercida por um Estado solidamente organizado. Quanto ao Estado, é a organização da classe dominante pela qual esta assegura a sua opressão sobre a classe explorada, a fim de salvaguardar os seus interesses de classe.

O direito e o Estado nem sempre existiram. O momento em que eles apareceram representa um salto dialético; a mais importante revolução social que a humanidade jamais pôde conhecer foi a passagem de uma sociedade sem Estado nem direito para uma sociedade com Estado e direito. As mudanças subsequentes, que resultaram dos progressos realizados nos meios e modos de produção, foram todas simples mudanças "quantitativas" de uma importância menor. Puderam trazer modificações ao direito e ao Estado existentes, mas deixaram intatos os traços de uma sociedade de classes assente sobre a propriedade privada dos meios de produção. Estes puderam mudar de natureza e de mãos. Mas se se considerar a época da escravatura, a do feudalismo ou a do capitalismo, observa-se nelas um fenômeno permanente: a exploração, por aqueles que possuem, daqueles que nada possuem.

A história da humanidade é essencialmente a história da luta de classes, isto é, de lutas incessantes, travadas por uns e outros para se apoderarem dos bens de produção e estabelecer assim a sua ditadura. As mudanças na História são marcadas pela vitória de uma fração da classe explorada, que vai, por sua vez, transformar-se em classe exploradora. O aparecimento da nova classe social representa um progresso, porque corresponde a um tipo de produção mais avançada, mais conforme aos progressos técnicos e às aspirações gerais da sociedade. A sociedade fica, entretanto, afetada por um vício fundamental enquanto os bens de produção forem propriedade de alguns, e enquanto haja, por consequência, exploradores e explorados.

**134. Previsão de uma sociedade sem direito.** A luta de classes e a miséria dos explorados terminarão logo que esta análise tenha sido aceita. A maneira de resolver o problema social impor-se-á, então, com evidência. Visto que é a propriedade privada dos meios de produção que está na origem da desigualdade social e da luta de classes, é necessário abolir esta propriedade; é necessário fazer dos bens de produção a propriedade da coletividade; é necessário explorá-los, não mais no interesse de alguns privilegiados ávidos de lucro, mas no de toda a comunidade. A transformação do sistema econômico conduzirá a uma transformação do próprio homem, porque as suas tendências atuais levam apenas à organização viciosa da sociedade.

O marxismo, como doutrina política, baseia-se na convicção de que a causa de todo o mal é, na sociedade, o antagonismo das classes sociais; podem e devem suprimir-se as classes sociais, proibindo a apropriação privada dos bens de produção e pondo estes bens à disposição da coletividade, que os explorará no interesse de todos. Nessa altura estabelecer-se-á uma sociedade fraternal, liberta das "contradições antagônicas" da sociedade atual, sociedade comunista na qual terá terminado a exploração do homem pelo homem e na qual reinará a concórdia; cada um trabalhará para a comunidade segundo as suas possibilidades, e dela receberá em proporção das suas necessidades. Nesta sociedade comunista toda a violência será inútil: Estado e direito, que visam fazer reinar a violência, tornar-se-ão inúteis e desaparecerão. A antítese é total com o fascismo que, exaltando o papel do Estado, sacrifica ao poder deste os interesses dos indivíduos.

A passagem à nova sociedade, sem Estado nem direito, representa um novo salto dialético, inverso ao primeiro que observamos na história da humanidade. O homem será de novo livre; será senhor de si e será ele próprio, porque já não terá de vender a sua força de trabalho em proveito de um explorador da classe dominante. As regras de conduta que se encontrarão no seio da futura sociedade terão o mesmo caráter que as da sociedade primitiva; serão regras morais, de costumes, de preceitos, de técnicas. Os indivíduos observá-las-ão com espontaneidade, porque reconhecerão a sua conformidade ao interesse geral e verão nelas a verdadeira expressão da justiça. Tendo desaparecido toda a exploração, a violência será inútil. Todos os cidadãos participarão, por seu turno e na medida das suas capacidades, na gestão dos serviços públicos; uma produção bem organizada permitirá satisfazer as necessidades legítimas de todos; cada um será remunerado não em função das suas capacidades, mas segundo as suas necessidades.

**135. A doutrina de ação do marxismo.** A doutrina do marxismo, apresentada nas suas grandes linhas no *Manifesto do Partido Comunista* em 1848, foi desenvolvida por Marx e Engels, defendida contra os seus adversários, adaptada ao uso dos seus adeptos durante toda a vida dos seus autores, tendo a Internacional Socialista feito dela o seu programa. Homens de partido ao mesmo tempo que pensadores, Marx e Engels, por outro lado, no que diz respeito à sociedade e aos acontecimentos do seu tempo, analisaram em várias ocasiões a situação e determinaram qual era, segundo eles, a linha a seguir para realizar o progresso e assegurar, em definitivo, o sucesso àqueles que se declaravam partidários da sua doutrina. O marxismo não é somente uma explicação da História; é, ao mesmo tempo, um guia, fundado no método dialético, para a ação política, e uma técnica da revolução.

**136. O marxismo-leninismo.** A parte histórica e filosófica do marxismo conserva, aos olhos dos adeptos desta doutrina, o seu pleno valor. A parte política da doutrina necessitou, pelo contrário, ser atualizada, adaptada às circunstâncias, sobretudo a partir do momento em que um partido marxista, o partido bolchevista, conseguiu, em 1917, conquistar o poder na Rússia. Os chefes deste partido, principalmente Lênin, desempenharam a este respeito um papel tão importante que se tornou corrente, na União Soviética e em outros países, falar nos nossos dias de marxismo-leninismo em vez de falar apenas de marxismo[3].

O acréscimo da palavra leninismo foi especialmente necessário para fixar a linha de conduta a seguir num período particular: aquele que se estende desde a conquista do poder por um partido marxista até à realização de uma sociedade comunista. Marx e Engels não poderiam prever nem o país onde, pela primeira vez, um partido marxista alcançaria o poder, nem o momento em que esse evento se produziria, nem qual a exata situação histórica em que o mundo se encontraria no momento em que esse acontecimento se produzisse. Quando muito poder-se-ia encontrar na obra de Marx a indicação de que o advento do comunismo deveria ser precedido necessariamente de uma fase intermediária ou de transição, a de um Estado socialista no qual a ditadura do proletariado seria assegurada. "Entre a sociedade capitalista e a sociedade comunista – escreveu Marx –, situa-se o período de transformação revolucionária daquela nesta, ao qual corresponde um período de transição política, que não poderia conhecer outra forma de regime que não fosse a ditadura revolucionária do proletariado."[4] Depois da conquista do poder pelos comunistas, foi necessário precisar a forma conveniente de definir a estrutura e de conceber as obrigações deste Estado socialista. O leninismo, doutrina política, inovou em numerosos pontos a obra científica, inevitavelmente abstrata, de Marx. Contudo, o leninismo completa o marxismo, e não o nega; apoia-se sobre o marxismo, e lhe é plena-

---

3. Chambre, H., *Le marxisme dans l'Union Soviétique: idéologie et institutions* (1955).

4. Marx, K., *Critique du programe de Gotha et d'Erfurt* (1875).

mente fiel ao adotar o método dialético e a filosofia materialista do mundo.

**137. Importância do marxismo-leninismo.** Antes de estudar as metamorfoses do marxismo-leninismo, convém ressaltar, uma vez mais, a importância desta filosofia e da concepção do direito que dela deriva. Na própria União Soviética a atual sociedade é concebida pelos seus dirigentes como uma sociedade imperfeita – embora muito superior às sociedades capitalistas. A atual organização das relações sociais corresponde a uma fase necessária para a edificação de uma sociedade comunista. A União Soviética não completou a sua revolução; ela é, e quer ser, um Estado revolucionário. Esta consideração das coisas não deve ser esquecida. Dela resulta a feição *sui generis* que o direito assume na União Soviética, e que lhe confere um papel original, quando em confronto com as concepções predominantemente observadas no Ocidente europeu[5].

O papel desempenhado pelo direito nos países socialistas não é propriamente o de assegurar a ordem, fornecendo um princípio de solução para os diversos litígios. O direito socialista é, antes de tudo, um meio de transformação da sociedade, encaminhando-a para um ideal comunista fora do qual não pode existir nem uma verdadeira liberdade, nem uma verdadeira igualdade, nem, finalmente, uma verdadeira moralidade. O direito concebe-se essencialmente como um instrumento a serviço dos governantes. Isto é admitido sem escrúpulo e sem fingimentos porque a política dos países socialistas é diferente da política dos Estados burgueses; os dirigentes soviéticos, esclarecidos pela doutrina marxista, conhecem o fim para que se devem dirigir, em conformidade com as leis científicas que regem o desenvolvimento da sociedade. O objetivo do direito, confundindo-se com o da política, é fornecer à sociedade não só uma organização econômica de acordo com estas leis, mas também educar os cidadãos, mostrando-lhes a natureza, hoje

5. Toumanov, V. A., *Pensée juridique bourgeoise contemporaine* (1974).

censurável, de comportamentos que eram compreensíveis, e até mesmo normais na era capitalista.

A infraestrutura econômica que domina o direito soviético e o caráter educativo desse direito caracterizaram-no, opondo-o ao "direito burguês" que tenta, às cegas, estabelecer a ordem e a moralidade em um mundo onde a organização econômica viciosa não pode admitir a obtenção destes resultados. Homens políticos e juristas dos países burgueses surgem aos olhos dos cidadãos soviéticos como que agitados pelos acontecimentos, navegando ao sabor de correntes que se opõem entre si sem que, para nelas efetuarem manobra segura, disponham de alguma bússola que os oriente. Os dirigentes e os juristas dos países socialistas, pelo contrário, encontram na doutrina marxista-leninista a bússola de que necessitam. Por isso, o direito soviético não é um direito "como os outros", e seu estudo é indissociável dos conhecimentos da doutrina marxista-leninista, que lhe fixa os objetivos e orienta a sua evolução, a sua interpretação e a sua aplicação.

O regime soviético só tem sentido quando se considera como verdadeira a doutrina marxista-leninista. Tudo se apresenta com um sentido diferente na União Soviética à luz desta doutrina. Surge uma nova concepção da moralidade no campo social: obedecê-la significa dedicar todas as forças, toda a energia à luta pela sociedade comunista[6]. A liberdade, longe de ser destruída, atinge a sua verdadeira expressão no regime da ditadura soviética; voltou-se à concepção predominante na França antes do século XVIII e que Montesquieu exprime ao dizer: "A liberdade não é independência; não consiste em fazer o que se quer, mas em poder fazer o que se deve querer fazer."[7] O marxismo cria para o homem as condições de uma verdadeira liberdade, ensinando-lhe, à luz de uma teoria científica, o que deve querer.

6. Prokofiev, V. 1., "Antigumanističeskij harakter religioznoj morali", in *Voprosy Filosofii* (1959), nº 9, p. 42. Um código de moral comunista foi integrado no programa do partido comunista da União Soviética em 1961. Cf. também Hazard, J. N., *Communists and their Law* (1969), p. 11.

7. *Esprit des lois*, I, III.

Baseada na ciência, a sociedade soviética é não apenas uma sociedade de um novo tipo, mas uma sociedade de um tipo superior, mais avançada que as sociedades burguesas no caminho do progresso. Quaisquer esforços que alguns pudessem fazer nessas sociedades, com o fim de impulsionarem a justiça social, estariam condenados a um insucesso total. Quando se penetra nos motivos ou no subconsciente dos seus autores, compreende-se que eles visam perpetuar um estado de coisas que é essencialmente mau, uma estrutura social que permite uma inadmissível e odiosa desigualdade[8]. Não existe verdadeira solução nem salvação fora da doutrina marxista e do postulado, por ela proposto, da coletivização de todos os bens de produção. Os Estados capitalistas representam um perigo permanente para a humanidade, do ponto de vista internacional, porque as contradições internas, a que estão condenados por força da sua estrutura, são próprias da sua essência; existe sempre o perigo de quererem superar as suas contradições e prolongar a sua existência, escravizando os outros povos (colonialismo) ou recorrendo à guerra (imperialismo). A coexistência com estes países só é possível com a condição de se ser mais forte do que eles.

**138. Relações entre juristas soviéticos e estrangeiros.** A adesão ao marxismo-leninismo impõe certos limites a uma comparação entre o direito soviético e os direitos burgueses. O direito, nos dois casos, é definido da mesma maneira pelos autores soviéticos. "A vossa jurisprudência – diz Lênin – não é outra coisa senão a vontade da vossa classe, erigida em direito aplicável a todos." Mas a diferença de estrutura econômica de um país socialista e de países capitalistas leva, em princípio, a considerar que o direito soviético é bom e os direitos burgueses são maus. A análise marxista postula que se deve suspeitar dos juristas burgueses, que não podem ser outra coisa, cons-

---

8. Zivs, S. L., *Razvitie formy prova v sovremmennyh imperialisticeskih gosudarstvah* (1960); Krutogolov, M. A., *Antidemokratičeskaja suščnost' burzuažnyh vyborov* (1963).

ciente ou inconscientemente, senão partidários dos interesses da classe burguesa[9]. Todas as medidas tomadas nos países burgueses são interpretadas, à luz do marxismo, como tendo por objetivo a consolidação da ditadura dos capitalistas. Certos benefícios podem, na verdade, ter sido arrancados aos dirigentes burgueses pelo medo ao proletariado. Mas nenhuma organização social equitativa, nem nenhum direito justo podem ser esperados enquanto não se tiver dado remédio ao vício radical da sociedade, proibindo aos particulares a apropriação de bens de produção. A exploração do homem pelo homem é uma consequência inevitável de toda a propriedade privada sobre bens desta natureza. Os juristas ocidentais têm dificuldade em conceber que se possa ver uma verdade indiscutível numa doutrina que não pretende ser revelada e que não procura dar nenhum sentido à vida e ao Universo, e se integra manifestamente numa corrente de ideias do século XIX, no seu entender ultrapassada na segunda metade do século XX.

É necessário, entretanto, resignarmo-nos; não ocorre, por certo, aos juristas soviéticos interrogarem-se sobre o fundamento do marxismo-leninismo; esta doutrina, nos seus postulados, está para eles fora de toda e qualquer possível discussão.

Um acordo entre juristas soviéticos e burgueses não pode ser realizado no terreno dos princípios; uma comparação vantajosa entre o direito soviético e os direitos burgueses apenas poderá realizar-se num plano puramente técnico[10]. Os problemas que se apresentam, quer na União Soviética, quer no Ocidente, são muitas vezes os mesmos, apesar da diferença de

9. Toumanov, V. A., *Pensée juridique bourgeoise contemporaine* (1974).

10. Constantinesco, L. J., "La comparabilité des ordres juridiques ayant une idéologie et une struture politico-economique différente et la théorie des elements déterminants", in *Rev. int. dr. comparé* (1973), p. 5-16; Loeber, *Rechtsvergleichung zwischen Länder mit verschiedener wirtschaftsordnung*, Rabels Z. (1962), p. 206; Drobnig, V., *The Comparability of Socialist and non Socialist System of Law*, Tel Aviv University — Studies in Law (1977), p. 45-57; "Droit comparé et systèmes socio-politiques", in *Livre du centenaire de la Société de législation comparée*, vol. II (1971), p. 145-91; 15 Acta jurídica Academiae Scientiarum Hungaricae (1973).

regimes políticos, porque, em todos estes países, existe a mesma preocupação de desenvolvimento econômico, moral e social. Que o fator econômico seja considerado nos países capitalistas subordinado ao fator moral e que na União Soviética se sustente a opinião inversa, que estas preocupações sejam, nos países capitalistas, inspiradas pelo desejo de perpetuar o regime burguês e no regime soviético tenham por fim criar condições para a passagem ao comunismo, essas diferenças, por mais essenciais que sejam, do ponto de vista dos seus princípios, fazem-se sentir muito pouco no plano prático. Apercebemo-nos então de que sobre muitos assuntos, muito temos a aprender das experiências que foram e continuam a ser realizadas na União Soviética. A ideia, por exemplo, de que uma participação ativa dos cidadãos nas tarefas da administração é necessária para a eficácia desta última e para a realização de uma verdadeira democracia é cada vez mais aceita mesmo fora dos países ou círculos marxistas.

Capítulo III

# *A nova ordem*

**139. A União Soviética e outros países.** A Rússia e os outros países que, seguindo os seus passos, se empenham na edificação do comunismo tinham tradições diferentes em matéria de direito. As condições nas quais os comunistas, quer neste, quer nos outros países, se apoderaram do poder foram, por outro lado, diferentes. Os dirigentes das democracias populares puderam aproveitar-se das experiências que, no passado, tinham sido feitas na União Soviética. Por esta razão, convém estudar separadamente o caso da União Soviética em relação ao que se verificou nos outros países. No final deste estudo, que refletirá certas divergências existentes, será importante realçar que, para além destas divergências, existe um princípio comum: o da legalidade socialista que, na União Soviética como nos outros países, domina a situação nos dias atuais.

Seção I – O direito soviético desde 1917.
Seção II – Outros países socialistas.
Seção III – O princípio de legalidade socialista.

## SEÇÃO I – **O DIREITO SOVIÉTICO DESDE 1917**

**140. A Revolução de outubro.** A 7 de novembro de 1917 (25 de outubro segundo o calendário juliano, então em vigor na Rússia) uma revolução vitoriosa conduz ao poder os bolchevistas. Começa neste dia uma época nova na história da Rússia.

O partido bolchevista tem o firme propósito de edificar, o mais rápido possível, a sociedade comunista anunciada por

Engels e Marx. Muitos pontos, no entanto, continuam obscuros, e a doutrina marxista necessita ser completada, agora que um partido comunista assumiu o poder. Marx e Engels formularam as leis da evolução da sociedade, anunciaram o estádio final no qual se encontraria a felicidade e a paz, e indicaram a técnica a seguir para conquistar o poder. A insuficiência da doutrina marxista manifesta-se, no entanto, quando se trata de saber o que será necessário fazer depois da conquista do poder, quando se procura a forma mais conveniente de organizar a sociedade, sem perder de vista a realização futura de uma sociedade comunista de dimensão universal. Marx anteviu o triunfo da revolução primeiramente em um país superindustrializado; afinal, e ao contrário das previsões de Marx, ela acaba por dar-se num país rural por excelência. Ele pensava que a revolução se estenderia rapidamente ao mundo inteiro ou, pelo menos, a toda a Europa. A Rússia permaneceu como o único país onde os comunistas tomaram o poder. Como conceber em tais condições a fase intermediária do Estado socialista que ele havia previsto? Os discípulos de Marx e Engels pouco avançaram nesta questão mais que os seus próprios mestres. A atenção dos marxistas incidiu na análise das contradições do capitalismo, no modo de conquistar o poder, na descrição da sociedade comunista, com a intenção de fornecer guias de ação aos elementos ativos do partido e um ideário ao proletariado. A fase intermediária, a do socialismo, foi posta de parte e o seu estudo, especialmente no plano das instituições e do direito, foi negligenciado. Está-se de acordo ao admitir que nesta época dominaria a ditadura do proletariado. Mas, pergunta-se: haverá efetivamente necessidade de chamar proletariado à única classe trabalhadora, depois que a revolução triunfou em um país em que ela é tão pouco numerosa? E de que modo irá o proletariado, propondo algumas soluções, organizando instituições, exercer a sua ditadura? Rica em estudos filosóficos, históricos, econômicos e políticos a doutrina marxista é pobre em estudos jurídicos; os estudos do "direito socialista", na medida em que ele existe, são suspeitos, porquanto são geralmente obra de autores que não são comunistas bolchevistas, e que têm por objetivo a edificação do socialismo por um processo evolutivo e não por meio de uma ditadura do proletariado.

Neste contexto, deverá ser estabelecida uma doutrina, ainda que de um modo bastante empírico, com a colaboração de juristas, mas sob o impulso e de acordo com os princípios estabelecidos pelos dirigentes políticos, especialmente por Lênin.

O desenvolvimento do direito soviético, a partir de 1917, admite duas fases distintas. A primeira vai desde a Revolução de outubro até 1936: é a fase da edificação do socialismo. A segunda começa em 1936 e ainda perdura: é a fase da consolidação do Estado socialista e da evolução para o comunismo[1].

§ 1º Do Estado burguês ao Estado socialista.

§ 2º Do Estado socialista à sociedade comunista.

### § 1º Do Estado burguês ao Estado socialista

A primeira fase da história do direito soviético divide-se em três períodos: o período do comunismo revolucionário (1917-21); o período da Nova Política Econômica (NEP, 1921-28); e o período da plena coletivização dos bens de produção (1928-36).

**141. Período do comunismo revolucionário.** O período do comunismo revolucionário, ou do comunismo de guerra, estende-se desde a Revolução de outubro até o fim da guerra civil e ao triunfo definitivo do partido comunista (bolchevista) na Rússia, em 1921.

A obra mais importante levada a efeito neste período é marcada pelas circunstâncias excepcionais em que foi realizada. A Rússia está sujeita à guerra civil e estrangeira, a sua desorganização é total; os bolchevistas não estão de modo nenhum

---

1. Sobre o desenvolvimento do direito soviético, cf. *Istoria gosudarstva i prava*, 2 vols. (1967). Cf. também, em língua inglesa, os excelentes resumos da evolução histórica apresentados por Hazard, J. N., Shapiro, I. e Maggs, P. B., *The Soviet Legal System* (1969).

certos de continuarem a manter-se no poder. O essencial, para eles, não é a construção de uma obra prática adaptada às possibilidades de momento, o que importa é vencerem os seus inimigos e manterem-se no poder, restabelecerem a paz e, se tiverem de ser eliminados, que tenham pelo menos proclamado heroicamente os princípios pelos quais se batem. "Pouco importa – declarou Lênin em 1917 – que muitas das disposições dos nossos decretos nunca sejam executadas. A sua finalidade é orientar as massas no sentido do progresso... Não as consideramos como regras absolutas aplicáveis a todas as circunstâncias." E, do mesmo modo, Trotski declarou: "Nos primeiros tempos, os decretos tinham mais importância como artigos de propaganda do que como textos administrativos"[2].

À obra realizada no período do comunismo revolucionário falta, na aparência, realismo. Parece que se quer, de imediato, construir uma sociedade comunista sem percorrer a fase do socialismo prevista por Marx. A própria palavra Estado (*gosudarstvo*) é evitada na primeira Constituição da Rússia de 1918. O direito de liberdade dos povos é proclamado (Declaração dos Direitos dos Povos da Rússia), assim como, ao mesmo tempo, se elabora uma declaração dos direitos do povo trabalhador e explorado; é enviada uma mensagem a todos os trabalhadores muçulmanos da Rússia e do Leste. A Igreja é separada do Estado e é promulgado um código do casamento. A terra, as fábricas, os estabelecimentos industriais de alguma importância e os bancos são nacionalizados; o comércio privativo é proibido. Parece que o próprio dinheiro deve desaparecer e que o sistema de repartição dos produtos deve ser substituído por um sistema de contratos. A herança é suprimida. Desconfia-se dos juristas, classe suspeita; os antigos tribunais e o processo são abolidos. Tudo anuncia a passagem imediata, sem transição, à sociedade comunista. Os novos tribunais, que são criados, são convidados a estatuir, fora de todo o processo formalista, segundo a consciência revolucionária, o sentimento socialista

2. Trotski, L., *Ma vie* (1953), cap. XXIX.

da justiça, os interesses do governo, dos trabalhadores e dos camponeses[3].

As medidas então tomadas são interessantes porque nos revelam, com um propósito de propaganda, qual o objetivo final do comunismo, e as intenções futuras dos dirigentes russos. Entretanto, era impossível realizar este programa de uma só vez. Alguns sonhadores, na própria União Soviética, conservarão a nostalgia do que foi feito nesses primeiros anos e esforçar-se-ão por regressarem rapidamente às concepções então proclamadas. Os dirigentes mais realistas tentarão adiar o máximo possível a realização da sociedade comunista e aplicarão os seus esforços na edificação e na posterior consolidação de um Estado socialista, muito diferente do ideal de uma sociedade comunista.

O pensamento mais realista e a preocupação de realizar uma obra prática manifestam-se desde o momento em que a guerra civil e as intervenções estrangeiras terminam, e no momento em que os comunistas, senhores incontestados do poder, se encontram diante da tarefa gigantesca que os espera: a reconstrução do país e a edificação do socialismo.

**142. A nova política econômica (NEP).** A tarefa mais urgente é a reconstrução do país devastado pela guerra. Sete anos ser-lhe-ão consagrados, no decurso dos quais a edificação do socialismo passará, pelo menos aparentemente, a um segundo plano. Estes sete anos, do verão de 1921 a 1928, são os da NEP[4].

A NEP caracteriza-se por um certo recuo em relação às posições tomadas no período precedente. São feitas concessões para estimular os camponeses ao trabalho, através do incentivo do lucro, e para atrair, por outro lado, os capitais estrangeiros. É dada a impressão de que os exageros do período precedente são repudiados, que o regime se modera e que deixará de ser revolucionário, que vai "tornar-se liberal", reconhecendo os

3. Hazard, J. N., *Settling Disputes in Soviet Society. The Formative Era of Legal Institutions* (1960).

4. *Novaja Ekonomiceskaja Politika.*

valores tradicionais que representam a propriedade e a iniciativa privadas e renunciando ao sonho de uma sociedade não fundada sobre o direito.

Na verdade, as concessões feitas no plano econômico têm uma importância limitada. O Estado conserva as alavancas de comando da indústria e do comércio; é apenas no setor agrícola que se notam os desvios mais profundos aos princípios, com o regime aceitando a existência de uma classe de médios proprietários, os *kulaks*, que empregam o trabalho de terceiros.

A ideia de que os bolchevistas retomam as concepções do mundo burguês é dada, por outro lado, injustamente, por aquilo que traduz precisamente o regresso à verdadeira doutrina marxista. Os dirigentes da União Soviética abandonam – admitindo que alguma vez a tenham tido – a ilusão de que se possa estabelecer imediatamente o comunismo e lançam-se na via da construção do socialismo, organizando o Estado e reconhecendo a importância do direito.

**143. Regresso à legalidade.** O período da NEP está marcado por diversos acontecimentos. O mais notável, que ao estrangeiro parece tranquilizador, é a promulgação de códigos: código civil, código do processo civil, código penal, código do processo penal, código de família e código agrário. De momento, o regime renuncia ao ideal de uma sociedade fundada sobre a simples equidade e sobre o sentimento de justiça de uma comunidade fraternal. Ao mesmo tempo, o sistema de administração da justiça é reorganizado, estabelece-se um novo princípio de legalidade socialista e uma nova instituição, a *Prokuratura*, é criada para superintender quer a administração, quer os cidadãos, na rigorosa observação deste princípio. A própria administração é disciplinada: as empresas do Estado, no futuro, serão dirigidas por uma única pessoa, o seu diretor responsável, e não pelas comissões de trabalhadores. A autonomia contábil e de gestão lhes é, por outro lado, reconhecida; são submetidas ao "princípio da contabilidade econômica" e obrigadas a observar um determinado balanço e a realizar uma boa gestão.

**144. Abandono da NEP.** A NEP obteve o sucesso que era esperado. A economia russa, desmantelada pela guerra, foi, graças a ela, "reorganizada", e a ordem restabelecida no território da União Soviética. O programa do partido comunista progredia por si, porque esta interrupção só duraria algum tempo, e ele nunca havia sido abandonado ou modificado: continuava a exigir a coletivização total da economia e a cessação total da exploração do homem pelo homem. O abandono da NEP mostrou-se necessário no aspecto prático, desde que os dirigentes se iniciaram na via de planificação, com vista a desenvolver o poder econômico russo. Imediatamente se tomou evidente que tudo estava ligado neste plano de desenvolvimento econômico; a industrialização do país exigia, em particular, uma nova regulamentação da produção agrícola, a mecanização e a coletivização da economia rural. Por outro lado, a tensão internacional subsistente fazia parecer perigosa a classe dos *kulaks*, na qual potências estrangeiras "burguesas" poderiam encontrar aliados para a realização dos seus propósitos hostis em relação à União Soviética.

**145. Coletivização integral da economia.** Ao mesmo tempo que se colocava em aplicação o primeiro plano quinquenal para o desenvolvimento econômico da nação, que abrange os anos de 1928 a 1932, abandonava-se, em consequência, a NEP. Este abandono foi marcado inicialmente pela plena coletivização da indústria e do comércio e pela supressão das concessões dadas a particulares para explorarem certas indústrias. Ele foi também caracterizado, sobretudo a partir de 1930, pela liquidação sem piedade dos *kulaks* e pela completa coletivização da agricultura, sendo os camponeses convidados e, de fato, obrigados a reagrupar as suas explorações em cooperativas agrícolas, os *kolkozes.* Este movimento terminou em 1937; nesta data, 243.000 *kolkozes*, explorando 93% das terras agrícolas soviéticas, substituíam 18.500.000 propriedades familiares.

Com esta coletivização da agricultura, a União Soviética realizou a infraestrutura econômica exigida pela doutrina marxista. Todos os bens e meios de produção foram "coletivizados"; se não pertencem à nação ou ao Estado, pertencem às cooperativas que os exploram de acordo com um plano estabelecido pelos dirigentes e aprovado pelo Parlamento Soviético. As exceções admitidas ao princípio são limitadas; dizem respeito, especialmente, a atividades artesanais[5], e, sobretudo, à economia complementar dos terrenos nos quais os membros dos *kolkozes* podem cultivar alguns legumes, criar alguns animais, numa medida rigorosamente limitada pela lei[6]. Nas cidades, o comércio foi estatizado a partir de 1935; no campo é explorado principalmente pelas cooperativas[7]. Todo o comércio é proibido aos particulares; a prática de comércio constitui o delito penal de especulação. A propriedade privada dos bens foi rebatizada "propriedade pessoal" para frisar bem que, na medida em que é admitida, deve servir para satisfazer as necessidades pessoais do proprietário e não pode ser utilizada para que dela se tire qualquer rendimento.

**146. Manutenção do direito.** O abandono da NEP caracterizou-se por esta coletivização da economia soviética. Não significou um regresso ao comunismo do período precedente. O período dos planos quinquenais está assinalado, pelo contrário, por um fortalecimento do Estado, cujas funções são aumentadas pelo desenvolvimento da autoridade, da disciplina e da coação sob todas as formas; pela afirmação, cada vez mais nítida, do princípio da legalidade socialista. Os códigos promulgados no período da NEP continuarão em vigor ainda por

---

5. Sobre estas atividades, cf. Hazard, J. N., Shapiro, I. e Maggs, P. E., *The Soviet Legal System* (1962), p. 167 ss. As cooperativas artesanais foram colocadas sob a autoridade do Estado em 1960.

6. A importância dessa economia complementar, muito grande após a guerra, se reduziu depois, mas persiste: 30% dos produtos alimentares destinados ao consumo vêm ainda deste setor, segundo as estatísticas oficiais. Cf. Nove, A., *Soviet Economy. An Introduction* (1966); Kerblay, E. H., *Les marchés paysans en URSS* (1968).

7. Em 1963, 16.000 cooperativas de consumo controlavam 335.000 armazéns de varejo e constituíam de fato o ramo rural do comércio de varejo do Estado. Adenda Hazard, J. N. e Shapiro, I., *The Soviet Legal System* (1962), II parte, p. 130 ss.; Chambre, M., Wronski, H. e Lasserre, G. *Les coopératives de consommation en URSS* (1969).

trinta anos. Uma grande quantidade de disposições de natureza diversa veio, pouco a pouco, modificá-los, completá-los, regulando sobretudo os aspectos novos da vida soviética. Longe de se enfraquecer, o direito soviético tornou-se mais rico e mais completo. O desaparecimento do Estado e do direito, anunciado para a era do comunismo, foi preparado de acordo com a dialética marxista, por um desenvolvimento e uma exaltação sem precedentes do Estado e do direito. "Engels disse que, depois da vitória da revolução socialista, o Estado devia desaparecer... Os marxistas soviéticos chegaram a conclusão de que, devido ao cerco capitalista..., o país da revolução vitoriosa não devia enfraquecer, mas consolidar por todos os meios o seu aparelho de Estado."[8]

O balanço de vinte anos de esforço é estabelecido em dezembro de 1936, no qual uma nova constituição se apresenta como um relatório vitorioso: a exploração do homem pelo homem terminou na União Soviética, as forças da produção foram postas à disposição da coletividade e são exploradas no interesse de todos; um Estado multinacional resolveu os conflitos entre nacionalidades, e um Estado e um direito socialistas foram edificados pela primeira vez no mundo; o caminho está aberto a um progresso ulterior e à realização do comunismo.

### § 2º Do Estado socialista à sociedade comunista

**147. Persistência do Estado socialista.** Mais de quarenta anos se passaram desde que a Constituição soviética de 1936 foi promulgada, e que a infraestrutura econômica, sobre a qual poderá ser edificada uma sociedade comunista, foi, sem contestação possível, estabelecida. Até onde chegou a União Soviética na "marcha para o comunismo" que pôde então iniciar?

Um primeiro ponto está fora de dúvida: uma sociedade comunista não foi ainda realizada na União Soviética. Não se chegou ainda ao estágio do comunismo, no qual o poder será

8. Stálin, J. V., *Discussion sur la linguistique* (1950).

exercido pelos sovietes, pelos sindicatos, pelas cooperativas e outras organizações de massa. Foi ultrapassado o estágio da "ditadura do proletariado" e desde 1961 se caracteriza a União Soviética como sendo o "Estado de todo o povo"[9]. Esta fórmula o descreve com clareza: continua a existir um Estado na União Soviética e este, longe de desaparecer, está mais forte e poderoso do que nunca. O direito soviético tampouco se enfraqueceu; é mais abundante e tão imperativo como nunca.

A segunda constatação que deve ser feita é a seguinte: não teve lugar nenhum regresso ao passado. O Estado soviético continuou um Estado socialista, fundado sobre uma infraestrutura econômica conforme à doutrina marxista e profundamente diferente, pela sua estrutura, dos Estados "burgueses". A sociedade comunista não foi realizada, mas continua a ser o ideal que se pretende atingir um dia na União Soviética.

Uma terceira constatação se impõe: de 1936 até os nossos dias não houve estagnação. Apesar de uma guerra cruel que causou aos seus cidadãos imensas privações e à sua economia perdas consideráveis, a União Soviética continua hoje muito poderosa, tanto no plano nacional como no internacional. Se é verdade que a possibilidade de realizar uma sociedade comunista deve resultar de uma exaltação sem precedentes do poder do Estado, hoje estamos mais perto das condições das quais pode advir o comunismo na União Soviética.

**148. Obstáculos à realização do comunismo.** Quais são estas condições, e como é possível que o comunismo ainda se mostre como um ideal longínquo, quarenta anos depois que o Estado socialista foi edificado?

---

9. *Novo programa do partido comunista da URSS*, aprovado em agosto de 1961. Collignon, J. G., *La théorie de l'État du peuple tout entier en Union Soviétique* (1967). O repúdio pela ditadura do proletariado é criticado pelo partido comunista chinês. Cf. Hazard, J. N., "Socialisme et Humanisme", in *Annales Africaines* (1965), p. 71-94. Em compensação é defendido vigorosamente num artigo publicado numa revista polonesa: Zawadski, S., "Controverses au sujet de l'essence de la dictature du prolétariat", in *Pantswo í Prawo* (novembro, 1963).

Diferentes causas o justificam. A primeira destas causas é "o cerco capitalista". Enquanto a União Soviética se sentir ameaçada pela existência de poderosos Estados não socialistas, ela apenas poderá ensaiar certas experiências de interesse limitado na via do comunismo. Não poderá realizar integralmente uma sociedade comunista. O cerco capitalista não é a única explicação para o pouco que se progrediu no caminho do comunismo. Um outro elemento que é necessário levar em consideração é "a sobrevivência dos hábitos da época capitalista no espírito dos cidadãos". Séculos de má organização social não podem ser simplesmente abolidos; os homens habituaram-se a certos modos de pensar viciosos e vieram a considerar como naturais comportamentos egoístas e antissociais. Não basta ter curado o vício fundamental da sociedade, como pedia a doutrina marxista, nem ter saneado a sua infraestrutura econômica, coletivizando os bens de produção. Uma outra tarefa se impõe: a de reeducar os homens e de lhes fazer compreender que as atitudes antissociais, outrora desculpáveis e mesmo justificadas, não o são mais no Estado socialista de hoje[10]. Esta tarefa deve ser realizada a partir da infância; é em função dela que são concebidos programas soviéticos de ensino. Deve prosseguir ao longo da existência do homem; o partido comunista assume a este respeito uma responsabilidade particular.

A conservação do Estado e do direito é tanto mais necessária no atual estágio quanto é certo que, se as classes propriamente ditas desapareceram, subsistem grupos sociais com modos de vida ainda diferenciados: citadinos e rurais, trabalhadores intelectuais e manuais, administradores e administrados. As oposições que se manifestam entre esses grupos não são mais, na linguagem marxista, do que contradições não antagonistas, mas subsiste o perigo de um desses grupos ser tentado a apropriar-se da mais-valia do trabalho dos outros, para se tornar uma classe exploradora. Antes que o Estado possa desaparecer, é necessário

---

10. A leitura das decisões elaboradas pelas jurisdições soviéticas atesta a profundeza do mal e mostra que, neste aspecto, um longo caminho resta ainda percorrer. Cf. as múltiplas espécies citadas por Hazard, I. N., Shapiro, I. e Maggs, P. B., *The Soviet Legal System* (1969).

fazer desaparecer toda a oposição existente entre esses grupos, nivelando-os e aproximando os seus modos de vida.

Para obter dos cidadãos o comportamento social que se deseja e permitir a realização de uma sociedade comunista, uma outra condição prévia é exigida: a abundância. "De cada um segundo as suas possibilidades, a cada um segundo as suas necessidades"; esta divisa da sociedade comunista só pode tornar-se realidade se a produção atingir o máximo possível, de tal forma que os bens de consumo sejam suficientes para todos. A manutenção do aparelho do Estado socialista, com a coerção que ela implica, é necessária para alcançá-lo.

**149. As três funções do direito soviético.** As funções do Estado e do direito soviéticos, na atual época de passagem do socialismo ao comunismo, são de três ordens. A primeira, sobre a qual não é necessário insistir, é uma função de segurança nacional: deve-se consolidar e aumentar o poder do Estado para desencorajar os inimigos estrangeiros do ataque ao regime soviético e para assegurar a coexistência pacífica entre as nações. A segunda função do direito soviético é de ordem econômica: é o desenvolvimento da produção, com base nos princípios socialistas, de modo a criar a abundância que permitirá satisfazer cada um "segundo as suas necessidades". A terceira função do direito soviético é a da educação: destruir no homem as tendências antissociais que são herança de séculos de má organização econômica.

**150. O poder econômico: organização da produção.** A função econômica do direito soviético é por si só imensa. Neste aspecto, o regime socialista exige um esforço dos dirigentes que ultrapassa em amplitude aquele que é exigido aos dirigentes nos países capitalistas. O direito nos países "burgueses" tem uma função econômica. Contudo, na medida em que persiste um setor privado na economia, conta-se com a iniciativa dos particulares para organizar a produção e os circuitos comerciais. O Estado exerce uma função de estímulo, de cooperação e de controle; contudo não assumiu diretamente a produção dos bens.

Na União Soviética, pelo contrário, pretendeu-se retirar o poder econômico aos interesses privados e, com esta finalidade, coletivizou-se todos os bens de produção, para permitir que fossem explorados no interesse geral e não para alcançar um lucro. Cumpre aos dirigentes do Estado estabelecer as modalidades da atividade econômica e determinar como devem ser distribuídos os produtos para atender ao interesse geral. O Estado tornou-se o dirigente da indústria, da agricultura e do comércio; a função de direção e de organização que lhe compete é extremamente difícil num país como a União Soviética. A doutrina marxista é para isto de pouca utilidade; ela não diz como deve ser organizado o poder econômico, atualmente em mão dos representantes de todo o povo. Foi necessário, por isso, recorrer a um processo de experimentação contínua e é duvidoso que haja a este respeito soluções definitivas.

Cedo se estabeleceu o acordo considerando que era necessário explorar, a partir de uma planificação, as riquezas econômicas da nação. Entretanto, puderam manter-se ideias diferentes e mudar de métodos no que diz respeito à questão de saber se esta planificação devia ser organizada no quadro de certos setores da produção (metalurgia, construção, indústria química) ou no quadro funcional (trabalho, créditos, provisões), em que medida a direção econômica seria centralizada ou descentralizada, que duração teriam os diversos planos, que setores seriam considerados como prioritários (indústria pesada ou bens de consumo, indústria química ou exploração espacial), como seria organizada e controlada a gestão das empresas. No domínio da agricultura foi necessário escolher entre a fórmula das fazendas do Estado (*sovkozes*) e a das cooperativas (*kolkozes*), pronunciar-se sobre a extensão ótima de *sovkozes* e *kolkozes*, criar o estatuto dos trabalhadores em um e outro tipo de organização[11]. No domínio da indústria foi necessário lutar

---

11. Um quinto dos *kolkozes* foi transformado em *sovkozes* entre 1959 e 1963, enquanto os *kolkozes* foram reagrupados em unidades maiores. Havia em 1978 cerca de 27.500 *kolkozes*, empregando 13.000.000 de camponeses. Cada *kolkoz* explorava, em média, 6.000 hectares. Em 1976 existiam 19.639 *sovkozes*, empregando 11.000.000 de pessoas e explorando cerca de 50% das

contra as tendências burocráticas e procurar os estímulos apropriados para aumentar a produção. Uma revisão constante das estruturas é necessária para impedir que no quadro delas se instaurem práticas abusivas: que a burocracia se torne soberana, que o esforço de produção diminua, que certos interesses privados sejam favorecidos, que a coletivização dos bens degenere num simples capitalismo de Estado e que a necessidade de edificar o comunismo seja esquecida[12].

No exercício deste poder econômico e na disposição dada às forças da produção, graves erros foram cometidos e opções lamentáveis foram feitas. Stálin pôde proclamar que "a finalidade da produção não era o lucro, mas o homem e as suas necessidades, isto é, a satisfação das suas necessidades materiais e culturais"; os seus métodos governamentais não estiveram de acordo com estes propósitos: durante anos o homem foi sacrificado à produção e ao Estado. Por mais difícil que tenha sido esse período, os cidadãos russos, presentemente, recolhem os seus frutos: a economia foi integralmente coletivizada, o perigo nacional-socialista foi eliminado.

Condenando o excesso do período stalinista, tornou-se possível voltar à verdadeira doutrina marxista. Esta pretende ser um humanismo; não procura nem o poder pelo poder, nem a riqueza pela riqueza, mas a libertação do homem, o seu completo desenvolvimento numa sociedade em que nunca deixou de ser oprimido.

**151. A reeducação do homem.** Para que uma sociedade comunista possa ser estabelecida, e a máquina de repressão

---

terras cultivadas. Foi feita uma aproximação entre o estatuto dos trabalhadores desses dois tipos de estabelecimento agrícola; os membros dos *kolkozes* têm um salário mínimo garantido e direito à previdência social, desde 1966.

12. Chambre, H., *Le pouvoir dans l'Union Soviétique* (2ª ed., 1966); Nove, A., *L'économie soviétique* (1963); Hazard, J. N., Butler, W. E. e Maggs, P. B., *The Soviet Legal System* (1977); Mayer, M., *L'entreprise industrielle d'État en Union Soviétique* (1966); Dumont, R., *Sovkhoz, Kolkhoz ou le problématique communisme* (1964); Hazard, J. N., *The Soviet System of Government* (1980).

constituída pelo Estado acabe por desaparecer, não basta que os bens de produção sejam coletivizados e que a sua exploração seja organizada no interesse de todos. Acima de tudo é necessário transformar o homem, libertá-lo de reações, de atitudes, de sentimentos sedimentados por milhares de anos de má organização social. "O Estado socialista deve refazer completamente a consciência do povo – escreveu em 1947 o primeiro presidente do Comitê Supremo da União Soviética –; é essa a sua tarefa mais importante."[13] Mais do que nunca, essa tarefa, conferida à política e ao direito socialistas, assume hoje uma importância primordial.

Já foram obtidos resultados importantes: tornou-se inconcebível para um cidadão soviético que qualquer pessoa, ou sociedade privada, possa ser proprietária de uma fábrica ou explorar no seu próprio interesse, ou no dos acionistas, quaisquer riquezas naturais; os camponeses aceitam de boa vontade a transformação dos seus *kolkozes* em *sovkozes*. Entretanto, ainda há muita coisa a fazer. Uma obra de educação dos cidadãos, na qual os juristas são convidados a cooperar, deve ser paciente e incansavelmente conduzida. O partido comunista soviético era formado apenas por 17.480.768 membros em 1980, ou seja, um pouco mais de 9% da população ativa[14]. É a esta elite de prosélitos que cabe a função de converter uma população disciplinada, mas sem profunda fé. É necessário inculcar nos cidadãos um novo sentido de trabalho, que se tornou uma questão de brio e não de necessidade. É necessário fazer-lhes compreender que a propriedade socialista é de todos e que eles têm o dever sagrado de protegê-la. É também necessário mostrar-lhes que presentemente a lei é justa, porque concilia plenamente os interesses particulares e o interesse geral. Os cidadãos devem obedecer à lei não pelo temor da autoridade como

13. Goljakov, I. T., *Vospitatel'noe značenie sovetskogo suda* (1947).

14. Além disso, a organização dos *komsomols* agrupava 40.577.980 jovens de 14 a 28 anos, em 1981. Pode-se destacar que a proporção dos comunistas é muito grande entre as pessoas instruídas: um terço das pessoas com curso superior é membro do partido, e cerca de 60% dos membros do partido receberam instrução secundária. Cf. Lesage, M., *Les institutions soviétiques* (1975).

no tempo em que a organização social era corrupta, mas porque se sentem capazes de observar conscientemente, longe de toda a repressão, os princípios naturais que estão na base da sociedade doravante sã. Na União Soviética dos nossos dias a lei é a razão e a verdadeira justiça. Convém que todos deem a sua aprovação às regras de direito socialistas; é necessário que o direito seja "popular".

Um esforço considerável e constante se vem processando para dar a conhecer aos cidadãos soviéticos a Constituição, as instituições e as leis. Os sovietes, guiados pelas deliberações preparatórias do grupo dos seus membros que são comunistas, lá estão para compreender e fazer compreender à população o fundamento e a sabedoria das decisões que foram preparadas pelo partido.

Todos os cidadãos são chamados a participar na elaboração das leis importantes, sugerindo modificações que lhes pareçam convenientes aos projetos estabelecidos. Cita-se com orgulho o número de reuniões nas quais foram discutidos o projeto de Constituição, ou o de uma lei sobre a reorganização da agricultura, ou o de uma lei sobre as pensões e o número de alterações que foram propostas[15]. Os cidadãos devem sentir que a lei votada pelos seus representantes é realmente a sua lei, aquela que eles quiseram e na observância rigorosa da qual devem cooperar e vigiar. O tribunal soviético é concebido como uma escola. Adverte, encoraja, dá conselhos, tal como a própria lei muitas vezes o faz. A sua composição, a sua forma de atuar, a sua existência são justificadas pelo papel educador do direito soviético. É um malogro se o condenado não aprova a sentença que o pune, se os adversários não se reconciliam ao reconhecerem o caráter justo de uma decisão tomada na aplicação da lei socialista. Através de toda esta obra persuasiva, toda a repressão se tornará pouco a pouco inútil; em suma, o direito

15. Tchikvadze, V. M., *Le concept de la légalité dans les pays socialistes* (1961), p. 211-4. Quando da elaboração dos Princípios Fundamentais do Direito da Família, foram feitas 7.000 propostas e 8.000 cartas foram enviadas pelos cidadãos aos *Izvestija* e à *Literaturnaja Gazeta*.

poderá assim perder o seu aspecto sancionador para passar a ser um simples ordenador. Segundo a fórmula de Engels, "o governo dos homens dará lugar à administração das coisas"; cada um observará espontaneamente as regras formuladas pelos administradores sobre os bens coletivizados, de tal modo que a utilidade dessas regras será evidente para todos. A sociedade funcionará livre de toda a repressão, deixará de existir direito no sentido em que os marxistas compreendem esta expressão.

**152. Interesse do direito soviético para os países não socialistas.** Até a presente data não pôde ser realizada uma sociedade comunista. O ideal que se liga à realização do seu sistema de governo não evita que os dirigentes soviéticos se orientem na procura de novas formas, nas quais as relações sociais já não são, como no passado, reguladas essencialmente, ou mesmo normalmente, pelo direito. A transferência para comunidades menos rígidas que o Estado, de funções atualmente realizadas pelo Estado, e o recurso a outras técnicas diferentes do direito para regular certos aspectos da vida social podem ter lugar na União Soviética e merecem a nossa atenção.

Em numerosos países capitalistas até o direito criminal tende a dissolver-se ou a assumir uma feição distinta baseado em uma nova concepção de defesa social, dominada por um conjunto de ciências criminológicas, em que se encontram associadas psicologia, medicina e sociologia; técnicas de arbitragem tendem igualmente, em vários domínios (direito comercial, direito do trabalho), a substituir-se nas nossas sociedades às regras estritas do direito. A União Soviética, em todos os domínios, adota, como posição de princípio, o desejo de ver desaparecer o direito. Esta posição básica pode levar a experiências que, mesmo nos países não socialistas, podem ter interesse e valor[16].

---

16. Jampol'skaja, T. S., *Les organisations sociales et le développement de la socialisation de l'État* (1968).

## SEÇÃO II – OUTROS PAÍSES SOCIALISTAS

**153. Características gerais.** A evolução que se produziu nos outros países socialistas europeus, desde que os comunistas subiram ao poder, segue nas suas linhas gerais a da União Soviética. Não poderia ser de outra maneira: desde que se adira à doutrina marxista, admite-se a mesma concepção da história social e do direito e reconhece-se, por outro lado, a mesma necessidade de coletivizar os bens de produção e instituir a ditadura do proletariado. Muito naturalmente, os governos marxistas da Europa tomaram como guia a União Soviética, que, desde 1917, se tinha comprometido no caminho do comunismo e cujo poder político os protegia.

As condições nas quais se encontram, por um lado a União Soviética, por outro, os outros países socialistas da Europa, são, contudo, em múltiplos aspectos, diferentes. Nenhum país europeu tem as dimensões continentais nem o poder e as responsabilidades mundiais da União Soviética; este simples fator geopolítico origina inevitavelmente uma grande variedade no modo como os problemas se apresentam e são resolvidos. As circunstâncias que levaram o partido comunista a alcançar o poder foram também diferentes na Rússia e nos outros países. A estrutura econômica e social destes países, e também a sua tradição, não eram nem são as da União Soviética. Mesmo a política, se for orientada para uma finalidade comum, exige uma adaptação ao meio e às circunstâncias; o modelo oferecido pela União Soviética não pôde ser pura e simplesmente transposto para os Estados que eram, pela sua tradição, pelo seu grau de industrialização, pela sua estrutura social e pela sua cultura, diferentes dela.

Por essa razão, admitiu-se na União Soviética que pudessem existir diferenças entre os direitos das democracias populares e o direito soviético. É natural que se afastem do modelo soviético. Os desvios devem, contudo, obedecer a certos limites, se um Estado pretende continuar na família dos países socialistas; na Rússia, observa-se com certa preocupação o desejo manifestado por alguns de construir "um novo modelo de sociedade socialista". Teme-se que, sob o pretexto dessa fórmula, se venham a abandonar certos princípios, julgados fundamentais pelo socialismo, interpretando de maneira diferente da russa a doutrina básica do marxismo-leninismo.

**154. Respeito pelo direito.** O povo russo, regido em grande parte unicamente pelos seus costumes, não considerava o direito, antes da revolução bolchevista, como a base da ordem social. Para ele as leis identificavam-se com os caprichos do soberano e representavam essencialmente uma técnica administrativa. O marxismo preconizava o desaparecimento do direito e isso chocava tão pouco os russos que, no alvorecer da revolução, podia prever-se o desaparecimento total do direito. De resto, faltavam juristas em que se pudesse ter confiança para administrar um novo direito. A afirmação do princípio da legalidade socialista, feita por Lênin no período da NEP, pareceu a muitos como um retrocesso na via socialista; esperava-se ver este princípio abandonado, tão cedo quanto possível, com a própria NEP, se se quisesse continuar fiel aos princípios da revolução e do marxismo.

A situação foi diametralmente oposta nas repúblicas populares. Em todos esses Estados, embora em diversos graus, havia-se realizado, ou pelo menos proposto a realização, antes de 1945, do ideal de um Estado fundado sobre o direito[17]. No momento em que se estabeleceram regimes políticos dominados pelo partido comunista, pôde repudiar-se a concepção do direito mantida na família romano-germânica, e negar a continuidade entre o direito antigo e o novo, de acordo com a doutrina marxista-leninista. Nenhuma das democracias populares passou pela fase do comunismo revolucionário do qual a Rússia teve a experiência. Aproveitando essa experiência soviética, reconheceu-se sem hesitação nas repúblicas populares a necessidade de um período de transição entre o regime capitalista e a sociedade comunista; o princípio da legalidade socialista não teve nenhuma dificuldade em fazer-se admitir; a atitude tradicional do respeito pelo direito subsistiu naturalmente;

---

17. Wagner, W. J., org., *Polish Law Throughout the Ages* (1970).

assim aconteceu realmente, tanto mais que se encontraram nas repúblicas populares, diferentemente da Rússia de 1917, juristas, antigos e novos, dispostos a servir ao regime.

**155. Sobrevivência do direito antigo.** Em nenhuma das repúblicas populares se julgou necessário, como na União Soviética, realizar um corte nítido e revogar, na generalidade, o direito existente. As estruturas econômicas e políticas foram alteradas, mas houve um esforço para conservar, no plano jurídico, tudo o que podia ser mantido da antiga ordem. Procuraram conservar técnicas consagradas pelo uso, e que não se opunham de maneira nenhuma a uma renovação do direito. No que diz respeito à sua essência, revogaram-se as disposições nas quais se manifestava o caráter de classe do direito; não se condenou o direito no seu conjunto; viu-se nele, bem pelo contrário, um elemento digno de admiração e confiança do patrimônio cultural nacional.

Consideremos por exemplo a Iugoslávia. Uma decisão tomada a 3 de fevereiro de 1945 pelo *Presidium* do Conselho Antifascista de Libertação Nacional Iugoslavo revogou nesse país todo o direito anterior, mas permitiu aos juízes que continuassem a aplicar as disposições que não estavam "em oposição com as conquistas da luta de libertação nacional, as declarações e as decisões dos diferentes conselhos antifascistas e da Comissão de Libertação Nacional". O Supremo Tribunal iugoslavo, em 1951, definiu com clareza o valor do antigo direito, exigindo do tribunal, quando este se recusasse a aplicar uma regra deste direito, que declarasse "a regra, a instituição ou o princípio político aos quais a aplicação daquela seria contrária. Não pode rejeitar, pura e simplesmente, a aplicação de uma antiga regra de direito, afirmando que ela não tem mais força de lei, sem qualquer outro esclarecimento"[18]. Esta situação jurídica está atualmente ultrapassada, mas representa uma experiência e um modelo originais. Um grande número de leis foi promulgado

---

18. Stoyanovitch, K., *Le régime socialiste yougoslave* (1961), p. 169, 359-60.

na Iugoslávia, a última tendo sido a lei sobre as obrigações em 1º de outubro de 1978.

**156. A renovação do direito.** Nem tudo é condenável, necessariamente, no direito antigo, no qual algumas disposições somente eram devidas à ditadura da classe burguesa, enquanto outras, as correspondentes aos costumes, podiam estar em conformidade com uma verdadeira justiça. Contudo, não avaliemos exageradamente a importância que parece ter a manutenção em vigor da antiga ordem. Mesmo quando continuaram em vigor, as antigas leis foram interpretadas, muitas vezes, de uma maneira nova que reflete a revolução política efetuada. Uma considerável obra de codificação e de legislação foi terminada, tornando cada vez mais teórica a manutenção em vigor do antigo direito.

A organização de um novo direito era uma necessidade, uma vez que se pretendia criar uma sociedade socialista inteiramente diferente da antiga sociedade. Podiam-se utilizar, para esse fim, dois métodos. Por um lado, podia-se copiar o modelo soviético; mas, por outro, podia-se utilizar as instituições existentes, insuflando-lhes um espírito novo, para colocá-las a serviço do Estado socialista[19].

O primeiro método foi utilizado originariamente de uma maneira que hoje pode considerar-se excessiva. O segundo, salvo certos acidentes do percurso, tende a prevalecer. O próprio Lênin afirmou: "Quando se despreza o modelo nacional na edificação do socialismo, deturpa-se o próprio sentido do socialismo." Os juristas das repúblicas populares saudaram no seu conjunto o reajustamento da doutrina marxista-leninista, operado em março de 1956, pelo XX Congresso do Partido Comunista Russo, com a nova orientação que pareceu então prevalecer, menos dogmática e autoritária. "A oposição mecânica do direito, da legislação e da jurisprudência do Estado socialista

---

19. Sobre a influência exercida pelo direito soviético sobre o direito das democracias populares, cf. o vol. 22 dos *Izv. Inst. pravi nauki* (Sofia, 1968), em particular o artigo de L. Vasilev.

às instituições correspondentes do Estado capitalista – escreve o ministro da Justiça da Polônia – foi um dos fatores negativos que exerceram a sua influência no desenvolvimento do nosso direito. Deu-se pouca importância ao fato de essas instituições se terem formado ao longo de séculos; teria sido necessário aperfeiçoá-las no interesse do socialismo em vez de as suprimir; é lamentável que se tenha abandonado as tradições da ciência polonesa progressista para transferir mecanicamente para a Polônia as instituições jurídicas de outros Estados, para a edificação do socialismo."[20]

**157. A coletivização.** Em primeiro lugar, a obra de reforma visou essencialmente a realização da coletivização das forças de produção. Neste aspecto, obteve-se inteiro sucesso no que diz respeito à indústria. Vastos planos de desenvolvimento da indústria exigiram, nas diversas repúblicas populares, o domínio total do Estado sobre as empresas industriais; era impensável que o proletariado trabalhador, que constitui os quadros do partido comunista, continuasse submetido a patrões particulares e explorados por eles. De resto, a nacionalização da indústria foi popular e fácil, porque as empresas industriais pertenciam frequentemente a capitais estrangeiros ou a capitalistas que se tinham comprometido com regimes políticos anteriores.

O comércio privado foi igualmente proibido, tal como na União Soviética. Contudo, o princípio não foi levado tão longe nestes países. Existem estabelecimentos privados na Bulgária e na Hungria, especialmente para o comércio alimentar. Noutros países, como na Polônia, o Estado realizou um compromisso ao conceder às empresas privadas o direito de explorarem certos tipos de comércio.

O ponto delicado foi, como na União Soviética, a nacionalização da terra e a coletivização da agricultura. As dificuldades foram vencidas na maior parte das democracias populares, onde se chegou a uma situação que, sem ser idêntica, é

20. Wasilkowska, Z., "Les tâches de la commission de codification", in *Panstwo í Prawo* (janeiro, 1957).

pelo menos comparável à da Rússia. Contudo, três democracias populares – a Hungria, a Polônia e a Iugoslávia – apenas seguiram de uma maneira muito incompleta esta tendência.

Na Hungria a coletivização das terras foi concluída em 1961. Noventa e oito por cento das terras são cultivadas por camponeses agrupados em cooperativas, 2% das terras pertencem a proprietários privados. O camponês, sócio de uma cooperativa, é considerado proprietário da terra e recebe da cooperativa um aluguel em dinheiro. Como na União Soviética, uma parte das terras da cooperativa é explorada individualmente; 45% de toda a produção agrícola húngara provém dessa produção privada.

Na Polônia, a terra não foi nacionalizada e a maior parte da produção agrícola continua assegurada por particulares. Estes possuem 86,3% das terras cultivadas, enquanto 8.300 estabelecimentos do Estado cultivam 12% das terras; os *kolkozes*, que nunca tiveram muita importância, quase desapareceram a partir de 1956. A lei limita-se a proibir os empreendimentos particulares de mais de 15 a 20 hectares; a liberdade de transações imobiliárias foi restabelecida, sob certas reservas, em 1957. Dirigentes e juristas poloneses procuram novas fórmulas que permitam reforçar a ideia de cooperação e preparar os camponeses para a coletivização, sem provocar a sua resistência.

A coletivização da agricultura não está mais desenvolvida na Iugoslávia do que na Polônia. Uma primeira reforma, realizada em 1945 na Iugoslávia, limitou a 25 ou 35 hectares, segundo a sua natureza, a superfície máxima das propriedades agrícolas individuais ou familiares; foram confiscadas as terras pertencentes à Igreja ou a grandes proprietários, mas não foi realizada, de maneira nenhuma, a coletivização da agricultura, porque as terras confiscadas foram distribuídas aos camponeses pobres que as exploraram como empreendimentos agrícolas individuais ou familiares. O progresso da coletivização só foi conseguido depois da ruptura com Moscou, em 1949. O agrupamento dos camponeses em *kolkozes* foi então vivamente encorajado, mas foi necessário, em 1951, mudar esta política porque tornou-se impopular. Somente em 1953 o movimento recomeçou, com uma reforma que limitou a 10 hectares a superfície das propriedades agrícolas individuais e a 25 hectares a das famílias (*zadruga*). À medida que a terra foi sendo coletivizada, é a fórmula do *sovkoz*, e não a do *kolkoz*, que prevalece na Iugoslávia. Mas esta medida é mínima: a agricultura, para 90% da superfície explorada, continua nas mãos de 2.300.000 pequenas propriedades agrícolas, individuais ou familiares, das quais 30% têm uma superfície inferior a 2 hectares; a maior parte da produção agrícola continua assegurada, fora de toda a medida institucional de coletivização, por camponeses, que comercializam seus produtos aos preços livres do mercado.

O problema da coletivização da agricultura continua, como se vê, intato na Iugoslávia tal como na Polônia. Este ideal não foi, entretanto, abandonado pelos dirigentes, que se esforçam para alcançá-lo, não através de medidas autoritárias e perigosas, mas por uma obra de educação e de persuasão, atraindo os camponeses, pela perspectiva de vantagens materiais, para cooperativas de tipos variados.

**158. A planificação.** A economia das repúblicas populares desenvolve-se, tal como na União Soviética, por uma sucessão de planos destinados a criar gradualmente as condições de uma passagem à era comunista. As modalidades desta planificação diferem de país para país. Estas variações nada têm que possa surpreender; apenas o princípio da planificação, não as suas modalidades, é imposto pela doutrina marxista-leninista; na própria União Soviética puderam observar-se, segundo as épocas, alternâncias de centralização e descentralização, de rigidez e de maleabilidade no modo como era concebido o desenvolvimento das forças de produção. Por outro lado, nos outros países, os problemas colocam-se muitas vezes de modo diferente daquele da União Soviética, devido a razões que dependem de considerações de ordem social e também de ordem geográfica. O desejo de encontrar soluções próprias despertou, entretanto, duas ordens de suspeitas. Temeu-se, por um lado, o regresso a formas capitalistas; por outro, foi-se sensível à crítica que a nova orientação podia conter à política soviética.

**159. Crítica iugoslava à política stalinista.** Os dirigentes comunistas da Iugoslávia entraram, em 1948, em conflito com os dirigentes da União Soviética[21].

A doutrina marxista-leninista, tal como é entendida pelos iugoslavos, exige que os bens de produção sejam *efetivamente* postos, e não simplesmente pela ficção das fórmulas legislativas, à disposição do povo. Consequentemente, exige o desaparecimento do Estado, em todos os domínios e em toda a medida em que isso possa ser feito sem comprometer a vitória do socialismo. O ideal dos comunistas russos e iugoslavos é o mesmo. Mas os russos pensam que a melhor maneira de alcançá-lo é retardar provisoriamente a sua realização; os iugoslavos, pelo contrário, pensam que esse retardamento é uma traição: o novo tipo de sociedade que se pretende estabelecer deve ser, a partir de agora, colocado gradualmente no seu devido lugar, recorrendo a novas formas que não sejam simplesmente a passagem dos poderes detidos anteriormente pelos proprietários burgueses, para um Estado dominado por uma oligarquia comunista de funcionários.

A extinção da burguesia na União Soviética deveria conduzir normalmente a um começo de decadência do Estado; os diferentes grupos que existem na nova sociedade não se opõem, efetivamente, uns aos outros de uma maneira tão violenta como as classes antagonistas do passado; consequentemente, já não se justifica a conservação das antigas funções e da antiga autoridade do Estado e do direito; contudo, foi o contrário o que aconteceu na União Soviética, como o próprio Stálin afirmou: "O Estado soviético nada mais fez que se reforçar cada vez mais, preocupando-se não só com as relações de produção, mas também com o conjunto da vida social".

A razão deste estado de coisas reside no fato de que os quadros dirigentes soviéticos, vindos do seio do proletariado,

21. Stoyanovitch, K., "La conception de l'État en Yougoslavie", in *Revue du droit public et de la science politique* (1959), p. 214-239. Adenda Djilas, M., *La nouvelle classe dirigeante* (1957); Garaudy, R., *Le grand tournant du socialisme* (1969). Uma outra cisão se produziu em 1961 com a Albânia, que se orientou para o modelo maoísta chinês.

se desligaram deste e dele se afastaram; formaram um grupo autônomo de indivíduos, detentor de interesses próprios, diferentes dos do proletariado e, muitas vezes, opostos aos deste. Este grupo tornou-se uma poderosa burocracia que, em vez de democratizar, burocratizou o Estado soviético; em vez de fazer dele um Estado em via de desaparecimento, fez dele um Estado totalitário. A burocracia soviética não se satisfez com o papel dominante que lhe havia confiado o proletariado: retomou para seu proveito o papel explorador que tinha a burguesia antes da revolução. O sistema socialista que se pretendia criar foi substituído, na União Soviética, por um simples sistema de capitalismo de Estado[22].

**160. As três constituições iugoslavas.** Para evitar a burocratização do Estado socialista, que representa o maior perigo para o proletariado, é necessário proceder à sua democratização, fazendo as massas populares participarem tanto da administração pública quanto da gestão da economia nacional, retirando ao Estado uma de suas antigas funções em benefício da sociedade. Somente assim o Estado socialista poderá ser, enquanto existir, um Estado proletário e poderá definhar e desaparecer, um dia, total e definitivamente.

O regime dirigido pelo marechal Tito tomou este caminho. A Constituição iugoslava de 1946 tinha lançado as bases de um Estado centralizador, análogo ao da União Soviética. Após a coletivização dos meios de produção e o desaparecimento da burguesia capitalista, esta Constituição foi substituída, em 1953, 1963, e depois em 1974, por novas constituições, que reorganizaram o Estado, de modo a adaptá-lo às profundas transformações. As reformas visaram a organização dos poderes públicos e do sistema econômico. Descentralizaram-se os primeiros, conferindo às coletividades regionais e locais o máximo

---

22. A mesma crítica é feita ao regime soviético, em um outro sentido, pelos "dogmatistas" chineses, que acusam os dirigentes soviéticos de ter perdido o contato com as massas e o sentido da ação revolucionária.

de autonomia; democratizou-se o segundo, fazendo participar os trabalhadores e os assalariados na gestão econômica do país, instaurando a autogestão.

A política econômica de um Estado proletário não deve orientar-se no sentido da criação e do favorecimento de uma propriedade do Estado; pelo contrário, deve fazer dessa propriedade uma propriedade social, transmiti-la sem demora ao povo trabalhador, subtraindo-a ao Estado e à sua burocracia. As funções econômicas do Estado são as primeiras que convém transferir para a sociedade, isto é, para "associações livres de produtores". Paralelamente ao poder político, na Iugoslávia, os trabalhadores participam ativamente do poder econômico, porque em cada república, que é uma unidade federal, existe um grupo de produtores que participa da Assembleia Nacional. Da mesma forma, em cada câmara municipal encontra-se uma "representação do trabalho associado".

**161. A autogestão das empresas.** Além disso, cada empresa possui um conselho formado por operários, órgão supremo de gestão da empresa, que a administra. É a famosa autogestão das empresas que faz o orgulho dos dirigentes iugoslavos: a gestão da economia e a administração da sociedade são assim asseguradas pelos próprios produtores diretos[23]. O diretor da empresa é nomeado pelo Conselho dos Operários depois de um concurso público. Antes de escolhê-lo, o Conselho dos Operários ouve o parecer de uma comissão composta paritariamente por representantes da empresa e do município onde está estabelecida a sede da empresa. O diretor tem, além disso, de preservar a legalidade do trabalho da empresa para impedir que a empresa dirigida pelos operários se transforme, nas suas mãos, em empresa privada e para assegurar que a atividade empresarial considere os interesses sociais e os da economia socialista do conjunto do país. Por outro lado, pode haver uma

---

23. Sobre esta autogestão, cf. Stoyanovitch, K., *Le régime socialiste yougoslave* (1961), p. 312 ss.

limitação temporária na autogestão operária, e a empresa passar a ser dirigida pela autoridade, se isso for necessário para salvaguardar interesses sociais ameaçados pela falta de consciência social dos produtores[24].

**162. A decadência do Estado.** O Estado iugoslavo conserva as suas funções, admitindo formas de repressão que visam a manutenção da ordem e da paz social. Estas são as últimas funções que a sociedade terá de exercer diretamente; a transferência só se efetuará quando todas as desigualdades, que ainda existem e às quais são precisamente devidas todas as violações da ordem e da paz, tiverem desaparecido do seio da sociedade.

O Estado continua também a exercer a sua função de defensor de fronteiras. Mas isso de forma nenhuma impede seu desaparecimento em todos os outros setores. Acabamos de ver como o desaparecimento do Estado era concebido e organizado no plano econômico. O Estado e a burocracia devem também perder rapidamente outras funções: especialmente as que visam à vida intelectual, à educação, à saúde, à previdência social. Por esta razão, o partido comunista transformou-se, em 1952, na Liga dos Comunistas Iugoslavos, uma de cujas finalidades é a propagação das ideias comunistas. A faculdade de tomar decisões concretas e de lutar para que estas se tornem atos do Estado foi transferida para a Aliança Socialista do Povo Trabalhador, que não forma um partido político propriamente dito, mas uma organização mais diversificada destinada a englobar praticamente todos os cidadãos participantes no exercício do poder, a fim de lhes ensinar a cumprir o melhor possível esta função.

**163. Influência do ponto de vista iugoslavo.** A crítica feita pela Iugoslávia ao regime e às instituições soviéticas foi

---

24. Além da Constituição, a principal lei que regula a autogestão é a lei sobre trabalho associado de 25 de novembro de 1976.

considerada, em 1948, na União Soviética, como uma traição ao campo socialista. Após o desaparecimento de Stálin em 1953, e com a denúncia da ditadura stalinista em 1956, surgiu a pergunta se não existiria uma certa verdade nessa crítica, ou se, em todo o caso, a situação particular da R.F.S.I., diferente da situação soviética, não poderia legitimamente conduzir à adoção de uma linha de conduta diversa da linha russa. A União Soviética e os outros países marxistas-leninistas procuraram desde então eliminar muitos traços que efetivamente davam peso à crítica iugoslava. Denunciaram-se os "desvios" que tinham originado, em certos domínios, um centralismo burocrático, com a lentidão nos negócios oficiais, o formalismo excessivo, a superabundância de pessoal. Reconheceu-se que a degradação dos corpos eletivos, que não puderam exercer um controle efetivo, tinha separado o aparelho do Estado e do partido da sociedade, conduzindo à violação da lei e favorecendo as tendências oligárquicas. "No seio da sociedade socialista nasceram contradições que devem ser vencidas se se quiser que o seu desenvolvimento continue."[25]

Os diversos países do campo socialista e a própria União Soviética julgaram necessário iniciar, a partir de 1956, uma "regeneração da democracia socialista"; as reformas introduzidas com vista a "reparar os erros burocráticos do socialismo" fazem lembrar, em seu princípio, as mudanças propugnadas na Iugoslávia[26].

**164. Coesão do grupo dos países marxistas-leninistas.** A crise que se verificou nas relações entre marxistas soviéticos e iugoslavos perdeu muito de sua acuidade, porquanto a expe-

---

25. Ehrlich, St., "Notion et garanties de la légalité socialiste dans les pays de l'Europe de l'Est", in *Politique, Revue internationale des doctrines et des institutions* (1958), p. 311, 324, 325.

26. Sobre a aproximação entre a União Soviética e a Iugoslávia, no que diz respeito ao regime da administração das empresas do Estado, cf. Hazard, J. N., "Le régime juridique de l'administration des entreprises dans les pays communistes", in *Liber amicorum Baron Louis Frédéricq*, I (1965), p. 539-56.

riência veio demonstrar que a Iugoslávia, se pretendia definir a sua própria via, não tinha a intenção de se integrar no campo dos Estados capitalistas. Outras crises se produziram ou ameaçaram ser deflagradas entre a União Soviética e diversos outros países que pretenderam, também eles, afastar-se do modelo soviético. É difícil para aqueles que vivem no meio soviético não experimentar uma certa suspeição em tais circunstâncias; e isto será assim enquanto o campo capitalista subsistir e for considerado na União Soviética como uma ameaça.

O quadro que nos é oferecido, no mundo atual, pelos países marxistas-leninistas, é bastante variado. Um autor americano procurou investigar o elemento de unidade entre estes países relativamente ao seu direito[27]; encontrou sem dificuldade múltiplas convergências, mas em nenhum domínio, nem no direito público, pôde descobrir soluções uniformes. As variantes são coisa natural no seio de sociedades que, em múltiplos aspectos, são diferentes e assim pretendem continuar. A voz que, quando da Constituição da União Soviética em 1922, se elevou na Assembleia Constituinte: "Viva a União das Repúblicas Socialistas Soviéticas do mundo inteiro!" não encontrou eco; a União Soviética não englobou os países que, depois de 1945, passaram a ser governados por partidos comunistas.

Cada um destes países detém a sua originalidade própria no que diz respeito às suas instituições e ao seu direito. A coesão do grupo socialista não implica que renunciem a ela; supõe simplesmente a adesão a certos princípios de base, a uma certa concepção da ordem social, a um certo sentimento de solidariedade com a União Soviética. É necessário não esquecer que na própria União Soviética ainda não se realizou o tipo de sociedade para o qual aponta a teoria marxista; diversas vias podem ser utilizadas para avançar em direção a este objetivo que, só ele, legitima os erros de hoje.

---

27. Hazard, J. N., *Communists and their Law. A Search for the Common Core of the Legal Systems of the Marxian Socialist States* (1969). Adenda *Eörsi,* G., Harmaty, A., org., *Law and Economic Reform in Socialist Countries* (1971); Martinet, G., *Les cinq communismes* (1971).

## SEÇÃO III – **O PRINCÍPIO DE LEGALIDADE SOCIALISTA**

**165. Posição do problema.** A predição marxista do desaparecimento do direito na sociedade comunista e a política definida pelos dirigentes soviéticos no período do comunismo revolucionário preocuparam muitos juristas que se interrogaram, nos países burgueses, se existia um direito soviético e se o Estado socialista, pretendendo desaparecer, reconhecia ainda um princípio de legalidade.

Não pode existir a este respeito nenhum equívoco. A questão aqui evocada coloca-se para a China. Não se justifica em se tratando da União Soviética ou de outros países socialistas da Europa onde atualmente um princípio de legalidade socialista se impõe fortemente, ao mesmo tempo que reais garantias são estabelecidas para tornar este princípio eficaz[28].

§ 1º Alcance do princípio.

§ 2º Garantias do princípio.

### § 1º Alcance do princípio

**166. Existência de um direito socialista.** Atualmente estamos longe das posições utópicas tomadas no período do comunismo de guerra, quando se pensava poder abolir o princípio de legalidade e substituir o direito pela consciência revolucionária. Com a afirmação do princípio de legalidade socialista restituiu-se ao direito o caráter e a autoridade que ele tem nos países burgueses.

A União Soviética não é, ainda hoje, uma sociedade comunista na qual as relações sociais seriam reguladas apenas pelo sentimento espontâneo da solidariedade e do dever social. A palavra de ordem atual é, em todos os domínios, a disciplina:

---

28. "Le concept de la legalité dans les pays socialistes", in *Cahiers de l'Académie polonaise des sciences*, XXI (1961); Alekseev, S. S., *Social 'naja cennost' prava v sovetskom obscestve* (1970).

disciplina do trabalho, disciplina do plano; para assegurar esta estrita disciplina, a coação e o direito desempenham um papel que está longe de ser exclusivo, mas que não admite nem a subestimação nem a contestação. O direito e o Estado são uma necessidade na época atual. É conformando-se estritamente com o direito, que as administrações, as empresas do Estado, as cooperativas e os cidadãos cooperam na política do governo e permitirão o advento do comunismo.

A rigorosa observância do princípio de legalidade socialista, isto é, a estrita conformidade com a ordem jurídica soviética, é um imperativo absoluto.

**167. Sentido da palavra "socialista".** O adjetivo "socialista" está longe de ser indiferente, porque é ele que, aos olhos dos juristas soviéticos, legitima a obrigação de obedecer às leis e dá ao princípio de legalidade o seu verdadeiro sentido.

Os cidadãos soviéticos devem obedecer às leis soviéticas porque elas são justas, e são justas porque o Estado é um Estado socialista, que existe no interesse de todos e não no interesse de uma classe privilegiada. Os marxistas combateram e combatem em todos os países o direito, porque lhes parece que este serve, nos países não socialistas, para defender e perpetuar uma ordem social fundamentalmente injusta. Na União Soviética quando exigem aos cidadãos a submissão rigorosa à ordem legal têm necessidade de justificar esta mudança de atitude.

"A estrutura econômica da sociedade, as condições materiais da classe dominante determinam a sua consciência social, a sua vontade e os seus interesses, que encontram expressão no direito. Dissociar o direito e a legalidade da economia, analisar o sistema jurídico independentemente das relações econômicas existentes representa, consequentemente, um método incompatível com os princípios básicos da ciência jurídica soviética."[29] O direito só tem valor pela ordem que pretende instaurar

29. Tchikvadze, V. M., "Socialist Legality in the USSR", in *Le concept de légalité dans les pays socialistes* (1961), p. 206. Adenda Jaroszynski, M., "Le éléments populaires dans le concept de la légalité socialiste", *ibidem*, p. 327-36.

e pelo conteúdo das regras que comporta. O princípio de legalidade apenas tem sentido numa economia socialista e subordinado aos imperativos desta economia. Não é necessário fazer do direito um "tabu". O direito é importante, indispensável, mas mesmo assim não passa de uma simples superestrutura; a sua autoridade só pode basear-se em uma infraestrutura sã: a de uma economia onde os meios de produção são coletivizados e explorados no interesse de todos. O epíteto "socialista" lembra este dado elementar do pensamento marxista.

**168. Afirmação do princípio de legalidade socialista.** O princípio de legalidade socialista teve dificuldades para se impor, das quais a terminologia atual ainda guarda traços. No período do comunismo revolucionário, o princípio de legalidade socialista, independentemente de toda a posição de princípio, não podia ser reconhecido: o princípio de legalidade pressupõe a existência de regras jurídicas suficientemente pormenorizadas, que na época não existiam. Foi no período da NEP que o princípio de legalidade começou a afirmar-se na União Soviética; mas essa época era uma época de compromisso, na qual se vivia constantemente no receio de que os elementos capitalistas que subsistiam na sociedade (empresas industriais ou *kulaks*) procurassem utilizar em proveito próprio, contra o interesse do socialismo, as leis existentes; em face dessas mesmas leis, criara-se uma atitude reticente em numerosos juristas, pela desconfiança perante esses elementos capitalistas, para uso dos quais podia parecer que os códigos tivessem sido redigidos com o fim de os atrair e de lhes fornecer garantias. Uma plena adesão dos juristas soviéticos ao princípio de legalidade socialista, e o completo triunfo deste princípio, só pôde ser obtida depois do desaparecimento da NEP, quando a União Soviética se tornou um Estado socialista.

**169. Empresas estatais.** Neste mesmo momento, perguntou-se se uma distinção – que evoca a do direito público e a do direito privado – não devia ser feita entre os órgãos do Estado ou empresas estatais por um lado, e, por outro, os cidadãos, estando apenas estes últimos plenamente sujeitos ao princípio de legalidade. Os litígios que interessam às empresas do Estado não são, no estado atual do direito soviético, decididos pelas jurisdições comuns, mas por órgãos denominados de arbitragem. A palavra arbitragem, aqui usada, é equívoca. Leva a pensar que, nas relações entre empresas do Estado, o direito não é chamado a intervir, ou que a sua aplicação pode ser atenuada pela intervenção de outras considerações. No momento em que este sistema de arbitragem estatal ou de serviço foi posto a funcionar, em 1931, a escolha desse vocábulo foi influenciada por uma ideia deste gênero[30]. O que quer que seja que tenha podido estar na sua origem, a situação atual é muito clara: as empresas do Estado estão estritamente submetidas, tal como os cidadãos, ao princípio de legalidade socialista; as relações entre elas são orientadas rigorosamente pelo direito, e são as regras de direito que os organismos de arbitragem devem aplicar para a solução de litígios entre essas empresas, com a exclusão de toda a decisão baseada na equidade ou em alguma consideração de ordem não jurídica.

**170. Caráter imperativo do direito soviético.** O regime estabelecido na União Soviética altera os dados de todos os problemas, e o princípio de legalidade socialista, proclamado neste país, diferencia-se do princípio da supremacia do direito (*rule of law*), tal como é aplicado nos países burgueses. Deve-se assinalar algumas diferenças, que marcam a originalidade do sistema soviético na presente fase do socialismo. Uma primeira diferença relaciona-se com as novas funções que o direito exercerá na União Soviética. O governo soviético é um governo revolucionário, que pretende modificar radicalmente as condições atuais para estabelecer uma sociedade comunista. O direito deste país não tem por função primária exprimir uma certa concepção da justiça, baseada na tradição, mas deve, antes de tudo, servir para organizar as forças econômicas da nação

30. Hazard, J. N., "Flexibility of Law in Soviet State Arbitration", in *International Arbitration, Liber amicorum for Martin Domke* (1967), p. 120-32.

e para transformar o comportamento e a maneira de ver dos cidadãos. O dinamismo inerente a estas funções opõe o direito soviético aos direitos burgueses. A inobservância do direito na Rússia não é simplesmente prejudicial aos interesses deste ou daquele particular ou um insulto à regra moral: é uma ameaça ao êxito da política dos dirigentes, é o risco de ver retardado, senão comprometido, o advento do comunismo. A maneira como um contrato é concluído, interpretado e executado nos países burgueses está ligada a interesses privados. Na União Soviética, o êxito do plano e do desenvolvimento econômico da nação depende do próprio Estado. As novas funções atribuídas ao direito na sociedade e o caráter revolucionário do governo tornam o respeito pelo direito muito mais imperativo na União Soviética do que nos países burgueses, onde este respeito frequentemente interessa mais aos particulares do que à sociedade em geral.

Em vão Jhering insistiu com os cidadãos nos países burgueses para lutarem pelo direito[31]. Continua a dominar nestes países o sentimento de que mais vale um mau acordo do que uma boa sentença, e a sociedade acomoda-se a este sentimento e a esta prática. O mesmo ponto de vista não pode ser admitido na União Soviética, onde o respeito pelo direito, instrumento da política dos dirigentes, interessa em primeiro lugar à sociedade. "Nós já não conhecemos o direito privado; no nosso país todo o nosso direito se tornou público", escreveu Lênin. É necessário entender esta fórmula no sentido de que todo o direito soviético está voltado para a construção de uma nova ordem social; toda a violação do direito interessa não só àquele que pode ser a sua vítima imediata, mas também às autoridades públicas e ao Estado.

O princípio de legalidade é, na União Soviética, mais necessário e exigente que nos países burgueses, onde o direito procura, antes de tudo, realizar a justiça entre as pessoas privadas e onde, consequentemente, só se impõe, em relação a um vasto setor, porque os cidadãos interessados estão dispostos a agir

---

31. Jhering, R. von, *La lutte pour le droit* (1872).

para salvaguardar os seus direitos. As diferentes funções que são atribuídas ao direito, na União Soviética, tendem a fazer conceber de maneira muito estrita, neste país, o princípio de legalidade: porque a sociedade e os governantes são mais interessados a esse respeito, ao contrário do que se observa nos países burgueses. O papel do direito e a importância de formar bons juristas foram especialmente sublinhados pelas instâncias dirigentes do partido em 1960, quando foi decidido que o número de juristas deveria ser muito aumentado (particularmente para que pudessem ser empregados nas empresas).

**171. Direitos socialistas e direito natural.** Uma segunda diferença que opõe os direitos socialistas aos outros direitos resulta da atitude que assumem perante o direito natural. O marxismo foi muitas vezes apresentado como sendo uma doutrina que se inseria simplesmente na corrente positivista, rejeitando o direito natural. A realidade é, no entanto, mais complexa[32].

Para os marxistas, só as regras de conduta editadas ou sancionadas pelo Estado têm natureza jurídica; neste sentido, podemos classificá-los de positivistas. Contudo, os marxistas recusam-se a considerar apenas o aspecto exterior, formal, do direito; segundo eles, o direito não deve ser isolado dos fatos sociais. O marxismo, partindo desta ideia, corrige os pontos de vista positivistas, reconhecendo que existe um "fundamento" do direito, constituído pelo meio natural e social em que, em uma determinada moldura histórica, se desenrola a obra de "constituição" do direito. O legislador não é onipotente; não pode criar o direito de uma maneira arbitrária; está ligado, na sua atividade, a certas realidades materiais e ideais. A obra do legislador está condicionada, e em grande medida predeterminada, pelas relações sociais, de natureza extremamente diversa, existentes entre os homens.

---

32. Naschitz, A. M., "Le problème du droit naturel à la lumière de la philosophie marxiste du droit", in *Rev. roumaine des sciences sociales, Série des sciences juridiques* (1966), t. X, p. 19-40, Toumanov, V. A., *Pensée juridique bourgeoise contemporaine* (1974).

Assim, o marxismo distingue-se do positivismo pelo fato de admitir, na sua concepção e definição de direito, a existência de limites ao poder do legislador. O legislador não é plenamente livre na sua obra criadora do direito; está ligado, nesta atividade, a certos elementos exteriores ou anteriores à sua obra de criação. Reconhecendo, assim, que a criação do direito não é uma obra livre e arbitrária, a doutrina marxista aproxima-se da concepção do direito natural. Contudo, dá um novo sentido a esta expressão de sentidos já tão diversos. Ele não se refere nem à natureza das coisas, nem a uma natureza abstrata, nem a uma noção imanente e universal de justiça. Os fatores essenciais, aqueles que comandam definitivamente a ação do legislador, para os marxistas, são as condições materiais da vida, o modo como são exploradas as forças e ordenadas as relações de produção; não são, como professava a escola do direito natural, fatores de natureza ideal.

Esta posição do marxismo não conduz, de forma nenhuma, à negação do fundamento e das finalidades éticas do direito. O fato de um Estado se ter tornado socialista não o dispensa, de modo algum, de procurar constantemente realizar uma melhor conjugação entre a ordem jurídica e a moral. O Estado socialista sente-se tanto mais obrigado a isso quanto considera a sua moral – a de uma sociedade sem classes – como superior à dos outros tipos de Estados, baseados na exploração das massas pelas classes privilegiadas. Também não é de espantar que, nas sociedades que professam o materialismo, se realce o valor do direito, acentuando o seu caráter eminentemente moral e justo: nenhum escrúpulo se opõe ao emprego da palavra "sagrado" para qualificar as mais variadas instituições do direito soviético, quer se trate da família, da propriedade socialista ou da obrigação ao trabalho.

**172. Caráter provisório do direito socialista.** O princípio de legalidade vigora hoje, sem contestação, na União Soviética. Este princípio, assim como a própria estrutura do Estado socialista, corresponde neste país às necessidades de um período transitório. O direito atual dos países socialistas – escreve o professor tcheco V. Knapp – é, de uma maneira geral, um direito justo, do ponto de vista da sociedade socialista, mas é contrário à justiça segundo o ponto de vista da fase superior do comunismo. A contradição dialética entre o caráter justo do direito socialista e, ao mesmo tempo, o caráter injusto deste, do ponto de vista da fase superior da sociedade comunista, apenas desaparecerá com a decadência do direito no comunismo[33].

A finalidade que se pretende alcançar é a edificação de uma sociedade comunista, em que deixará de existir Estado e também direito, e, consequentemente, o princípio de legalidade. Encontraremos, desta forma, no direito soviético, instituições que, no quadro do princípio de legalidade, anunciam e preparam as formas não jurídicas da sociedade de amanhã. Poderá mesmo acontecer que encontremos, por vezes, instituições que não nos parecerão estar plenamente de acordo com o princípio de legalidade. Qualquer destas observações nos lembrará oportunamente que a sociedade soviética não quer ser, nem é, "uma sociedade como as outras", e que toda a sua estrutura é dominada pela doutrina marxista-leninista.

## § 2º Garantias do princípio

**173. A concepção soviética deste problema.** Como assegurar, da parte dos administrados, o respeito pela legalidade socialista? No sentido lato, esse respeito é assegurado por todo o conjunto de instituições, introduzidas no Estado socialista, e pela vontade do próprio povo, convencido da excelência do regime e das suas leis. Esta maneira de ver, que é justa em todas as sociedades, é particularmente posta em relevo na União Soviética e nos países socialistas[34]; prevê-se, nestes países, o advento

33. Knapp, V., *Filosofické problémy socialistického práva* (1967).

34. Cf. os diferentes artigos reunidos na obra precedentemente citada, *Le concept de la légalité dans les pays socialistes* (1961). Cf. especialmente nesta obra o relatório (p. 327-36) e o artigo (p. 91-115) do professor M. Jaroszynski.

de uma sociedade, da qual serão banidas todas as formas de coação; evidencia-se que, a partir da data presente, a ordem social está assegurada por processos muito variados, nos quais participam os órgãos do Estado, os sindicatos, a imprensa, todos os cidadãos, tanto ou mais do que pela intervenção de mecanismos de coação.

A mais importante garantia da legalidade socialista é constituída, segundo os autores soviéticos, pelo pleno acordo dos interesses individuais e do interesse social, que é assegurado em um regime socialista pela coletivização dos bens de produção que conduzem ao desaparecimento de toda a exploração do homem pelo homem. No quadro de um tal regime só se poderá esperar, tanto dos administradores como dos cidadãos, o espírito cívico e a virtude que não podem existir em um país onde existam classes sociais antagônicas.

Por isso, as garantias de legalidade socialista são múltiplas na União Soviética[35]; um professor soviético, G. I. Pietrov, menciona, a este respeito, a atividade dos sovietes dos diferentes escalões, a do governo e das administrações, a da Comissão de Controle que trabalha junto ao Conselho de Ministros da União Soviética, as várias inspeções que têm lugar na administração, a atividade da *Prokuratura*, a dos tribunais, o controle das organizações sociais e particularmente dos sindicatos, o direito, amplamente reconhecido, de apresentar queixas e reclamações que os órgãos administrativos têm obrigação de instruir.

É impossível estudar nesta obra todo este conjunto de garantias, pois isto conduziria ao estudo de todo o conjunto das instituições do direito soviético. Assim, depois de as ter apresentado em quadro muito geral, mostrando que o princípio de legalidade socialista comporta múltiplas garantias, limitar-nos-emos a estudar aqui três instituições particulares, cujo fundamento exclusivo é assegurar esta garantia. Estas instituições são a *Prokuratura*, a Comissão de Controle Popular e os advogados.

---

35. Pietrov, G. I., in *Le concept de la légalité dans les pays socialistes* (1961), p. 375-76; Akademija Nauk SSSR, Institut Gosudarstva I Prava, *Pravovye garantii zakonnosti v SSSR* (sob a direção de M. S. Strogoviv, 1962).

**174. A *Prokuratura*.** Para garantir o princípio de legalidade socialista foi organizada na União Soviética uma instituição particular: a *Prokuratura*[36].

A instituição da *Prokuratura* lembra uma antiga instituição russa, criada por Pedro, o Grande, em 1722, "os olhos do monarca", pela qual foram colocados nas províncias funcionários do poder central para supervisionar a administração local. Esta instituição foi suprimida em 1864, para criar um ministério público do tipo francês. Este ministério público, associado pela opinião pública ao regime de repressão dos czares, foi abolido, ao mesmo tempo que os tribunais; em 1918, e quando na época da NEP se reconstituiu a *Prokuratura*, voltou-se à tradição anterior a 1864. A *Prokuratura*, regida atualmente por um texto legal de 24 de maio de 1955, lembra o ministério público francês, mas difere dele em múltiplos aspectos: não tem a mesma estrutura e, sobretudo, além das funções do ministério público tem outras importantes funções referentes especialmente ao controle da legalidade dos atos dos sovietes locais e da administração.

Do ponto de vista de sua estrutura, a *Prokuratura* constitui, desde 1936, uma administração inteiramente autônoma. Depende direta e exclusivamente do Soviete Supremo que lhe designa o dirigente: procurador geral da União Soviética. Este, que tem posto de ministro, nomeia os procuradores da República, que por sua vez nomeiam os procuradores dos níveis inferiores (regiões, territórios, cidades). Todas estas nomeações são feitas para um período de cinco anos, após o qual o funcionário da *Prokuratura* normalmente tem seu comissionamento renovado. Sob o império da Constituição de 1936, o procurador geral da União Soviética era nomeado para um exercício de sete anos; a Constituição de 1977 suprimiu esta anomalia, e atualmente ele é nomeado também por cinco anos. A *Prokuratura* está atualmente regulamentada por uma lei de 30 de novembro de 1979.

36. Sobre a *Prokuratura*, cf. Collignon, J. G., *Les juristes en Union Soviétique*, Thèse Paris (1974), p. 339-81.

A *Prokuratura* soviética compreende numerosas ramificações; cada procurador dirige numerosas repartições e diretorias. Existem também ramos especiais da *Prokuratura* nas forças armadas, nos campos de trabalho e nos órgãos de segurança do Estado.

**175. Função de ministério público.** A função da *Prokuratura* é dupla. Tem em primeiro lugar uma função que corresponde, em suas linhas gerais, à do ministério público francês, junto aos tribunais. Incumbida da acusação das infrações criminais[37], pode também dar pareceres ou mesmo tomar a iniciativa de uma ação de direito civil. É igualmente encarregada da supervisão das prisões. Ninguém é preso sem uma ordem da autoridade judiciária ou sem a aprovação da *Prokuratura*, que pode determinar a libertação de qualquer pessoa detida ilegalmente; é um dos raros casos em que a *Prokuratura* é autorizada a intervir diretamente.

A função da *Prokuratura* é, sobre todos os aspectos, muito importante, devido à extensão da intervenção das autoridades públicas, e talvez também devido à abundância de pessoal da *Prokuratura* soviética[38], e, enfim, devido aos princípios da organização judiciária soviética, na qual os juízes não são necessariamente juristas. Todos estes fatores, e o desejo de convencer o povo de que ele vive atualmente numa sociedade fundamentalmente justa, conduzem a *Prokuratura* a intervir ativamente, em numerosos casos: seja para promover ações, seja para intervir em processos já ajuizados, seja para recorrer contra uma decisão que considera imperfeita, seja para fiscalizar a execução das decisões da justiça. Uma disposição de 1955 permite-lhe mesmo recorrer contra uma decisão das câmaras reunidas (*plenum*) do Tribunal Supremo da União Soviética, levando o caso ao *presidium* do Soviete Supremo; esta disposição

---

37. Para os processos de natureza política a acusação é feita por outro organismo: o Comitê de Segurança do Estado (K.G.B.).

38. A *Prokuratura*, segundo um autor ocidental, teria 18.000 membros em 1971. J. G. Collignon faz uma estimativa análoga.

mostra o cuidado dos dirigentes atuais da União Soviética em exaltar o princípio de legalidade e torná-lo efetivo.

**176. Função de fiscalização geral.** Um membro da *Prokuratura* assiste às sessões das comissões executivas do sovietes locais, impedindo desta maneira que sejam tomadas decisões ou aprovadas resoluções ilegais. A *Prokuratura* realiza também um exame sistemático de todos os atos administrativos, alguns dos quais, por força de lei, lhe devem ser obrigatoriamente comunicados antes de poderem ser aplicados. Ela pode examinar, a partir de queixas ou de petições dos interessados, qualquer caso em que tenha sido cometida uma violação da lei. Exerce desta maneira um controle geral sobre toda a administração.

Quando a *Prokuratura* descobre uma irregularidade deve protestar, sob pena de responsabilidade disciplinar ou penal de seus funcionários. Em alguns casos a *Prokuratura* tem prazos para protestar. A lei fixa igualmente a quem deve ser encaminhado este protesto: à autoridade que tomou a decisão criticada, à autoridade superior, e em alguns casos à autoridade judiciária. Se a autoridade advertida de que foi tomada uma medida ilegal não a anula ou modifica em determinado prazo, em geral de 10 dias, a *Prokuratura* acionará a instância superior. O protesto da *Prokuratura* não tem, regra geral, efeito suspensivo. Mas existem numerosas exceções. Com efeito, se o ato viola os direitos dos cidadãos ou as liberdades protegidas pela lei, ou se a lei o previu expressamente, o protesto da *Prokuratura* suspende o efeito do ato até que a autoridade competente se pronuncie.

Em todos os casos conhecidos[39] o protesto feito pela *Prokuratura* foi considerado justo; convém entretanto notar que a revista na qual são publicados (*Sotsialistitcheskaia Zakonnost'*) é editada pela *Prokuratura*. As intervenções da *Prokuratura*

---

39. Cf. Morgan, G. G., "The Protests and Representations Lodged by the Soviet Procuracy against the Legality of Government Enactments 1937-1964", in *Legal Controls in the Soviet Union, Law in Eastern Europe*, nº 13 (1966), p. 103-286. O autor analisa 242 casos em que a *Prokuratura* interviu. Este estudo é completado por Boim, L., "Protests of the Procuracy in the URSS, 1965-1978", in *Law in Eastern Europe*, nº 20.

têm lugar notadamente em matéria de direito do trabalho e concernem especialmente às medidas tomadas pelas autoridades locais; as decisões tomadas pelas autoridades superiores estão menos expostas à crítica da *Prokuratura*, em parte porque são tomadas com fundamento em estudos mais aprofundados feitos por administrações mais equipadas em pessoal[40]. Citam-se, entretanto, casos em que as decisões de um ministério, ou do Conselho de Ministros de uma República autônoma, ou mesmo de uma R.S.S., foram anuladas; em 1960, por exemplo, o procurador geral da União Soviética obteve a anulação de um decreto, pelo qual o Conselho de Ministros da R.S.S. da Lituânia proibira aos cidadãos e aos *kolkozes* vender seu gado fora das fronteiras da República.

A *Prokuratura* não se limita, em sua função de fiscalização geral, a pedir a anulação dos atos contrários à legalidade. Pode também intervir através de "representações" (*predstavleri*), se lhe parece que de um modo mais geral uma administração, ou os órgãos dirigentes de uma organização social, comete violações de legalidade socialista, abstendo-se, por exemplo, de tomar as decisões necessárias. Os órgãos visados devem declarar em determinado prazo, fixado pela lei, assim como levar em consideração as representações que lhes foram dirigidas. Se a *Prokuratura* não ficar satisfeita, se dirigirá ao órgão administrativo ou judicial competente para exercer as sanções disciplinares ou penais cabíveis.

**177. Outros países socialistas.** A instituição da *Prokuratura* foi copiada nos outros países socialistas europeus. Contudo, existiam nestes países, antes de se tornarem socialistas, jurisdições administrativas que desfrutavam de um justo renome junto aos cidadãos; admirava-se, então, a maneira como elas obrigavam a administração a respeitar o direito. Chegou-se a perguntar se teria sido uma boa medida a supressão dessas jurisdições, e a adoção do sistema soviético de controle da legalidade. Lamen-

---

40. Berezovskaja, S. G., *Ohrana prav graždan sovetskoj prokuratoroj* (1964).

tou-se, mais ainda, o desaparecimento dos tribunais administrativos, na medida em que a *Prokuratura*, pouco renovada em suas estruturas e com pessoal insuficiente, tendeu, nestes países, a se limitar à função tradicional de controle da justiça, que era anteriormente a do ministério público, sem exercer na medida desejável suas funções de controle geral da administração.

Nenhum obstáculo de ordem doutrinal se oporia ao restabelecimento dos tribunais administrativos. Contudo, parecem predominar outras soluções. É possível, em primeiro lugar, a reorganização da *Prokuratura* a fim de tornar a sua ação mais eficaz: a Tchecoslováquia iniciou-a com a Lei nº 65, de 19 de dezembro de 1956. Em segundo lugar, pode tornar-se mais simples o seu controle, regulando de forma mais precisa a maneira como a administração deve comportar-se: códigos de processo administrativo (não contencioso) foram promulgados na Tchecoslováquia (1955), na Hungria (1957), na Iugoslávia (1957) e na Polônia (1960). Por outro lado, nada se opõe a que se acrescentem outros controles ao controle da *Prokuratura*, e que se aumente a competência da justiça comum, permitindo aos interessados submeter-lhe a questão da legalidade de determinados atos da administração. A Constituição romena de 1965 previu que os tribunais exerceriam um controle sobre a legalidade dos atos administrativos, e uma lei de 26 de julho de 1967 permitiu aos particulares recorrerem aos tribunais contra os atos administrativos individuais, com exceção daqueles que tivessem sido tomados pelo Conselho de Ministros. Na Iugoslávia, a justiça comum exerce o controle judiciário dos atos da administração. Poder-se-á buscar um aperfeiçoamento, aumentando a participação das massas nas tarefas da administração. Atualmente, é sobre esta última técnica que se dirige mais particularmente a atenção, de tal modo parece certo que uma obra de educação cívica, que se apoie na consciência popular, será sempre, em todos os países, a garantia mais segura do princípio de legalidade.

**178. O Comitê de Controle Popular.** O controle da legalidade é uma tarefa extraordinária em um país da extensão da

União Soviética, onde toda a economia está coletivizada. Um organismo reforça, no plano econômico e financeiro, a *Prokuratura*, mais especializada no plano administrativo e jurídico; este organismo é o Comitê de Controle Popular, subordinado ao Soviete Supremo da União Soviética, ao seu *Presidium* e ao Conselho de Ministros. Ele é regido atualmente por uma lei de 30 de novembro de 1979. A função do Comitê ultrapassa a de um simples controle. Ele deve verificar se as decisões importantes tomadas no domínio da economia são efetivamente executadas; deve combater a tendência para ver as coisas sob um ângulo puramente administrativo ou simplesmente de interesse local; deve lutar, também, contra a burocracia, contra os atrasos, procurar as medidas necessárias ao melhor funcionamento dos sovietes ou das administrações de todas as espécies existentes na União Soviética.

**179. Os advogados: União Soviética.** A instituição da advocacia foi vista na União Soviética, originariamente, com certa desconfiança. A Ordem dos Advogados foi suprimida após a Revolução de outubro, no momento em que se pensava poder iniciar imediatamente a era comunista; não havia necessidade de se criarem tribunais ou auxiliares da justiça em um regime em que já não haveria direito. Estas ilusões não duraram, mas demorou-se algum tempo para admitir a hipótese do renascimento da advocacia profissional. Por outro lado, tentou-se sempre ver nos advogados verdadeiros auxiliares da justiça, lutando pela legalidade socialista, mais do que representantes ou defensores preocupados apenas com os interesses de seus clientes. Durante uma certa época, só se conheceram na União Soviética listas de peritos jurídicos, podendo ser indiferentemente utilizados como defensores ou como acusadores; o tribunal os convocava para exercer uma ou outra destas funções, e o Estado lhes pagava um salário. Esta experiência, e a que lhe sucedeu, de advogados que exerciam a sua atividade paralelamente a outra atividade principal e sem receberem honorários, foram abandonadas em 1922. A partir desta data, existe na União Soviética uma Ordem dos Advogados, profissional, regida principalmente na R.S.F.S.R., por uma lei de 25 de julho de 1962 sobre a *advokatura*[41].

No entanto, subsistem diferenças importantes na maneira como está concebida e organizada a advocacia nos países ocidentais e na União Soviética. Segundo a concepção soviética, o advogado deve ser visto como um membro de um grupo composto por si próprio, pelo juiz e pelo procurador; colaboram os três, esforçando-se para que as questões sejam apreciadas pelo tribunal em todos os seus aspectos; o advogado não deve considerar-se, por princípio, como um adversário do Ministério Público diante do juiz que, sozinho, teria o dever de descobrir a verdade. Assim, se o advogado estiver convencido da culpabilidade do seu cliente, não deve tentar ocultá-la ao tribunal[42], nem esforçar-se para fazer parecer o crime menos grave do que é na realidade. Deve fazer valer o que possa ser invocado para atenuar a responsabilidade do seu cliente, mas nunca deve perder de vista os interesses da sociedade, e deve preocupar-se continuamente com a influência que poderá ter a sua defesa sobre aqueles que assistem à audiência. Se nas relações com o seu cliente ele obtiver informações que interessam à segurança do Estado, é obrigado, mais ainda do que qualquer outro cidadão, de as levar ao conhecimento das autoridades competentes. O advogado soviético é, como se vê, em primeiro lugar, um auxiliar da justiça e um servidor da legalidade socialista. Em uma certa medida, esta concepção afasta-se daquela que triunfa, na prática, nos países burgueses, na qual o juiz é chamado a desempenhar mais uma função de árbitro entre a acusação, apresentada pelo Ministério Público ou qualquer outra pessoa, e a defesa, à qual o advogado se dedica sem as mesmas restrições da União Soviética.

---

41. Sobre esta evolução, cf. Hazard, J. N., *Settling Disputes in Soviet Society. The Formative Era of Legal Institutions* (1950); Poltorak, A., Zaitsev, E., *Le barreau soviétique* (1963); Collignon, J. G., *Les juristes en Union Soviétique* (1974).

42. Antes de 1958 aconselhava-se o advogado, em casos semelhantes, a abandonar a defesa do seu cliente. Os princípios fundamentais do processo penal de 1958 proíbem-lhe, pelo contrário, esse abandono.

A concepção soviética da função do advogado está reforçada, no plano prático, pela organização coletiva que a advocacia lá recebeu. Os interessados podem recorrer aos serviços deste ou daquele advogado; mas é sempre a um grupo de advogados (*Kollegija*) que devem dirigir-se para obterem a designação de um advogado para a sua causa; é igualmente o diretor deste grupo de advogados que estabelecerá, de acordo com uma tarifa preestabelecida, os honorários de que o cliente é devedor; este pagará os honorários ao grupo, que todos os meses repartirá aquilo que recebeu, de acordo com certa tabela. Essa despersonalização das relações entre cliente e advogado deve servir, segundo os juristas soviéticos, para reforçar no advogado a sensação de que ele serve ao interesse da sociedade, tanto ou mais do que ao do cliente. De igual modo, e no interesse da legalidade socialista, abandonou-se a ideia mantida no começo da Revolução e dá-se cada vez mais importância a que os advogados se tornem juristas qualificados: presentemente, e em princípio, só podem ser admitidos na prática da advocacia aqueles que tenham feito estudos completos em uma faculdade de direito.

Atualmente, na União Soviética, a profissão de advogado está isenta da suspeita e da pouca consideração em que fora mantida no início da Revolução. O fim da era stalinista viu reaparecer favoravelmente uma preocupação de humanismo; houve a preocupação de uma melhor defesa dos acusados, para que se realizassem os princípios fundamentais de justiça impostos pela Constituição[43]. Existem presentemente, entre os advogados, muitos membros do partido comunista; apareceram, recentemente, artigos que reabilitam a profissão de advogado, sublinhando que Lênin fora advogado. Contudo, a advocacia apenas parece assegurar, na hora atual, rendimentos medíocres àqueles que a praticam; a maior parte das questões que, no Ocidente, a tornam rendosa, desapareceu na União Soviética com a supressão do comércio privado e a organização nas empresas ou administrações de serviços contenciosos que dispensam o

43. Hazard, J. N., Shapiro, I., Maggs, P. B., *The Soviet Legal System* (1969), p. 69-71.

recurso a advogados. O advogado soviético exerce sua atividade sobretudo na área penal; só se recorre a ele em 5 a 6% dos casos de direito civil. Desta forma, os advogados são pouco numerosos: cerca de 19.000 em 1980 em toda a União Soviética, sendo que 96% deles possuem uma formação jurídica superior e 60% são membros do partido comunista[44].

**180. Os advogados: outros países socialistas.** A organização dos advogados é, na Tchecoslováquia, calcada sobre a da União Soviética; os advogados estão agrupados, segundo o seu trabalho, em "colegiados". Uma lei de dezembro de 1963 tornou obrigatório o mesmo sistema na Polônia. Na Iugoslávia, pelo contrário, existem apenas escritórios individuais e alguns escritórios de advogados associados. Os advogados são inteiramente independentes no seu trabalho. Inscrevem-se na Ordem da República, em que exercem sua profissão, e as ordens das diferentes repúblicas têm uma associação federal.

44. Collignon, J. G., *Les juristes en URSS*, Thèse Paris (1974).

TÍTULO II

# Fontes do direito

**181. Introdução.** Por fontes do direito o jurista soviético entende, acima de tudo, a infraestrutura econômica que, segundo a doutrina marxista, condiciona e determina o sistema jurídico de um dado país. A fonte fundamental do direito soviético é constituída, neste sentido, pela dupla circunstância de os bens de produção estarem coletivizados e da ditadura do povo ter sido estabelecida na União Soviética. Só se consideram secundariamente fontes do direito, na doutrina soviética, os processos técnicos graças aos quais se descobrem ou determinam as regras jurídicas em um dado país e uma época. É ao estudo desses processos técnicos que vamos nos dedicar, perguntando-nos qual o papel desempenhado pela lei, pela jurisprudência ou por outros fatores na elaboração do direito na União Soviética, dada a estrutura, tanto econômica como política, deste país.

Capítulo I – A lei.
Capítulo II – A jurisprudência.
Capítulo III – O costume e as regras socialistas de vida em comum.
Capítulo IV – A doutrina.

Capítulo I

# *A lei*

**182. Primado da lei.** A lei, no sentido lato do termo, é de forma evidente e incontestável a fonte principal do direito soviético. Parece existir uma semelhança, neste ponto, entre o direito soviético e os direitos da família romano-germânica. Entretanto, esta semelhança é puramente formal. A importância reconhecida à lei, nos países da família romano-germânica, resulta de ela ser considerada o modo de expressão mais claro e por isto mais satisfatório das regras do direito. Nos países socialistas, o primado da lei resulta de ela ser considerada o modo de criação mais natural do direito, que se identifica à vontade dos dirigentes. Nestes países se dá também uma importância primordial à lei, porque se quer realizar na sociedade mudanças rápidas e revolucionárias; o dinamismo do direito soviético conduz à exaltação da função da lei em oposição aos fatores mais lentos da evolução, como o costume ou a jurisprudência.

Do ponto de vista técnico, as disposições provenientes das autoridades se apresentam de forma diversa nos países da família romano-germânica e nos países socialistas, devido à doutrina marxista-leninista, que concebe diversamente das doutrinas liberais a organização política e econômica do poder.

Seção I – União Soviética.
Seção II – Outros países socialistas.

## SEÇÃO I – **UNIÃO SOVIÉTICA**

**183. Princípio da unidade dos poderes.** Primeiramente surge uma diferença do ponto de vista político. Conhece-se a distinção, feita nos países burgueses, entre a lei no sentido formal e a lei no sentido material. A lei no sentido formal é o ato votado pelo parlamento e promulgado pelo poder executivo; a lei no sentido material é o ato, que não provém necessariamente do poder legislativo, que contém disposições de alcance geral, que impõe a sujeição a certas regras de conduta.

Esta distinção não é somente descritiva. Nos países democrático-liberais, ela é considerada como desejável. De acordo com o princípio de separação dos poderes tenta-se, nestes países, realizar um certo equilíbrio de poderes. É normal, nestas condições, que as regras de conduta, prescritas pelo direito, emanem de fontes diversas e que sua criação não seja privilégio de um dos poderes.

A doutrina marxista-leninista repudia o princípio de separação dos poderes. Ela está em condições favoráveis para fazer ver como, na realidade do mundo moderno, esse princípio conduz cada vez mais ao enfraquecimento da verdadeira função da lei – que é obra do parlamento – em proveito dos outros "poderes", especialmente do poder executivo ou administrativo[1]. O desenvolvimento da prática dos decretos-leis, a nova distinção da lei e do regulamento feita na França pela Constituição de 1958, a independência do poder judiciário em relação ao poder legislativo nos países da *common law* são denunciados como processos hábeis de atentar contra o princípio de soberania do povo. Na União Soviética não se admitem essas práticas contrárias a uma verdadeira democracia; todo o poder se encontra nas mãos do Soviete Supremo; em cada R.S.S. todo o poder está nas mãos do Soviete Supremo da República. Os conselhos de ministros da União Soviética e das R.S.S., todas as administrações e os juízes estão subordinados a estes sovietes supremos. Não é questão de separação, nem de equilíbrio dos poderes; existe somente uma repartição de funções entre os diversos órgãos de administração estatal, as jurisdições e a *Prokuratura*,

---

1. Zivs, S. L., *Razvitie formy prava v sovremennyh imperialisti českih gosudarstvah* (1960); Burdeau, G., "Le déclin de la loi", in *Archives de philosophie du droit*, nº 8: *Le dépassement du droit* (1963), p. 35-54.

mas não se poderia admitir que as administrações ou jurisdições se apresentassem como rivais do Soviete Supremo, que é o órgão máximo do poder estatal, de acordo com o princípio da unidade dos poderes admitido na União Soviética.

O poder legislativo é exclusivamente exercido pelo Soviete Supremo da União Soviética ou da R.S.S.[2], e não se pretende enfraquecer ou modificar este princípio, fazendo uma distinção da lei no sentido formal e da lei no sentido material. As leis, no sentido material, devem ser também leis no sentido formal.

**184. A aplicação do princípio.** Uma dificuldade se apresenta. Como pode-se, na prática, pôr em aplicação este princípio e fazer com que as leis, em uma sociedade tão complexa como a da União Soviética, sejam todas feitas pelo parlamento? A doutrina soviética vê na prática dos decretos-leis e no reconhecimento e extensão de um poder regulamentar autônomo, observados nos países burgueses, o resultado de uma conspiração contra a soberania do povo. Mas os juristas dos países burgueses apresentam esta evolução de outra maneira: como o resultado da multiplicação das tarefas assumidas pelo Estado, imposta pelas necessidades de uma administração eficaz. Como, na União Soviética, se conseguiu conciliar o respeito pela soberania popular a uma sociedade de administração eficaz?

Um meio de o conseguir poderia consistir no aumento da esfera de competência e dos poderes dos sovietes locais, que exprimem, com o mesmo direito que os sovietes supremos, a vontade popular. Esta descentralização do poder não é a via que, de uma maneira geral, foi seguida até agora, se bem que os sovietes locais tenham visto sua competência aumentar desde alguns anos.

Foi utilizada uma outra via. A prática dos decretos-leis é desconhecida na União Soviética, e jamais se consentiu qualquer

2. A iniciativa das leis, em contrapartida, é amplamente distribuída; o direito de recorrer ao Soviete Supremo é reconhecido ao Supremo Tribunal da União Soviética, ao procurador geral da União Soviética e às organizações sociais de massa, pelo art. 111 da Constituição de 1977.

delegação do poder legislativo aos órgãos da administração estatal, em especial aos conselhos de ministros. As exigências da eficácia são satisfeitas, sem que sejam atingidos os princípios, pela prática de uma delegação permanente que o Soviete Supremo admite no intervalo das suas sessões, não ao governo, mas ao seu próprio *Presidium.* As leis são, assim, obra exclusiva da autoridade legislativa. Na realidade, elas são frequentemente obra do *Presidium*, cujas decisões são ratificadas pelo Soviete Supremo: para o compreender basta considerar o número e a duração das sessões do Soviete Supremo. O Soviete Supremo da União Soviética tem geralmente duas sessões em cada ano, que não duram mais de dois ou três dias cada[3]. O Soviete Supremo só é chamado a votar diretamente certas leis particularmente importantes (Constituição, leis que aprovam os planos de desenvolvimento econômico e social, códigos ou princípios fundamentais da legislação). Pretende-se que os representantes do povo votem eles próprios a lei; esta será votada por unanimidade, depois de um debate que exaltará o progresso assim realizado na edificação do socialismo. Todas as outras disposições são adotadas por decreto do *Presidium* do Soviete Supremo ou por regulamentos do Conselho de Ministros. O Soviete Supremo pode modificar livremente a Constituição da União Soviética, e não pode existir, nestas condições, nenhuma espécie de controle judiciário da constitucionalidade das leis.

O Conselho de Ministros está autorizado pela Constituição a elaborar decretos e regulamentos, mas esta atividade só se deve exercer "com fundamento e para execução das leis vigentes". Não se reconhece, na União Soviética, a existência de um poder regulamentar autônomo. Na realidade, as fórmulas muito amplas empregadas nos textos da lei deixam às autoridades administrativas um grande espaço de ação, e a maior parte das medidas que organizam a vida na União Soviética

3. Existe uma tendência atualmente para aumentar a função do Soviete Supremo, desenvolvendo o número e a atividade de suas comissões permanentes. Cf. Lesage, M., *Les institutions soviétiques* (1975).

são tomadas pelo Conselho de Ministros ou pelas autoridades que lhe são subordinadas[4].

De resto, quer se considere a atividade do *Presidium* ou a do Conselho de Ministros, é necessário, para ter uma visão realista da situação, ter em conta as estreitas ligações que existem entre esses dois organismos e o partido comunista da União Soviética. A Constituição de 1977 as evidenciou no seu art. 6º, segundo o qual "o partido comunista da União Soviética é a força que dirige e orienta a sociedade comunista"; desta forma o secretário geral do partido comunista tornou-se chefe do Estado soviético, função que pertencia antes de 1977 ao *Presidium* do Soviete Supremo. A nova Constituição, na realidade, apenas consagrou o que já existia de fato. Antes de 1977 já era o partido comunista que, na realidade, dirigia a política da União Soviética. No interior do partido as decisões são tomadas, teoricamente, pelo comitê central do partido comunista, e de fato pelo seu órgão político (*Politburo*) assistido pela Secretaria[5].

**185. O federalismo soviético.** A União Soviética, formada por 15 repúblicas socialistas soviéticas (R.S.S.), é um Estado federal. Sua extensão territorial e a multiplicidade das nacionalidades que nela coexistem tornam necessária esta estrutura federal, que o regime czarista não soubera estabelecer[6]. O Soviete Supremo é composto de duas assembleias. Desde a Constituição de 1977 (art. 110), o número de deputados é igual em cada uma delas. Ao lado de um Soviete da União, em que os

4. Gélard, P., "La loi, le décret et l'arrêté en Union Soviétique", in *L'actualité en URSS (Droit et science politique)* (1967), p. 81-107. Gélard, P., "L'activité et le fonctionnement du Soviet Suprême de l'URSS 1965-1972", in *Ann. de l'URSS et des pays socialistes européens 1972-1973.*

5. O Comitê Central comporta atualmente 319 membros titulares, mais 151 membros suplentes, aos quais se juntam os 75 membros da Comissão Central de Verificação; o *Politburo* compreende 14 membros titulares e 8 suplentes; a Secretaria compõe-se de um secretário-geral e de 9 secretários. O Comitê Central faz em geral duas sessões, muito curtas, por ano.

6. Lacharrière, G. de, *L'idée fédérale en Russie de Riourik à Staline* (1945), p. 862-945.

deputados são eleitos proporcionalmente ao número de habitantes, sem considerar a divisão em repúblicas, o Soviete Supremo comporta um Soviete das Nacionalidades, em que se considera esta divisão, bem como, eventualmente, a existência nas R.S.S. de repúblicas, regiões ou distritos autônomos. O federalismo soviético é, contudo, atenuado pelo modo fortemente centralizado como se organizou o partido comunista na União Soviética; os governos das diversas R.S.S. são, de fato, dominados por este partido.

Sendo a União Soviética um Estado federal, a repartição dos poderes é feita entre autoridades federais e autoridades das repúblicas federadas. No que diz respeito às competências legislativas, produziu-se uma evolução depois da morte de Stálin. A Constituição de 1936 previra a elaboração de leis ou códigos federais para toda uma série de ramos do direito: organização e processos judiciários, direito penal, direito civil. Contudo, os trabalhos que visaram à elaboração de códigos federais só tiveram como resultado simples projetos que não foram publicados. Depois de 1953, produziu-se uma reação contra a excessiva centralização da época stalinista. A Constituição da União Soviética foi modificada, e o novo princípio então admitido foi retomado pela Constituição de 1977 (art. 73), salvo algumas exceções que sem dúvida permanecerão (código aéreo, código alfandegário, código do comércio marítimo). O Soviete Supremo é encarregado de garantir a unidade da legislação em todo o território da União Soviética, e o faz de preferência pelo estabelecimento dos "princípios fundamentais da legislação", em conformidade com os quais cada R.S.S. promulga seus próprios códigos e leis.

**186. Princípios fundamentais do direito e códigos recentes.** Foram promulgados princípios fundamentais em 25 de dezembro de 1958, nas áreas de organização judiciária, direito e processo penal; os princípios fundamentais do direito civil e do processo civil foram promulgados a 8 de dezembro de 1961; os princípios fundamentais do direito de família e os do direito agrário foram promulgados em 1968, os da legislação sobre trabalhos corretivos e sobre a saúde pública em 1969, e os da legislação do trabalho e da legislação sobre as águas em 1970; os da legislação sobre a educação nacional em 1973, sobre as infrações administrativas em 1980, e sobre a habitação em 1981. A obra de codificação, empreendida na base destes princípios, foi ativamente executada nas diversas repúblicas. A maior das repúblicas socialistas soviéticas, a R.S.F.S.R., promulgou a sua nova lei de organização judiciária, assim como o seu novo código penal e o seu novo código de processo penal em 1960; adotou, em 1964, o novo código civil e o novo código de processo civil; em 1969, o novo código do casamento e da família, e em 1970 adotou o seu código agrário.

As disposições decretadas nos "princípios fundamentais" são em geral reproduzidas textualmente nos códigos, sob reserva de indispensáveis adaptações. As leis ou códigos estabelecidos na base destes princípios fundamentais são, contudo, muito mais pormenorizados que estes últimos: a lei de organização judiciária da R.S.F.S.R. comporta, assim, 64 artigos, enquanto os Princípios Fundamentais comportam 39; o número de artigos é para o código penal da R.S.F.S.R. de 269 (Princípios: 47); para o código de processo penal da R.S.F.S.R. de 413 (Princípios: 54); o código civil da R.S.F.S.R. comporta 569 artigos fundados sobre 106 artigos dos Princípios. Estes números são interessantes de notar, porque fornecem a indicação da margem de autonomia dada a cada R.S.S. De uma maneira geral, esta autonomia é utilizada de uma forma moderada. Não existe nenhum organismo que vise à coordenação dos códigos e assegure a sua identidade, mas a prática utilizada é a comunicação às outras R.S.S. do projeto do código que se estabeleceu e, de fato, há realmente interesse em que os códigos sejam tão próximos quanto possível um dos outros.

**187. Decretos do *Presidium*.** As condições nas quais se reúnem e funcionam os sovietes supremos da União Soviética e das R.S.S. fazem com que as leis propriamente ditas (*zakon*), votadas pelos sovietes supremos, sejam pouco numerosas. Só se recorre a este processo quando se quer dar uma solenidade particular a uma lei. Na prática, quase sempre as leis são substituídas por decretos (*oukaz*) elaborados pelo *Presidium* do Soviete Supremo; esta prática mostra-se tão natural que foi mesmo seguida, em certos casos, para introduzir modificações na Constituição. Os sovietes supremos limitam-se a aprovar em bloco, em cada uma das suas sessões, os *oukaz* aprovados no intervalo das sessões pelo seu *Presidium*, sem entrarem em discussão das disposições tomadas por estes decretos[7].

Leis e decretos constituem a base da ordem jurídica soviética. Os dois são fáceis de conhecer. São, com efeito, publicados nos diversos jornais oficiais da União Soviética e das R.S.S. Coleções de leis e decretos cronológicos ou sistemáticos foram publicadas no que diz respeito ao direito da União Soviética assim como ao das diversas R.S.S.

**188. Outras medidas de regulamentação.** As medidas tomadas com fundamento e para execução das leis pelo Conselho de Ministros e pelos diferentes ministros da União Soviética ou das R.S.S. são de natureza e formas muito diversas: decretos elaborados pelo Conselho de Ministros ou por um ministério, por vezes subscritos pelo comitê central do partido comunista; convenções coletivas ou condições gerais de entrega ou de transporte aprovadas por um ou vários ministérios interessados; estatutos-modelos de *kolkozes* ou de *sovkozes* ou de empresas artesanais, ou estatutos de um *trust* ou *combinat* determinado; instruções dirigidas a esta ou àquela administração ou a este ou àquele grupo de empresas. A complexidade desta regulamentação é considerável, ultrapassando a que já se deplora nos países burgueses. A razão desta complexidade é o segundo fator a que fizemos referência, e que modifica o papel atribuído à lei em um país socialista, a saber: a coletivização da economia nacional.

**189. Papel da administração na economia soviética.** Devido à coletivização dos bens de produção e ao dirigismo auto-

7. O Soviete Supremo aprova apenas algumas leis por ano (menos de uma dezena), enquanto o *Presidium* emite muitas dezenas de decretos.

ritário ao qual está submetido o desenvolvimento da economia nacional, a administração é chamada a assumir, no domínio econômico, em um país socialista, tarefas sem relação com as que ela deve executar nas democracias liberais. A diferença não é apenas de ordem quantitativa, mas é também de ordem qualitativa. Estando as empresas do setor econômico coletivizadas, e aparecendo como outros tantos "estabelecimentos públicos", torna-se arbitrário, apesar da autonomia contábil e de gestão que lhes é reconhecida, traçar limites claros entre o ato administrativo, considerado sob as suas diversas formas, e o ato contratual concluído pelas empresas ou grupos de empresas.

Nas democracias de tipo liberal – porque elas se afastam cada vez mais do tipo liberal – encontramos uma imensidade de regulamentos, decretos, deliberações que visam à aplicação das leis votadas pelo parlamento. Existe, contudo, nestes países, um vasto setor em que se pode exercer o livre jogo da economia privada. As empresas comerciais, industriais ou agrícolas estão sujeitas, cada vez mais, a uma regulamentação no quadro da qual devem organizar a sua atividade; conservam, contudo, uma grande liberdade no que diz respeito à orientação que darão à sua atividade, à maior ou menor expansão que adquirirão ao lugar onde estabelecerão sucursais, aos contratantes com os quais farão negócios etc. A liberdade do dirigente da empresa e o princípio de liberdade contratual sofrem restrições cada vez maiores; contudo, ainda são a regra, e é por isso que ainda se fala, apesar de todas as restrições, de democracias liberais.

O inverso é verdadeiro na União Soviética, que é uma democracia socialista. As empresas, neste país, têm como razão de ser a execução do plano de desenvolvimento econômico da nação. A sua atividade é, por sua vez, fixada e limitada pelos estatutos que receberam do Estado e pelas disposições do plano: devem fazer o que lhes é imposto pelo plano; não podem fazer nada que exceda a esfera de ação que lhes foi concedida pelo seu estatuto particular. Desta dupla regra resulta a importância, sem precedente, reconhecida à regulamentação administrativa na União Soviética; a administração deve, através de seus regulamentos, decretos etc., à parte todas as funções que lhe competem nos países liberais, realizar a maior parte da função econômica, que em outros países é desempenhada pela iniciativa das empresas privadas. Daí resulta um volume numeroso de medidas de natureza diversa tomadas pelos diferentes ministérios; um autor ocidental julgou poder afirmar que, nos primeiros 50 anos do regime, cerca de 390.000 deliberações ministeriais tinham sido tomadas, das quais cerca de 15.000 continuavam em aplicação em 1967.

A doutrina faz, nas democracias liberais, uma diferença nítida entre o decreto ou regulamento e a circular administrativa, por um lado, e o ato administrativo ou o contrato, por outro. Essas diferenças se atenuam no direito soviético.

**190. Atos regulamentares e instruções de serviço.** A diferença entre atos regulamentares e circulares ou instruções de serviço reside essencialmente no fato de os primeiros estabelecerem regras obrigatórias para todos, enquanto as segundas se limitam a dar às administrações diretivas que não criam regras de direito. Todavia, nas próprias democracias liberais, as administrações não questionam a legalidade das instruções de serviço que recebem; aplicam estas instruções em pé de igualdade com as regras de direito. Esta atitude e esta confusão são reforçadas na União Soviética, visto que neste país os atos importantes da vida econômica são todos efetuados por instituições públicas. Estas podem ter uma personalidade autônoma, mas não estão, por esse fato, menos dependentes de um ministério. É pouco provável que façam distinção entre os atos regulamentares e as circulares que lhes são comunicadas[8].

**191. Atos administrativos e contratos.** A distinção entre o ato administrativo e o contrato perde também a sua clareza

8. O que é verdadeiro no domínio econômico é igualmente verdadeiro em outros domínios. O art. 58 (lc) do antigo código de processo penal permitia punir, em certos casos, os membros da família de um delinquente (casos de deserção ou traição). Este artigo caiu em desuso, tendo os órgãos da *Prokuratura* recebido a instrução de não exercer perseguições, em vista à sua aplicação, antes de ter sido suprimido da legislação soviética com a introdução dos novos códigos.

nas condições criadas pela estrutura econômica soviética. Os contratos entre estabelecimentos públicos têm por base os dados do plano de desenvolvimento econômico da nação. A sua função essencial é a concretização dos dados do plano. São, aparentemente, o equivalente dos contratos que são concluídos livremente – anarquicamente, dizem os marxistas – nas economias liberais. Pareceu vantajoso, na União Soviética, conservar-se a técnica dos contratos no setor coletivizado; mas isso se deve mais a uma preocupação de boa gestão administrativa, do que ao desejo de reconhecer uma esfera de ação e de liberdade própria aos dirigentes das empresas. Seria perfeitamente concebível que se suprimisse inteiramente o contrato nas relações entre estabelecimentos ou organizações do setor coletivizado; para isso, bastaria desenvolver mais pormenorizadamente o plano, fazendo intervir organismos administrativos apropriados; os contratos tornar-se-iam, então, inúteis. Isto não se pode conceber nas economias liberais; não é, de maneira nenhuma, impossível na economia socialista, em que o problema das relações entre atos administrativos de planificação e contratos levanta somente a questão das respectivas vantagens da centralização e da descentralização na vida administrativa e econômica; não se trata, como nas democracias liberais, de encontrar uma solução ótima de equilíbrio entre as exigências contraditórias da autoridade e da liberdade.

**192. Dificuldade de documentação.** Em relação às observações que acabam de ser feitas, e com o esquecimento das fronteiras entre atos regulamentares, instruções de serviço e até contratos, torna-se muito difícil reunir uma documentação jurídica satisfatória sobre qualquer ponto relativo à vida administrativa ou econômica soviética. A linha divisória entre o que interessa ao público em geral ou somente a uma ou algumas empresas, o que, por consequência, deve normalmente ser publicado, e o que não tem nenhuma necessidade de se publicar, não está traçada de maneira clara na União Soviética, considerando uma distinção de princípio entre atos regulamentares e outros atos. Critérios mais sutis podem ser utilizados; ou, mais provavelmente, um total empirismo preside a escolha que é feita. Esse empirismo está de acordo com a tradição. Os antigos órgãos (*prikaz*) que precederam, na Rússia, a instituição dos ministérios organizavam, cada um por sua conta, compilações dos atos administrativos que interessavam à atividade dos seus agentes, e essas compilações eram postas exclusivamente à disposição dos ditos agentes. A situação pode exprimir-se em termos modernos, dizendo que não existiam regras de direito público propriamente ditas, mas apenas um costume ou uma prática administrativa sem atos regulamentares, mas apenas instruções de serviço para uso dos agentes. Esta tradição dos antigos *prikaz* russos voltou a ser moda na prática soviética[9]. Cada ministério organizou uma ou várias compilações das disposições, de natureza administrativa, que interessam aos agentes do dito ministério ou às instituições cuja atividade é dirigida e controlada pelo ministério. Essas compilações são destinadas ao uso interno dos ministérios; são distribuídas apenas pelos serviços ou instituições dependentes do ministério que as organizou; não são postas no comércio, nem se encontram regularmente nas bibliotecas públicas soviéticas. Só são publicados nos jornais oficiais os atos aos quais se deseja, por alguma razão, dar publicidade. Todos os outros atos têm um caráter de certa maneira confidencial, como é o caso das circulares da maior parte das nossas administrações. O receio da espionagem econômica fez com que se regressasse na União Soviética, neste caso, a uma antiga prática russa. Ela não facilita a tarefa daquele que, sem qualquer má intenção, deseja estudar o funcionamento das instituições soviéticas. Os próprios autores soviéticos se lastimam da dificuldade que sentem no acesso às fontes. A situação do direito soviético, a este respeito, não é satisfatória do ponto de vista da ciência jurídica[10]. É justo observar, contudo, que, nas

---

9. Loeber, D. A., "Legal Rules for Internal Use Only", in *19 Int. and Comp. L. Q.* (1970), p. 70-98.

10. Acontece, entretanto, que em alguns poucos casos a doutrina e a jurisprudência "interpretam" a lei contrariamente a seu sentido original, para obter um resultado que consideram desejável. Cf. Eorsi, G., *Comparative Civil (Private) Law* (1979), nº 329.

democracias liberais, o estudo do direito é muitas vezes reduzido à teoria, sendo a prática das esferas interessadas difícil de conhecer, e considerada muitas vezes, por essas próprias esferas, como tendo um certo caráter confidencial e não interessando a estranhos.

Do mesmo modo que se observam, no que diz respeito aos domínios respectivos do ato administrativo e do contrato, alternativas de progresso e retrocesso, de centralização e descentralização, também se observam, segundo as épocas, alternativas de maior ou menor publicidade às medidas decretadas pela administração. A oportunidade de codificar, quanto à substância, o direito administrativo, como se pretendeu fazer na França depois de 1945, é discutida, mas ainda rejeitada de maneira geral; em compensação, existe simpatia em favor de um código que regularia o processo não contencioso da administração.

**193. A interpretação e aplicação da lei.** O regime soviético, orientado pelo partido comunista, aplica-se à criação, pelas suas leis, de uma ordem social inteiramente nova. As leis que promulga, e toda a regulamentação administrativa que lhe está subordinada, preparam a política e exprimem a vontade dos dirigentes. Este direito apresenta-se com um caráter particularmente imperativo e exige ser interpretado em estrita conformidade com a intenção daqueles que são os seus autores. Espera-se dos juristas e dos juízes soviéticos uma interpretação que conduza à aplicação da lei tal como foi concebida pelos seus autores. O elemento imperativo do direito, mais do que o seu elemento racional, é naturalmente posto em relevo em um direito novo.

Apesar disto, a interpretação das leis na União Soviética não deve ser uma interpretação literal. A tradição da família romano-germânica ainda persiste; a doutrina marxista não implica, de maneira nenhuma, que as leis devam ser aplicadas literalmente, empregando processos puramente gramaticais de interpretação. Esta atitude acabaria por fazer da lei um "tabu", tendo um valor em si, independentemente da política que é a sua razão de ser; ela estaria, portanto, em oposição radical com a doutrina marxista.

A interpretação das leis pelo juiz soviético vai, então, ser uma interpretação não só gramatical, mas também lógica, tendente a dar aos textos das leis o sentido que eles comportam, considerando o conjunto do sistema e dos princípios que guiam, de forma incontestável, a política dos governantes soviéticos[11]. A atitude soviética, no que diz respeito à interpretação das leis, não pode ser bem compreendida se não se levar em consideração o fator importante que constituiu a doutrina marxista-leninista. As leis e os decretos do direito soviético foram elaborados por um legislador imbuído da doutrina marxista-leninista; para dar realização à intenção do legislador é necessário interpretá-la à luz desta doutrina. Assim, não se corre o risco de chegar a uma subversão legislativa. Qualquer comparação com a situação que se apresenta nos países burgueses, a este respeito, seria falsa. Nos países burgueses não existe qualquer guia seguro para o juiz; é a sua própria ideologia que o juiz, na realidade, faz triunfar, quando pretende tomar em consideração as necessidades da sociedade; o sentido da lei é, na verdade, deturpado em favor dos interesses da classe burguesa. O recurso aos princípios da doutrina marxista, por parte dos juristas soviéticos, tem, pelo contrário, como resultado, o esclarecimento do sentido da lei que está em plena harmonia com esta doutrina.

O papel da doutrina marxista, enquanto guia da atividade dos juízes, foi durante muito tempo primordial; sendo as leis pouco numerosas, o juiz devia, em casos frequentes, procurar a solução do litígio nos princípios do marxismo-leninismo. É a esta necessidade que se referem as primeiras leis do regime, prescrevendo aos juízes que se inspirem nos princípios da política do governo dos sovietes ou que preceituem segundo o seu sentimento socialista de justiça. Hoje, a vacuidade destas fórmulas parece a muitos incompatível com o rigor que se pretende

11. Cf. a decisão nº 3 do *plenum* da Corte Suprema da União Soviética, de 26 de maio de 1960, reproduzida por Hazard, J. N. e Shapiro, I., *The Soviet Legal System* (1962), parte II, p. 138. A Corte Suprema declara, neste texto, que, devido a novos fatos surgidos desde então, uma norma estabelecida por ela em 5 de maio de 1950 deixou de ser aplicável.

dar ao princípio de legalidade socialista e com a rigorosa disciplina que se pretende fazer reinar na sociedade. As leis soviéticas são numerosas e pormenorizadas; é ao fazer a sua aplicação que o juiz soviético satisfaz o sentimento socialista de justiça, ao qual já não tem necessidade de se referir como a uma fonte autônoma do direito. As fórmulas gerais que se encontravam nos códigos da NEP eram indispensáveis na época, quando disposições pormenorizadas ainda não tinham podido ser elaboradas e postas a funcionar pelo legislador soviético, e era necessário, também, fiscalizar cuidadosamente os elementos capitalistas autorizados a subsistir. A sua utilidade é muito menor na época atual, quando não se pretende, de modo algum, na União Soviética, se ver as prescrições da lei escamoteadas em nome de vagas considerações de equidade.

A elaboração dos Princípios Fundamentais, promulgados desde 1958, permitiu ver as correntes entre as quais se divide, a este respeito, a doutrina soviética. Toda espécie de fórmulas gerais desaparecera nos projetos dos Princípios Fundamentais, tal como foram originariamente publicados; somente o art. 4º dos Princípios Fundamentais do direito civil determinava que os direitos e as obrigações civis podem nascer, fora dos casos previstos pela lei, "em virtude dos princípios gerais e de acordo com o espírito das leis civis". Em compensação não se encontrava no mesmo projeto a famosa disposição do código civil de 1922 (art. 1º), que omitia a proteção da lei para os direitos civis, no caso em que estes fossem exercidos contrariamente ao interesse geral. Entretanto, uma disposição retomando em substância este artigo foi, finalmente, reintroduzida nos Princípios Fundamentais de direito civil: "Os direitos civis são protegidos pela lei, excluindo o caso em que forem utilizados contrariamente à finalidade destes direitos em uma sociedade socialista no período de edificação do comunismo" (art. 5º, al. 1). Os Princípios Fundamentais do processo civil acolheram, da mesma forma, uma disposição que não tinha sido conservada no projeto: "Na falta de lei que regule relações litigiosas, o tribunal aplica a lei que regula relações análogas; na falta de uma tal lei, o tribunal inspira-se nos princípios gerais e no espírito da legislação socialista" (art. 12, al. 3). A possibilidade de admitir incriminações por via de analogia, que consagra o art. 16 do código penal da R.S.F.S.R. de 1922 (de acordo com o precedente do código penal de 1885, até uma revisão efetuada em 1903), desapareceu em 1958.

Na verdade – a discussão que se efetuou a esse respeito demonstra-o –, a União Soviética está dividida em duas tendências contraditórias. Por um lado, deseja-se ver aplicar a lei com o máximo rigor; por outro, quer dar-se lugar a preocupações de equidade, excluir todo o formalismo, não ver na lei um "tabu". A oposição destas duas tendências não acontece apenas na União Soviética. Neste país, contudo, ela apresenta o caráter particular de se ligar a uma opção de ordem política. A questão não é somente saber se o direito deve ser mais ou menos rígido ou flexível; é saber, em relação à doutrina marxista, em que medida se pode e deve visar, desde agora, à decadência e ao desaparecimento do direito. Ainda hoje, certamente, se impõe o respeito pela legalidade socialista; mas tem-se dificuldade, quando se é marxista, em se resignar à injustiça do direito; recorre-se a uma fórmula legislativa que pode permitir-nos escapar dela na ocasião própria, ao mesmo tempo que se saúdam na lei as múltiplas disposições que libertam o juiz do formalismo[12].

**194. Interpretação autêntica da lei.** No que diz respeito à interpretação da lei, um traço do direito soviético que merece ser mencionado é a existência de instituições habilitadas a fornecerem uma espécie de interpretação autêntica da lei, e a dirigirem aos órgãos encarregados de administrar a justiça diretrizes que dizem respeito à interpretação da lei. As instituições aqui visadas são, além do *Presidium* do Soviete Supremo, o Supremo Tribunal da União Soviética e o árbitro-chefe da União Soviética.

---

12. Cf. especialmente o art. 47 dos Princípios Fundamentais do Processo Civil (1961): "Não pode ser anulada uma decisão do tribunal, que no fundo é justa, por considerações de pura forma." Bellon, J., *Le droit soviétique* (1963), p. 106.

A função do Supremo Tribunal da União Soviética é hoje, como veremos, fornecer aos juízes estas diretrizes, possivelmente mais do que revisar as decisões tomadas em casos particulares. Desta forma, o Supremo Tribunal interveio, em 17 de dezembro de 1971, para determinar aos tribunais como deveriam aplicar o art. 7º dos fundamentos da legislação civil, relativo à defesa da honra e da dignidade dos cidadãos, quando lhe pareceu que esta disposição era diversamente aplicada pelos tribunais: em alguns casos toda crítica era reprimida, em outros, pelo contrário, nenhuma sanção existia se o réu tinha agido de boa-fé. As diretrizes do Supremo Tribunal devem ser seguidas pelos juízes; é a *Prokuratura* que deverá intervir, se elas deturparem o sentido da lei ou forem contrárias ao direito; não parece que esta hipótese se tenha jamais apresentado.

O que acaba de ser dito, no que diz respeito à interpretação autêntica dos códigos ou leis soviéticos pelo Supremo Tribunal, pode ser repetido no que concerne ao árbitro-chefe da União Soviética. Este examina a jurisprudência dos organismos de arbitragem pública, assim como o Supremo Tribunal examina a jurisprudência das jurisdições soviéticas. Formula diretrizes para uso dos organismos de arbitragem pública, da mesma maneira que o faz o Supremo Tribunal.

## SEÇÃO II – **OUTROS PAÍSES SOCIALISTAS**

**195. A função da lei.** A lei, nas repúblicas socialistas ou populares da Europa, é a principal fonte do direito. Como na União Soviética, o poder do Estado encontra-se concentrado no seio do parlamento, único órgão que pode determinar a política nacional e fazer leis; a Constituição romena de 1965 determina, de maneira expressa, que não existe qualquer poder regulamentar autônomo.

Assim, se os princípios são os mesmos, numerosas diferenças podem ser notadas quando se consideram os diversos países socialistas e a União Soviética. A Iugoslávia criou, em 1963, um tribunal de justiça constitucional que pode exigir do parlamento o novo exame de uma lei por ele julgada contrária à Constituição. A lei extingue-se se, no prazo de seis meses, o parlamento não a modificou; diversas leis, particularmente uma lei sobre segurança social, foram, deste modo, reenviadas ao exame do parlamento por ocasião de processos privados. Um tribunal constitucional também foi criado na Tchecoslováquia para garantir a repartição das competências entre as autoridades federais e estaduais. Um certo controle da constitucionalidade das leis foi igualmente instaurado na Romênia em 1965, mas este controle é exercido por um comitê constituído no seio do parlamento. Por outro lado, só agora a Iugoslávia e depois de 1968 a Tchecoslováquia são, como a União Soviética, Estados federais; mas a repartição das competências entre as autoridades federais e as autoridades das repúblicas não é aí feita do mesmo modo que na União Soviética.

Nos países menos extensos e menos povoados que a União Soviética, e que possuem uma tradição parlamentar mais forte, o parlamento pode reunir-se mais facilmente e não está disposto a isolar-se como o Soviete Supremo da União Soviética. A Dieta polonesa, na qual estão representados vários partidos, desempenha uma função muito ativa. Apenas excepcionalmente a sua comissão (Conselho de Estado) legisla em seu lugar no intervalo das sessões; a maior parte dos projetos de leis estabelecidos pelo governo é objeto de emendas quando estes são apresentados à Dieta.

**196. Codificação.** Uma intensa obra de codificação foi concluída depois da tomada do poder pelos comunistas[13], especialmente em países como a Polônia, a Tchecoslováquia e a Iugoslávia, onde a unificação do direito não tinha sido realizada antes, no plano nacional. Feitos apressadamente, os códigos assim promulgados foram substituídos mais recentemente por outros, em que foi possível tomar em consideração os progressos

13. "Codification in the Communist World". Simpósio em memória de Zsolt Szirmai, organizado por D. D. Barry, F. J. M. Feldbrugge e D. Lasok, in *Law in Eastern Europe*, nº 19 (1975).

realizados na via do socialismo. A Polônia se dotou, em 1964, de um novo código civil, um novo código da família e um novo código de processo civil. Promulgaram-se depois os códigos de direito penal, de processo penal, de direito internacional privado, de direito marítimo, de processo administrativo e de direito do trabalho; o esforço de codificação prossegue para o direito administrativo e o direito das relações comerciais internacionais, matérias em que a multiplicidade de órgãos competentes para criar o direito acarretou uma certa confusão. A Tchecoslováquia renovou completamente os seus códigos, adotando, em 1963, um código de família, um de processo civil, outro de comércio internacional e uma nova lei sobre o direito internacional privado; em 1964 um código econômico, e em 1965 um código de trabalho. A República Democrática Alemã promulgou, em 1965, um novo código da família, em 1975 novos códigos civil e de processo civil, bem como leis sobre a aplicação do direito e o direito internacional privado e, em 1976, uma lei sobre os contratos econômicos internacionais. Na Albânia, na Bulgária e na Iugoslávia um conjunto de grandes leis substitui, em diversos domínios, o direito antigo. A Hungria conseguia promulgar, em 1959, o código civil que até então nunca pudera ser realizado naquele país.

**197. Interpretação das leis.** A lei é interpretada nas democracias populares tal como na União Soviética. Os juristas destas democracias populares submeteram-se ao princípio da rigorosa interpretação que o marxismo-leninismo impõe. "No direito socialista – escreve o professor Szabo – a lei não tem por finalidade camuflar a vontade da classe dirigente. Resulta que a noção e a função da interpretação se encontram forçosamente limitadas, não permitindo a vontade do legislador, nem na altura da promulgação da lei nem mais tarde, que se transforme o conteúdo das normas jurídicas sob pretexto de interpretação, ou que se introduza na lei, ao abrigo de uma pretendida correspondência com o seu espírito, um elemento que lhe seja estranho... Nos direitos burgueses o juiz tornou-se a personagem principal do sistema jurídico. A evolução socialista evita comprometer-se neste caminho. Toda a interpretação corretiva é contrária aos princípios do marxismo-leninismo."[14] Os princípios assim apresentados só são válidos para as leis ou outras disposições promulgadas a partir do momento em que os governantes marxistas ascenderam ao poder. A interpretação das leis antigas, que puderam continuar a vigorar, deve ser feita segundo outros critérios. A fórmula utilizada na Iugoslávia é mais nítida: pode-se excluir a aplicação destas leis, se elas parecerem contrárias aos princípios dominantes na nova ordem.

Com o desaparecimento gradual destas leis antigas, substituídas por leis de inspiração marxista, a oportunidade de conservar fórmulas gerais foi objeto de discussão entre os juristas nas democracias populares, tal como foi discutida na União Soviética. Tal como neste país, acabou-se por consagrar tais disposições, que introduzem uma certa maleabilidade na interpretação do direito e reforçam o elo necessário entre a vida social e o direito. A Constituição tcheca de 1960, no seu art. 102, convida os juízes a interpretarem as leis de acordo com a consciência jurídica socialista; um preâmbulo de 8 artigos, do código civil de 1964, oferece indicações precisas a este respeito. O art. 5º do código civil polonês prevê que os atos contrários às "regras de vida na sociedade" ou ao objetivo social e econômico dos direitos subjetivos não são considerados como constituindo o exercício de um direito e não gozam de proteção legal; esta disposição foi aplicada, notadamente, contra atos que degradavam o ambiente.

**198. Publicidade da lei.** A tradição jurídica diferente e mais profunda das repúblicas populares faz-se sentir na melhor publicidade dada a todas as espécies de textos regulamentares. Não se encontra nas repúblicas populares a prática, tipicamente russa, de compilações feitas para uso de um ministério e que apresentam, muitas vezes, um caráter confidencial. Por isso,

---

14. Szabo, I., *A jogszabályok értelmezése* (1960), citado segundo o resumo francês da obra analisada por R. Lievens, in *Revue de droit international et de droit comparé* (1961), p. 172-83.

pode ser mais fácil estudar o direito socialista nas democracias populares que na União Soviética. Não basta, entretanto, publicar textos para que sejam conhecidos; os juristas das democracias populares lamentam-se, como os seus colegas de outros países, da excessiva proliferação de textos que se preocupam, de forma excessiva, com os pormenores da regulamentação.

Capítulo II

# *A jurisprudência*

Seção I – União Soviética.
Seção II – Outros países socialistas.

## SEÇÃO I – UNIÃO SOVIÉTICA

**199. A concepção soviética.** A função da jurisprudência é concebida, na União Soviética, de uma maneira completamente diferente do que o é nas democracias liberais. Se a um jurista soviético se apresenta a questão de saber qual a função que desempenha em seu país a jurisprudência, a sua resposta será, com toda a boa-fé, que essa função é considerável. Se a questão, pelo contrário, é a de saber se a jurisprudência é ou não uma fonte de direito, o jurista soviético não hesitará em responder, de maneira clara, negativamente. Como é, então, concebida, na União Soviética, a função da jurisprudência? Para obter a resposta é necessário conhecer a organização judiciária soviética e conhecer igualmente certas instituições através das quais os conflitos podem ser regulados em um contencioso não judiciário.

§ 1º Organização judiciária.
§ 2º Contencioso não judiciário.
§ 3º Função da jurisprudência.

## § 1º Organização judiciária[1]

**200. Hierarquia dos tribunais.** Os princípios que orientam a organização judiciária soviética estão fixados no capítulo XX da Constituição da União Soviética. Existem igualmente princípios fundamentais relativos à organização judiciária que, em 1958, substituíram uma lei federal de 1938; estes princípios fundamentais foram completados e postos a funcionar, na R.S.F.S.R., por uma lei de 27 de outubro de 1960.

A hierarquia judiciária soviética comporta quatro graus: dos tribunais populares, que estão na base, ao Supremo Tribunal da União Soviética, passando pelos tribunais das províncias e pelos supremos tribunais das R.S.S. As ações cíveis ou criminais podem, segundo a sua natureza e sua importância, serem instauradas a qualquer um destes escalões. O princípio é a competência em primeira instância do tribunal popular, mas a lei pode decidir que em alguns casos se deverá agir em primeira instância perante o Tribunal Provincial (causas de valor superior a 100 rublos ou, antes de 1965, processo de divórcio e infrações graves), ou mesmo diante de uma jurisdição mais alta: a acusação de um ministro poderá, em primeira instância, ser da competência do Supremo Tribunal de uma R.S.S. ou do da União Soviética, assim como certos processos de natureza política ou de alta traição. Os recursos, na medida em que são autorizados, são sempre levados à jurisdição imediatamente superior na hierarquia, àquela cuja decisão se quer reformar: os julgamentos do tribunal popular podem ser objeto de recurso perante o Tribunal Provincial, os do Tribunal Provincial perante o Supremo Tribunal da R.S.S., os do Supremo Tribunal da R.S.S. ao Supremo Tribunal da União Soviética. A partir de um decreto de 1954, os recursos podem se produzir no interior da mesma jurisdição: as sentenças das diversas câmaras civis ou penais de um Tribunal Provincial ou do Supremo Tribunal de

---

1. Kucherov, S., *The Organs of Soviet Administration of Justice: their History and Operation* (1970).

uma R.S.S. podem, em certas condições, ser anulados ou revisados pelo *Presidium* ou pelo *Plenum* deste tribunal[2].

Nada até aqui choca ou surpreende o jurista que conhece a organização judiciária de um país romano-germânico. Contudo, profundas divergências vão surgir quando se considerar a maneira como são constituídas as jurisdições soviéticas por um lado, e, por outro, o modo como se organizou na União Soviética o mecanismo dos recursos.

**201. Pessoal judiciário.** O pessoal judiciário que se encontra nos tribunais soviéticos é muito diferente daquele que se encontra nas jurisdições dos países burgueses. Comporta, em primeira instância, em todos os casos, duas categorias de pessoas: um ou vários juízes e adjuntos populares; nas instâncias mais elevadas só se encontram juízes. Convém determo-nos um instante para considerar quem são esses juízes e qual a função que é desempenhada pelos adjuntos populares.

**202. Sistema de eleição dos juízes.** As características do juiz soviético são, em primeiro lugar, que seria um juiz eleito e, em segundo, que não seja necessariamente um jurista[3]. Todos os juízes soviéticos, sem exceção, são recrutados pelo sistema de eleição: eleição por sufrágio universal e direto se se trata de juízes dos tribunais populares, eleição pelos sovietes (da União Soviética, das R.S.S. ou das províncias) tratando-se de outros juízes. A eleição é feita por um período de cinco anos para todos os juízes, salvo a possibilidade, que é dada ao corpo eleitoral, de destituir aquele que elegeu. Esta faculdade

---

2. O *Presidium* é composto pelo presidente do tribunal, pelos seus vice-presidentes e por um número de juízes fixado pelo comitê executivo do soviete da província ou da república. O *Presidium* pode igualmente ser diretamente competente para conhecer de recursos instaurados contra as decisões de uma jurisdição inferior. É igualmente o *Presidium*, no Supremo Tribunal de uma R.S.S., que é chamado a decidir, quando um assunto é enviado de novo a este tribunal pelo Supremo Tribunal da União Soviética.

3. Sobre os juízes soviéticos, cf. Collignon, J. G., *Les juristes en Union Soviétique*, Thèse Paris (1974), p. 271-338.

só é exercida excepcionalmente no que diz respeito aos próprios juízes do Supremo Tribunal da União Soviética; quando das últimas eleições, que tiveram lugar em 1970, 17% dos juízes não foram apresentados de novo aos sufrágios dos eleitores. O sistema de eleição, previsto no programa do partido comunista desde 1903, foi adotado na União Soviética devido ao seu caráter democrático; parece natural em um país onde se insiste tanto no dogma da soberania popular e onde o direito é definido como um instrumento a serviço da política dos governantes. Não é apenas a criação de regras de direito, mas também a sua aplicação, que deve, dentro de um espírito democrático, ser confiada aos eleitos pelo povo. Quase não haveria necessidade de dizer que a eleição dos juízes, como as outras eleições em um país soviético, são dominadas pelo todo-poderoso partido comunista; o voto dos cidadãos, ou dos seus representantes nos diversos sovietes, não é senão uma ratificação do rol de candidatos apresentado pelo partido comunista; esta circunstância elimina muitos dos inconvenientes que pode apresentar, em outros países, a eleição dos juízes. Os candidatos apresentados aos sufrágios dos eleitores são frequentemente membros do partido comunista. Em maio de 1977, durante uma eleição realizada na R.S.F.S.R., 95% dos juízes eram membros do partido comunista ou dos *Komsomols*, e 35% eram mulheres.

O juiz soviético não tem necessidade de ser um jurista; nenhuma condição de capacidade, de formação ou de estágio deve limitar a liberdade de escolha dos eleitores. Independentemente dessa razão de princípio, uma razão histórica dessa regra filia-se nos modos de proceder habituais do período do comunismo revolucionário: julgou-se, na época, que o direito poderia ser imediatamente substituído pela concepção socialista do direito; além disso, era impossível encontrar, no início da revolução bolchevista, juízes politicamente seguros entre os juristas. A pronunciada acentuação do princípio de legalidade socialista conduziu hoje, segundo os casos sujeitos à apreciação, a uma revisão desta atitude. Cada vez mais o partido comunista se preocupa em apresentar aos eleitores candidatos que tenham ou títulos universitários ou uma experiência prática que ateste as suas qualidades de juristas. As remunerações atribuídas aos juízes não os eleva acima dos outros trabalhadores; os juízes dos tribunais populares recebem um salário semelhante ao de um trabalhador medianamente qualificado.

**203. Princípio da colegialidade.** O princípio que prevalece na União Soviética é o da colegialidade dos juízes. Exceto nos tribunais populares[4]. Quando uma questão é examinada em primeira instância, existem sempre ao lado do ou dos juízes assessores populares, de acordo com a Constituição da União Soviética. O juiz não pode deliberar como juiz único senão nos casos especiais previstos pela lei. Trata-se de questões de pequena importância; questões em que o interesse em litígio não ultrapassa os 50 rublos, ou nos quais a pena máxima aplicada não ultrapassa 15 dias de detenção.

**204. Os assessores populares.** Os assessores populares são, como jurados, cidadãos que vêm completar o tribunal para o exame e julgamento dos processos, tanto no civil como no penal. Os assessores populares dos tribunais populares são eleitos por assembleias de cidadãos, realizadas no local de trabalho, ou de residência, por um prazo de dois anos e meio (art. 152 da Constituição). Nos níveis superiores são eleitos pelo soviete que nomeia os juízes. Dois assessores populares são adjuntos do juiz no tribunal popular, e este número varia nas outras jurisdições, de modo que o tribunal tem sempre uma maioria de assessores populares. Estes estão dispensados do emprego, que ocupam em tempo normal, durante o período em que exercem essas funções; não se lhes pode exigir que participem na obra da justiça mais de duas semanas por ano. Quando

4. Entre 1959 e 1967 teve lugar um reagrupamento de tribunais populares, comparável ao que na França substituiu, em 1958, os antigos juízes de paz por um número restrito de tribunais de instância, O número de tribunais populares foi reduzido, na R.S.F.S.R., de 4.500 para 2.375, e os novos tribunais populares podem hoje comportar até 15 juízes ou mais. Contudo, um só juiz participa nesses tribunais, hoje como anteriormente, no julgamento das questões.

são chamados para fazer parte do tribunal na resolução de uma questão, a sua voz tem a mesma autoridade que a do juiz de direito quer se suscitem questões de fato ou de direito. De fato, o juiz, quando é um jurista, parece ter sobre os assessores populares uma grande ascendência, e constitui exceção ser posto em minoria pelos seus assessores.

A que ideia corresponde esta instituição dos assessores populares? À primeira vista não é compreensível a sua utilidade. Os jurados ou os magistrados adjuntos que se encontram nos países burgueses, e aos quais inevitavelmente se é tentado a comparar os assessores populares soviéticos, desempenham uma função útil porque apresentam ao tribunal os seus conhecimentos técnicos, no caso de magistrados adjuntos ou, no caso dos jurados, trazem ao tribunal a voz do sentimento popular na administração da justiça. Estas considerações não procedem na União Soviética, onde o juiz é um juiz eleito, e onde os assessores populares são também eleitos, não necessitando para isso, uns e outros, de qualquer qualificação especial.

Para compreender a instituição dos assessores populares é necessário, como sempre, a referência à doutrina marxista. A instituição dos assessores populares liga-se, pelo seu fundamento, à ideia marxista do desaparecimento do direito na sociedade comunista. O ideal para o qual se caminha é o de uma sociedade em que não haverá nem direito nem tribunais, e na qual os comportamentos individuais apenas serão controlados pela reprovação da comunidade. A participação dos assessores populares no exame dos processos prefigura e anuncia as formas não jurídicas de amanhã. Atualmente, serve para reforçar o elo que existe entre o tribunal e o povo soviético; associa à obra da justiça um grande número de cidadãos[5] que voltarão para o seu lar, a sua oficina, o seu *kolkoz*, tendo visto funcionar por dentro uma jurisdição soviética e convencidos do caráter eminentemente justo da lei soviética. A instituição dos assessores populares liga-se, assim, à preocupação de educação e trans-

5. Mais de 600.000 pessoas figuram nas listas de assessores populares eleitos em 1970.

formação do homem soviético, que é uma das tarefas principais do direito soviético.

**205. Os tribunais especiais.** Uma reforma elaborada em 1957 suprimiu todos os tribunais especiais que existiam na União Soviética, com exceção dos tribunais militares. Estes são jurisdições especializadas que devem seguir as regras dos códigos penal e de processo penal das diversas R.S.S.; a sua competência é desde 1956 restrita às infrações penais cometidas por militares e a certas infrações (espionagem, traição) que atingem a segurança do Estado; são como as outras jurisdições, submetidas ao controle do Supremo Tribunal da União Soviética, o qual comporta, ao lado de uma câmara (*collège*) cível, uma câmara penal e uma câmara militar.

Postas de parte as organizações de arbitragem pública, as quais serão tratadas mais adiante, que desempenham um papel muito especial, notar-se-á que não existe na União Soviética nenhuma espécie de jurisdição administrativa. Quando se apresenta uma questão de natureza administrativa, ela é julgada pelos tribunais ordinários. Assim, pode-se ir perante o tribunal popular se um soviete local não respeitou a lei na organização das listas eleitorais. Pode-se igualmente recorrer aos tribunais para declaração da responsabilidade civil da administração. Na União Soviética não existem contenciosos de anulação.

**206. O sistema dos recursos.** Examinemos agora como está organizado, na União Soviética, o sistema de recursos. De novo vamos notar, aqui, diferenças com os direitos burgueses, tanto em relação ao modo de composição do tribunal soviético, como com a ênfase concedida ao princípio de legalidade socialista na União Soviética. A maneira como é formado o tribunal soviético conduz à condenação do princípio da apelação. A possibilidade, para uma instância superior, de reformar o julgamento efetuado pelos juízes em primeira instância sobre questões de fato, facilmente surge como antidemocrática quando o juiz é eleito e quando o assunto foi examinado com a participação de assessores populares. Esta não é admitida na União Soviética, onde apenas são admitidos, por conseguinte, recursos fundados em um erro de direito cometido pelo juiz.

O desejo e a necessidade de garantir, tão plenamente quanto possível, o respeito pelo princípio de legalidade socialista conduz, por outro lado, a admitir muito liberalmente a revisão dos julgamentos e das sentenças quando pareça que um erro de direito possa ter sido cometido.

O direito soviético conhece duas espécies de recursos: o recurso de anulação e o pedido de revisão. O recurso de anulação da sentença está à disposição das partes e de certas autoridades, notadamente da *Prokuratura*, que podem segundo previsto por lei protestar contra quaisquer decisões tomadas em primeira instância, mas apenas contra estas decisões.

O pedido de revisão (*nadzor*) corresponde a uma velha tradição russa[6]. Este recurso não está à disponibilidade das partes, mas de diversas autoridades habilitadas a exercer um controle sobre o modo como é administrada a justiça na União Soviética. Por um lado, a *Prokuratura*, por outro, os presidentes dos tribunais regionais ou dos supremos tribunais exercem, por iniciativa própria ou por causa das petições por eles recebidas, um controle sobre as decisões de sua competência mesmo quando em caráter de coisa julgada. Se o julgarem oportuno, deferem essas decisões a uma instância superior, com vista à sua revisão. As partes não podem requerer diretamente um pedido de revisão; podem somente, como podem todas as pessoas e em especial as organizações sociais, provocar as autoridades competentes a agirem, enviando-lhes petições. Em vez do que se passa na França no caso do pedido de anulação no interesse da lei, o sucesso do pedido de revisão beneficia, se para isso houver lugar, as partes e não serve apenas para afirmar um princípio do direito.

É difícil conhecer a amplitude e apreciar a importância que assume na prática esta via de recurso. A leitura das obras e

---

6. Rudzinski, A. W., "Soviet-type Audit Proceedings and their Western Counterparts", in *Legal Controls in the Soviet Union, Law in Eastern Europe*, vol. 13 (1966), p. 287-339.

das compilações de jurisprudência soviética dá a impressão de que ela não é de forma nenhuma excepcional; numerosos julgamentos e sentenças são deferidos à censura das jurisdições superiores. Em matéria civil, os motivos que atualmente justificam o pedido de revisão são, de modo geral, os que na França dão lugar a um recurso civil. Em matéria penal o recurso da revisão é mais amplo e pode servir para impedir um processo ou uma decisão contrários ao direito. O recurso de revisão não é limitado por nenhum prazo e suspende a execução que pretende anular.

**207. Multiplicidade dos graus de jurisdição.** Na preocupação de assegurar a exata aplicação das leis soviéticas, a possibilidade de um recurso de revisão foi largamente admitida. O jurista ocidental surpreende-se ante o número de graus pelos quais pode, pelo menos teoricamente, passar um processo antes de ser definitivamente julgado. No sistema judiciário soviético existem quatro graus de jurisdição e no interior de cada uma das possíveis instâncias de revisão é possível um duplo exame com possibilidade de reclamar um novo exame da questão ao *Presidium* do tribunal regional que haja estatuído, ou submeter ao *Plenum* do Supremo Tribunal de uma R.S.S. a decisão tomada por uma câmara particular dele próprio.

**208. Função do Supremo Tribunal da União Soviética.** Contudo, em 1957, foi aplicado um freio à multiplicação de recursos, reduzindo a função do Supremo Tribunal da União Soviética. A tendência para a descentralização, que se manifestou nesta época, parece ter estado na origem desta reforma, mais do que uma preocupação de reagir contra uma excessiva multiplicidade de recursos. Pretendeu-se que, em um número importante de casos, as questões fossem julgadas em última instância pelos supremos tribunais das R.S.S. e não pudessem ser submetidas ao Supremo Tribunal da União Soviética. O alcance desta reforma surge quando se considera a redução, em consequência das novas disposições, dos efetivos em pessoal do Supremo Tribunal da União Soviética. Este, antes da reforma, era composto por um presidente e setenta e oito membros; agora engloba, desde 1972, um presidente, dois vice-presidentes e dezesseis juízes, aos quais se juntam os presidentes dos supremos tribunais das R.S.S. para o exame dos recursos interpostos de uma decisão do Supremo Tribunal de sua R.S.S.; o número de cidadãos figurando na lista de assessores possíveis do tribunal foi também reduzido de setenta para quarenta e cinco. Além das suas atribuições contenciosas, o Supremo Tribunal da União Soviética tem outras atribuições. Estas foram muito importantes em um período (1963-71) no qual se tinha suprimido o Ministério da Justiça; atualmente são menos importantes. O Supremo Tribunal conserva, entretanto, o direito de iniciativa legislativa e publica diretrizes referentes à aplicação das leis e dos decretos e, de modo mais geral, à administração da justiça.

### § 2º Contencioso não judiciário

**209. Importância do contencioso não judiciário.** Uma grande parte dos conflitos é, em todos os países, regulada por vias não judiciais. Assim, na França, um contencioso muito importante é composto, segundo formas jurisdicionais, por vários tribunais administrativos, que não fazem parte da organização judiciária; múltiplos conflitos podem também ser resolvidos, especialmente em matéria comercial, pela arbitragem, apenas com o controle dos tribunais da ordem judiciária. O mesmo sucede na União Soviética: as jurisdições enumeradas pela Constituição e regulamentadas pelos Princípios Fundamentais da organização judiciária das diversas R.S.S. não constituem as únicas vias pelas quais podem ser regulados os conflitos.

O contencioso não judiciário assume na União Soviética uma importância maior do que nos países burgueses. Assim acontece por duas razões principais. A primeira destas razões relaciona-se com a estrutura econômica da União Soviética: esta torna natural a submissão a outras instâncias, que não sejam os tribunais judiciários, da regulamentação dos conflitos que se produzem entre as empresas do Estado, e exige, por outro, que seja retirada competência aos tribunais judiciários em questões emergentes das relações do comércio internacional. A segunda razão relaciona-se com a doutrina marxista e com a finalidade do desaparecimento do direito. A regulamentação dos litígios pelos tribunais é, tal como o próprio direito, apenas em último recurso; procura-se, na medida do possível, e desde já, passar-se sem eles, recorrendo a outras técnicas que não sejam o recurso aos tribunais para resolver situações merecedoras de tutela jurídica; esta consideração desempenha um papel importante na solução de certos tipos de conflitos, especialmente os do trabalho, que serão geralmente levados a organizações "sociais" distintas dos tribunais do Estado.

A) A arbitragem.

B) O apelo às organizações sociais.

### A) **A arbitragem**

**210. Variedade das formas de arbitragem.** A arbitragem apresenta-se na União Soviética sob duas formas muito diferentes. A primeira destas formas é a arbitragem pública, que é chamada, de acordo com a lei, a preceituar sobre os litígios que surgem entre as empresas nacionalizadas ou entre diferentes ministérios. A segunda é a arbitragem convencional de cuja competência se excluem os conflitos surgidos entre cidadãos soviéticos, mas que desempenha uma função essencial nas questões relativas ao comércio internacional.

**211. A arbitragem pública**[7]**.** Os organismos de arbitragem pública evocam, à primeira vista, no espírito do jurista francês, a hierarquia das jurisdições administrativas que existe na França paralelamente à das jurisdições judiciárias. Esta comparação é útil, porque faz compreender como podem existir

---

7. Abova, T. E. e Tadevosjan, V. S., *Razresenie hozjaistvennyh sporov* (1968); Knapp, V., "State Arbitration in Socialist Countries", in *International Encyclopedia of Comparative Law*, vol. XVL (1973), cap. XIII; Lavigne, P., "La spécificité organique et fonctionnelle de l'arbitrage d'État", in *Ann. de l'URSS* (1969), p. 175-96.

organismos encarregados de liquidar questões contenciosas que se situam fora da hierarquia "judiciária". A comparação com as jurisdições administrativas francesas é, contudo, perigosa, porque os organismos soviéticos de arbitragem pública têm funções e uma razão de existir diferentes das jurisdições administrativas francesas. Estas últimas têm por função a elaboração, em larga escala, e a aplicação de um direito especial – o direito administrativo – principalmente nas relações entre a administração e os cidadãos. Os organismos soviéticos de arbitragem pública têm por função exclusiva a aplicação das regras que são consideradas como parte do direito *civil*, e, sobretudo, a sua competência diz respeito exclusivamente aos conflitos que se produzem entre as diferentes instituições públicas, pertencentes ao Estado, pelas quais é administrada, em grande parte, a economia soviética. Não se estende de forma alguma aos conflitos entre a administração e os cidadãos. Este tipo de litígio foi previsto pela Constituição de 1977 (art. 58, al. 2), e é da competência dos tribunais. A doutrina considera esta prática como uma das garantias fundamentais do princípio de legalidade socialista.

A existência das jurisdições administrativas liga-se, na França, à distinção entre o direito público e o direito privado. Os organismos de arbitragem pública explicam-se, na União Soviética, por uma outra consideração: pelo fato de os diferentes estabelecimentos industriais e comerciais pertencentes ao Estado, que participam na execução dos planos econômicos nacionais, serem simples emanações do Estado. Os conflitos que podem nascer entre eles, sobre a interpretação das obrigações mútuas que lhes incumbem, ou devido à inexecução dessas obrigações, não são conflitos antagônicos; não colocam frente a frente pessoas com interesses opostos. São conflitos entre dois ou vários ramos de uma empresa; e é normal que sejam resolvidos, sem necessidade de recurso à justiça, pela arbitragem do patrão comum.

**212. Necessidade prática desta instituição.** Tanto é mais indicado retirar esta categoria de litígios da competência da justiça comum, quanto as jurisdições soviéticas, ante o modo como são formadas, seriam pouco qualificadas para os resolver. Juízes eleitos, tendo uma competência geral, podem reconhecer onde está a justiça e fazer a aplicação da lei nos assuntos que interessam à vida cotidiana dos cidadãos. Pode parecer vantajoso interrogar e seguir, em tais assuntos, o sentimento popular da justiça. Os conflitos que se levantam entre as empresas econômicas do Estado apresentam um caráter muito diferente; a sua solução põe em jogo regras de organização técnica, mais do que considerações de moralidade e de justiça. Os organismos de arbitragem pública permitem realizar, ao lado da justiça comum, uma justiça de técnicos. Um dos méritos particulares desta justiça é a sua rapidez; em três quartos dos casos a solução intervém no prazo de 15 dias após a questão ter sido submetida à apreciação do organismo de arbitragem[8].

**213. Diferentes tipos de arbitragem pública.** Os diferentes organismos de arbitragem foram constituídos e funcionaram, durante longo tempo, sem serem previstos pela Constituição, que regulava somente os tribunais soviéticos. Atualmente, são previstos expressamente pela Constituição de 1977, no capítulo XX intitulado "Jurisdições e Arbitragem". O artigo 166 da Constituição, neste capítulo, estabelece o princípio de que "a resolução dos litígios econômicos entre as empresas, estabelecimentos e organizações é feita pelos órgãos de arbitragem do Estado, nos limites de sua competência".

Na arbitragem pública a doutrina soviética distingue dois tipos: a arbitragem de serviço[9] que resolve os litígios entre as empresas submetidas a uma mesma autoridade, e a arbitragem estatal *stricto sensu*, que resolve os litígios entre empresas que dependem de autoridades diferentes.

**214. A arbitragem estatal.** A arbitragem estatal se origina de um decreto de 1918, foi organizada em 1931, reformada

8. Bellon, J., *Le droit soviétique* (1963), p. 109.

9. Em russo: *vedomstvennij arbitraz.* A arbitragem estatal é chamada em russo *Cosarbitraz (gsudarsvennij arbitraz).*

em 1960, profundamente modificada em 1974 e está atualmente regulada por uma lei de 30 de novembro de 1979.

A arbitragem estatal é um sistema unitário e centralizado. Compreende um certo número de comissões de arbitragem: comissão de arbitragem da União Soviética, da R.S.S., da república autônoma, do território, da província, da cidade, da província autônoma e da região autônoma. A divisão das competências entre as diferentes comissões de arbitragem depende da importância do litígio e da natureza das partes.

**215. A arbitragem de serviço.** A arbitragem de serviço é mais difícil de ser descrita. A sua organização é complexa; depende dos diferentes ministérios ou instituições e só pode ser conhecida pelos que têm acesso aos documentos de ordem interna, estabelecidos por estes organismos. Um decreto de 10 de julho de 1967 limita-se a prescrever um certo número de regras uniformes, para o que diz respeito aos ministérios da União Soviética; encontram-se nas diversas R.S.S. disposições análogas referentes aos seus próprios ministérios.

**216. As comissões de arbitragem.** As diversas comissões de arbitragem pública são dirigidas por um árbitro-chefe assistido por numerosos adjuntos. Quando um litígio é apresentado a uma comissão de arbitragem, é designado um árbitro para conhecimento do assunto. Este é examinado pelo árbitro assessorado, se necessário, pelos especialistas aos quais recorrer e pelos representantes das partes (diretos da empresa ou outro responsável habilitado). O processo seguido é diferente do previsto pelos códigos de processo civil das diversas R.S.S. Este processo é definido nas regras estabelecidas para o exame dos litígios econômicos pela arbitragem do Estado.

Uma comissão de arbitragem não pode intervir antes que as partes tenham tentado obter uma solução por via não contenciosa. Quando a comissão de arbitragem é chamada, os árbitros e as partes devem se esforçar para resolver o conflito amigavelmente, procurando em comum uma solução conforme ao direito. Muitos litígios terminam assim, por um acordo aprovado pelo árbitro. Inexistindo acordo, inicia-se um processo quase-judiciário; é raro que as empresas recorram à assistência de advogados.

A decisão tomada por uma comissão de arbitragem do Estado pode ser reexaminada devido a um pedido das partes, de certos órgãos do Estado ou da própria comissão de arbitragem. Este recurso deve ser feito no prazo de um ano após a data da decisão. Esta é submetida ao controle da comissão de arbitragem estatal de nível superior, ou ao árbitro-chefe adjunto. O recurso pode ter caráter suspensivo, por decisão do árbitro-chefe ou do árbitro-chefe adjunto.

O processo diante das comissões de arbitragem não é secreto, e numerosas decisões da arbitragem pública são publicadas nas revistas especializadas.

**217. Consultas e diretrizes.** As comissões de arbitragem pública não limitam sua atividade à resolução dos litígios que lhes são propostos pelas administrações ou empresas. Elas têm outras atividades que as fazem aparecer como órgãos da administração, dotadas de funções administrativas e regulamentares, mais do que como organismos jurisdicionais.

As comissões de arbitragem pública podem, assim, intervir por iniciativa própria nas questões que dizem respeito ao bom funcionamento das empresas. Solicitar-lhes informações sobre as medidas tomadas para remediar certas deficiências, apresentar relatórios às autoridades e propor sanções disciplinares às empresas. Podem, por outro lado, determinar os termos de um contrato que as partes são obrigadas a realizar, ou para cuja pactuação elas se puseram de acordo para aceitar a arbitragem da comissão. Sucede, também, que forneçam pareceres às empresas, que lhes tenham perguntado, por exemplo, se têm direito de incluir determinada cláusula em um contrato ou quais são seus direitos e obrigações em determinada circunstância. A comissão de arbitragem do Estado da União Soviética publica diretrizes e dá instruções para uso de todos os organismos de arbitragem; participou também da elaboração das Condições Gerais, que regulam o fornecimento de produtos nas relações entre as empresas da União Soviética. Uma compilação das instruções da arbitragem do Estado junto ao

Conselho de Ministros é publicada, sem periodicidade regular, desde 1955; são aí citadas as decisões dos organismos de arbitragem[10]. Esta compilação constitui uma fonte de documentação fundamental no que diz respeito a todos os problemas jurídicos da economia soviética.

**218. A importância da arbitragem pública.** A atividade das comissões de arbitragem é considerável. A partir de 1960, conhecem todas as questões emergentes das relações entre organizações estatais, sem exceção; toda a competência dos tribunais para estes litígios foi suprimida, como diversos autores soviéticos tinham já recomendado, anteriormente a esta data. Cerca de setecentos mil processos por ano são submetidos à arbitragem estatal, na União Soviética.

**219. A arbitragem privada.** A arbitragem pública é uma arbitragem obrigatória, à qual as partes em litígio, por imperativo legal, são obrigadas a submeter-se, mesmo se, na prática, se esforçarem por obter a assinatura de uma convenção de arbitragem. Um outro tipo de arbitragem é aquele que resulta de uma convenção celebrada livremente entre as partes que decidem, de comum acordo, submeter aos árbitros a solução de suas diferenças.

A arbitragem privada, relativa a contestação entre cidadãos soviéticos, desempenha atualmente um papel de menor importância[11]. Contudo, este modo de solução de litígios, que favorece, mais que o recurso aos tribunais, a conciliação e a harmonia, pode ser grandemente desenvolvido na sociedade comunista de amanhã. A lei de 17 de agosto de 1960 relativa à arbitragem estatal prevê a possibilidade, para as empresas públicas, de submeterem a um árbitro, escolhido por comum acordo, a apreciação das situações litigiosas que possam surgir entre elas. A função do juiz, por outro lado, é concebida, frequentemente,

---

10. Cf. Loeber, D. A., *Der hoheitlich gestaltete Vertrag* (1969), p. 68.

11. Esta arbitragem está prevista por um regulamento (*položenie*) anexo ao Código do Processo Civil da R.S.F.S.R.

como uma função conciliadora; muitos processos, instaurados por particulares, encontram a sua solução, antes de qualquer audiência pública, no gabinete e nos conselhos do juiz.

**220. A arbitragem do comércio internacional.** A arbitragem convencional, se não tem importância nas relações entre cidadãos soviéticos, desempenha, pelo contrário, uma função primordial nas relações do comércio internacional. A coisa é simples de compreender. Os industriais ou comerciantes estrangeiros que fazem negócios com a União Soviética estão pouco desejosos de se apresentarem diante das jurisdições soviéticas que descrevemos; os juristas soviéticos são os primeiros a reconhecer que, pela sua composição, pelas suas regras de funcionamento, pelo sistema de recursos que é aí admitido, elas não podem convir aos estrangeiros que contratem com a União Soviética. Por outro lado, não se quer submeter a solução dos eventuais litígios com esses estrangeiros à competência de jurisdições estatais estrangeiras. Chegou-se, por esta razão, a uma atitude muito favorável à arbitragem no comércio internacional. A União Soviética participou ativamente nos esforços feitos neste sentido, pelas Nações Unidas e pela sua Comissão Econômica para a Europa; assinou e ratificou a Convenção de Nova Iorque, de maio de 1958, e a Convenção Europeia sobre a arbitragem, de abril de 1961; manifestou igualmente, no número de tratados bilaterais que subscreveu, o seu apoio a uma regularização pela arbitragem das questões relativas ao comércio internacional. Bem entendido, tal como os outros Estados, ela deseja que essa arbitragem tenha lugar, tanto quanto possível, no seu território e nele seja atribuída a uma instituição soviética.

A instituição que se tem em vista é o Tribunal de Arbitragem da Câmara do Comércio Exterior da União Soviética[12],

12. Ramzaitsev, D. F., "La jurisprudence en matière de droit international privé de la Commission arbitrale soviétique pour le commerce extérieur, in *Rev. crit. dr. int. privé* (1958), p. 459-78; Pisar, S., *Coexistence and Commerce: Guidelines for Transactions between East and West* (1970); Giffen, J. H., *The Legal and Practical Aspects of Trade with the Soviet Union* (1969).

regido por um decreto de 1932. Os organismos soviéticos habilitados a concluir contratos comerciais com o estrangeiro esforçam-se por incluir nesses contratos uma cláusula que dê competência, em caso de litígio, a este tribunal; é somente com base numa convenção efetuada entre as partes que o tribunal pode ter conhecimento do litígio. Entretanto, não é necessária nenhuma estipulação expressa no caso das relações comerciais entre a União Soviética e os demais países socialistas da Europa (salvo a Iugoslávia), e a Mongólia Exterior; estas relações são regidas por uma convenção internacional, feita em Moscou, em 1972, que, ao se reportar às diversas Condições Gerais, elaboradas pelo Conselho de Ajuda Econômica Mútua, prevê as modalidades da solução dos conflitos por arbitragem[13].

O tribunal de arbitragem fixa, ele próprio, o seu processo; preceitua em conformidade com a convenção das partes e, subsidiariamente, com o costume comercial e com o direito nacional reconhecido como aplicável. As suas sentenças não podem ser, na União Soviética, objeto de qualquer recurso. Poder-se-á ficar surpreendido com a importância assim reconhecida ao princípio de autonomia da vontade. Contudo, não se deve esquecer que uma das partes da convenção, no nosso caso, é o próprio Estado. O monopólio soviético do comércio externo não tem mais motivos para censura do princípio da autonomia da vontade do que os monopólios capitalistas; ele é bastante poderoso para aí encontrar apenas vantagens.

### B) **O apelo às organizações sociais**

**221. Justificação desta técnica.** Nos tribunais aplica-se a justiça conforme ao direito, em nome do Estado soviético. No entanto, direito e Estado devem desaparecer na forma superior de organização social que o comunismo representa. Os conflitos não desaparecerão na sociedade comunista, mas deixarão

13. Caillot, J., *Le C.A.E.M. Aspects juridiques et formes de coopération économique entre les pays socialistes* (1971).

de ser conflitos "antagônicos", que necessitam, para a sua solução, do emprego do direito e da coerção; uma obra de persuasão, levada a cabo pelos camaradas das partes, providenciará para que isso se concretize.

Desde já, na sociedade socialista que se realizou, é possível fazer, com prudência e em planos limitados, a experiência das formas de organização social que se desenvolverão na nova sociedade.

Muitas questões que interessam à vida interior dos *kolkozes* vão, assim, escapar à competência dos tribunais. Serão resolvidas, soberanamente, pela assembleia geral do *kolkoz.* Os tribunais devem, regra geral, recusar-se a exercer o seu controle, se a decisão criticada diz respeito à concessão ou à delimitação de parcelas individuais; o comitê executivo do soviete local é, neste caso, o organismo que pode exercer um controle sobre o caráter legal da decisão tomada. Os tribunais podem, pelo contrário, ser procurados pelo "kolkoziano" que pretende não ter recebido a cota-parte que lhe é devida em razão do seu trabalho[14].

Em matéria de relações de trabalho, desenvolveu-se, na indústria, o papel dos sindicatos. Essas organizações de massa, que são chamadas a desempenhar uma função de primeiro plano na sociedade comunista, podem, desde já, ser encarregadas de múltiplas funções em lugar das administrações estatais votadas ao desaparecimento[15]. Especialmente no que respeita aos conflitos do trabalho, é natural que se lhes confie uma função conciliadora. Comissões de conflitos do trabalho, compostas por um número igual de representantes da direção e do comitê local do sindicato, funcionam em todas as empresas; se a solução que estas comissões propõem não obtém o acordo das partes, é

---

14. Cf. artigo de Ju. Naumov, traduzido em inglês em Hazard, J. N. e Shapiro, I., *The Soviet Legal System* (1962), parte I, p. 26-8.

15. Gélard, P., *Les organisations de masse en URSS: syndicats et Komsomol* (1965). Sobre a importância variável dada segundo as épocas aos sindicatos em matéria de convenções coletivas de trabalho, cf. Greyfié de Belle-Combe, L., *Les conventions collectives de travail en Union Soviétique* (1958); Lowit, T., "Le syndicalisme de type soviétique", in *L'URSS et les pays de l'Est européen* (1971).

feita nova tentativa pelo comitê sindical local. Só se esta segunda tentativa falhar pode o tribunal popular ser chamado a pronunciar-se. Qual a importância relativa do contencioso judiciário depois de se esgotarem estes processos de conciliação? Seriam necessárias estatísticas para nos informarem; é bem possível que a pressão exercida pela opinião pública, representada por dois órgãos sucessivos de conciliação, conduza, nas condições que reinam na União Soviética, a uma redução considerável da importância deste contencioso. Certas questões importantes podem ser diretamente submetidas, pelos interessados, aos tribunais populares; assim acontece especialmente para os casos de demissão[16].

Este tipo de composição de conflitos, realizado fora de um contencioso judiciário, não nos choca. Conhecemos nos nossos países burgueses processos de conciliação semelhantes; o que deve ser posto em destaque são as condições diferentes nas quais tais processos podem ser chamados a funcionar, e serem eficazes, num país como a União Soviética. Diversos desenvolvimentos recentes, que se produziram a partir de 1957 na União Soviética, não encontram, pelo contrário, qualquer paralelo nos nossos países e merecem ser assinalados; temos em vista os tribunais dos camaradas e as assembleias de comunidade.

**222. Tribunais de camaradas e assembleias de comunidade.** Os tribunais de camaradas pretendem sancionar certos comportamentos antissociais de menor importância que não merecem reter a atenção da justiça. As assembleias de comunidade, instituídas em 1961, eram mais especialmente encarregadas de lutar contra aqueles que se furtam à sua obrigação social de trabalhar e levam uma vida de parasitas; podem aplicar penas de desterro, no interior das R.S.S., por um período de

16. Bellon, J., *Le droit soviétique* (1963), p. 72. Para um contencioso não judicial das contestações em matéria de propriedade literária, artística ou industrial, cf. a mesma obra, p. 74-9. Os conselhos da ordem podem mesmo preceituar, fora dos tribunais, questões que interessam à disciplina dos seus membros: Tchikvadze, V. M., in *Le concept de la légalité dans les pays socialistes* (1961), p. 101.

dois a cinco anos, com a obrigação de trabalhar, e podem confiscar os lucros obtidos indevidamente. Os juristas soviéticos não consideravam as assembleias de comunidade como verdadeiras jurisdições; eles as viam, à *margem do direito*, como experiências de alcance limitado realizadas com vista a preparar o advento da sociedade comunista, fazendo participar as massas na manutenção da disciplina social e na observância das regras de vida em comunidade. Contudo, era difícil conciliar a existência destes organismos com o princípio, estabelecido pelo art. 4º dos princípios fundamentais do processo penal de 1958, segundo o qual só pode ser infligida uma pena por julgamento de um tribunal em conformidade com a lei penal. Este argumento provocou, em 1965, a supressão da experiência; hoje somente subsistem os tribunais de camaradas, cujas modestas atribuições e poderes não suscitam as mesmas críticas[17]. Estes órgãos sociais têm por missão essencial a prevenção dos deslizes que causam prejuízo à sociedade, e a educação das pessoas pela persuasão e pela influência da sociedade.

Os tribunais de camaradas são formados por membros eleitos pelas assembleias gerais da coletividade dos trabalhadores, para um mandato de dois anos. São competentes para julgar os furtos de pequeno valor, a embriaguez em locais públicos, os litígios entre locatários etc. Podem aplicar algumas sanções, tais como pequenas multas ou a repreensão e a desaprovação públicas. Podem também, se for o caso, propor à empresa o rebaixamento de posto ou a substituição do culpado por um tempo determinado.

---

17. A lei da R.S.F.S.R. sobre os tribunais de camaradas está publicada em tradução inglesa em Hazard, J. N., Shapiro I. e Maggs, P. B., *The Soviet Legal System* (1969), p. 18-23. Sobre os tribunais de camaradas e assembleias de comunidade, cf. Hazard, J. N., *Communists and their Law* (1969), p. 117-26.

## § 3º Função da jurisprudência[18]

**223. Concepção soviética.** A função atribuída à jurisprudência na União Soviética aclara-se quando se conhece a concepção do direito que reina neste país e a maneira como são compostos os tribunais e outros organismos do contencioso. Está claro que, num país em que o direito está estreitamente ligado à política dos dirigentes, e onde se professa uma grande preocupação em tornar efetiva a soberania do povo representado pelo seu parlamento, a jurisprudência deve estar limitada, tanto quanto possível, a uma função estrita de *interpretação* da lei, não assumindo uma função criadora de regras jurídicas. Esta posição de princípio é reforçada pela ausência de uma casta judiciária com um poder plenamente independente, senão rival, do poder estatal. Uma tal casta jamais existiu na Rússia, onde os magistrados foram considerados, até 1864, como simples funcionários e onde, no período de 1864 a 1917, um corpo judiciário, consciente da sua autonomia, não teve tempo de se criar.

"Os juízes – diz-nos o art. 112 da Constituição soviética – são independentes e apenas submetidos à lei." A independência em questão neste artigo é uma independência em relação aos sovietes locais, aos órgãos de administração e à *Prokuratura.* Os juízes não podem receber nenhuma ordem da administração ou dos sovietes locais[19] e não são de forma alguma obrigados a conformar-se com as resoluções da *Prokuratura* em qualquer questão a eles submetida. Os juízes, entretanto, são submetidos à lei e não lhes é permitido serem indiferentes à política do

18. Bratus, S. N., dir. *Sudebnaja Praktika v sovetskoj pravovol sisteme* (1973).

19. Para evitar qualquer interferência da administração no trabalho da justiça suprimiu-se em 1956, na União Soviética, o Ministério Federal da Justiça e, ulteriormente, suprimiram-se também os Ministérios da Justiça das R.S.S.; o direito de inspecionar as cortes e os tribunais, que lhes era precedentemente reconhecido, foi transferido para os supremos tribunais. Na China, pelo contrário, considera-se como desejável que os sovietes locais exerçam uma vigilância sobre os juízes. Cf. Hazard, I. N., "Socialisme et humanisme", in *Annales africaines* (1965), p. 71-94.

governo: "O tribunal é um instrumento nas mãos da classe que governa; assegura o domínio dessa classe e protege os seus interesses". Esta concepção, enunciada por Vychinski em 1937, continua ainda hoje verdadeira. É necessário compreendê-la bem: a independência dos juízes, em um país que defende o princípio da concentração do poder estatal no Soviete Supremo, nada tem a ver com a procura de um equilíbrio, pelo qual o poder judiciário viria contrabalançar o poder legislativo. Os juízes, aplicando a lei, serão sensíveis às diretrizes fornecidas pelo partido comunista ou pelo governo; numa certa época, considerarão, com um rigor particular, certos tipos de infrações, enquanto noutras será admitida uma certa indulgência[20].

**224. Supremacia da lei.** Na União Soviética não existe qualquer controle da constitucionalidade das leis. Os tribunais não podem exercer um tal controle. Este também não pode ser exercido pela *Prokuratura* que tem apenas por função a alta fiscalização da estrita execução das leis, e não a da constitucionalidade delas. A única disposição que se relaciona com a constitucionalidade das leis é o art. 74 da Constituição, segundo o qual, em caso de contradição entre uma lei da R.S.S. e uma lei federal, é esta que deve ser aplicada.

Os tribunais soviéticos poderiam, contrariamente, sem ferir os princípios, ser autorizados a julgar sobre a legalidade de todas as resoluções tomadas pelos órgãos da administração estatal: Conselho de Ministros, ministérios e outras administrações. De fato, eles não exercem este poder. Só excepcionalmente é permitido aos cidadãos russos submeter à justiça a apreciação de um ato administrativo que julguem contrário à lei e que lhes traga prejuízo. Conta-se com a *Prokuratura* para impor à administração, ou aos sovietes locais, o respeito pela legalidade socialista.

A função dos tribunais é, portanto, excluindo qualquer controle da constitucionalidade ou da legalidade, estritamente concebida como uma função de interpretação, com vista à

20. Feifer, G., *Justice à Moscou* (1965).

aplicação de um direito soviético que eles não têm por missão nem criar, nem fazer evoluir, mas sim adaptar às circunstâncias. A própria lei soviética pode, se os seus autores julgarem conveniente, conferir em diversos casos, aos juízes, uma certa latitude. Fora destes casos os juízes não podem, por preocupação de equidade ou por qualquer outra causa, afastar-se das prescrições da lei. "O tribunal – declarou Lênin – é um órgão do poder estatal. Os liberais, por vezes, esquecem-no. É uma falta grave um marxista esquecê-lo." Podemos, nas nossas democracias liberais, admirar a obra criadora da jurisprudência e as preocupações de justiça social ou de equidade dos nossos juízes. O regime soviético pretende que os seus juízes se situem "no seu lugar", que é o de aplicação, e não o de criação, do direito. *Aequitas legislatori, jus judici magis convenit.*

Tudo o que acaba de ser dito parece reduzir a função da jurisprudência em comparação com a que ela desempenha em muitos países burgueses. Esta impressão confirmar-se-á se nós considerarmos, na literatura jurídica soviética, o lugar ocupado pela jurisprudência. A única compilação jurisprudencial foi, durante muito tempo, a *Prática dos Tribunais*; esta deixou de existir em 1957, quando foi substituída por um *Boletim do Supremo Tribunal da U.R.S.S.*[21]. Os supremos tribunais das R.S.S. publicam também, desde essa data, compilações da sua jurisprudência, mas não existe ainda nenhum repositório metódico de jurisprudência. As obras doutrinárias, até uma época recente, referiam-se a poucos acórdãos.

**225. Importância real da jurisprudência.** A conclusão que se é tentado a tirar de todas estas observações deve ser, entretanto, admitida com reservas. Na realidade, uma função muito importante pertence à jurisprudência, mesmo fora da função essencial, que consiste em fazer reinar a ordem e restabelecer a paz, resolvendo os litígios. Para compreender o papel criador e político desempenhado pela jurisprudência, é necessário colo-

21. Estas compilações (*Sudebnaja Praktika, Bjulleten' verhovnogo suda S.S.S.R.*) foram sempre enviadas a todos os tribunais, para uso dos quais eram estabelecidas; nunca foram difundidas fora dos tribunais.

carmo-nos no meio soviético, sem procurar encontrar aí o equivalente ao que estamos habituados nos países burgueses.

A preocupação da disciplina e da legalidade, que existe na União Soviética, não permite considerar uma formação ou uma evolução do direito, que teriam lugar de forma anárquica, por iniciativa dos juízes. Contudo, por outro lado, somos obrigados a reconhecer, com realismo, que a ordem legislativa comporta inevitavelmente lacunas. Certas leis são incompletas ou insuficientes; o exame da jurisprudência é útil para descobrir essas insuficiências ou lacunas. Por consequência, previu-se, na Constituição soviética, um controle da atividade judiciária que é exercido pelo órgão judiciário superior, o Supremo Tribunal, sendo, por outro lado, exercido um controle análogo sobre a atividade dos organismos de arbitragem pública pelo árbitro-chefe da União Soviética.

O Supremo Tribunal e o árbitro-chefe da União Soviética não se limitam a conhecer, pela via da revisão, processos já julgados por jurisdições ou organismos inferiores. Outra de suas funções consiste em publicar instruções para servirem de guia às jurisdições soviéticas, ou aos organismos de arbitragem pública, na aplicação das leis. Podemos dizer que o Supremo Tribunal e o árbitro-chefe da União Soviética, desenvolvendo esta atividade, transformam-se em órgãos da administração e deixam de exercer uma atividade jurisprudencial. Um autor soviético responderá que, ao criar regras de direito, o juiz inglês ou francês se transforma em órgão do poder legislativo e sai do seu papel propriamente jurisdicional. O que é importante notar é que, na União Soviética, a experiência dos tribunais não é negligenciada. Não são os julgamentos, nem mesmo os arestos, que serão citados para se saber qual é o direito; mas uma autoridade judiciária, à luz dos julgamentos e das decisões proferidas, coopera no desenvolvimento do direito soviético, publicando instruções relativas à aplicação desse direito. Como no caso dos órgãos de administração estatal, sucede que estas instruções e circulares, que emanam do Supremo Tribunal, assim como do árbitro-chefe da União Soviética, apenas podem intervir "no quadro das leis em vigor". Na prática, isso apenas significa que elas não deverão ser contrárias às leis; de fato, a sua função será não só determinar como deve ser concebida a aplicação de uma dada lei, mas também preencher uma lacuna de ordem legislativa. A título de exemplo pode citar-se uma circular relativa à aplicação do código de família, que fornece aos juízes diretrizes referentes às possíveis causas de divórcio (a lei não as determina concretamente). O Supremo Tribunal da União Soviética tem, independentemente disso, desde 1958, o direito, confirmado na Constituição de 1977, de apresentar projetos de lei ao Soviete Supremo; atualmente este direito de iniciativa legislativa tem sido utilizado com frequência.

Por outro lado, na União Soviética, deu-se conta do interesse que poderia haver na referência aos acórdãos de jurisprudência, com vista a apresentar, de forma mais expressiva e concreta, as disposições do direito. As obras de doutrina procuram, cada vez com mais frequência, ilustrar as regras que elas apresentam com a ajuda de exemplos tirados da jurisprudência, relativamente à qual os autores se mostram muitas vezes críticos. Em anos recentes publicaram-se mesmo obras consagradas especialmente ao estudo de questões submetidas à jurisprudência neste ou naquele ramo do direito. Referências à jurisprudência surgem, mais frequentemente, na revista *O Estado Soviético e o Direito* (*Sovetskoe Gosudarstvo i Pravo*). A jurisprudência também não é ignorada pelo legislador; os Princípios Fundamentais do Direito Civil, adotados em 1962, consagraram várias soluções que a jurisprudência havia anteriormente admitido.

**226. Papel educador da jurisprudência.** Não se poderia terminar o estudo da função da jurisprudência no direito soviético sem se perguntar como esta função é concebida segundo a própria doutrina soviética. Esta considera o problema de maneira diferente da que se observa nos nossos países. Partindo da premissa que o direito é um aspecto da política, ela insiste na função que cabe aos tribunais de cooperarem no sucesso da política dos dirigentes. Os tribunais não têm apenas a função de interpretar e aplicar as leis soviéticas da maneira que foram descritas. Devem ainda assegurar o êxito da política governamental e preparar o desaparecimento do direito, participando ativamente na obra de educação do povo soviético. Devem pôr em evidência, em cada caso que tenham de resolver, e especialmente no espírito dos assessores populares, que a solução dada ao litígio, fundamentada na aplicação da lei soviética, é uma solução ao mesmo tempo razoável e justa, aquela que todo cidadão honesto deve alegrar-se de ver dada ao litígio. A parte que perde no processo e o próprio condenado devem aprovar a sentença proferida; a opinião pública deve apoiar essa sentença e estar de acordo com a lei soviética, com fundamento na qual ela foi proferida. O tribunal soviético deve evitar ser um espetáculo, deve ser uma escola[22]. Interessa mostrar que, ao realizar-se um Estado socialista, se entrou no reino da justiça.

## SEÇÃO II – **OUTROS PAÍSES SOCIALISTAS**

**227. As democracias populares e a União Soviética.** A organização judiciária nas repúblicas populares inspira-se nos mesmos princípios que na União Soviética; visa a organização de um corpo de juízes que não constituam uma casta de juristas, mas que sejam inteiramente dedicados ao programa de renovação da sociedade posto a funcionar pelo governo. "Os juízes não podem estar animados de um espírito associativo que lhes tornaria mais difícil a compreensão da política do Estado, cujas diretrizes são estabelecidas pelo Partido Trabalhador."[23] Encontrar-se-á,

22. Os princípios fundamentais da organização judiciária, promulgados em 1958, determinam no art. 3º, intitulado *Funções do Tribunal*: "Por toda a sua atividade, o tribunal educa os cidadãos da União Soviética com um espírito de dedicação à pátria e à causa do comunismo um espírito de exatidão e firmeza na execução das leis soviéticas, de honestidade no comportamento diante da propriedade socialista, de observação da disciplina do trabalho, dedicação sincera pelos deveres para com o Estado e a sociedade, de respeito do direito, da honra e da dignidade dos cidadãos e das regras da comunidade socialista. Quando prescreve medidas de repressão penal, o tribunal não se limita a punir o delinquente, mas preocupa-se em o corrigir e reeducar." O art. 2º dos Princípios Fundamentais do Processo Civil (1961) sublinha paralelamente a função que deve ter o processo para a educação dos cidadãos.

23. Ehrlich, S. T., "Notion et garanties de la légalité socialiste dans les pays de l'Europe de L'Est", in *Politique, Rev. int. des doctrines et des institutions* (1958), p. 327.

assim, uma subordinação das autoridades judiciais aos órgãos do poder estatal e a obrigação, para os tribunais inferiores, de informarem as suas atividades aos tribunais do povo[24].

Apesar desta semelhança fundamental de princípio, a organização judiciária, nas repúblicas populares, não reproduz totalmente a da União Soviética. Não se viu grande motivo para transformar uma organização que vinha dando certo; pôde parecer também que a organização soviética se devia, em parte, a circunstâncias próprias da União Soviética, as quais não deveriam ser levadas em consideração em países onde elas mesmas, ou outras idênticas, não se verificavam. A consideração decisiva para os dirigentes das repúblicas populares não deve ser a preocupação de seguir em todos os aspectos a União Soviética, considerada como um modelo. Deve ser a procura do melhor meio para realizar, em sua república popular, o socialismo. O princípio de legalidade socialista pode ser mais seguramente respeitado por outros meios do que os que são usados na União Soviética; nenhum sentimento de vassalagem deve, neste caso, impor a adoção das soluções soviéticas.

**228. Hierarquia das jurisdições.** No que se refere à hierarquia das jurisdições existentes, podem ser apresentadas diversas observações. Certas diferenças resultam do fato de as repúblicas populares, com exceção da Tchecoslováquia e da Iugoslávia, não serem Estados federais e não terem, por consequência, qualquer jurisdição que possa ser comparável ao Supremo Tribunal da União Soviética; as atribuições que lhe são confiadas na União Soviética, em matéria de interpretação do direito, são confiadas a outros organismos, judiciais ou não. Podem existir outras diferenças nas regras de competência; na Romênia e na Tchecoslováquia, por exemplo, os tribunais regionais, diferentemente dos tribunais provinciais da União Soviética, só funcionam, em regra, como jurisdições de segunda instância, só excepcionalmente podendo, por força da lei, serem incumbidos da primeira instância.

---

24. Lei polonesa sobre a organização judicial, art. 13. *Os Conselhos do Povo* poloneses (*rady norodowe*) são equivalentes aos sovietes russos.

Outras diferenças dizem respeito às jurisdições especiais ou organismos contenciosos. Ao lado de tribunais militares, a organização judiciária polonesa comporta tribunais da previdência social; ambos estão, desde 1962, submetidos ao controle do Supremo Tribunal. Inversamente, as contravenções regulamentadas fora do código penal, segundo uma lei de 1961, são da competência de comissões penais administrativas, sobre cujas decisões é exercido um controle pelo *Presidium* dos Conselhos do Povo da Província (*voivodie*). Estas jurisdições especiais são frequentemente previstas na Constituição. É o caso na República Democrática Alemã e na Iugoslávia.

Os tribunais de camaradas soviéticos têm o seu equivalente na Hungria; instituídos neste país desde 1957, antes portanto de serem criados na União Soviética, desenvolvem uma importante atividade. Os "tribunais populares locais", instituídos na Tchecoslováquia em 1961, parecem ter sido um fracasso; uma lei de 1969 pôs fim a esta experiência. Uma primeira experiência tentada na Polônia fracassou igualmente; mas foi retomada, em novas condições, por uma lei de 1965 que, visando o estabelecimento de uma sociedade nova, criou as comissões sociais de conciliação e os tribunais sociais de empresa[25].

**229. A arbitragem pública.** Da mesma forma que na União Soviética, os outros países socialistas da Europa, bem como a Coreia do Norte, a Mongólia Exterior e Cuba, mas não a China, submetem o contencioso do setor coletivizado a organismos especiais, independentes da hierarquia dos tribunais de justiça: comissões de arbitragem econômica ou comissões de arbitragem do Estado; *Staatliches Vertragsgericht* na República Democrática Alemã. O sistema em vigor, entretanto, sempre apresentou algumas diferenças em relação ao da União Soviética[26].

---

25. Rybicki, M., "La participation des citoyens à l'administration de la justice en Pologne et dans les pays socialistes", in *Rev. int. dr. comp.* (1971), p. 553-65.

26. Knapp, V., "State Arbitration in Socialist Countries", in *International Encyclopedia of Comparative Law*, vol. XVI (1973), cap. XIII.

As comissões de arbitragem pública só existem, em geral, no nível central e no regional, e podem ser subordinadas a autoridades diversas: o Presidente do Conselho de Ministros, na Polônia, a Comissão para a Coordenação da Economia, na Bulgária. A competência dessas comissões em matéria de contencioso é, às vezes, maior que na União Soviética: na Bulgária, na Polônia e na Tchecoslováquia, por exemplo, estende-se aos litígios decorrentes das relações entre as cooperativas agrícolas e as empresas públicas. O processo de arbitragem pública varia; na República Democrática Alemã, por exemplo, não há publicidade das audiências. Na Bulgária e na Polônia pode-se recorrer à comissão central, das decisões das comissões regionais; as decisões da comissão central podem, na Tchecoslováquia, ser objeto de um recurso ao *Presidium* desta comissão (composto pelo árbitro-chefe e pelo seu primeiro adjunto). Na República Democrática Alemã, certas decisões da comissão de arbitragem podem obter o papel de precedentes obrigatórios (*Grundsatzverfahren*). A extensão das funções administrativas submetidas à arbitragem pública varia, igualmente, segundo os países; é muito restrita na Bulgária e na Polônia em relação à situação na União Soviética.

A mais notável é a evolução que se produziu na Iugoslávia, na Albânia e na Hungria. Na Iugoslávia em 1955, na Albânia em 1969 e na Hungria em 1972, deixaram de existir as comissões de arbitragem pública. Foram substituídas, na Iugoslávia, por uma hierarquia autônoma de jurisdições econômicas, que são consideradas como verdadeiros tribunais, e cuja competência é admitida, em princípio, tanto para os litígios com os estrangeiros quanto para os que envolvem o setor coletivizado iugoslavo; nestas jurisdições, as decisões são tomadas com a participação de assessores populares. Na Albânia, reconheceu-se pura e simplesmente a competência da justiça comum para os litígios do setor coletivizado. Na Hungria, foi seguida uma terceira via: foram criadas no interior dos tribunais provinciais câmaras especiais para julgar estes litígios, com possibilidade de recurso a uma câmara econômica que funciona no Supremo Tribunal.

O Supremo Tribunal Econômico da Iugoslávia, como o Tribunal de Arbitragem do Estado, ao qual sucedeu, e como o Supremo Tribunal Federal, acrescenta às suas funções jurisdicionais uma função regulamentar, que é exercida pelas câmaras reunidas; assim, promulgou, em 18 de janeiro de 1954, os "costumes gerais do comércio de mercadorias", que foram publicados no "Jornal Oficial"; este regulamento constitui mais um somatório de regras de direito civil e comercial do que uma verdadeira compilação de práticas comerciais, e supre parcialmente a ausência, na Iugoslávia, de um código federal de obrigações.

**230. Eleição dos juízes.** O princípio da eleição dos juízes existe em todos os países socialistas da Europa, mas as modalidades de aplicação deste princípio são frequentemente diversas das adotadas na União Soviética.

Todos os juízes, mesmo os das jurisdições situadas no nível mais baixo da hierarquia, são escolhidos por assembleias eleitas: conselhos populares de níveis diversos, na Tchecoslováquia e na Iugoslávia; a diretoria da Assembleia Nacional (Dieta), na Hungria e na Polônia. Enquanto na União Soviética qualquer cidadão pode ser eleito juiz, na Bulgária, na Hungria, na Polônia, na Tchecoslováquia e na Iugoslávia exige-se a qualificação de jurista; na Bulgária, ainda, são organizados cursos para fornecer alguma instrução jurídica aos assessores populares. O período para o qual os juízes são designados varia segundo os países: 3 a 5 anos na Bulgária (conforme a jurisdição à qual se destinou), 8 anos na Iugoslávia, 10 anos na Tchecoslováquia. Na Polônia, os juízes são designados "por tempo indeterminado", e, na prática, são vitalícios, porque lá só podem ser destituídos nos casos enumerados limitativamente pela lei.

**231. Assessores populares.** A participação de assessores populares no julgamento de litígios foi acolhida na Polônia, tal como na União Soviética, com a diferença de que os assessores poloneses são eleitos pelos conselhos populares e não por sufrágio universal. Considera-se que esta inovação deu bons resultados, permitindo um confronto constante do ponto de vista de um juiz profissional com a opinião social. Pareceu, contudo, que o princípio de participação de assessores populares no julgamento de questões recebera talvez um grande alargamento; por diversos processos, limitou-se a sua aplicação, prevendo, especialmente em certos casos, um processo simplificado, comportando um único juiz profissional. O julgamento pelo juiz único é, assim, o princípio, em matéria penal, quando o máximo da pena em que incorreu o culpado é inferior a dois anos de prisão. Em matéria civil, o presidente do tribunal da circunscrição pode, com exceção de certos assuntos, decidir se a questão será julgada por um único juiz ou por três juízes profissionais.

A instituição dos assessores populares é igualmente prevista pela Constituição tcheca, a qual, para marcar a igualdade dos assessores e dos juízes profissionais, fala de juízes que exercem as suas funções a título profissional e de juízes populares que exercem as suas funções à margem da sua profissão. Estes juízes são eleitos por 4 anos pelos comitês nacionais de distrito; contudo, a sua função está reduzida, hoje, em matéria civil, pois o princípio do juiz único foi aqui admitido em 1969, salvo para as questões de direito de família e de direito do trabalho.

Na Iugoslávia, os assessores populares são adjuntos do juiz em todas as jurisdições, decidindo em primeira instância, à exceção de certos casos em que a lei autoriza o juiz a decidir como juiz único. Diferentemente das outras repúblicas populares, encontram-se na Iugoslávia assessores populares nos tribunais econômicos, sendo estes considerados como verdadeiras jurisdições.

**232. Sistema dos recursos.** O sistema dos recursos admitido nas democracias populares pode também diferir do sistema admitido na União Soviética.

Na Tchecoslováquia e na Iugoslávia continua-se fiel ao princípio do apelo, que não é admitido na Rússia; a Polônia não conhece o apelo, mas o exercício de recursos é, neste país, mais largamente aberto aos particulares do que na União Soviética. Sobretudo o recurso extraordinário de revisão é submetido a um regime diferente do soviético: é apresentado diretamente ao Supremo Tribunal e só pode levar à anulação do julgamento ou da decisão criticada se se exerceu dentro de seis meses, após o que esse julgamento ou essa decisão se tornam definitivos; passado este prazo, constata-se apenas, no interesse da lei, que o julgamento ou decisão criticada foram mal dados, mas conserva-se a autoridade do caso julgado. Na prática, o Ministério Público tem uma atividade inferior, sem dúvida, à da *Prokuratura* soviética; o seu controle exerce-se sobretudo sobre a aplicação do direito penal; o recurso de revisão, cuja iniciativa pertence apenas ao ministro da justiça, ao procurador-geral e ao primeiro-presidente do Supremo Tribunal, continua, nestas condições, a ter caráter excepcional, embora de modo algum teórico, em matéria civil[27].

**233. Função da jurisprudência.** As diferentes regras que observamos, no que se refere às jurisdições existentes na União Soviética e em certas repúblicas populares, podem bem resultar na modificação da função da jurisprudência. Sem dúvida que ela está, nas repúblicas populares como na União Soviética, rigorosamente subordinada à lei, de acordo com a doutrina marxista-leninista. Entre tribunais e legislador pode, todavia, estabelecer-se uma relação diferente. O domínio do que é princípio, cuja fixação é da competência do legislador, e a simples aplicação ou desenvolvimento do princípio, que pode ser confiado ao administrador ou ao juiz, não oferece uma tal precisão que o arranjo das relações entre a autoridade estatal e as autoridades administrativas ou judiciais não possa comportar variantes, de um para outro país, respeitando rigorosamente as exigências da doutrina.

Uma lei polonesa, modificando o código de processo civil, ampliou, em 28 de março de 1958, a competência dos tribunais

27. Para o ano de 1958, são enunciados 378 recursos em matéria civil, dos quais 282 foram declarados justificados e 35 rejeitados. O recurso extraordinário de revisão serviu, depois de outubro de 1956, para que se reapreciassem numerosas condenações injustas, tornadas definitivas, que haviam sido pronunciadas sob o regime de opressão reinante nessa época.

das circunscrições e restringiu de forma correspondente a dos tribunais de *voivodie*; a finalidade desta lei foi aliviar, na medida do possível, o Supremo Tribunal de jurisdição do segundo grau, para lhe permitir dedicar-se mais inteiramente do que no passado à sua missão geral de controle da jurisprudência. Esta reforma suscitou reservas. Certos juristas poloneses pensam que o Supremo Tribunal colaboraria mais eficazmente no triunfo do princípio de legalidade exercendo, como no passado, o seu controle sobre decisões concretas, que examinaria ou anularia, do que se limitando, por um método mais abstrato, a dar instruções aos juízes sobre a maneira de compreender e aplicar a lei, à luz de um conjunto de decisões judiciais que controlará *ex officio* na sua atividade administrativa.

Na Hungria, Polônia, Tchecoslováquia e Iugoslávia a administração da justiça é confiada a juízes que são, pela sua formação e de acordo com a tradição nacional, mais juristas do que os juízes soviéticos. É difícil pensar que esta circunstância seja irrelevante. É natural que a jurisprudência, sem o reivindicar, pois isso seria contrário à doutrina, venha a desempenhar nestes países uma função maior do que na União Soviética. A comparação das compilações de jurisprudência, que são publicadas na União Soviética e nas democracias populares, dá apoio a esta suposição. O Supremo Tribunal Federal está, na Iugoslávia, encarregado pela lei de cuidar da publicação regular de decisões importantes proferidas pelo próprio tribunal e pelos diferentes supremos tribunais. Para executar esta disposição foram publicados pelo Jornal Oficial Federal, depois de 1956, três volumes por ano de uma compilação de decisões dos supremos tribunais. Uma análoga disposição de lei sobre os tribunais econômicos obriga o Supremo Tribunal Econômico iugoslavo à publicação regular dos julgamentos e das decisões da sua jurisdição. Na Polônia, publica-se também, com regularidade, uma Compilação Oficial de Acórdãos do Supremo Tribunal em matéria civil e penal, e uma Compilação Oficial das Sentenças da Comissão Geral de Arbitragem.

As compilações de jurisprudência, publicadas nas democracias populares, são compilações oficiais, nas quais apenas são publicadas decisões previamente selecionadas. O método utilizado pelas repúblicas populares continua, neste aspecto, conforme à prática soviética: as decisões são recolhidas e publicadas na medida em que elas podem servir para guiar os juízes ou juristas, porque são julgadas de acordo com a política da classe dominante. Não servem, como nos países burgueses, para determinar uma orientação do direito independente da vontade do legislador.

Capítulo III

# *O costume e as regras socialistas de vida em comum*

**234. O costume.** O que foi dito sobre a doutrina marxista-leninista e sobre a função da lei no direito soviético deixa perceber que, neste direito, é reconhecida uma função muito restrita ao costume. A total transformação da sociedade e do próprio homem, que se procura realizar para instaurar um regime comunista, implica uma alteração revolucionária, na qual não se podem manter os costumes do que parece uma época extinta.

O costume, na União Soviética, apenas conserva uma certa importância, à medida que é útil ou necessário para a interpretação ou aplicação da lei (*consuetudo secundum legem*) ou nos casos, pouco numerosos, em que a própria lei se refere ao costume ou aos hábitos, confiando-lhes um certo domínio.

O lugar de segunda ordem atribuído ao costume no sistema de direito soviético nada tem que surpreenda. Mas nem por isso deve deixar de ser sublinhado, porque marca uma rejeição completa da tradição russa. A rejeição do costume pelo direito soviético nada tem a ver com o fenômeno que, nos países da família romano-germânica, nos séculos XIX e XX, substituiu por um direito essencialmente legislativo, fundado em códigos, um direito outrora consuetudinário. Essa transformação que advinha sobretudo da técnica não teve, regra geral, nem por objeto, nem por resultado, mudar profundamente as soluções do direito consuetudinário. Neste aspecto, verificou-se, na União Soviética, uma transformação que acompanhou a mudança de técnica; tentou-se, a partir de uma verdadeira revolução civil, que os cidadãos se acostumassem a viver de outra maneira e segundo novas regras.

**235. As regras socialistas de vida em comum.** O declínio do costume, na União Soviética, deve ter um caráter provisório. O ideal marxista-leninista é a construção de uma sociedade na qual deixará de existir o direito e em que as relações entre os homens serão reguladas unicamente pelo costume. Rejeitado hoje, o costume será futuramente chamado a desempenhar uma função de primeiro plano, logo que se atinja uma situação social na qual se poderá passar sem o direito. O futuro assim prometido ao costume surge desde já em certas fórmulas que, nas leis soviéticas ou na doutrina soviética, se referem às regras de vida em comum em uma comunidade socialista. A Constituição da União Soviética (art. 69, al. 2) enuncia: "O cidadão da União Soviética deve observar as normas da Constituição da União Soviética e as leis soviéticas, reajustar as regras de vida na sociedade socialista e manter dignamente o elevado título de cidadão da União Soviética".

Na União Soviética e no estrangeiro, os autores interrogam-se sobre o valor que conviria dar à fórmula análoga, que existia na Constituição de 1936, e sobre as consequências que seria permitido tirar dela. Para alguns, a referência às regras da comunidade socialista pareceu constituir uma fórmula suscetível de substituir a ordem pública e os bons costumes dos direitos burgueses. Outros viram aí o fundamento de uma espécie de costume *praeter legem*, suscetível de impor certas obrigações aos cidadãos (especialmente a obrigação de ajudar o seu próximo, em certas circunstâncias), além dos casos em que essas obrigações resultem de um texto de lei. Concebida desta dupla maneira, a fórmula usada na Constituição teve pouca aplicação, à exceção dos casos em que suas consequências foram determinadas de uma forma mais concreta por textos da lei soviética[1].

---

1. Contudo, ela desempenha uma função logo que se trate de precisar o delito de *houliganisme.* Cf. Marie, N., "Le houliganisme en Union Soviétique", in *Rev. de l'Est* (1970), p. 143-66. Também na Polônia, uma diretriz do Supremo Tribunal de 18 de março de 1968 declara que o divórcio não deve ser pronunciado pelos tribunais se aparecer, na espécie, como contrário às regras da vida em sociedade. Cf. Gorecki, J., "Les directives de la Cour suprême en matière de divorce", in *Panstwo i prawo*, agosto-setembro de 1968.

Realmente a fórmula da Constituição tem uma significação muito diferente; alteram-na quando lhe querem dar um conteúdo jurídico e fixar-lhe os limites nos quadros de ordem jurídica. As "regras de vida em comum", às quais se refere a Constituição, não são nem querem ser jurídicas. Esta fórmula só pode ser compreendida se se considerar a era futura de uma sociedade comunista: desaparecerá então o direito, e apenas ficarão as regras de vida numa comunidade socialista, para dirigir o comportamento dos homens. Atualmente, a fórmula da Constituição tem apenas um alcance restrito; serve, contudo, de fundamento para certas experiências, que são feitas na União Soviética, de novas formas sociais. As regras de vida em comum numa sociedade socialista são a base de todas as atividades pelas quais os cidadãos podem, a partir de agora, cooperar voluntariamente na administração do país, inscrevendo-se na milícia ou nos serviços sociais, por exemplo. Estas atividades prefiguram o que será a realidade total da vida social na sociedade comunista de amanhã.

---

O *houliganisme* encontra o seu equivalente na expressão genérica "delinquência juvenil", normalmente utilizada para designar os comportamentos delituosos por parte de menores. (N. T.)

Capítulo IV

# *A doutrina*

**236. O marxismo-leninismo.** A doutrina na União Soviética recorre, tal como as outras fontes do direito, a observações que fazem sobressair a originalidade do sistema de direito soviético[1].

Quando se fala da doutrina e da sua função no direito soviético, não nos podemos limitar a considerar os trabalhos propriamente jurídicos lá publicados. Torna-se necessário, mesmo antes de uma referência a estes trabalhos, levar em consideração os documentos nos quais foi expressa com autoridade a doutrina marxista-leninista, visto que o direito na União Soviética só se concebe como a aplicação desta doutrina, que constitui a própria base da política dos dirigentes soviéticos.

Os autores soviéticos estão imbuídos desta convicção. Tanto mais que, nas obras ou nos artigos escritos pelos juristas, estes apoiam de forma constante as suas afirmações com citações tiradas ou com referências feitas às obras dos "pais da doutrina" marxista: obras completas de Marx, de Engels e de Lênin, principalmente, que constituem o fundo de toda a biblioteca jurídica, escritos ou discursos de homens políticos soviéticos, programas e resoluções do partido comunista. Estes últimos documentos não constituem, rigorosamente falando, direito, mas a sua autoridade doutrinal é incontestada: nestas resoluções encontra-se o enunciado autorizado da doutrina marxista-leninista, tal como é atualmente concebida na União Soviética, no que concerne às mais diversas questões. Um jurista

1. Tchkhikvadze, V. M., "L'évolution de la science juridique soviétique", in *Rev. int. dr. comp.* (1968), p. 19-34.

soviético, ou uma pessoa que queira estudar o direito soviético, recorre constantemente a essas obras.

**237. A doutrina propriamente jurídica.** Ao lado destes documentos básicos que permitem discernir o espírito do direito soviético e que fixam a linha de conduta a seguir para o exame de diversas questões particulares, o que entendemos mais particularmente por "doutrina" nos países burgueses, isto é, a obra mais especificamente jurídica dos autores, apresenta igualmente traços particulares na União Soviética. A organização deste país obriga, de fato, a distinguir, quase completamente, aqueles que se dedicam ao ensino e os que se dedicam à pesquisa.

Os professores de direito não têm por tarefa a crítica do direito; devem simplesmente esforçar-se por facilitar o seu conhecimento e sua aplicação, tornando claro o que o legislador quis; devem igualmente, como os juízes, procurar assegurar o sucesso da política do governo, valorizando, para convencer os cidadãos, o caráter eminentemente sábio e justo do direito soviético. As obras que escrevem, em cumprimento desta tarefa, não visam a originalidade. São, frequentemente, a obra de um grupo (*kollektiv*) de autores, dos quais um redator-chefe dirige a colaboração. A obra, antes de ser impressa, é, regra geral, submetida à crítica de uma comissão que a examina em pormenor, do ponto de vista da sua conformidade com o direito e com a ortodoxia do regime.

Função diferente é a daqueles que optaram por uma carreira de pesquisa. Não ensinam nas faculdades de direito e não são professores; são "colaboradores científicos" no seio de um instituto da União Soviética ou de uma R.S.S. O instituto mais importante é o Instituto do Estado e do Direito da Academia de Ciências da U.R.S.S., que emprega cerca de 400 colaboradores repartidos por diversas seções. Notáveis são também, no plano federal, o Instituto de Pesquisa Científica de Legislação Soviética, junto ao Ministério da Justiça da União Soviética, e o instituto especializado em ciências criminais ligado à *Prokuratura*. O trabalho de pesquisa, nos diferentes institutos, está organizado de acordo com um plano, mas o próprio plano está estabelecido, em larga medida, com base em propostas feitas pelas diferentes seções e pelos pesquisadores que elas comportam; as autoridades que decidem como será o plano não fazem mais do que precaver-se de modo a evitarem que as múltiplas investigações sejam feitas sem a coordenação desejada num mesmo assunto, e a controlarem o desejo de expansão ou, pelo contrário, a tendência para a rotina desta ou daquela seção. As obras preparadas pelos pesquisadores são objeto de profundas discussões na sua seção, ou a um nível mais elevado, antes de serem impressas; mas é sob o nome do investigador individual que as preparou que são publicadas. Os institutos – pelo menos os mais importantes dentre eles – dispõem de excelentes bibliotecas e de numerosas facilidades para o trabalho dos seus colaboradores, e o resultado da investigação assim organizada são obras de excelente qualidade. O trabalho feito nos institutos foi, durante muito tempo, prejudicado por diferentes fatores. Numa atmosfera mais livre pode-se hoje reagir contra uma atitude de excessivo conformismo. A função da ciência não se poderia limitar à simples exposição do direito soviético atual, procurando valorizar os seus méritos. A investigação orientou-se, recentemente, para novos caminhos; um lugar cada vez mais importante é atribuído à sociologia, especialmente por aqueles que examinam problemas de direito criminal, de família e de trabalho; um novo interesse se manifesta igualmente pelo direito comparado, especialmente considerado por meio do direito dos outros países socialistas[2].

**238. Outros países socialistas.** Nos outros países socialistas, especialmente na Polônia, a doutrina concebe a sua função

2. Szabo, I., "La science comparative du droit", in *Annales universitatis Budapestinensis, Sectio juridica,* vol. V (1964), p. 91-134; Eörsi, G., *Comparative Civil (Private) Law* (1979); "Comparative Analysis of Socialist and Capitalist Law", in *Coexistence* (1965), p. 130-51: Dutoit B., "Die sowjetische Rechtswergleichung gestern und heute", in *Jahrbüch für Ostrecht* (1975), p. 49-71; Tille, A. A. e Svekov, G. V., *Stravnitel'nij metod v juridicesyih disciplinah* (1973); Tille, A. A., *Sotsialisticeskoe sravnitel'noe pravovedenie* (publicado também em inglês: *Socialist Comparative Law*) (1975). Tumanov, V. A., diz., *Sravnitel'noe Pravovedenie* (1978).

mais à maneira dos países da família romano-germânica do que à maneira soviética. Esta função não é apenas expor as regras do direito existente; é também cooperar ativamente para o aperfeiçoamento do direito, no interesse nacional. A legitimidade desta atitude é plenamente admitida pelos dirigentes; estes consultam a Associação dos Juristas Poloneses antes de promulgar novas leis. Esta cooperação, numa obra de legislação e de codificação particularmente abundante, monopoliza um pouco a doutrina; o modo de expressão desta é constituído mais por artigos ou comentários de leis do que por obras gerais menos fragmentárias.

Mais ligados do que os autores soviéticos ao conceito ocidental de liberdade intelectual, e havendo tido e conservado com o Ocidente europeu ligações mais constantes do que os seus colegas da União Soviética, os autores das repúblicas populares mostram-se menos doutrinários que os autores soviéticos. Eles sabem, e não hesitam em escrever, que o regime capitalista se transformou profundamente desde a época de Engels e de Marx. O seu desejo parece ser o de cooperar numa melhor compreensão dos dois campos, mais do que condenar sem circunstâncias atenuantes os direitos burgueses. Não interpretam sistematicamente a preocupação de justiça social dos Estados burgueses como a reação, sempre suspeita e odiosa, de uma classe burguesa às *situações difíceis*[3]. Julgam que a ciência jurídica ocidental continua a poder oferecer-lhes modelos, e que as experiências feitas nos Estados ocidentais merecem, apesar da diversidade de regimes, ser estudadas por eles, e podem ocasionalmente inspirar a ação dos dirigentes socialistas do seu país. "Numerosas teses e opiniões da ciência burguesa – escreve um autor polonês – são inaceitáveis, mas isso não significa – como se julgava injustamente — que certas teses, afirmações e teorias formuladas por esta ciência estão, *a priori*, condenadas a ser consideradas como errôneas ou estéreis. A nossa função não consiste em refutar antecipadamente toda a

3. Zawadski, Z., "Contribution à l'origine de la conception du welfare-State", in *Panstwo i Prawo* (agosto-setembro, 1960).

aquisição da ciência burguesa, mas assimilar de uma maneira crítica essas aquisições."[4] O ponto de vista atualmente aceito está bem expresso por um autor húngaro, que escreve: "Ao mesmo tempo que a legalidade socialista se revela historicamente como a síntese da legalidade capitalista, ela também é a sua continuação, a sua sequência histórica. Ele salvaguarda todos os princípios de progresso contidos na noção de legalidade capitalista; mantém e utiliza cada um dos métodos e técnicas suscetíveis de servir para a realização dos fins perseguidos pela legalidade socialista... Nós estudamos as instituições jurídicas do Ocidente com o fim de colher ensinamentos dos seus métodos e das suas técnicas jurídicas para reforçar e desenvolver a legalidade socialista"[5].

A atitude que prevalece nos países de democracia popular é bastante semelhante à dos juristas dos países burgueses, que podem ver, no regime soviético, um regime de opressão fundado sobre uma ciência das mais contestáveis, mas não pensam que, por esta razão, devam condenar de imediato tudo o que se faça na União Soviética.

---

4. Auscaler, G., "Les buts idéologiques actuels de la science du droit", in *Panstwo i Prawo* (julho, 1956).

5. Szabo, I., in *Le concept de la légalité dans les pays socialistes* (1961), p. 402.

TÍTULO III

# Estrutura do direito

**239. Originalidade dos direitos socialistas.** A estrutura de um direito pode ser encarada de uma maneira tripla: considerando as grandes divisões e categorias que comporta, examinando os conceitos usados pelos juristas, e em relação à maneira como é concebida a própria regra do direito.

O direito soviético, sucessor do antigo direito russo, herdou deste último a concepção da regra de direito que é familiar aos países da família romano-germânica; nenhuma observação particular merece ser formulada a este respeito.

No que diz respeito às categorias e aos conceitos, pelo contrário, convém reconhecer a originalidade do direito soviético. Categorias e conceitos da família romano-germânica foram, aparentemente, conservados, mas foi aí realizada uma total renovação. Numa nova sociedade fundada sobre uma organização econômica muito diferente, e em que se professa um outro ideal, já não são os mesmos problemas que se apresentam. Categorias e conceitos puderam conservar os seus antigos nomes. Todavia foram alterados na sua maior parte e já não são, senão formalmente, as categorias e conceitos da época pré-soviética, tão familiares aos juristas da família romano-germânica.

Capítulo I – Divisões do direito.

Capítulo II – Conceitos jurídicos.

Capítulo I

# *Divisões do direito*

**240. Semelhança formal com os direitos burgueses.** As divisões do direito soviético continuaram aparentemente, sob certas reservas, a ser as mesmas existentes nos direitos da família romano-germânica. Algumas diferenças podem existir: o direito da família está separado do direito civil; a categoria do direito comercial desapareceu; foram admitidas novas categorias de direito dos *kolkozes* e de direito da habitação. No entanto, existem também variantes entre os diferentes direitos da família romano-germânica; as que se notam no direito soviético não parecem justificar, em si, a classificação deste direito numa família particular.

Contudo, os autores soviéticos não admitem que se leve em consideração, sob um aspecto puramente formal, estas distinções, sem preocupação pelo conteúdo que cada ramo do direito possa ter. A semelhança entre o direito soviético e os direitos não socialistas do continente europeu é, no que se refere às suas grandes divisões, segundo estes autores, puramente formal e superficial, porque, na realidade, sendo diferente a estrutura econômica dos dois grupos de países, as questões que se apresentam, e que se referem ao direito civil, constitucional, administrativo e penal, também são muito diferentes. O direito está de fato dividido em um certo número de ramos que recebem o mesmo nome; mas aqui termina a analogia, porque diferentes problemas se colocam, quanto à sua essência, em um Estado socialista e em um Estado não socialista, e a doutrina marxista-leninista leva, por outro lado, a considerar estes problemas sob um novo ângulo não individualista.

**241. Direito constitucional.** Não é necessário insistir para que se note até que ponto o direito constitucional soviético difere do direito constitucional dos países burgueses.

Dois traços principais são característicos do sistema constitucional nos países socialistas[1]. O primeiro é o papel primordial que é reconhecido, no plano político, ao partido comunista. O segundo é o exercício do poder político e administrativo pelos sovietes dos diferentes escalões. A política tcheca em 1968 causou apreensões, porque parecia, a alguns, admitir muito livremente as críticas, e, por esse fato, colocar em perigo a primazia incontestada do partido comunista; isto mostra a enorme importância que se dá ao primeiro aspecto. Os acontecimentos na Polônia em 1981 confirmam esta preocupação. O próprio nome União *Soviética* marca o caráter fundamental que se atribui ao segundo. A inclusão de um país na família socialista resulta essencialmente da admissão destes dois princípios; um regime político no qual o partido comunista compartilhasse a realidade do poder com outros partidos, ou no qual já não existissem conselhos populares modelados segundo os sovietes russos, não mais seria olhado como um país socialista, no sentido em que a palavra é entendida na União Soviética.

A estrutura soviética do Estado não estava prevista no programa inicial do partido comunista; porém, veio a se impor logo no início da revolução de 1917, devido aos reduzidos efetivos com que contava então o partido, e à necessidade de demonstrar que o poder passara a pertencer ao povo. Entretanto, o poder de fato continua a ser do partido, que designa os candidatos a sovietes dos diversos escalões, e que provê à formação e à designação dos profissionais para todos os empregos previstos em uma relação (*nomenklatura*) elaborada por seus órgãos dirigentes.

---

1. Mouskhély, M., Jedryka, Z., *Le gouvernment de l'URSS* (1961); Chambre, H., *L'Union Soviétique, Introduction à l'étude de ses institutions* (2ª ed., 1966); Hazard, J. N., *Communist and their Law* (1969); Hazard, J. N., *The Soviet System of Government* (5ª ed., 1980).

**242. Outros ramos do direito.** Ninguém contestará o caráter sumamente original que apresentam, em relação às dos países burgueses, as instituições do direito constitucional soviético. No entanto, a originalidade do direito soviético não está limitada a este ramo do direto; a passagem para um Estado socialista, fundado sobre a doutrina marxista-leninista, conduziu em todos os domínios a uma renovação quase total das maneiras de ver e das estruturas. É desta maneira que se encara o direito administrativo, o direito do trabalho e o do seguro social, o direito criminal ou o direito civil[2].

**243. Direito administrativo.** Analisemos, assim, o direito administrativo[3]. Para um jurista do mundo capitalista o essencial é, nesta matéria, a proteção do indivíduo e a afirmação dos seus direitos contra uma administração cujos abusos convém prevenir ou sancionar. O jurista soviético não é indiferente a este problema, mas não o considera sob a mesma ótica[4]. Para ele é vão querer procurar uma proteção para o indivíduo sem ter efetuado a renovação total que a doutrina marxista-leninista traz à sociedade, através da coletivização dos bens de produção. Por outro lado, a coletivização dos bens de produção basta, regra geral, para resolver o problema que inquieta os juristas do mundo capitalista; os direitos e os interesses do indivíduo serão, do ponto de vista dos juristas soviéticos, automaticamente protegidos e garantidos se a sociedade estiver, no plano econômico,

---

2. Dupeyroux, J. J., *Sécurité sociale* (3ª ed., 1969); Hazard, J. N. e Shapiro, I., *The Soviet Legal System* (1962), parte I, p. 61, parte II, p. 158 ss., parte III, p. 73 ss.; Bellon, J., *Droit pénal soviétique et droit pénal occidental* (1961); Ancel, M., *Introduction au système de droit pénal soviétique* (1962); Lowit, T., *Le syndicalisme de type soviétique. L'URSS et les pays de l'Est européen* (1971).

3. Cf. o relatório do professor polonês M. Jaroszynski, in *Le concept de la légalité dans les pays socialistes* (1961), p. 91-115. Cf. igualmente os relatos e discussões no fim do mesmo volume. As observações feitas a respeito do direito polonês conservam, sob reserva de certos exemplos, todo o seu valor quanto ao direito soviético.

4. Hazard, J. N. e Shapiro, I., *The Soviet Legal System* (1962), parte I, p. 58 ss.

fundada sobre os princípios do marxismo; uma plena concordância dos interesses do indivíduo e da sociedade é, de fato, assegurada, afirmam eles, num regime socialista.

Os problemas que o direito administrativo apresenta, e que interessam em primeiro plano aos juristas dos países socialistas, são problemas inteiramente novos. Os bens de produção tornaram-se, na União Soviética, propriedade socialista. A tarefa essencial do direito administrativo é, tendo em conta esta mutação, a organização da exploração destes bens, e também a proteção contra a dilapidação e as usurpações de todas as espécies. Todo um conjunto de regras e de novas instituições deve ser imaginado, instalado, submetido a múltiplos controles, se se pretender que a coletivização dos bens de produção seja mais do que uma medida de ordem moral – a supressão da exploração do homem pelo homem – e que reverta, de fato, em benefício do conjunto dos cidadãos.

O colóquio efetuado pela Associação Internacional de Ciências Jurídicas, em Varsóvia, em 1958, demonstrou que juristas dos países socialistas e dos países não socialistas têm bastante dificuldade em se compreender. Os juristas dos países não socialistas não concebem um direito administrativo que não esteja centrado sobre a proteção dos indivíduos e que não seja dominado por um controle jurisdicional da administração. Os juristas dos países socialistas dirigem a sua atenção para outro lado; para eles, o essencial é o êxito da política do governo, que visa a edificação do comunismo; e à ideia de controle jurisdicional preferem um novo tipo de controle, exercido pelos representantes do povo e pelas organizações de massa. Mas a Constituição de 1977 (art. 58, al. 2) aproximou um pouco essas concepções divergentes: "Os atos dos funcionários que constituam uma violação da lei, um excesso de poder, ou que ofendam os direitos dos cidadãos podem ser objeto de um recurso perante os tribunais, nas modalidades previstas pela lei." Este texto é importante, porque estende consideravelmente o controle jurisdicional, mas, apesar disto, o direito administrativo soviético se distingue do direito administrativo dos países burgueses. O marxismo-leninismo leva os juristas a procurar uma solução para os problemas, partindo de princípios diversos dos admitidos nos países capitalistas[5].

**244. Direito civil.** Analisemos da mesma forma o direito civil. O problema fundamental que ele apresenta aos juristas burgueses é o da defesa dos interesses individuais, assim como o da propriedade privada que está na base da economia numa sociedade capitalista. O essencial é reconhecer a propriedade individual, tanto no direito das coisas como no dos contratos ou no das sucessões. Na União Soviética, pelo contrário, a regulamentação do que se chama a "propriedade pessoal" apresenta apenas um interesse secundário. O direito civil centrou-se na nova noção de propriedade socialista, da qual se estudam as diferentes formas, o regime jurídico e as garantias[6]. A importância primordial deste novo tipo de propriedade torna-se evidente ante uma simples leitura da Constituição soviética; verificamo-la igualmente lendo os Princípios Fundamentais do direito civil (1961), com a enumeração feita nestes Princípios dos bens que, por um lado, são propriedade do Estado (art. 21), propriedade dos *kolkozes* (art. 23) ou propriedade das cooperativas (art. 24) e, por outro, daqueles que podem ser objeto de uma propriedade pessoal (art. 25) ou familiar do *dvor* (art. 27). A proteção da propriedade socialista levanta problemas completamente diferentes dos da propriedade individual. É muito mais difícil protegê-la de forma adequada e eficaz. Pode contar-se com o indivíduo, sempre pronto a lutar pelos seus direitos e interesses, para defender a sua propriedade privada; a proteção da propriedade socialista deve ser organizada por instituições especiais que visem à defesa do interesse geral. O direito civil soviético, na medida em que tem por objeto a propriedade socialista – e é apenas neste campo que os juristas se defrontam com os problemas mais importantes –, apresenta-se muito diferente, pelo seu conteúdo, do direito civil dos países não socialistas, onde não há estes problemas.

---

5. Lesage, M., "Judicial Review of Administration in the USSR", in *Rev. soc. Law* (1980), nº 4, p. 465-71.

6. Stoyanovitch, K., *Le régime de la proprieté en URSS* (1962).

**245. Rejeição da distinção entre direito público e direito privado.** A originalidade do direito soviético manifesta-se, por outro lado, na rejeição pela doutrina soviética da *summa divisio* dos direitos da família romano-germânica. Esta distinção remonta ao direito romano. É fundamental no sentido em que a parte essencial do direito foi sempre considerada, nestes países, como sendo o direito privado. O direito público, intimamente ligado com a política e mal se distinguindo da ciência administrativa, foi deixado prudentemente de lado pelos juristas durante séculos, e ainda continua, em diversos dos seus ramos, incerto e instável, em comparação com o direito privado.

A doutrina marxista-leninista tomou o sentido oposto desta atitude. Numa carta a Kourski, Lênin empregou uma fórmula que se tornou famosa: "No que se refere à economia, deixou de existir direito privado, tudo se tornou direito público". Esta fórmula foi retomada por todos os juristas soviéticos. Não se deve interpretá-la como se o direito público tivesse absorvido o direito privado; significa, apenas, que não se pode admitir, em matéria econômica, o dualismo entre o direito público e o direito privado, ou seja, a existência de dois corpos de direito autônomos.

Negar a distinção entre o direito público e o direito privado é afirmar a unidade profunda do direito; esta unidade deriva do fato de que, em todos os seus ramos, o direito é essencialmente o reflexo da organização econômica da sociedade.

O marxismo-leninismo identifica o direito com a coerção. Não vê regras de direito nas fórmulas, conformes à justiça ou inspiradas pela moral, que são espontaneamente seguidas pelos homens nas suas mútuas relações. Considera apenas como regras jurídicas aquelas que são impostas, de modo mais ou menos aberto ou hipócrita, pela classe dirigente, com o fim de garantir os seus interesses econômicos e perpetuar a sua "ditadura". O direito é apenas um aspecto da política, um instrumento a serviço da classe dirigente. Numa tal concepção deixa de haver lugar para um direito privado que pretenderia, independentemente de qualquer preocupação e de todo o caráter político – e está aí a essência da noção de direito privado que o opõe ao direito público –, dar expressão a considerações de boa organização e de justiça social. Dizer que todo o direito é público, como disse Lênin, é exprimir, de um outro modo, a ideia de que todas as relações de direito são comandadas por uma ideia política, e que as regras de direito não são de forma nenhuma a expressão dos princípios de uma justiça imanente. O direito é política e, reciprocamente, o que não é política não é direito.

À rejeição da distinção entre direito público e privado ligam-se certas consequências práticas importantes.

**246. Caráter imperativo do direito.** Todo o direito, e não apenas aquele que chamamos direito público, sendo um aspecto da política, vai inevitavelmente ser dirigido no sentido de assegurar o sucesso desta, de modo a dar ao maior número possível de leis o caráter imperativo, e ao maior número possível de regras o caráter de regras de ordem pública. Será tanto mais assim, quanto é certo que o regime soviético não está satisfeito com a sociedade atual. Aspira transformá-la completamente para criar um novo tipo de sociedade. Todas as relações, todos os comportamentos devem ser modificados de modo a criar as condições nas quais será possível renunciar à opressão e ao direito, e em que os cidadãos possam agir uns para com os outros num clima de compreensão mútua e fraterna. As regras supletivas, que correm o risco de perpetuar os erros do passado, devem desaparecer em proveito de regras imperativas, as únicas suscetíveis de criar e de impor a nova sociedade.

Não bastará apenas afirmar que o direito civil é, na realidade, direito público, e dizer que as suas regras devem ser imperativas. Num grande número de casos reforçar-se-á esse caráter imperativo de maneira a garantir ainda mais o êxito da política dos dirigentes soviéticos, associando sanções penais à violação das regras do direito civil. A inexecução dos contratos, nos setores coletivizados da economia soviética, comporta sanções penais; o membro do *kolkoz* que não execute o mínimo de trabalho previsto em proveito do *kolkoz* é punido criminalmente; a criação de uma empresa privada sob a forma simulada de uma cooperativa é um delito penal; a compra para revenda é uma infração punida pelas leis penais.

**247. Procura de uma nova sistemática.** Os autores soviéticos, imbuídos da preocupação de romper completamente com as sociedades burguesas que eles consideram fundamentalmente injustas, sentem-se por vezes constrangidos por terem conservado, mesmo que apenas de um ponto de vista puramente formal, as categorias do direito burguês. Parece-lhes que, renovado inteiramente na sua própria concepção e quanto às suas soluções de base, o direito soviético deveria normalmente fazer apelo a uma nova sistemática, implicando a rejeição das categorias do passado. Estas tentativas não foram até hoje coroadas de sucesso; merecem ser mencionadas, porque estão ligadas a certas crises que o direito soviético atravessou, e servem para fornecer indicações sobre a maneira como se concebe, na União Soviética, a evolução do direito e o seu desaparecimento no futuro. As querelas doutrinárias surgidas nesta ocasião concentraram-se por duas vezes sobre a questão de saber se convém ou não reconhecer, no sistema do direito soviético, a existência de um ramo especial a que se chamaria "direito econômico"[7].

Na União Soviética, e na maior parte dos países socialistas, renunciou-se, no plano legislativo, à consagração da existência deste ramo[8]. A solução oposta prevaleceu na Tchecoslováquia e na República Democrática Alemã. É na Tchecoslováquia que parece ter sido feito maior esforço para apresentar o direito de uma maneira nova, tendo em conta a sua estrutura socialista. À parte a distinção feita entre código civil e código econômico, notar-se-á especialmente, a este respeito, a nova terminologia usada no código civil: substituiu-se a noção tradicional de contrato, para as relações entre organizações do setor

7. Hazard, J. N., "Le droit soviétique et le dépérissement du droit", in *Université de Bruxelles, Faculté de droit, Travaux et conférences*, VIII (1960), p. 5-109. Adenda Bilinsky, A., "Ringen um das Zivilrecht im Ostblock", in *Europa Recht* (1961), p. 174-99; Kucera, J., "La théorie du droit économique socialiste. Son application en Tchécoslovaquie", in *Ann. Univ. sciences sociales de Toulouse*, t. XXI (1973), p. 337-77.

8. Cf. Mateesco Matte, M., "Le droit économique socialiste dix ans après sa 'codification' dans la législation civile soviétique", in *Annuaire de l'URSS 1970-1971*, p. 35-72.

coletivizado e os cidadãos, pela noção de serviços, devidos pelas primeiras aos segundos. Com a promulgação de um código de comércio internacional, reconheceu-se, por outro lado, a diferença profunda que existe, em um país socialista, entre relações internas e relações do comércio internacional.

Capítulo II

# *Os conceitos jurídicos*

**248. Preponderância da doutrina marxista.** A ditadura do povo por um lado e a coletivização da economia nacional por outro conduzem a uma mudança da natureza de todos os conceitos, que tomam um sentido diferente nas novas condições em que são utilizados. Com um vocabulário herdado do antigo direito russo, os juristas soviéticos tratam de problemas que já não são os mesmos e que eles examinam por um prisma inteiramente novo. As palavras tomaram, nestas circunstâncias, um sentido diferente. Devemos, ao estudar o direito soviético, libertar-nos da jurisprudência dos conceitos e ter presente no espírito que os conceitos não têm um valor absoluto. Os adversários do regime soviético negam que exista na União Soviética uma democracia e liberdade reais. Parece mais justo considerar que esses conceitos tomaram, na sociedade soviética, um novo sentido. Numa preocupação da clareza, pode lamentar-se que uma nova terminologia não tenha sido elaborada de modo a definir claramente essa mudança de sentido. Devemos adaptar-nos à terminologia soviética. Apenas é importante saber que os conceitos do direito soviético, qualquer que seja a terminologia usada, na realidade, não são mais os conceitos dos países burgueses. Seria necessário um estudo sobre a substância do direito soviético para compreendermos toda a grandeza da mudança verificada. Mas tal estudo não cabe no âmbito do presente trabalho. Contentar-nos-emos em fornecer aqui alguns exemplos característicos, tecendo algumas considerações sobre a propriedade e sobre os contratos no direito soviético.

Seção I – A propriedade.

Seção II – Os contratos.

## SEÇÃO I – A PROPRIEDADE

**249. Concepção burguesa e concepção socialista da propriedade.** A noção central do direito soviético – aquela que os juristas soviéticos orgulhosamente afirmam ter recriado completamente – é a noção de propriedade. O jurista ocidental surpreende-se pela ênfase dada a uma noção que, em direito francês pelo menos, ocupa um lugar restrito entre as suas preocupações.

Contudo, é absolutamente natural que o regime da propriedade seja colocado em primeiro plano pelos juristas soviéticos. A doutrina marxista considera que o direito é, antes de tudo, condicionado pela estrutura econômica da sociedade: o essencial, para esta, reside na forma como os bens são apropriados. É no que se refere ao regime da propriedade que o marxismo exige uma mutação total das ideias, uma revolução que fará sentir os seus efeitos, por consequência, sobre todos os ramos do direito e na própria consciência dos homens.

De resto, a simplicidade aparente do assunto, constituído pelo regime da propriedade, não passa nos próprios países capitalistas de uma ilusão. A descrição do direito das coisas feita na França está, seguramente, longe de esgotar o conteúdo deste ramo do direito, do qual dá uma ideia inteiramente falsa. As restrições aplicadas aos direitos dos proprietários são, assim, omitidas e não se ouve sequer falar do direito do urbanismo, nem do estatuto das formas de exploração da propriedade rural que são tratados em outros lugares[1]. A própria autonomia do direito contratual, relacionada com o direito dos bens, é apenas uma consequência do individualismo exagerado que reina nestas sociedades e da função de primeiro plano que, consequentemente, se quer atribuir à vontade; a venda, a locação e outros tantos contratos poderiam ser olhados, na ausência de tal atitude, como fazendo parte do direito das coisas concebido em termos amplos.

O direito soviético rejeita a estreita concepção que os juristas franceses têm do direito de propriedade. Este é, para eles, o

1. Cf. a noção mais abrangente admitida no direito inglês, consultando por exemplo a obra de Lawson, F. H., *The Law of Property* (1958).

conjunto das regras que se relacionam não somente com a apropriação dos bens e com a transferência do direito de propriedade sobre os bens, mas também com o modo de gestão destes e com as operações jurídicas que lhes dizem respeito.

**250. Dificuldade de uma comparação.** O regime da propriedade difere, em muitos aspectos, na União Soviética, do dos países capitalistas.

A distinção que se considera, nos direitos da família romano-germânica, como fundamental – a dos móveis e imóveis – não apresenta grande interesse aos olhos dos juristas soviéticos. A distinção que fazem, na aplicação da doutrina marxista (distinção não menos fundamental), é a dos bens de produção e dos bens de consumo[2].

À unidade – pelo menos aparente – do regime da propriedade nos países romanistas opõe-se, por outro lado, a variedade, no direito soviético, de três regimes: regime de propriedade pessoal, da propriedade cooperativa e, o mais importante e o mais inovador de todos, o regime da propriedade estatal.

Acrescentemos que o direito soviético, repudiando as tradições romanistas, rejeita a noção de direito real. Todo o direito é feito para regular, segundo os juristas soviéticos, as relações entre os homens, e é necessária uma mentalidade capitalista para conceber um direito que ligue uma pessoa e uma coisa, o proprietário e o objeto da sua propriedade.

Por todas estas razões parece aos juristas soviéticos que a propriedade se tornou, em um país socialista, uma coisa completamente diferente do que era em um país capitalista: a tal ponto que não se chega mesmo a conceber uma verdadeira e significativa comparação entre os regimes da propriedade, tal como eles existem nos dois tipos de países. Os juristas soviéticos, quando formulam esta opinião, têm em vista, antes de tudo, o direito capitalista que era conhecido por seus países antes da revolução socialista. A sua maneira de ver é menos justificada,

2. A noção de bens de consumo não tem nada a ver – é necessário frisá-lo – com a noção, conhecida dos direitos romanistas, de coisas consumíveis.

se se considerar o direito atual dos países não socialistas do continente europeu, com toda a complexidade que atualmente o direito das coisas comporta, ou se se considerar, ainda mais, a *law of property* inglesa. No entanto, ainda nestes dois casos o ponto de vista soviético continua largamente justificado: existem grandes diferenças entre os direitos capitalistas e o direito soviético, resultantes dos princípios diferentes sobre os quais a sociedade está edificada nos países capitalistas e socialistas.

**251. A propriedade pessoal.** Um primeiro tipo de propriedade que existe na União Soviética é a propriedade *pessoal*. A propriedade privada foi assim rebatizada para mostrar que devia ser utilizada unicamente para satisfação das necessidades do seu titular, segundo o destino do seu objeto, e não para dela obter uma renda, ou numa perspectiva de especulação.

A propriedade pessoal está, salvo esta importante ressalva, sujeita, de uma forma geral, às mesmas regras que a propriedade privada dos direitos capitalistas: o seu titular pode servir-se da sua coisa, aliená-la a título oneroso ou gratuito, dispor dela por testamento.

A única coisa verdadeiramente notável, no que concerne a este tipo de propriedade, é, em relação à proibição do seu uso para fins lucrativos, a categoria restrita de bens que podem ser o seu objeto: bens de consumo no sentido marxista, opostos aos bens de produção. O artigo 13 da Constituição soviética de 1977 estabelece que: "Podem ser de propriedade pessoal os objetos de uso e de comodidade pessoais, os bens da economia doméstica auxiliar, uma residência e as economias provenientes do trabalho...". Em alguns países socialistas, como a Iugoslávia, as pequenas empresas artesanais (com até cinco empregados), que fazem parte da "pequena economia", podem ser objeto da propriedade pessoal.

**252. A propriedade das cooperativas.** A originalidade do direito soviético é, ao contrário, total, logo que se considere a propriedade "socialista" sob os dois aspectos que ela comporta: a propriedade das cooperativas e a estatal.

Consideraremos em primeiro lugar a propriedade cooperativa: o seu tipo é a propriedade dos *kolkozes*. A terra, como se sabe, foi nacionalizada; não pertence, portanto, aos *kolkozes*, que apenas têm sobre ela um perpétuo direito de usufruto. É inútil acentuar que esse perpétuo direito de usufruto não tem nada a ver com o usufruto do direito francês: o adjetivo *perpétuo* basta para desmonstrá-lo, visto que, na nossa concepção, o usufruto é um direito temporário por essência. Mas há mais: a este direito sobre a terra, que é concedido aos *kolkozes*, corresponde um conjunto de obrigações que afastam esse direito de usufruto soviético da concepção romano-germânica do usufruto, e fazem com que não se possa conceber o direito dos membros do *kolkoz* sobre a terra, como um desmembramento da propriedade, ou como um verdadeiro direito real.

O *kolkoz* é obrigado a cultivar ou explorar, de uma determinada maneira, o solo que lhe foi concedido; pode ser obrigado a fazer certas prestações ao Estado; é também obrigado a organizar-se e a gerir-se segundo as regras do direito *kolkoziano*[3]. A propriedade cooperativa dos *kolkozes* confere àqueles que dela são titulares, além de certas prerrogativas, todo um feixe de obrigações. É difícil, senão impossível, compará-lo à propriedade das cooperativas, tal como a encontramos nos direitos romanos-germânicos, nem equipará-la à noção de *estate*, da *common law*.

**253. A propriedade estatal.** É ainda mais diferente a propriedade estatal que vamos encontrar no domínio da agricultura com as fazendas do Estado (*sovkozes*) e no domínio da indústria. A propriedade socialista vai ter por objeto duas categorias de bens, cujo regime é inteiramente distinto: capital fixo e capital circulante ou, mais concretamente, o solo, os edifícios, a instalação e as máquinas por um lado, e, por outro, as matérias-primas e os produtos. O regime jurídico destas duas categorias de bens é muito diferente, porque os primeiros destinam-se a permitir a

---

3. Um novo estatuto dos *kolkozes* foi adotado em 1969 pelo Congresso Nacional Kolkoziano e aprovado pelo Comitê Central do Partido Comunista e pelo Conselho de Ministros da União Soviética.

produção (e não podem ser, portanto, alienados), enquanto os segundos se destinam, pelo contrário, a ser alienados.

Em princípio coloca-se a mesma questão tanto para uns como para outros: quem é o seu proprietário? Esta questão suscitou, na doutrina, longas discussões que bastam para marcar a originalidade da instituição soviética. Estas discussões levam a uma conclusão: é a de que, num regime socialista, o mais importante não é saber quem é o proprietário; é, antes de tudo, saber por quem e como serão explorados os bens. Com esta conclusão, estamos longe da ótica capitalista, visto que nos países capitalistas o proprietário é, em princípio, soberano, e a maneira como ele explora a sua propriedade não é uma questão jurídica.

A propriedade estatal tem por titular o povo ou a nação, dos quais o Estado é provisoriamente o representante. A teoria da propriedade estatal parece, por esta razão, evocar a teoria do domínio dos administrativistas franceses, mais do que a teoria da propriedade dos civilistas. Toda a comparação feita com a doutrina dos países capitalistas revela-se aqui inadequada por um certo número de razões.

Os bens cuja propriedade pertence ao Estado, e que estão nas mãos das empresas industriais estatais, são de categorias diversas. Uns, constituindo o capital básico, foram atribuídos gratuitamente pelo Estado a essas empresas, em virtude de uma espécie de concessão, cujos termos podem ser sempre unilateralmente modificados pelos poderes públicos: a empresa, no que lhe diz respeito, não tem, propriamente, qualquer direito contra o Estado. Os outros, pelo contrário, constituem o produto do trabalho daqueles que trabalham na empresa: esta circunstância e o fato de serem destinados à alienação (em proveito de outra empresa ou do consumidor) impõe reconhecer-lhes um regime diferente.

O essencial do regime de propriedade socialista, em um e outro caso, resulta da sua afetação às necessidades da produção e do consumo. O mais importante não é dizer a quem pertencem os bens, nem como a propriedade (ou o seu uso) pode ser transmitida. A questão fundamental é a da "gestão operacional"; trata-se de saber como os órgãos públicos, aos quais estes bens estão confiados, devem utilizá-los e dispor deles, de acordo com as disposições da planificação econômica da nação. A existência deste plano faz do direito da propriedade, na União Soviética, uma matéria diferente, e o objeto de uma regulamentação diversa da que observamos nos países capitalistas. É verdade que, mesmo nestes, o Estado desempenha atualmente uma função importante na economia. Mas os planos "maleáveis" que podem aí existir são completamente diferentes do plano "rígido" da União Soviética, o qual não se limita a fixar os objetivos gerais, mas determina a tarefa exata que cabe a cada empresa. A diferença quantitativa entre a medida de intervenção do Estado nos países socialistas e capitalistas transforma-se, dada a sua importância, numa diferença qualitativa; a propriedade socialista já não tem muita relação, embora a palavra *propriedade* tenha sido conservada, com a propriedade dos países capitalistas, mesmo quando se considera, nestes países, a propriedade do Estado.

## SEÇÃO II – **OS CONTRATOS**

**254. A diferente função do contrato: os contratos econômicos.** O direito soviético dá a mesma definição de contrato que os direitos da família romano-germânica; e, contudo, o contrato representa, no direito soviético, algo de muito diferente porque, nas condições da economia soviética, o contrato cumpre uma função muitas vezes diferente da que lhe é atribuída nos países burgueses. Juristas da família romano-germânica e juristas soviéticos falam frequentemente de duas coisas diferentes, quando têm em vista o contrato[4].

A diferença entre o contrato do direito soviético e o dos direitos romanistas surge quando se consideram os "contratos

---

4. Pfuhl, E., *Der Wirtschafsvertrag im sowjetischen Recht* (1958); Halfina, R. O., *Znacenie i suščnost' dogovora v sovetskom socialističeskom graždanskom prave* (1954); Halfina, R. O., *Pravovoe regulirovanie postavki produkcii v narodnom hozlaistve* (1963); Loeber, D. A., *Der hoheitlich gestaltete Vertrag* (1969); Loeber, D. A., Rossi, G., "Autonomia contrattuale delle imprese di Stato sogette al piano", in *Riv. dir. comm.* (1969), p. 62-94.

econômicos", isto é, aqueles que intervêm no setor coletivizado da economia soviética. Este setor coletivizado da economia é administrado de acordo com as diretrizes dadas pelos organismos de planificação, pelas empresas do Estado (*trusts, sovkozes*), cooperativas ou *kolkozes*. Detenhamo-nos a ver como os *trusts*, empresas do Estado que asseguram toda a produção industrial da União Soviética, exercem a sua atividade.

Toda a matéria é dominada, na União Soviética, por um princípio: o da planificação. As empresas do Estado existem para executar o plano de desenvolvimento econômico e social da nação, que é aprovado pelo Soviete Supremo, e apenas existem com esse fim[5]. Devem fazer o que é necessário para a execução do plano e não podem empreender atividades ou trabalhos que não estejam relacionados com este plano. A empresa que segundo os dados do plano deva produzir tantos quilômetros de trilhos é obrigada a executar as tarefas previstas; não pode, sob pretexto de que esta atividade lhe convém mais ou seria mais lucrativa, fabricar, em lugar ou além de trilhos, tubos metálicos ou laminados. Um *sovkoz*, a quem foi distribuída uma terra para que fosse assegurada a sua exploração agrícola, não pode tirar partido do seu subsolo ou explorar uma jazida[6]. Cada um deve dedicar-se à tarefa que lhe foi destinada.

**255. Planificação socialista e dirigismo burguês.** A planificação agrícola "rígida" de um país socialista não tem nada a ver com a planificação "flexível" de um país capitalista. Na França, ou em outros países burgueses, pode existir um plano de desenvolvimento nacional, ao qual corresponde um certo dirigismo. Mas este plano é apenas um enunciado dos objetivos que o governo julga desejável e se propõe atingir. O governo, se quiser alcançar os seus objetivos, será levado a tomar diferentes categorias de medidas: facilidades de crédito, concessão de subsídios, regulamentação alfandegária ou mão de obra etc.

---

5. Mayer, M., *L'entreprise industrielle d'État en Union Soviétique* (1966); Crespi Reghizzi, G., *L'impresa nel diritto sovietico* (1969).

6. Kazancev, N. D., *Zemel' noe pravo* (1958), p. 89-92.

Espera-se obter a cooperação necessária, tornando vantajosa para as empresas particulares a consideração deste plano. Contudo, este não impõe às empresas qualquer obrigação determinada; não lhes impõe que desenvolvam uma certa atividade e que assegurem tal produção. Na União Soviética as coisas passam-se de forma diferente. Neste país, todos os bens de produção se tornaram propriedade da nação. As empresas industriais e comerciais são todas empresas estatais. A planificação toma, por isto, um outro caráter. Sob a forma de atos administrativos, vão ser tomadas disposições concretas; cada uma das empresas que depende do Estado deve cumprir uma determinada tarefa no quadro do plano; quando as empresas tiverem cumprido esta tarefa, os objetivos do plano terão sido atingidos.

**256. Contratos planificados e não planificados.** Para compreender o que é o contrato no setor coletivizado da economia soviética, é necessário ter no espírito o fato primordial de que a tarefa a cumprir por cada empresa é, antes que intervenha qualquer contrato, determinada por um ato administrativo de planificação. Este ato serve, em certa medida, de *causa* ao contrato a realizar.

A função do contrato só pode ser apreciada em relação ao ato administrativo em questão. O plano, segundo as épocas ou segundo os ramos da economia, pode ter sido mais ou menos autoritário, ou mais ou menos pormenorizado. A função do contrato variou e continua a variar em relação ao caráter e aos dados dos atos administrativos que lhe servem de suporte.

Os atos administrativos de planificação podem, assim, entrar em pormenores, especificar os produtos que devem ser entregues, os seus preços, as datas de entrega, e dizer também entre quem deverá realizar-se o contrato. O interesse do contrato é, neste caso, em um nível mais psicológico que econômico, dar a garantia de que as obrigações que resultam dos atos administrativos de planificação foram bem compreendidas por aqueles a quem são impostas; estes, subscrevendo o contrato previsto pelo plano, mostram que consideram essas obrigações como perfeitamente exequíveis e empenham a sua responsabilidade pessoal, colocando a sua assinatura num documento que reafirma os dados dos instrumentos administrativos de planificação.

De fato, é excepcional que o contrato tenha apenas esta função. A maior parte das vezes os atos administrativos de planificação não chegam a ser tão específicos; deixam um campo mais largo à iniciativa das empresas e o contrato é, por consequência, chamado a desempenhar, no próprio plano econômico, uma função mais importante. Duas hipóteses merecem ser aqui distinguidas: a dos contratos planificados e a dos contratos não planificados, para usar a terminologia soviética[7].

**257. O contrato juridicamente imposto.** Numa primeira hipótese, os atos administrativos de planificação fixam já, de forma precisa, entre que empresas se vai efetuar o contrato. Impõem à empresa A contratar com a B. É a situação a que havíamos aludido. Contudo, tínhamos até aqui entendido que todos os dados do contrato a realizar seriam determinados pelos atos administrativos. Na maioria dos casos acontece algo diferente; espera-se das partes que elas "concretizem" no contrato as obrigações que lhes foram impostas pelo plano. A quantidade de produtos que devem ser transferidos e os seus preços serão, sem dúvida, pelo menos como regra geral, determinados pelo plano. Existem, para toda uma série de mercadorias, "condições gerais de entrega" estabelecidas pelas autoridades administrativas que fixam as cláusulas do contrato a se realizar, com um caráter geralmente imperativo. Contudo, resta ainda um certo número de pontos, importantes na prática, para os quais a experiência provou que nada podia substituir um acordo direto entre os interessados. O contrato vai servir para fixar esses pontos: qualidade e sortimento da mercadoria, embalagem, escalonamento das entregas etc. A empresa comercial está mais apta do que as autoridades administrativas para conhecer as necessidades e os desejos do público: as medidas de sapatos que serão pedidos, a preferência por tecidos de certa cor etc. A

7. Ioffe, O. S., *Graždanskoe pravo* (1958), p. 390.

empresa de construção está também mais apta que a administração para saber as dimensões exatas das tábuas, dos tubos, das placas ou de outros materiais que deseja receber. Na grande maioria dos casos o contrato vai ter a seguinte utilidade: concretizar os dados do plano, no interesse da melhoria da qualidade dos trabalhos a realizar ou das mercadorias a entregar.

**258. O contrato economicamente necessário.** A segunda hipótese é aquela em que os atos administrativos de planificação não determinam a existência de uma obrigação de concluir um contrato a cargo da empresa A ou da empresa B. Tudo o que fazem é impor a uma e a outra destas empresas o cumprimento de uma determinada tarefa, deixando-lhes a escolha dos meios pelos quais a concluirão. A obrigação de redigir contratos resulta indiretamente, na grande maioria dos casos, da necessidade de cumprir a tarefa prevista pelos atos de planificação. Mas estes não dizem entre quem o contrato deve ser concluído. Deixam à empresa a escolha do seu contratante; escolha, é claro, limitada: a empresa soviética só pode, salvo se o contrário estiver previsto, dirigir-se a uma outra empresa soviética, e é necessário que o que ela pedir a essa empresa entre no quadro das atividades que, em virtude do plano, são da competência desta outra empresa. Contudo, esta nova hipótese aproxima-se, em certa medida, da liberdade dos contratos, tal como é concebida nos países burgueses.

Contudo, subsistem diferenças importantes. Numerosos elementos do contrato a realizar são previamente estabelecidos, sem que as partes os possam modificar, por toda uma série de atos que regulamentam a economia soviética (condições gerais de entrega dos produtos, disposições que fixam a nomenclatura dos produtos, decretos que impõem a redação dos contratos dentro de certos prazos, medidas de fixação autoritária dos preços etc.). Uma diferença essencial reside, sobretudo, em todos os casos, no fato de a tarefa concreta que ela deve cumprir ser fixada pelos atos de planificação *para cada empresa*; o plano não se limita a indicar qual será, num plano geral, e para um certo tempo, a política econômica do governo.

A tendência atual, na União Soviética, é desenvolver a prática aqui considerada e facultar às empresas, em todos os casos em que isso seja praticável, a escolha do seu contratante. A designação pela administração das próprias empresas entre as quais se deve efetuar o contrato tende a tornar-se excepcional, e a ser feita apenas em casos particulares: por exemplo, quando um dos contratantes ocupa uma posição de monopólio, como será no caso dos fornecimentos das matérias-primas tais como o carvão de pedra, o ferro, o petróleo etc. Espera-se, dando às empresas uma maior liberdade, permitir-lhes estabelecer programas de produção a longo prazo e deste modo fazer com que o contrato não seja somente um instrumento de execução do plano, mas venha a desempenhar um papel na própria elaboração do plano. Deste modo, procura-se evitar a má adequação da produção às necessidades: assiste-se bastantes vezes à constituição de estoques invendáveis em setores em que as necessidades dos consumidores permanecem insatisfeitas. Contudo, é difícil dar aos contratos este duplo papel, e regressar assim, numa certa medida, a uma economia de mercado, conservando o princípio da planificação centralizada que é olhada como o próprio fundamento de uma economia socialista. Ainda não está claro como, em que setores, e em que medida se poderá conseguir futuramente, na União Soviética, conciliar estes dois princípios opostos.

**259. A função do contrato.** As indicações precedentes mostram a função que o contrato desempenha no direito e na economia soviética. Esta função é muito diferente daquela que o contrato desempenha nas economias liberais, mesmo quando estas se tornaram economias dirigidas. O contrato existe sobretudo, na União Soviética, para assegurar a execução do plano, em relação ao qual ele é um instrumento subordinado.

Nos países não socialistas o contrato é, pelo contrário, um instrumento plenamente autônomo, sobre o qual assenta em primeira linha o próprio mecanismo da economia; o plano, quando existe, é nestes países apenas um documento de ordem política, desprovido do valor propriamente jurídico, fundamental para organizar as relações entre as empresas, que lhe é atribuído na União Soviética. Desta diferença relativa à função dos contratos e às relações entre o plano e os contratos, vai resultar, no domínio da técnica jurídica, uma regulamentação muito diferente do contrato na União Soviética e nos países burgueses. Esta diferença de regulamentação pode ser observada, quer se considere a formação dos contratos, quer os seus efeitos, a sua execução ou as consequências da sua inexecução.

**260. Formação do contrato.** Consideremos em primeiro lugar a formação dos contratos. A situação apresenta-se diferentemente, na União Soviética, nas duas hipóteses que distinguimos. Se os atos administrativos de planificação previrem a realização de um contrato entre a empresa A e a empresa B, a conclusão desse contrato tornar-se-á obrigatória para essas empresas. Se não chegarem a acordo para concluírem esse contrato, nas condições (por vezes bastante pormenorizadas) previstas pelos textos administrativos, serão obrigadas a isso pela decisão de um organismo de arbitragem; os organismos de arbitragem pública funcionam, desse modo, em numerosos casos, como um *contencioso pré-contratual*. No entanto, este contencioso está na época atual em declínio, pelo fato de, como já foi dito, presentemente se preferir uma fórmula mais maleável de planificação, deixando às empresas a escolha dos seus contratantes. Neste caso, está vedado aos organismos de arbitragem pública intervir, quando uma empresa se recusar a contratar com outra.

**261. A execução do contrato.** Quando se considera a conclusão dos contratos, a legislação soviética afasta-se igualmente do ponto de vista burguês quando se examinam os efeitos dos contratos e as consequências da sua inexecução. Os direitos burgueses, que veem no contrato um simples valor patrimonial, uma ocasião de lucro para os contratantes, satisfazem-se facilmente com uma execução pelo equivalente desses contratos: a parte que não cumpriu as suas obrigações é condenada em perdas e danos para com o seu contratante.

A situação é diferente no direito da União Soviética. A execução por equivalentes das obrigações contratuais não pode dar satisfação às empresas soviéticas, porque a finalidade destas não é o lucro. É necessário que os contratos sejam executados *in natura*, porque a execução do plano assim o exige; e isto é tanto mais verdade quanto é certo que, dada a estrutura da economia soviética, não se encontrará neste país a possibilidade de "substituição", ou de pedir a uma outra empresa para que substitua aquela que não executou as suas obrigações contratuais.

O princípio da execução *in natura* vai então ser – não em teoria como nos direitos romanistas, mas de fato – o princípio admito na União Soviética. E como se trata de garantir, assim, uma coisa importante, primordial mesmo, que é a execução do plano, vai-se conceber a execução das obrigações contratuais com um extremo rigor. Toda inexecução de um contrato planificado será severamente punida: o próprio contrato deve obrigatoriamente prever penas que, especialmente no caso de atraso, acrescerão à execução *in natura*. A cláusula penal do direito soviético não é uma avaliação condicional de perdas e danos; e uma pena privada *que* acresce à execução[8]. À outra parte nem sequer lhe é permitido desonerar o seu contratante; tal entendimento, contrário ao interesse de uma estrita execução do plano, não pode ser admitido no direito soviético. Além disso, sanções disciplinares, ou mesmo penais, podem eventualmente ser aplicadas no caso da inexecução das obrigações resultantes do contrato[9]. A execução dos contratos que se enquadram na execução do plano é, na União Soviética, uma questão de ordem pública.

**262. Conclusão.** Com esta análise, que restará de comum entre o contrato do direito soviético e o contrato dos direitos burgueses? A palavra foi conservada e pode eventualmente

8. Benjamin, P., "Penalties, Liquidated Damages and Penal Clauses in Commercial Contracts: A Comparative Study of English and Continental Law", in 9 *Int. and Comp. Law Ouarterly* (1960), p. 600-27.

9. Decreto de 24 de abril de 1958 sobre a responsabilidade por inexecução dos planos ou defeito de entrega, in *Vedomosti Verhovnogo Soveta* (1958), nº 9, item 202. Cf. Hazard, J. N. e Shapiro, I., The Soviet Legal System (1962), parte II, p. 100.

servir para encobrir uma mesma realidade: os contratos que se situam "fora do plano" – contratos entre empresas comerciais estatais e consumidores, contratos entre cidadãos – permanecem próximos dos contratos que conhecemos nos países burgueses. Por mais importantes que sejam – porque é para eles que se dirige todo o mecanismo de economia –, estes contratos não são, na prática, os que interessam mais ao jurista, porque, na sua maior parte, são contratos simples, da vida corrente, que não apresentam grandes dificuldades jurídicas[10]. Os contratos para os quais se volta a atenção dos juristas são os contratos do setor planificado: a sua regulamentação e a sua própria noção são completamente renovadas pela relação, inédita, que existe entre eles e uma planificação de tipo desconhecido entre nós. Não basta qualificá-los de contratos administrativos, como poderíamos ser tentados a fazê-lo. Na verdade, assemelham-se mais aos nossos contratos administrativos do que aos nossos contratos de direito civil ou comercial, mas diferenças essenciais – no que se refere à coletivização de bens de produção, à existência e às modalidades do plano soviético, e à ausência de uma oposição de interesses entre os contratantes – os distinguem dos contratos de todos os gêneros, que se celebram nos países não socialistas. Convém reconhecer sem reservas, nesta matéria, a plena originalidade do direito soviético[11].

---

10. Sobre estes contratos, cf. Hazard, J. N. e Shapiro, I., *op. cit.*, parte III, p. 27 ss. Notar que as relações do trabalho não são, sob o ponto de vista soviético, alicerçadas sobre um "contrato".

11. A possibilidade, como também os limites de uma comparação, ficam evidentes na leitura de Loeber, D. A., *Der hoheitlich gestaltete Vertrag. Eine rechtsvergleichende Untersuchung über den Planxertrag im Sowjetrecht und den "diktierten Vertrag" im Reich der Bundesrepublik Deutschland* (1969).

TERCEIRA PARTE

# A *common law*

**263. Importância histórica do direito inglês.** O sistema da *common law* é um sistema de direito elaborado na Inglaterra, principalmente pela ação dos Tribunais Reais de Justiça, depois da conquista normanda. A família da *common law* compreende, além do direito inglês, que está na sua origem, e salvo certas exceções, os direitos de todos os países de língua inglesa. Além dos países de língua inglesa, a influência da *common law* foi considerável na maior parte dos países, senão em todos, que politicamente estiveram ou estão associados à Inglaterra[1]. Estes países podem ter conservado, em certos domínios, tradições, instituições e conceitos que lhes são próprios: a influência inglesa não deixou, entretanto, de marcar profundamente, em todos os casos, a maneira de pensar dos seus juristas, porque, por um lado, a organização administrativa e judiciária e, por outro, a matéria do processo (civil ou criminal) e as provas foram estabelecidas e reguladas segundo o modelo inglês.

Todo o estudo da *common law* deve começar por um estudo do direito inglês. A *common law* é um sistema profundamente marcado pela sua história, e esta história é de forma exclusiva, até o século XVIII, a do direito inglês. Esta circunstância é determinante, mesmo se for corrigida pelo reparo de que certos direitos – tal como o direito dos Estados Unidos – são atualmente profundamente diferentes do direito inglês, e

1. O *Commonwealth* comporta atualmente trinta e seis Estados-membros e cerca de trinta dependências.

de que outros – tal como o direito da Índia ou o do Sudão – se mantiveram, na matéria do "estatuto pessoal", fiéis a uma tradição diferente da do direito inglês.

Na necessidade de nos limitarmos, estudaremos exclusivamente, nesta parte da nossa obra, o direito inglês e o direito dos Estados Unidos da América. O direito da Índia e o do Paquistão serão estudados na quarta parte do presente volume.

Título I – O direito inglês.

Título II – O direito dos Estados Unidos da América.

TÍTULO I

# O direito inglês

**264. Domínio geográfico.** Tecnicamente falando, o direito inglês está limitado, no seu domínio de aplicação, à Inglaterra e ao País de Gales. Não é nem o direito do Reino Unido, nem mesmo o da Grã-Bretanha, visto que a Irlanda do Norte, por um lado, a Escócia, as Ilhas do Canal da Mancha e a Ilha de Man, por outro, não estão submetidas ao direito "inglês". Observar-se-á o contraste entre esta estrita concepção do direito inglês, considerado como um corpo de regras juridicamente obrigatórias, e a universalidade do mesmo direito, considerado como um modelo para uma grande parte da humanidade. Na verdade, o direito inglês ocupa um lugar proeminente na família da *common law.* Não foi somente na Inglaterra que historicamente se formou a *common law*; mas o direito inglês continua nos nossos dias, para numerosos países, a constituir um modelo, do qual podem se afastar em certos pontos e em certos domínios, mas que continuam, de modo geral, a levar em consideração e a respeitar.

Capítulo I – História do direito inglês.
Capítulo II – Estrutura do direito inglês.
Capítulo III – Fontes do direito inglês.

Capítulo I

# *História do direito inglês*

**265. Caráter histórico do direito inglês.** Mais ainda do que para o direito francês, o conhecimento histórico é indispensável quando se considera o direito inglês. Este não conheceu nem a renovação pelo direito romano, nem a renovação pela codificação, que são características do direito francês e dos outros direitos da família romano-germânica. Desenvolveu-se de forma autônoma, sofrendo apenas de forma limitada a influência de contatos com o continente europeu. O jurista inglês – que subestima a continuidade dos direitos continentais, convencido de que a codificação provocou uma ruptura com a tradição destes direitos – gosta de valorizar a continuidade histórica do seu direito; este surge-lhe como sendo produto de uma longa evolução que não foi perturbada por nenhuma revolução; orgulha-se desta circunstância, da qual deduz, não sem razão, a prova da grande sabedoria da *common law*, das suas faculdades de adaptação, do seu permanente valor, e de qualidades correspondentes nos juristas e no povo inglês.

Não se deve exagerar esse caráter "histórico" do direito inglês. A verdade é que os ingleses gostam de pôr em evidência esse caráter tradicional, enquanto os franceses preferem evidenciar o caráter racional e lógico do seu direito. Na realidade, a parte tradicional e racional de ambos os direitos não são fundamentalmente diferentes. O direito francês e o inglês tiveram de se adaptar a mudanças e fazer face às necessidades de sociedades que sempre foram e são, afinal de contas, muito semelhantes. As revoluções foram simples acidentes de percurso na longa evolução do nosso direito.

Podem reconhecer-se quatro períodos principais na história do direito inglês. O primeiro é o período anterior à conquista normanda de 1066. O segundo, que vai de 1066 ao advento da dinastia dos Tudors (1485), é o da formação da *common law*, no qual um sistema de direito novo, comum a todo o reino, se desenvolve e substitui os costumes locais. O terceiro período, que vai de 1485 a 1832, é marcado pelo desenvolvimento, ao lado da *common law*, de um sistema complementar e às vezes rival, que se manifesta nas "regras de equidade". O quarto período, que começa em 1832 e continua até os nossos dias, é o período moderno, no qual a *common law* deve fazer face a um desenvolvimento sem precedentes da lei e adaptar-se a uma sociedade dirigida cada vez mais pela administração.

Seção I – O período anglo-saxônico.
Seção II – A formação da *common law* (1066-1485).
Seção III – A rivalidade com a *equity* (1485-1832).
Seção IV – O período moderno.

## SEÇÃO I – **O PERÍODO ANGLO-SAXÔNICO**

**266. As leis bárbaras.** Uma data fundamental na história da Inglaterra e da Europa é o ano de 1066, em que a Inglaterra é conquistada pelos normandos.

O período que precede esta data é chamado, na Inglaterra, o do direito anglo-saxônico[1]. O domínio romano, embora tenha durado quatro séculos na Inglaterra – do imperador Cláudio até o começo do século V –, não deixou mais vestígios na Inglaterra do que o período celta na França ou o período ibérico na Espanha. A história do direito começa, para os historiadores do direito inglês, na época em que, tendo cessado este domínio, diversas tribos de origem germânica – saxões, anglos, dinamarqueses – partilharam entre si a Inglaterra. É so-

1. O uso da palavra *anglo-saxônico*, para designar o direito ou os ingleses e americanos de hoje, é justamente considerado como absurdo fora do continente europeu.

mente nesta época que a Inglaterra, com a missão de Santo Agostinho de Cantorbéry em 596, se converte ao cristianismo.

O direito da época anglo-saxônica é mal conhecido[2]. As leis são redigidas logo após a conversão ao cristianismo, como na Europa continental; a sua originalidade está em que, ao contrário das outras leis bárbaras que são redigidas em latim, estas são redigidas em língua anglo-saxônica. Contudo, tal como as outras leis bárbaras, as leis anglo-saxônicas apenas regulam aspectos muito limitados das relações sociais às quais se estende a nossa concepção atual do direito. As leis de Aethelbert, rei do Kent, redigidas em língua anglo-saxônica no ano de 600, apenas comportam 90 frases breves. As leis do rei dinamarquês Canuto (1017-1035), quatro séculos mais tarde, são mais elaboradas e anunciam já a passagem da era tribal para a feudal. O princípio de personalidade das leis dá lugar, como na França, a uma lei territorial, mas, embora o país esteja submetido a um único soberano, o direito em vigor mantém-se um direito estritamente local; não há direito comum a toda a Inglaterra antes da conquista normanda.

## SEÇÃO II – **A FORMAÇÃO DA *COMMON LAW* (1066-1485)**

**267. A conquista normanda (1066).** A conquista normanda, em si, não vai modificar este estado de coisas. Guilherme, o Conquistador, mal cognominado, pretende reinar na Inglaterra como sucessor do rei Eduardo, o Confessor, e não pelo direito da conquista. Ele proclama expressamente que o direito anglo-saxônico se mantém em vigor e ver-se-ão, até os nossos dias, juristas e juízes ingleses invocarem, quando as circunstâncias o exigem, e mesmo aplicarem esta ou aquela lei da época anglo-saxônica.

A conquista normanda constitui, na realidade, um acontecimento capital na história do direito inglês, porque traz para a

---

2. Richardson, H. G., *Law and Legislation from Aethelbert to Magna Carta* (1966).

Inglaterra um poder forte, centralizado, rico de uma experiência administrativa posta à prova no ducado da Normandia. Com a conquista pelos normandos, a época tribal desaparece; o feudalismo instala-se na Inglaterra.

**268. O feudalismo na Inglaterra.** Este feudalismo é muito diferente daquele que, na mesma época, pode ser observado na França, na Alemanha ou na Itália. Os senhores normandos, que acompanharam Guilherme à Inglaterra, veem-se num país conquistado, cuja língua lhes é de todo estranha e cujos habitantes e costumes são por eles desprezados. Sentem a necessidade de se agrupar à volta do seu soberano, para defender a sua conquista e as suas propriedades. O conquistador soube precaver-se contra o perigo que representariam para ele vassalos muito poderosos; na distribuição das terras aos seus súditos não formou nenhum grande feudo, de modo a que nenhum "barão" pudesse rivalizar com ele em poder, e uma lei do ano de 1290, o Estatuto *Quia emptores*, proibiu qualquer "subenfeudação", de modo que todos os senhores dependem diretamente do rei.

É como um exército acampado na Inglaterra; o espírito de organização e de disciplina manifesta-se na redação, a partir de 1086, do *Domesday*, documento em que são referenciados os 15.000 domínios (*manors*) e os 200.000 lares então existentes na Inglaterra. Este caráter militar, organizado, do feudalismo inglês é um dos elementos que vai permitir, por oposição ao continente europeu, o desenvolvimento da *common law*.

**269. Definição da *common law*.** O que é esta *common law*, então chamada *comune ley* na gíria normanda (*Law French*), que até o século XVII será a língua falada pelos juristas ingleses[3], mesmo sendo o latim a língua escrita, como no resto da Europa?

---

3. O francês constitui a língua palaciana até o início da dinastia dos Tudors, no final do século XV; o seu uso era corrente nos Tribunais Reais, em que o uso da língua inglesa vai se perdendo, à medida que crescia a competência dos Tribunais Reais. Por outro lado, a língua francesa é cada vez menos falada e vai sendo gradualmente abandonada pelos autores, a favor do inglês, a

A *comune ley* ou *common law* é, por oposição aos costumes locais, o direito comum a toda a Inglaterra. Este direito, em 1066, não existe. A assembleia dos homens livres, chamada *County Court* ou *Hundred Court*[4], aplica o costume local, isto é, limita-se, de acordo com este costume, a decidir qual das partes deverá provar a verdade de suas declarações, submetendo-se a um meio de prova que não tem nenhuma pretensão de ser racional. Continuando, em princípio, a ter competência depois da conquista, as *Hundred Courts* ou *County Courts* serão pouco a pouco substituídas por jurisdições senhoriais de um novo tipo (*Courts Baron, Court Leet, Manorial Courts*); mas estas estatuirão igualmente com base na aplicação do direito costumeiro eminentemente local. As jurisdições eclesiásticas instituídas depois da conquista aplicam o direito canônico comum a toda a cristandade. A elaboração da *comune ley*, direito inglês e comum a toda a Inglaterra, será obra exclusiva dos Tribunais Reais de Justiça, vulgarmente designados pelo nome do lugar onde vão estabelecer-se a partir do século XIII, Tribunais de Westminster.

**270. Competência dos Tribunais Reais.** No início da conquista normanda, normalmente, os litígios eram levados às diferentes jurisdições que acabamos de enumerar. O rei exerce apenas a "alta justiça"; só se sente autorizado e só toma conhecimento de um litígio em casos excepcionais: se a paz do reino for ameaçada, se as circunstâncias impossibilitarem que a justiça seja praticada pelos meios normais. A *Curia regis*, onde ele preceitua, assistido pelos seus servidores mais próximos e pelos grandes do reino, é a corte das grandes personagens e das grandes causas; não é uma jurisdição vulgar, aberta a qualquer um.

---

partir do século XVI; após tentativas frustradas levadas a cabo em 1362 e, por Cromwell, em 1650, será necessário esperar pelo ano de 1731 para ver consagrada oficialmente a exclusividade da língua inglesa, pela abolição quer do francês, quer do latim. Sobre a *Law French*, cf. a Introdução de Maitland ao vol. 17 da *Selden Society*, p. XXIII-LXXXIX.

4. O *Hundred* é uma subdivisão do Condado.

No interior da *Curia regis*, no século XVII, algumas organizações vão adquirir autonomia; é o caso do parlamento e também das diversas comissões com poderes jurisdicionais, que deixam de acompanhar o rei em suas viagens e fixam sua sede em Westminster. Estes Tribunais Reais de Justiça não adquirem entretanto uma competência universal. É necessário ter cuidado com as sucetibilidades dos senhores, que querem ser chefes nos seus domínios, e que não estão dispostos a submeter-se ao seu veredito. A intervenção da autoridade real nos assuntos da sua competência pareceu-lhes, a eles e aos seus súditos, tão intolerável e contrária à ordem natural das coisas como aos proprietários de hoje parecerão certas medidas de intervenção do Estado ou de nacionalização, com desprezo pelo direito sagrado que é, aos seus olhos, a propriedade. Os Tribunais Reais, de resto, não estão aptos para administrar a justiça, até mesmo em recurso, para todos os litígios que surjam no reino. A sua intervenção vai limitar-se, essencialmente, a três categorias de causas em que ela se afigura natural: questões relacionadas com as finanças reais[5], com a propriedade imobiliária e a posse de imóveis[6], e graves questões criminais que se relacionem com a paz do reino. Originalmente, três tribunais diferentes – Tribunal de Apelação (*Exchequer*), Tribunal de Pleitos Comuns (*Common Pleas*), Tribunal do Banco do Rei (*King's Bench*) – conhecerão, respectivamente, de cada uma destas três importantes questões, mas logo esta divisão de competências cessará e cada um dos três Tribunais Reais de Westminster poderá conhecer de todas as causas que possam ser submetidas às jurisdições reais.

Além das três categorias de casos que acabam de ser mencionados, todos os litígios continuam a ser resolvidos, fora das jurisdições reais, pelas *Hundred* ou *County Courts*, pelas jurisdições senhoriais e eclesiásticas – sendo também, ulteriormente,

---

5. A imunidade fiscal não teve a mesma extensão na Inglaterra e na França; o imposto real centralizado não desapareceu na Inglaterra nos séculos XI e XII. Cf. Jouon des Longrais, F., *L'Est et l'Ouest, Institutions du Japon et de l'Occident comparées* (1958), p. 31.

6. O proprietário é soberano nos seus domínios; mas quem é proprietário? Recorrer às jurisdições reais para decidir é coisa natural. A discussão da posse interessa à ordem pública e à paz do Reino.

resolvidos pelas diversas jurisdições municipais ou comerciais às quais o privilégio de administrar a justiça será concedido para certos tipos de questões; estas jurisdições aplicarão ou os regulamentos municipais ou o direito internacional do comércio (*lex mercatoria* ou *ley merchant*).

**271. Extensão da competência dos Tribunais Reais.** O rei procura estender os seus poderes de soberano justiceiro no reino. O interesse do Chanceler e dos juízes reais é conhecer de um maior número de questões, devido aos lucros que a administração judicial proporciona. Os Tribunais Reais são, por outro lado, impelidos a alargar a sua competência pelas solicitações dos particulares, a quem a justiça real surge como muito superior à das outras jurisdições. Só os Tribunais Reais possuem meios efetivos para assegurar o comparecimento das testemunhas e para executar as suas decisões. Por outro lado, só o rei, com a Igreja, pode obrigar os seus súditos a prestar juramento; os Tribunais Reais puderam, por isso, modernizar o seu processo e submeter o julgamento dos litígios a um júri[7], enquanto as outras jurisdições estavam condenadas a conservar um sistema arcaico de provas.

Foram estas as causas pelas quais, no final da Idade Média, os Tribunais Reais são os únicos a administrar a justiça. As jurisdições senhoriais tiveram a mesma sorte das *Hundred Courts*; as jurisdições municipais ou comerciais já não apreciam senão questões de mínima importância, as jurisdições eclesiásticas passaram apenas a preceituar sobre litígios respeitantes ao sacramento do casamento ou à disciplina do clero.

**272. Maneira de pôr em funcionamento os Tribunais Reais.** Os Tribunais Reais só se tornarão "jurisdições de direito comum" no século XIX, no sentido francês deste termo. Até 1875 continuarão a ser, teoricamente, jurisdições de exceção.

---

7. Sobre as condições em que o júri apareceu na Inglaterra e sobre a considerável influência que esta instituição teve e ainda tem, sobre o processo inglês, cf. Hamson, C. J. e Plucknett, T. F. T., *The English Trial and Comparative Law* (1952).

Submeter o seu caso às jurisdições reais não é, até esta data, um direito para os particulares. É um privilégio, para o qual é necessário solicitar a concessão, que a autoridade real apenas concede com perfeito conhecimento de causa. Aquele que quiser pedir justiça ao rei, dirige-se a um grande oficial da Coroa, o Chanceler, e pede-lhe a concessão de um *writ*, por força do qual as jurisdições reais poderão ser postas em funcionamento, mediante o pagamento de taxas à chancelaria. Além disso, pode ainda dirigir-se diretamente aos juízes através de queixas ou petições (*querela, billa*). Alguns *writs* parecem ter sido a simples cristalização de uma prática judiciária estabelecida com fundamento nestas queixas[8].

Obter da Chancelaria real a outorga de um *writ*, ou convencer os juízes a julgarem a ação intentada pela via da queixa não é simples. A autoridade real no século XIII não é tal que o Chanceler possa outorgar um *writ* ou os juízes possam aceitar preceituar em todos os casos. Durante muito tempo foi necessário, antes de o fazer, ter em conta considerações de oportunidade, pelo que o número dos casos em que o *writ* era automaticamente concedido (*brevia de cursu*) não sofreu acentuado aumento; a primeira relação destes, estabelecida em 1227, compreende apenas 56 fórmulas-padrão, e elas serão apenas 76 em 1832, data em que o sistema foi profundamente reformado.

O âmbito de competência dos Tribunais Reais não deve, contudo, ser medido pelo alongamento da lista dos *brevia de cursu*. Contrariamente ao que durante muito tempo se julgou e se ensinou, também não deve ter tido origem numa lei de 1285, o *Segundo Estatuto de Westminster*, que autorizou o Chanceler a outorgar *writs in consimili casu*, isto é, em espécies que apresentem grandes semelhanças com outras que já tenham dado lugar à outorga de *writs*. Para que os Tribunais Reais se decidissem a alargar a sua competência, utilizou-se uma outra técnica: o autor, num ato introdutório de instância (*declaration*), expunha pormenorizadamente os fatos da causa (*case*) e pedia aos juízes reais, em consideração por estes fatos, que aceitassem

8. Milsom, S. F. C., *Historical Foundations of the Common Law* (1969).

julgar o litígio. As novas ações, nas quais os juízes admitiram a sua competência, passaram a chamar-se, por esta razão, ações *super casum* (*actions on the case*). Com o tempo, estas ações vieram a diversificar-se e a receber nomes especiais relacionados com os fatos que motivaram a sua outorga: ações de *assumpsit*, de *deceit*, de *trover*, de *negligence* etc.

**273. *Remedies precede rights.*** O processo seguido nos Tribunais Reais de Westminster varia segundo a maneira como a ação é conduzida. A cada *writ* corresponde, de fato, um dado processo que determina a sequência dos atos a realizar, a maneira de regular certos incidentes, as possibilidades de representação das partes, as condições de admissão das provas e as modalidades da sua administração, e os meios de fazer executar a decisão. Num determinado processo certas palavras devem ser usadas para designar demandante e demandado; o emprego das mesmas palavras seria fatal em outro tipo de processo. Em certo tipo de ação recorre-se a um júri; em outros não há júri, mas admite-se a prova por compurgação (*wager of law*): malogra-se a ação se o demandado apresenta um certo número de "testemunhas" que se limitam a atestar, sob a fé de um juramento, a sua credibilidade. Em certos tipos de ações o demandado pode ser julgado à revelia, mas não em outros. O mesmo sistema vale para as ações *on the case*, que são julgadas segundo o processo decorrente deste ou daquele *writ*, julgado o mais apropriado para o caso concreto; o processo mais frequentemente seguido é o *writ of trespass*, que é considerado como o mais moderno e o mais satisfatório[9].

É necessário que fique clara a importância primordial que as questões de processo tiveram, nestas condições, na Inglaterra. Enquanto no continente os juristas concentravam a sua atenção principalmente na determinação dos direitos e obrigações de cada um (regra substantiva do direito), os juristas ingleses concentravam a sua atenção nas questões de processo.

9. Maitland, F. W., *The Forms of Action at Common Law* (2ª ed., 1948), p. 52.

*Remedies precede rights*: em primeiro lugar o processo. A *common law*, nas suas origens, foi constituída por um certo número de processos (*forms of action*) no termo dos quais podia ser proferida uma sentença; qual seria, quanto à substância, esta decisão, era algo incerto. O problema primordial era fazer admitir pelos Tribunais Reais a sua competência e, uma vez admitida, levar até o fim um processo cheio de formalismo. A que solução se chegaria? Não havia para esta pergunta nenhuma resposta concreta: a *common law* só aos poucos passou a conter normas substantivas, que definissem os direitos e as obrigações de cada um.

**274. Interesse atual da sua evolução histórica.** As circunstâncias nas quais se formou a *common law* não têm um interesse meramente histórico. Pelo menos em quatro aspectos elas marcaram, de modo duradouro, o direito inglês, no qual, ainda nos dias de hoje, podemos notar a sua influência. Em primeiro lugar, levaram os juristas ingleses a concentrar o seu interesse sobre o processo. Em segundo lugar, elas fixaram numerosas categorias e serviram para elaborar numerosos conceitos do direito inglês. Em terceiro lugar, levaram à rejeição da distincão entre o direito público e privado. Finalmente, em quarto lugar, criaram obstáculos a uma recepção, na Inglaterra, das categorias e dos conceitos do direito romano. Vamos, agora, expor pormenorizadamente estes diferentes aspectos.

**275. Concentração do interesse sobre o processo.** O mais importante não foi, na Inglaterra, até o século XIX, determinar que solução, considerada justa, seria dada aos litígios. *Remedies precede rights.* Toda a atenção dos juristas concentrou-se, durante muito tempo, sobre os variados processos, muito formalistas, que correspondiam aos diferentes *writs*. Estes processos tinham uma única finalidade: formular as questões de fato que seriam submetidas ao júri. Deve-se lembrar que ainda em 1856 todas as ações levadas aos tribunais da *common law* implicaram a presença de um júri; os outros processos, mais arcaicos, em que não havia júri, haviam sido abandonados.

O desenvolvimento do direito inglês foi profundamente marcado pela preeminência das considerações referentes ao processo.

É no quadro constituído pelos diversos processos postos à disposição dos pleiteantes pelos Tribunais Reais que foi necessário organizar, e desenvolver, o direito inglês; este, segundo a fórmula de sir Henry Maine, aparece como tendo sido "segregado nos interstícios do processo"[10]. A *common law* não se apresenta como um sistema que visa realizar a justiça; é mais um conglomerado de processos próprios para assegurar, em casos cada vez mais numerosos, a solução dos litígios. Tendo estabelecido o plano para descrever, no seu conjunto, o direito inglês, um autor do século XII, Glanvill (cerca de 1187-1189), e posteriormente um autor do século XIII, Bracton (em 1250), expõem com naturalidade (em latim) os princípios, estudando sucessivamente os diferentes *writs* pelos quais podem ser postos em ação os Tribunais de Westminster; as crônicas judiciárias, escritas em francês judiciário (*Law French*) e conhecidas pelo nome de *Year Books*[11] que nos informam sobre o direito inglês de 1290 a 1536, têm o seu interesse centrado no processo e omitem muitas vezes a indicação da solução de fundo do litígio.

**276. Ilustração pelo direito dos contratos.** Tomemos, para ilustrar o desenvolvimento artificial do direito inglês, a história do direito dos contratos[12]. No século XIII os contratos são matéria da competência de várias jurisdições: eclesiásticas, municipais ou comerciais. Os Tribunais de Westminster não julgam esta matéria. Glanvill declara-o com simplicidade: "As convenções

---

10. Maine, Sir Henry S., *Early Law and Custom* (1861), p. 389. Essa obra foi traduzida em francês sob o título *L'ancien droit considéré dans ses relations avec l'histoire des sociétés primitives et avec les idées modernes* (1874).

11. Lambert, J., *Les Year Books de langue française* (1929). Os *Year Books* parecem ter desempenhado o papel de apostilas policopiadas para uso dos estudantes de direito. Alguns deles foram impressos a partir de 1482. Em 1679 foi feita uma edição geral pelo oficial de justiça Maynard: *Reports dei Cases en Ley*. Depois do começo do nosso século foi empreendida, sob os auspícios da Seldom Society, uma edição crítica.

12. David, R. e Grivard de Kerstrat, F., *Les contrats en droit anglais* (1973).

privadas não são, de um modo geral, protegidas nos tribunais do nosso senhor, o rei". Não existe nenhum *writ*, nenhum processo de natureza contratual pelo qual se possam pôr em funcionamento os Tribunais Reais. Como contornar o obstáculo?

Em certos casos considerar-se-á prioritariamente a ideia de propriedade: o locatário, o devedor, o depositário, o transportador serão considerados não em razão do compromisso que assumiram, mas pelo fato de deterem, sem título, uma coisa que pertence a outrem; existe uma ação especial, o *writ of detinue*, para sancionar esta situação. Em outros casos, a obrigação de executar uma promessa está ligada à forma como esta obrigação foi assumida: o demandado "fica obrigado" pela ação de dívida (*writ of debt*) porque se havia reconhecido, por um documento formalista, abstrato, como devedor, sem que se procure indagar se da sua parte houve um verdadeiro consentimento.

*Writ of detinue* e *writ of debt* apenas cobrem hipóteses particulares, e o processo que estes *writs* abarcam nem sempre é inteiramente satisfatório. Por esta dupla razão, os juristas vão procurar por uma outra via um meio de desenvolver, de uma forma mais geral, um direito dos contratos. Irão, finalmente, encontrar este meio, utilizando um outro processo, o do *trespass*.

O *writ* de *trespass* tem por objeto sancionar um procedimento de natureza delitual: o dano causado injustamente à pessoa, à terra ou aos bens do arguido. Isto nada tem a ver com os contratos. Mas os pleiteantes esforçar-se-ão por convencer o tribunal que, em certas hipóteses em que um compromisso foi tomado e não cumprido, os fatos da espécie justificam que se trate o caso à semelhança das situações que precedentemente foram reputadas como *trespass*. Os Tribunais Reais acolhem gradualmente esta pretensão. Primeiro sancionam os compromissos contratuais no caso de *misfeasance*: sempre que um contratante não tenha cumprido integralmente um contrato e, por esse fato, haja causado um prejuízo à pessoa ou aos bens da outra parte. Havia de decorrer mais de um século para que, ao lado das *misfeasance*, os tribunais aceitassem sancionar as situações de *non-feasance*: aquelas em que uma pessoa, tendo tomado um compromisso contratual, se abstém pura e simplesmente de o cumprir. Ainda continuou difícil admitir a ação de *trespass on the case*, em certas hipóteses em que o demandante poderia agir através da ação especial de *debt*. Entretanto neste caso será admitida a ação nova chamada de *assumpsit*, no caso em que foi celebrado um compromisso expresso de executar uma obrigação (*special assumpsit*); apenas em 1602, com o *Slade's case*, a evolução foi concluída, quando os Tribunais Reais aceitam descobrir em qualquer promessa o compromisso implícito de cumpri-la (*indebitatus assumpsit*). Será necessário muito tempo, e longos esforços, para que a ação de *assumpsit*, resultante da ação crime de *trespass on the case*, se liberte das regras relativas à sua origem delitual: intransmissibilidade da ação, necessidade de provar a culpa, necessidade de estabelecer de forma precisa o montante do prejuízo que resulta da inexecução.

**277. Categorias e conceitos do direito inglês.** Há mais de cem anos que as formas de ação foram abolidas, mas as regras e categorias do direito inglês têm, ainda muitas vezes, a marca dos obstáculos que, no plano do processo, se opuseram a um desenvolvimento racional das instituições. "Abolimos as formas de ação – disse Maitland –, mas elas continuam a governar-nos dos seus túmulos."[13]

Não se trata de uma simples fórmula. Consideremos assim o direito dos contratos. A *common law* conhece, como sanção da inexecução de contratos, apenas as perdas e danos, porque a antiga ação de *assumpsit*, calcada da ação de *trespass*, apenas podia ter como resultado as perdas e danos. A noção inglesa de *contract* não compreende, por outro lado, para os juristas ingleses, senão os contratos que, até meados do século XIX, foram sancionados pela ação de *assumpsit*; não compreende nem os contratos a título gratuito, nem os que visam a restituição de uma coisa de que o demandante continua a ser proprietário (hipóteses de *bailment*: depósito, comodato, transporte, em que o demandante "entregou" a sua coisa a outro), nem certas hipóteses de convenções nas quais o direito inglês vê *trusts*.

13. Maitland, F. W., *op. cit.*, p. 2.

No domínio da responsabilidade delitual (*law of torts*) a influência do passado é ainda mais acentuada. O direito inglês não comporta uma fórmula geral, reportando a responsabilidade delitual à ideia de falta ou à da guarda de certos bens. Apenas conhece casos especiais, delitos civis específicos: *deceit, nuisance, trespass, conversion, libel and slander, rule in Rylands v. Fletcher.* Certos destes delitos especiais correspondem a antigos *writs*; outros, introduzidos por ações *on the case*, são de origem mais recente. Um aspecto importante a salientar é a dificuldade que os juristas ingleses manifestam em se afastarem dos hábitos de pensamento a que se encontram presos devido aos antigos processos: um princípio geral de responsabilidade delitual só muito dificilmente veio a ser admitido ao criar-se um delito especial (o de *negligência*), e conserva-se, ainda atualmente, ao lado deste princípio, um certo número de regulamentações autônomas, para os diversos casos em que um delito específico foi cometido.

**278. Enfraquecimento do direito privado.** As jurisdições reais ampliaram a sua competência, desenvolvendo a ideia originária de que o interesse da Coroa justificava a sua intervenção. Outras jurisdições eram competentes quando se tratava apenas de interesses privados. Entretanto, estes outros tribunais desapareceram, e com eles desapareceu também a ideia do próprio direito privado na Inglaterra. Todos os litígios submetidos aos Tribunais Reais ingleses surgem, na Inglaterra, como sendo, em certa medida, questões de direito público.

O aspecto "direito público" do direito inglês aparece na técnica particular do *writ*, que marca o começo da ação diante dos tribunais. O *writ* não é uma simples autorização de agir dada ao autor. Apresenta-se, tecnicamente, como uma ordem dada pelo rei aos seus agentes, para que estes ordenem ao demandado agir de acordo com o direito, satisfazendo assim a pretensão do demandante. Se o demandado se recusa a obedecer, o demandante agirá contra ele. A sua ação será justificada diante do Tribunal Real, menos pela contradição que ele opõe à pretensão do autor do que pela desobediência, que lhe é imputada, a uma ordem da administração. O processo inglês é de direito público. Lembra o nosso contencioso de anulação; é um debate sobre a questão de saber se um ato administrativo, o *writ* emanado da Chancelaria real, foi realmente justificado e se a ordem dada ao arguido deve ou não ser mantida. Diversamente do que acontece no nosso contencioso de anulação, não é, no processo inglês, a pessoa em relação à qual o ato administrativo causa prejuízo que vai exigir a sua anulação; é aquele que o obteve, e que dele pretende prevalecer-se, que intenta uma ação para que este ato seja confirmado.

**279. Impossibilidade de recepção do direito romano.** Nos países do continente europeu as jurisdicões tradicionais não desapareceram como na Inglaterra; apenas foram submetidas, pouco a pouco, ao predomínio do poder real. Autorizadas desde o início a conhecer de todos os litígios, nunca viram a sua competência limitada a certos tipos de questões, comportando cada uma delas o emprego de um processo particular. Libertas de tais entraves puderam, sem maiores obstáculos, modernizar o seu processo, inspirando-se no novo processo escrito do direito canônico. Tendo uma competência geral, puderam igualmente considerar de forma sistemática o problema da justiça, e deixar-se guiar, neste assunto, pelo modelo do direito romano.

A situação foi muito diferente na Inglaterra, porque os Tribunais de Westminster eram apenas jurisdições de exceção, competentes unicamente em casos excepcionais, para cada um dos quais existia um processo particular.

Os Tribunais de Westminster foram levados, nestas condições, a elaborar um novo direito. Este novo direito, comum a toda a Inglaterra, é a *comune ley* ou *common law.* Ele tira muitos dos seus elementos de diversos costumes locais da Inglaterra.

A obrigação de se submeterem a quadros processuais rígidos foi a principal razão que, na Inglaterra, impediu uma recepção de conceitos do direito romano, na época em que os Tribunais de Westminster, excedendo a sua competência originária, adquiriram plenitude de jurisdição e tiveram de resolver, a maior parte das vezes, litígios de puro direito privado. Processos em muitos aspectos arcaicos, tipicamente ingleses, obrigaram em cada caso a "naturalizar" as ideias que era possível extrair, quanto à sua essência, do direito romano ou do direito canônico. A complexidade e a tecnicidade dos seus processos eram tais que não podiam ser apreendidos senão pela prática. Uma formação universitária, baseada no direito romano, poderia ajudar a encontrar a solução justa para um determinado litígio; no entanto, não permitiria ganhar um processo. Juristas e juízes, na Inglaterra, continuaram, até hoje, a ser formados essencialmente pela prática; diferentemente dos países do continente europeu, jamais lhes será exigida uma formação universitária e só excepcionalmente um advogado ou jurista terá recebido uma tal formação.

## SEÇÃO III – **A RIVALIDADE COM A *EQUITY* (1485-1832)**

**280. Esclerose da *common law*.** Elaborada na estrita dependência de processos formalistas, a *common law* estava exposta a um perigo duplo: o de não poder desenvolver-se com liberdade suficiente para dar satisfação às necessidades da época, e o de uma esclerose resultante da rotina dos homens de leis. Depois da sua notável expansão no século XIII, ela não escapou a qualquer destes perigos, e veio, por isto, a correr um enorme risco: o de ver formar-se, em face dela, um sistema rival pelo qual seria, com o decorrer do tempo, abafada e suplantada, como acontecera em Roma com o direito civil antigo, na época clássica, que se viu suplantado pelo direito pretoriano. Esse sistema rival, do qual nos é necessário falar neste momento, é a *equity*.

A competência restrita das jurisdições reais pudera ser tolerável enquanto existiram, ao lado dos tribunais de *common law*, outras jurisdições hábeis em preceituar quando não se encontrava uma solução na *common law*. O declínio e o desaparecimento destas jurisdições tornavam necessário que se encontrasse um novo corretivo para as insuficiências da *common law*.

**281. Recurso à autoridade real.** Os obstáculos existentes na administração da justiça pelos Tribunais de Westminster davam inevitavelmente origem a que, em numerosos casos, não fosse dada uma solução justa aos litígios. Nestes casos, aflorava naturalmente ao espírito da parte perdedora que lhe restava ainda uma possibilidade de obter justiça: era o recurso direto ao rei, fonte de toda a justiça e generosidade. As jurisdições reais decidiram mal na concreta espécie; não deveria o rei remediar o erro dos seus tribunais? Esse recurso supremo ao rei, nas concepções da Idade Média, surgia como uma coisa natural, e os Tribunais Reais, inicialmente, de forma alguma se sentiam desprestigiados, por verem as partes solicitarem ao rei que fizesse uso de suas "prerrogativas". Os próprios Tribunais Reais deviam o seu desenvolvimento ao funcionamento deste mesmo princípio, pelo qual se podia apelar para o rei, em casos excepcionais, para obter justiça.

Consequentemente, aconteceu que, desde o século XIV, os particulares, não podendo obter justiça pelos Tribunais Reais, ou chocados pela solução dada à sua causa por esses tribunais, se dirigiram ao rei para lhe pedir que interviesse "para tranquilizar a consciência e fazer uma obra de caridade". O recurso, em semelhante caso, passava normalmente pelo Chanceler; este transmitia-o ao rei, se o julgasse oportuno, o qual decidia no seu Conselho a solução para este recurso.

Perfeitamente justificado e admitido sem contestação, enquanto era excepcional, este recurso à "prerrogativa real" não podia deixar de dar lugar a um conflito se apresentasse uma tendência para se institucionalizar e para se desenvolver num sistema de regras jurídicas, que se opusessem, quando aplicadas, à *common law* propriamente dita.

Ora, aí está precisamente o que se verificou graças à Guerra das Duas Rosas, que tornou difícil para o rei estatuir em seu Conselho. O Chanceler, no século XV, torna-se cada vez mais um juiz autônomo, estatuindo em nome do rei e do Conselho, que a ele delegam a sua autoridade. Por outro lado, a sua intervenção é cada vez mais frequentemente solicitada, devido aos obstáculos que o processo e a rotina dos juízes opõem a um desenvolvimento desejável da *common law*. As suas decisões, tomadas inicialmente em consideração pela "equidade do caso particular", tornam-se cada vez mais sistemáticas, fazendo a aplicação de doutrinas "equitativas", que constituem adjunções ou corretivos aos princípios "jurídicos" aplicados pelos Tribunais Reais.

**282. A *equity* na época dos Tudors.** O absolutismo dos Tudors, no século XVI, vai fundar-se sobre um extensivo da "prerrogativa" real. Em matéria criminal, a famosa *chambre des estoylles* (*camera stellata, Star Chamber*) constituirá uma ameaça terrível para a liberdade dos indivíduos, depois de ter servido eficazmente para restabelecer a ordem após a guerra civil. Em matéria civil, a jurisdição de equidade do Chanceler, fundada igualmente sobre a prerrogativa real, alcançará uma considerável extensão. O Chanceler, a partir de 1529, não é mais o confessor do rei, nem um eclesiástico; é quase sempre um jurista. Examina as queixas que lhe são dirigidas como um verdadeiro juiz, mas seguindo um processo inspirado no direito canônico, inteiramente diferente, nos seus princípios, do processo seguido pelos tribunais de *common law*. Os princípios substantivos de que faz aplicação são igualmente, e em larga medida, provenientes do direito romano e do direito canônico. Estes princípios dão, de uma forma geral, melhor do que as regras arcaizantes e ultrapassadas da *common law*, satisfação ao sentimento do interesse social e da justiça do tempo da Renascença. Pela preocupação de justiça e de boa administração, os soberanos ingleses apoiam, nesta época, a jurisdição do Chanceler.

Considerações de ordem política entraram também em jogo para que houvesse essa preferência. O processo escrito, secreto e inquisitório da Chancelaria parecia aos soberanos, sequiosos de autoridade, preferível aos processos orais e públicos da *common law*. Provavelmente, predominava também a opinião de que, com o direito romano, adotado pelo Chanceler, o absolutismo real se desenvolveria paralelamente, reduzindo-se o direito romano a um simples direito privado. *Princeps legibus solutus est. Quod principi placuit, legis habet vigorem*: como resistir à sedução de tais adágios, consagrados no Digesto? Realmente poderia parecer mais simples elaborar um sistema inteiramente novo de direito e de administração da justiça, do que efetuar, no sistema da *common law*, as reformas absolutamente necessárias para a época. O direito inglês, assim, no século XVI, quase reuniu-se à família dos direitos do continente europeu, pelo triunfo da jurisdição de equidade do Chanceler e pela decadência da *common law*[14]. Existiu o risco de serem abandonados pelos pleiteantes os tribunais de *common law* e, consequentemente, caírem em desuso, como três séculos antes caíram as *Hundred* e as *County Courts*, quando os Tribunais de Westminster, então com todo o seu brilho, ofereciam aos seus pleiteantes uma justiça mais moderna, administrada segundo um processo superior aos processos tradicionais.

**283. Compromisso entre a *common law* e a *equity* (1616).** Diversas circunstâncias contribuíram para que esse desenvolvimento não se produzisse. A resistência dos juristas precisou ser levada em consideração pelos soberanos, porque os tribunais de *common law* encontraram, para a defesa da sua posição e da sua obra, a aliança do parlamento, com eles coligado contra o absolutismo real. A má organização da jurisdição do Chanceler, a sua morosidade e a sua venalidade forneceram armas aos seus inimigos. A revolução que teria conduzido a Inglaterra para a família dos direitos romano-germânicos não se realizou; foi concluído um compromisso para que subsistissem, lado a lado, em equilíbrio de forças, os tribunais de *common law* e a jurisdição do Chanceler.

Este compromisso não resulta de uma lei, nem de uma decisão formal tomada pela autoridade real ou pelos juízes. Pelo

---

14. Maitland, F. W., *English Law and the Renaissance* (1901). É o direito romano e o direito canônico que são visados e não o direito inglês quando, ainda no século XVII, se prescreve às jurisdições operantes na Índia a aplicação dos princípios "da justiça, da equidade e da consciência"; Derret, J. D. M., "Justice, Equity and Good Conscience", in Anderson, J. N. D., org., *Changing Law in Developing Countries* (1963), p. 114-53.

contrário, ao terminar um conflito de extrema violência[15] entre os tribunais de *common law*, representados pelo juiz-presidente Coke (chefe da oposição liberal do parlamento), e a jurisdição do Chanceler, o rei Jaime I, em 1616, pronunciou-se em favor desta última. Contudo, o alarme foi violento e os chanceleres tiveram a sabedoria de não abusar da sua vitória, desarmando assim a hostilidade de um parlamento que obteria, em 1641, a supressão da Câmara Estrelada. No que diz respeito à *equity*, estabeleceu-se um entendimento tácito na base do *status quo*. A jurisdição do Chanceler subsistirá, mas já não tentará realizar novas intromissões em detrimento dos tribunais de *common law*; ela preceituará de acordo com os seus precedentes, furtando-se, assim, à acusação de arbitrária que lhe fora dirigida; entendeu-se, por outro lado, que o rei, futuramente, não utilizará mais a sua prerrogativa de justiça para criar novas jurisdições independentes dos tribunais de *common law*. A própria natureza da *equity*, finalmente, vai transformar-se[16]: o Chanceler, homem político ou jurista, já não é qualificado para estatuir em nome da lei moral e tende a proceder mais como jurista. O controle da Câmara dos Lordes é, por outro lado, admitido em relação às decisões do Tribunal da Chancelaria, desde 1621. Os tribunais de *common law* aceitam, nestas novas condições, as intervenções do Chanceler que podem apoiar-se num precedente.

**284. A estrutura dualista do direito inglês.** Por esta razão, o direito inglês possuiu e ainda possui uma estrutura dua-

---

15. As decisões (*decress*) do Tribunal do Chanceler não eram diretamente executórias. A sua eficácia era assegurada pelo aprisionamento do contraventor ou pelo sequestro dos seus bens. Os *common lawyers* estatuíram que considerariam como tendo agido em estado de legítima defesa aquele que se opusesse a tais medidas, mesmo que ele tivesse morto um agente encarregado pelo Chanceler de as executar; Adenda Beauté, J., *Un grande juriste anglais: Sir Edward Coke (1552-1634). Ses idées politiques et constitutionnelles* (1975).

16. Yale, D. E. C., *Lord Nottingham's Manual of Chancery Practice and Prolegomena of Chancery and Equity* (1965). A introdução de Yale descreve a transformação sofrida pela *equity* no século XVII.

lista. Ao lado das regras da *common law* que são obra dos Tribunais Reais de Westminster, também designados por tribunais de *common law*, ele apresenta soluções de *equity*, que vieram completar e aperfeiçoar as regras da *common law*. A característica destas soluções de *equity* foi, até 1875, a circunstância de serem aplicadas exclusivamente por uma jurisdição especial: o Tribunal da Chancelaria. Contudo, as soluções de *equity* tornaram-se, com o decorrer dos séculos, tão estritas, tão "jurídicas" como as da *common law* e a sua relação com a equidade não permaneceu muito mais íntima do que no caso das regras da *common law*. A *equity* inglesa é, no seu ponto de partida, a equidade tal como se pôde conceber no século XVI, e na medida em que nesta época foi possível ao Chanceler realizá-la. Estas ressalvas não devem ser perdidas de vista. Os tribunais ingleses consideram com muita ponderação, nos nossos dias, as sugestões que lhes são feitas para continuar a obra do Chanceler nos séculos XV e XVI, e para desenvolver ousadamente novas doutrinas de equidade. A *equity* parece-lhes um conjunto de regras que vieram corrigir historicamente o direito inglês, e que constituem hoje uma peça integrante deste. As razões que outrora justificaram a intervenção do Chanceler já não existem: o parlamento poderá intervir se o direito inglês tiver necessidade de um aperfeiçoamento. A segurança das relações jurídicas e a supremacia do direito seriam ameaçadas se, sob o pretexto da equidade, os juízes aceitassem colocar em discussão as regras de direito estabelecidas; os juízes ingleses manifestaram, de maneira clara, em fórmulas surpreendentes, a sua determinação de não seguirem este caminho[17].

**285. A absorção do direito comercial pela *common law*.** O século XIII, época de formação da *common law*, e o século XVI, época em que se desenvolve a *equity*, são as duas grandes épocas em que se desenham os traços característicos da estrutura do direito inglês. O século XVII, depois da crise entre a

17. Para afastar qualquer equívoco, evita-se na Inglaterra o emprego da palavra *equity* para designar o que nós chamamos de equidade; prefere-se falar de *justice*, de *fairness* ou de *good conscience*.

*common law* e a *equity*, e o século XVIII assistem, sem choque espetacular, ao desenvolvimento harmonioso do direito inglês. Um acontecimento importante a assinalar é, na segunda metade do século XVIII, a absorção do direito comercial pela *common law*. O direito comercial fora, até então, considerado na Inglaterra como um elemento estranho, internacional pela sua natureza, e cuja aplicação devia ser reservada aos comerciantes (*merchants*). As jurisdições próprias ao comércio de outrora perderam, através dos tempos, a sua autonomia; a evolução foi concluída na segunda metade do século XVIII, na qual se realizou a unificação, na Inglaterra, daquilo que nós chamamos direito civil e direito comercial: o direito comercial integrou-se assim na *common law*, e as suas instituições deixaram de ser privilégio da classe dos comerciantes.

**286. Obras de doutrina e compilações de jurisprudência.** As obras marcantes do período que analisamos são, no que respeita à doutrina, a obra de Littleton sobre a posse feudal, escrita no fim do século XV, e a obra de Coke, *Institutes of the Laws of England*, publicada em 1628-1642. São muito interessantes também uma obra de Fortescue, *De laudibus legum Angliae* (1470) e os diálogos entre um partidário do direito romano e um partidário da *common law*, publicados em 1523-1532 por Saint-Germain sob o título *Doctor and Student*.

Muito importantes para o conhecimento da *common law* são, por outro lado, as compilações das decisões judiciárias (*reports*), que substituem as antigas crônicas de jurisprudência dos *Year Books*, suspensas em 1535. Estas compilações, citando decisões nas quais se encontra a origem de vários desenvolvimentos do direito inglês, conservam ainda hoje um inegável interesse prático. Foram reimpressas, com excelentes índices, na coleção fundamental dos *English Reports*.

Uma obra clássica, *Commentaries on the Laws of England*, de Blackstone, descreve-nos o direito inglês na segunda metade do século XVIII, na época em que a *common law* atinge o seu apogeu. A obra de Blackstone (1765-1769), continuamente reeditada e atualizada, pode ser comparada à obra de

Pothier, na França. A sua influência foi considerável na Inglaterra e em todos os países de língua inglesa, fixando os quadros do direito inglês e facilitando, especialmente nos Estados Unidos da América, a expansão e a recepção deste direito.

## SEÇÃO IV – O PERÍODO MODERNO

**287. As reformas do século XIX.** Além do século XIII e do século XVI, os séculos XIX e XX representam também uma época de transformação fundamental na história do direito inglês[18]. O que marca a nova época é, com o triunfo das ideias democráticas e sob a influência de Bentham[19], o desenvolvimento sem precedentes da legislação. Uma obra considerável de reforma e de modernização do direito foi realizada no século XIX. Assistiu-se a uma verdadeira revolução, operada pelas reformas radicais introduzidas no processo, especialmente em 1832, 1833 e 1852. O direito inglês desenvolvera-se até então nos quadros processuais constituídos pelas diversas formas de ação. Libertos dos entraves do processo, os juristas ingleses vão doravante, como os seus colegas da Europa continental, prestar uma maior atenção ao direito substantivo na base do qual, futuramente, as soluções da *common law* tenderão a ser sistematicamente reagrupadas.

A organização judiciária, por outro lado, é profundamente modificada em 1873-1875 pelos *Judicature Acts*, que suprimem a distinção formal dos tribunais da *common law* e do Tribunal de *equity* da Chancelaria: todas as jurisdições inglesas passaram a ter competência para aplicar do mesmo modo as regras da *common law* e as de *equity*, contrariamente à situação anterior em que era necessário ir a um tribunal de *common*

18. Sobre a evolução do direito inglês no século XIX, cf. Dicey, A. V., *Leçons sur les rapports entre le droit et l'opinion publique en Angleterre au cours du XIXe siècle* (tradução francesa, 1906).

19. Holland, H. A., "Jeremy Bentham", in 10 *Cambridge Law Journal* (1948), p. 3-32; El Shakankiri, M., *La philosophie juridique de Jeremy Bentham* (1970).

*law* para obter uma solução de *common law* e recorrer ao Tribunal da Chancelaria para obter uma solução de *equity*.

No que se refere ao direito substantivo, realizou-se uma notável obra clarificadora (ab-rogação de leis em desuso) e ordenadora (*consolidation*), libertando o direito inglês de soluções arcaicas e esforçando-se, em vários domínios, por apresentar sistematicamente as suas regras. A importância da obra de legislação, realizada no século XIX, não fez o direito inglês perder o seu aspecto tradicional: não intervém nesta obra nenhuma codificação concebida à maneira francesa, e o desenvolvimento do direito inglês mantém no essencial a obra dos tribunais; o legislador oferece-lhes novas possibilidades e lhes indica novas orientações, mais do que cria ele próprio, na realidade prática, um direito novo. Já nenhum autor tem a ambição, como outrora Glanvill, Bracton, Coke e Blackstone, de descrever o conjunto de um direito que reflita a complexidade das relações na civilizacão moderna. Os instrumentos essenciais para o conhecimento do direito inglês são, desde então, no que diz respeito à jurisprudência e legislação, a nova coleção dos *Law Reports* (criada em 1865), e no que se refere à exposição sistemática do direito inglês, a enciclopédia das *Laws of England*, publicada sob a direção de Lorde Halsbury[20].

**288. O século XX: a *common law* na época do *welfare-state*.** O movimento de modernização iniciado no século XIX continua nos nossos dias, com novas características. Uma corrente socialista, visando o estabelecimento da sociedade sobre novas bases, substituiu a corrente liberal que foi dominante até 1914. A *common law* sofreu, por isto, uma grave crise, já que os processos de elaboração casuística e jurisprudencial, pelos quais ela se caracterizou desde a sua origem, conciliam-se com a vontade de efetuar na sociedade profundas e rápidas transformações. As leis e os regulamentos adquiriram uma importância desmedida em comparação com a situação anterior. A elaboração dos regulamentos administrativos e sua aplicação suscitam

20. Em publicação a 4ª edição, em 56 volumes, por Lorde Hailsham.

numerosos problemas novos, dos quais decorre uma infinidade de litígios entre a administração e os cidadãos. Ao lado dos tribunais que forjaram a *common law*, foram criados múltiplos organismos para solucionar as contestações causadas pelas novas leis, porque pensou-se que não somente os tribunais tradicionais ficariam congestionados se devessem julgar este novo contencioso, mas também que não estavam preparados para realizar esta tarefa de maneira desejável. As mesmas considerações que conduziram a França e outros países a terem tribunais administrativos valeram na Inglaterra, embora, ao contrário dos outros países, os tribunais administrativos não tenham constituído uma hierarquia autônoma de jurisdições. Um número considerável de casos, semelhantes aos que são julgados pela justiça comum, é atualmente apreciado por estes órgãos em que os juristas são associados a não juristas ou em que os juristas podem até estar ausentes; estes casos são examinados e resolvidos segundo métodos e com uma mentalidade que, frequentemente, não são os da *common law*[21].

Para resolver os problemas do *welfare-state*, talvez os direitos românicos do continente europeu, familiarizados com a elaboração legislativa e doutrinal do direito, estejam mais preparados do que o direito inglês. Esboça-se, assim, um movimento de aproximação entre o direito inglês e o direito do continente europeu; este movimento é estimulado pelas necessidades do comércio internacional e favorecido por uma mais nítida consciência das afinidades que existem entre os países europeus ligados a certos valores da civilização ocidental; a entrada do Reino Unido na Comunidade Econômica Europeia poderá dar um novo impulso a esta aproximação. Encontraremos esses novos traços, ou essas novas tendências do direito inglês, ao estudarmos as fontes e a estrutura da *common law*.

---

21. Street, H., *Justice in the welfare State* (2ª ed., 1975); Lord Scarman, *English Law. The new dimension* (1974).

Capítulo II

# *Estrutura do direito inglês*

**289. Importância da matéria.** Até uma época recente procurou-se pôr em destaque, como sendo o aspecto original mais notável do direito inglês, a teoria das fontes do direito admitida na Inglaterra. Os juristas do continente europeu eram educados no culto pela lei e admiravam os códigos. Parecia-lhes estranho, e quase inconveniente, ver um país altamente civilizado, o maior país comercial do mundo, rejeitar a fórmula da codificação e continuar ligado a uma fórmula no seu entender ultrapassada, vendo na jurisprudência a fonte fundamental do direito.

A lei e a jurisprudência não desempenham a mesma função no direito francês e no direito inglês. Contudo, antes de expor as notáveis diferenças que existem neste assunto, parece-nos importante fazer notar uma diferença de outra ordem entre direitos da família romano-germânica e de *common law*, a saber, a diferença que existe entre esses direitos na sua própria estrutura. Esta diferença tende, nos nossos dias, a ser reconhecida como a mais fundamental: é a mais difícil de ser superada pelo jurista do continente europeu, e é ela que explica, afinal, por que razão os juristas ingleses têm uma teoria das fontes do direito diferente da nossa e por que razão o direito inglês, em particular, não aceitou nem pode aceitar a fórmula romano-germânica da codificação.

As diferenças de estrutura existentes entre o direito românico e o direito inglês foram, durante muito tempo, negligenciadas; só recentemente os juristas se aperceberam do seu caráter essencial. A razão disso é que, durante um grande período, sob a influência de uma certa teoria, se julgou poder analisar o direito como sendo um conjunto de normas. Para aquele que considerar com mais critério, o essencial em um direito parecerá ser, contudo, mais do que as simples regras que em dado momento ele comporta, a própria estrutura desse direito, as classificações que admite, os conceitos que usa, o tipo de regras de direito sobre o qual se fundamenta. O próprio ensino do direito só se concebe por isso: porque, além das regras mutáveis, existem quadros que são relativamente estáveis. O essencial é, para o estudante de direito, aprender um *vocabulário*, familiarizar-se com os *conceitos* que subsistirão e que lhe permitirão estudar mais tarde uma questão, quando as regras por ele estudadas na escola de direito terão provavelmente mudado. Depende do legislador a modificação ou a abolição desta ou daquela regra do direito atual. Pouco depende dele, porém, a mudança da linguagem que empregamos e a modificação dos quadros nos quais ordenamos o nosso raciocínio. Através de múltiplas mudanças e revoluções, mantemos as palavras e os conceitos de propriedade, de contrato, de casamento, de hipoteca; as regras referentes a estas matérias já não são as mesmas, porém, as novas regras que substituíram as antigas estão expostas no mesmo lugar em obras jurídicas cujo plano se manteve quase inalterado durante séculos.

**290. Categorias e conceitos.** Precisamente por todos estes aspectos o direito inglês vai mostrar-se muito diferente do direito francês e dos outros direitos da família romano-germânica. A sua estrutura não é a mesma que a do nosso direito e nessa diferença reside a maior dificuldade que nos oferece o estudo do direito inglês. A diferença de estrutura que vamos observar é efetivamente total. No nível das grandes divisões do direito, não encontraremos nem a distinção do direito público e do direito civil, do comercial, do administrativo ou do direito da previdência social; em lugar destas grandes classificações encontraremos outras como, e em primeiro lugar, a distinção da *common law* e da *equity*. A um nível menos elevado, o dos conceitos, ficaremos igualmente desorientados, não encontrando nem o conceito de poder paternal, nem o do reconhecimento dos filhos naturais, nem o do usufruto, nem o da pessoa moral, nem o de dolo ou de força maior, mas encontrando, pelo contrário, conceitos novos de *trust*, de *bailment*, de *estoppel*, de *consideration*, de *trespass*, que nada evocam nos nossos espíritos. Não correspondendo a nenhuma noção do nosso conhecimento, os termos do direito inglês são intraduzíveis nas nossas línguas, como o são os termos da fauna ou da flora de um outro país. Falseia-se o seu sentido, na maioria das vezes, quando se pretende a todo o custo traduzi-los, e a dificuldade não é menor quando a tradução parece não oferecer dúvidas: o *contrat* do direito francês não é o equivalente do *contract* do direito inglês, tal como a *equity* inglesa não é a *équité* francesa; *administrative law* não quer dizer *droit administratif, civil law* não significa *droit civil* e *common law* não tem por sinônimo *droit commun*[1].

**291. Regra de direito.** A diferença de estrutura que existe entre os direitos românicos e o direito inglês não se manifesta apenas no plano das categorias e dos conceitos jurídicos. No nível elementar da regra de direito também não encontraremos, no direito inglês, o tipo de regra que nos é familiar. No direito inglês, elaborado pela jurisprudência, a *legal rule* representa algo diferente da regra de direito, sistematizada pela doutrina ou enunciada pelo legislador, a que nós estamos habituados; situa-se a um nível de generalidade menor do que a nossa regra de direito, com a consequência, como veremos, da distinção, para nós elementar, das regras imperativas e das supletivas não ser feita, e de uma codificação do tipo que nos é familiar ser quase inconcebível na Inglaterra.

Seção I – Divisões e conceitos jurídicos.

Seção II – A regra do direito e a *legal rule*.

---

1. Os dicionários francês-inglês ou inglês-francês de termos de direito, apesar de todos os esforços dos seus autores, são inevitavelmente imperfeitos e muitas vezes perigosos. É necessário aconselhar a utilização, em seu lugar, de dicionários em língua inglesa, entre os quais o mais recente é, para o direito inglês, o *Dictionary of English law*, publicado sob a direção de Earl Jowitt (2 vols., 2ª ed., 1977).

## SEÇÃO I – **DIVISÕES E CONCEITOS JURÍDICOS**

**292. Importância das categorias jurídicas.** A primeira coisa que um jurista pergunta a si próprio, quando lhe é colocada uma questão de direito, é em que categoria de direito se enquadra esta questão. Trata-se de direito criminal, de direito das coisas, de direito de contratos, de direito do trabalho ou das sociedades? Situar desse modo a questão que lhe é proposta é primordial para o jurista, particularmente porque, para ele, trata-se de saber se está ou não qualificado para a resolver. Os juristas sempre se especializaram em uma certa parte do direito nacional: tradicionalmente operou-se uma distinção entre privatistas e publicistas, entre civilistas, comercialistas e criminalistas. A complexidade do direito moderno obrigou os juristas a especializarem-se ainda mais, nos nossos dias: o mesmo jurista não se sente capaz de aconselhar um cliente, e de dirigir eventualmente um processo, em assuntos tão diversos como o direito da propriedade literária e o direito das falências, o direito criminal ou o da família, ou o direito fiscal. Cada ramo do direito, interessando especialistas diferentes, possui uma literatura que somente os especialistas conhecem bem, tendo os outros juristas apenas conhecimentos gerais sobre estes ramos mais ou menos ultrapassados pela evolução das ideias e do direito.

**293. Originalidade das categorias e conceitos do direito inglês.** O mesmo acontece no sistema inglês. Mas, por razões de ordem histórica, as grandes divisões do direito, que se encontram neste sistema, não são as mesmas que as dos direitos românicos. Daí resulta, para o jurista francês, uma dificuldade, quando procura estudar o direito inglês. A bibliografia deste direito, por mais abundante e rica que seja, corre o risco de não lhe oferecer o livro básico, correspondente à categoria a que está habituado, e à qual pertence, a seus olhos, a questão que lhe é posta.

As obras básicas, das quais se serve o jurista inglês, usam palavras tais como *contract, torts, real property, personal property, trusts, evidence, companies, bailment, quasi-contract, local government, conflict of laws, pleading and practice* etc. As decisões e categorias francesas são assim substituídas, na Inglaterra, por divisões e categorias que podem, conforme o caso, ser traduzíveis ou não em francês, mas que não são, ao menos de modo geral, as divisões e categorias elementares do direito francês.

A diferença de estrutura que se observa ao nível das grandes divisões do direito, com a divisão da *common law* e da *equity*, com a da *substantive law* e a da *adjective law*, também com a rejeição ou a ignorância das divisões de base do direito continental, encontra-se a um nível inferior, porém fundamental: o dos conceitos. Ainda neste capítulo o jurista francês muitas vezes não encontra os conceitos familiares do seu direito: as noções de personalidade moral de pessoas coletivas, de órgão público, de dolo, de contravenção não existem no direito inglês. Para se exprimirem em termos compreensíveis neste direito é necessário, pelo contrário, que utilizem conceitos como o de *domicile of origin*, de *indictable offence*, de *perpetuity*, de *charity* ou de *injunction*, que não têm correspondentes no direito francês.

**294. Explicação pela História da estrutura do direito inglês.** Por que razão existem estas diferenças de estrutura? A sua explicação é evidente: ela se encontra na diferente evolução histórica dos dois tipos de direito: direitos românicos e *common law*.

O sistema dos direitos românicos é um sistema relativamente racional e lógico, porque foi ordenado, considerando as regras substantivas do direito, graças à obra das universidades e do legislador. Subsistem nele, sem sombra de dúvida, numerosas contradições e anomalias devidas à História ou que se explicam por considerações de ordem prática. Os direitos da família romano-germânica estão longe de uma ordenação puramente lógica, mas realizou-se um grande esforço nesse sentido para simplificar o seu conhecimento. O direito inglês, pelo contrário, foi ordenado, sem qualquer preocupação lógica, nos quadros que eram *impostos pelo processo*; só numa época recente – nos últimos cem anos –, tendo sido abolido o antigo sistema de processo, a ciência do direito pôde esforçar-se no sentido de racionalizar estes quadros. Progressos notáveis foram realizados, mas conservaram-se, de modo geral, as noções e classificações às quais se estava habituado devido a uma longa tradição.

Damos aqui alguns exemplos, mostrando a força da tradição. O mais típico é, talvez, a célebre definição de *equity*, à qual chega o mais ilustre expositor da matéria, F. W. Maitland. "A *equity*, escreve Maitland, é este corpo de regras que, se não fosse a reforma dos *Judicature Acts*, seriam aplicadas de maneira exclusiva pelas jurisdições especiais chamadas Tribunais de *equity*." O direito inglês das coisas divide-se em *personal property* e *real property*: esta última considera os direitos que, antes da reforma do processo de 1833, eram garantidos pelas ações ditas reais; a *personal property* considera os direitos que, antes de 1832, eram garantidos pelas ações ditas pessoais[2]. A noção inglesa de contrato apenas engloba os compromissos outrora sancionados pela ação de *assumpsit*; não se aplica nem às doações, nem ao *trust*, nem ao depósito que foram, na História, sancionados de maneira diferente. Compreender-se-á através destes exemplos como as categorias e conceitos do direito inglês puderam vir a ser totalmente diferentes das categorias e conceitos da ciência românica.

**295. O papel das universidades.** Nessa altura surge uma indagação: as universidades inglesas, criadas a partir do século XIII, não ensinaram sempre, como as suas irmãs do continente europeu, o direito romano e o direito canônico? Somente em 1758 foi instituído em Oxford um curso de direito inglês; foi necessário esperar até 1800 para que fosse instituído em Cambridge. Isto é verdade, mas uma diferença fundamental deve ser considerada: enquanto os juristas do continente europeu recebiam a sua formação nas universidades, na Inglaterra acontecia de forma diferente. O processo inglês não se opunha somente à influência do direito romano; a sua complexidade

---

2. Lupoi, M., *Appunti sulla real property e sul trust nel diritto inglese* (1971).

desencorajava os juristas a irem receber nas universidades uma aprendizagem de princípios, que não lhes serviria para nada na prática. Os juristas ingleses nunca foram formados pelas universidades, e, ainda hoje, quando é obrigatória uma licenciatura para se tornar advogado ou *solicitor*, esta licenciatura pode ser outra que não em direito. Foram tradicionalmente formados pela prática, na qual não ouviam falar em direito romano, mas em que a sua atenção era constantemente chamada para as questões de processo e de prova, das quais dependiam o sucesso e a própria admissibilidade de uma nação. Muito naturalmente, as categorias do direito inglês foram construídas, nestas condições, considerando o processo na base dos diferentes tipos de ações que podiam ser propostas nos Tribunais Reais. Foi somente depois que estas formas de ação foram abolidas, em 1852, que a tendência para uma sistematização mais racional pôde surgir; mas a evolução é lenta, como acontece sempre que se considerem os próprios quadros do direito, e é muito natural que seja no interior dos quadros tradicionais que haja um esforço por ordenar, de forma mais racional, as instituições e regras do direito inglês; está fora de questão a adoção das categorias e conceitos dos direitos românicos.

Não nos é possível, em uma obra como esta, familiarizar o estudante com as diversas categorias e noções do direito inglês: a tarefa implicaria, na realidade, um estudo do conjunto do direito inglês[3]. Contudo, será útil dar certos exemplos característicos, ressaltando certas noções fundamentais do direito inglês. Escolhemos dois: a distinção da *common law* e da *equity*, e a noção de *trust*. Terminaremos esta seção destacando a importância que assumem as regras de administração da justiça (*adjective law*: processo e provas), em confronto com as regras substanciais do direito (*substantive law*), aos olhos do jurista inglês[4].

---

3. David, R., *Le droit anglais* (3ª ed., 1975).

4. Sobre a diferença entre a categoria inglesa de *administrative law* e a categoria francesa de direito administrativo, cf. Lawson, F. H., "Le droit administratif anglais", in *Rev. int. droit comparé* (1951), p. 412-26. Sobre a negação na Inglaterra do nosso conceito de direito comercial, cf. Burin des Roziers, H., *La distinction du droit civil et du droit commercial et le droit anglais* (1959).

§ 1º *Common law* e *equity*.
§ 2º O *trust*.
§ 3º Processo e normas substantivas.

### § 1º *Common law* e *equity*

**296. Caráter fundamental desta distinção.** A distinção mais elementar ensinada ao estudante desde a sua chegada à escola é, na família romano-germânica, a que existe entre o direito público e o direito privado. Essa distinção, pelo contrário, não é feita tradicionalmente pelo direito inglês, em que durante muito tempo se recusou a sua admissão, vendo nela a manifestação da ideia de que o Estado e a administração não estariam submetidos ao direito.

A distinção fundamental ensinada ao estudante de direito inglês é, pelo contrário, uma distinção que ignora completamente os direitos da família romano-germânica: é a que distingue a *common law* da *equity*. Já pudemos observar, na história do direito inglês, a origem desta distinção; a *equity* é um conjunto de soluções que foram, principalmente nos séculos XV e XVI, outorgadas pela jurisdição do Chanceler, para completar e eventualmente rever um sistema – o da *common law* –, então bastante insuficiente e defeituoso. É necessário, neste momento, dar certas precisões sobre estas soluções de *equity* e mostrar, particularmente, como a distinção da *common law* e da *equity* continuou a ter importância até a época atual, apesar da "fusão da *common law* e da *equity*", operada no que se refere à organização judiciária em 1875. De fato, ainda hoje, a distinção da *common law* e da *equity* continua a ser a distinção fundamental do direito inglês, comparável à nossa entre o direito público e privado, tanto que, tal como na França, onde os juristas se classificam naturalmente em privatistas e publicistas, os juristas ingleses se dividem também em *common lawyers* e *equity lawyers*.

**297. Origem da *equity*.** É necessário reconsiderar as condições em que se desenvolveram as regras de *equity* no direito inglês. Quando o sistema da *common law* funcionava mal – ou porque os Tribunais Reais não podiam ser consultados, ou porque não podiam conceder a solução adequada solicitada por um pleiteante, ou porque não tinham meios para bem conduzirem um processo, ou ainda porque chegavam a uma decisão contrária à equidade –, os particulares tinham, segundo as ideias da Idade Média, a possibilidade de pedir a intervenção do rei, fazendo apelo aos imperativos de sua consciência, para que tomasse uma decisão que facilitasse o curso da justiça ou para que impusesse a solução exigida pela justiça. O direito não era um tabu. O rei, soberano justiceiro, devia assegurar aos seus súditos a justiça; a sua intervenção era legítima nos casos em que a técnica do direito era defeituosa.

**298. *Equity follows the law.*** A intervenção do Chanceler nunca consistiu em formular regras novas de direito, que os juízes deveriam aplicar no futuro. O Chanceler nunca pretendeu modificar o direito, tal como fora explicitado e era aplicado pelos tribunais de *common law.* Bem pelo contrário, o Chanceler professa o seu respeito por este direito: "A equidade respeita o direito" (*equity follows the law*) é um dos axiomas proclamados pela Chancelaria. Contudo, respeitar o direito não implica que se deva negligenciar a lei moral; é em nome desta última que o Chanceler vai intervir. Com efeito, não se admitiria que o *summum jus* resultasse em *summa injuria.* Em outros países, os próprios juízes podem remediar isso, proibindo o abuso do direito ou a fraude, ou fazendo intervir as noções de ordem pública ou de bons costumes. Essas intervenções produzem-se, no continente europeu, no quadro dos próprios princípios do direito. Na Inglaterra os Tribunais Reais, tendo apenas uma competência limitada e estando obrigados a observar processos rígidos, não tiveram a mesma liberdade de manobra; foi necessário recorrer a uma jurisdição especial, fundada sobre a prerrogativa real, para introduzir no restrito direito da *common law* as limitações ou complementos que a lei moral e a consciência reclamavam. Mostraremos, com alguns exemplos, como se produziu esta intervenção.

**299. Aplicações.** A *common law* pode apenas, no caso de inexecução de um contrato, outorgar perdas e danos à parte que se queixa dessa inexecução. A ação de *assumpsit*, pela qual são sancionados os contratos, é, com efeito, modelada sobre a ação delituosa de *trespass*, que pode resultar apenas em uma condenação por perdas e danos. Pode acontecer que esta sanção seja inadequada, e que seja do interesse de um contratante obter a própria prestação que lhe foi prometida. Nenhuma ação diante do tribunal da *common law* permite conseguir esse resultado. Já na jurisdição do Chanceler, poder-se-á obter uma decisão de execução forçada (*decree of specific performance*), ordenando ao contratante que execute *in natura* a obrigação por ele assumida. A *common law* não é de modo nenhum violada; só se outorga uma solução que ela não está habilitada a conceder.

A *common law* considera o processo como uma espécie de torneio no qual o juiz desempenha um papel de simples árbitro. Cada uma das partes deve apresentar as suas provas, e nenhuma delas dispõe de qualquer meio para obrigar a outra a apresentar, por exemplo, um documento que esteja na sua posse. A jurisdição do Chanceler, se necessário, poderá ainda aqui intervir e ordenar a uma das partes, por um *discovery order*, a apresentação de um tal documento.

A *common law*, sistema arcaico, elaborou, em matéria de contratos, uma teoria dos vícios do consentimento bastante grosseira, pouco desenvolvida. Tem, por exemplo, uma concepção de coação (*duress*) que se limita a sancionar a coação física, não reconhecendo a coação moral. O Chanceler intervirá contra aquele que, contrariamente à consciência, tirou partido da sua qualidade de parente, de tutor, de patrão, de confessor, de médico para obter de uma outra pessoa um contrato ou qualquer outra vantagem indevida; ser-lhe-á proibido prevalecer-se desse contrato e exigir a sua execução. É a doutrina da *undue influence* que dita o seu imperativo moral às regras jurídicas da *duress*.

Uma pessoa entregou a outra um bem, confiando nela, para que o administre no interesse de um terceiro, ao qual teria sido inconveniente ou impossível tornar proprietário. Segundo a *common law*, a pessoa que recebeu o bem (*trustee*) torna-se proprietária pura e simples; o compromisso que tomou de o gerir no interesse de um terceiro e de lhe remeter os lucros não tem valor. O Chanceler dará efeito a esse compromisso. Não irá contra a *common law* e não negará que o *trustee* seja o proprietário do bem; mas acrescentará à *common law*, sancionando o compromisso tomado conscientemente pelo *trustee*.

Como se vê, o Tribunal do Chanceler aceita os princípios da *common law* (*equity follows the law*), mas intervém num certo número de casos – do que resultarão regras complementares, ditas de *equity* – a fim de aperfeiçoar, no interesse da moral, o sistema de direito aplicado pelos tribunais. O que se poderia desejar em relação a estas regras complementares seria que os tribunais de *common law* as desenvolvessem. Por uma série de razões, não puderam fazê-lo ou não o fizeram. Foi outra autoridade, a Chancelaria, que as elaborou.

Pelo fato de essa autoridade – pelo menos originariamente – não ter sido considerada como um tribunal, ela não se apresentou como estatuindo "em direito", o que poderia ter originado um conflito com os Tribunais de Westminster interessados, tanto do ponto de vista pecuniário como moral, em manter o seu monopólio da administração da justiça. A própria terminologia empregada pelo Tribunal do Chanceler dá testemunho disso: não se intenta diante deste tribunal uma *ação*, apresentam-se, por meio de uma petição (*suit*), certos "assuntos" (*matters*), fazendo valer interesses (*interests*) e não direitos (*rights*), e o Chanceler formula, no fim do processo, não um "julgamento", mas uma ordem (*decree*), na qual poderá eventualmente outorgar uma indenização e não conferir danos-interesses (*damages*). O Chanceler intervém "em equidade", sem pretender modificar as próprias regras do direito administrado pelos tribunais. O que justifica a intervenção do Chanceler, em todos os casos, são as exigências da *consciência*. A consciência se choca com a solução que resulta de um direito imperfeito. É contrário à consciência, para aquele contra o qual se age, agir como pretende, aproveitando-se dessa má situação do direito.

**300. *Equity acts in personam*.** A maneira como o Chanceler age é sempre a mesma. *Equity acts in personam*: o Chanceler age por ordens, por mandados formais dirigidos ao réu; ele ordena a essa pessoa, ou proíbe-lhe, pelo contrário, que se comporte desta ou daquela maneira, e impõe-lhe, no interesse da salvação da sua alma (o Chanceler é originariamente um clérigo), um comportamento de acordo com as exigências da lei moral e da consciência. O réu, se transgride a ordem que lhe foi dada pela Chancelaria, irá para a prisão ou terá os seus bens apreendidos e penhorados. O Chanceler só intervém se puder eficazmente ameaçar o réu com estas sanções. As regras que determinam a competência do Tribunal do Chanceler são, por consequência, diferentes das que regem a competência dos tribunais da *common law*.

**301. Caráter discricionário das soluções de *equity*.** A intervenção do Chanceler, dominada pela ideia de consciência, tornou-se pouco a pouco mais sistemática, aceitando o Chanceler intervir num certo número de casos típicos (à semelhança do que acontecera outrora com os *brevia de cursu*). Desenvolveu-se, assim, um certo número de instituições (a principal é o *trust*) ou de conceitos (conceitos de *misrepresentation* e de *undue influence*, conceito de *specific performance*, doutrina de *subrogation* etc.), que encontram a sua base na jurisdição de *equity* do Chanceler. Quaisquer que sejam as instituições ou os conceitos considerados, a intervenção do Chanceler conservou sempre, desde a sua origem, um certo caráter discricionário; o Chanceler só intervém se a conduta do réu for julgada por ele contrária à consciência e se o demandante, por outro lado, nada tiver de suspeito. O demandante deve ter "as mãos limpas" (*clean hands*), deve ter agido sem perda de tempo inútil (*laches*) etc. Numerosos precedentes guiarão, a partir do século XVII, o Chanceler no exercício do poder discricionário que tais fórmulas implicam.

**302. Processo da Chancelaria.** O Chanceler examina os casos que lhe são submetidos segundo um processo e um sistema de provas inteiramente diferentes dos da *common law*. O Chanceler recebe sempre, inicialmente, um *writ of subpoena*; não existem *forms of action* na *equity*. O processo da *equity*, inspirado no do direito canônico, não comporta em nenhum caso, a colaboração de um júri, o que permite dar maior importância aos documentos escritos e se reportar a um dossiê; o Chanceler, deliberando em nome da moral, pode igualmente, para descobrir a verdade, tomar iniciativas que não são permitidas aos juízes da *common law*.

Acrescentemos que a Chancelaria exerce numerosas atribuições de jurisdição gratuita: é convocada constantemente para fornecer diretivas aos *trustees* quanto à gestão dos bens que lhes são confiados, para aprovar modificações nos estatutos de uma sociedade por ações, para tomar medidas no interesse de um menor declarado sob tutela do tribunal (*ward of court*) etc.

**303. *Equity* e *common law*.** Até 1875, a *equity* opôs-se, por cinco traços fundamentais, à *common law*. As regras de *equity*, desenvolvidas pelo Tribunal da Chancelaria, tinham uma origem histórica diferente das da *common law*, elaboradas pelos Tribunais de Westminster. A sua aplicação era feita exclusivamente pelo Tribunal da Chancelaria. O processo da *equity*, não comportando nunca um júri, diferente do da *common law*. As soluções de *equity*, isto é, as soluções que se podiam pedir ao Tribunal de *equity*, eram diferentes daquelas que um tribunal de *common law* podia ordenar: o Tribunal de *equity*, por exemplo, nunca pronunciava a condenação de pagamento de perdas e danos (*damages*). A outorga de uma solução de *equity*, finalmente, tinha um caráter discricionário.

A partir de todas estas diferenças, parece evidente que a *equity* se tornara, a partir do século XVII, um corpo de verdadeiras regras jurídicas, administradas pelo Tribunal da Chancelaria segundo um processo e em condições que nada ficavam a dever, em formalismo e em minúcia, aos processos e condições de aplicação da *common law*. Num mesmo assunto podia ser necessário intentar duas ações: uma num tribunal de *common law*, outra no Tribunal da Chancelaria; acontecia assim, por exemplo, se uma parte quisesse obter a execução *in natura* de um contrato (solução de *equity*), e também perdas e danos pelo atraso na execução do contrato (solução de *common law*). Este estado de coisas foi modificado em 1873-1875. Todas as jurisdições inglesas tanto podem, a partir desta data, ordenar soluções de *equity* como aplicar as sanções da *common law*. A antiga dualidade dos processos é hoje evitada; os princípios da *common law* e as regras de *equity* podem ser invocados e postos a funcionar perante uma jurisdição única e uma única ação. Neste sentido fala-se da "fusão da *common law* e da *equity*" operada pelos *Judicature Acts* de 1873-1875.

**304. Os *Judicature Acts* (1873-1875).** Os *Judicature Acts*, na realidade, não procuram realizar a fusão da *common law* e da *equity*; o legislador permitiu somente que em todos os tribunais superiores, em 1875, se estatuísse ao mesmo tempo em direito e segundo a *equity*. As duas categorias de regras, antes de 1875, não comportavam qualquer contradição, mas a solução de um processo podia ser diferente, conforme o tribunal chamado para resolver um conflito. Os tribunais vão então aplicar, doravante, umas e outras ao mesmo tempo, segundo o modo e nas condições em que eram aplicadas antes de 1875. Em caso de conflito, decidiu-se que seriam aplicadas as soluções de *equity*. A situação é análoga àquela que se criaria na França se uma lei transferisse para os tribunais judiciários as competências atualmente reconhecidas aos tribunais administrativos; os tribunais judiciários aplicariam, em casos semelhantes, concorrentemente, as regras do direito civil e as do direito administrativo, nos domínios a que elas respectivamente dizem respeito.

**305. A *equity* depois de 1875.** Os *Judicature Acts*, em princípio, não alteraram em nada o estado de coisas anterior, salvo que de futuro *common law* e *equity* seriam administradas concorrentemente pelas mesmas jurisdições.

Contudo, uma questão se colocou desde o início. Existiam dois processos muito diferentes em matéria de *common law* e de *equity*. Qual iria ser o adotado? De fato, foram ambos conservados; no seio do novo Supremo Tribunal, criado pelos *Judicatures Acts*, certos juízes, agrupados na Divisão do Banco da Rainha, estatuem segundo o processo oral e contraditório da *common law*; outros juízes, os da Divisão da Chancelaria, estatuem segundo um processo escrito e inquisitório, inspirado diretamente no antigo processo de *equity*. Os juristas que advogam diante de uma ou de outra destas câmaras não são os mesmos: os advogados continuam a ser *common lawyers* ou *equity lawyers*; os dois ofícios não exigem nem as mesmas inclinações, nem as mesmas aptidões, nem o conhecimento dos mesmos ramos de direito.

A distinção da *common law* e da *equity* continua, assim, fundamental no direito inglês de hoje, mas é necessário reconhecer que se transformou consideravelmente. Dois fatores importantes contribuíram para isto.

Em primeiro lugar, quando se procurou saber a que seção do Supremo Tribunal se confiariam estas ou aquelas questões, deixou-se de indagar sobre a origem histórica das regras que se deviam aplicar. Perguntou-se que processo, o da *common law* ou o da *equity*, era mais desejável. A *equity* veio, deste modo, abranger certas matérias novas, como a das sociedades por ações (*company law*), que foram desenvolvidas pela legislação e que não encontram a sua origem histórica na jurisdição do Chanceler. A *equity* pôde, por outro lado, anexar, por vezes, matérias que historicamente dependiam da *common law*; aconteceu isso particularmente com a matéria das falências (*bankruptcy*), quando foi dada prioridade não ao comportamento delitual do falido, mas à necessidade de organizar a liquidação coletiva do seu patrimônio. Pelo contrário, confiou-se aos *common lawyers* a administração de certas soluções de *equity* que podiam, ocasionalmente, intervir no direitos dos contratos. A distinção de *common law* e *equity* já não é, por isto, o que era antigamente; ela se racionalizou em grande medida; a *equity* tende a tornar-se, se é que já não se tornou, o conjunto de matérias que se considera apropriado para se fazer julgar segundo um processo escrito, enquanto a *common law* se torna o conjunto de matérias que são apreciadas segundo o processo oral de outrora.

De um modo geral, nos nossos dias já não se pergunta qual é a sanção procurada, mas o ramo de direito no qual ela se encontra, para decidir se se está no domínio da *common law* ou no da *equity*. A *common law* abrange, assim, ao lado do direito criminal, todo o direito dos contratos e o da responsabilidade civil (*torts*); os *common lawyers* aplicam aí livremente teorias tais como a *misrepresentation*, a *undue influence*, a *estoppel*, que foram por eles perfeitamente integradas na *common law* e mal se lembram de terem tido a sua origem na *equity*. Esta abrange, em compensação, o direito da *real property*, o dos *trusts*, o das sociedades comerciais, o das falências, as questões de interpretação dos testamentos e da liquidação das heranças. Algumas destas matérias pertencem historicamente à *equity*; para outras, pelo contrário, pareceu simplesmente vantajoso que fossem tratadas pelos *equity lawyers*, segundo o processo e os métodos que lhes são próprios, mais do que pelo processo e pelos métodos da *common law*. Mais do que falar do sistema da *common law* e das soluções de *equity* – como é uso fazer-se para mostrar o caráter apenas complementar das regras da *equity* –, seria legítimo falar hoje de dois ramos de direito inglês, dos quais cada um abrange um certo número de matérias e é caracterizado pelo emprego de um certo processo, ao mesmo tempo que é marcado por uma sensibilidade própria dos juristas.

As relações entre *common law* e *equity*, em segundo lugar, foram inevitavelmente modificadas a partir do momento em que os mesmos juízes foram chamados a administrar, ao mesmo tempo, *common law* e *equity*. Tendo cessado toda a rivalidade, os juízes foram levados a perguntar-se se a interrupção do desenvolvimento da *equity* no século XVII conservava ainda uma razão de ser, e ainda a interrogar-se, mais especialmente, se não seria o caso de encarar de uma forma diferente certas doutrinas da *common law*, agora que tinham a possibilidade de aplicar as regras da *equity*.

Com respeito ao primeiro ponto, as opiniões estão divididas. Os esforços de alguns juízes para desenvolver novos princípios de equidade (*a new equity*) são vistos com uma certa reserva pela maioria dos juristas, segundo os quais esta tarefa é hoje do parlamento e não deve ser realizada pelos juízes. A segunda tendência, pelo contrário, não suscita qualquer crítica. Para elucidar este fato, assinalemos como os juízes ingleses ampliaram, em nossa época, as condições em que pode ser ordenada a execução em espécie (*specific performance*) de um contrato; a *specific performance* tornou-se uma sanção normal das obrigações de dar referentes aos imóveis e aos bens incorpóreos (também aos bens de família), mas ela ainda não pode ser ordenada para os bens móveis corpóreos[5].

A história da distinção da *common law* e da *equity* ilustra o movimento que se produziu para uma racionalização do direito inglês, depois que as reformas, no que tange ao processo e à organização judiciária, realizadas no século XIX, tornaram possível esta racionalização. Contudo, vê-se como este *processus* de racionalização se desenvolveu, continuando dentro dos quadros tradicionais, muito especialmente sem abandonar categorias tão implantadas nos espíritos dos juristas como as da *common law* e da *equity*.

## § 2º O *trust*[6]

**306. Mecanismo do *trust*.** A noção de *trust*, desconhecida dos direitos romano-germânicos, é uma noção fundamental do direito inglês e a criação mais importante da *equity*. O *trust* apoia-se, de uma forma geral, sobre o seguinte esquema: uma pessoa, o constituinte do *trust* (*settlor of the trust*), determina que certos bens serão administrados por um ou vários *trustees*, no interesse de uma ou várias pessoas, os *cestuis que trust*. Este acordo é, na Inglaterra, muito frequente, porque serve para

---

5. Lawson, F. H., *Remedies in English Law* (1972), p. 243 ss.

6. David, R., *Le droit anglais* (2.ª ed., 1969); Wortley, B. A., "Le 'trust' et ses applications modernes en droit anglais", in *Rev. int. droit comparé* (1962), p. 699-710.

fins múltiplos de ordem prática: a proteção dos incapazes, da mulher casada e a liquidação dos patrimônios hereditários são assegurados por este meio; as fundações e os estabelecimentos de utilidade pública utilizam muitas vezes esta técnica; o direito das sociedades também recorre ao *trust*, que é do mesmo modo frequentemente utilizado para as operações internacionais (Euroemissão, eurocréditos, contratos petrolíferos etc.).

Como analisar esta instituição do *trust*? O jurista francês, quando vê que por este meio são asseguradas a proteção dos incapazes ou a gestão dos patrimônios do que ele denominaria pessoas morais, é tentado a ver no *trustee* um *representante* do incapaz ou da pessoa moral, sendo eles, a seus olhos, os verdadeiros proprietários dos bens constituídos em *trust*, que são explorados no seu interesse. Por consequência, sua tendência é ver no *trust* uma aplicação do princípio de representação, uma espécie de mandato conferido pelo constituinte do *trust*, ou então pela lei, ao *trustee*. Entretanto, decisões francesas admitiram que uma pessoa, mesmo estranha à família, denominado administrador, ou executor, encarregada de pagar o passivo da herança e de repartir o ativo entre os interessados, era mais que um administrador e tinha, em dado momento, a propriedade dos bens hereditários.

**307. Análise do *trust*.** Esta análise do *trust* é totalmente falsa. Na realidade, o *trust*, como a maior parte dos conceitos e instituições do direito inglês, explica-se unicamente pela História. Segundo a *common law*, o *trustee* não é um simples administrador dos bens constitutivos em *trust*. É, bem pelo contrário, o proprietário dos bens constituídos em *trust*. Administra, por conseguinte, esses bens como quer, pode dispor deles a seu modo, não tem contas a prestar a ninguém.

A limitação trazida ao seu direito de propriedade não é de ordem jurídica, mas de ordem simplesmente moral[7]. Ele deve administrar os bens como um pai de família, não segundo

7. Note-se, entretanto, que os bens constituídos em *trust* não podem ser apreendidos pelos credores pessoais do *trustee*.

o direito (*at law*), mas segundo a consciência; deve entregar os lucros e transferir, em dado momento, o capital para certas pessoas, designadas pelos constituinte do *trust*, como sendo os beneficiários. Contudo, segundo a *common law*, nenhuma ação pertence ao *cestui* para fazer valer os seus direitos; segundo a *common law* o *cestui que trust* não tem nenhum direito. Não esqueçamos que os compromissos contratuais, na época em que nasceu o *trust*, não eram sancionados de forma geral pela *common law*[8].

O Chanceler, diante da carência da *common law*, foi solicitado para intervir, quando o *trustee* não agia segundo a confiança que nele havia sido depositada pelo constituinte do *trust* e quando, contrariamente à consciência, não explorava os bens no interesse dos *cestuis que trust*. O Chanceler deu, neste caso, ao *trustee* a ordem de respeitar os compromissos previstos no ato constitutivo do *trust* de agir desta ou daquela maneira, prescrita pelo tribunal, sob ameaça de uma sanção: o *trustee* será preso, ou os seus bens serão colocados sob penhora, se não obedecer à ordem que lhe foi dada pelo Chanceler.

De fato, a ameaça desta sanção será efetiva, e o *trustee* agirá como o Tribunal da Chancelaria lhe tiver prescrito para agir. Não está, entretanto, reduzido à condição de um representante. *Equity follows the law*: o *trustee* continua, na concepção inglesa, a ser um proprietário. Esta qualidade surge claramente se se considerar a extensão dos poderes que lhe pertencem nos bens constituídos em *trust*: estes poderes não são apenas de administração, são plenos poderes de disposição. O *trustee* pode vender ou mesmo dar os bens constituídos em *trust*; estes atos de disposição são, em direito, plenamente válidos; a propriedade dos bens é por eles transmitida ao adquirente.

Contudo, a *equity*, no caso de alienação dos bens constituídos em *trust*, intervém de dupla maneira, tornando efetivo

---

8. A categoria do *trust* foi assim desenvolvida e continuou a ser uma categoria inteiramente diferente da do contrato, embora haja na origem do *trust*, na maioria dos casos, um compromisso que somos tentados a considerar como contratual.

um princípio de sub-rogação, ora real, ora pessoal. Se o *trustee* alienou a título oneroso os bens constituídos em *trust*, o que recebe em contrapartida é sub-rogado a esses bens; o *trustee* será, de futuro, considerado como *trustee* das somas provenientes da sua venda, ou dos bens adquiridos com o produto dessa venda. Em segundo lugar, se o terceiro adquirente dos bens os adquiriu a título gratuito ou se é um adquirente de má fé (ele sabia ou devia saber que o *trustee* não devia, segundo o ato constitutivo do *trust*, dispor dos bens como o fez), esta circunstância não impede que a propriedade dos bens passe para o adquirente; mas considerar-se-á que o adquirente, tornado proprietário legal (*at law*) dos bens, é ao mesmo tempo o *trustee* e deve, por sua vez, explorá-los no interesse dos beneficiários do *trust*.

**308. Natureza dos direitos do *cestui*.** Quais são, nesta concepção, os direitos dos beneficiários do *trust*? A resposta é, em direito estrito, que eles não têm nenhum direito. Eles não têm, nos bens objeto do *trust*, senão interesses (*beneficial interest*) garantidos, em certa medida e segundo certas regras, pela *equity*. Depois que a *equity*, sistematizada, se tornou, de fato, um conjunto de regras complementares das regras da *common law*, o *trust* pode, de fato, ser interpretado de forma diferente[9]. Não se poderia, entretanto, ver nele uma aplicação do princípio da representação. Esta análise, historicamente falsa, deixa inexplicado um certo número de soluções admitidas pelo direito inglês. Embora aparentado ao mandato, o *trust* surge como um desmembramento da propriedade, pertencendo certos atributos da propriedade (*legal ownership*) ao *trustee*, e outros atributos da propriedade (*equitable ownership*) ao *cestui que trust*.

**309. Concepção românica da propriedade.** O que nos embaraça nesta análise é que a propriedade não se encontra, na hipótese do *trust*, desmembrada segundo os esquemas que nos

---

9. Sobre esta transformação da *equity*, cf. a introdução de Yale, D. E. C., *Lord Nottingham's Manual of Chancery Practice and Prolegomena of Chancery and Equity* (1965).

são familiares. Apresentamos a propriedade nos nossos direitos românicos como sendo a soma de três prerrogativas reconhecidas ao proprietário: o *usus*, o *fructus*, o *abusus*.

Esta análise, por mais tradicional que seja, é surpreendentemente rudimentar e o *trust* obriga-nos a perceber isto. É arbitrário agrupar sob o vocábulo *usus* o direito de usar a coisa, habitar uma casa, e o de administrar (mandar fazer reparações ou conceder o seu uso a um terceiro); não é menos arbitrário agrupar sob o vocábulo *abusus*, prerrogativas tão diferentes como o direito de destruir materialmente a coisa e o de realizar em relação a ela atos de disposição. Quando se compreender tudo o que a nossa análise do conteúdo do direito de propriedade tem de insuficiente, chegar-se-á a compreender o *trust*. O *trustee* é um proprietário, mas as suas prerrogativas são limitadas pelo ato de constituição do *trust* e pelas regras de *equity* que o Tribunal do Chanceler desenvolveu. Na prática, e de maneira geral, ele goza do direito de realizar sobre os bens do *trust* atos de administração e de disposição; não tem, pelo contrário, nem o uso (no seu verdadeiro sentido), nem o gozo da coisa, nem o direito de a destruir materialmente.

**310. Concepção inglesa das *tenures*[10].** A divisão das prerrogativas do proprietário, realizada pelo *trust*, não é possível nos direitos românicos, em que apenas se admitem certos tipos de desmembramento do direito de propriedade, em número muito limitado; o *trust* não é um desses tipos de desmembramento autorizados pela lei. O jurista inglês tem dificuldade em compreender aqui a regra que nos governa e a incapacidade em que nos encontramos para reconhecer, no nosso direito, um acordo cuja importância prática e os benefícios são aos seus olhos incontestáveis. Tem mais dificuldade ainda em admiti-lo, porque a regra, segundo a qual existe um *numerus clausus* de direitos reais e segundo a qual a propriedade só pode ser desmembrada conforme certos esquemas, é desconhecida do

10. *Tenure*: qualquer direito real sobre bens móveis.

direito inglês e da mentalidade dos juristas ingleses. O princípio pelo qual se pode desmembrar livremente a propriedade parece aos juristas ingleses tão natural como nos parece o princípio de liberdade dos contratos[11].

**311.** ***Joint tenancy* e *tenancy in common*.** Ligada à instituição do *trust*, e sempre procurando mostrar a diferença dos conceitos que se encontram no direito inglês e no direito francês, notaremos ainda a distinção que o direito inglês faz entre duas formas de copropriedade: *joint tenncy* e *tenancy in common*. A *tenancy in common* é a equivalente da nossa copropriedade, se bem que a regulamentação possa ser diferente dela nos pormenores. A *joint tenancy*, pelo contrário, é uma forma própria do direito inglês e que nos parece, à primeira vista, estranha. Nesta forma de propriedade, que evoca a nossa tontina*, ninguém é chamado a suceder ao coproprietário que morre, de forma que o direito que pertencia em comum, originariamente, a vários proprietários, vai ver restringido gradualmente o número de seus titulares aos únicos sobreviventes. A que corresponde esta forma jurídica? É fácil explicá-la, relacionando-a com a instituição do *trust*. Os *cestuis que trust* serão normalmente *tenants in common*; os *trustees* serão, pelo contrário, *joint tenants*. Existe muito frequentemente uma pluralidade de *trustees*; com efeito, uma proteção suplementar deriva daí para os beneficiários do *trust*, os atos de administração e de disposição relativos ao *trust* devendo ser realizados em comum pelos diversos *trustees*. Mas se um dos *trustees* vem a desaparecer, não é necessário que o *trust* venha a ser administrado pelos herdeiros, talvez incompetentes, do *trustee*. Evita-se esse resultado pela instituição do *joint tenancy*; o *trust*, depois do desaparecimento de um dos *trustees*, continuará a ser administrado validamente pelos únicos sobreviventes – salvo se houver

11. Lawson, F. H., *The Law of Property* (1958), p. 59 s.

* Tontina – espécie de associação mútua em que cada um dos seus sócios deposita uma certa quantia para constituir uma renda vitalícia que, numa determinada época, deverá ser repartida pelos sócios sobreviventes.

necessidade, para completar o seu número, de recrutar um novo *trustee*, de acordo com as disposições do ato constitutivo do *trust* ou com as diretivas dadas pelo Tribunal, hoje Divisão, da Chancelaria.

Semelhantes exemplos, manifestando a diversidade de estrutura entre direito francês e direito inglês, a propósito dos conceitos que se estabeleceram em um e outro direito, poderiam ser multiplicados. A história distinta do direito francês e do inglês originou em todos os domínios uma maneira de agrupar as regras e de elaborar os conceitos que diferem profundamente no continente europeu e na Inglaterra. Os conceitos dos direitos românicos foram essencialmente elaborados nas universidades, partindo da base do direito romano. Os conceitos ingleses derivam principalmente das antigas formas de processo e continuam impregnados dos modos de pensamento que eram os da Idade Média, embora tenham sido, desde então e em larga medida, racionalizados para dar satisfação às necessidades da sociedade moderna.

## § 3º Processo e normas substantivas

**312. Tendência dos juristas românicos.** Tradicionalmente, o interesse dos juristas do continente europeu volta-se para as regras substanciais do seu direito (*substantive law*). O processo é por eles abandonado, assim como tudo o que diz respeito às provas ou à execução das decisões de justiça (*adjective law*). Esta hierarquia do direito e do processo remonta à Antiguidade: já em Roma se fazia a distinção entre os prudentes, que eram os únicos jurisconsultos dignos deste nome, e os advogados (*oratores*) cuja dignidade e lugar eram sem contestação inferiores aos dos prudentes. A formação dos juristas nas universidades reforçou este sentimento: o direito apareceu-nos como ligado à tecnologia moral; o jurista é aquele que estudou esse modelo de razão que é o direito romano e opõe-se ao prático que conhece as receitas do processo, os regulamentos locais, mas que não tem a cultura geral dos juristas e que é um pouco desprezado se não for licenciado em direito e não conhecer seus princípios.

**313. Caráter distinto do direito inglês.** O direito inglês não é um direito de universidades nem um direito de princípios; é um direito de processualistas e de práticos. O grande jurista na Inglaterra é o juiz, saído das fileiras dos práticos; não é o professor da universidade; somente uma minoria de juristas, outrora, estudou nas universidades; nenhum dos grandes juízes do século XIX possuía título universitário. A maioria dos juristas era formada unicamente pela prática, escutando as lições dos juízes e participando no trabalho dos advogados. Estudar e conhecer os princípios não teria sido para eles uma grande ajuda. O essencial foi, até o século XIX, na Inglaterra, encontrar uma forma de ação que permitisse convocar os tribunais reais e evitar as ciladas que se apresentavam, a cada passo, num processo muito formalista. Se se chegar ao termo do processo, pode-se depositar confiança no júri para reconhecer a justiça da causa. Mas a dificuldade é chegar até o fim do processo e, para isso, é necessário concentrar a atenção nos obstáculos de todos os gêneros que podem encontrar-se nele. O processo, por outro lado, desenrola-se perante um júri; rigorosas e necessárias regras de prova foram, por isso, elaboradas, para que se obtivessem vereditos razoáveis de jurados ignorantes e facilmente emotivos.

A preocupação do processo vai colocar-se, então, no primeiro plano das preocupações destes práticos que são os juristas ingleses: porque parece claramente a esta gente de bom senso que não serve para nada ter razão se não se puder obter a justiça que se deseja. O direito inglês continuou a ser, em sua essência, até o século XIX, extraordinariamente impreciso e informe. Do direito contratual inglês, principalmente, pode dizer-se que apenas data dos séculos XIX e XX[12].

12. Blackstone, nos seus *Comentários* sobre o direito inglês, em quatro volumes, surgidos em 1765-69, dedica apenas vinte e seis páginas ao direito contratual. A primeira obra inglesa – medíocre – sobre o direito contratual publicou-se em 1847. Lawson, F. H., *The Oxford Law School 1850-1965* (1958), p. 21.

**314. O processo inglês atual**[13]. O processo inglês, nos últimos cem anos, tornou-se muito mais simples. O direito inglês, por outro lado, enriqueceu-se consideravelmente quanto à sua essência e adquiriu um rigor comparável ao dos direitos do continente europeu. Os juristas ingleses frequentam cada vez mais os cursos de direito das universidades, para aprenderem os princípios que foram sistematizados nos nossos dias de maneira totalmente semelhante aos princípios dos diferentes direitos românicos. Contudo, o estado de espírito produzido por uma tradição secular perpetua-se em numerosas instituições e continua vivo nos juristas.

O processo seguido nos tribunais de justiça, por exemplo, continua largamente a ser o que era seguido quando era normal existir um júri, embora a presença do júri seja hoje, especialmente em matéria civil, excepcional. O processo é cuidadosamente preparado de modo que os pontos de desacordo entre as partes surjam claramente e sejam fixados nas questões em relação às quais se poderia responder sim ou não, segundo a prática que conhecemos na única jurisdição que funciona na França com um júri: o tribunal criminal. O processo conclui-se por uma audiência pública, *the day in Court*, em que os pontos de desacordo vão ser elucidados por uma técnica de provas inteiramente orais – audição de testemunhas, que são interrogadas sucessivamente pelos advogados das duas partes (*examination-in-chief* e *cross-examination*): não existe qualquer auto do processo; tudo deve ser feito oralmente em audiência, para que um júri, outrora inculto, possa formar a sua opinião. A audiência não deve ser interrompida, e a decisão sobre a questão deve ser imediatamente tomada: o júri, se o houvesse, deveria, com efeito, ser libertado o mais cedo possível dessas funções. Certas provas devem ser excluídas, quer em matéria civil, quer em criminal, porque seriam suscetíveis de produzir um efeito impróprio sobre o espírito destes jurados ignorantes que têm de

---

13. David, R., *Le droit anglais* (3ª ed., 1975); Diplock K., "La procédure civile anglaise", in *Rev. dr. int. et dr. comp.* (1964), 158; Grivart de Kerstrat, F., *La mise en état du procés devant la High Court* (*Queen's Bench Division*) *et le rôle du Master* (1981); Cappelletti, M., *Processo e ideologie* (1969).

supor-se sempre presentes; o direito inglês caracteriza-se pela riqueza e pelo tecnicismo, considerado excessivo por alguns, do seu direito de provas[14]. Devido a todas essas regras, o processo conservou na Inglaterra uma importância considerável em comparação com os países do continente europeu, sobretudo se se considerarem, no direito inglês, as suas partes tradicionais, as que constituem o que se chama o direito dos juristas (*lawyer's law*)[15].

**315. O estado de espírito dos juristas ingleses.** Por outro lado, é necessário notar, do ponto de vista psicológico, a persistência na Inglaterra de um estado de espírito que dá uma importância muito particular ao processo.

O jurista do continente europeu vê no direito os princípios, ou o próprio princípio, da ordem social. Procura defini-lo, melhorá-lo, sob o ângulo destes princípios: estabelece o princípio das liberdades políticas, o dos direitos sociais, o da inviolabilidade da propriedade e dos contratos, e abandona aos práticos o cuidado de pôr a funcionar – ou de deixar desprovidos de sanção – estes princípios. O jurista inglês, herdeiro dos práticos, desconfia daquilo que ele considera, muito naturalmente, como fórmulas ocas: que vale a afirmação de um direito ou de um princípio, se na prática não existe um meio de aplicá-lo? Toda a atenção dos juristas ingleses se voltou, durante séculos, para o processo; só lentamente se volta para as regras do direito substantivo.

**316. Ilustração: *administrative law* e direito criminal.** A imensa maioria dos litígios é resolvida na Inglaterra pelos tribunais ditos "inferiores", por comissões do contencioso

---

14. Diferentes abrandamentos têm sido recentemente trazidos ao rigor deste direito, a ponto de o próprio Lorde Chanceler não hesitar em declarar, em março de 1968, perante a Câmara dos Lordes. "Estou certo que dentro de vinte anos nós já não teremos nenhuma regulamentação relativa à administração da prova"; *H. L. Debates*, vol. 289, p. 1461-2.

15. Hamson, C. J., "Le trial anglais", in *Rev. int. droit comparé* (1956), p. 529-37.

administrativo, por árbitros privados. O controle que os "tribunais superiores" exercem sobre a atividade destes organismos pode, em numerosos casos, incidir sobre a maneira como interpretam e aplicam o direito; mas, muitas vezes, especialmente no caso das comissões de contencioso administrativo, no dos tribunais de inquilinato e no da arbitragem[16], volta-se unicamente para o modo como foi conduzido o processo. Não se procurará verificar se a decisão tomada pela administração é justificada ou não; o essencial é que esta decisão tenha sido tomada ao fim de um processo leal, no decorrer do qual a administração terá ouvido todos os interessados e no fim do qual poderá tomar a sua decisão com conhecimento de causa. Qual será esta decisão? O jurista inglês preocupa-se pouco com ela; neste ponto deposita confiança na administração; na Inglaterra não se julgou útil estabelecer um correspondente ao recurso por excesso de poder, que desempenha uma função tão importante no direito administrativo francês. Pelo contrário, obrigar-se-á, na Inglaterra, a administração a motivar as suas decisões, coisa que o Conselho de Estado não julgou útil impor à administração francesa, exceto no caso em que um texto legal o prescreve e/ou no caso, excepcional, da sanção disciplinar[17].

A ideia de que o acusado deve ter um *fair trial* (ser tratado com lealdade no processo), a ideia de que não se pode estatuir senão observando as formas de um processo regular (*the rules of natural justice*) são ideias centrais do direito inglês, direito concebido sob um aspecto essencialmente contencioso, mais preocupado com a administração da justiça do que propriamente com a justiça em si mesma[18]. As duas coisas não podem

---

16. Uma sentença arbitral só pode ser submetida a um tribunal superior para o exame de aspectos jurídicos. As partes podem convencionar que tal recurso será excluído.

17. Braibant, G., Questiaux, N. e Wiener, C., *Le contrôle de l'administration et la protection des citoyens. Étude comparative* (1973).

18. "Justice before Truth" é o princípio diretor no direito inglês, cf. o artigo de Lorde Chanceler Viscount Kilmuir, in 76 *Law Quarterly Review* (1960), p. 41. O respeito das regras da administração da justiça impõe-se mesmo em detrimento – em casos excepcionais – da verdade.

evidentemente ser dissociadas. O estado de espírito inglês, contudo, merece ser notado. Segui um processo bem regulado, cheio de lealdade – pensa o jurista inglês – e chegareis quase seguramente a uma solução de justiça. O jurista francês pensa, pelo contrário, que é necessário dizer ao juiz qual é a solução de justiça; e se o juiz conhece esta solução, não se deve impedi-lo de chegar a ela, regulamentando com excessiva minúcia o processo e as provas.

As duas atitudes foram, obviamente, determinadas pela História. A atitude inglesa estabeleceu-se naturalmente num país em que não existia um corpo de direito em que basear-se, e em que os juízes foram levados a construir, empiricamente, a *common law*. A atitude francesa explica-se ao contrário, pela recepção, ou pelo menos, pelo prestígio do direito romano do qual aceitamos a herança.

## SEÇÃO II – **A REGRA DO DIREITO E A *LEGAL RULE***

**317. A concepção jurisprudencial da *legal rule*.** Uma outra diferença de estrutura entre direitos da família romano-germânica e a *common law* manifesta-se em outro plano, se se comparar o que um jurista francês entende pelas palavras *règle de droit* e aquilo que um jurista inglês chama *legal rule*.

Teremos de sublinhar, ao examinarmos a função da jurisprudência e a da legislação, consideradas como fontes do direito, a grande diferença que, quanto a este assunto, existe entre direito francês e direito inglês. O direito inglês, proveniente dos processos da *common law*, é essencialmente um direito jurisprudencial (*case law*); suas regras são, fundamentalmente, as regras que se encontram na *ratio decidendi* das decisões tomadas pelos tribunais superiores da Inglaterra. Na medida em que faz declarações que não são estritamente necessárias para a solução do litígio, o juiz inglês fala *obiter*, emite opiniões que podem ser sempre postas em causa e discutidas, porque não constituem regras de direito. A *legal rule* inglesa coloca-se ao nível do caso concreto em razão do qual, e para cuja resolução, ela foi emitida. Não se pode colocá-la em um nível superior sem deformar profundamente o direito inglês, fazendo dele um direito doutrinal; os ingleses são bastante avessos a uma tal transformação e apenas adotam, verdadeiramente, em particular as regras formuladas pelo legislador, por menor que seja a interpretação que elas exijam, quando forem efetivamente interpretadas pela jurisprudência; as aplicações jurisprudenciais tomam então o lugar, no sistema do direito inglês, das disposições que o legislador editou.

Muito diferente é, como se sabe, a situação nos direitos do continente europeu: direitos que não se tecem a partir de decisões de jurisprudência, mas cujos princípios foram elaborados pela doutrina, nas universidades, sistematizando e modernizando os dados do direito de Justiniano. A regra de direito inglês é uma regra apta a dar, de forma imediata, a sua solução a um litígio; não a compreendemos verdadeiramente e não podemos apreciar o seu alcance sem conhecer bem todos os elementos do litígio, a propósito do qual ela foi afirmada. A regra de direito continental, mais ligada à teologia moral do que ao processo, é uma regra, evidenciada pela doutrina ou enunciada pelo legislador, apta a dirigir a conduta dos cidadãos, numa generalidade de casos, sem relação com um litígio particular. As duas regras, visando pela sua origem uma finalidade diferente, não podem ter o mesmo nível de generalidade; a regra de direito francês é inevitavelmente mais abrangente do que a regra inglesa. A tradução de *legal rule* por *regra de direito* corresponde, nestas condições, a uma aproximação bastante grosseira; deforma nos nossos espíritos a verdadeira concepção da *legal rule* inglesa.

**318. Exemplos.** Os juristas da família romano-germânica interrogam-se, no caso dos contratos celebrados entre ausentes, se convém aceitar a teoria da emissão ou da recepção: celebrar-se-á o contrato quando a aceitação é enviada ou quando é recebida pelo oferente? Esta maneira de colocar a questão afigura-se, do ponto de vista de um jurista inglês, muito geral; regras diferentes podem parecer justificadas desde que haja a preocupação de fixar a data ou de determinar o lugar onde o contrato é concluído ou, ainda, desde que o contrato seja concluído através de recurso a um intermediário (a administração dos correios) ou de modo direto (por telefone ou telex).

Em matéria de responsabilidade delitual, na Inglaterra, não se pensará sequer em estabelecer princípios gerais, tais como os que se encontram nos códigos do continente europeu e especialmente no código civil francês. Os diferentes tipos de culpa e de prejuízo, as várias circunstâncias em que um dano se produziu exigem regras próprias. Ignorando a noção abstrata de culpa, os juristas ingleses conhecerão apenas as diferentes espécies de comportamentos ilícitos, uma variedade de *torts*, e, no caso do *tort* de "negligência", interrogar-se-ão se existe ou não na circunstância uma obrigação de vigilância (*duty of care*) a cargo do demandado. Ao encararem a questão da responsabilidade do proprietário de um prédio, estabelecerão regras distintas, que levem em conta se a vítima do dano tinha ou não o direito de se encontrar no prédio, se aí se encontrava a convite do demandado, se se tratava de um adulto ou de uma criança, se o acidente se deveu ou não à reparação no prédio etc. Relativamente aos diferentes tipos de delitos civis considerar-se-á igualmente a natureza do prejuízo: a reparação por danos patrimoniais ou danos morais, em virtude de prejuízos causados a uma pessoa ou a uma coisa, ou ainda a um patrimônio considerado globalmente, rege-se por normas substancialmente diferentes. É significativo que não se possam traduzir facilmente em inglês conceitos tais como "culpa" e "prejuízo", sendo o conceito-chave do direito inglês dos *torts* a expressão "perdas e danos" (*damages*). As fórmulas gerais dos nossos códigos destinam-se mais, aos olhos dos ingleses, a ser preceitos morais do que a estabelecer verdadeiras regras de direito; a *legal rule* inglesa, pelo contrário, põe em causa uma casuística que, por vezes, se tornou tão sutil e complicada que necessitou da intervenção simplificadora do legislador.

**319. Sistema aberto e sistema fechado.** As exposições precedentes são fundamentais para compreender o direito inglês e para compreender particularmente, os métodos dos seus juristas. Os direitos da família romano-germânica constituem conjuntos coerentes, "sistema fechados", em que toda a espécie de questões pode e deve, pelo menos em teoria, ser resolvida pela "interpretação" de uma regra jurídica existente. O direito inglês é, pelo contrário, um "sistema aberto"; comporta um método que permite resolver toda a espécie de questões, mas não comporta regras essenciais que possam ser aplicadas em todas as circunstâncias. A técnica do direito inglês não é uma técnica de interpretação das regras jurídicas; consiste, partindo das *legal rules* já estabelecidas, em descobrir a *legal rule*, talvez nova, que deverá ser aplicada em espécie; esta tentativa é conduzida levando-se em conta os fatos de cada espécie e considerando com cuidado as razões que existem para distinguir a situação que hoje se apresenta das que foram apresentadas no passado. A uma nova situação corresponde, deve corresponder segundo o jurista inglês, uma nova regra. A função do juiz é a de administrar a justiça. Não é sua função formular, em termos gerais, regras que ultrapassem, pelo seu alcance, o litígio a ele submetido. A concepção inglesa de *legal rule*, mais restrita do que a nossa concepção de regra jurídica, encontra a sua explicação histórica no fato de a *common law* se ter formado por obra dos juízes; ela está intimamente ligada à técnica das *distinctions* que, por oposição à da *interpretação*, continua a ser o método do direito inglês.

**320. Caráter anormal da regra legislativa.** Outras consequências muito importantes estão ligadas à diferente concepção de regra de direito, existente na Inglaterra e no continente europeu. Daí resulta, por exemplo, o caráter um pouco anormal que apresenta para um inglês o direito de origem legislativa (*statute law*). Por maior que seja o seu interesse em formular as regras de forma concreta, tão casuística quanto possível, o legislador não está colocado, salvo nos casos em que se limita a fornecer um *erratum* à *common law*, na posição dos juízes; as disposições que formula só serão plenamente assimiladas ao sistema do direito inglês quando forem retomadas e reafirmadas – por vezes alteradas – pelos tribunais, nas condições de elaboração *normais* da *common law*. A observação é muito importante porque impossibilita, de fato, senão em teoria, uma codificação à maneira francesa na Inglaterra. Constataremos também que, em diversos países da *common law* em que a fórmula de codificação, segundo o exemplo francês, foi adotada (Estados Unidos, Índia), os códigos que foram promulgados não conseguiram tornar-se a base do direito, tal como são para nós os códigos napoleônicos.

A maneira tradicional pela qual se concebe a *legal rule*, na Inglaterra, gerou sérias dificuldades, quando a lei e os regulamentos se tornaram o instrumento por intermédio do qual se procurou transformar a sociedade. As leis e regulamentos frequentemente tiveram que se limitar à colocação de princípios diretores e à previsão de modelos de conduta, deixando aos administradores, e aos que deveriam exercer um controle, amplos poderes de apreciação. Os tribunais ingleses admitiram que, neste caso, a interpretação dos regulamentos e leis fosse feita de modo semelhante ao utilizado no continente europeu. Este resultado foi obtido não pela admissão de uma nova concepção da regra de direito, implicando novos princípios de interpretação, mas pela redução do alcance do controle que os tribunais, únicos qualificados para dizer qual é o "direito", poderão exercer sobre as decisões dos órgãos que julgarem os contenciosos quase judiciários[19].

**321. Inflação do direito.** A concepção que se tem, na Inglaterra, de regra de direito conduz, também, àquilo que nós somos tentados a considerar como verdadeira inflação do direito na Inglaterra. No nosso desejo de reduzir o direito a alguns princípios, talvez tenhamos deixado, em certas matérias, muita liberdade de apreciação ao juiz, considerando que a doutrina ou a legislação não podiam chegar ao exame dos fatos. O nosso direito aparece, assim, a um inglês como sendo feito de quadros, no interior dos quais é muitas vezes fácil mudar o conteúdo das regras, de uma maneira pouco propícia à segurança

19. Street, H., *Justice in the Welfare State* (2ª ed., 1975).

das relações jurídicas. O direito inglês dá-nos uma impressão inversa. Encontramo-lo repleto de definições legais[20], de soluções pormenorizadas, que nos pareceria mais vantajoso deixar à disposição do juiz em cada caso particular, do que limitar a sua ação, fazendo-o aplicar a regra do precedente.

A lei pode, assim, em diversos casos, conceder aos juízes, no direito inglês, um "poder discricionário". Mas esta fórmula geral vai encobrir uma realidade muito diferente daquela que encobriria num direito românico. Com efeito, a fórmula legal só terá sentido aos olhos do jurista inglês quando uma infinidade de *legal rules*, de origem judiciária, tiver fixado com precisão, juridicamente, o modo como o juiz deve fazer uso do seu poder discricionário. Assim, o regulamento do Supremo Tribunal de Justiça inglês contentou-se em declarar, numa fórmula breve, que os juízes deste tribunal tinham um poder plenamente discricionário em matéria de custas judiciais[21]. Esta disposição lacônica foi envolvida por uma avalanche de decretos, que vieram precisar, segundo o direito, a maneira como devia ser exercido esse poder discricionário; um novo regulamento, relativo à matéria de custas de justiça, apareceu em 1959 para sistematizar esta jurisprudência, formulando, em lugar da regra bastante concisa de outrora, trinta e cinco regras que, com os seus apêndices, não ocupam menos de cento e quarenta e oito páginas no guia de processo elaborado pelo Tribunal[22].

A regra francesa, segundo a qual um comerciante não deve praticar a concorrência desleal em detrimento dos seus concorrentes, não será vista pelos juristas ingleses como uma verdadeira regra de direito. Ver-se-á nela uma fórmula vaga, destinada a dar aos juízes uma diretiva geral de equidade. Para se encontrar em presença de uma *legal rule* é necessário esperar

---

20. Saunders, J. B., org., *Words and Phrases Legally Defined* (2ª ed., 1969), em cinco volumes e suplementos anuais. Stroud, F., *Judicial Dictionary of Words and Phrases* (5 vols., 1975).

21. *Rules of the Supreme Court, Order* 65, *rule* I, confirmado pelo *Judicature Act* (1925), s. 50 (1).

22. *The Supreme Court Costs Rules* (1959), publicadas e editadas no *Supreme Court Practice*.

que os tribunais tenham sido levados a pronunciar-se sobre um caso concreto, tenham decidido se nas circunstâncias deste caso concreto havia ou não concorrência desleal, expondo-se o autor da prática à censura do direito. A regra de direito inglesa é indissociável dos elementos da espécie, que são os únicos que permitem compreender o seu alcance. Ela não é colocada abstratamente em uma fórmula legal. Os fatos penetram na estrutura do direito inglês e eles próprios entram, muitas vezes, na classe de regra de direito. O uso feito, na Inglaterra, dos dicionários jurídicos atesta uma certa hipertrofia que tem consequência para o direito inglês e que os autores muitas vezes lamentaram.

**322. Direito imperativo e regras supletivas.** A concepção que se tem de regra de direito na Inglaterra exclui, ainda, uma distinção que é elementar nos direitos românicos: a das regras imperativas e das regras supletivas de direito. As próprias expressões são intraduzíveis em inglês. A ideia de regra supletiva só é concebível para quem se coloca na posição da doutrina ou da legislação, considerando casos-tipo. O juiz inglês não tem de considerar casos-tipo; a sua função é pronunciar-se sobre uma espécie concreta, levando em conta os precedentes. Como poderia ele dizer que, salvo estipulação contrária, o pagamento será efetuado no domicílio do devedor e não no do credor ou que, salvo estipulação contrária, o vendedor somente responde pelos vícios ocultos de coisa vendida? Pronunciar-se desta maneira seria, da sua parte, evidentemente, falar *obiter*. A qualidade de regras de direito será inevitavelmente recusada na Inglaterra nas fórmulas gerais que parecem aos juízes ingleses como de natureza doutrinária; estando situadas a um nível superior à *ratio decidendi* de qualquer decisão judiciária, elas não podem ser regras de direito no sistema casuístico da *common law*.

Em compensação, o legislador, na Inglaterra, pode, naturalmente, criar normas de direito supletivo. Entretanto, a categoria de "direito supletivo" não foi aceita no direito inglês, que continua, conforme a tradição, a ser compreendido como um direito jurisprudencial, no qual o papel da lei é secundário.

Capítulo III

# *Fontes do direito inglês*

**323. Justificação do plano.** O direito inglês, elaborado historicamente pelos Tribunais de Westminster (*common law*) e pelo Tribunal da Chancelaria (*equity*), é um direito jurisprudencial, não apenas por suas origens remotas. Tendo sido menor na Inglaterra do que no continente a influência das universidades e da doutrina, e nunca tendo sido efetuada pelo legislador através da técnica de codificação uma reforma geral, o direito inglês conservou, no que respeita às suas fontes tal como à sua estrutura, os seus traços originários. Ele é, de forma típica, um direito jurisprudencial (*case law*), e é pelo estudo da jurisprudência que convém começar o estudo das suas fontes[1].

A lei – chamada em inglês *statute* – apenas desempenha, na história do direito inglês, uma função secundária, limitando-se a acrescentar corretivos ou complementos à obra da jurisprudência. Contudo, a situação está nos nossos dias modificada em larga medida. Na Inglaterra de hoje, a lei e os regulamentos (*delegated legislation, subordinate legislation*) já não podem ser considerados como tendo uma função secundária. A sua função é, com efeito, igual àquela que essas fontes do direito desempenham no continente europeu. No entanto, por razões de ordem histórica, essa função exerce-se de um modo diferente; a

1. A palavra *jurisprudência* é aqui usada no sentido francês, para designar as decisões *judiciárias*. A palavra inglesa *jurisprudence* tem um sentido muito diferente; aplica-se ao que se chama na França a teoria geral e a filosofia do direito. A palavra francesa *jurisprudence* traduz-se em inglês por *the decisions of the Courts.*

estrutura do direito inglês opõe-se a que se veja na obra do legislador o equivalente aos códigos e leis do continente europeu. Comparadas à jurisprudência e à lei, as outras fontes desempenham no direito inglês de hoje uma função secundária.

Essa função está, contudo, longe de ser desprezível e importa por isso conhecê-la.

Seção I – A jurisprudência.
Seção II – A lei.
Seção III – O costume.
Seção IV – A doutrina e a razão.
Seção V – Conclusão.

## SEÇÃO I – **A JURISPRUDÊNCIA**

O estudo da jurisprudência, principal fonte do direito inglês, pressupõe o conhecimento dos grandes princípios da organização judiciária inglesa. Exporemos, por consequência, esses princípios, antes de estudar, a partir da *regra do precedente*, a autoridade reconhecida pelo direito inglês às decisões judiciais.

§ 1º Organização judiciária inglesa.
§ 2º A regra do precedente.

### § 1º A organização judiciária inglesa[2]

**324. Diferentes tipos de jurisdições.** A organização judiciária inglesa foi durante muito tempo extremamente complexa e ainda hoje é bastante desconcertante para o jurista do continente europeu, apesar das reformas que durante uma centena de anos a simplificaram e, em certa medida, a racionalizaram.

Faz-se na Inglaterra uma distinção básica, desconhecida no continente, entre o que se pode chamar a "alta justiça,

---

2. David, R., *Le droit anglais* (3ª ed., 1975); Jackson, R. M., *The Machinery of Justice in England* (7ª ed., 1977).

administrada pelos *Tribunais Superiores*, e a "baixa justiça", administrada numa série de jurisdições inferiores ou por organismos "quase judiciários". A atenção dos juristas concentra-se especialmente sobre a atividade dos Tribunais Superiores, pelo fato de estes não se limitarem a resolver os processos; as suas decisões, de grande alcance, constituem "precedentes" que devem ser seguidos no futuro e pelo estudo dos quais se poderá conhecer qual é o direito na Inglaterra. A maior parte dos assuntos é resolvida, no entanto, fora da alçada daqueles tribunais, por jurisdições inferiores ou organismos "quase judiciários", mas estes não participam do "poder judiciário" e as sentenças que proferem têm seu interesse limitado à espécie por eles julgada.

**325. Tribunais superiores: o *Supreme Court of Judicature.*** Ao longo da História, na Inglaterra, surgiu um grande número de tribunais superiores: Tribunais de Westminster (Tribunal do Banco do Rei, Tribunal dos Delitos Comuns, Tribunal da Fazenda), que administram a *common law*; Tribunal da Chancelaria, que administra a *equity*; Tribunal do Almirantado, competente em determinadas matérias de direito marítimo; Tribunal de Divórcio, competente em matéria de direito canônico; *Court of Probate*, competente em matéria de testamentos. Os *Judicature Acts* de 1873-1875 vieram simplificar tudo isto. Suprimiram todos estes tribunais, reunindo-os num novo tribunal superior único – o *Supreme Court of Judicature* – o qual pode sofrer, excepcionalmente, o controle da Comissão de Apelo da Câmara dos Lordes[3].

A organização posta em funcionamento pelos *Judicature Acts* foi modificada várias vezes, particularmente pelo *Administration of Justice Act*, de 1970, e pelo *Courts Act*, de 1971, que entrou em vigor em 1972. Limitar-nos-emos a descrever aqui a atual organização, na qual o *Supreme Court of Judicature*

3. Além disso existem, como tribunais superiores, a *Restrictive practices Court*, criada em 1956, reorganizada em 1976 e o *Employment Appeal Tribunal*, criado em 1978.

é formado por três organizações: o *High Court of Justice*, o *Crown Court* e o *Court of Appeal*.

O *High Court of Justice* é formado por três seções: seção do Banco da Rainha, seção da Chancelaria e seção da Família. A repartição das questões entre as diferentes seções tem apenas um caráter de conveniência de serviço, sendo cada uma das seções competentes para estatuir sobre qualquer causa que seja da alçada do *High Court of Justice*. A formação, na seção do Banco da Rainha, de um *Admiralty Court* e de um *Commercial Court*, ou, na Chancelaria, a criação de um *Companies Court* e de um *Bankruptcy Court* significa apenas que, no seio destas seções, podem existir juízes especializados e certas regras especiais de processo para o exame de diferentes tipos de assuntos. O *High Court of Justice* comporta, no máximo, nos termos da lei, setenta e cinco *puisne judges*, chamados *Justices*, aos quais se acrescentam o *Lord Chief Justice*, que preside à seção do Banco da Rainha, o *Vice-Chancelier*, que preside à seção da Chancelaria, e o *President*, que preside à seção da Família. Todos estes juízes são recrutados entre os advogados para os quais a elevação à dignidade de *Justice* de Sua Majestade constitui o coroamento do sucesso profissional e social. As questões são submetidas, em primeira instância, ao julgamento de um único juiz. Este juiz era assistido, antigamente, por um júri, quando se tratava de questões referentes à *common law*; em matéria civil a presença de um júri tornou-se excepcional e abandonou-se igualmente a regra segundo a qual o veredito do júri (nos raros casos em que subsiste) devia ser proferido por unanimidade.

O *Crown Court* é uma organização nova, instituída pelo *Courts Act* de 1971; compete-lhe julgar em matéria criminal. O seu pessoal é bem mais diversificado. A justiça pode ser aí feita segundo a natureza da infração considerada, quer por um juiz do *High Court of Justice*, quer por um "juiz de circuito" (que é igualmente um juiz profissional, que exerce a sua atividade em tempo integral), quer ainda por um *recorder*, advogado investido temporariamente das funções de juiz. Havia, em 1975, trezentos e vinte e oito *recorders*, dos quais quarenta eram *solicitors*. Ao lado do juiz encontra-se o júri, se o acusado declara-se inocente.

O *Court of Appeal* constitui, dentro do *Supreme Court of Judicature*, um segundo grau de jurisdição. Comporta dezesseis *Lords Justices*, presididos pelo *Master of the Rolls*. As questões são aí submetidas, em princípio, a um colégio de três juízes; o recurso é rejeitado se não se estabelece uma maioria para modificar a decisão contra a qual foi formado. Um dos colégios do tribunal ocupa-se especialmente das questões criminais; é a *Criminal Division* do *Court of Appeal*. As causas são geralmente julgadas, nesta seção, por um *Lord Justice* e por dois juízes da *Queen's Bench Division*; ao contrário do que acontece nas seções que julgam matéria civil, não é costume que os juízes colocados em minoria o façam conhecer no seio da *Criminal Division*.

**326. A Câmara dos Lordes.** Contra as decisões tomadas pelo *Court of Appeal* pode ser interposto um recurso para o Comitê de Apelação (*Appellate Committee*) da Câmara dos Lordes[4]. Esse recurso é excepcional[5]: a Câmara dos Lordes não profere mais de trinta a quarenta decisões por ano. Entre os Lordes, os únicos habilitados a julgar são o *Lorde Chanceler* (que preside a Câmara), os Lordes (*Lords of Apeeal in Ordinary*), em número de onze, conforme a lei, que foram especialmente elevados à dignidade de pares (não hereditários) com esta intenção, e os Lordes que ocuparam anteriormente certas funções judiciárias enumeradas por uma lei. A questão é normalmente examinada por cinco, e no mínimo por três, Lordes. Cada Lorde exprime separadamente a sua opinião, chamada *speech*, sobre a questão, e o recurso é rejeitado se não se formar uma maioria para o admitir. O direito inglês ignora a prática francesa da cassação com reenvio. A Câmara dos Lordes estatui, quanto ao fundo, sobre o recurso para que foi consultada.

---

4. Desde 1969 é possível, às vezes, ir diretamente do *High Court of Justice* à Câmara dos Lordes.

5. O recurso não é um direito, deve ser autorizado.

**327. Comissão Judiciária do Conselho Privado.** A Câmara dos Lordes é a jurisdição suprema não apenas para a Inglaterra, mas também para todo o Reino Unido. Os juízes da Câmara dos Lordes constituem, por outro lado, sós ou com juízes vindos do ultramar, a *Comissão Judiciária do Conselho Privado*; nesta qualidade, eles vão conhecer principalmente dos recursos interpostos contra as decisões dos Supremos Tribunais dos territórios britânicos de além-mar ou dos Estados da *Commonwealth* que até agora não aboliram esse tipo de recurso (Austrália, para determinados assuntos, Nova Zelândia, Gâmbia, Serra-Leoa etc.). Os juízes da Câmara dos Lordes têm de aplicar frequentemente outros direitos, distintos do direito inglês. Esta circunstância é assinalada com interesse pelos autores que veem aí uma garantia contra uma tendência para a nacionalização excessiva do direito. As decisões da Comissão Judiciária do Conselho Privado – que teoricamente dá simples "pareceres" à Coroa para a guiar no exercício de sua prerrogativa – têm, quando se referem a questões de *common law*, uma autoridade praticamente idêntica aos acórdãos da Câmara dos Lordes; de resto, uns e outros são relatados nas mesmas compilações.

**328. Jurisdições inferiores.** Além dos tribunais superiores, existe na Inglaterra uma grande variedade de jurisdições inferiores, pelas quais a imensa maioria dos assuntos é, na prática, regulada.

Em matéria civil as principais jurisdições inferiores são os *County Courts*, instituídos por uma lei de 1846 (e que não têm nenhuma relação com os antigos *County Courts* da época anglo-saxônica). Os tribunais de condado desempenham um papel essencial na administração da justiça civil na Inglaterra, uma competência alargada que lhes foi atribuída pela lei. O *High Court of Justice*, embora a sua competência seja ilimitada, recusa-se em princípio a apreciar questões nas quais o interesse em jogo seja inferior a duas mil libras esterlinas, e estas questões são habitualmente julgadas pelos *County Courts*. Todas as questões de divórcio são, também, apreciadas hoje em certos tribunais de condado que podem, eles próprios, decretar divórcio se a parte citada não apresentar nenhuma defesa. Os juízes dos tribunais de condado (chamados hoje "juízes de circuito") são cerca de duzentos e sessenta; tal como os juízes do *High Court*, são escolhidos entre os advogados com prestígio. As questões de menor importância (menos de 200 libras) podem ser julgadas por um auxiliar do juiz, denominado *registrar*, ou podem ser remetidas, desde a publicação de uma lei de 1973, a árbitros que proferirão a decisão. O envio à arbitragem também pode ser feito se as partes assim o decidirem. O árbitro será a maioria das vezes o *registrar* ou, se a questão é mais importante, o juiz ou até outra pessoa se as partes acharem conveniente.

Em matéria criminal as infrações menores (*petty offences*, *summary offences*) são julgadas por *magistrates*, simples cidadãos aos quais foi conferido o título de *justice of the peace*. Estes, que são cerca de 22.000, não são juristas; exercem as suas funções com a assistência de um secretário jurista (*clerk*), sem qualquer retribuição. Em Londres e em algumas grandes cidades os *justices of the peace* são substituídos por *stipendiary magistrates*, que exercem suas funções em tempo integral e são remunerados[6]. Eles são nomeados pela rainha, por recomendação do *Lord Chancelier* e devem ter sido advogados durante, pelo menos, sete anos. Em princípio, pelo menos dois *magistrates* devem cooperar no julgamento de uma questão; somente no caso de questões muito pequenas a lei lhes permite estatuir como juízes singulares.

A competência dos *magistrates*, em matéria criminal, não se limita ao julgamento das *petty offences*. Para todas as infrações maiores (*indictable offences*) devem, ao fim de um processo preliminar, decidir se existem ou não suficientes indícios de culpabilidade para apresentar o acusado perante o *Crown Court*. Em numerosos casos o acusado tem, por outro lado, a possibilidade de solicitar o seu julgamento pelos próprios *magistrates* e 88% das *indictable offences* são, de fato, assim julgadas; o acusado encontra aí a vantagem de – porque os poderes

6. Os *stipendiary magistrates* na prática agem como juízes singulares.

dos *magistrates* são limitados – não poder ser condenado a uma pena de prisão de mais de seis meses, enquanto, se comparecesse perante o *Crown Court*, poderia ser condenado a uma pena mais severa; mas não poderá, neste caso, se beneficiar da presença de um júri, pois não há jamais um júri no *Magistrates' Court*, mesmo que o réu que escolher esta jurisdição se declare inocente.

Acrescentemos que os *magistrates* têm igualmente uma certa competência em matéria civil no domínio do direito da família (separações entre marido e mulher, obrigação alimentar, tutela dos filhos) e no caso de créditos de certa natureza previstos pela lei (taxas e rendas devidas a coletividades públicas ou empresas de utilidade pública).

Contra as decisões dos *County Courts* os recursos, quando admitidos, são interpostos diretamente ao *Court of Appeal*. O recurso contra as decisões dos *Magistrates' Courts*, quando autorizado, vai, segundo os casos, ou para o *Crown Court* (em que o juiz de carreira tem assento, assistido por dois ou quatro *magistrates*) ou para a seção do Banco da Rainha (em que dois juízes participam no julgamento da questão).

**329. Contencioso "quase judiciário".** Em matéria administrativa e para as dificuldades surgidas na esfera de certas leis, diversos organismos, denominados *Boards*, *Commissions* ou *Tribunals*, veem reconhecer-se-lhes uma competência "quase judiciária", devendo ser os litígios apreciados por eles antes de poderem ser submetidos ao *Supreme Court of Judicature*.

Estes organismos são múltiplos, e a sua atividade é considerável. Existem em matéria econômica (transportes aéreos e terrestres, marcas de fábrica, direitos autorais, obtenção de espécies vegetais, valores mobiliários, radiodifusão), em matéria fiscal (imposto sobre o rendimento, contribuição predial, fraude fiscal), em matéria de propriedade imobiliária (expropriação, exploração da terra), em matéria social (previdência social, hospitais, pensões, contratos agrícolas, demissão de empregados), em matéria de inquilinato (locais mobiliados, locais não mobiliados), em matéria militar (adiamento, objeção de consciência) etc. Um *Council on Tribunals*, criado em 1958 para velar pelo bom funcionamento de certos deles, exerce o seu controle sobre dois mil duzentos e dezoito tribunais deste gênero, pertencentes a quarenta e um tipos, e que em 1968 julgaram um milhão, cento e cinquenta e oito mil, seiscentos e trinta e quatro processos.

Muito variados na sua composição, como nas suas atribuições e nos seus poderes, estes tribunais estão, por vezes, ligados à administração, mas, frequentemente, são totalmente independentes; tal é o caso, por exemplo, dos tribunais encarregados de estatuir sobre as questões emergentes das relações entre proprietários e locatários ou entre patrões e assalariados. Os tribunais administrativos desempenham, por vezes, funções contenciosas, mas em outras controlam simplesmente se a administração proferiu a sua decisão no termo do processo não contencioso que lhe é imposto pela lei, e especialmente se ela efetuou o inquérito que lhe é prescrito, segundo um modo "quase judiciário"[7]. Por estas duas razões não se deve comparar os organismos a que acabamos de fazer referência aos tribunais administrativos franceses.

Todos os organismos em questão funcionam sob o controle, pelo menos teórico, do *High Court of Judicature*. Não existe na Inglaterra uma hierarquia das jurisdições ordinárias e não existe, mais particularmente, qualquer "tribunal superior" especializado nos litígios nos quais uma das partes é a administração[8]; a própria sugestão de criar uma "seção administrativa", no interior do *High Court of Justice* encontrou, até agora, a resistência dos que temem o desenvolvimento de um direito administrativo, como no continente europeu, em detrimento do "direito comum". Os organismos do contencioso administrativo,

---

7. Boussard, J. L., *L'enquête publique en Angleterre* (1969).

8. Pepy, D., "Justice anglaise et justice administrative française", in *Études et documents*, vol. X (1956), p. 159-75; Mitchell, J. D. B., "L'absence d'un système de droit administratif au Royaume-Uni: ses causes et ses effets", in *Études et documents*, vol. 18 (1964), p. 211-25; Distel, M., "La réforme du contrôle de l'administration en Grande-Bretagne", in *Rev. trim. dr. comp.* (1971), p. 355-417.

que existem na Inglaterra, são chamados a atuar apenas como "tribunais inferiores", num país em que tais tribunais, compostos, regra geral, por não-juristas, parecem se ocupar mais do descongestionamento dos verdadeiros tribunais de justiça, preocupando-se com tudo o que não merece reter a atenção destes últimos, do que da aplicação solene do direito, exercendo assim um verdadeiro poder judiciário.

**330. O Poder Judiciário, característica da Inglaterra.** A posição proeminente reconhecida aos juízes dos tribunais superiores deixa clara esta característica; diversamente do que se passa no continente europeu, principalmente na França, existe na Inglaterra um verdadeiro Poder Judiciário, que por sua importância e dignidade não é inferior ao Poder Legislativo e ao Poder Executivo.

Os tribunais superiores de justiça representam, na Inglaterra, um verdadeiro poder. É a eles que se deve, historicamente, a elaboração da *common law* e da *equity*. A situação se modificou em nosso século, mas não houve nenhuma codificação geral que levasse os juristas ingleses a pensar que a lei se tornou a principal fonte do direito. A Inglaterra não esquece o papel histórico desempenhado pelos tribunais para estabelecer e defender as liberdades. São muitos os que pensam que este papel continua válido e que um Poder Judiciário real pode constituir um contrapeso útil à aliança, hoje realizada, entre o governo e o parlamento. Pode-se considerar como uma norma constitucional costumeira o princípio de que nenhuma decisão contenciosa pode ser tomada sem que se submeta ao controle dos tribunais superiores de justiça, tendo, o Poder Judiciário, de certa forma, o direito nato (*inherent right*) de controlar este tipo de questão. A existência de um Poder Judiciário plenamente independente e grandemente respeitado parece indispensável ao bom funcionamento das instituições inglesas, à formação e ao fortalecimento das quais os tribunais contribuíram fortemente através da História.

Algumas regras do direito inglês permitem compreender a importância reconhecida aos tribunais superiores. Todos os contenciosos são decididos, na Inglaterra, pelo *Supreme Court of Judicature*, ou pelo menos sob o controle deste tribunal, sejam de matéria civil, criminal ou administrativa. As partes podem se dirigir diretamente ao *High Court of Justice* ou ao *Crown Court*, em todos os casos. Estes tribunais normalmente encaminharão o processo a uma jurisdição inferior, mas cabe-lhes se pronunciar discricionariamente sobre este ponto; estes tribunais podem, da mesma forma, a qualquer momento, evocar qualquer causa que esteja tramitando em qualquer outro tribunal. O *High Court of Justice* e o *Crown Court* têm, na Inglaterra, plena jurisdição, sob o controle do *Court of Appeal* e da Câmara dos Lordes.

Dominando a elaboração do direito, os tribunais superiores dominam igualmente sua administração. O regulamento do processo do Tribunal Superior (*Rules of the Supreme Court*) não é estabelecido pelo parlamento, mas resulta do trabalho de uma comissão na qual predominam os juízes.

Enfim, os tribunais superiores têm poderes para fazer respeitar suas decisões. Diferentemente do que acontece na França, podem dar ordens aos agentes da administração (às vezes, com exceção dos funcionários da Coroa). Podem, também, declarando que existe *contempt of court*, condenar à prisão quem perturbar o exercício da justiça (publicando, por exemplo, informações relativas a um caso criminal que esteja *sub judice*), ou quem demonstre má vontade para executar as decisões da justiça em determinadas matérias[9].

**331. Concentração da justiça inglesa.** Um fator que desempenhou um papel decisivo no reconhecimento, na Inglaterra, da existência de um Poder Judiciário foi a extrema concentração da justiça realizada nos tribunais superiores. Até 1800 apenas existiram quinze juízes, no máximo, nos Tribunais Superiores de Westminster, e mesmo em 1900 não passavam de

9. Segundo uma lei de 1970, uma pessoa não pode mais ser presa por *comtempt of Court*, salvo se a dívida que a sentença a condenou a pagar diz respeito a uma prestação alimentar, ao imposto sobre a renda ou à previdência social.

vinte e nove. Além disso, todos estes juízes estavam domiciliados e sediados em Londres; a descentralização da justiça ao nível dos tribunais superiores fora realizada apenas nas viagens de serviço, efetuadas periodicamente pelos juízes do Tribunal (depois seção) do Banco do Rei a certas cidades da província. Os advogados ingleses (*barristers*) estavam igualmente concentrados em Londres, onde pertenciam necessariamente a alguma das quatro associações de advogados (*Inns of Court*): *Gray's Inn*, *Inner Temple*, *Lincoln's Inn* e *Middle Temple*[10].

Esta concentração da justiça parece hoje ameaçada. O número de juízes dos tribunais superiores aumentou consideravelmente. Por outro lado, notar-se-á que as viagens de serviço foram suprimidas em benefício de uma nova regra que permite ao *High Court of Justice* estar sediado tanto na província como em Londres; o *Crown Court* está sediado em todos os principais centros urbanos da Inglaterra. A advocacia tende também a descentralizar-se; todos os *barristers* têm de pertencer a um dos *Inns of Court* e é somente em Londres que recebem a investidura que lhes permite exercer a sua profissão; mas existem cada vez mais ordens locais de advogados, cujos membros apenas têm contatos episódicos com a capital.

Houve, portanto, na Inglaterra, uma evolução que suscita nos meios tradicionalistas, por diversas razões, uma certa inquietação[11]. Não haveria o perigo de que a multiplicação dos juízes e a descentralização da justiça fossem fatais à ideia de que existe um Poder Judiciário, ideia que, por outro lado, se encontra já ameaçada pelo novo papel atribuído à legislação nos nossos dias?

---

10. Cerca de 4.000 *barristers* têm o monopólio da advocacia nos tribunais superiores ingleses. A seu lado, 8.000 *solicitors* desempenham, em Londres e na província, a função de conselheiros jurídicos e preparam os processos que serão defendidos pelos *barristers*. Os *solicitors* podem também advogar nas jurisdições inferiores. Alguns deles, denominados *notary public*, têm funções específicas, mas que não são equivalentes às dos notários franceses.

11. Hamson, C. J., "Les effets de l'accroissement de la criminalité sur l'administration de la justice en Angleterre", in *Rev. int. droit comparé* (1974), p. 253-61.

**332. Ausência de Ministério Público.** Na Inglaterra não existe, junto aos tribunais de justiça, nenhum Ministério Público. A presença de um agente representante do Poder Executivo parece aos ingleses inconciliável com a autonomia e com a dignidade do Poder Judiciário. O estatuto reconhecido ao Ministério Público parece-lhes, por outro lado, que destrói a igualdade que é necessário assegurar, em matéria penal, entre a acusação e o acusado. Do mesmo modo, não se encontrará, na Inglaterra, um Ministério da Justiça, embora espíritos brilhantes preconizem a instituição de tal ministério. A autonomia do Poder Judiciário é ainda reconhecida pelo modo de recrutamento e de formação dos juristas; esse recrutamento e essa formação são assegurados pelas instituições que funcionam sob o único controle da autoridade judiciária, e não são confiados às universidades ou a outros organismos independentes dos tribunais.

## § 2º A regra do precedente[12]

**333. Diferença com o continente europeu.** No direito francês e nos outros direitos da família romano-germânica, os princípios do direito foram sempre procurados num corpo de regras preestabelecido: antigamente, *Corpus juris civilis*, hoje, códigos. A jurisprudência nos nossos "países de direito escrito" apenas é chamada a desempenhar, normalmente, um papel secundário: *non exemplis sed legibus judicandum est*, declara o código de Justiniano. As decisões de jurisprudência podem efetivamente ser dotadas de uma certa autoridade; mas, de modo algum são consideradas, salvo em casos excepcionais, como criadoras de regras de direito. Na verdade, isto seria desnecessário; temos já, independentemente delas, um sistema de regras de direito que basta a si próprio.

Na Inglaterra a situação apresenta-se, contudo, muito diferente. Nunca se reconheceu lá a autoridade do direito romano

---

12. A bibliografia relativa à regra do precedente e ao modo como ela é aplicada na Inglaterra é imensa. A obra clássica é de Cross, R., *Precedent in English Law* (3ª ed., 1978).

como se fez no continente europeu. A *common law* foi criada pelos Tribunais Reais de Westminster; ela é um direito de natureza jurisprudencial. A função da jurisprudência não foi só a de aplicar, mas também a de destacar as regras do direito. É natural, nestas condições, que a jurisprudência na Inglaterra tenha adquirido uma autoridade diferente da que adquiriu no continente europeu. As regras que as decisões judiciárias estabeleceram devem ser seguidas, sob pena de destruírem toda a "certeza" e comprometerem a própria existência da *common law*.

A obrigação de recorrer às regras que foram estabelecidas pelos juízes (*stare decisis*), de respeitar os precedentes judiciários, é o correlato lógico de um sistema de direito jurisprudencial. Contudo, a necessidade de certeza e de segurança não foi sentida sempre no mesmo grau, e só depois da primeira metade do século XIX é que a *regra do precedente* (*rule of precedent*), impondo aos juízes ingleses o recurso às regras criadas pelos seus predecessores, rigorosamente se estabeleceu. Anteriormente a esta época houve a preocupação de assegurar a coesão da jurisprudência e considerou-se, cada vez mais frequentemente, o que tinha sido julgado para encontrar a solução que comportava um litígio, mas nunca se tinha adotado o princípio de que fosse rigorosamente obrigatório seguir os precedentes. A tendência legalista do século XIX, à qual se liga na França a escola da exegese, conduziu, na Inglaterra, à submissão a uma regra mais estrita do precedente. O estabelecimento, pelos *Judicature Acts*, de uma hierarquia judiciária mais sistemática e o melhoramento da qualidade das compilações jurisprudenciais contribuíram para produzir o mesmo resultado.

**334. Significado e alcance da regra.** Analisa-se a regra do precedente, teoricamente, em três proposições muito simples: 1º – As decisões tomadas pela Câmara dos Lordes constituem precedentes obrigatórios, cuja doutrina deve ser seguida por todas as jurisdições salvo excepcionalmente por ela própria; 2º – As decisões tomadas pelo *Court of Appeal* constituem precedentes obrigatórios para todas as jurisdições inferiores hierarquicamente a este tribunal e, salvo em matéria criminal, para o próprio *Court of Appeal*; 3º – As decisões tomadas pelo *High Court of Justice* impõem-se às jurisdições inferiores e, sem serem rigorosamente obrigatórias, têm um grande valor de persuasão e são geralmente seguidas pelas diferentes divisões do próprio *High Court of Justice* e pelo *Crown Court*.

As proposições assim enunciadas simplificam muito o problema. Uma certa tendência parece, assim, manifestar-se hoje, sem que os princípios sejam postos em causa, para aumentar o número de exceções que eles comportam ou para tornar mais rigorosas as condições em que são aplicados. Até 1966 foi admitido que a Câmara dos Lordes estivesse estritamente vinculada aos seus próprios precedentes; uma declaração solene, feita pelo Lorde Chanceler em 1966, deu a conhecer que, no futuro, a Câmara dos Lordes poderia afastar-se desta regra, se razões prementes parecessem exigi-lo no interesse da justiça. A Câmara dos Lordes fez, desde então, um uso moderado desta possibilidade e nada apreciou que o *Court of Appeal* se recusasse a seguir um dos seus acórdãos, apesar de longamente motivado, considerando que havia sido dado *per incuriam*[13].

É conveniente sublinhar que os únicos precedentes obrigatórios são constituídos pelas decisões emanadas dos tribunais superiores, isto é, do *Supreme Court of Judicature* e da Câmara dos Lordes. As decisões emanadas de outros tribunais ou organismos "quase judiciários" podem ter um valor de persuasão; não constituem nunca precedentes obrigatórios.

**335. Forma dos julgamentos ingleses.** Qual o significado desta fórmula de precedentes obrigatórios? Para a compreender é necessário considerar o modo como se apresentam, na Inglaterra, as decisões judiciárias. Estas são, na sua forma, muito diferentes dos julgamentos ou acórdãos franceses.

A decisão inglesa, rigorosamente falando, está reduzida a um simples dispositivo que dá a conhecer a solução dada, pelo juiz, ao litígio: X deve pagar a Y uma determinada soma, o

---

13. *Rookes v. Barnard* (1964) 1 All E. R. 367; *Cassel & Co., Ltd. v. Broome* (1972) 1 All E. R. 801.

contrato realizado entre X e Y foi anulado, a sucessão de X à pessoa de Y. Os juízes ingleses não têm de motivar as suas decisões; talvez fosse um atentado à sua dignidade impor-lhes essa obrigação: eles ordenam e não têm de se justificar.

Entretanto, ao menos nos tribunais superiores, o juiz inglês geralmente expõe as razões que explicam sua decisão. Em um comentário, que não tem a brevidade nem a precisão dos "motivos" franceses, expõe, de forma dedutiva, as regras e os princípios do direito inglês, a propósito da decisão tomada. Nesta exposição, frequentemente, emprega fórmulas e anuncia regras que, por sua generalidade, ultrapassam o âmbito do processo. A técnica das "distinções" se baseara nesta particularidade.

**336. A técnica das distinções.** A aplicação da regra do precedente exige, por parte do jurista inglês, a análise dos comentários das decisões judiciárias. Nas *reasons* dadas pelos juízes em apoio das suas decisões, o jurista inglês deve distinguir aquilo que constitui o suporte necessário da decisão, a *ratio decidendi* do julgamento, e, por outro lado, aquilo que constitui *obiter dictum*, aquilo que o juiz pode ter declarado sem necessidade absoluta. A *ratio decidendi* constitui uma regra jurisprudencial que se incorpora no direito inglês e que deve, a este título, ser seguida no futuro[14]. Aquilo que constitui *obter dictum* não tem, pelo contrário, esta autoridade. O valor das *obiter dicta* é unicamente um valor de persuasão dependente do prestígio do juiz que se pronunciou, da exatidão da sua análise e de um grande número de circunstâncias, variáveis de caso para caso.

**337. A regra do precedente na *equity*.** O domínio natural da aplicação da regra do precedente é, no direito inglês, a *common law stricto sensu*. O que pode surpreender neste domínio não é a sua admissão, mas sim que a regra do precedente

---

14. O juiz não esclarece, no acórdão, qual é a *ratio decidendi*; esta será determinada posteriormente por um outro juiz, que examinará se o acórdão é ou não um precedente aplicável ao litígio que estiver julgando.

tenha sido tão tardiamente reconhecida. A *equity* apresenta um outro problema: a regra do precedente não pôde ser admitida rigorosamente neste segundo domínio, senão quando a *equity* perdeu a sua característica originária, deixando de ser a equidade propriamente dita, para se tornar um agrupamento de regras de direito complementares ou retificadoras do sistema da *common law*. Com efeito, observam-se atualmente muito poucas diferenças entre o modo como funciona a regra do precedente, tanto no domínio da *common law stricto sensu*, como no da *equity*. A regra reveste o mesmo rigor em ambos os casos. O poder "discricionário" que os tribunais ingleses detêm no que respeita à aplicação das regras de *equity* não deve, a este respeito, iludir-nos; o discernimento do juiz deve, com efeito, exercer-se em conformidade com o que estatuem numerosos precedentes.

**338. Regra do precedente e *statute law*.** A regra do precedente funciona igualmente no tocante à interpretação das leis (*statute law*). Para dizer a verdade, não é aqui que reside a sua razão de ser e, por isso, a sua aplicação é criticada por numerosos pensadores. O resultado desta aplicação é que, de fato, as disposições da lei inglesa acabam rapidamente sendo submersas por uma massa de decisões jurisprudenciais, cuja autoridade se substitui à dos textos legais; o espírito geral da lei arrisca-se a ser esquecido e a finalidade que ela procurava atingir perde-se de vista, no emaranhado das decisões que se destinaram a resolver, cada uma delas, um ponto de pormenor particular. A maneira como as leis inglesas são aplicadas pelos tribunais, em consequência da admissão da regra do precedente, decepciona de modo geral os promotores das novas leis. Por esta razão procura-se excluir o controle dos tribunais. Esta exclusão é possível porque os limites do controle dos tribunais são determinados pelo parlamento, no exercício do seu poder soberano de legislar. Uma lei pode, portanto, conferir a um órgão da administração um poder discricionário absoluto, e o exercício deste direito não pode (salvo em caso de má-fé comprovada) ser submetido ao controle de um tribunal[15]. O controle dos tribunais, nestes casos, está excluído.

**339. Publicação dos precedentes.** Uma certa flexibilidade é trazida ao funcionamento da regra do precedente pelas condições em que é assegurada a publicação das decisões judiciais. Esta publicação está sujeita a uma certa seleção: 75% dos acórdãos da Câmara dos Lordes, 25% dos acórdãos do *Court of Appeal* e unicamente 10% das decisões do *High Court of Justice* são publicadas. Torna-se assim possível eliminar um grande número de decisões que não são dignas de se considerarem como precedentes. Evita-se, por outro lado, que os juristas ingleses sejam submersos pela avalanche de precedentes.

**340. Maneira de citar as decisões judiciárias.** As decisões judiciárias inglesas não devem ser citadas como as decisões nos julgamentos franceses. A maneira correta de as citar é a seguinte:

Read *v.* Lyons [1947] A. C. 156. Normalmente o primeiro nome é o do autor e o segundo o do réu, mas para os acórdãos da Câmara dos Lordes o primeiro nome é o do apelante e o segundo o do recorrido. A letra *v.*, que separa estes dois nomes, é a abreviação da palavra *versus*, mas deve-se pronunciar, quando se cita o caso, *and* ou *against*, e não *versus*. As indicações que os acompanham significam que o acórdão foi publicado na coleção *Law Reports*, na série *Appeal cases* (onde são publicados os acórdãos do Tribunal de Recursos, da Câmara dos Lordes e da Comissão Judiciária do Conselho Privado), volume do ano de 1947, páginas 156 e seguintes.

**341. Compilações de jurisprudência.** O significado das letras pelas quais se faz referência às diferentes compilações de jurisprudência é conhecido, de uma maneira geral, pelos juristas ingleses. Está indicado no princípio de cada volume do *Laws of England* de Halsbury.

---

15. *Liversidge v. Anderson* (1942) A. C. 206; *Anisminic, Ltd. v. Foreing Compensation Commission* (1969) 2 A. C. 147.

As compilações mais correntes são atualmente os *Law Reports*, que comportam várias séries: uma é consagrada às decisões da Câmara dos Lordes e da Comissão Judiciária do Conselho Privado, três outras consagradas às decisões das três seções do *High Court of Justice* (e aos acórdãos do *Court of Appeal*, aceitando ou recusando recursos contra estas decisões). Paralelamente a esta compilação semioficial, outras compilações a que se faz muito frequentemente referência são os *All England Law Reports* e os *Weekly Law Reports*.

## SEÇÃO II – **A LEI**

**342. Teoria clássica da lei.** Uma segunda fonte do direito inglês, ao lado da jurisprudência, é constituída pela lei: lei propriamente dita (*statute, Act of Parliament*) e disposições regulamentares variadas tomadas para execução da lei, pelas autoridades, e que os autores ingleses agrupam sob o nome genérico de legislação delegada ou de legislação subsidiária. Notar-se-á que não existe, na Inglaterra, Constituição escrita; o que os ingleses chamam Constituição é o conjunto de regras de origem legislativa ou, na maioria das vezes, jurisprudencial, que garantem as liberdades fundamentais e que concorrem para limitar o arbítrio das autoridades. O próprio parlamento não encontra outros limites à sua onipotência que não seja o controle exercido pela opinião pública, num país onde a tradição e o espírito democrático são uma poderosa realidade[16].

A teoria clássica vê na lei (*lato sensu*) uma fonte secundária do direito. A lei, segundo esta teoria, nada mais faz que introduzir uma série de *errata* e de *addenda* no corpo principal do direito inglês constituído pelo direito jurisprudencial. A lei, nesta concepção, traz apenas corretivos e adjunções aos princípios; não se devem procurar aí os próprios princípios do direito, mas somente soluções que precisem ou retifiquem os princípios

16. O parlamento é hoje obrigado a respeitar a legislação emanada da Comunidade Econômica Europeia.

estabelecidos pela jurisprudência. Obra de um parlamento soberano, que representa a nação, as leis merecem um respeito total; elas serão aplicadas literalmente pelos juízes. No entanto, por outro lado, elas apenas se limitam a estabelecer exceções ao direito comum; de acordo com o adágio *exceptio est strictissimae interpretationis*, elas serão interpretadas restritivamente. Certos exemplos característicos são dados pelos autores acerca deste duplo princípio de interpretação literal por um lado, restritiva por outro, aplicado às leis escritas – e a técnica da redação das leis inglesas ressente-se claramente disso.

Contudo, o essencial não se encontra nestes exemplos, impressionantes sem dúvida, mas bastante raros se se deixar de lado a interpretação das leis penais. O essencial é que a lei, na concepção tradicional inglesa, não é considerada como um modo de expressão normal do direito. Ela é sempre uma peça estranha no sistema do direito inglês. Os juízes aplicá-las-ão certamente, mas a regra que contém a lei só será definitivamente admitida e plenamente incorporada no direito inglês quando tiver sido aplicada e interpretada pelos tribunais e na forma e na medida em que serão feitas esta aplicação e esta interpretação. Na Inglaterra citar-se-ão logo que possível, noutros termos, em vez do texto de uma lei, as decisões que terão feito aplicação desta lei. Só em presença destas decisões o jurista inglês saberá verdadeiramente o significado da lei, porque só então encontrará a regra de direito sob o aspecto que lhe é familiar, o da regra jurisprudencial.

Tal é a teoria clássica da lei, segundo a tradição inglesa. Contudo, é permitido perguntar-se se essa teoria clássica não necessita atualmente de uma revisão.

**343. Importância da lei na nossa época.** Um intenso movimento legislativo desenvolveu-se na Inglaterra nos últimos cem anos, muito especialmente depois da guerra de 1939. Multiplicaram-se as leis de inspiração dirigista, modificando profundamente o direito antigo e criando todo um setor no direito inglês. Todas estas leis, que visam a construção de uma sociedade nova – em particular as que criam instituições de previdência social, estabelecem princípios de urbanismo, dirigem as forças da economia, coordenam os transportes, reformam o sistema educacional ou o sistema nacional de saúde –, constituem regras tão estranhas ao sistema tradicional, que é impossível manter, no que lhe diz respeito, os princípios de interpretação tradicionais na Inglaterra. Não há tempo para que sejam assimiladas pelos processos jurisprudenciais habituais. O *Law Commissions Act*, de 1965, constituiu uma nova administração, encarregada de estudar as reformas que deveriam ser feitas no direito inglês. Um dos temas que as *Law Commissions* inscreveram na ordem do dia foi a interpretação das leis[17]; mas é muito difícil modificar o estado de espírito dos juízes e dos juristas com relação à lei e não se pode esperar fazê-lo através da promulgação de novas regras técnicas.

**344. A *common law* tradicional e o novo direito.** Ao lado da *common law* tradicional, há uma tendência hoje na Inglaterra, no que respeita a algumas matérias, à formação de um sistema complementar de regras prescritas pelo legislador ou pela administração, de certo modo análogo ao direito administrativo francês. É fato que não existe na Inglaterra uma hierarquia de jurisdições administrativas opostas às jurisdições da ordem judiciária. O Poder Judiciário controla soberanamente a aplicação das novas leis. Como já foi dito, pode, no entanto, acontecer frequentemente que este controle seja restrito e que se reduza a um controle do processo empregado para resolver os litígios pela administração, distinto de um controle sobre a substância das soluções proferidas. Administrado por comissões administrativas de títulos diversos, o novo direito pode constituir, de fato, um direito da administração (*law of administration*), por oposição ao direito dos juristas (*lawyers' law*), embora seja a segunda expressão a adotada pelos autores ingleses.

---

17. Farrar, J. H., *Law Reform and the Law Comission* (1974). A adesão do Reino Unido à então Comunidade Econômica Europeia, em 1972, parece impor uma reforma a este respeito, ao menos para a execução das leis, regulamentos e diretrizes comunitárias.

É este novo direito que, frequentemente, interessa mais diretamente aos particulares (direito de pensões, da previdência social etc.) e igualmente à economia inglesa (direito econômico), mais que o direito cuja aplicação continua inteiramente nas mãos dos juristas e das jurisdições tradicionais.

A função desempenhada pela lei, na Inglaterra, não pode ser apreciada sensatamente se não for considerado este novo desenvolvimento, que assume uma importância fundamental nos dias de hoje. A lei desempenha, na Inglaterra de hoje, uma função que não é inferior à da jurisprudência. Contudo, o direito inglês, nas atuais circunstâncias, continua a ser um direito essencialmente jurisprudencial por duas razões: porque a jurisprudência continua a orientar o seu desenvolvimento em certos setores que se mantêm muito importantes e, por outro lado, porque, habituados a séculos de domínio da jurisprudência, os juristas ingleses não conseguiram até a presente data libertar-se da sua tradição. Para eles, a verdadeira regra de direito somente existe vista através dos fatos de uma espécie concreta e reduzida à dimensão necessária à resolução de um litígio.

Este amor à tradição constitui um *handicap* para o direito legislativo e impede as leis inglesas de serem plenamente equivalentes aos códigos e às leis do continente europeu.

**345. Maneira de citar a lei.** As leis inglesas comuns são citadas, sem indicação da sua data precisa, por uma breve indicação (*short title*) prevista por um artigo de cada lei. Exemplo: *Local Government Act*, 1948. Os artigos das leis, denominados em inglês *sections*, são citados pela letra *s.*, seguida do número do artigo. As alíneas são *sub-sections* (*sub-s*).

Encontra-se o texto das leis inglesas na série *Statutes* dos *Laws Reports* ou no *Halsbury's Statutes of England*, que completa o *Halsbury's Statutory Instruments*. As leis importantes e os documentos parlamentares são publicados em brochuras separadas por *H. M. Stationery Office, London.* Não há jornal oficial na Inglaterra.

## SEÇÃO III – **O COSTUME**

**346. O costume geral imemorial.** Ao lado da jurisprudência e da lei, fontes por excelência do direito inglês, uma terceira fonte é constituída pelo costume (*custom*). Esta terceira fonte desempenha um papel muito secundário e não pode comparar-se às duas primeiras.

O direito inglês não é um direito consuetudinário. O costume geral imemorial do reino, sobre o qual teoricamente está fundada a *common law*, sempre foi uma simples ficção. A *common law* pôde retirar algumas das suas regras dos vários costumes locais outrora em vigor, porém o processo em si de constituição da *common law* consistiu em elaborar um direito jurisprudencial, fundado sobre a razão, que substituísse o direito da época anglo-saxônica, fundado sobre o costume.

**347. Costumes locais ou comerciais.** Atualmente, o costume desempenha uma função muito restrita no direito inglês. Toda a função importante lhe é retirada por uma regra que exige que o costume, para que seja obrigatório, tenha o caráter de costume imemorial; uma regra de *common law*, baseada em uma lei do ano de 1265, precisou que o costume imemorial era o que existia em 1189. A prova de tal antiguidade não é hoje, de fato, exigida, mas o costume não será considerado juridicamente obrigatório, na Inglaterra, se se provar que não podia existir já em 1189.

A exigência de que o costume seja "imemorial" é própria, na verdade, dos costumes locais, e não se aplica no que se refere aos costumes comerciais (*mercantile customs*). É também neste domínio, principalmente, que se faz valer, depois da absorção do direito comercial pela *common law*, a existência de costumes juridicamente obrigatórios. A prática recente revela-nos, ainda aqui, a aparição ocasional de costumes. Contudo, a importância deste costumes é bastante limitada. Tanto mais que, quando um costume é consagrado pela lei ou pela jurisprudência, ele perde o seu caráter de costume, com a flexibilidade e as possibilidades de evolução que esse caráter lhe conferia, para se tornar uma regra jurisprudencial submetida à regra do precedente.

**348. Importância real do costume.** A importância do costume, a despeito do que acaba de ser dito, não deve ser subestimada. A sociedade inglesa, como qualquer outra sociedade, não é regida exclusivamente pelo direito. O costume, se hoje não tem, num plano estritamente jurídico, uma importância muito grande, desempenha, de fato, uma função determinante na vida inglesa.

Em matéria constitucional, por exemplo, a Inglaterra permanece, em direito estrito, uma monarquia absoluta. Os ministros são funcionários da rainha, exonerados por ela a seu bel-prazer; os navios de guerra e os edifícios públicos são propriedades da rainha; as pensões e os próprios vencimentos dos funcionários são-lhes concedidos *ex gratia*, por um favor de Sua Majestade. O direito constitucional inglês seria, no entanto, descrito de modo absurdo se nos limitássemos a considerar o direito estrito, sem ter em conta as *conventions of the Constitution*, isto é, um costume ao qual a teoria não reconhece um caráter *jurídico*, mas que domina a vida política inglesa.

Em matéria penal sucede o mesmo. O júri, por exemplo, é, sem dúvida, teoricamente apenas uma instituição para a qual o juiz tem total liberdade de recorrer ou não para formar o seu juízo; no entanto, o costume impõe, de modo imperativo, em diferentes casos, que se recorra a ele. Aos olhos de um francês, o costume que assim se formou é direito; um inglês hesitará, pelo contrário, a considerá-lo como tal, e preferirá ver nele uma *prática usual*, análoga às convenções constitucionais, à qual ninguém pensa esquivar-se, mas que, rigorosamente falando, não constitui direito.

O monopólio dos *barristers* para interrogar as testemunhas diante dos tribunais superiores é igualmente concebido como uma simples prática, e não como uma regra fundada sobre o costume, que se imporia rigorosamente.

A vida social é dominada por certos modos de comportamento, tradicionais, que ninguém coloca em questão. Estas regras convencionais de conduta e a prática que inspiram não são, rigorosamente falando, consideradas na Inglaterra costumes, nem direito, visto que não receberam, e mal se divisa se elas poderiam e como poderiam receber, a sanção dos juízes[18]. Um estudo da função do costume seria, contudo, incompleto e enganador, se não se assinalasse a existência dessas regras da vida social.

## SEÇÃO IV – **A DOUTRINA E A RAZÃO**

**349. Sistema aberto e sistema fechado.** A *common law* foi elaborada, originariamente, sobre a razão, dissimulada sob a ficção do costume geral imemorial do reino. Na medida em que regras mais precisas não foram estabelecidas, de modo a dar mais certeza às relações sociais, a razão continua a ser a fonte inesgotável, à qual os tribunais recorrerão, tanto para preencher as lacunas do sistema de direito inglês como para guiar a evolução deste sistema.

Neste aspecto, o princípio não é diferente na Inglaterra e nos países do sistema românico; no entanto, uma diferença deve ser notada. Nos países de direito escrito em que o direito se apresenta principalmente sob a forma de um direito legislativo, as regras de direito são formuladas com uma tal generalidade que o apelo à razão se processa, normalmente, no quadro das fórmulas legais, sob forma de aplicação e interpretação destas regras; a existência de lacunas na legislação dificilmente é reconhecida; mais que completar a ordem jurídica, a razão desempenha uma função na *interpretação da lei*. Num sistema jurisprudencial, como é o direito inglês, a situação apresenta-se muito diferente. O aspecto casuístico que reveste o direito deixa subsistir, de forma intencional, muitas lacunas; e a razão é francamente reconhecida como uma fonte subsidiária do direito, chamada a preencher estas lacunas. A uma técnica de

18. Relacionar-se-á esta maneira de ver com a concepção admitida nos países socialistas, segundo a qual constituem direito unicamente as regras cuja observação é imposta por meio do aparelho coercivo do Estado.

interpretação do direito substituiu-se uma técnica de distinções, visando estabelecer regras novas, cada vez mais precisas, em vez de aplicar uma regra preexistente. Os sistemas de direito da família romano-germânica são sistemas fechados, a *common law* é um *sistema aberto*, em que novas regras são continuamente elaboradas; estas novas regras baseiam-se na razão.

**350. Os princípios jurídicos.** Esta diferença de análise interessa, na verdade, mais à teoria do direito do que à prática. Mesmo nos países de direito jurisprudencial há a tendência para colocar em primeiro plano, mais do que a intervenção desta fonte subsidiária do direito que é a razão, os "princípios jurídicos" que resultam do conjunto das decisões judiciárias. A intervenção da razão manifesta-se essencialmente pelo reconhecimento destes princípios jurídicos, que constituem a sua manifestação mais evidente.

**351. Elementos de uma solução racional.** O que é, efetivamente, esta razão a que nos referimos aqui? Procurar a solução razoável que comporta um litígio, quando na matéria não existe nenhum precedente, nem qualquer regra legislativa, nem qualquer costume obrigatório, é, antes de tudo, procurar a solução que está mais em harmonia com as regras de direito existentes e que, por isto, parece a mais satisfatória, em atenção à preocupação primária de segurança, temperada pela justiça, que é a base do direito. Procurar a solução de razão não é de forma alguma tarefa arbitrária. O trabalho implica que se procurem, para fazer aplicação deles, os princípios gerais que se destacam das regras existentes. Prestar-se-á atenção, para isto, às obras da doutrina e também, principalmente na Inglaterra, aos *obiter dicta* dos juízes e às decisões judiciárias que não têm o caráter estrito de precedentes obrigatórios[19]. Se se tratasse de precedentes propriamente ditos, a justiça e a equidade não podiam desempenhar, para corrigir as suas doutrinas,

19. Especialmente as decisões tomadas em outros países da *common law* ou pela Comissão Judiciária do Conselho Privado.

senão uma função muito restrita; pelo contrário, uma função mais importante poderá ser atribuída a estes fatores, se os precedentes não orientarem as soluções a propor, e se for segundo a razão que os juízes, por consequência, devam estatuir.

Observa-se assim como a função, em teoria subsidiária, reconhecida à razão assume, na realidade, um papel primordial. O mérito da *common law* é que ela tenha permanecido através dos séculos, segundo a fórmula dos *Year Books*, a "perfeição da razão". Afastando o perigo de uma ligação muito estreita aos precedentes, os juristas ingleses mantiveram verdadeira, salvo em certas épocas, a afirmação feita por Coke de que "a razão é a vida do direito; na verdade, a *common law* não é outra coisa que a razão". Mas esta razão não é o sentimento impreciso de justiça que os cidadãos podem ter (*gesunder Menschenverstand*); é a razão tal como é entendida pelos juízes, com a preocupação essencial de edificar um sistema coerente de direito; existe, como disse Coke ao rei Jacques I, para impedir a este uma ingerência na justiça, uma *artificial reason of the law*.

## SEÇÃO V – **CONCLUSÃO**

Circulam tantas opiniões errôneas e preconceitos, nos países do continente europeu, acerca da teoria das fontes do direito inglês, que me parece necessário, depois de exposta esta teoria, retomar ainda o assunto em algumas linhas para dissipar qualquer equívoco.

**352. O costume.** Antes de tudo o mais, devemos abandonar a ideia tão corrente de que o direito inglês é um direito consuetudinário. Esta ideia advém para muitos juristas do continente europeu da admissão da alternativa: ou o direito é um direito escrito, fundado sobre os códigos, ou não é um direito escrito e, por conseguinte, é consuetudinário; é um direito jurisprudencial. A *common law* teve por efeito fazer desaparecer o direito consuetudinário da Inglaterra, existente nos costumes locais. O atual funcionamento da regra do precedente ignora a noção, aparentada com a do costume, de jurisprudência constante (*ständige Rechtsprechung*); o precedente obrigatório é constituído por um único acórdão, dado por uma jurisdição de determinada categoria.

**353. A lei.** Em segundo lugar, devemos abandonar a ideia de que a legislação é, no direito inglês, uma fonte de importância secundária. Esta ideia já não é verdadeira nos nossos dias. Na verdade, a Inglaterra não tem códigos, mas o "direito escrito" é, neste país, quase tão importante e está tão desenvolvido como no continente europeu. Atualmente encontram-se na lei bem mais do que simples corretivos trazidos à *common law*; existem vastos setores da vida social cujos princípios jurídicos reguladores devem ser procurados na obra do legislador. A única coisa que continua sendo verdade é que o legislador inglês não tem a tradição que tem seu colega do continente europeu; ele quase desconhece o modo de formulação das regras de direito que postulem um princípio geral; por outro lado, é verdade que o jurista inglês continua a ter uma certa dificuldade em se habituar à técnica das regras de direito estabelecidas pelo legislador. As leis inglesas se revestem de um caráter mais casuístico que as nossas. Não se trata de consagrar aí, como o fez o código civil com a obra de Pothier, fórmulas utilizadas pelos autores. A generalização inevitável que estas fórmulas comportam é vista com desconfiança. Os ingleses, perante as nossas regras jurídicas, ficam naturalmente perturbados; estas lhes parecem muitas vezes ser princípios gerais, exprimindo aspirações morais ou estabelecendo um programa político, mais do que regras de direito. O legislador inglês procura colocar-se tanto quanto possível no plano da regra jurisprudencial, considerada como a única regra normal em direito inglês. Por outro lado, os princípios contidos na lei só são plenamente reconhecidos pelos juristas ingleses e verdadeiramente integrados no sistema da *common law* quando são aplicados, reformulados e desenvolvidos pelas decisões da jurisprudência.

**354. A regra do precedente.** Em terceiro lugar, devemos abandonar a ideia de uma regra do precedente aplicada com automatismo e paralisante da evolução do direito inglês. A História contesta uma tal concepção; a regra do precedente não representa maior obstáculo para a evolução do direito inglês que aquele que representou a codificação para os direitos do continente europeu, a despeito das sinistras predições dos seus adversários no século passado.

A regra do precedente tem por finalidade fornecer quadros ao direito inglês, mantendo uma estrutura jurisprudencial, de acordo com a tradição deste direito. Se ela pareceu adquirir, no século XIX, uma certa rigidez é porque as condições da época o exigiram; na mesma época e em condições análogas dominava na França a escola da exegese. A evolução da sociedade parece exigir, atualmente, mais flexibilidade, em razão do ritmo acelerado de transformação a que está submetida. Nós temos feito face a esta exigência, no continente europeu, conservando os nossos códigos, mas adotando métodos de interpretação mais flexíveis. Na Inglaterra conservou-se a regra do precedente mas, nos domínios em que se tornou necessária, fez-se a adaptação às necessidades da nossa época, elaborando novas doutrinas e utilizando, sobretudo, a técnica das "distinções". A evolução é suficientemente rápida para que, nos assuntos tradicionais da *common law*, o legislador seja muito raramente solicitado a intervir.

**355. A técnica das distinções.** A técnica das distinções é a técnica fundamental do direito inglês. A formação do jurista inglês consiste em dominar esta técnica, em aperceber-se das suas possibilidades e também dos limites de seu emprego. A situação é análoga à que se observa no continente europeu quando se considera a interpretação da lei. Não existem regras rigorosas para a interpretação da lei; deve ser desenvolvida uma certa sensibilidade para saber em que medida se pode recorrer, com alguma probabilidade de sucesso, a este ou àquele processo de interpretação, e quais as probabilidades que se têm de obter uma mudança de jurisprudência. O mesmo sucede na Inglaterra. Não se fala, neste país, de mudança de jurisprudência, porque o apoio nos precedentes surge como uma necessidade em um direito jurisprudencial. Mas chega-se, de fato, a resultados análogos pela técnica das distinções, sem abalar o edifício do direito – mais ou menos como na França se introduzem novas soluções no molde, aparentemente intacto, das regras dos nossos códigos.

Tal como no continente europeu, existem ramos em que as regras de direito são mais estáveis e outros em que elas o são menos. As possibilidades de evolução podem ser limitadas, ou mesmo retardadas, por determinado tempo, por uma lei ou por uma decisão judiciária, no que respeita a esta ou àquela questão particular. Muito depende também da psicologia do juiz que tem de estatuir: existem na Inglaterra "bons juízes", dispostos a admitir facilmente novas distinções e a lançar as bases de novos desenvolvimentos; outros – a maioria – são mais reservados, dotados de um espírito mais conservador; eles lá estarão para temperar as ousadias dos seus colegas mais progressistas.

A técnica das distinções está ligada, por uma estreita relação, com a análise que fizemos da *legal rule* no direito inglês. Pelas distinções que propõem, os juristas ingleses esforçam-se por limitar, de modo cada vez mais estrito, o alcance e o enunciado de uma regra que lhes parece, sempre, ter sido elaborada originariamente em termos muito genéricos. Não é por acaso que a concepção da *legal rule* no direito inglês é mais restrita que a nossa concepção de *regra de direito*. Esta concepção não só é natural, mas necessária num direito jurisprudencial. A teoria das fontes do direito inglês é a resultante lógica desta concepção.

**356. A doutrina.** Finalmente, deve dizer-se uma palavra acerca da doutrina. Mais ainda do que no continente europeu, a importância da doutrina foi subestimada na Inglaterra, onde o direito deve menos aos professores e mais aos juízes. Contudo, ainda aqui se torne necessário desconfiar das fórmulas. A Inglaterra é o país onde certas obras de doutrina – escritas, na verdade, por juízes – receberam a qualificação de *books of authority*: as obras de Glanvill, de Bracton, de Littleton e de Coke alcançaram um tal prestígio que nos tribunais se consideraram repositórios autorizados do direito da sua época, dotados de uma autoridade comparável à que a lei tem nos nossos países.

Depois da supressão do formalismo, no século XIX, a função da doutrina sofreu uma transformação e ampliou-se. Nos dias de hoje, os estudantes de direito recebem cada vez mais frequentemente uma formação nas universidades. Conhecem mais o direito por meio dos cursos ou das obras dos seus mestres, de tratados ou manuais (*textbooks*), que através de coletâneas para práticos; o ensino do direito que lhes é ministrado reporta-se à substância do direito, sendo o processo excepcionalmente ensinado nas escolas de direito inglês. Um novo estado de espírito deve resultar inevitavelmente disso, no que diz respeito ao modo de considerar a doutrina.

**357. A razão.** Com uma evidência particular, o direito inglês surge como um produto da História, se se considerarem especialmente as suas categorias, os seus conceitos e o papel eminente que aí se reconheceu à jurisprudência. "A vida do direito – escreveu Holmes – não foi orientada pela lógica; foi escrita pela experiência." No entanto, devemos precaver-nos de exagerar a oposição que para alguns parece, devido a isto, existir entre direito francês e direito inglês. Os direitos românicos não são menos produtos da História que o direito inglês. A sua história foi apenas diferente. Deu um maior relevo ao ensino nas universidades, à doutrina e à legislação, fazendo com que a estrutura do nosso direito surgisse como sendo mais sistemática que a do direito inglês. No entanto, o direito inglês será realmente mais empírico, menos lógico que os direitos românicos? Temos muitas dúvidas neste assunto. Entre o empirismo, caro aos ingleses, e a lógica, perfilhada pelos franceses, existe uma via intermediária, uma noção que concilia uma e outra, e que se situa ao centro de ambos os direitos. Esta noção é a *razão*.

O direito inglês foi edificado e as soluções foram determinadas em função dos litígios que tiveram de ser conhecidos pelos Tribunais Reais. Mas os Tribunais Reais, quando tiveram de estatuir, não foram dominados pelo empirismo, que os teria conduzido, em cada caso, a dar uma solução de equidade.

Para construir o sistema de direito, no qual se analisa a *common law*, foi necessário, para cada questão, procurar a solução mais conforme à razão, e um elemento determinante para descobrir esta solução foi o desejo de assegurar a coesão das decisões de justiça, o que supõe inevitavelmente um certo recurso à lógica.

Na Inglaterra como na França, embora as vias utilizadas para descobrir as regras de direito tenham sido diferentes, existiu sempre uma mesma concepção de base do direito: o direito é, antes de tudo, razão, *lex est aliquid rationis*. Esta concepção pôde parecer repudiada no continente europeu, no século XIX, com o triunfo das doutrinas do positivismo legislativo, quando se confundiu direito e lei. Manifesta-se, atualmente, uma clara tendência para a retomar. Ela continua bem viva na Inglaterra, onde o direito, ainda hoje, surge como uma obra de razão e distinto da lei. Parece-nos normal apor à palavra direito um epíteto nacional (direito francês, direito belga, direito helênico), e muitos duvidam que exista um direito que não esteja ligado a um epíteto. Da ideia de que o direito é razão, resulta, pelo contrário, aos olhos dos ingleses, um certo sentimento, conforme à tradição, de caráter supranacional, ou antes não nacional, do direito. A expressão *common law* é usada, em geral, sem epíteto. Não se pretende ver na *common law* um sistema de direito nacional; ela é a "herança comum das nações de língua inglesa", chamada, por isso, a desempenhar a função que o direito romano desempenhou na Europa continental até a era das codificações[20]. Na prática existem diferenças entre os direitos dos diferentes países da *common law*. Iremos ter ocasião de constatar isso ao estudarmos o direito dos Estados Unidos da América. Não nos pareceu inútil, contudo, terminar a nossa exposição relativa ao direito inglês acentuando esta concepção não nacional, de um direito fundado sobre a razão, que caracteriza a *common law*. Ela é efetivamente, em oposição à concepção soviética do direito, o elemento base que dá uma unidade aos direitos do mundo ocidental, elevando-os acima do arbítrio das políticas nacionais.

20. David, R., "Droit commum et common law", in *Studi in memoria di Tullio Ascarelli* (1968) I, 345-63.

TÍTULO II

# O direito dos Estados Unidos da América

**358. Expansão do direito inglês.** O direito elaborado na Inglaterra depois da conquista normanda, principalmente pela obra dos Tribunais Reais, conheceu uma expansão considerável. A *common law* tornou-se um dos grandes sistemas de direito do mundo, ao lado dos direitos românicos e, mais recentemente, dos direitos socialistas.

A expansão do direito inglês não se efetuou, no entanto, sem que a *common law* sofresse certas alterações necessárias para sua adaptação às condições particulares dos países em que este sistema foi admitido. Os arranjos sofridos pela *common law*, nos diversos países em que ela foi aceita, são de importância e natureza diversas, especialmente em relação aos laços mais ou menos estreitos que o país de recepção conservou com a Inglaterra, à maior ou menor diversidade dos dados geográficos, à influência eventual de uma civilização autóctone ainda viva, ou a outros elementos de diferenciação.

Proponho-me estudar aqui um caso especial, o do direito dos Estados Unidos da América, lamentando não poder, no âmbito desta obra, fazer também o estudo de outros direitos.

Capítulo I – História do direito dos Estados Unidos.
Capítulo II – Estrutura do direito dos Estados Unidos.
Capítulo III – Fontes do direito dos Estados Unidos.

Capítulo I

# *História do direito dos Estados Unidos*

**359. Dados históricos: o princípio do *Calvin's case*.** Os primeiros núcleos de população inglesa no território dos Estados Unidos datam somente do século XVII: os ingleses criaram colônias na Virgínia (1607), em Plymouth (1620) em Massachusetts (1630), em Maryland (1632); a colônia de Nova York, fundada pelos holandeses, torna-se inglesa em 1664; a colônia da Pensilvânia, originariamente sueca, torna-se também inglesa em 1681. Treze colônias estavam assim constituídas em 1722.

A que direito estão submetidas estas colônias inglesas[1]? Se se exigir de Londres a resposta a esta pergunta, essa resposta, em conformidade com o *Calvin's case*[2], julgado em 1608, será a seguinte: a *common law* inglesa é, em princípio, aplicável; os súditos ingleses levam-na com eles, quando se estabelecem em territórios que não estão submetidos a nações civilizadas. As colônias inglesas da América incluem-se nesta situação. Por consequência, a *common law* foi em princípio admitida nelas, e com a *common law* as leis (*statutes*) que, anteriormente à colonização da América, podiam tê-la modificado ou completado. A data tomada em consideração neste aspecto é, segundo Kent, para todas as colônias americanas, o ano de 1607, data em que foi fundada a primeira colônia. Esta opinião, por contestável

1. Pound, R., *The Formative Era of American Law* (1938); Wengler, W., "Die Anpassung des englischen Rechts durch die Judikatur in den Vereinigten Staaten", in *Festschrift für Ernst Rabel*, t. I (1954), p. 39-65.

2. 7 Co. I, 17 b (1608).

que seja, porque antes de 1776 nenhuma ligação existiu entre as diversas colônias, parece ter sido geralmente aceita.

No entanto, o princípio do *Calvin's case* comporta uma restrição: a *common law* inglesa só é aplicável nas colônias "na medida em que as suas regras são apropriadas às condições de vida reinantes nestas colônias".

**360. O direito americano no século XVII.** Se nos reportarmos à América do século XVII, o que conta é esta restrição, muito mais do que o princípio do *Calvin's case*. As regras da *common law* inglesa são muito pouco apropriadas às condições de vida dos colonos.

Estreitamente ligada a um processo arcaico, que exige técnicas experimentadas, a *common law* é inaplicável nos territórios em que praticamente não existe, qualquer que seja a variedade do seu povoamento, nenhum jurista e em que não há preocupação de os mandar vir ou de os instruir; as regras da *common law*, por outro lado, na medida em que existem, foram elaboradas por e para uma sociedade feudal, de cujo tipo as instituições americanas estão tão afastadas quanto possível. Os problemas que se apresentam aos colonos são problemas novos, aos quais a *common law* não dá respostas satisfatórias. Além disso, a *common law* não agrada muito aos colonos; em muitos casos eles foram obrigados a emigrar porque eram perseguidos, e estão pouco preparados para ver nesta *common law*, como os juristas ingleses, o baluarte das liberdades do indivíduo. Para concluir, não se conhece na América a *common law*: segundo a expressão do deão Roscoe Pound "a ignorância será o principal fator de formação do direito americano".

Que direito se aplica então na América? Se se deixarem de lado as disposições particulares procedentes das autoridades locais, na prática aplica-se um direito bastante primitivo, em certas colônias baseado na Bíblia, reduzindo-se, geralmente, ao poder arbitrário dos magistrados. Como reação contra o arbítrio destes, inicia-se em diversas colônias a "codificação" do direito; os códigos sumários que são então redigidos, de 1634 (Massachusetts) a 1682 (Pensilvânia), não têm, bem entendido, nada a ver com a técnica moderna de codificação. O seu principal interesse reside, sem dúvida, mais do que no seu conteúdo, na própria ideia que os inspira: os colonos da América, no século XVII, consideram favoravelmente a lei escrita, contrariamente aos ingleses que, na mesma época, veem na lei um perigo de arbítrio e uma ameaça para as suas liberdades. Observa-se aí, desde a origem, uma divergência entre os pontos de vista inglês e americano, e uma orientação dos americanos para as fórmulas que não são aquelas que gozam de bom acolhimento junto aos juristas ingleses.

**361. O século XVIII.** As coisas iam modificar-se no século XVIII com a melhoria das condições de vida dos colonos e a transformação da sua economia e das suas concepções. Sente-se nas colônias a necessidade de um direito mais evoluído. A *common law*, por outro lado, começa gradualmente a ser considerada de outra maneira: pode ser utilizada como proteção das liberdades públicas contra o absolutismo real; além disso, passa a ser considerada como um elo entre tudo o que é inglês na América, em face das ameaças vindas da Louisiana e do Canadá Francês. Em que medida a *common law* é aplicável e aquela em que ela é aplicada continuam a ser objeto de discussão e de dúvidas; os juristas continuam escassos, e é raro que os magistrados tenham recebido uma formação jurídica. Produz-se, no entanto, um movimento a favor da aplicação mais geral da *common law*; os tribunais americanos manifestam a intenção de aplicar diversas leis inglesas, tal como o *Statute of Frauds*, 1677; os *Comentários* sobre a *common law* de Blackstone são impressos na Filadélfia a partir de 1771-1772.

**362. A independência americana.** A independência americana, proclamada em 1776 e definitivamente consagrada em 1783, cria, para as ex-colônias inglesas, agora Estados Unidos da América, condições inteiramente novas. A ameaça francesa, atenuada desde a anexação do Canadá pela Inglaterra, em 1763, desapareceu completamente com a aquisição da Louisiana pelos Estados Unidos em 1803. A França tornou-se para os Estados Unidos uma amiga e uma aliada: os sentimentos hostis ficaram reservados para a Inglaterra. Com a independência política recentemente adquirida, harmonizava-se, e era necessário tornar popular, a ideia de autonomia do direito americano. O ideal republicano e o sentimento do direito natural deviam, por outro lado, fazer ver com bons olhos a codificação; parecia normal que as Declarações dos Direitos e a Constituição dos Estados Unidos (promulgada em 17 de setembro de 1787) fossem completadas pelos códigos. O território de New Orleans, destacado da antiga Louisiana, parecia dar o exemplo quando, logo após sua incorporação à União, adotava códigos à maneira francesa, especialmente um código civil (1808). Bentham oferecia em 1811 os seus serviços ao presidente Madison para dotar os Estados Unidos de um código[3].

Até meados dos século XIX, poder-se-á hesitar sobre o desfecho da luta que vai travar-se na América entre aqueles que preferem a *common law* e os defensores da codificação. Uma comissão legislativa pede, em 1846, em Massachusetts, a redação de um código; a Constituição do Estado de Nova York, em 1846, prevê a redação de um código escrito e sistemático, englobando a totalidade do direito do Estado; ainda em 1854, o historiador do direito inglês, sir Henry Maine, prevê a adesão dos Estados Unidos ao sistema romano-germânico. Diversos acontecimentos parecem anunciar, ou favorecer, esta conversão; diversos Estados, no início da independência, proibiram a citação dos acórdãos ingleses proferidos depois de 1776; numerosos territórios são anexados à União, nos quais é aplicado, pelo menos em teoria, o direito francês ou o direito espanhol e onde não existe nenhuma tradição de *common law*; a América povoou-se de uma multidão de novos imigrantes, vindos de países em que a *common law* é desconhecida ou nos quais, se se pensar nos irlandeses, o que é de origem inglesa é pouco desejado; Pothier e Domat são traduzidos em inglês nos Estados Unidos; um poderoso movimento, simbolizado em Nova York pelo nome de David Dudley Field, reclama a

3. Bentham, J., *Works*, vol. IV (1843), p. 459-60.

codificação do direito americano e consegue fazer com que numerosos Estados adotem códigos de processo civil e criminal e de direito penal.

**363. Triunfo da *common law*.** Contudo, os Estados Unidos acabaram finalmente por se manter no sistema da *common law*, à exceção do território de New Orleans, que se tornou em 1812 o Estado da Louisiana. Os outros territórios anexados à União podiam, em teoria, ter sido submetidos às leis francesas, espanholas ou mexicanas: na realidade, estas leis eram aí desconhecidas; o Texas, a partir de 1840, e a Califórnia, a partir de 1850, adotam, em princípio, a *common law* inglesa, conservando apenas a tradição anterior no que se refere a certas instituições particulares (regimes matrimoniais, regime fundiário). Por toda parte se impõe a preponderância das concepções admitidas nas antigas colônias e estas continuam fundamentalmente ligadas à *common law*.

Não há muita necessidade de nos interrogarmos sobre as razões que explicam esse *triunfo* da *common law*. A língua inglesa e o povoamento originariamente inglês dos Estados Unidos mantiveram esse país na família da *common law*. As obras magistrais de certos juristas, entre os quais convém citar em primeiro lugar Kent, com os seus *Comentários* (1826-1830), e Story, asseguraram a adesão dos Estados Unidos a esse sistema. Devemos acrescentar ainda a influência das escolas de direito, que apenas conheceram uma verdadeira expansão depois da Guerra de Secessão (1861-1865), mas que, desde o início da independência, vêm contribuindo para a formação de especialistas, mediante um ensino fundado sobre a *common law*.

A *common law* triunfou nos Estados Unidos; este triunfo não mais se discute. Num grande número de Estados as leis estabeleceram que a *common law*, tal como se apresentava nessa ou naquela data, era o direito em vigor no Estado. Em outros Estados não se julgou útil fazer uma proclamação deste teor. Contudo, o conflito que, depois da independência dos Estados Unidos, se produziu neste país e se prolongou durante mais de meio século, entre o sistema romano-germânico e a *common law*, não foi estéril. Contribuiu poderosamente para dar à *common law* dos Estados Unidos caracteres particulares em confronto com a *common law* da Inglaterra. Os Estados Unidos continuaram a ser um país de *common law* no sentido de que lá se conservam, de uma forma geral, os conceitos, as formas de raciocínio e a teoria das fontes do direito inglês. Contudo, na família da *common law* o direito dos Estados Unidos ocupa um lugar particular; mais do que qualquer outro direito, ele está marcado por características que lhe imprimem uma considerável originalidade; e estas características muitas vezes, aproximam-no dos direitos da família romano-germânica, pelos quais se deixou seduzir num determinado momento da sua história.

**364. Causas de diferenciação.** O triunfo da *common law* nos Estados Unidos foi difícil. Por outro lado, não foi completo. Muitas das regras da *common law* nunca chegaram a ser introduzidas nos Estados Unidos, porque não se adaptavam às condições prevalentes na América. Outras regras de direito inglês não foram admitidas nos Estados Unidos porque a sua origem não era judiciária: sempre foi admitido, com efeito, que as leis votadas pelo Parlamento de Westminster só se aplicariam fora da Inglaterra se o Parlamento o tivesse especialmente decretado.

O mais importante a notar é, contudo, o seguinte: o direito inglês admitido na América é, na medida em que foi admitido, o direito que vigorava na Inglaterra na época em que a dominação inglesa se exercia na América. Nunca esteve em questão a aplicação nos Estados Unidos das leis posteriores a 1776. O desenvolvimento que se produziu na *common law* na Inglaterra, depois de 1776, nunca foi considerado, por outro lado, como devendo produzir-se inevitavelmente também nos Estados Unidos. O desenvolvimento dos dois direitos, inglês e americano, é, em princípio, independente desde o advento da soberania americana.

O princípio não é contestável. Basta considerar, por um lado, a evolução do direito inglês desde 1776 e, por outro, a transformação da sociedade americana depois desta data, para compreender que há uma ameaça e graves restrições à unidade e à uniformidade do sistema. Atualmente, a Inglaterra e o direito inglês são profundamente diferentes, em múltiplos aspectos, da Inglaterra e do direito inglês do século XVIII. Pode dizer-se que os Estados Unidos já não são o mesmo país. Mesmo do ponto de vista geográfico não há nenhuma identidade entre as treze colônias que proclamaram a sua independência e os Estados Unidos de hoje. O país de duzentos milhões de habitantes, poderosamente industrializado, transformado na primeira e mais rica potência mundial, já nada tem de comum com a recortada costa atlântica povoada por menos de três milhões de habitantes, que conquistou sua independência há duzentos anos. Os hábitos de vida, os modos de pensar, os dados econômicos colocam e fazem ver os problemas de modo diferente do da época colonial e diferente também do modo de ver e de colocar os problemas no meio europeu ao qual pertence a Inglaterra.

O direito dos Estados Unidos não pode ser o direito inglês; está dele separado por toda a distância que separa a vida e a civilização americanas da vida e da civilização inglesas.

**365. Influência inglesa.** No entanto, durante muito tempo a Inglaterra, foi, para os juristas americanos, um modelo. O avanço que a Inglaterra tinha nos planos econômico e cultural, o atraso das universidades e da doutrina americanas levaram os juízes e juristas dos Estados Unidos a seguir muito de perto este modelo e a harmonizar a evolução do direito americano com a do direito inglês, mesmo quando esta conduta deixou de ser obrigatória para eles. Observa-se assim, genericamente, um paralelismo entre a evolução desses dois direitos. Não é mesmo impossível pensar que o direito americano, à medida que as condições de vida dos Estados Unidos se vão assemelhando às condições europeias, está mais próximo do direito inglês, depois da independência, do que o estivera na época colonial.

As reformas de estrutura que foram realizadas no direito inglês, no decurso do século XIX, tiveram de modo geral o seu equivalente nos Estados Unidos. Em diversos Estados, como na Inglaterra, abandonaram-se as antigas formas de ação para adotar um processo muito menos formalista, de modo que a atenção dos juristas pudesse estar voltada, mais do que no passado, para a substância do direito, e não para a administração da justiça. As relações entre *common law* e *equity* foram igualmente revistas, tendo por consequência, na maior parte dos Estados, a abolição da dualidade de jurisdições de *common law* e *equity*. Finalmente, manifestou-se nos diversos Estados uma tendência a favor de uma certa racionalização; tal como na Inglaterra, procurou-se libertar o direito de soluções arcaicas, revogando leis antiquadas; procurou-se sobretudo simplificar o conhecimento do direito, apresentando as regras, em múltiplos domínios, sob uma forma sistemática, por meio de uma obra de consolidação.

A evolução iniciada no século XIX prosseguiu no século XX. O século XX foi também marcado, nos Estados Unidos e na Inglaterra, por uma nova tendência para organizar e reformar a sociedade por intermédio do direito. O direito deixa de ser visto como um simples meio de resolver os litígios e aparece, cada vez mais, aos olhos dos cidadãos e dos próprios juristas, como um instrumento adequado para criar uma sociedade de tipo novo. Um "poder administrativo", anteriormente desconhecido, se desenvolveu, tanto no nível federal, quanto em cada Estado, ao lado dos três poderes tradicionais: legislativo, executivo e judiciário.

Os traços gerais da evolução dos dois direitos, inglês e americano, apresentam, no conjunto, depois da independência dos Estados Unidos, uma marcada semelhança.

**366. Originalidade do direito americano.** Os dois direitos nunca chegaram, entretanto, a fundir-se[4]. O afastamento entre eles era, a princípio, devido essencialmente à impossibilidade de aplicar na América o direito inglês. A diferença, e por vezes a oposição entre eles, à parte as soberanias nacionais, se deve atualmente a um conjunto muito complexo de fatores: aqueles que, em diferentes planos, fazem dos Estados Unidos

4. Pound, R., "The Deviation of American Law from English Law", in 67 *Law Quarterly Review* (1951), p. 46-66; Kahn-Freund, A., "English Law and American Law. Some Comparative Reflections", *Essays in Jurisprudence in Honor of Roscoe Pound* (1962), p. 362-409.

um Estado, e dos americanos uma nação profundamente diferentes da Inglaterra e dos ingleses. A Inglaterra é uma ilha europeia; os Estados Unidos são uma massa continental menos dependente dos vizinhos imediatos. A Inglaterra é um país de tradição; os Estados Unidos, orgulhosos dos seus antepassados que repudiaram o jugo colonial e dos imigrantes, de múltiplas raças, que vieram procurar nesse país uma nova pátria, voltam deliberadamente as costas às tradições muito antigas. A Inglaterra é uma monarquia e o seu regime político é do tipo parlamentar; os Estados Unidos são uma república e possuem um regime presidencial. A Inglaterra foi sempre uma nação unitária, muito centralizada no que respeita à administração da justiça; os Estados Unidos são um Estado Federal, no qual há necessidade de conciliar interesses nacionais e particularismos dos Estados. A sua população, diferente pelo seu número, é igualmente diferente pela sua composição étnica, a sua filiação religiosa, o seu nível de vida, as suas aspirações e os seus sentimentos. O *American way of life* não constitui nem a realidade, nem o ideal dos ingleses; a educação americana é diferente da educação inglesa; a própria língua americana tende a dissociar-se da língua inglesa.

Neste país, tão diferente da Inglaterra, é evidente que se apresentem problemas que são considerados e resolvidos de modo diferente que na Inglaterra. O direito americano evoluiu sob a influência de fatores próprios, e é profundamente diferente do direito inglês. Que a diferença afeta as soluções e que as regras dos dois direitos, quanto à substância, não sejam as mesmas, é algo normal. No entanto, a oposição vai mais longe e é de alcance muito maior.

Não são unicamente as regras dos dois direitos que diferem. Os próprios conceitos se tornaram muitas vezes diferentes, e os dois direitos, inglês e americano, já não se identificam pela sua estrutura. Os juristas americanos formaram-se e organizaram-se profissionalmente de modo diferente dos juristas ingleses; a atitude americana em face do direito não é idêntica à atitude inglesa; a própria teoria das fontes do direito difere, tal como a prática, nos dois países.

Não se deve, contudo, exagerar estas diferenças. Apesar delas, existe um fundo comum aos dois direitos que é muito importante: o bastante para que os americanos se considerem, sem hesitação, como membros da família da *common law*. Contudo, é necessário saber que, apesar destes sentimentos, a realidade é constituída por uma grande diversificação dos dois direitos. Se um americano não tem grande dificuldade em abordar o direito inglês, quando se formou como jurista nos Estados Unidos, o inverso já não é verdadeiro: o jurista inglês não se sente à vontade no direito americano; falta-lhe, para estudar este direito, uma iniciação.

Capítulo II

# *Estrutura do direito dos Estados Unidos*

**367. Direito dos Estados Unidos e direito inglês.** O direito dos Estados Unidos pertence, pela sua estrutura, à família da *common law*. Na Inglaterra e nos Estados Unidos existe a mesma concepção geral do direito e da sua função; de modo geral admitem-se, nesses dois países, as mesmas grandes divisões do Direito, utilizam-se os mesmos conceitos, existe a mesma maneira de conceber a regra do direito. As categorias *common law*, *equity*, *torts*, *bailment*, *trusts* são as que um jurista americano, tal como um jurista inglês, considera como naturais. O direito, quer para um jurista americano, quer para um jurista inglês, é concebido essencialmente sob a forma de um direito jurisprudencial; as regras formuladas pelo legislador, por mais numerosas que sejam, são consideradas com uma certa dificuldade pelo jurista que não vê nelas o tipo *normal* da regra de direito; estas regras só são verdadeiramente assimiladas ao sistema de direito americano quando tiverem sido interpretadas e aplicadas pelos tribunais e quando se tornar possível, em lugar de se referirem a elas, referirem-se às decisões judiciárias que as aplicaram. Quando não existe precedente, o jurista americano dirá naturalmente: "*There is no law on the point*" (Não há direito sobre a questão), mesmo se existir, aparentemente, uma disposição de lei que a preveja.

O direito dos Estados Unidos tem, por consequência, de maneira geral, uma estrutura análoga à da *common law*. No entanto, apenas se trata de uma observação geral, e desde que se enfoque mais de perto o problema, descobrem-se, entre o direito americano e o direito inglês, múltiplas diferenças de estrutura, algumas das quais são verdadeiramente substanciais e não podem ser ignoradas.

Sobretudo uma diferença deve ser estudada, porque é fundamental: é a distinção que se fez nos Estados Unidos, mas não na Inglaterra, entre direito federal e direito dos Estados. Em primeiro lugar vamos determinar o que encerram estas noções. Examinaremos em seguida outras diferenças que se podem notar, no tocante às classificações, aos conceitos e às terminologias, entre o direito inglês e o direito americano.

Seção I – Direito federal e direito dos Estados.
Seção II – Outras diferenças de estrutura.

## SEÇÃO I – **DIREITO FEDERAL E DIREITO DOS ESTADOS**

**368. Duplo aspecto do problema.** A Inglaterra ignora a noção de direito federal. Os Estados Unidos são, pelo contrário, um Estado federal, no qual se apresenta inevitavelmente, desde o início, uma questão primordial: a das atribuições respectivas das autoridades federais e dos Estados.

Esta própria questão, no que concerne ao direito, apresenta-se sob um duplo aspecto, devido à concepção de direito existente nos países da *common law*. Em primeiro lugar trata-se de saber, para cada questão, se as leis ou regulamentos devem ser elaborados pelas autoridades federais ou pelas dos Estados. Esta questão é comum a todos os Estados federais. É fácil de compreender para os juristas da família romano-germânica.

A questão dos respectivos domínios do direito federal e do direito dos Estados apresenta nos Estados Unidos um segundo aspecto. Ao dizer-se sobre que matérias o Congresso dos Estados Unidos pode legislar, ou a administração federal fazer regulamentos, não se resolveu, com efeito, o problema, num país em que o direito não é considerado, fundamentalmente, como sendo um direito legislativo. O direito, tanto nos Estados Unidos como na Inglaterra, é concebido essencialmente como um direito jurisprudencial, fundado antes de tudo sobre os precedentes e sobre a razão. As leis e os regulamentos são observados, segundo a tradição, como complementos ou corretivos de um corpo de direito que lhes preexiste, o sistema da *common law*.

Não se pode deixar de se colocar uma questão: esta *common law*, na concepção americana, será concebida no quadro da federação ou no quadro dos Estados? A questão, como veremos, é bastante interessante, porque ajuda a determinar o modo como é entendida, nos países de língua inglesa, a própria noção de direito e de *common law*.

**369. Princípio: competência legislativa dos Estados.** Sobre que matérias o Congresso dos Estados Unidos poderá legislar, sobre que matérias as autoridades federais poderão estabelecer regulamentos e, ainda, que matérias, pelo contrário, serão da competência das "legislaturas" ou autoridades administrativas dos Estados?

A décima emenda à Constituição dos Estados Unidos, em 1791, precisou sem ambiguidade possível a situação: "Os poderes que a Constituição não delega aos Estados Unidos, e que não proíbe que os Estados exerçam, são reservados a cada um dos Estados, respectivamente, ou ao povo". Este princípio nunca foi abandonado. A competência legislativa dos Estados é a regra; a competência das autoridades federais é a exceção, e esta exceção deve sempre fundar-se sobre um dado texto da Constituição[1].

Não nos devemos espantar com este princípio. Era muito natural que fosse afirmado logo em seguida ao dia em que os Estados Unidos conquistaram a sua independência. As 13 colônias, até a Guerra da Independência, tinham vivido de modo quase inteiramente independente umas das outras, e não tinham entre si, por assim dizer, nada de comum: nem no que

1. O mesmo princípio é admitido na Austrália; um princípio inverso é afirmado no Canadá, onde o Ato da América do Norte Britânica, que regula esta questão, entrou em vigor no dia seguinte à Guerra Civil dos Estados Unidos; julgou-se então oportuno travar toda a veleidade possível de secessão, desenvolvendo os poderes das autoridades federais.

respeita à sua origem, nem ao seu povoamento, nem às suas convicções religiosas, nem à sua estrutura e aos seus interesses econômicos. Não existia entre elas nenhum elo político, independentemente do seu elo comum com a metrópole, nenhuma instituição comum as reunia antes da Revolução.

**370. Competência residual.** É essencial assinalar que mesmo nas matérias em que o Congresso pode legislar, a competência dos Estados não está excluída. As autoridades dos Estados têm, nestas matérias, uma competência "residual". O que não lhes é permitido é a elaboração de disposições que iriam de encontro às disposições do direito federal. Nada lhes proíbe, entretanto, de elaborarem disposições que se aditem às do direito federal ou que preencham as lacunas deste. Ao lado dos impostos federais existe um direito fiscal próprio de cada Estado[2].

Em numerosas matérias, em que teria podido estabelecer uma regulamentação, o Congresso dos Estados Unidos absteve-se de legislar. Lembremo-nos que, nos países de *common law*, existe uma atitude muito reservada em face da codificação e da lei. Embora seja permitido ao Congresso regular o comércio internacional ou interestadual, não existe, nos Estados Unidos, nenhuma lei federal que aborde matérias tais como o direito cambiário, a venda, as sociedades comerciais ou os conflitos de leis. Nas três primeiras matérias enumeradas, foram editadas leis nos Estados para preencher esse vazio legislativo, enquanto a última foi deixada sob o domínio da *common law*. Até a elaboração de uma lei de 1938 não existia nenhuma regra de processo própria às outras jurisdições federais que não o Supremo Tribunal dos Estados Unidos; nestas condições, admitiu-se que as jurisdições federais deviam seguir o processo estabelecido,

---

2. Esta dualidade levanta, no plano das relações internacionais, um problema. Os tratados, visando evitar duplas imposições, concluídos pela diplomacia americana têm apenas valor no que diz respeito aos impostos federais; os Estados da União não estão vinculados por estes tratados no que respeita aos impostos que eles próprios podem estabelecer; Lazerov, H., "The United States French Income Tax Convention", in 39 *Fordham Law Review* (1971), 649, 654-55.

para as suas próprias jurisdições, pelo direito do Estado no qual exerciam a sua atividade.

O princípio da competência residual dos Estados comporta alguns limites. Mesmo na ausência de leis federais não se permite aos Estados legislarem contra o espírito da Constituição, nem provocarem entraves ao comércio interestadual. Em algumas ocasiões julgou-se, igualmente, que uma lei do Estado podia ser inconstitucional, mesmo que não fosse incompatível com as disposições do direito federal, porque o domínio no qual ela interviera devia ser considerado como totalmente coberto pelo direito federal em vigor[3].

**371. Problema colocado pela *common law*.** Não basta, para se fazer uma ideia das relações existentes entre direito federal e direito dos Estados, considerar o princípio estabelecido na Constituição, segundo o qual, em algumas matérias, só podem existir leis federais. Também não basta, considerando a questão mais concretamente, interrogar-se em que domínios existem efetivamente leis ou uma regulamentação federais. O direito dos Estados Unidos é, nos seus princípios, tal como o direito inglês, um direito jurisprudencial. A base do direito é constituída, aos olhos dos juristas dos Estados Unidos, por um corpo de direito não escrito; encontramo-la nas regras de direito declaradas pelos tribunais de justiça e nos princípios que se destacam dessas regras jurisprudenciais de direito. De que maneira se considera, nos Estados Unidos da América, esta *common law*? Existe, de fato, uma *common law* no âmbito federal e outra no dos Estados?

Pode-se pensar, à primeira vista, que esta questão é de fácil resposta. A Constituição estabelece uma relação de matérias

3. Fala-se então de *federal preemption*. Cf. *Pennsylvania v. Nelson*, 350 U. S. 497 (1956): inconstitucionalidade de uma lei do Estado da Pensilvânia, relativa à sedição contra o governo dos Estados Unidos. O *Smith Act* de 1958, lei federal, comporta disposições que, decidiu o Supremo Tribunal dos Estados Unidos, não necessitam e não permitem nenhum complemento; a lei da Pensilvânia continua, pelo contrário, a ser válida na medida em que reprime a sedição contra o governo do Estado da Pensilvânia.

que são da competência legislativa do Congresso: nessas matérias existirá uma *common law* federal, nas outras a *common law* poderá diferir segundo os Estados. Entretanto, diversas considerações conduzem a duvidar desta solução simplista e recusá-la.

Primeiramente, convém considerar que, mesmo nas matérias sobre as quais pode legislar, o Congresso dos Estados Unidos em geral se absteve de fazê-lo. Neste caso, como vimos, os Estados têm uma competência residual. Eles podem e têm legislado frequentemente: o poder de estabelecer regras de direito não deve também ser reconhecido a seus juízes, como o é a seus parlamentos?

Um segundo elemento complicador é a maneira como é concebida a organização judiciária americana. Existe nos Estados Unidos, como veremos, uma dupla hierarquia de jurisdições: as jurisdições federais e a dos Estados. Acontece que a divisão da competência entre estas jurisdições não se baseia nos mesmos fundamentos que determinam a competência legislativa do Congresso americano e dos legislativos dos Estados. As jurisdições dos Estados podem julgar litígios referentes a questões de direito federal, e as jurisdições federais podem julgar litígios que envolvam matérias sobre as quais o Congresso não pode legislar: basta para isto que as partes sejam naturais de Estados diferentes e que o contencioso tenha uma certa importância. Coloca-se neste caso um problema. As jurisdições federais se sentirão livres para ter sua própria jurisprudência, mesmo quando a causa se refere a uma matéria que escapa à competência legislativa das autoridades federais?

A estes dois elementos complicadores se acrescenta uma terceira consideração, de natureza psicológica. Qualquer que seja a importância conservada pelos Estados, não há dúvidas de que o sentimento dominante entre os norte-americanos de hoje é sua participação no Estado federal constituído pelos Estados Unidos, mais que sua ligação com determinado Estado; eles são cidadãos dos Estados Unidos, mais do que do Estado da Califórnia ou de Indiana. Neste novo contexto, os juízes e juristas vão aceitar que a *common law*, o direito, sejam diferentes nos cinquenta Estados da União?

**372. Ausência de uma *common law* federal: o *Judiciary Act 1789*.** Uma lei federal promulgada em 1789 deveria aparentemente dissipar toda dúvida quanto à solução a ser adotada. De fato, esta lei prescreve às jurisdições federais, para as matérias não abrangidas por uma lei federal, a aplicação das leis (*the laws*) de um Estado determinado, aquele que for designado pelas normas de conflitos de leis em vigor no lugar em que a jurisdição federal em questão é estabelecida. Esta disposição parece determinar que, exceto quando existir lei federal, se deve aplicar o direito de um Estado. Mas surge uma dúvida acerca da interpretação a dar a esta expressão: "*the laws*". É certo que ela abrange as leis (*statutes*) provenientes do parlamento do Estado considerado: mas, por outro lado, pode-se perguntar se ela engloba o direito declarado, na ausência da lei, pelos tribunais deste Estado. Na ausência de "lei", pareceu a alguns que as jurisdições federais reencontravam a sua liberdade; constituindo uma ordem autônoma de jurisdições, elas não estavam obrigadas pela jurisprudência dos Estados; desde que uma questão fosse da sua competência, cabia-lhes desenvolver neste aspecto as regras de uma *common law* federal.

**373. A doutrina de *Swift v. Tyson* (1842).** A jurisprudência americana variou sobre esta questão. Ela começou por afirmar a possibilidade, em situações semelhantes, de as jurisdições federais estatuírem segundo a *general common law* e não segundo a *common law* de um determinado Estado: esta doutrina, defendida pelo juiz Story, obteve a adesão do Supremo Tribunal dos Estados Unidos num acórdão célebre: *Swift v. Tyson* (1842)[4]. A questão suscitada em espécie era saber se o portador de uma letra de câmbio devia beneficiar-se do princípio de inoponibilidade das exceções. Seria assim se ele tivesse adquirido esta letra de câmbio a título oneroso (*for value*), fornecendo uma *consideration*. Mas tratava-se deste caso? Era duvidoso, segundo o direito do Estado de Nova York. O juiz Story considerou que não devia se referir a este direito, a questão

4. 16 Peters 1 (U. S. 1842).

não estando regulada por uma lei (*statute*) do Estado de Nova York e decidiu que existia uma *consideration* segundo a *general common law*.

**374. Crítica a esta doutrina.** Contudo, esta solução nunca foi considerada como tendo um alcance geral; e, mesmo com um alcance restrito, ela encontrou sempre poderosas resistências. Levava, é necessário reconhecê-lo, a consequências chocantes tanto no plano prático como no plano constitucional.

Na prática originava uma dualidade injustificável de soluções jurídicas; um litígio arriscava-se a ser resolvido por dois modos diferentes, consoante a sua solução fosse atribuída a uma jurisdição de Estado ou a uma jurisdição federal. A solução era tanto mais chocante quanto ela podia depender, em muitos casos, de uma das partes ter criado as condições exigidas para que as jurisdições federais pudessem – ou não – ser consultadas; uma transferência de domicílio, não oferecendo nenhuma dificuldade, podia ser, neste aspecto, suficiente[5].

No plano constitucional parecia certo que, ao prever-se a competência das jurisdições federais para o caso de diversidade de cidadania, apenas se pretendera assegurar uma justiça igual aos pleiteantes oriundos de dois Estados; não se pretendera, de modo algum, autorizar a criação de um direito federal nas matérias em que o Congresso não podia legislar. Aceitando-se a noção de *common law* federal, infringia-se o espírito da Constituição; de fato, reconhecia-se a supremacia das autoridades federais – pertencentes ao Poder Judiciário – nas matérias que a Constituição havia pretendido reservar aos Estados.

---

5. *Black and White Taxicab Co. v. Brown and Yellow Taxicab Co.*, 276 U. S. 518 (1928). Uma companhia de ferrovias do Kentucky reserva a uma sociedade de táxis e de transportes do Kentucky o privilégio de entrar no seu terreno e aí prestar serviços de transporte aos clientes. Um tal privilégio é contrário à ordem pública do Estado de Kentucky. Para conseguir contornar esta lei, a sociedade dissolveu-se e reconstituiu-se no Tennessee, mudando assim de "cidadania". Os tribunais federais tornam-se, assim, competentes para conhecer de litígios entre ela e os seus concorrentes do Kentucky; decidem que o contrato de monopólio, contrário à ordem pública do Kentucky, não é contrário à ordem pública segundo *a general common law*.

**375. *Erie Railroad Corporation v. Tompkins* (1938).** Uma sentença proferida em 1938, *Erie Railroad Corporation v. Tompkins*[6], insurgiu-se contra a noção de *common law* federal nas seguintes circunstâncias. Um certo Tompkins seguia à noite, no Estado da Pensilvânia, por um caminho de terra ao longo de uma via férrea. Passou um comboio de mercadorias. Tompkins foi derrubado e ferido, segundo parece, pela portinhola aberta de um dos vagões. O trem era de *Erie Railroad Corporation*, registrada no Estado de Nova York. Tompkins intentou uma ação de perdas e danos no Tribunal Federal do Distrito Sul deste Estado. A competência dos tribunais federais não era duvidosa. Também não era discutido que estes tribunais devessem estatuir segundo *the laws of Pennsylvania*, conforme à seção 34 do *Judiciary Act*, de 1789. A *Erie Railroad Corporation* fazia valer, nestas condições, que, segundo a jurisprudência do Supremo Tribunal da Pensilvânia, Tompkins não tinha direito a perdas e danos porque devia ser considerado um *trespasser*: não tinha o direito de circular no caminho de terra, que era uma via privada pertencente à companhia, pelo que esta última apenas poderia ser responsável pelo seu dolo. Tompkins contestava esta jurisprudência, o que pouco importa na espécie. Mas sobretudo, ele fazia valer o seguinte argumento: quando o *Judiciary Act*, de 1789, obriga o juiz federal a aplicar *the laws of Pennsylvania*, esta expressão deve ser interpretada como sendo unicamente referente às leis escritas (*statutes*) que podem existir na Pensilvânia. À falta de uma tal lei escrita, que não existia na espécie, o juiz federal devia aplicar a *common law*; por *common law* devia-se entender a *general law* dos Estados Unidos, não a jurisprudência (*common law*) especial do Estado da Pensilvânia.

O juiz de distrito e o *Court of Appeals* aderem a esta argumentação e decidem que, na ausência de lei escrita, era permitido aos tribunais federais aplicarem a *general law*, e que eles

---

6. 304. U. S. 64 (1938). Tunc, A., "L'application du droit des États par les juridictions fédérales des États-Unis", in *Rev. int. droit comparé* (1951), p. 5-35.

podiam não levar em consideração (*disregard*) a regra da *common law* da Pensilvânia.

O Supremo Tribunal dos Estados Unidos, pronunciando-se em recurso, anulou a decisão proferida e enviou o assunto ao *Circuit Court of Appeals* para que este estatuísse segundo a *common law* da Pensilvânia[7]: "Salvo nas matérias regidas pela Constituição federal ou pelas leis do Congresso – declarou o juiz Brandeis, exprimindo os pontos de vista da maioria do tribunal –, o direito que deve ser aplicado em todas as espécies é o direito de um Estado particular. Que o direito deste tenha sido formulado pelo seu parlamento numa lei escrita ou pelo seu Supremo Tribunal numa decisão, não interessa às autoridades federais. Não existe *common law* federal geral (*there is no federal general common law*)". O Supremo Tribunal dos Estados Unidos, a partir de 1938, teve frequentemente ocasião de afirmar e aplicar o princípio assim formulado em *Erie R. R. Co. v. Tompkins*; este princípio está hoje firmemente estabelecido no direito americano, apesar de certas dificuldades que ele, por sua vez, causou.

**376. Exceção: matérias de competência exclusiva do direito federal.** Não existe *common law* federal. Esta fórmula, afirmada no acórdão *Erie R. R. Co. v. Tompkins*, não tem um alcance absoluto; pode acontecer que exista uma *common law* federal em certas matérias que são da competência legislativa das autoridades federais.

Existe, por exemplo, uma lei federal sobre marcas e patentes. Considera-se que, nestas matérias, o direito federal "ocupou inteiramente o terreno", fazendo desaparecer a autonomia dos Estados; mesmo fora da estrita aplicação das disposições legislativas, admite-se a formação de uma *common law* federal, e até que ela se estenda a certas matérias anexas, como a concorrência desleal.

---

7. O próprio Supremo Tribunal não podia estatuir porque havia discussões sobre a questão de saber qual era, em direito, a regra da *common law* na Pensilvânia.

A questão é mais delicada quando se trata de matéria para a qual, se bem que tenha direito de legislar, o poder federal não estabeleceu regras. Foi de forma excepcional que se admitiu, neste caso, que os juízes possam decidir em nome de uma *common law* federal. Esta admissão ocorreu em certos domínios, notadamente no que diz respeito ao direito marítimo (*Admiralty law*), sem dúvida em virtude do particularismo deste direito, que não foi formado nem aplicado pelos tribunais de *common law*.

**377. Importância e diversidade do direito dos Estados.** No que se refere à *common law*, como ao direito legislativo, o princípio nos Estados Unidos é, por conseguinte, o da competência de cada um dos Estados e não das autoridades federais.

Também pode-se assinalar, do ponto de vista jurídico, numerosas e, por vezes, importantes diferenças entre os direitos dos diversos Estados, que resultam muitas vezes de suas leis, mas podem também derivar da maneira como interpretam a *common law*. A organização judiciária e a organização administrativa diferem de Estado para Estado, assim como o processo civil e o criminal; o divórcio não é admitido nas mesmas condições e pelas mesmas causas; o regime matrimonial pode ser ora de comunhão, ora de separação de bens; o direito das sociedades e o direito fiscal comportam regras diversas; a relação e a sanção das infrações penais também variam de um Estado para outro. Por mais importância que tenha ganho o direito federal, é o direito dos Estados que, na vida cotidiana, permanece o mais importante para os cidadãos e para os juristas americanos. É necessário sabê-lo e ter igualmente consciência da diversidade que pode existir entre estes direitos.

**378. Unidade fundamental do direito dos Estados Unidos.** Dito isto, não é menos importante saber que existe, apesar de todas as divergências possíveis entre os direitos dos diversos Estados, uma profunda e fundamental unidade no direito dos Estados Unidos. Esta unidade deriva de um certo número de fatores institucionais, mas sobretudo de um estado de espírito que reina no povo e nos juristas americanos.

**379. Fatores institucionais.** Diversos fatores institucionais impedem o surgimento de divergências fundamentais entre os direitos dos diferentes Estados.

O primeiro destes fatores que se deve mencionar é a possibilidade da intervenção do direito federal. Aparentemente houve muito poucas modificações na repartição de competências que a Constituição dos Estados Unidos estabeleceu em 1787. Esta Constituição, que limitava estritamente os poderes das autoridades federais, foi pouco modificada: apenas vinte e oito emendas foram introduzidas, das quais as dez primeiras (constituindo um *Bill of Rights*), adotadas em 1789, e as de número treze, quatorze e quinze, adotadas logo após a Guerra de Secessão, são as únicas importantes para a abordagem que fazemos; estas emendas fizeram dos tribunais federais os protetores dos direitos e das liberdades dos cidadãos (*civil rights*) tanto contra as autoridades federais (emendas I a X), como contra as autoridades dos Estados (emendas XIII, XIV e XV).

Independentemente destas emendas, a repartição dos poderes entre autoridades federais e estaduais, estabelecido pela Constituição, foi profundamente modificado, sobretudo pela interpretação liberal que o Tribunal Superior dos Estados Unidos deu a certas fórmulas contidas na Constituição e suas emendas. Devido a esta interpretação, o respeito de certos princípios gerais é imposto aos Estados, quer se considere o direito jurisprudencial, quer o direito legislativo destes Estados. Voltaremos mais adiante a este problema, ao considerarmos a maneira como a Constituição é interpretada nos Estados Unidos.

Por outro lado, houve certas iniciativas visando estabelecer uma certa uniformidade nas leis dos Estados sobre diferentes matérias. Este aspecto será igualmente examinado adiante, quando estudarmos a posição da lei entre as fontes do direito nos Estados Unidos.

**380. O estado de espírito dos juristas.** Mais importante que estes fatores institucionais é, sem dúvida, o estado de espírito que reina entre os juristas dos Estados Unidos. Estes aceitam bem, desde que certos princípios sejam respeitados, que as leis (*statutes*) possam ser diferentes entre os diversos Estados da União; mas não admitem que uma interpretação diversa possa ser dada à *common law*. Não existe *common law* federal; esta fórmula significa apenas que as jurisdições federais não estão autorizadas a criar um sistema de direito próprio; elas devem sempre julgar, quando não existe lei federal, aplicando o direito de um Estado. Mas isto não significa que os direitos dos diversos Estados (Flórida, Massachusetts, Wyoming) sejam direitos independentes, inteiramente estranhos uns aos outros. Nos Estados Unidos, estudam-se todas as questões e se raciocina a partir do postulado de uma unidade fundamental do direito americano, à qual somente os legisladores dos diversos Estados podem trazer algumas interrogações. Essa concepção dos juristas, que é essencial, se manifesta de diferentes maneiras.

As obras de direito mais reputadas, publicadas nos Estados Unidos, raramente são consagradas ao direito de um Estado. As compilações de jurisprudência e as enciclopédias, os manuais de direito e as revistas jurídicas cobrem, de modo geral, "o direito dos Estados Unidos", inclusive nas matérias em que, segundo a teoria, o direito só parece existir no quadro de cada um dos Estados. Em numerosos casos o direito de um Estado é mal determinado. Não existe nenhum precedente judiciário no Estado cuja *common law* deva ser aplicada. Em casos semelhantes, muito naturalmente, o jurista americano considera o que foi decidido nos outros Estados da União. As decisões elaboradas em um outro Estado permitem-lhe mais do que encontrar uma solução razoável que o litígio comporta. Permitem-lhe ver a solução que deve ser dada ao litígio, salvo circunstâncias particulares que justifiquem na espécie uma distinção.

Uma questão de direito é, de fato, estudada em uma escola de direito americana? Os acórdãos elaborados em todos os Estados serão tomados como base deste estudo. O problema será conciliar estes acórdãos e destacar as distinções que podem ser feitas, aproximando-os. De modo algum se emitirá a opinião de que esta tarefa é inútil e que basta constatar que uma fez a aplicação da *common law* de Nova York, outro da *common law* de Ohio. Estes dois sistemas podem ser, em teoria e segundo a Constituição, distintos; o jurista americano postula a sua identidade. Se os dois acórdãos são contraditórios e resistem a todos os esforços feitos para os conciliar, não se resolverá a sua contradição, admitindo nela o indício de uma diferença existente entre a *common law* deste ou daquele Estado; admitir-se-á, mais simplesmente – pelo menos nas faculdades, porque os tribunais são mais reticentes –, que um destes acórdãos está bem elaborado; o outro está mal elaborado (*bad law*) e a sua doutrina deverá ser repudiada futuramente, não só nos outros Estados, mas também no próprio Estado para o qual ele representa, atualmente, o direito positivo.

**381. Conclusão.** Em suma, pode-se dizer que nos Estados Unidos não há *common law* federal, mas é necessário corrigir esta afirmação dizendo que os cinquenta direitos judiciários que se encontram nos cinquenta Estados, embora sejam em teoria distintos, são considerados como sendo ou devendo ser idênticos uns aos outros. Esta identidade não cria um conceito de direito federal, mas, na realidade, não existe grande diferença entre cinquenta direitos estaduais concebidos como uniformes e um direito único que seria, pelo seu âmbito de aplicação, um direito federal[8].

Tudo o que se decidiu no caso *Erie R. R. Co. v. Tompkins*, em definitivo, é que a modificação da jurisprudência necessária para restabelecer a harmoniosa unidade da *common law* nos Estados Unidos devia ser obra de uma jurisdição estadual, e não federal. É aos tribunais dos Estados que está reservada a tarefa de determinar e desenvolver a *common law* americana, nas matérias sobre as quais o Congresso não pode legislar. A unificação do direito americano deve ser realizada pela aproximação dos direitos dos cinquenta Estados: as jurisdições federais não devem procurar realizá-la, elaborando, ao lado do direito dos Estados, um direito federal.

---

8. O *Restatement of the Law* (cf. *infra*) mostrou que, em 95 a 98% dos casos, existia uma concordância entre as *common law* dos diferentes Estados nas matérias por ele tratadas. Cf. Goodrich. H. F., "Restatement and Codification", in *Field Centenary Essays* (1949), p. 241-50.

**382. Conflitos de leis.** Os conflitos de leis não são regulados nos Estados Unidos por uma lei federal; cada Estado pode ter o seu próprio sistema de conflito de leis. É verdade que existiu durante muito tempo, nesta matéria, grande similitude entre as soluções adotadas nos diversos Estados. Isto é menos verdadeiro hoje em dia, depois que um movimento doutrinário, consagrado pela jurisprudência de diversos Estados, mas rejeitado por outros, repudiou o método tradicional das regras de conflito em benefício da pesquisa, em cada caso, da lei que tenha uma relação mais significativa com a questão litigiosa, considerando as ligações da situação e das políticas (*policies*) seguidas pelas leis em conflito[9]. O Supremo Tribunal nunca demonstrou pretender intervir no domínio do conflito de leis para promover regras uniformes, apesar das possibilidades que lhe atribuem certas disposições da Constituição. A cláusula de *due process of law* da XIV emenda foi, entretanto, interpretada como exigindo que um litígio apresente uma ligação com o Estado do fórum, suficiente para que este aplique sua lei substantiva; mas o Supremo Tribunal há muito tempo deixou de rever uma decisão por este motivo[10]. A ordem pública pode, por outro lado, intervir contrariando a lei de um Estado irmão. Uma lei de Massachusetts, que limita o montante de indenização que pode ser pretendida pela vítima de um acidente mortal ou pelos seus interessados em casos de transporte aéreo, foi igualmente julgada contrária à ordem pública no Estado de Nova York[11]. Mas isto é igualmente raro e um novo método permite afastar uma lei, julgada não desejável, de maneira menos brutal que pelo recurso à exceção de ordem pública.

---

9. Cf. *Restatement* (*Second*), *Conflict of Laws*, 1970 (Par. 6); Von Mehren, A., "Une esquisse de l'evolution du droit international privé aux États-Unis", in *Journ. Dr. Int.* (1973) 116; Audit, B., "Le second Restatement du conflit de lois aux États-Unis", in *Trav. Com. fr. dr. int. privé* (1977-79) p. 29; Hanotiau, B., *Le droit international privé américain*, Paris-Bruxelas (1979).

10. Não acontece o mesmo no que se refere aos conflitos de jurisdição, em que se impõe a mesma exigência de uma ligação suficiente entre o foro e o litígio; cf. *Schaffer v. Heitner*, 433 U. S. 186 (1977).

11. *Kilberg v. Northeast Airlines*, 9 N. Y. 2d 34, 172, N. E. 2d 526, 211 N. Y. S. 2d 133 (1961).

Deve ainda ser feita uma observação a propósito dos conflitos das leis: ela ilustra a maneira como é concebida nos Estados Unidos a *common law*, por oposição a textos legislativos. Trata-se da atitude que prevaleceu durante muito tempo a respeito da aplicação do direito de um outro Estado. Tratava-se da *common law*? Considerava-se que os juízes a conheciam; não seria necessário provar diante deles o conteúdo desta *common law*; tratava-se, pelo contrário, de leis? A distinção dos Estados reaparecia. Os juízes apenas conheciam as leis do seu Estado (e, bem entendido, as leis federais). A parte que exigia a aplicação da lei de um outro Estado devia provar diante do juiz a existência e o conteúdo desta lei. O juiz não podia aplicá-la *ex officio*. Um movimento legislativo transformou esta situação e permitiu que os juízes tomassem *judicial notice* das leis dos outros Estados sem que as partes precisem demonstrá-las. Porém, este movimento liga-se a princípios que ultrapassam a questão aqui examinada; pelo menos em certos Estados o juiz é, de fato, autorizado a aplicar *ex officio* as leis de Estados que não pertencem aos Estados Unidos da América.

## SEÇÃO II – **OUTRAS DIFERENÇAS DE ESTRUTURA**

As outras diferenças de estrutura que se observam entre o direito inglês e o direito americano são de menor alcance comparadas às que acabam de ser estudadas. Elas não são, no entanto, desprezíveis e podem ocasionalmente constituir uma dificuldade para a compreensão entre juristas ingleses e americanos.

**383. A *equity* nos Estados Unidos.** Deste modo, vamos assinalar, em particular, a extensão muito original dada nos Estados Unidos à jurisdição dos tribunais de *equity*. Estes, na ausência de jurisdições especializadas na aplicação do direito canônico, anexaram o domínio que, na Inglaterra, era reservado às jurisdições eclesiásticas. A competência das jurisdições de *equity*, consideram os americanos, devia necessariamente ser admitida quando o direito não oferecesse nenhuma solução. Ora, o direito não oferecia nenhuma solução para as questões entre os cônjuges, porquanto considerava marido e mulher como uma só pessoa, sendo-lhes, portanto, vedado que pudessem agir um contra o outro. O conceito de *equity* adquiriu, assim, na América, uma extensão que parece surpreendente aos juristas ingleses; as questões de anulação de casamento e de divórcio são consideradas como domínio reservado às jurisdições de *equity* nos Estados Unidos[12].

**384. Direito constitucional e *administrative law*.** Direito constitucional e *administrative law* constituem, do mesmo modo, ramos do direito profundamente diferentes na Inglaterra e nos Estados Unidos, sendo que essa diferença dos princípios constitucionais e das instituições políticas suscita problemas diferentes ou altera substancialmente os dados dos problemas que se colocam em cada um desses países. O controle, pelos tribunais, da constitucionalidade das leis é admitido nos Estados Unidos, enquanto não o é na Inglaterra. A *administrative law* americana implica essencialmente o estudo da organização e do funcionamento de grandes comissões, federais ou estaduais, que não têm o seu equivalente na Inglaterra[13].

**385. Outras matérias.** Também o direito do trabalho difere de modo substancial do direito inglês. Os sindicatos americanos são muito diferentes das *Trade unions* da Inglaterra, e a prática dos tribunais, no que se refere aos conflitos coletivos de trabalho, é fundamentalmente diferente nos dois países.

O direito das sociedades e o direito bancário diferem igualmente, entre os Estados Unidos e a Inglaterra; nos Estados Unidos, uma grande comissão, a *Securities and Exchange Commission*, que não possui equivalente na Inglaterra, desempenha um

---

12. Sereni, A. P., "L'equity negli Stati Uniti", in *Studi di diritto comparato. Il diritto degli Stati Uniti* (1958), p. 65-147.

13. Schwartz, B., *Le droit administratif américain* (1952); Schwartz, B. e Wade, H. W. R., *Administrative Law in Britain and in the U. S.* (1972); Davis, K. C., *Administrative Law Treatise* (2ª ed., 1978-80).

papel muito importante. As reformas processuais realizadas nos Estados Unidos, nos séculos XIX e XX, com frequência também diferenciaram profundamente o processo americano do inglês.

O *attorney general* dos Estados Unidos é na realidade um ministro da justiça e só tem em comum o nome com o *attorney general* inglês, que é um jurista empregado pelo governo. Ele está à frente de um verdadeiro ministério público; cada tribunal federal possui um *U. S. attorney* que intervém sobretudo como *amicus curiae* em todos os processos em que se discute a constitucionalidade de uma lei federal[14].

**386. Terminologia jurídica.** A terminologia jurídica, segundo os casos, torna aparente a diversidade dos dois direitos, ou pode, pelo contrário, encobri-la. O mesmo conceito pode, em certos casos, exprimir-se por duas palavras diferentes; em outro, porém, a mesma palavra pode exprimir dois conceitos diferentes na Inglaterra e nos Estados Unidos. O jurista estrangeiro deve sabê-lo, e evitar recorrer a um dicionário inglês de termos jurídicos, quando tenha de estudar uma questão de direito americano[15].

14. Hazard, J. N., "The Role of the Ministere Public in civil Proceedings", in Hazard, J. N. e Wagner, W. J., *Law in the United States of America in Social and Technological Revolution* (1974), p. 209-26.

15. Os dicionários utilizados no que diz respeito ao direito dos Estados Unidos são principalmente o de Black e o de Ballentine.

Capítulo III

# *Fontes do direito dos Estados Unidos*

**387. Originalidade do direito americano.** O direito dos Estados Unidos é, assim como o direito inglês, um direito essencialmente jurisprudencial. Irrecusavelmente verdadeira se se considerar a estrutura do direito e a própria noção de regra de direito, esta afirmação comporta, pelo contrário, certas ressalvas quando se considera a respectiva importância que desempenham, no direito da nossa época, a legislação e a jurisprudência. O recente desenvolvimento das tendências dirigistas, tanto nos Estados Unidos como na Inglaterra, tende a aumentar a importância da lei; a evolução do direito é, doravante, em múltiplos e importantes setores, comandada pela legislação. Porém, este fenômeno, relativamente recente na Inglaterra, não surge nos Estados Unidos como uma novidade; ele se enquadra aí em uma série de fatos que contribuíram, depois da independência americana, para dar relevo à lei escrita; o mais importante deles é a existência de uma Constituição Federal, dotada de uma Declaração dos Direitos (*Bill of Rights*), que é a própria base das instituições americanas e o fundamento das liberdades públicas (*civil rights*) nos Estados Unidos.

Seção I – A jurisprudência.

Seção II – A legislação (*Statute law*).

## SEÇÃO I – **A JURISPRUDÊNCIA**

**388. Direito dos Estados Unidos e direito inglês.** Para aquele que considera as coisas de um modo superficial parece que a jurisprudência – as decisões judiciárias – desempenha uma função idêntica na Inglaterra e nos Estados Unidos da América. Esta impressão, contudo, não é inteiramente correta se for considerada a estrutura do direito: os juristas dos Estados Unidos, tal como os juristas ingleses, consideram como forma ordinária de explicação do seu direito a regra jurisprudencial, formulada no nível concreto de uma espécie de jurisprudência e própria a dar esta espécie além de todo o processo de interpretação, sua solução. Se for considerada, pelo contrário, a função desempenhada pelas decisões judiciárias como fonte do direito dos Estados Unidos, podem ser notadas diferenças entre os direitos inglês e americano.

Do ponto de vista da estrita técnica jurídica, os Supremos Tribunais (Supremo Tribunal dos Estados Unidos e Supremos Tribunais dos Estados) não se consideram nunca vinculados pelos seus próprios precedentes. Para compreender a maneira como funciona a regra do *stare decisis*, a função desempenhada pela jurisprudência na América e as suas relações com outras fontes do direito e, em particular, com a doutrina, é importante tomar em consideração, por outro lado, mais do que a estrita técnica jurídica, um certo número de circunstâncias que diferenciam bastante profundamente os Estados Unidos e o meio jurídico americano, da Inglaterra e do meio jurídico inglês. Examinaremos estas diferenças ao estudarmos a organização judiciária dos Estados Unidos e ao fornecermos certas indicações sobre os juristas americanos. Para terminarmos esta seção falaremos, finalmente, de uma tentativa, o *Restatement of the Law*, feita pela doutrina para expor, de modo sistemático, as soluções do direito jurisprudencial americano.

§ 1º A organização judiciária.

§ 2º Os juristas americanos.

§ 3º A regra do *stare decisis*.

## § 1º A organização judiciária

**389. Jurisdições federais e jurisdições dos Estados.** A organização judiciária dos Estados Unidos comporta, por um lado, jurisdições feitas e, por outro, jurisdições dependentes dos Estados. Diferentemente daquilo que se passa em numerosos Estados federais (Alemanha Federal, Austrália, Canadá, Suíça, União Soviética), onde apenas se encontra uma jurisdição federal no cume da hierarquia, os Estados Unidos adotaram um sistema completamente diverso: os pleiteantes podem, em numerosos casos, desde logo submeter a apreciação dos litígios em primeira instância às jurisdições federais[1]. Existe, por consequência, nos Estados Unidos, uma dupla hierarquia em que cada uma deve ser objeto de si mesma, antes de se averiguar as relações existentes entre elas.

**390. Os tribunais federais.** As próprias jurisdições federais são múltiplas. Podem ser divididas em dois grupos. Umas são as jurisdições federais tradicionais, as que se podem classificar como jurisdições federais de direito comum. Na base, elas comportam tribunais de distrito; contra as decisões destes tribunais é possível um recurso para os *Courts of Appeals*; contra as decisões dos *Courts of Appeals* é ainda possível um recurso para o Supremo Tribunal dos Estados Unidos (*U. S. Supreme Court*). Existe uma centena de tribunais de distrito, que empregam um efetivo de cerca de mais de quatrocentos juízes, comportando alguns desses tribunais várias "seções" que podem contar com cerca de vinte juízes. Os juízes de distrito estatuem sempre na qualidade de juízes únicos, mas para ajudar determinadas matérias (por exemplo, para os litígios que requerem a aplicação da legislação anti*trust*) deve haver três juízes. Nos distritos mais povoados, os juízes dos tribunais de distrito são assistidos por *commissioners* que podem, nas causas menos importantes, julgar em seu lugar. Encontra-se também junto a cada juiz de distrito um *clerk* (normalmente um jovem jurista que acabou de concluir os estudos universitários), que prepara o trabalho do juiz. Os juízes são itinerantes; deve

1. O Ato da América do Norte Britânica, de 1867, permite estabelecer jurisdições federais para aplicação do direito federal; porém, o Parlamento Federal não o fez.

ser realizada pelo menos uma audiência cada ano em cada uma das subdivisões do distrito. Os *U. S. Courts of Appeals* são em número de onze (um dos quais para o distrito federal de Columbia, onde está situada a capital federal, Washington) e comportam um efetivo de cerca de oitenta juízes; as decisões são aí tomadas, de modo geral, por três juízes, que examinam as questões da alçada dos tribunais nas principais cidades. O Supremo Tribunal dos Estados Unidos é formado por um *Chief Justice* e por oito *Associate Justices*, que participam conjuntamente no julgamento de todas as questões. Diferentes medidas são tomadas para evitar o acúmulo de causas; é necessário, em 90% dos casos, obter do tribunal um *writ of certiorari*, fazendo valer *special and important reasons*, se se quiser que o tribunal conheça de uma questão e dê a seu respeito uma decisão adequada. O Supremo Tribunal apenas aceita, aproximadamente, uma de cada doze questões que lhes são apresentadas através do *certiorari*, ainda que sejam suficientes quatro votos para promover a retenção de um processo. O tribunal só redige decisões em cerca de cento e trinta a cento e sessenta casos por ano; a maior parte das vezes, julga o interesse da questão insuficiente para justificar a sua intervenção e limita-se a declarar esta circunstância[2].

Além desta hierarquia, existem tribunais federais especiais criados por leis federais diversas: jurisdições substitutivas das jurisdições do Estado nos distritos ou territórios federais, jurisdições competentes no caso em que a responsabilidade do Estado está comprometida (*U. S. Court of Claims*), jurisdições competentes em matéria fiscal, em matéria alfandegária ou em matéria de licenças e patentes. Estes tribunais têm às vezes competência exclusiva; em outros casos, o autor pode escolher entre o tribunal especial e o tribunal de distrito. Assim, em matéria fiscal, o contribuinte pode agir seja diante do tribunal de distrito, seja diante da *Court of Claims*, seja diante da *Tax Court*. Assinalemos ainda a competência atribuída pelas leis especiais

---

2. McCloskey, R., *La Cour suprême des États-Unis* (1965); Griswold, E. N., "La Cour suprême des Étas-Unis", in *La Cour judiciaire suprême, enquête comparative, R.I.D.C.* (1978), p. 97.

a numerosos organismos administrativos (*administrative agencies*) e em particular às grandes comissões federais ligadas ao Congresso dos Estados Unidos. De todas estas jurisdições e de todos estes organismos é sempre possível uma apelação a um dos tribunais federais "tradicionais": ou aos tribunais distritais ou diretamente aos tribunais de apelação ou mesmo diretamente ao Supremo Tribunal dos Estados Unidos. Parece inconcebível, nos Estados Unidos como na Inglaterra, que os litígios possam ser resolvidos sem que um controle, pelo menos teórico, sobre as decisões proferidas, seja reservado às jurisdições que representam o Poder Judiciário.

**391. Jurisdições dos Estados.** Cada Estado tem uma organização judiciária que lhe é própria, e não pode fazer-se nenhuma generalização inerente à organização judiciária de Estados cuja superfície, população e tradições são muito variadas. A hierarquia normal comporta três graus; um supremo tribunal, um tribunal de recurso e uma jurisdição de primeira instância; entretanto, em pouco mais de um terço dos Estados não existe tribunal de recurso intermediário, havendo portanto apenas dois graus de jurisdição. O tribunal colocado no topo da hierarquia chama-se, em trinta e nove Estados, Supremo Tribunal, e nos demais possui outra denominação (*Court of Errors*, em Connecticut). Jurisdições de exceção muito variadas podem existir, tanto para o direito civil como para o direito penal; tribunais especiais de *equity* subsistem num pequeno número de Estados.

A organização judiciária do Estado de Nova York, reformada em 1962, é a seguinte[3]: a jurisdição de primeira instância, de direito comum, é chamada *Supreme Court*, e é representada em cada um dos condados do Estado. As decisões desse tribunal podem ser submetidas a uma das quatro *Supreme Court Appellate Division*, e pode ser apresentado recurso contra as decisões destas jurisdições perante o *Court of Appeals* de Nova

3. Herzog, P., "Réforme de l'organisation judiciaire, de la procédure civile e du droit commercial dans l'État de New York", in *Rev. int. droit comparé* (1964), p. 579-601.

York que tem sede em Albany, capital do Estado. Para a maior parte dos casos, o recurso diante do *Court of Appeals* só pode ser apresentado se a *Appelate Division* que julgou o litígio autorizá-lo, ou se o *Court of Appeals*, ele próprio, exercer o seu poder discricionário de aceitar a revisão do caso. Além destas jurisdições de direito comum, encontra-se uma rede de jurisdições inferiores, vasta e discordante: *Surrogates' Courts* em matéria de sucessões, *Court of Claims* quanto a perdas e danos reclamados ao Estado, *Family Courts* em matéria de delinquência juvenil e para diversas questões referentes à família, tribunais especiais para as pequenas questões (*Civil Court* e *Criminal Court of the City of New York, Justices of the Peace Courts, Village Police Justices, County Courts*). Os recursos das decisões destes tribunais seguem vias diferentes, mas, na maior parte dos casos, são apresentados diante do *Court of Appeals*.

**392. O júri.** A instituição do júri permaneceu mais viva nos Estados Unidos que na Inglaterra. O fato acontece nas jurisdições federais, em que a instituição do júri é garantida pela própria Constituição dos Estados Unidos (emenda VII): um cidadão pode exigir que a questão seja julgada por um júri, desde que o interesse em litígio seja superior a 20 dólares, com a única condição de que não se trate de um processo de *equity*. Não foi possível contornar esta regra constitucional, e é somente por processos indiretos que se tem conseguido restringir nos Estados Unidos, de fato, o emprego do júri. Nas jurisdições dos Estados Unidos, levantou-se a questão de saber se, em virtude da décima quarta emenda, o direito do júri não era garantido igualmente aos cidadãos nas jurisdições dos Estados. Foi dada uma resposta negativa a esta questão; a possibilidade de pedir a constituição de um júri é, contudo, largamente admitida nos diversos Estados. Mais de 100.000 processos são julgados em cada ano com a participação de um júri.

**393. Relação entre as duas ordens de jurisdições.** No que se refere à relação entre jurisdições federais e jurisdições estaduais, o princípio a formular é o mesmo que para as relações entre direito federal e direito dos Estados: é a competência das jurisdições do Estado e a incompetência das jurisdições federais.

As jurisdições federais podem ser consultadas apenas nos casos em que a Constituição dos Estados Unidos, ou uma lei do Congresso, apoiando-se nesta Constituição, as reconheçam competentes. Os casos nos quais esta competência foi reconhecida agrupam-se em torno de duas ideias. As jurisdições federais são, por vezes, reconhecidas competentes em virtude da natureza do litígio (questões que ponham em jogo a Constituição federal ou uma lei federal). Outras vezes elas são reconhecidas competentes em consideração às pessoas dos pleiteantes (questões nas quais são interessados os Estados Unidos, ou um diplomata estrangeiro, ou litígio entre cidadãos pertencentes a dois Estados diferentes da União). Nos dois casos, a questão, para ser da competência das jurisdições federais, deve apresentar um interesse de pelo menos dez mil dólares. Estes princípios apresentam, na prática, múltiplas dificuldades de aplicação.

Ainda que as jurisdições federais possam ser consultadas, só muito excepcionalmente gozam de uma competência exclusiva. Na maioria das vezes as partes podem, em lugar de se dirigir a elas, consultar as jurisdições dos Estados. Será possível, neste caso, um recurso ao Supremo Tribunal dos Estados Unidos contra a decisão elaborada em última instância em um determinado Estado? O Supremo Tribunal dos Estados Unidos só aceitará conhecer da questão se ela fizer periclitar um princípio fundamental enunciado pela Constituição ou por uma lei federal. Pelo contrário, quando se trata de questões que são da exclusiva competência dos Estados, a decisão da jurisdição estadual é definitiva e não pode ser objeto de nenhum recurso[4]. O Supremo Tribunal dos Estados Unidos não tem de modo ne-

---

4. O Supremo Tribunal do Canadá, pelo contrário, é competente para interpretar tanto as leis das províncias quanto as federais, sempre que o valor da causa ultrapasse 10.000 dólares. Ele tem nove juízes, dos quais três são recrutados entre juristas de Quebec.

nhum a função atribuída na França ao Tribunal de Cassação.

Cerca de 95% das questões são julgadas exclusivamente pelas jurisdições dos Estados. Mas esta indicação de ordem estatística exige uma retificação de ordem qualitativa: as questões que estão no primeiro plano da atualidade política – as que interessam às liberdades públicas (*civil rights*), à integração racial, à aplicação das leis anti*trust*, aos direitos de defesa e, de um modo geral, à conformidade das leis à Constituição federal – são, regra geral, julgadas pelas jurisdições federais e dependem da competência, em qualquer hipótese, em última instância, do Supremo Tribunal dos Estados Unidos. É conhecido o papel primordial, sujeito a diferentes interpretações, que este tribunal desempenhou na História e que ainda desempenha nos nossos dias.

**394. Descentralização do Poder Judiciário.** Em comparação com a Inglaterra, é importante notar a centralização muito menor do Poder Judiciário que se observa nos Estados Unidos. A justiça inglesa está concentrada em Londres; é somente nesta cidade que, salvo exceções, por assim dizer, irrelevantes, se encontravam até poucos anos tribunais superiores. Por evidentes razões, tanto históricas como geográficas, uma regra análoga não pôde ser admitida nos Estados Unidos. Não só existem jurisdições próprias para cada Estado, mas também uma multiplicidade de jurisdições federais em todo território da União e não apenas na capital federal. A concentração do Poder Judiciário em Londres é o fator que tem sido decisivo na elaboração da *common law* inglesa. A dispersão – inevitável – da justiça americana levanta questões que não apresentam na Inglaterra, e tende, particularmente, a fazer adotar pontos de vista mais flexíveis, ligados à autoridade das decisões judiciárias, introduzindo, ao lado da preocupação essencial de segurança dos ingleses, uma preocupação de uniformidade do direito que não existe na Inglaterra.

## § 2º Os juristas americanos[5]

**395. A *legal profession*.** Nos Estados Unidos, assim como na Inglaterra, existe um conceito amplo da profissão de jurista (*legal profession*). Esta profissão compreende os advogados, os empregados das empresas, instituições ou administrações que fornecem orientação jurídica a seus empregados, os professores de direito e os juízes. Os advogados e os juízes exercem suas atividades sob o controle do Supremo Tribunal do Estado onde as praticam. Os professores de direito e os juristas empregados, que assessoram seus empregadores, não são submetidos ao controle dos tribunais, mas são quase sempre membros da Ordem de um Estado, embora não necessariamente daquele onde exerce as suas atividades. Convém notar esta analogia. Fora dela, tudo é diferente na Inglaterra e nos Estados Unidos, quer se encare o modo de formação quer a organização profissional dos juristas.

As condições requeridas para poder ser *lawyer* variam segundo os Estados. Aquele que foi admitido como *lawyer* em um Estado, pode exercer a profissão de jurista unicamente nesse Estado, mas, assim como a pode exercer perante as jurisdições desse Estado, também a pode exercer perante as jurisdições federais. Todo o jurista admitido a praticar em um Estado pode, pagando uma pequena taxa, obter a sua inscrição nas listas dos advogados admitidos a praticar no Supremo Tribunal dos Estados Unidos.

A admissão para o exercício da profissão de advogado está hoje, nos diversos Estados, subordinada a um exame organizado sob o controle dos tribunais[6]. A posse de um título universitário nunca é suficiente, mas é exigida atualmente em cerca de três quartos dos Estados.

---

5. Griswold, E. N., *Law and Lawyers in the United States* (1964); Rheinstein, M., "Die Rechtshonoratioren und ihr Einfluss auf Charakter und Funktion der Rechtsordnungen", in 34 *Rabels Z* (1970), p. 1-18.

6. Todos os Estados permitem a um advogado de outro estado participar de um caso particular, e a maior parte dos Estados aceita a admissão de advogados que já praticaram durante algum tempo (cinco anos geralmente) em outro Estado.

**396. As faculdades de direito americano.** As faculdades de direito só recebem nos Estados Unidos os estudantes que desejam exercer a profissão de jurista. Preocupam-se pouco com a cultura geral dos seus alunos, sendo esta cultura (*pre-legal education*) considerada adquirida pelos estudantes nos anos que precedem a sua entrada para a faculdade de direito; antes da sua entrada, os estudantes frequentam um colégio universitário, durante três ou quatro anos, depois de já terem cursado a *high school*. O estudante de direito americano procura nas escolas de direito um ensino essencialmente orientado para a prática; ele estará apto a exercer o seu ofício. A escola de direito americana visa, portanto, ministrar um ensino profissional, à exceção do caso de alguns estudantes que se dedicam à pesquisa.

Os métodos usados para o ensino são diferentes dos métodos comumente usados na França e na Inglaterra. O estudante deve ler, antecipadamente, um certo número de documentos que lhe foram entregues pelo professor, compostos seja de decisões judiciárias (*case method*), seja de decisões judiciárias acompanhadas de textos de leis e de extratos de livros ou de artigos de economia ou de sociologia (*modified case method*). Na maior parte dos cursos se utiliza o método socrático, em que o estudante expõe ao grupo, dirigido pelo professor, o que leu, as questões que compreendeu, os interesses em jogo na questão. O professor, por seu lado, interroga-o, faz descobrir aos seus estudantes as relações entre a questão estudada e as questões vizinhas, modificando os termos do problema para perguntar se a solução deveria, neste caso, ser modificada. Todo o grupo participa da discussão, apresentando questões e emitindo a sua opinião sob o controle rigoroso do professor. Alguns cursos, particularmente no terceiro ano, utilizam o método da discussão: o professor a guia muito pouco, deixando esta tarefa aos estudantes, e intervindo somente quando os estudantes esqueceram de abordar um assunto importante. A aula expositiva só é utilizada excepcionalmente. O método socrático dá bons resultados no meio americano, em que o estudante não se sente inibido perante o mestre, e em que a escola de direito tem acentuadamente o caráter de uma escola técnica profissional. Entretanto, critica-se a importância dada ao contencioso judiciário e particularmente às decisões dos tribunais superiores. Atualmente, se emprega com frequência nos segundos e nos terceiros anos o *clinical method*, no qual o estudante aconselha e representa clientes reais, sob o controle de um advogado-professor, no quadro da assistência judiciária.

**397. O *lawyer* americano.** O americano que é admitido a exercer a profissão de jurista torna-se um *lawyer*[7]. A palavra não tem equivalente, propriamente dito, nem em francês nem em inglês, porque a organização profissional dos juristas é, tanto na França como na Inglaterra, muito diferente e dificilmente permite comparação.

A maioria dos *lawyers* americanos exerce sua atividade individualmente (70%) ou em associação com um único colega (15%). Nas grandes cidades, vai muitas vezes trabalhar num gabinete, que o terá recrutado, onde adquirirá uma especialização, por vezes limitada. Um pequeno número escolherá a especialidade de *trial lawyer* e aparecerá perante a justiça para proceder, nos processos civis ou criminais, aos interrogatórios e contrainterrogatórios que caracterizam a audiência pública nos Estados Unidos. Outros especializar-se-ão nas tarefas contenciosas, lembrando as funções dos *avoués* franceses. A maioria ocupar-se-á de questões não contenciosas, exercendo a função dos *notaires*[8], conselheiros jurídicos ou conselheiros fiscais franceses – com a diferença de que é muito mais frequente nos Estados Unidos recorrer ao *lawyer* do que na França é procurar o conselho de um homem de lei. Numerosos *lawyers* são contratados, fora dos gabinetes de *lawyers*, pelas administrações ou pelas empresas públicas ou privadas.

---

7. Hurst, J. W., *The Growth of American Law. The Law Makers* (1950).

8. O *notary public* americano não é um *lawyer* e nada tem a ver com o notário francês; menos ainda com o *notary public* inglês. O *notary public* americano é uma pessoa a quem atribuíram o poder de autenticar as assinaturas daqueles que lhe pedem, por uma razão ou por outra, esta legalização. A qualidade de *notary public* não exige nenhuma capacidade particular; é confiada, para lhes ocasionar um lucro, aos cidadãos pertencentes às mais diversas categorias de eleitores.

Os *lawyers* americanos são, em comparação com os juristas franceses ou ingleses, muito numerosos: 296.000, dos quais 26.500 estão a serviço exclusivo de empresas privadas e 29.300 a serviço do governo. Fazem, em geral, parte de uma associação constituída entre eles no quadro de cada Estado sob o nome de *Bar Association*. Em vinte e oito Estados, pelo menos, esta filiação é obrigatória: fala-se, então, de um *Integrated Bar*. A Federação das Associações de Estado constitui o *American Bar Association*. Nem todos os *lawyers* são, no entanto, membros dos *Bar Associations* e, mesmo quando o são, o controle exercido sobre eles é muito menor do que é na Inglaterra o controle dos *Inns of Court* sobre os *barristers* ou da *Law Society* sobre os *solicitors*. Uma prática generalizada em alguns setores, particularmente nos processos de responsabilidade, admite que o *lawyer* seja retribuído em proporção do que fez ganhar ao seu cliente, em virtude de um pacto de *quota litis* (*contingent fee*) que é condenado na Inglaterra.

Recursos públicos de vulto são atualmente empregados para retribuir os "defensores públicos" ou os advogados independentes que prestam serviços aos pobres; por outro lado, multiplicaram-se os "escritórios de bairro", onde dois mil juristas deram um milhão de consultas gratuitas em 1970.

**398. O juiz americano.** Os juízes americanos são de duas categorias: há juízes federais e juízes nas jurisdições dos Estados.

Os juízes federais assemelham-se aos juízes ingleses. São, como estes últimos, nomeados vitaliciamente; o Presidente dos Estados Unidos os escolhe, com a aprovação do Senado. Por vezes acontece, ainda que raramente, que os juízes do Supremo Tribunal dos Estados Unidos sejam recrutados entre os professores das faculdades de direito das grandes universidades. A observação merece ser feita porque deixa compreender que pode existir nos Estados Unidos uma relação diferente entre doutrina e jurisprudência em confronto com a que existe na Inglaterra.

É difícil falar, de modo geral, dos juízes das jurisdições dos Estados. Para alguns deles pode-se repetir o que foi dito dos juízes federais. Para a maioria deles, contudo, a situação apresenta-se diferente. Quarenta dos Estados admitiram, numa preocupação democrática, depois da eleição de Jackson à presidência dos Estados Unidos em 1828, o princípio da eleição dos juízes por sufrágio universal. Este modo de designação não deu originariamente bons resultados; o nível dos juízes de Estado foi, em certa época, muito criticado. As críticas são hoje bem mais raras e comedidas, devido a um certo número de reformas ou de práticas que tiveram por efeito elevar o nível dos juízes e restituir-lhes a independência em relação aos seus eleitores: prolongamento do período de exercício para o qual os juízes são eleitos, simples ratificação pedida aos leitores das designações feitas pelo governador, aprovação preliminar dos candidatos pela Associação dos Juristas do Estado etc. Sem o prestígio que os juízes têm na Inglaterra, os juízes americanos são atualmente, no conjunto, personagens que gozam da consideração do público e em relação aos quais se concorda em reconhecer a independência, a moralidade e a competência. As exceções situam-se somente numa pequena minoria de Estados e apenas afetam os juízes encarregados, especialmente em matéria penal, de estatuir sobre as causas de importância mínima.

## § 3º A regra do *stare decisis*

**399. *Stare decisis* e estrutura federal dos Estados Unidos.** Existe na Inglaterra, desde o século XIX, uma regra do precedente que impõe aos juízes, em dadas condições, seguirem as regras de direito decorrentes de julgamentos precedentes de outros juízes. Existe nos Estados Unidos uma regra semelhante, mas esta regra americana do *stare decisis* não funciona nas mesmas condições e não tem o mesmo rigor que a atual regra inglesa do precedente[9].

9. Goodhart, A. L., *Essays in Jurisprudence and the Common Law* (1931, reimpresso em 1972). Cf. o cap. III da obra: "Case Law in England and in the United States".

Tudo se encontra complicado, nos Estados Unidos, pelo novo elemento introduzido pela estrutura federal do país. Certamente, aspira-se a que o direito assegure a segurança das relações jurídicas e, neste aspecto, parece desejável uma rigorosa regra do precedente. Mas é também necessário evitar que se estabeleçam, entre o direito aplicado nos diversos Estados, diferenças irredutíveis; por isso, é conveniente um enfraquecimento da regra. Em presença destas exigências contraditórias, concebe-se que os juristas americanos tenham evitado uma tomada de posição muito precisa. Conforme os casos, porão em destaque o rigor ou a flexibilidade necessários do direito jurisprudencial.

**400. Possibilidade de mudança da jurisprudência.** Tudo o que de certo se pode dizer acerca da regra do *stare decisis* nos Estados Unidos é que ela comporta uma importante limitação: o Supremo Tribunal dos Estados Unidos e os Supremos Tribunais dos diferentes Estados não estão vinculados às suas próprias decisões e podem desviar-se da sua jurisprudência. Por outro lado, bem entendido, os Estados são soberanos e a regra do *stare decisis* apenas funciona, relativamente às matérias do domínio de competência dos Estados, no seio da hierarquia das jurisdições deste Estado – às quais é necessário acrescentar, depois de *Erie R. R. Co. v. Tompkins*, as jurisdições federais, quando têm de aplicar o direito de um dado Estado.

As mudanças de jurisprudência não são raras se considerarmos o Supremo Tribunal dos Estados Unidos. Explicam-se principalmente, neste caso, pela maneira flexível como este tribunal concebe a interpretação da Constituição dos Estados Unidos. Da parte dos Supremos Tribunais dos Estados as mudanças de jurisprudência têm uma explicação diferente: são devidas, sem dúvida, na maior parte, à pressão de opinião dos juristas e ao desejo de alinhar o direito de um Estado com a corrente dominante que prevaleceu noutros Estados, restabelecendo assim a unidade da *common law* nos Estados Unidos.

A possibilidade que teve o Supremo Tribunal dos Estados Unidos de efetuar mudanças de jurisprudência revelou-se fundamental. Permitiu ao Supremo Tribunal adaptar a sua interpretação da Constituição dos Estados Unidos às correntes de pensamento e às necessidades econômicas do mundo moderno; assegurou, por isso mesmo, a estabilidade das instituições políticas americanas, permitindo aos Estados Unidos viver sob o domínio de uma Constituição que só pode ser modificada com extrema dificuldade. O Supremo Tribunal dos Estados Unidos pode, graças à possibilidade que lhe era oferecida, desarmar a corrente de hostilidade que tinham provocado, antes de 1936, o seu conservantismo exagerado e a sua estreita ligação aos princípios de um liberalismo superado[10]; surge atualmente, de um modo que seria surpreendente há cinquenta anos, como um elemento de progresso da nação.

**401. Real alcance da regra.** À parte as duas exceções indicadas, os Supremos Tribunais dos Estados, preocupados em não comprometer a segurança das relações jurídicas, apenas admitem com extrema dificuldade desvios na sua jurisprudência. A sua atitude está bastante próxima daquela que inspirou a jurisprudência inglesa antes de ser abertamente afirmada, no século XIX, a estrita necessidade de aderir aos precedentes. Uma regra do precedente rigorosamente concebida não representa uma necessidade absoluta na *common law*. A diferença pode ser bastante tênue, entre o reconhecimento desta regra num plano jurídico e a adesão voluntária dos juízes, por argumentos de razão, às doutrinas postuladas pelos seus predecessores. No fundo, tudo isto é mais uma questão de psicologia jurídica que de direito; é esta razão pela qual alguns autores americanos, desejando uma evolução acelerada do direito, puderam afirmar que a regra do *stare decisis* não se impunha no atual direito

10. No famoso *Dredd Scott Case*, que esteve na base da Guerra de Secessão, o Supremo Tribunal decidiu, em 1856, que o Congresso não tinha o direito de impedir a admissão da escravatura nos diferentes Estados. Na questão *Lochner v. New York*, em 1905, pronunciou a inconstitucionalidade de uma lei de Nova York, que limitava a duração do trabalho dos padeiros a sessenta horas semanais. Em 1910, na questão *Hammer v. Dagenhart*, declarou inconstitucional uma lei do Congresso, proibindo o emprego das crianças dos quatorze aos dezesseis anos, quer de noite, quer por mais de 40 horas semanais.

americano, enquanto outros, mais avessos às mudanças, afirmavam que ela era uma peça essencial do sistema atual[11].

O importante não está nestes postulados de princípios profundamente distintos. Está muito mais na maior ou menor predisposição dos juízes em admitirem ou não distinções, em se sentirem ligados por um princípio que envelheceu ou a serem mais sensíveis, pelo contrário, às necessidades de evolução do direito, a deixarem-se guiar por sentimentos conservadores ou inovadores. Está também no número considerável e sempre crescente (ao ritmo de trezentos e cinquenta volumes por ano) de compilações de jurisprudência que permitem a consulta dos precedentes que foram sendo sucessivamente aplicados. A América, com a sua acentuada diversidade e com a menor coesão do seu corpo de juristas, oferece, sem dúvida, nesta matéria, um quadro em que as *nuances* são mais numerosas que na Inglaterra. Na prática, contudo, não se chega a perceber que haja entre os dois países uma diferença notável neste assunto. Em um e outro caso, como na França, estabeleceu-se, finalmente, um equilíbrio entre as necessidades contraditórias de segurança e de evolução, que são os dados constantes da vida do direito.

**402. O *Restatement of the Law*.** Para terminar o estudo da jurisprudência, resta-nos dizer uma palavra sobre uma publicação privada cuja finalidade é expor, sob uma forma sistemática, as regras da *common law* americana. Esta publicação, o *Restatement of the Law*, é obra de uma associação privada, o *American Law Institute*. Até agora apareceram dezenove volumes nesta coleção: referem-se ao direito dos contratos (2 vols., 1932), da representação (*Agency*, 2 vols., 1933), dos conflitos de leis (1934), dos delitos civis (*Torts*, 4 vols., 1934-39), dos direitos reais (*Property*, 5 vols., 1936-44), dos seguros (*Security*, 1941), dos quase contratos (*Restitution*, 1957), dos *trusts* (2 vols., 1935), dos julgamentos (1942).

---

11. Para compreender como o direito dos Estados Unidos evolui, sem encontrar maiores obstáculos na regra do precedente, consultar-se-á com proveito a obra de Stone, F. F., *Institutions fondamentales du droit des États-Unis* (1965).

O *Restatement* procura, nas matérias em que as intervenções do legislador não foram muito numerosas, expor, de modo tão exato quanto possível, as soluções que estão em maior harmonia com o sistema da *common law* americana e que, por conseguinte, merecem ser consagradas pelos tribunais americanos. O *Restatement* é completado por duas séries de volumes. A série *Restatement in the Courts* indica as espécies em que um artigo do *Restatement* foi citado, ou para seguir a sua doutrina, ou para a repudiar, ou para lhe acrescentar uma nova *nuance*, nas decisões dos diversos tribunais americanos. A série *State Annotations* informa em que medida as regras que se encontram no *Restatement* são, de fato, seguidas nos diversos Estados. Devemos acrescentar que, sob a denominação de *Suplements*, introduziram-se corretivos e clarificações nos diversos volumes do *Restatement*. Uma nova edição do *Restatement* foi iniciada, sob o nome de *Restatement Second*, em 1952. Foram publicados até agora volumes relativos a todos os assuntos, salvo os seguros e os quase contratos.

O *Restatement of the Law* teve grande aceitação nos países habituados à técnica da codificação. Pareceu excelente, nesses países, existir um enunciado sistemático do direito dos Estados Unidos apresentado sob uma forma vizinha da dos códigos. Porém, convém notar bem as diferenças de natureza que distinguem o *Restatement* dos nossos códigos. O *Restatement* é apenas uma obra privada e a autoridade que se dá às fórmulas por ele usadas é somente a que podem ter os seus compiladores e particularmente o relator sob a direção do qual foi organizado cada volume. Esta autoridade é variável. O *Restatement* não é de modo nenhum utilizado nos Estados Unidos como um código. Acontece frequentemente que o citem nos acórdãos, mas não é a partir do *Restatement* que juristas e juízes americanos chegam à solução que lhes parece conforme ao direito. O *Restatement* é uma espécie de digesto em que se podem descobrir, utilizando um plano sistemático, as decisões de jurisprudência que são importantes na espécie.

## SEÇÃO II – A LEGISLAÇÃO (*STATUTE LAW*)

As leis dos Estados Unidos são, por um lado, leis federais, por outro, leis dos Estados.

**403. A Constituição dos Estados Unidos.** Entre as leis federais deve ser dado um destaque muito particular àquela que é a lei fundamental, isto é, a Constituição dos Estados Unidos. Promulgada em 1787, ela representa para os americanos muito mais do que pode representar para um francês a Constituição francesa. Ela é o próprio ato de fundação do seu país e não apenas a sua carta política. Por outro lado, a Constituição americana não se limita a organizar as instituições políticas do país. Inspirada pelas ideias da escola do direito natural e recorrendo à ideia de *contrato social*, fixa solenemente os limites dos poderes reconhecidos às autoridades federais nas suas relações com os Estados e com os cidadãos: estes limites foram especialmente determinados pelas dez primeiras emendas, votadas em 1789, que constituem a Declaração dos Direitos (*Bill of Rights*) do cidadão americano. A Constituição dos Estados Unidos garantiu igualmente, depois das emendas números treze, catorze e quinze, votadas no período da Guerra Civil, que alguns "direitos naturais" dos cidadãos não serão violados ou postos em xeque pelas autoridades dos Estados.

A existência de uma Constituição escrita, comportando uma Declaração dos Direitos, é um dos elementos que diferenciam profundamente o direito dos Estados Unidos do direito inglês.

O direito constitucional americano difere tanto do direito constitucional inglês que um princípio não admitido na Inglaterra foi aceito nos Estados Unidos: o do controle judiciário da constitucionalidade das leis.

**404. *Marbury v. Madison* (1803).** Ainda que nenhum texto tenha dado expressamente esse poder, o Supremo Tribunal dos Estados Unidos estabeleceu, a partir de 1803, na famosa questão *Marbury v. Madison*, o princípio do controle judiciário da constitucionalidade das leis, mesmo das federais[12].

As circunstâncias em que o princípio do controle judiciário da constitucionalidade das leis foi estabelecido, no que respeita a estas últimas, merecem ser conhecidas. A um presidente "federalista" (isto é, partidário de um poder federal forte), John Adams, os eleitores deram um sucessor do partido oposto (o Partido Democrata Republicano), Thomas Jefferson. Nos poucos meses de poder que precedem a *investidura* do seu sucessor, John Adams fez duas nomeações: a do seu secretário de Estado, John Marshall, para juiz em chefe (*Chief Justice*) do Supremo Tribunal dos Estados Unidos, e de um outro membro do seu partido, Marbury, para uma função muito modesta de *justice of the peace*, no distrito federal. A ordem de nomeação de Marbury foi aprovada pelo Senado, revestida em devida forma pelo selo dos Estados Unidos, mas não fora ainda enviada a Marbury quando Jefferson entrou em funções. O novo Secretário de Estado de Jefferson, Madison, não envia a Marbury a sua ordem de nomeação. Marbury pede ao Supremo Tribunal para ordenar expressamente a Madison, por um *writ de mandamus*, que ele comunique a sua ordem de nomeação. Uma lei federal votada em 1789, o *Judiciary Act*, é muito clara e permite ao Supremo Tribunal a aplicação, num caso deste gênero, de um *writ de mandamus*.

O juiz em chefe, John Marshall, elabora, nesta questão, o acórdão de um Supremo Tribunal cuja maioria pertencia, como ele, ao partido federalista. Reconhecem que Marbury tinha sido nomeado juiz nas condições determinadas pela lei e de maneira definitiva. Tinha direito a receber a comunicação da sua ordem de nomeação; esta comunicação não sendo um poder deixado ao arbítrio do Presidente e do Secretário de Estado. Um *writ de mandamus* podia ser aplicado, ordenando ao Secretário de Estado comunicar a Marbury a sua ordem de

12. Sobre o controle da constitucionalidade das leis nos outros países de língua inglesa, cf. McWhinney, E., *Judicial Review in the English-Speaking World* (4ª ed., 1969).

nomeação. Mas, declara Marshall, o Supremo Tribunal não é competente para deliberar este mandato. A Constituição dos Estados Unidos prevê, de fato, que o Supremo Tribunal é somente uma instância de recurso, exceto em certos casos particulares. O *Judiciary Act*, 1789, permitindo consultá-lo diretamente para lhe exigir que formule ordens à Administração, vai contra o disposto nesta norma da Constituição. O Supremo Tribunal deve recusar-lhe qualquer efeito.

O controle judiciário da constitucionalidade das leis estabeleceu-se assim, na América, sem nenhuma espécie de oposição, a propósito de uma questão em que, longe de pretender afirmar a sua supremacia, o Supremo Tribunal julgava inconstitucional uma lei que lhe outorgava certos poderes. O acórdão *Marbury v. Madison* também satisfazia o Poder Executivo. Concebe-se que este não tenha protestado contra a doutrina, cheia de implicações para o futuro, que ele consagrava. Um uso muito moderado foi feito deste princípio, durante todo o século XIX, de modo que o princípio nunca foi, no fundo, seriamente contestado nos Estados Unidos. Ele constitui, atualmente, uma das maiores diferenças que existem entre a estrutura constitucional americana por um lado, inglesa e francesa por outro. A Constituição dos Estados Unidos é, do ponto de vista jurídico, e não somente político, algo de muito sério.

**405. Constitucionalidade das decisões judiciárias.** Não é apenas sobre as leis, federais ou estaduais, que o Supremo Tribunal dos Estados Unidos – e sob seu controle todos os outros tribunais, federais ou estaduais – exerce um controle da constitucionalidade. O mesmo controle é exercido sobre a maneira como as diversas jurisdições concebem a *common law*. Assim, qualquer decisão judiciária pode ser anulada se for julgada contrária a uma regra prescrita pela Constituição dos Estados Unidos. Este controle da constitucionalidade tem enorme importância, porque é o instrumento pelo qual se impõe às jurisdições e ao legislador o respeito de certos princípios fundamentais, assegurando assim, na medida necessária, a uniformidade do direito nos Estados Unidos. Para compreender como isto se processa, é necessário considerar a maneira, muito original para um país de *common law*, como a Constituição dos Estados Unidos é "interpretada".

**406. Interpretação da Constituição dos Estados Unidos.** O Supremo Tribunal dos Estados Unidos há muito reconheceu que a Constituição dos Estados Unidos não é uma lei "como as outras". A lei (*statute*) é geralmente considerada, nos países da *common law*, como uma peça estranha à *common law*, capaz de trazer ao direito apenas certos aditivos, retificações de pontos particulares. Evidentemente a Constituição dos Estados Unidos não pode ser vista desta forma. Ela é a lei fundamental do país, e pode parecer, conforme o entendimento da escola do direito natural (que prevalecia em 1787), que a própria força da *common law* deriva sua autoridade da Constituição. A Constituição dos Estados Unidos é a expressão autorizada do contrato social que une os cidadãos e legitima as autoridades instituídas. É a lei fundamental (*Grundgesetz*) que estabelece as próprias bases da sociedade. Não se poderia tratá-la como às outras leis, que procuram completar ou retificar um direito de essência jurisprudencial, formulando regras detalhistas. A Constituição dos Estados Unidos é, dominando o edifício da *common law*, uma lei do tipo românica, que não visa diretamente resolver litígios, mas que estabelece as regras gerais de organização e de conduta dos governantes e dos administradores. "Não devemos jamais esquecer, diz o juiz Marshall, que é uma Constituição que nós interpretamos... Constituição destinada a durar por séculos e que deve, por consequência, ser adaptada às variadas crises nos negócios humanos..."[13]

A Constituição dos Estados Unidos foi interpretada, por princípio, com grande flexibilidade. Os juízes do Supremo Tri-

---

13. *McCulloch v. Maryland*, 17 U. S. (4 Wheat) 316 (1819). Foi julgado neste processo que o estabelecimento de um banco nacional era autorizado pelo art. I s. 8, que permite ao Congresso tomar todas as medidas "necessárias e convenientes" para a entrada em vigor dos poderes a ele expressamente atribuídos pela Constituição.

bunal dos Estados Unidos, neste aspecto, pelos seus métodos de interpretação, anteciparam em cem anos os métodos teleológicos enaltecidos na França por Josserand. A Constituição dos Estados Unidos, declarou o juiz Hughes, é o que dizem os juristas. Todo o desenvolvimento do direito dos Estados Unidos, a distinção do direito federal e do direito dos Estados e a própria história dos Estados Unidos foram comandados pela interpretação dada pelo Supremo Tribunal a certas fórmulas da Constituição dos Estados Unidos. Deve citar-se, em especial para este assunto, a seção oito, no artigo primeiro da Constituição, que permite ao Congresso estabelecer impostos para o bem geral (*for the general welfare*) dos Estados Unidos, e regular o comércio com as nações estrangeiras e entre os diversos Estados (*interstate commerce*). Deve ser igualmente citada a quinta emenda, estabelecendo que ninguém poderá ser privado da sua vida, da sua liberdade ou dos seus bens sem que as formas que se impõem tenham sido observadas (*without due process of law*), fórmula que se encontra na décima quarta emenda, referente às limitações introduzidas ao poder dos Estados. A mesma décima quarta emenda proíbe igualmente aos Estados recusar a qualquer pessoa, submetida à sua soberania, igual proteção das leis (*the equal protection of the law*). A décima quinta emenda proclama que nem os Estados Unidos, nem qualquer Estado, pode suprimir ou limitar os direitos dos cidadãos por razões de raça, de cor ou por sua condição de antigos escravos. O artigo primeiro, s. 9 da Constituição, proíbe que o Congresso faça leis retroativas (*ex post facto*). O artigo primeiro, s. 10, proíbe aos Estados causarem prejuízos às obrigações resultantes dos contratos (*to impair the obligation of contrats*).

Fez-se uma interpretação muito flexível, utilizando estas fórmulas, da Constituição federal. A simples leitura dos textos não permite dizer se uma lei ou uma determinada ação das autoridades federais está ou não conforme à Constituição dos Estados Unidos e onde se encontram, por consequência, os limites entre direito federal e direito dos Estados.

O exemplo da Constituição dos Estados Unidos é pleno de interesse, porque mostra que as teorias mais avançadas, quanto à interpretação da lei, mantidas nos países da família romano-germânica podem, na ocasião própria, ser adotadas num país de *common law*. Não se hesitou nos Estados Unidos, no que concerne à Constituição federal, em rejeitar os axiomas clássicos, vendo nas leis as *errata* e *addenda* da *common law* e preconizando uma interpretação restritiva dos textos legislativos.

**407. A *commerce clause*.** Diversos exemplos serão utilizados para mostrar como foi interpretada a Constituição dos Estados Unidos. A interpretação da *commerce clause* vai mostrar-nos, em primeiro lugar, como as relações entre direito federal e direito dos Estados foram modificadas.

O artigo primeiro, seção oito da Constituição, dá ao Congresso o poder de regulamentar o comércio com as nações estrangeiras, entre os diversos Estados e com as tribos indígenas.

O comércio na época da Constituição era essencialmente um comércio local. Hoje tornou-se, em larga medida, um comércio interestadual e mesmo internacional; ignora as fronteiras dos Estados, e tornou-se mais desejável submetê-lo, no interior dos Estados Unidos, a uma regulamentação uniforme.

Produziu-se uma dupla evolução na interpretação da *clause*. Em primeiro lugar extraiu-se dela o princípio, por ela não formulado expressamente, que uma lei estadual seria inconstitucional, e não deveria ser aplicada, se causasse entraves ao comércio internacional ou interestadual. Mais recentemente deu-se uma grande extensão à noção de comércio interestadual, incluindo a indústria na noção de comércio e reconhecendo a validade constitucional de leis federais que se preocupavam em melhorar a condição dos trabalhadores ou em organizar a economia nacional[14]. Mais latos poderes são, assim, reconhecidos ao Congresso e às outras autoridades federais no setor econômico e em matéria de direito social, porque, por assim dizer,

14. *National Labor Relations Board v. Jones and Laughlin Steel Co.*, 301 U. S. I (1973); caráter constitucional do *National Lobor Relations Act*, que estabelece um conjunto de prescrições relativas ao direito do trabalho, para todas as indústrias que interessam ao comércio.

não existe nenhuma empresa que, no estado atual da jurisprudência, não seja considerada como importante para o comércio interestadual.

Apesar dos grandes progressos que foram realizados, não se chegou, nos Estados Unidos, nesta matéria, a uma regulamentação uniforme. Muitas das questões que interessam de modo geral ao comércio, e que podem merecer uma regulamentação federal, continuam regidas pelo direito dos Estados: o direito dos contratos comerciais (venda, representação, transporte, seguros), direito cambiário, direito das sociedades. Mas, atualmente, a adoção por todos os Estados, exceto pela Louisiana, do *Uniform Commercial Code*[15], mesmo se ele se apresenta com uma "lei-modelo" proposta aos legisladores dos Estados, permitiu harmonizar o direito dos Estados em áreas importantes do direito comercial.

**408. *Due process of law.*** Uma outra fórmula geral, que serviu para exercer um controle sobre o direito legislativo ou jurisprudencial, federal e estadual, resulta das quinta e décima quarta emendas à Constituição. Segundo estas emendas, ninguém pode ser privado da vida, da liberdade ou de seus bens "*without due process of law*"[16]. A fórmula em questão não tinha, sem dúvida, no espírito dos seus redatores, nenhuma significação particular; significava simplesmente que a privação da liberdade ou a expropriação devia ser, segundo o direito, regular. Porém, o Supremo Tribunal dos Estados Unidos utilizou-a para exercer um controle sobre a legislação e a jurisprudência federais e estaduais: as restrições feitas à liberdade ou à propriedade dos cidadãos apenas seriam reconhecidas como legítimas por ele se fossem, segundo a sua apreciação, razoáveis. A autonomia dos Estados foi consideravelmente reduzida, em muitos setores, por esta interpretação dada à fórmula do *due process of law*.

---

15. Cf. *infra*, nº 415.

16. A fórmula *Due process of law* provém do artigo trinta e nove da Magna Carta.

Forneçamos dois exemplos. Em uma decisão, *Gideon v. Wainwright*, proferida em 1963, o Supremo Tribunal dos Estados Unidos, efetuando uma mudança de jurisprudência, considerou que a lei do Estado da Flórida violava o *due process of law*, ao não reconhecer o direito de assistência judiciária gratuita a um indigente acusado, que incorria numa pena de prisão por cinco anos[17]. Em outro acórdão, *Roe v. Wade*, proferido em 1973, o Supremo Tribunal dos Estados Unidos julgou inconstitucional a disposição que na lei de um Estado punia criminalmente a mulher que praticasse o aborto: a liberdade objetivada pelas quinta e décima quarta emendas comporta, segundo o tribunal, o direito de cada um levar sua vida privada como preferir (*right of privacy*); em particular o direito da mulher de interromper livremente sua gravidez[18] nos três primeiros meses.

Verifica-se por estas decisões porque foi e permanece possível falar, nos Estados Unidos, de "governo dos juízes". Entretanto, convém lembrar que, para avaliar corretamente o alcance destas decisões, é necessário enfocá-las a partir dos casos que as provocaram. Não é qualquer acusado que tem direito à assistência judiciária gratuita. Gideon podia ser condenado a cinco anos de prisão. O aborto talvez não seja permitido em todas as circunstâncias; os dados de fato do caso *Roe v. Wade* devem ser levados em consideração para medir exatamente a extensão desta decisão.

**409. *Equal protection of the laws.*** Devemos ainda citar uma terceira fórmula, que mostra as variações possíveis, em relação à opinião pública, da jurisprudência do Supremo Tribunal dos Estados Unidos. A Constituição dos Estados Unidos garante a todos os cidadãos que eles serão, em cada Estado, tratados de igual modo pelas leis (décima quarta emenda). Como conceber esta *equal protection of the laws*? Diversas evoluções mostram a virtude revolucionária potencial desta fórmula. Por

---

17. *Gideon v. Wainwright*, 372 U. S. 335 (1963). A questão está descrita, de modo muito concreto, em Lewis, A., *La trompette de Gédéon* (1967).

18. *Roe v. Wade* (1973) 410 U. S. 959.

exemplo, no que se refere às pessoas de cor, inicialmente o Supremo Tribunal dos Estados Unidos admitiu o princípio "separados, mas iguais", sendo a exigência da Constituição satisfeita se na educação, na assistência pública, nos transportes etc. fosse aplicado um mesmo estatuto aos negros e aos brancos, mantendo para uns e outros escolas, hospitais e ônibus separados[19]. O princípio da segregação é hoje, pelo contrário, repudiado: a igualdade diante da lei, tal como atualmente é concebida, exige que as leis sejam *color-blind*, não levando em conta a cor ou a raça dos cidadãos, assim como não devem considerar a sua religião. O funcionamento do novo princípio é bastante difícil e o próprio Supremo Tribunal admitiu, em matéria de educação, que poderia ser somente gradual[20].

O princípio de igualdade dos cidadãos consagrado pela Constituição conduziu, da mesma forma, em outros domínios, a espetaculares decisões de jurisprudência. O Supremo Tribunal dos Estados Unidos declarou, por exemplo, inconstitucionais as leis que, em diferentes Estados, delimitavam artificialmente as circunscrições eleitorais, e não asseguravam, deste modo, aos cidadãos uma representação igual no parlamento[21]. Outras decisões condenaram leis que provocavam certas discriminações, consideradas injustificadas, entre homens e mulheres. Mais recentemente manifestou-se uma tendência no sentido de impor igualdade entre filhos legítimos e ilegítimos, bem como quanto ao seu estatuto jurídico, no que se refere à possibilidade de estabelecer a sua filiação[22].

**410. Penas cruéis e inusitadas.** A oitava emenda, proscreve as penas cruéis e inusitadas. O Supremo Tribunal dos Es-

19. *Plessy v. Ferguson*, 163 U. S. 537 (1896).

20. *Brown v. Board of Education of Topeka*, 347 U. S. 483 (1954). Sobre o problema negro nos Estados Unidos, cf. Lassale, J. P., "Le dévelopement du problème noir aux États-Unis", in *Rev. int. droit comparé* (1964), p. 515-44; Griswold, E. N., *Law and Lawyers in the United States* (1964), p. 105-50.

21. *Baker v. Carr*, 369 U. S. 186 (1962).

22. Krause, H. D., *Illegitimacy: Law and Social Policy* (1971). Adenda Buch, M., Foriers, P., Perelman, Ch., dir., *L'égalité* (1971).

tados Unidos declarou, em 1972, inconstitucional a lei de um Estado que reconhecia a pena de morte, porque esta lei não estabelecia critérios suficientemente claros, que permitissem determinar, sem risco de decisão discricionária, em que caso o acusado poderia ser condenado à morte ou à prisão. A imprensa saudou este acórdão, em diversos países, como se ele tivesse abolido a pena de morte. Entretanto, a decisão foi proferida apenas pela maioria de cinco votos contra quatro e foi vivamente criticada em muitos lugares, sobretudo tendo os eleitores da Califórnia se pronunciado pouco depois, por grande maioria, pelo restabelecimento da pena de morte em seu Estado. O Supremo Tribunal, considerando estas reações, reviu a questão; um acórdão de 1976 reconheceu por sete votos contra dois a conformidade à Constituição das leis que em vários Estados (Flórida, Geórgia, Texas) previam a pena de morte, porque estas leis precisavam com clareza os critérios para sua aplicação. Nem em 1972, nem em 1976 o Supremo Tribunal decidiu que a pena de morte era inconstitucional ou constitucional, por se tratar de uma pena cruel e inusitada em si mesma.

**411. Interpretação de outras leis.** Os métodos flexíveis usados para interpretar a Constituição dos Estados Unidos não foram estendidos às constituições dos Estados. É verdade que estas não têm a mesma importância política fundamental que a Constituição federal; são, muitas vezes, apenas um conglomerado bastante heterogêneo de disposições em que mal se divisa o que justifica a sua inserção na Constituição.

O respeito pela Constituição federal, baluarte das liberdades americanas, e o hábito que têm os juristas dos Estados Unidos, conforme o direito federal, de encontrar leis escritas, poderia originar entre eles uma atitude diferente da dos ingleses em face da lei escrita. Nada disso aconteceu. No que respeita às leis escritas, diferentes da Constituição dos Estados Unidos, o que foi dito em relação à interpretação das leis inglesas pode ser repetido em relação às leis americanas. Tal como na Inglaterra, as leis são plenamente integradas no direito apenas quando o seu alcance foi determinado por decisões judiciárias. A este respeito é típica a atitude do Supremo Tribunal dos Estados Unidos: o tribunal recusa-se a examinar se a lei de um Estado é ou não conforme à Constituição dos Estados Unidos enquanto as jurisdições deste Estado não determinarem, ao interpretá-la, o real significado desta lei. As jurisdições federais obrigadas a aplicar o direito dos Estados manifestaram, do mesmo modo, a sua hesitação em fazer a aplicação das leis de um Estado, enquanto estas não fossem objeto de interpretação pelos tribunais deste Estado.

Os cânones de interpretação conformes à tradição continuaram a ser respeitados, ainda que as constituições, códigos ou leis convidassem expressamente os juristas a afastar-se deles[23]. O malogro do movimento de codificação nos Estados Unidos, na segunda metade do século XIX, deve-se a esta resistência dos juristas americanos.

**412. *Administrative law.*** Os métodos de interpretação em voga levaram, nos Estados Unidos como na Inglaterra, ao desenvolvimento, no seio de um novo direito administrativo, de uma grande variedade de repartições públicas, comissões, tribunais administrativos. Não se quis somente, através deles, aliviar os tribunais estabelecidos; pretendeu-se também assegurar o funcionamento, no seu próprio sentido, das novas leis, especialmente nos domínios econômico e social, excluindo os métodos comumente utilizados nos tribunais. Este desenvolvimento produziu-se quer no plano do direito federal, quer no direito dos diferentes Estados. Tomou, especialmente no plano federal, uma extensão considerável.

O poder regulamentar não era atributo, em teoria, nos Estados Unidos, do Poder Executivo. A doutrina moderna considera que se desenvolveu na sociedade um quarto poder – *administrative power* – distinto dos três poderes tradicionais. Como o Poder Executivo, este poder foi confiado ao Presidente dos

23. Cf. o artigo de Van Alstyne: "The California Civil Code" in *West's Annotated California Code, Civil Code I.* 29-35 (1954), reproduzido em Von Mehren, A., *The Civil Law System* (1957), p. 70-4.

Estados Unidos. Mas, diferentemente do Poder Executivo, é exercido em colaboração e sob o controle de um certo número de grandes comissões instituídas pelo Congresso. A primeira destas grandes comissões foi a *Interstate Commerce Commission*, instituída em 1887 para controlar as estradas de ferro e regular, de modo geral, os transportes interestaduais. As grandes comissões administrativas multiplicaram-se a partir de então; merecem ser especialmente citadas, entre elas, a *Federal Trade Commission*, a *Securities and Exchange Commission*, a *National Labor Relations Board* etc. Estes organismos federais permanentes estão habilitados a estabelecer regulamentos e resolver os litígios. O direito americano não pode ser compreendido, em múltiplos domínios, sem se estudar a obra destas comissões, as quais podem ser consideradas como desenvolvendo os princípios de uma nova *equity*. O novo corpo de direito (*administrative law*) é de caráter meio administrativo, meio jurisdicional, como a antiga *equity*, mas é elaborado e administrado por organismos que funcionam sob o controle dos tribunais de justiça tradicionais.

**413. Os códigos americanos.** Atualmente, a proliferação das leis é considerável nos Estados Unidos. Como em outros países, isso tornou necessárias certas medidas, visando pôr ordem no direito legislado, de modo a facilitar aos cidadãos e aos juristas o seu conhecimento. No que diz respeito ao direito federal, assim como ao direito de cada Estado, compilações – oficiais ou privadas – foram elaboradas com este fim, comportando novas edições ou informações periódicas.

Sendo normalmente denominadas *Revised Laws* ou *Consolidated Laws*, a estas compilações é por vezes atribuída a denominação de código. Encontra-se assim um *United States Code Annotated* (U.S.C.A.) para o direito federal. Não devemos iludir-nos com a denominação atribuída a estas compilações. Elas estão longe de poder ser consideradas códigos no sentido francês da palavra. O seu plano, redigido segundo uma ordem alfabética das matérias, bastaria para distingui-las dos códigos europeus. Mas, sobretudo, o seu objeto não é o mesmo:

elas visam classificar apenas as leis americanas (vigentes no plano federal ou num determinado Estado) com exclusão da *common law*.

Uma codificação de tipo napoleônico – expondo segundo um plano sistemático as regras do direito em geral, e não apenas as regras legislativas em vigor – foi outrora considerada nos Estados Unidos. Ela chegou a certos resultados e existem, assim, *códigos civis* num certo número de Estados americanos: Califórnia, Dacota do Norte e do Sul, Geórgia, Montana. Existem códigos de processo civil em vinte e cinco Estados. Existem também, em certos Estados, códigos de processo penal e em todos eles códigos penais. Ainda assim não devemos iludir-nos. Os códigos americanos não são o equivalente dos nossos códigos. São interpretados de modo muito diferente destes. Num país de *common law* não se consideram como plenamente normais regras que não sejam regras jurisprudenciais; vê-se nos códigos uma simples obra de consolidação, mais ou menos bem realizada, e não, como nos países da família romano-germânica, um ponto de partida para a elaboração e o desenvolvimento de um novo direito. Presume-se que o objetivo do legislador, no código, seria reproduzir a regra anterior, proposta pela jurisprudência. A lei não tem sentido enquanto não for interpretada pelos tribunais. É excepcional ver acórdãos estatuírem, sem invocarem precedentes judiciários, pela simples aplicação de uma lei.

A situação é diferente apenas no Estado da Louisiana, onde continuam as ligações com a tradição romano-germânica. O Estado de Louisiana singulariza-se não pelo fato de possuir códigos, mas pelo seu modo de considerá-los; não é regido pela *common law*[24], no que se refere ao direito civil.

**414. Preocupação de uniformidade do direito americano.** Além dos problemas que levanta em todos os países, a pro-

---

24. Sobre o direito da Louisiana, cf. a magistral introdução de J. Dainow à sua edição do *Código Civil da Louisiana* (1947). Cf. igualmente Tucker, J., "Tradition et technique de la codification: L'expérience de la Louisiane", in *Études juridiques offertes à Léon Julliot de la Morandière* (1964), p. 593-615.

liferação das leis apresenta um problema particular nos Estados Unidos. Teme-se que a uniformidade da *common law* seja posta em perigo, pelo fato de leis diferentes poderem intervir nos diversos Estados para modificar as suas regras ou introduzir-lhes complementos. O perigo de que a legislação dos Estados Unidos venha destruir a uniformidade do direito americano não foi sentido no século XIX, quando o sentimento da independência dos Estados estava ainda desperto e as reformas afetavam mais o processo que a substância do direito. Tomou-se, pelo contrário, consciência disso no século XX. Dois meios foram postos a funcionar concomitantemente para que tal fato fosse evitado.

**415. Leis uniformes dos Estados.** Um primeiro meio consistiu em propor aos Estados a adoção de leis-modelo, uniformes, em certas matérias em que a prática reconhecia a necessidade de uma intervenção legislativa. Esta obra é levada a cabo especialmente pela Conferência Nacional dos Comissários para Leis Uniformes dos Estados[25] e é também assumida, vinte anos depois, em ligação com este organismo, por uma outra instituição, o *American Law Institute*. Um código de comércio, comportando quatrocentos artigos, foi publicado em 1952[26], bem

25. Day, J. W., "The National Conference of Commissioners on Uniform State Laws", in 8 *Florida Law Review* (1955) p. 276 ss. A conferência reuniu-se pela primeira vez em 1892, pela iniciativa da *American Bar Association*; tomou a sua atual denominação em 1912, ano depois do qual todos os Estados passam a estar aí oficialmente representados. A conferência fez apenas recomendações aos Estados. A série *Uniform Laws Annotated* (15 vols.) indica os textos que entraram em vigor, pelo menos num Estado, com as variantes trazidas a estes textos nos diversos Estados.

26. Sobre este código, cf. Farnsworth, E. A., "Le droit commercial aux États-Unis", in *Rev. int. droit comparé* (1962), p. 309-20. O código foi adotado atualmente por todos os Estados e territórios, salvo Louisiana e Porto Rico. Os Estados acrescentaram-lhe poucas emendas no conjunto, salvo no que respeita à sua nona parte, relativa a seguros, que exige uma revisão profunda. Uma comissão permanente, de revisão do código, foi constituída em 1961. Os livros I (Disposições gerais) e II (Das Vendas) foram traduzidos em francês: *Code de commerce uniforme des États-Unis*, por Cl. Lambrechts, com prefácio de A. Tunc.

como um código uniforme do crédito ao consumidor; códigos-modelo relativos ao direito penal, ao processo criminal e ao direito das provas foram também publicados. Os esforços feitos neste sentido permitiram obter certos resultados importantes, especialmente no que se refere aos títulos de crédito e venda de bens mobiliários. Porém, os progressos são, quanto à questão em debate, difíceis e lentos. É difícil fazer votar uma lei uniforme; nada garante, por outro lado, que um texto uniforme seja interpretado do mesmo modo em todos os Estados; enfim, hesitar-se-á em modificar um texto sujeito a crítica, temendo destruir uma uniformidade dificilmente obtida. Não convém, atualmente, esperar muito desta primeira solução.

**416. Desenvolvimento do direito federal.** Um segundo meio consiste, em todas as matérias em que a uniformidade do direito é necessária, em fazer intervir o Congresso dos Estados Unidos, ou a administração federal. As fórmulas gerais usadas pela Constituição dos Estados Unidos, tal como são interpretadas pelo Supremo Tribunal, permitem estas intervenções, em todos os casos em que elas se tornem necessárias. Uma considerável modificação foi efetuada no que diz respeito às respectivas competências do direito federal e do direito estadual, independentemente de qualquer modificação formal da Constituição, nos últimos cinquenta anos. É por este meio – estendendo os poderes das autoridades federais – que se dá, principalmente, satisfação à necessidade de uniformidade do direito, quando essa necessidade se faz sentir nos Estados Unidos da América.

QUARTA PARTE

# Outras concepções da ordem social e do direito

**417. Importância da matéria.** A família de direito romano-germânica, a dos direitos socialistas e a da *common law* são seguramente de importância fundamental no mundo contemporâneo. Toda a Europa e a América lhes dão a sua adesão e agrupam assim os Estados mais poderosos e economicamente mais desenvolvidos do globo. Na África e na Ásia a sua influência foi grande, e não existe, por assim dizer, nenhum país que, em maior ou menor medida, não tenha recebido os princípios de um direito europeu, quer se trate do direito inglês, de um direito românico ou do direito soviético.

As famílias de direito que estudamos estão, portanto, todas três intimamente ligadas ao desenvolvimento da civilização europeia; refletem modos de pensamento e de vida, exprimem ideias, consagram instituições que se formaram no meio histórico e cultural da Europa. A sua adoção não trouxe problemas na América, continente onde não se chocaram com nenhuma civilização indígena capaz de constituir para eles uma rival; a única dificuldade que se apresentou de início foi a de uma adaptação a um meio geográfico diferente.

Uma outra questão apresenta-se na Ásia e na África, assim como na Malásia. A penetração europeia não teve lugar aqui, como na América, em regiões inabitadas, ou cujas populações estavam prontas a aceitar a superioridade das formas de vida europeias. Na Ásia, especialmente, existiam populações muito numerosas, e tipos de civilização que não podiam ser considerados como inferiores à civilização do Ocidente. Grande parte das civilizações indígenas da África e da Ásia estava ligada, por outro lado, a crenças religiosas, e estas podiam opor um certo obstáculo à recepção dos direitos e das concepções jurídicas do Ocidente.

Como se procurou e em que medida se chegaram a harmonizar, numa obra de síntese, as concepções tradicionais e as concepções europeias do direito? O objeto desta quarta parte é fornecer sobre este assunto certas indicações; é ainda o de destacar certos problemas, insuficientemente estudados, que merecem nossa atenção. Terminou a época em que se podia considerar que a única maneira válida de pensar era a do Ocidente.

Quatro títulos serão sucessivamente consagrados ao direito muçulmano, ao direito da Índia, aos direitos do Extremo Oriente e aos direitos da África e de Madagascar. Estes direitos, é necessário notar, não constituem uma família. São, uns em relação aos outros, diferentes. O único elemento que nos conduz a agrupar o seu estudo na quarta parte desta obra é o fato de todos eles se apoiarem em concepções totalmente diferentes daquelas que prevalecem nos países do Ocidente; parece-nos fundamental mostrar, estudando-os, que os modos de pensamento ocidentais não dominam de maneira exclusiva e incontestada no mundo.

Título I – O direito muçulmano.
Título II – O direito da Índia.
Título III – Direitos do Extremo Oriente.
Título IV – Direitos da África e de Madagascar.

TÍTULO I

# O direito muçulmano

**418. Ligação íntima do direito com a religião.** O direito muçulmano não é, como os direitos até agora estudados, um ramo autônomo da ciência. Constitui apenas uma das faces da religião do islã. Esta comporta, por um lado, uma teologia que fixa os dogmas e determina aquilo em que o muçulmano deve crer; comportam por outro, uma parte, o *char'*, que prescreve aos crentes o que devem ou não fazer. O *char'* ou *châr'ia*, isto é, "o caminho a seguir", constitui o que se chama o direito muçulmano. Esta ciência indica ao muçulmano como deve, segundo a religião, comportar-se sem que se distingam, em princípio, as obrigações que ele tem para com os seus semelhantes (obrigações civis, esmola) e as que tem para com Deus (oração, jejum etc.)[1]; está centrada, portanto, sobre a ideia das obrigações que incumbem ao homem, não sobre a dos direitos que ele poderia ter. A verdadeira sanção das obrigações que se impõem ao crente é o estado de pecado do que as contraria; o direito muçulmano quase sempre se preocupa pouco, por esta razão, com a sanção das regras que prescreve. A mesma razão explica que o direito muçulmano seja aplicável unicamente nas relações entre muçulmanos; o princípio religioso sobre o qual repousa torna-se inaplicável quando não se está entre muçulmanos.

---

1. Comparar a definição de Ulpien (10.2.D.I.1, *De justitia et jure*): *Jurisprudentia est divinarum atque humanarum rerum notitia: justi atque injusti scientia.*

A concepção que dirige o islã é a de uma sociedade teocrática, na qual o Estado não tem valor senão como servidor da religião revelada. Em lugar de proclamar simplesmente princípios morais ou de dogma, aos quais as comunidades muçulmanas deveriam conformar os seus direitos, os juristas e os teólogos muçulmanos elaboraram, sobre o fundamento da revelação divina, um direito completo, pormenorizado; o de uma sociedade ideal que um dia virá a estabelecer-se num mundo inteiramente submetido à religião do islã. Estreitamente ligado à religião e à civilização do islã, o direito muçulmano só pode ser verdadeiramente compreendido por aquele que tem sobre esta religião e esta civilização um mínimo de conhecimentos gerais. Nenhum estudioso do islã, por outro lado, pode permitir-se ignorar o direito muçulmano. O islã é, na sua essência, como o judaísmo, uma religião da Lei. O direito muçulmano é, segundo Bergsträsser, "a síntese do verdadeiro espírito muçulmano, a expressão mais decisiva do pensamento islâmico, o cerne essencial do islã"[2].

**419. Estrutura do direito.** A ciência do direito muçulmano, ou *fiqh*, comporta uma grande divisão. Estuda, por um lado, as "raízes" (*ouçoul*) e explica por meio de que processos, partindo de algumas fontes, foi encontrado o conjunto das soluções que constituem o *char'*, a Lei divina. Por outro lado, estuda os "ramos" (*fouroû'*), isto é, as categorias e as regras que comporta, em sua essência, o direito muçulmano. O direito muçulmano é, pela sua estrutura, pelas categorias e noções que compreende, inteiramente original em relação aos sistemas de direito que estudamos até aqui. Não nos vincularemos, contudo, a diferenças de estrutura, e limitar-nos-emos a apresentar sucintamente a teoria das fontes deste direito. Veremos em seguida como, a despeito de uma rigidez aparente, o direito muçulmano é suscetível de se adaptar às condições

---

2. Bergsträsser, G., *Grundzüge des Islamischen Rechts* (editado por J. Schacht, 1935), p. 1.

do mundo moderno. Por fim, passaremos sumariamente em revista os direitos dos diferentes Estados muçulmanos contemporâneos.

Capítulo I – A base imutável do direito muçulmano.
Capítulo II – A adaptação do direito muçulmano ao mundo moderno.
Capítulo III – O direito dos países muçulmanos.

Capítulo I

# *A base imutável do direito muçulmano*

**420. Diversas fontes do direito.** As fontes do direito muçulmano são quatro. Em primeiro lugar, o Corão, livro sagrado do islã; em segundo, a Suna, ou tradição relativa ao Enviado de Deus. Em terceiro lugar temos o *Idjmâ'*, ou acordo unânime da comunidade muçulmana; em quarto, o *Qiyâs*, ou raciocínio por analogia.

**421. Corão e Suna.** O fundamento do direito muçulmano, como de toda a civilização muçulmana, é o livro sagrado do islã, o Corão (*Qorân*), constituído pelo conjunto de revelações de Alá ao último dos seus profetas e mensageiros, Maomé. O Corão é, incontestavelmente, a primeira fonte do direito muçulmano. Entretanto, as disposições de natureza jurídica que contém são muito insuficientes para regular as relações entre os muçulmanos, algumas instituições fundamentais do islã não sendo sequer mencionadas.

A Suna relata a maneira de ser e de se comportar do Profeta, cuja memória deve servir para guiar os crentes. É constituída pelo conjunto das *h'adith*, isto é, das tradições relativas aos atos e propósitos de Maomé, contados por uma cadeia ininterrupta de intermediários. Dois grandes doutores do islã, El-Bokhâri e Moslen, dedicaram-se, no século IX da nossa era, a um trabalho minucioso de pesquisas e de verificações dogmáticas que visam discriminar os *k'adith* autênticos do Profeta. O trabalho realizado por eles e por outros autores da mesma época estabeleceu, de modo sólido, as bases da fé muçulmana, mesmo se atualmente se reconhecer que alguns dos *h'adith* recolhidos são, no que concerne à sua ligação com Maomé, de autenticidade discutível.

**422. O *Idjma'*.** A terceira fonte do direito muçulmano é o *Idjmâ'*, constituído pelo acordo unânime dos doutores. Nem o Corão, nem a Suna, apesar da extensão que lhes foi dada, podiam dar resposta a tudo. Para suprir a sua insuficiência e para explicar também algumas derrogações aparentes ao seu ensino, desenvolveu-se o dogma da infalibilidade da comunidade muçulmana, quando ela exprime um sentimento unânime. "A minha comunidade – diz um *h'adith* – nunca se conciliará com um erro"; e, – diz outro *h'adith* – "o que os muçulmanos considerarem justo é justo para Deus." O *Idjmâ'*, elaborado sobre estas duas máximas, permitiu reconhecer a autoridade de soluções que não podiam derivar diretamente nem do Corão nem da Suna.

Para que uma regra do direito seja admitida pelo *Idjmâ'* não é necessário que a multidão de crentes lhe dê a sua adesão ou que corresponda ao sentimento geral de todos os membros da comunidade. O *Idjmâ'* nada tem a ver com o "costume" do nosso direito. A unanimidade exigida é a das pessoas competentes, daquelas cuja função própria é destacar e revelar o direito: os jurisconsultos do islã (*fuqahâ*). "Os sábios são os herdeiros dos profetas"; o acordo dos doutores e jurisconsultos do islã, amalgamando a tradição, o costume e a prática para reconhecer uma regra de direito, um princípio ou uma instituição, confere à solução jurídica que eles admitem unanimemente uma incontestável força de verdade jurídica.

**423. Os ritos muçulmanos.** A unanimidade exigida entre os expositores do *fiqh*, para que uma solução seja admitida como sendo a do direito muçulmano, não é uma unanimidade completa. "As divergências de opinião reinantes na minha comunidade – diz um *h'adith* – são uma manifestação da graça de Deus." A regra de unanimidade acomoda-se no islã com certas divergências secundárias em comparação com tudo que é admitido por todos. No interior da comunidade muçulmana reconhece-se a existência de diferentes vias (*madhab*), comumente chamadas "ritos", cada uma das quais constituindo uma certa escola, interpretando à sua maneira o direito muçulmano.

Estes ritos foram criados no século II da Hégira. São considerados uns como ortodoxos e outros como heréticos, do mesmo modo que, no seio da Igreja Católica, existem ritos que são aceitos e outros que são condenados pela doutrina de Roma.

Os ritos ortodoxos ou "sunitas" são em número de quatro: rito hanefita, rito malequita, rito chafeita, rito hanbalita. O rito hanefita conta com o maior número de fiéis: está espalhado pela Turquia, pela União Soviética, pela Jordânia, pela Síria, pelo Afeganistão, pelo Paquistão, pela Índia, e por Bangladesh. O rito malequita é o dos muçulmanos da África negra e da África ocidental. O rito chafeita domina entre os curdos, na Malásia, na Indonésia e na costa oriental da África; espalhou-se também pelo Paquistão. O rito hanbalita domina na Arábia.

O principal rito "herético" é o dito xiita[1] que domina no Irã e no Iraque. Os xiitas separaram-se dos sunitas sobretudo pela sua concepção do *califado* ligada à tradição monárquica anterior da Pérsia. Além disto, o rito vahabita é seguido na Arábia Saudita, o rito zeidi no Iêmen, o rito abadita ou harigita em M'zab, em Djerba, na costa oriental da África e em Zanzibar.

Os ritos do direito muçulmano diferem entre si em múltiplos aspectos detalhistas, mas os princípios continuam a ser comuns. Também se admite perfeitamente que uma pessoa mude de rito ou que, no momento da prática de determinado ato, se sujeite a um rito diferente daquele a que geralmente está submetida. É igualmente reconhecida ao soberano a possibilidade de prescrever aos juízes, globalmente ou no que respeita a uma determinada questão, a aplicação de um rito diferente daquele que normalmente é seguido no país: desta forma, no Egito, a justiça segue o rito hanefita, embora a maioria da população siga o rito malefita.

---

1. A palavra árabe *chi'a* quer dizer "partidário". Os *xiitas* são chamados assim, porque são partidários de Ali, genro do Profeta e seu sucessor, segundo a doutrina *xiita*. Os iranianos se qualificam como *djafaritas duodecimais*.

**424. Importância prática do *Idjmâ'*.** O Corão, a Suna e o *Idjmâ'* são as três fontes do direito muçulmano. Mas não se encontram no mesmo plano. O Corão e a Suna são fontes fundamentais, porque é partindo das bases que elas fornecem que os doutores do islã determinam as regras da *châr'ia*[2]. Mas hoje representam apenas fontes históricas; o juiz já não tem de consultar diretamente o Corão e a Suna, porque uma interpretação infalível e definitiva foi fornecida pelo *Idjmâ'*; são apenas os livros de *figh*, aprovados pelo *Idjmâ'*, que devem, por isso, ser consultados nos nossos dias para conhecer o direito muçulmano. "Segundo a feliz expressão de M. Snouck-Hurgronje – escreve Édouard Lambert –, o *Idjmâ'* é, no presente momento, a única base dogmática do direito muçulmano. O Corão e a Suna já não são senão bases históricas. Não é no Corão e nas compilações de tradições que o juiz contemporâneo vai procurar os seus motivos de decisão, mas nos livros em que são expostas as soluções consagradas pelo *Idjmâ'*. O *qâdi* que se aventurasse a interpretar com a sua própria autoridade as passagens do Corão ou a apreciar ele mesmo a autenticidade provável dos *h'adiths* cometeria um ato tão completamente adverso ao respeito da ortodoxia como o católico que pretendesse fixar, com as únicas luzes da sua inteligência individual, o sentido dos textos invocados pela Igreja com o apoio dos seus dogmas. Esta terceira fonte do direito muçulmano, o *Idjmâ'*, tem uma importância prática excepcional. É à sua consagração por ela que todas as regras do *fiqh*, qualquer que seja a sua origem última, devem a sua aplicabilidade atual."[3]

**425. O *taqlid*.** Nem sempre foi assim. Até o século IV da Hégira (622) foi feito um grande esforço (*idjtihâd*) para interpretar as fontes das Lei divina e fixar as soluções que se impõem aos muçulmanos. Na realidade, o direito muçulmano deve muito pouco ao Corão; fundamenta-se, essencialmente,

---

2. Sobre a formação histórica do direito muçulmano, cf. Schacht, J., *An Introduction to Islamic Law* (1964).

3. Lambert, E., *Fonction du droit civil comparé* (1903), p. 328.

sobre uma doutrina que se desenvolveu quase que exclusivamente a partir dos Abassidas (750 da era cristã)[4]. Contudo, as possibilidades concedidas para a interpretação das fontes foram sendo gradualmente limitadas até que, finalmente, no século IV da Hégira, a própria legitimidade de novas pesquisas acaba por ser negada. Nesta época, em ligação com a história geral do islã e com as divisões políticas que se estabeleceram no mundo muçulmano até então unido, foi fechada a porta do esforço (*bâb-el-idjtihâd*). A lei divina está formulada. O dever que se impõe ao muçulmano é observar o *taqlid*: deve "reconhecer a autoridade" dos doutores das gerações anteriores; a interpretação autônoma das fontes não lhe é permitida. Assim, há séculos que as mesmas obras servem para o ensino do direito muçulmano. Os autores mais recentes já nada acrescentam ao sistema. Toda obra da doutrina consiste em fazer a exegese das obras consideradas como clássicas, sendo-lhes permitido unicamente coligir, comparar, esclarecer e explicar as soluções propostas pelos grandes jurisconsultos do passado, sem acrescentar à sua doutrina nenhum corretivo, nenhum desenvolvimento novo. Como poderia ser de outro modo? As opiniões dos autores não são deduzidas da razão, como pretendem ser as dos autores ocidentais; repousam sobre a revelação. Verificando-se esta circunstância, o imobilismo é natural; observamo-lo nos sunitas, assim como nos chiitas, embora não se admita, em teoria, entre estes últimos o *taqlid*.

O *fiqh* é um sistema doutrinal, fundado sobre a autoridade de fontes reveladas ou cuja infalibilidade foi admitida. O direito muçulmano, fixado à maneira de um dogma no século X da nossa era, é imutável; o islã não reconhece a nenhuma autoridade o poder de o modificar. Os governos, nos Estados muçulmanos, não têm o poder de criar o direito e de legislar; só podem elaborar regulamentos administrativos dentro dos limites consentidos pelo direito muçulmano, sem entrar em conflito com ele.

---

4. Chehata, Ch., *Études de droit musulman* (1970). Parece difícil concordar com este autor, quando ele deduz, desta observação, que o direito muçulmano não é um direito religioso nem um direito canônico (p. 48).

**426. O raciocínio por analogia.** Qualquer que tenha sido a riqueza da casuística à qual se dedicavam os doutores da lei, é bem evidente que não puderam prever todas as hipóteses da vida concreta. O direito muçulmano, pretendendo ser um direito completo, um sistema que dê respostas a todas as questões que possam levantar-se, necessitou, pela natureza das coisas, elaborar um processo para se regularem, no futuro, as hipóteses para as quais não se encontra nos livros de *fiqh* uma resposta suficientemente precisa.

Estabeleceu-se o acordo para admitir o caráter lícito do raciocínio por analogia (*qiyâs*); este, embora constituindo um simples processo de raciocínio, foi elevado à categoria de fonte de direito pela comunidade muçulmana. Algumas seitas rejeitam, numa preocupação de fundamentalismo, o *qiyâs*, mas esta oposição, por mais violenta que seja em teoria, não causa divergências na prática; conduz somente a considerar como "implicitamente compreendida" nos textos interpretados a solução que outros consideram "deduzida por analogia".

O raciocínio por analogia só pode ser considerado como um modo de interpretação e de aplicação do direito. O direito muçulmano fundamenta-se no princípio de autoridade. Se se der lugar, admitindo o raciocínio por analogia, a um processo racional de interpretação, é evidente que não se podem, com ajuda deste processo, criar regras fundamentais, de valor absoluto, comparáveis pela sua natureza às do corpo tradicional que foi fixado no século X. O legista muçulmano é, por isto, diferente do *common lawyer* que, pela sua técnica das distinções, chega a criar novas regras[5]. A sua atitude e a sua psicologia são ainda mais opostas às do jurista do sistema românico. Ele está habituado – escreve Milliot – "a pensar que o direito se forma a partir das soluções dos casos do dia a dia, em consideração das necessidades particulares do momento, mais do que de princípios gerais formulados *a priori*, dos quais se deduziriam em seguida as consequências de cada situação. O legista

5. Para o jurista muçulmano apenas pode tratar-se de interpretação, não de criação do direito: *Rechtsauslegung*, não *Rechtsfindung*.

muçulmano recusar-se-á à abstração, à sistematização, à codificação. Evitará a generalização e mesmo a definição"[6].

Com a ajuda do raciocínio por analogia pode-se, na maior parte das vezes, partindo das regras do *fiqh*, descobrir a solução que deve ser admitida numa espécie particular. Entretanto, não se pode desejar, por este meio, adaptar o direito muçulmano às necessidades de uma sociedade moderna. Mas esta preocupação não é a dos autores do islã. "O *fiqh* não pretende ser uma imagem da realidade; assemelha-se mais a um farol que deva guiar os crentes para o ideal religioso, ainda que muito frequentemente não sigam esta direção. A ideia de uma adaptação do *fiqh* à evolução dos fatos é totalmente estranha a este sistema."[7]

**427. Rejeição das outras fontes.** Também os processos de raciocínio, que permitiriam uma evolução do direito, são considerados com grande suspeição e geralmente condenados no islã. Não se admite que a opinião pessoal de um crente (*raï*) possa servir de base a uma solução do direito muçulmano; o apoio que ele pretendesse buscar na razão ou na equidade seria insuficiente para lhe dar autoridade, pelo fato de o direito muçulmano não ter uma essência racional, mas sim religiosa e divina.

Tampouco foi feito um acordo para permitir que se possa, em casos particulares, afastar, em nome da ordem pública ou da justiça, a aplicação de uma regra geral admitida pelo *fiqh*[8]. Nunca se admitiu que certas soluções do *fiqh* fossem ligadas à manutenção das circunstâncias nas quais elas haviam sido afirmadas; contudo, os chafeiras e os hanefitas empregaram, por vezes, este processo de raciocínio.

**428. Características do direito muçulmano.** A teoria das fontes do direito muçulmano, que acabamos de descrever, suscita diversas observações.

---

6. Milliot, L., "La pensée juridique de l'Islam", in *Rev. int. droit comparé* (1954), p. 441-8.

7. Bousquet, G. H., *Précis de droit musulman* (1950), nº 18.

8. Cf., contudo, Chehata, Ch., L'equité en tant que source du droit hanafite", in *Studia islamica*, XXV (1966), p. 123-38.

O fato de a ciência do direito muçulmano se ter formado, e estabilizado, na Alta Idade Média explica certas características do direito muçulmano: o caráter arcaico de algumas das suas instituições, o seu aspecto casuístico e a ausência de sistematização[9].

Porém, o mais importante não está aí. O essencial a notar é a total originalidade que o direito muçulmano apresenta, pela sua própria natureza, em face dos outros sistemas de direito em geral e do direito canônico em particular.

Como sistema fundado sobre o Corão, que é um livro revelado, o direito muçulmano deve ser visto como inteiramente independente de todos os outros sistemas de direito que não possuam a mesma fonte. As semelhanças que pode apresentar neste ou naquele ponto, nas suas soluções, com outros sistemas só podem ser atribuídas, segundo a ortodoxia muçulmana, a simples coincidências; em caso algum podem tratar-se de empréstimos que o direito muçulmano teria feito a um pensamento estrangeiro[10]. A influência do direito muçulmano sobre os direitos europeus parece, por outro lado, ter sido quase nula.

**429. Comparação com o direito canônico.** O direito muçulmano é, tal como o direito canônico, o direito de uma Igreja no seu sentido original (*ecclesia*), o de uma comunidade de crentes. Mas, apesar desta semelhança, existem diferenças fundamentais entre o direito muçulmano e o direito canônico. O direito muçulmano é, até nos seus pormenores, uma parte integrante da religião islâmica; participa do caráter revelado desta; por consequência, não existe nenhuma autoridade no mundo que seja qualificada para o alterar. Aquele que não obedece ao direito muçulmano é um pecador, que se expõe ao castigo no outro mundo; o que contesta uma solução do direito muçulmano é um herético, que deve ser excluído da comunidade do islã.

---

9. Chehata, Ch., "Logique juridique et droit musulman", in *Studia islamica*, XXIII (1965), p. 5-25.

10. Sobre a influência do direito dos países conquistados sobre a formação do direito islâmico no primeiro século do islã, segundo o entendimento de um autor não muçulmano, cf. Schacht, J., *An Introduction to Islamic Law* (1964), p. 20 s.

A vida social não comporta, para um muçulmano, outras regras que não sejam as da sua religião, da qual o direito muçulmano constitui uma parte integrante. Por todos estes caracteres o direito muçulmano opõe-se ao direito canônico das sociedades cristãs. O cristianismo, originariamente, espalhou-se em uma sociedade possuidora de um alto nível de civilização e na qual o direito gozava de grande prestígio. Proclamou dogmas e novos princípios de moral; não se interessou pela organização da sociedade. "O meu reino – disse Cristo – não é deste mundo." As leis civis viram confirmada no Evangelho a sua validade de princípios: "Dai a César o que é de César". A Igreja não julgou somente inútil elaborar um direito cristãos que tomasse o lugar do direito romano; não se considerou com legitimidade para tal. São Paulo, Santo Agostinho não procuram edificar um direito cristão; eles preconizam, pelo recurso à arbitragem e à prática da caridade, o estiolamento e o desaparecimento do direito[11]. O direito canônico não é um sistema de direito completo destinado a substituir o direito romano; sempre foi apenas um complemento do direito romano ou dos outros direitos "civis", visando regular matérias (organização da Igreja, sacramentos, processo canônico) que não são reguladas por estes direitos[12]. O direito canônico, por outro lado, não é de modo nenhum um direito revelado. Repousa seguramente sobre os princípios revelados da fé e da moral cristãs, mas é obra do homem e não a palavra de Deus. A violação das suas regras, enquanto tais, não expõe necessariamente o cristão a sanções no outro mundo. Com a condição de respeitar os princípios imutáveis do dogma, é lícito às autoridades eclesiásticas modificá-lo para o aperfeiçoar ou para o adaptar às variadas circunstâncias do tempo e do lugar; a Igreja de Roma tem códigos de direito

11. Da mesma forma, o Corão insiste repetidamente sobre os méritos do perdão, da remissão ou do abandono das reivindicações; mas uma atitude mais realista prevaleceu no islã, tal como prevalecera na cristandade. Schacht, J., *Esquisse d'une histoire du droit musulman* (1952), p. 13.

12. Mesmo nos Estados da Igreja, antes do seu desaparecimento em 1870, houve sempre um direito civil distinto do direito canônico e hoje acontece o mesmo no Estado do Vaticano.

canônico diferentes para os seus fiéis do rito latino e do rito oriental, e os direitos canônicos da cristandade evoluíram substancialmente no decorrer dos séculos e continuam a evoluir constantemente sob nossos olhos.

A recepção do direito romano pôde, nestas condições, ser efetuada no Ocidente sem ferir de modo nenhum a religião cristã; nas universidades autorizadas pelas bulas pontificais é que o direito romano foi ensinado. A situação é muito diferente nos países muçulmanos, onde o direito muçulmano faz parte da religião revelada do islã; a ortodoxia exclui, no islã, todo o direito que não esteja estritamente conforme às regras da *châr'ia*.

**430. Inadaptação do *fiqh* à sociedade moderna.** Cristalizado no século X da nossa era, é manifesto que o *fiqh* não constitui um corpo de direito adaptado às necessidades de uma sociedade moderna. Não se encontra nele a regulamentação de certo número de instituições que parecem necessárias nestas sociedades; por outro lado, numerosas regras do *fiqh* podiam ser satisfatórias no seu tempo, mas parecem hoje antiquadas e podem mesmo chocar-nos. A inadaptação do *fiqh* às condições e às ideias modernas criou um problema desde que os Estados de maioria muçulmana, abandonando o seu imobilismo, procuraram nos séculos XIX e XX seguir o modelo dos Estados do Ocidente, seduzidos não somente pelo seu bem-estar material, mas também pelas ideias políticas e pelas concepções morais que observavam nestes Estados. Os Estados muçulmanos poder-se-ão modernizar sem rejeitar a sua tradição? E que papel pode desempenhar o *fiqh* nas sociedades assim renovadas?

Capítulo II

# *A adaptação do direito muçulmano ao mundo moderno*

**431. Autoridade permanente do direito muçulmano.** Tudo o que acaba de ser dito pode dar a impressão de que o direito muçulmano pertence a um passado extinto. Contudo, isso não acontece: o direito muçulmano continua a ser um dos grandes sistemas do mundo moderno e a regular as relações de quinhentos milhões de muçulmanos.

Numerosos Estados de população muçulmana continuam a afirmar, nas suas leis e muitas vezes nas suas constituições, a sua ligação aos princípios do islã. A submissão do Estado a estes princípios é, assim, proclamada pela constituição em Marrocos, na Tunísia, na Síria, na Mauritânia, no Irã e no Paquistão; no Afeganistão e na República Árabe do Iêmen; os códigos civis do Egito (1948), da Síria (1949), do Iraque (1951) convidam os juízes a preencher as lacunas da lei seguindo os princípios do direito muçulmano; a Constituição do Irã e as leis da Indonésia preveem um processo destinado a assegurar a conformidade das instituições com os princípios do direito muçulmano. E, contudo, muitos destes países pretendem modernizar-se rapidamente. Como poderá esta evolução, que comporta o estabelecimento de regimes políticos de um novo tipo, que comporta também reformas audaciosas no plano do direito privado, acomodar-se ao imobilismo do direito muçulmano?

**432. Adaptação possível ao mundo moderno.** Na verdade, se o direito muçulmano é imutável, é ao mesmo tempo rico em expedientes. Da mesma maneira que sua imutabilidade, convém valorizar a sua flexibilidade. Estas características não são de forma nenhuma incompatíveis. Mesmo nos países do Ocidente – esquece-se isso muito facilmente – o direito foi durante muito tempo considerado como algo de intangível, ainda que não fosse sagrado; mas, por toda parte, quando a necessidade se fez sentir, foram encontrados meios para consagrar, sem causar prejuízo ao direito, as soluções que se impunham; a intervenção do pretor em Roma, ou a do Chanceler na Inglaterra são as manifestações mais evidentes destes desenvolvimentos; as declarações de rescisão, as medidas de perdão puderam igualmente ser utilizadas sem que os princípios do direito tenham sido, na teoria, modificados.

O mesmo sucede no direito muçulmano. É um direito imutável, mas deixa um tal campo de aplicação ao costume, à convenção das partes, à regulamentação administrativa que é possível, sem lhe causar prejuízo, chegar a soluções que permitam constituir uma sociedade moderna. Só excepcionalmente, para quem sabe se organizar, o caráter arcaico de certas instituições ou regras do direito muçulmano poderá tornar-se um embaraço.

**433. Recurso ao costume.** Numerosas sociedades muçulmanas, nas quais se reconhece a excelência e a autoridade do direito muçulmano, puderam, assim, viver durante séculos e vivem ainda, principalmente, sob a vigência do costume. O costume não está integrado ao *fiqh* e de modo algum se poderá considerá-lo, com propriedade, direito muçulmano; o contrário apenas poderia ser admitido se não se considerasse um dos caracteres fundamentais do direito muçulmano, isto é, a sua uniformidade para toda a comunidade dos crentes. Mas, se o costume não está integrado no *fiqh*, não resulta de modo algum que este seja condenado pelo direito muçulmano. Isto revela, a seu respeito, uma atitude comparável à que os nossos direitos ocidentais tomam a respeito da cláusula de composição ou dos poderes de conciliação ou de equidade que em certos casos podem ser reconhecidos ao juiz. É permitido aos interessados, em muitos casos, organizar as suas relações e regular os seus desacordos sem fazer intervir o direito estrito. O islamismo apenas pôde expandir-se no mundo porque havia adotado esta atitude liberal e não exigia o sacrifício dos modos de vida consagrados pelo costume. É evidente que certos costumes podem ser, perante o direito muçulmano, ilegítimos. Mas muitos costumes podem existir sem incorrer nesta censura. Isto sucede com todos os costumes que trazem unicamente complementos ao direito muçulmano; costumes relativos ao montante ou às modalidades de pagamento do dote, costumes que regulam o uso de águas correntes entre proprietários rurais, costumes em matéria comercial[1]. O direito muçulmano classifica todas as ações do homem em cinco categorias: obrigatórias, recomendadas, indiferentes, censuráveis ou proibidas. O costume não pode ordenar um comportamento que o direito proíbe ou proibir um comportamento que o direito declara obrigatório; mas pode legitimamente ordenar uma coisa que, segundo o direito, é somente recomendada ou permitida, ou pode proibir uma coisa que, segundo o direito, é censurável ou simplesmente permitida.

**434. Recurso à convenção.** O direito muçulmano comporta muito poucas disposições imperativas e deixa uma grande amplitude à iniciativa e à liberdade humanas. "Não é nenhum crime fazer convenções além do que a lei prescreve", diz um *h'adith.* Por meio das convenções podem-se fazer alterações muito importantes às regras que propõe, mas que não impõe, o direito muçulmano.

A jurisprudência dos países muçulmanos admitiu assim, em virtude deste princípio, que os esposos possam, ao casarem-se, estipular legitimamente que a mulher pode repudiar-se, ela própria, exercendo uma prerrogativa de seu marido, ou que teria esta faculdade se o marido não continuasse a ser monógamo. O estatuto do casamento e da família foi profundamente modificado, especialmente na Síria, devido a estas convenções. O possível alcance destas prerrogativas suscita, para

1. Rives, G., "Les problèmes fondamentaux du droit rural afghan", in *Rev. int. droit comparé* (1963), p. 63-84. A prática muçulmana está na origem de certas instituições do direito comercial, tais como o aval e o cheque; cf. Schacht, J., *An Introduction to Islamic Law* (1964), p. 78.

se dizer a verdade, certa dúvidas. Contrariamente aos muçulmanos de rito xiita, os sunitas não admitiam, por exemplo, que se pudessem, deste modo, estipular certas condições, tais como o caráter apenas temporário do casamento ou o estabelecimento de um regime de comunhão entre esposos. As possibilidades de evolução do direito muçulmano, pelo jogo das convenções privadas, não são menos consideráveis. Nada é mais fácil e clássico que atribuir aos indivíduos uma intenção contratual, mesmo se, na realidade, esta for uma pura ficção. A jurisprudência dos países muçulmanos pode, por vezes, intervir deste modo. Assim, em Java, pôde-se supor a existência de uma sociedade comercial entre esposos, para afastar o regime matrimonial de separação de bens, previsto pelo Corão, e aplicar o sistema do costume[2].

**435. Estratagemas jurídicos e ficções.** A par do costume e da convenção, uma outra possibilidade de se libertar de soluções arcaicas é oferecida pelo recurso a estratagemas jurídicos (*hiyal*) e ficções[3]. A *châr'ia*, impregnada de formalismo, exige que a letra da lei, mais do que o seu espírito, seja respeitada. Muitas regras formais do direito muçulmano podem, por consequência, ser privadas do efeito normal, desde que não sejam violadas diretamente. A poligamia e o repúdio da mulher pelo seu marido são permitidos; pode-se, sem modificar estas regras, desencorajar tais práticas, concedendo à mulher indenizações substanciais se tiver sido injustamente repudiada ou se o marido, tornando-se polígamo, não a tratar em condições de igualdade com as outras esposas. O empréstimo a juros é, segundo o direito muçulmano, proibido; mas poder-se-á contornar esta proibição, recorrendo a uma dupla venda ou, ainda, dando ao credor, a título de garantia, o usufruto de um bem produtivo

2. Bousquet, G. H., *Précis de droit musulman* (3ª ed., 1950), nº 22.

3. Schacht, J., *An Introduction to Islamic Law* (1964), p. 78 ss.; Roussier, J., "L'immutabilité du droit musulman et le dévelopement économique", in *Annales africaines* (1962), p. 229-33. Cf. em direito canônico, Le Bras, G., *Histoire du droit et des institutions de l'Église en Occident. I Prolégomènes* (1955), p. 70.

de rendimentos. Por outro lado, será possível considerar que a proibição do empréstimo a juros apenas diga respeito às pessoas físicas, porque só estas podem pecar: bancos, caixas econômicas e sociedades estarão, assim, isentas desta regra. O aluguel da terra é proibido; contornar-se-á esta proibição substituindo o conceito de aluguel pelo de associação. Os contratos aleatórios, em particular o contrato de seguro, são proibidos; mas o pecado é apenas cometido por aquele que receba o prêmio: poder-se-á então fazer o seguro junto a uma companhia ou de um não muçulmano. A própria proibição do seguro desaparecerá no caso do seguro mútuo; o fundamental será a premissa de solidariedade que a operação comporta e que faz do contrato um contrato de beneficência que, longe de ser proibido, é mesmo recomendado.

**436. Intervenção do príncipe.** Um processo constantemente utilizado para adaptar o direito muçulmano às condições da vida moderna foi a intervenção daquele que detém o poder da sociedade. O soberano – quer se trate de um monarca ou de um parlamento – não é, na concepção islâmica, o senhor, mas o servidor do direito. Não pode, portanto, legislar. Entretanto, o soberano determina a política do Estado (*siyâsa*) e de velar, em particular, por uma boa administração da justiça. O direito muçulmano reconhece a legitimidade das medidas regulamentares que podem ser tomadas neste aspecto pelas autoridades. Tem sido feito constantemente um amplo uso deste poder.

No próprio quadro de uma ortodoxia estrita, os soberanos puderam, assim, exercer uma certa influência. Estes prescreveram, por exemplo, aos *qhâdis* a aplicação, nesta ou naquela matéria, da solução aceita por este ou aquele rito; pôde assim ser reconhecida à mulher, em numerosos países, a possibilidade de obter um divórcio judiciário em variados casos admitidos por diversos ritos. Puderam igualmente subordinar o acesso aos tribunais ao cumprimento de certas formalidades; assim, na Turquia, foi introduzido um conceito de prescrição extintiva, desconhecida pelo direito muçulmano, proibindo os juízes de aceitarem ações fundadas sobre um título com mais de quinze anos; da mesma forma, o legislador egípcio declarou, mais recentemente, que os tribunais não poderiam ser encarregados da resolução de questões relativas a um casamento de que não tivesse sido lavrado assento sobre o estado civil ou no qual constasse que um dos cônjuges não possuía a idade legal para se casar. A polícia, nos bares da Argélia, dissimula e não cumpre a lei que proíbe aos muçulmanos o consumo de bebidas alcoólicas.

Pode suceder, em outros casos, que se afastem da ortodoxia estrita. Ao lado de medidas consideradas perfeitas em face do direito muçulmano (*nizam*), os soberanos tomariam outras medidas (*qânoun*), que excederiam a competência reconhecida por estes princípios. Os teólogos, tradicionalmente, vituperam contra a impiedade da sociedade civil, mas sua reação tem sido quase sempre moderada, visto que se continuava a reconhecer, teoricamente, a superioridade e a excelência do direito muçulmano.

**437. Tendência modernista.** O desenvolvimento do direito muçulmano estacionou no século X da nossa era, quando a "porta de interpretação" se fechou. Este acontecimento produziu-se para conjurar uma crise que então ameaçava o mundo muçulmano e, assim, evitar a ruptura da sua unidade. A ruína do califado abássida, com a tomada de Bagdá pelos mongóis em 1258, reforçou esta tendência conservadora. Certos espíritos, no islã, interrogam-se hoje se os entraves, então trazidos ao desenvolvimento do *fiqh*, devem ser mantidos em todo o seu rigor, e contestam que a ortodoxia imponha tal manutenção. Afirmam que, de fato, poucas regras de direito muçulmano assentam sobre a revelação divina, a qual, de resto, estabelece as regras de conduta no século VII, inaplicáveis nos dias atuais; efetivamente, o direito muçulmano é, na sua maior parte, obra dos juristas da Idade Média, utilizando raciocínios já ultrapassados. Referindo-se à prática dos primeiros séculos, argumentam que os fundadores dos ritos sempre tiveram em conta as circunstâncias particulares e deram lugar, no seu sistema, a noções tais como a finalidade da lei, o bem público, a necessidade. Parecia-lhes que não existiria perigo algum em voltar, hoje em dia, a estes princípios, com a condição de serem impostas regras estritas e métodos de interpretação rigorosos para a descoberta das soluções, conciliáveis com a ortodoxia, que o bem social exige. O principal perigo que ameaça o direito muçulmano, no momento atual, não parece ser tanto o risco de divisão do islã, como outrora, mas o de que o *fiqh*, mantido no imobilismo, se transforme numa relação dos deveres de caráter inteiramente ideal e de alcance exclusivamente teológico, não interessando senão a alguns piedosos sábios, enquanto a vida real seria governada por leis cada vez mais afastadas das concepções propriamente muçulmanas.

A tendência para reabrir, atualmente, a "porta do esforço" manifesta-se em todos aqueles que, habituados a um pensamento racionalista, suportam com dificuldade o tradicional argumento da autoridade. A maioria dos muçulmanos, no entanto, não parece disposta a deixar-se convencer. A maneira de pensar admitida sem contestação durante séculos não pode, aos seus olhos, abandonar-se; poder-se-á permitir um pequeno desvio, mas, mesmo este, realizado com extrema prudência. O perigo desta reabertura da "porta do esforço", como o de toda a tentativa de modernização e de racionalização do direito muçulmano, parece evidente: é difícil perceber como a unidade do mundo muçulmano poderá, se esta tendência triunfar, ser preservada num mundo em que a comunidade dos crentes se encontra dispersa numa variedade de Estados independentes. Pelo que se preferirão, sem dúvida, por esta razão, utilizar as grandes possibilidades que existem para uma adaptação das sociedades muçulmanas à vida moderna por processos que são, talvez, exteriores ao direito muçulmano (costume, convenção, regulamentos), mas que não estão em contradição com ele; estes processos têm a vantagem de evitar que sejam repostos em discussão princípios, admitidos segundo a tradição, sobre os quais está fundamentada a unidade da comunidade dos fiéis.

Capítulo III

# *O direito dos países muçulmanos*

**438. Não aplicação integral do direito muçulmano.** Do Marrocos à Indonésia, das repúblicas soviéticas da Ásia Central e da Albânia e Zanzibar e à Guiné, mais de quinhentos milhões de muçulmanos constituem a maioria da população em três dezenas de Estados e importantes minorias em outros. Nenhum desses Estados é regido, de modo exclusivo, pelo direito muçulmano. Por toda parte o costume ou a legislação trazem complementos ou derrogações a este direito, mesmo quando se proclama, em princípio, sua autoridade.

Com o direito muçulmano, direito religioso, é preciso não confundir os direitos positivos dos países muçulmanos e é necessário, para que não façamos uma possível confusão, evitar dar a estes últimos o nome de direitos muçulmanos. Tal como nos países cristãos, as sociedades civis nunca se confundiram, no islã, com a sociedade religiosa; viveram sempre sob o império dos costumes ou de leis que, sem dúvida, se apoiaram, de um modo geral, sobre os princípios do direito muçulmano, mas que podiam igualmente, em diferentes épocas, em certos países ou em certas matérias, afastar-se da rigorosa ortodoxia e encontrar-se em contradição com os princípios e as regras do direito canônico muçulmano. Mesmo na época em que o *fiqh* possui a maior autoridade, nem todos os seus elementos tiveram o mesmo valor prático; nesta mistura de disposições de direito, de moral e de religião que constitui o *fiqh* encontram-se disposições de ordem jurídica, regras de conduta, regras de disciplina moral, e é necessário distinguir sempre "a realidade da utopia, os produtos autênticos da vida jurídica das quimeras criadas pela imaginação dos teólogos". Em parte por esta razão, o *fiqh* apenas gradualmente se pôde impor como regra jurídica; os omíadas, no período das conquistas, pouco se preocuparam com ele, e a recepção do *fiqh* como direito dos países islâmicos apenas se efetuou sob a égide dos califas abássidas, imbuídos de espírito teocrático.

**439. Estatuto pessoal e outras matérias.** No entanto, a recepção não foi total. Embora em teoria todos os ramos do direito muçulmano estejam ligados igualmente à religião islâmica, foi feita uma distinção na prática. É o direito das pessoas e o da família que, com as regras de comportamento ritual e religioso, sempre foi considerado como o mais importante na *châr'ia*. Existe um elo particularmente estreito, na consciência dos muçulmanos, entre estas partes do direito, que constituem o "estatuto pessoal", e a religião; de resto, é a este respeito que se encontram no próprio Corão o maior número de prescrições.

Pelo contrário, para as outras matérias admitiu-se mais facilmente a laicização, ou um certo grau de laicização. O direito constitucional, tal como é considerado pelo direito muçulmano, nunca passou de um sonho edificante. O direito criminal e o direito fiscal afastaram-se muito cedo da ortodoxia[1]. Os dirigentes, aos olhos dos teólogos, são culpados se se afastam nestas matérias das regras da *châr'ia*. Os crentes nada têm a reprovar-se ao se submeterem às regras que lhes são prescritas, já que o próprio Corão prescreve a obediência às autoridades estabelecidas. A necessidade, de resto, dispensa os crentes de observarem, em todos os casos, as regras estritas do direito.

**440. A organização jurídica.** O ideal muçulmano, que é estabelecer a identidade da comunidade dos fiéis e da sociedade civil, nunca foi realizado. Uma circunstância vem prová-lo. Por toda a parte se estabeleceu, na organização judiciária, uma dualidade significativa[2].

---

1. Anderson, J. N. D., *Islamic Law in the Modern World* (1959), p. 15-20; Schacht, J., *An Introduction to Islamic Law* (1964), p. 76.

2. Tyan, E., *Histoire de l'organisation judiciaire en pays d'Islam*, 2 vols. (2ª ed., 1961).

Ao lado da jurisdição do *qhâdi*, que surgiu com os omíadas, e que é a única legítima segundo o direito muçulmano, existiram sempre um ou vários tipos de tribunais, que aplicavam os costumes profanos do país ou os regulamentos emanados das autoridades, e cuja jurisprudência se afastava mais ou menos das estritas regras do direito muçulmano: jurisdições da polícia, jurisdição do inspetor dos mercados, jurisdição de equidade do califa ou dos seus delegados.

Estas jurisdições apenas tiveram, durante muito tempo, uma competência excepcional. A situação modificou-se há um século. Novas jurisdições estatais foram surgindo; a competência destas jurisdições, originariamente limitada à aplicação de leis modernas, acabou por se estender, por vezes, ao conjunto do direito, e por fazer desaparecer a competência dos *qhâdis*.

**441. Características da evolução contemporânea.** Três notáveis fenômenos se produziram nos século XIX e XX, no que se refere ao direito, nos países muçulmanos. O primeiro foi a ocidentalização do direito, em grande número de assuntos. O segundo é a codificação das matérias que escaparam a esta ocidentalização[3]. O terceiro é a eliminação das jurisdições especiais que até agora tinham sido encarregadas de aplicar o direito muçulmano.

**442. Ocidentalização do direito.** O direito muçulmano sempre reconheceu às autoridades o poder de elaborar disposições que visassem a boa ordem da sociedade. Mas este poder foi exercido durante séculos com moderação e sem criar conflitos com os teólogos do islã. O mesmo não sucedeu nos últimos cem anos em numerosos países muçulmanos. Fez-se um uso intensivo deste poder regulamentar, chegando-se a introduzir regras e, por vezes, a desenvolver ramos inteiramente novos no direito.

---

3. Velidedeoglu, H. V., "Le mouvement de codification dans les pays musulmans. Ses rapports avec les sistèmes juridiques occidentaux", in *Rapports généraux, au Ve Congrés international de droit comparé*, t. I (Bruxelas, 4 a 9 de agosto, 1968), p. 131-78.

Que isto tenha sido feito em certos países por meio da promulgação de códigos, em outros por meio de grandes leis ou por ação da jurisprudência, pouco importa. O resultado, em qualquer caso, é o mesmo: nas matérias não respeitantes ao estatuto pessoal (pessoas, família, sucessões) e que não se referem às "fundações pias", o direito muçulmano deixou de ser aplicado em proveito de regras importadas dos direitos da família romano-germânica ou da *common law*. O direito constitucional e o administrativo, o direito civil e o comercial, o direito do processo, o direito criminal e o direito do trabalho foram, deste modo, ocidentalizados em numerosos países muçulmanos; apenas conservaram algumas disposições que ainda mantêm o cunho do direito muçulmano[4].

**443. Codificação do estatuto pessoal.** A codificação das matérias que se referem ao estatuto pessoal criou um problema muito mais delicado. É indiscutível o princípio de que os governos não têm, nestas matérias, nenhum poder para modificar as normas do direito muçulmano. Entretanto, mesmo sem modificar estas normas, os governos podem expô-las de forma sistemática, consolidando-as? Era possível pensar assim.

Foi grande a tentação de fazer tal consolidação, para evitar a necessidade de se utilizar numerosas obras, frequentemente confusas, redigidas na língua árabe, que não era a língua corrente em todos os países muçulmanos. Entretanto, o perigo da racionalização do direito, inerente a todo trabalho desta natureza, foi percebido pelos tradicionalistas muçulmanos, e até pouco tempo as autoridades não puderam legislar em matéria de estatuto pessoal e de fundações pias, mesmo quando pretendiam apenas reproduzir as regras ortodoxas. Os códigos do estatuto pessoal, preparados no Egito por Mohammed Kadry

4. Chehata, Ch., "Les survivances musulmanes dans la codification du droit civil égyptien", in *Rev. int. droit comparé* (1965), p. 839-53; Mousseron, J. M., "La reception au Proche-Orient du droit français des obligations", in *Rev. int. droit comparé* (1968), p. 37-78; Tyan, M. E., "Les rapports entre droit musulman et droit européen occidental en matière de droit civil", in *Zeitschrift für vergleichends Rechtswissenschaft* (1963), p. 18-28.

Pacha, na Tunísia por D. Santillana e na Argélia por M. Morand, permaneceram como trabalhos privados, apesar de todos reconhecerem neles o alto valor científico e a conformidade com a ortodoxia. Na própria Turquia o código civil e de processo civil (Mecelle)[5], publicado de 1869 a 1876, deixou de lado o direito das pessoas, das famílias e das sucessões, apesar do grande incômodo que constituía para os turcos a necessidade de recorrer a fontes escritas em árabe, para conhecer o direito nessas matérias. O rei Ibn Séoud, da Arábia Saudita, declarou em 1927 sua intenção de estabelecer um código de direito muçulmano, fundamentado nos ensinamentos de Ibn Taimiya; diante da oposição surgida, este projeto foi abandonado. A ideia, que deparou com imensa dificuldade em se fazer admitir, acabou, contudo, por triunfar em diversos países. A primeira codificação do direito muçulmano, com reconhecida força legal num Estado, no que respeita ao direito da família e das sucessões, foi o código civil iraniano, promulgado de 1927 a 1935[6]. O exemplo assim dado foi, desde então, seguido em numerosos países. Códigos do estatuto pessoal foram promulgados na Síria, na Tunísia, em Marrocos, no Egito, na Jordânia, no Iraque e no Iêmen do Sul. Na Argélia, o legislador reformou o regime das tutelas e da ausência; no Paquistão, o direito da família e o das sucessões foram objeto de reformas profundas[7]. Em 1979,

---

5. Onar, S. S., "La codification d'une partie du droit musulman dans l'Empire ottoman (Le Medjellé)", in *Annales de la Fac. de droit d'Istanbul*, vol. 4 (1954), p. 90-128. O Mecelle foi traduzido em francês por G. Young, no 6º volume de seu *Corps de droit ottoman* (1906). A ortografia de Mecelle é a do turco moderno; a transcrição *Medjellé* era mais usada antes da utilização dos caracteres latinos na língua turca moderna. O Mecelle permanece como a base do direito em vigor no reino da Jordânia e conserva certo domínio de aplicação no Líbano. Tedeschi, G., "Le centenaire de la Mecelle", in *Rev. int. droit comparé* (1969), p. 125-33.

6. Tradução francesa da Aghababian, R., *Legislation iranienne actuelle* (2 vols., 1951). Os apêndices substituem, para os iranianos não muçulmanos, a regulamentação do código civil nas matérias relevantes do estatuto pessoal.

7. Coulson, N. J., "Islamic Family Law: Progress in Pakistan", in Anderson, J. N. D., org., *Changing Law in Developing Countries* (1963), p. 240-57; Schacht, J., "Problems of Modern Islamic Legislation", in *Studia Islamic XII* (1960), p. 99-129.

uma lei reformou o divórcio no Irã; o divórcio por mútuo consentimento não exige mais a intervenção do tribunal, que é entretanto necessária para os outros casos de divórcio. Em numerosos países muçulmanos verifica-se que esta tendência, outrora reprovada, se afirma nos nossos dias. E, no entanto, a desconfiança com que era ainda recentemente considerada a obra de codificação do direito do estatuto pessoal não era talvez injustificável. Apesar de toda a preocupação que se teve, nos diversos países, para salvaguardar as aparências, afirmando e fazendo confirmar pelas autoridades religiosas o caráter irreprovável das novas compilações, não há dúvida de que estas trouxeram, pelo menos em alguns países, importantes inovações dificilmente conciliáveis com a ortodoxia.

**444. A decadência das jurisdições tradicionais.** As compilações consideradas, quaisquer que sejam as críticas que os tradicionalistas lhes possam dirigir, apoiam-se sobre o direito muçulmano, do qual retomam as concepções de base. O mesmo não pode dizer-se dos códigos que intervieram nos últimos cem anos, em numerosos países muçulmanos, para regular outras matérias, que não as do estatuto pessoal e das fundações pias. Mesmo que se considerem os códigos que intervieram em matéria de direito penal, de processo penal, de direito das obrigações, de direito comercial, de processo civil, ou os desenvolvimentos verificados em matéria de direito administrativo e de direito do trabalho, é manifesto que estes desenvolvimentos serviram para operar, em diversos países, uma recepção das concepções ocidentais.

O dualismo assim estabelecido podia parecer possível enquanto existiam, nos diversos países, duas ordens de jurisdições distintas para aplicar estes dois sistemas opostos nos seus princípios, nos seus métodos e na sua própria natureza: sendo um fundado sobre o direito comparado e a razão humana e outro sobre o argumento da autoridade e da fé, estando um constantemente sujeito a modificações e sendo o outro, por definição, imutável. Eis, entretanto, que nos nossos dias este último obstáculo acaba por ceder. Os próprios juízes, em um número cada vez maior de Estados, são chamados a aplicar ao mesmo tempo direito "moderno" e direito muçulmano. As jurisdições tradicionais muçulmanas, suprimidas na Índia Britânica desde 1772 e na Turquia desde 1924, deixaram de existir no Egito, na Tunísia, em Bengala, na Argélia, em Marrocos, na Guiné e no Mali; a sua competência está muito reduzida na Indonésia[8]. No Irã, após a revolução islâmica, a competência das jurisdições muçulmanas tradicionais foi ampliada; foram criados dois tipos de jurisdições de natureza religiosa: os tribunais civis especiais e os tribunais revolucionários (em matéria penal). Para aplicar a *châr'ia*, assim como para aplicar os códigos modernos, recorre-se, nestes países, a juristas formados segundo os modelos lógicos e racionalistas de raciocínio dos direitos do Ocidente. O direito muçulmano está ameaçado por esta nova situação mais do que o havia sido pela promulgação de códigos. Este fato pode ser observado na Índia. Administrado por juízes formados na escola da *common law*, "o direito muçulmano tornou-se, na Índia Britânica, um sistema jurídico independente, comportando diferenças substanciais em confronto com o direito muçulmano puro, sendo justamente designado sob o nome de *Anglo-Muhammadan law*"[9].

**445. Diversidade dos direitos atuais.** Os direitos positivos dos países muçulmanos, tal como se nos apresentam atualmente, são muito diferentes entre si, não só porque o estado social dos países muçulmanos é muito variado, mas também porque as tradições desses países estão longe de serem as mesmas. O Egito, o Mali, a Mauritânia, o Paquistão e a Indonésia diferem profundamente sobre múltiplos aspectos; o Irã permanece

---

8. Em diversos países árabes a jurisdição do *quâdi* permanece apenas na aparência, mas foi transformada. Tornou-se uma jurisdição estatal, competente em matéria de estatuto pessoal para os litígios entre não muçulmanos, assim como para muçulmanos. Esta mudança foi facilitada pelo fato de os não muçulmanos aplicarem em geral, nestes países, as regras do direito muçulmano, no que concerne ao direito das sucessões.

9. Schacht, J., "Problems of Modern Islamic Legislation", in *Studia Islamica XII* (1960), p. 99-129; Husain, A., *The History of Development of Muslim Law in British India* (1934).

fiel a uma tradição que a islamização pelos conquistadores de outra raça não fez esquecer. Um quadro geral dos direitos dos países muçulmanos é, por esta razão, difícil de ser elaborado[10]. Diversos grupos de países podem, contudo, distinguir-se.

Um primeiro grupo é constituído pelos países de maioria muçulmana que se tornaram repúblicas socialistas: Albânia e repúblicas socialistas da Ásia Central (Casaquistão, Turcomenistão, Uzbequistão, Tajiquistão, Quirguistão). Nesses Estados, fundados sobre o princípio do materialismo histórico da doutrina marxista-leninista, a religião islâmica é vista pelas autoridades estabelecidas como um logro. Não se preocupam de modo nenhum em salvaguardar o direito muçulmano, considerado como uma manifestação de obscurantismo destinada a garantir uma estrutura de classe ultrapassada. O direito dessas repúblicas é um direito laico, que visa estabelecer uma sociedade de tipo novo, fundada sobre princípios diferentes dos do islã. O direito muçulmano já não é aplicado por nenhuma jurisdição; é à margem do direito que ele pode continuar a ser observado, quase clandestinamente, por populações que a filosofia oficial se esforça por desvincular do islã[11].

Um segundo grupo de países é constituído, inversamente, pelos Estados que foram menos influenciados pelas ideias modernas. A península arábica (Arábia Saudita, República Árabe do Iêmen, República Socialista e Popular do Iêmen, Omã e Mascate, Federação dos Emirados Árabes, Qatar)[12], o Afeganistão e o Paquistão são os representantes mais típicos deste grupo. Esses países vivem *de jure* sob o império do direito muçulmano, *de facto* sob o império de um direito consuetudinário

---

10. Bousquet, G. H., *Du droit musulman et de son application effective dans le monde* (1949); Anderson, J. N. D., *Islamic Law in the Modern World* (1959); Schacht, J., "Islamic Law in Contemporary States", in 8 *American Journal of Comparative Law* (1959), p. 133-47.

11. Bennigse, A., Lemercier-Quelquejay, Ch., *L'Islam en Union Soviétique* (1968).

12. Salvo o emirato de *Koweit*, onde um código comercial foi publicado em 1963. Este código comporta um capítulo sobre os contratos. A ideia de promulgar um código civil foi abandonada.

que reconhece a superioridade e a excelência do direito muçulmano, mas que pode, por vezes, ser muito diferente dele.

Um terceiro grupo é constituído pelos Estados nos quais o direito muçulmano, mais ou menos misturado, como nos precedentes, ao costume, apenas foi conservado para regular um certo setor da vida social, o que afeta o estatuto pessoal, as fundações pias, e, por vezes, o regime fundiário, enquanto um direito "moderno" foi aditado para reger os novos aspectos das relações sociais.

Este terceiro grupo divide-se em dois subgrupos, conforme tenha sido elaborado o direito moderno em questão: sobre o modelo da *common law* (Bangladesh, Índia, Malásia, Nigéria do Norte); sobre o modelo do direito francês (Estados africanos de língua francesa, Estados de língua árabe, Irã) ou holandês (Indonésia). O Sudão constitui um caso particular. Neste país, uma lei de 1900 determina que os tribunais deveriam preencher as lacunas do direito, decidindo "segundo a justiça, a equidade e a consciência". Através desta fórmula, foram acolhidas muitas regras do direito inglês[13]. No desejo de se alinhar com os outros países de língua árabe, o Sudão pareceu querer repudiar esta influência, ao adotar, em 1971 e em 1972, códigos elaborados conforme o modelo dos códigos egípcios; esta reforma foi mal recebida e está atualmente sujeita à reconsideração[14].

Um caso especial é o da Turquia. País não árabe e ligado à Europa ocidental por laços ao mesmo tempo políticos e econômicos particularmente estreitos, a Turquia ocupa um lugar à parte entre os países de população muçulmana. Do ponto de vista estritamente jurídico, a Turquia opõe-se, menos do que se julgava há quarenta anos, aos outros países muçulmanos. A Revolução "kemalista", que introduziu, em 1926, o código civil

---

13. Guttmann, E., "The Reception of the Common Law in the Sudan", in 6 *Int. and. Comp. L. Q.* (1967), p. 401-17.

14. Zaki, M., "Opting out of the Common Law: Recent Developments in the Legal System of the Sudan", in 17 *J. dr. africain* (1973), p. 138-48; Akolawin, N., "Personal Law in the Sudan: Trends and Developments", in 17 *J. dr. africain* (1973), p. 149-95.

suíço[15], não provocou a ruptura brutal com o passado que por vezes se julga. Apenas concluiu e precipitou, de modo espetacular, uma evolução que começara desde 1839, quando a Carta Sagrada de Gülhané abriu a época dita do *Tanzimat* (organização). O que chocou foi a adesão da Turquia, em 1926, a um direito das pessoas, da família e das sucessões, segundo o modelo ocidental, que eliminava as concepções tradicionais muçulmanas. Os turcos repudiaram então a poligamia, o repúdio unilateral da mulher pelo marido, a divisão desigual da sucessão entre os filhos e as filhas do defunto. Mas todas estas reformas foram realizadas desde então, ou estão em via de se realizar, em muitos outros países muçulmanos, e a Turquia foi, neste campo, apenas uma precursora.

Em muitos países de população muçulmana – particularmente na Somália – declara-se atualmente a vontade de construir o socialismo. Permanece o problema de saber que tipo de socialismo se pretende e também o de saber em que medida o tipo de Estado socialista que se poderá criar será conciliável com os princípios da civilização e do direito muçulmano[16].

**446. Ocidentalização e direito muçulmano.** Todo o traço do direito muçulmano tradicional terá desaparecido nos países muçulmanos que parecem, de um modo mais amplo, ter ocidentalizado o seu direito, e convirá, por consequência, abolir presentemente o direito muçulmano do rol dos grandes sistemas de direito do mundo contemporâneo? Certamente, não.

---

15. Modificações importantes foram introduzidas no próprio Código Civil suíço por ocasião da sua introdução na Turquia: admitiu-se assim, mais largamente, o divórcio, substituiu-se o regime de separação de bens e o regime matrimonial de direito comum pelo regime de comunhão de bens, alargaram-se prazos para ter em conta condições especiais da Turquia etc. Por outro lado, este país adotou um Código de Comércio autônomo e não adotou, por conseguinte, a terceira parte do Código Federal das Obrigações relativo aos títulos de crédito e às sociedades comerciais. O Código de Comércio da Turquia, adotado em 1926, foi substituído por um novo código em 1956.

16. Crespi-Reghizzi, G., "Il diritto socialista nel paesi ïslamici", in *l'Est* (1975), nº 2, p. 1-76; Rodinson, M., *Marxisme et monde musulman* (1972).

Quaisquer que tenham sido os progressos feitos, num país muçulmano, na ocidentalização do direito, evitaremos tirar esta conclusão. Existem aliás, atualmente, alguns países, como o Irã e o Paquistão, que defendem o retorno à islamização e à aplicação estrita das disposições do Corão. Os autores mais conhecidos desses países lembram a força da tradição islamita. "A última palavra das discussões sobre a recepção das instituições ocidentais – afirma L. Milliot – será provavelmente... a sua islamização." J. N. D. Anderson considera paralelamente que os países muçulmanos souberam, até agora, juntar de modo conforme à sua tradição e à sua mentalidade as diversas partes, de origem tradicional ou recebidas dos países do Ocidente, que o seu direito hoje comporta[17].

É possível que nos países muçulmanos seja criado um setor novo do direito, de inspiração moderna, em que se adotem os conceitos ocidentais; poderá haver um maior ou menor distanciamento, quanto à substância, em relação às regras conformes à ortodoxia e até a laicização do direito, repudiando a concepção básica do direito muçulmano. O direito nos países muçulmanos não se alinhará por isso, de modo completo, na família dos direitos românicos; será necessário pelo menos um longo prazo para que isso aconteça. Os juristas dos países muçulmanos continuarão, durante longo tempo, ligados aos modos de raciocínio e pensamento que são os da sua tradição e que continuam sendo, em domínios diferentes dos do direito, os da sociedade em que vivem. É toda a sociedade que é necessário reformar e não apenas o direito, é a civilização islâmica em conjunto que é necessário rejeitar, se se querem apagar os traços da tradição jurídica muçulmana. Esta vontade existe nos dirigentes dos países muçulmanos que se tornaram repúblicas socialistas. Ela não existe em outros Estados muçulmanos; a própria Turquia pretende tornar-se um Estado laico, mas procura completar a sua revolução proscrevendo o que é muçulmano. Parece bastante verossímil, em tais condições, que a modernização do direito não implica uma adesão completa destes países

17. Anderson, J. N. D., *Islamic Law in the Modern World* (1959), p. 18.

ao sistema dos direitos românicos ou ao sistema de *common law*. Antes se pode esperar ver realizada nestes países uma síntese, mais ou menos conforme à ortodoxia, de categorias e conceitos importados dos direitos ocidentais e de métodos de raciocínio e modos de considerar as coisas influenciados pela tradição do direito muçulmano. Assim, diversas teses de doutorado, defendidas na França, mostraram como, dotados de textos similares aos dos códigos europeus, os juristas dos países árabes, da Turquia ou do Irã puderam, de modo mais ou menos consciente, perpetuar a tradição muçulmana, que compreende de modo diverso do europeu a noção de causalidade, ou de avaliação do dono, ou o princípio da liberdade contratual. O Tribunal de Recursos da Tunísia, como fonte subsidiária, considera a muçulmana casada com um não muçulmano indigna de suceder, embora a lei de sucessões não tenha previsto este caso de indignidade[18]. O estudo do direito muçulmano conserva e conservará muito tempo, por esta razão, o seu interesse do ponto de vista internacional e do direito comparado.

18. Cass. civ., 31 de janeiro de 1966, *Rev. tun. droit* 1968, p.114, nota E. de Lagrange.

TÍTULO II

# O direito da Índia

**447. Definição do direito hindu.** Um segundo sistema de direito tradicional, cuja autoridade é reconhecida e venerada por uma vasta comunidade, é constituído pelo direito hindu. O direito hindu não se confunde com o direito da Índia, tal como o direito dos Estados cuja população é muçulmana não se confunde com o direito muçulmano. O direito hindu é o direito da comunidade que, na Índia ou em outros países do sudeste asiático, adere ao hinduísmo. O hinduísmo corresponde, mais que a um dogma, a uma certa concepção do mundo e do modo como os homens devem comportar-se. Recomenda aos seus adeptos um certo modo de vida, ligado à sua condição na sociedade, de tal modo que os seus preceitos assumem, em larga medida, a função que noutras sociedades é reservada às regras de direito. A imensa maioria dos habitantes da Índia[1] adere a esta doutrina, que exerce, em consequência, um papel importante, sobretudo nas relações que dizem respeito ao "estatuto pessoal". Entretanto, um grande setor das relações sociais é atualmente governado, na Índia, por regras de alcance nacional, inspiradas nas concepções inglesas. Estudaremos sucessivamente, em dois capítulos, o direito da comunidade hindu e o direito nacional da Índia.

Capítulo I – O direito da comunidade hindu.

Capítulo II – O direito nacional da Índia.

---

1. A população da Índia era, em 1977, de seiscentos e vinte e três milhões de habitantes, a maioria (cerca de 85%) pertencente à comunidade hindu. O hinduísmo comporta igualmente numerosos adeptos no Paquistão, em Bangladesh, na Birmânia, na Malásia, no Iêmen do Sul e na África Oriental; por outro lado, está na base do sistema jurídico do Nepal.

Capítulo I

# *O direito da comunidade hindu*

**448. Os *sastras*.** A civilização da Índia repousa sobre fundamentos muito diferentes dos da civilização da cristandade ou do islã[1]. Cristãos, muçulmanos e judeus encontram na Sagrada Escritura o princípio básico de que os homens, dotados de alma, têm um valor igual perante Deus, à imagem do qual foram criados. O hinduísmo rejeita esta noção fundamental do Ocidente. Para ele o "homem" é uma simples abstração; há somente "homens" definidos para a categoria social a que pertencem pelo seu nascimento. As diversas categorias de homens são complementares e hierarquizadas, de forma que aos homens pertencentes a cada uma delas correspondem direitos, deveres e mesmo uma moral específica que lhes é própria.

As regras que regulam o comportamento dos homens estão expostas em obras, denominadas *sastras*, de três espécies diferentes, correspondentes às três motivações que podem determinar este comportamento: virtude, interesse e prazer. Certos *sastras* ensinam aos homens como estes se devem conduzir para serem justos: é a ciência do *dharma*[2]. Outros ensinam aos homens a maneira de enriquecer e ao príncipe a arte de governar: é o *artha*, ciência do útil e da política[3]. Outros, finalmente, desenvolvem uma ciência do prazer: é o *kama*.

---

1. Biardeau, M., *Clefs pour la pensée hindoue* (1972); Dumont, L., *Homo hierarchicus. Essai sur le système des castes* (1966).

2. Kane, P. V., *History of Dharmasastra (Ancient and mediaeval religious and civil law in India)*, 5 vols. (1930-62).

3. Kautilya, *L'Arthasastra. Le traité politique de l'Inde*. Excertos escolhidos e publicados com uma Introdução por M. Rivière (1971).

*Dharma*, *artha* e *kama* são todos três legítimos e a ordem natural das coisas exige que sejam devidamente considerados pelos homens. Contudo, cada um deverá agir como a categoria social a que pertence o exigir. O brâmane esforçar-se-á por conduzir a sua vida tanto quanto possível segundo o *dharma*; os dirigentes e os comerciantes procurarão, antes de tudo, o útil, considerando o *artha*; as mulheres, que não têm destino próprio após a morte, colocarão em primeiro plano o *kama*.

Na filosofia hindu é claramente reconhecida uma certa superioridade ao *dharma*, mas desse fato não resulta que o *artha* ou o *kama* devam necessariamente subjugar-se às exigências do *dharma*. O *dharma* não exprime, de fato, a moral hinduística na sua totalidade; por isso mesmo é muito diferente do *fiqh*, que domina sem contestação na sociedade muçulmana; na verdade não merece ser visto como se fosse um "direito" propriamente dito. Mais do que um direito, o *dharma* é um simples modelo que se adapta às derrogações e pede mesmo certas adaptações, dentro do espírito de realismo e, mais ainda, de tolerância, que constitui a marca distintiva do hinduísmo.

**449. O *dharma*.** O *dharma* fundamenta-se na crença de que existe uma ordem no Universo, inerente à natureza das coisas, necessária à preservação do mundo, e da qual os próprios deuses são apenas protetores. O *dharma* abrange no seu conjunto a conduta dos homens. Ele não distingue entre deveres religiosos e obrigações propriamente jurídicas. Indica, por exemplo, aos hindus a penitência à qual devem submeter-se quando pecarem e as ocasiões nas quais devem oferecer sacrifícios; impõe-lhes leis em matéria de esmola e de hospitalidade; impõe aos soberanos a visita aos templos e a garantia da segurança pública. A ideia ocidental de "direitos subjetivos" é totalmente estranha ao *dharma* e ao pensamento hindu. O *dharma* assenta na ideia de deveres, não na de direitos; ele indica a cada um como deve comportar-se se pretende ser um homem de bem e se se preocupa com o que vem depois da morte. Os deveres assim impostos variam segundo a condição de cada um e também com a idade dos indivíduos[4];

são particularmente rigorosos para as pessoas de condição superior. Existem independentemente de todo o mecanismo destinado a assegurar a sua eficácia.

A autoridade do *dharma* não reside no costume. O seu prestígio deve-se ao religioso respeito inspirado por aqueles que exprimiram os seus mandamentos, sábios dos tempos passados que souberam pôr em destaque o "bom costume" e tiveram uma visão incontestada da ordem divina.

**450. *Dharmasastras* e *nibandhas*.** O *dharma* encontra-se exposto em tratados chamados *dharmasastras*. Os mais célebres foram escritos em verso: são, em especial, as leis de Manou, as de Yajnavalkya e as de Narada, que se julga terem sido redigidas entre o primeiro século a.C. e o século III ou IV da nossa era.

O que deve ser considerado como obra de *dharma*, impondo autoridade, foi estabelecido pela tradição. Os *dharmasastras*, reconhecidos como tais, formam um todo, qualquer que tenha sido a época em que tenham sido redigidos; o seu conjunto deve ser tomado em consideração para conhecer o *dharma*. Não se pode pretender conhecê-lo através de uma obra particular, por mais prestigiosa que seja; os *sastras* explicam-se uns pelos outros e completam-se reciprocamente. Existe na Índia, por esta razão, outra categoria de obras, os *nibandhas*. Os *nibandhas* se destinam a esclarecer o sentido, por vezes obscuro, dos *dharmasastras*, a torná-los inteligíveis aos homens cultos e também a resolver as aparentes contradições entre os diversos *dharmasastras*. Certos *nibandhas* abrangem o conjunto do *dharma*, outros visam apenas uma instituição particular. Seus autores ora são conhecidos, ora desconhecidos. Suas datas se escalonam entre os séculos XI e XVII.

O *dharma* é uno e só pode ser conhecido a partir do conjunto dos *dharmasastras*. Porém, existe um grande número de

4. Sobre as distinções fundamentais (castas e idades) feitas na sociedade hindu, cf. Lingat, R., *Les sources du droit dans le système traditionnel de l'Inde* (1967), p. 42 s.

*dharmasastras* e os *nibandhas* são muito numerosos. Disto resulta que o conhecimento ou a preferência que se tenha por cada um deles vai variar de região para região; certos grupos sociais vivem sob a autoridade de um *nibandha* e outros sob a autoridade de um outro *nibandha* diferente. Duas *escolas* principais existem assim no direito hindu: a escola do Mitakshara e a do Dayabhaga. Estas escolas, com as distinções e subdistinções que comportam, têm efetivamente, como os ritos do islã, um domínio geográfico, embora constituam estatutos pessoais, que acompanham os indivíduos em qualquer lugar em que se encontrem: a escola do Dayabhaga domina na Bengala e em Assam, a escola do Mitakshara no resto da Índia e no Paquistão.

**451. *Dharma* e *costume*.** A vida neste mundo não poderia ser regulada unicamente pelo *dharma*. Se só este exprime uma verdade eterna, outros elementos são legitimamente levados em conta para determinar a conduta dos homens: considerações do útil (*artha*) e do agradável (*kama*). O homem sábio concilia na sua conduta a virtude com o interesse e o prazer, e não se pode esperar que as pessoas vivam em completa conformidade com o *dharma* no período de decadência (*kali*), que é o de nossa infeliz época[5]. Por esta razão o próprio *dharma* admite o costume *praeter legem* e o costume *contra legem*: deve-se, segundo Yajnavalkya e Manou, renunciar seguir a regra de conduta consagrada pelos textos se esta é reprovada, desprezada pelo mundo[6]. Entretanto, as regras costumeiras, provindas das condições contingentes de tempo e lugar, não têm relação com o comando divino, que é o fundamento do *dharma*. Elas representam um simples fato, que não merece estudo, e não poderiam servir de base para uma verdadeira essência. A realidade, portanto, é que a Índia vive segundo costumes dominados,

5. O mundo está submetido a uma evolução regressiva, comportando quatro períodos. Nós vivemos no último e, por conseguinte, no mais rude e bárbaro deles.

6. Lingat, R., *Les sources du droit dans le système traditionnel de l'Inde* (1967), p. 198 ss., 212-8.

em maior ou menor grau, pela doutrina do hinduísmo, que dispõe sobre as regras de conduta em conformidade com as quais os costumes foram, com maior ou menor intensidade, modificados, orientados ou interpretados.

Os costumes são variados. Cada casta ou subcasta segue as regras do costume que lhes são próprias; as assembleias (*panchayat*) resolvem, localmente, todas as dificuldades e todos os litígios, apoiando-se na opinião pública. A assembleia, que decide por unanimidade, dispões de meios de pressão eficazes; a sanção mais temível é a excomunhão, que faz do indivíduo um isolado numa sociedade em que a vida não se concebe fora de um grupo.

Substituindo eventualmente o costume, um outro fator que pode regular o comportamento dos hindus é constituído pela razão e pela equidade. Os *dharmasastras* mandam o indivíduo agir e o juiz decidir segundo a sua consciência, segundo a justiça, segundo a equidade, se nenhuma outra regra de direito estrito lhes é imposta. Assim, as leis de Manou recomendam que se recorra, em casos duvidosos, à "satisfação interior".

**452. Legislação e jurisprudência.** Legislação e precedentes judiciais não são considerados pelo *dharma* e pela doutrina hindu como fontes do direito.

É permitido ao príncipe legislar[7]. Porém, a arte de governar e as instituições do direito público dependem do *artha*, não do *dharma*. O *dharma* exige que se obedeça às ordens legítimas do príncipe, mas ele próprio continua, pela sua natureza, fora das "intromissões" deste. Legislação e ordens do príncipe não podem produzir efeito algum sobre o *dharma*. São apenas medidas ditadas pela oportunidade e possuem um caráter temporário; justificadas pelas circunstâncias do momento, serão modificadas quando estas circunstâncias tiverem mudado. Por outro lado, postos em presença de uma lei, os juízes não poderão apli-

---

7. Sobre a concepção hindu da função real, cf. Lingat, R., *op. cit.*, p. 231 s. Sobre o poder legislativo do rei, *ibidem*, p. 249 s.

cá-la rigorosamente; uma grande discrição lhes deve ser concedida para conciliar, tanto quanto for possível, justiça e governo.

Tal como na legislação, não se pode ver uma verdadeira fonte do direito na jurisprudência. A organização da justiça é, como a legislação, uma matéria que depende do *artha*. As decisões dos tribunais podem ser justificadas pelas circunstâncias. O *dharma* é simplesmente um guia; é da ordem natural das coisas que os juízes se afastem dele, se boas razões os impedem de com ele se conformarem, contanto que não ofendam um princípio fundamental do *dharma*. A decisão do juiz, em vista deste empirismo, não deve em caso algum ser considerada como um precedente obrigatório; a sua autoridade é limitada ao litígio que foi submetido à sua apreciação; ela apenas tem justificação em relação às circunstâncias especiais que a originaram.

**453. Doutrina moderna.** O *dharma* agrupa as regras do direito e a sua forma de expressão é bem diversa da dos direitos do Ocidente ou do direito muçulmano. Prescrições de ordem ritual e de ordem jurídica se misturam uma às outras nos *dharmasastras*. Um grande número de regras que interessam ao direito deviam, por isso, ser procuradas nos livros que, por seus títulos, parecem se referir mais à religião do que ao direito.

O livro que mais particularmente se referia ao direito, como se entende no Ocidente, era um livro chamado *vyavahara*. Começava por tratar da administração da justiça e do processo e continuava por considerar dezoito categorias de litígios, respeitantes ao direito privado e ao direito criminal[8].

Algumas regras de direito público eram formuladas nos *dharmasastras*, mas a ciência do governo era objeto de uma outra ciência, tratada nos *arthasastras*.

Os autores de livros modernos sobre direito hindu, influenciados pelas concepções ocidentais, já não pretendem expor o *dharma*, mas sim o direito positivo que é aplicável nos

8. Lingat, R., *op. cit.*, p. 99; Derret, J. D. M., Krishnamurthy Iyer, T. K., "Structure and the Divisions of the Law (VI. Hindu Law)", in *International Encyclopedia of Comparative Law*, vol. II, cap. II (1972).

nossos dias aos hindus. Eles excluem das suas obras tudo o que, segundo a concepção ocidental, pertence ao domínio da religião e também todos os ramos de direito que vieram a ser regulados, na Índia, pelo direito territorial aplicável a todos os indianos, sem considerar a religião a que pertencem. O direito hindu, por eles exposto, compreende principalmente as seguintes matérias: filiação, incapazes, adoção, casamento e divórcio, propriedade familiar, sucessões *ab intestat*, sucessões testamentárias, fundações religiosas, *damdupat*, convenções *benami*[9], indivisão perpétua. Estas matérias não deixam transparecer a originalidade profunda do direito hindu; mas basta abrir um livro de direito hindu para descobrir, no interior de cada uma delas, numerosos termos que não puderam ser traduzidos porque correspondem a noções desconhecidas no Ocidente. Existem, por exemplo, segundo o direito hindu, oito espécies de casamentos, e a existência de uma propriedade familiar (*joint family property*) contribui igualmente para a complexidade do direito hindu. É necessário estar-se familiarizado com concepções e estruturas sociais do hinduísmo para poder ler e compreender um livro de direito hindu.

**454. O domínio muçulmano.** Sob o domínio muçulmano, que se estabeleceu no norte e no centro da Índia no século XVI, os tribunais apenas aplicaram o direito muçulmano. O direito consuetudinário hindu continuou a ser aplicado pelos *panchayats* de castas, mas não pôde desenvolver-se e ver reforçada a sua autoridade pela ação dos organismos, judiciários ou administrativos, do Estado. Ele se afirma, assim, como questão da religião, da decência e dos costumes, mais do que como direito.

**455. O domínio britânico.** Tal era a situação quando, no século XVIII, o domínio britânico se substituiu – primeiro de fato, depois de direito – ao do Grande Mogol.

---

9. *Damdupat* e convenções *benami* são os principais vestígios que permanecem das concepções hindus num direito dos contratos hoje anglicizado. O *damdupat* é uma regra que limita a possibilidade de acumulação dos juros em caso de empréstimo; a convenção *benami* aparenta-se à fidúcia e ao *trust*.

De acordo com o princípio que constantemente dominou a sua política, os novos conquistadores da Índia não procuraram impor aos seus novos súditos o direito inglês. Eles pretenderam aplicar às populações da Índia, principalmente em matéria de direito privado, as regras que lhes eram familiares. O estabelecimento do domínio britânico teve, no entanto, sobre a evolução do direito hindu, uma influência considerável. Esta influência manifestou-se de duplo modo[10].

Inicialmente manifestou-se de modo positivo, fazendo sair o direito hindu da clandestinidade e reconhecendo oficialmente o valor e a autoridade deste direito, contrariamente ao que acontecia sob o domínio muçulmano: direito hindu e direito muçulmano foram colocados no mesmo plano, no momento em que os juízes britânicos tiveram de estatuir sobre litígios para os quais se aplicavam esses direitos.

Se o domínio britânico foi, sob este aspecto, favorável ao progresso do direito hindu, foi, pelo contrário, sob outro ponto de vista, fatal ao direito hindu tradicional. Originou uma profunda transformação deste direito; e teve, sobretudo, como corolário acantoná-lo na regulamentação de certas relações, enquanto setores cada vez mais importantes da vida social foram submetidos a um novo direito de natureza territorial aplicável a todos os habitantes da Índia sem considerar a sua religião.

**456. O recurso aos *pundits*.** O desejo de respeitar as regras do direito hindu foi contrariado pela ignorância que os novos donos da Índia revelaram, no início do seu domínio, sobre o direito hindu. Originariamente os ingleses acreditaram, de maneira errada, que o *dharma* era o direito positivo da Índia. Entretanto, as obras que o comentavam estavam escritas numa linguagem que eles não conheciam, e a sua complexidade desorientava-os. Para se libertarem dos obstáculos, por diversas vezes pensaram levar a cabo uma obra de codificação[11].

---

10. Derret, J. D. M., "The Administration of Hindu Law by the British", in *Comparative Studies in Society and History*, vol. IV (1961), p. 10-52.

11. Uma codificação do direito hindu dos contratos e das sucessões, sobre o modelo das "inestimáveis Pandeotas de Justiniano", é proposta por sir

Enquanto esta obra não era realizada, recorreram a um expediente. Decidiram que os juízes seriam auxiliados por peritos, os *pundits*, que lhes indicariam, com base nos *dharmasastras* e *nibandhas* a solução aplicável ao litígio. Até 1864, a função do juiz foi somente conferir força executória à decisão que os *pundits* lhe indicavam como devendo ser dada ao litígio.

**457. Recurso a outras técnicas.** Os *pundits* foram, por parte de alguns autores, objeto de veementes críticas. Acusaram-nos de terem sido venais, de terem interpretado mal os textos do direito hindu, e até de os terem falseado. Na realidade, o próprio princípio sobre o qual era fundado o recurso ao *pundits* era falso: a solução dos litígios não podia buscar-se unicamente nos livros sagrados, porque as regras neles expostas apenas constituem um ideal; no momento da sua aplicação é necessário dotá-las de uma grande flexibilidade para que sejam também considerados os costumes e a equidade.

Os juízes britânicos sentiram-se sempre embaraçados, enquanto a sua atividade se limitou unicamente a dar força executória às decisões dos *pundits*. Quando foram publicadas traduções suficientes dos livros dos *dharmas*, quando igualmente passaram a existir livros de direito e especialmente compilações de jurisprudência relativas ao direito hindu e escritas em inglês, o sistema que fora seguido pareceu ultrapassado. E isso era mais evidente porque a ciência agora revelava e denunciava o erro que fora cometido na caracterização da natureza e da autoridade do *dharma*[12].

Mas qual era então a solução que convinha adotar? A atitude tomada não foi a mesma por toda parte. As províncias e os

---

Wiliam Jones a Lorde Cornwallis em 1788. Este *Digesto*, concluído em 1797 pelo *pundit* Jagannatha, foi traduzido em inglês por Colebrooke. A ideia de codificar o direito hindu será retomada ulteriormente pela 1ª Comissão Legislativa, constituída em 1833. Cf. *infra*, nº 472.

12. J. H. Nelson fala, em 1881, do “monstro chamado direito hindu” (*Prospectus of the Scientific Study of the Hindu Law*). John D. Mayne argumenta que se agiu como se se tivesse feito aplicar o direito na Inglaterra, por indivíduos que não tinham à sua disposição senão Glanvill, Fleta, Bracton e Coke (*Hindu Law and Usage* [6ª ed., 1900], p. 44).

tribunais eram agora muito independentes uns dos outros. No norte e no centro da Índia compilaram-se os costumes das populações e começou-se a aplicá-los. No Sul, pelo contrário, na jurisdição do tribunal de Madras, perseverar-se-ão os processos anteriores, considerando, em suma, que as populações pareciam estar profundamente conformadas com eles, e que a segurança das relações jurídicas impunha o respeito pelos precedentes[13].

**458. Deformação sofrida pelo direito hindu.** O modo como o direito hindu foi aplicado, em um e outro caso, suscitou muitas críticas. Os juízes, se queriam seguir as regras do *dharma*, estavam mal apetrechados para o fazer. Um terço ou, no máximo, a metade dos *dharmasastras* foi traduzida em língua inglesa, e os juízes apenas podiam ter um conhecimento muito parcial de um sistema que exigia o conhecimento global das suas fontes. Sancionaram-se assim regras que nunca tinham existido ou que tinham caído em desuso. Por outro lado, se pretendiam aplicar os costumes, os juízes arriscavam-se a aceitar demasiado facilmente como verdadeiras as descrições destes, contidas em obras escritas pelos europeus que não haviam visto ou compreendido em toda a sua complexidade as concepções e os costumes hindus[14]. A infinita variedade e o caráter destes costumes não puderam ser compreendidos pelos

13. "Considero um grotesco absurdo – disse um juiz deste tribunal – aplicar aos Maravans a doutrina do direito hindu... Hoje, no entanto, é demasiado tarde para agir segundo a consciência que tenho deste absurdo, mas não desejaria que se pudesse acreditar que não me dou conta disso", *Kattama Nachiar v. Dorasinga Tevar* (1868) 6 M.H.C.R. 310, por Holloway, J. O *Madras Civil Court Act* de 1873 atribui efeitos a "todo o costume que, tendo força de lei, se aplica às pessoas ou aos bens em causa"; mas o *High Court* de Madras não atribui efeitos a esta prescrição, de um modo geral, senão para os assuntos vindos do Oeste da província (Malabar).

14. Um autor com tanta experiência como sir Henry S. Maine, por exemplo, reconheceu ter pecado por excesso de sistematização na descrição dos domínios do direito hindu; a influência que exerceu sobre os tribunais originou uma deformação deste direito. Cf. Derret, J. D. M.. "The Development of the Concept of Property in India, c. A.D. 800-1800", in *Zeitschrift für vergleichende Rechtswissenschaft* (1962), p. 15-130.

juristas habituados à ideia de uma *commune ley*. Os juízes britânicos, por outro lado, de acordo com os seus próprios métodos, concederam aos precedentes judiciários uma autoridade que a tradição hindu de modo algum lhes reconhecia. Por vezes, também modificaram, de modo consciente, o direito hindu, pois, na verdade, as suas soluções pareciam-lhes chocantes – nunca se aperceberam de que estas soluções podiam corresponder ao sentimento de justiça existente no seio da comunidade hindu. A necessidade de usar uma terminologia inglesa, imprópria para exprimir os conceitos do direito hindu, foi outra das causas da distorção deste direito. Por efeito destes diversos fatores, o direito hindu foi submetido a consideráveis deformações no período do domínio britânico.

A recepção das regras de prova do direito inglês veio modificar as condições de aplicação do direito hindu[15]. Ideias tiradas da *equity* inglesa foram, do mesmo modo, aplicadas para regular as relações entre membros de uma comunidade familiar de bens ou o estatuto das fundações de caridade hindus; no primeiro caso, deformaram a noção hindu de *benami* e, no segundo caso, vieram deformar o conceito hindu de fim altruísta ou exigir condições que a liberdade *dharma*[16] não comportava segundo o direito hindu.

Estas deformações serviram para reduzir uma diversidade de costumes locais, que os próprios hindus consideravam como um mal. Por outro lado, muitas vezes, contribuíram para uma evolução que muitos acham ter sido benéfica, na medida em que modernizava o direito hindu, respeitando o seu espírito. Os juristas hindus aprovam, assim, certos desenvolvimentos que a jurisprudência operou em matéria de comunidade familiar ou em relação ao princípio que impõe ao filho pagar as

---

15. Venkataraman, S., "Influence of the Common Law and Equity on the Personal Law of the Hindus", in *Revista del Instituto de Derecho Comparado*, n^os^ 8-9 (1957), p. 156-79.

16. Venkata Subbarao, G. C., "Influence of Western Law on the Indian law of truts", in *Revista del Instituto de Derecho Comparado*, n^os^ 8-9 (1857), p. 108-17. Sobre as operações *benami*, cf. Derret, J. D. M. *Introduction to Modern Hindu Law* (1963), p. 524-8.

dívidas justamente contraídas pelo seu pai. Os tribunais souberam, nestas matérias, respeitar as ideias fundamentais do direito hindu, suavizando, com considerações de boa-fé e de equidade, o que a regulamentação tradicional podia apresentar de mais absoluto e obsoleto. Era justo e necessário que se produzisse uma evolução do direito hindu; os tribunais, por vezes, apenas fizeram reconhecer o valor de novos costumes, em condições perfeitamente admissíveis do ponto de vista do direito hindu; reconheceram a validade do testamento feito por um hindu, quando a prática de testar, ignorada completamente pelo antigo direito hindu, se difundiu[17].

**459. Limitação do domínio do direito hindu.** O domínio britânico não teve simplesmente efeito deformador, quando o julgava aplicável o direito hindu. Ele teve, outrossim, a consequência de o limitar a certos domínios.

O hinduísmo, que atribui a cada ato do homem um valor espiritual, destinado a regular em todos os seus aspectos a vida social, está apto a formular, para todas as situações concebíveis, regras de conduta. Porém, somente certas categorias de relações – aquelas que interessam a uma sociedade essencialmente agrícola e rural – tinham sido objeto da regulamentação elaborada, até o momento em que o domínio britânico se instalou na Índia. Existiam numerosas regras relativas à organização da família ou das castas, ao regime da terra, e ao das sucessões. Nas outras matérias o direito hindu era pouco desenvolvido. Não pagar as dívidas, por exemplo, era simplesmente considerado pelo *dharma* como um pecado; o direito não previa uma sanção precisa no caso de inadimplência do devedor.

O domínio britânico pôs termo ao desenvolvimento original que o direito hindu tinha podido comportar, relativamente às novas relações advindas da evolução da sociedade. O direito hindu foi aplicado pelos tribunais apenas em certos domínios

---

17. *Soorjeemoney Dossey v. Denobundoo Mallick* (1862), 9 Moo. I. A. 128, 136. Não existia nenhuma palavra para designar o testamento na linguagem da Índia.

particulares: sucessões, casamento, castas, usos e instituições ligados à religião. Fora disto, é um outro sistema de direito, como vamos ver, que se desenvolveu e se aplicou na Índia.

Poderia ter sido de outra maneira? Permitimo-nos duvidar disso. A regra em Bombaim, Calcutá e Madrasta era que o direito hindu dos contratos devia ser aplicado quando o réu fosse um hindu. O princípio assim exposto não teve grande efeito na prática; os interessados optaram, a maior parte das vezes, por submeter a sua questão ao direito inglês, que comportava uma maior certeza; a própria interpretação do direito hindu foi muitas vezes feita à maneira dos juízes estranhos à civilização da Índia[18].

**460. A legislação britânica.** Os próprios hindus manifestaram o desejo de reformar um direito que apenas imperfeitamente correspondia aos seus costumes[19]. A maneira normal de operar estas reformas devia ser pelo recurso à legislação. As autoridades britânicas, porém, intervieram com reserva no domínio em que o direito hindu fora limitado. Ao tempo do domínio britânico, somente leis de alcance limitado foram promulgadas. Rejeitaram-se certas regras, ligadas ao sistemas das castas ou consagrando a incapacidade da mulher, que chocavam numerosos elementos evoluídos da população hindu. Regularam-se igualmente em 1870, pelo *Hindu Wills Act*, os testamentos feitos pelos hindus. Mas nenhuma codificação geral interveio para modernizar e expor no seu conjunto o direito hindu; esta obra fora projetada em 1833, mas o projeto foi abandonado em 1861.

Uma obra legislativa mais importante foi concluída, quando do domínio britânico, a respeito das matérias em que se deixava de aplicar o direito hindu; mais adiante vamos expor o movimento que contribuiu para constituir um direito anglo-indiano. Devemos somente assinalar que, apesar das grandes leis que se publicaram, continuou, em certos aspectos, a ser possível tomar em consideração concepções próprias do direito

18. Jain, M. S., "The Law of Contract before the Codification", in *Journal of the Indian Law Institute* (1972), p. 178-204.

19. Derret, J. D. M., *Hindu Law Past and Present* (1957), p. 24 s.

hindu. Os tribunais de Bombaim e de Calcutá puderam assim continuar, depois da promulgação do *Indian Contract Act*, em 1872, a sancionar a dita regra de *damdupat*, segundo a qual os juros não podem, em caso algum, elevar-se a uma soma superior ao capital que é devido; o tribunal de Madras julgou de modo diferente, entendendo que esta regra se devia considerar revogada; mas uma lei de 1938 veio recolocá-la em vigor, em Madras, no tocante às dívidas contraídas nos estabelecimentos agrícolas[20].

**461. A independência.** A independência da Índia, conseguida em 1947, modificou os dados do problema e originou um novo desenvolvimento no direito hindu.

No plano judiciário, as diferentes *High Courts* estabelecidas na Índia Britânica eram apenas, antes da independência, submetidas ao controle, estrangeiro e longínquo, da Comissão Judiciária do Conselho Privado; os tribunais dos Estados principescos (Baroda, Travancore, Cochin, Mysore, Hyderabad) eram plenamente soberanos e escapavam a esse controle. Depois da independência, um novo Supremo Tribunal veio coroar a hierarquia de todos os tribunais estabelecidos na Índia. Compete-lhe a confirmação ou a retificação das decisões tomadas na época do domínio britânico; uma certa obra de reforma e de unificação do direito hindu pôde, assim, ser realizada.

No plano legislativo, foi constituída uma comissão legislativa para estudar, em nível geral, algumas formas legislativas que deveriam ser introduzidas no direito da Índia sem excetuar o direito da comunidade hindu. Os trabalhos desta comissão levaram desde logo a resultados espetaculares. Não existe, por assim dizer, nenhum princípio importante de direito ortodoxo que não tivesse sido afetado ou renovado pela legislação ou pelos códigos[21].

---

20. Rajaraman, C., "The Law of Contracts in India", in *Revista del instituto de derecho comparado*, n^os 8-9 (1957), p. 180-5. Sobre a situação atual, cf. Derret, J. D. M., *Introduction to Modern Hindu Law* (1963), p. 521.

21. Derret, J. D. M., "Statutory amendments of the Personal law of Hindus since Indian Independence", in *Rapports généraux au V^e Congrès international de droit comparé* (Bruxelas, 4-9 de agosto, 1958), p. 101-24. Adenda, do mesmo autor, *Introduction to Modern Hindu Law* (1963).

A Constituição repudiou o sistema das castas; o artigo quinze proíbe toda a discriminação fundada sob pretexto da casta. Toda a matéria do casamento e do divórcio foi profundamente reformada pelo *Hindu Marriage Act* de 1955 (alterado em 1964). O casamento, considerado como um sacramento pela religião hindu, era para o direito hindu tradicional uma doação que os pais da mulher faziam desta ao marido; a mulher, objeto do contrato, não tinha de consentir o casamento; o casamento era indissolúvel e a poligamia autorizada. Todas estas regras foram repudiadas pelo novo direito hindu: a poligamia é proibida; a lei prevê o divórcio e até a possibilidade de conceder uma pensão alimentar ao cônjuge divorciado; exige que os cônjuges consintam pessoalmente no casamento, como se se tratasse de um contrato, e estabelece uma idade mínima para o casamento tanto para o homem como para a mulher; reduz igualmente o número de impedimentos matrimoniais. Uma verdadeira revolução é, portanto, trazida ao direito hindu. A nova lei, porém, continua a ser apenas aplicável aos hindus e não a todos os cidadãos da Índia, tendo sido conservadas certas regras tradicionais do direito hindu.

Três outras partes de um *Código Hindu*, da qual a lei sobre o casamento constitui a primeira parte, foram votadas pelo parlamento: a parte relativa à menoridade e à tutela (*Hindu Minority and Guardianship Act*, 1956), a parte relativa às adoções e à obrigação alimentar (*Hindu Adoptions and Maintenance Act*, 1956) e a parte relativa às sucessões (*Hindu Succession Act*, 1956).

A lei sobre as sucessões, coroando um movimento que já inspirara um certo número de leis, esforça-se por assegurar a devolução sucessória de acordo com a ordem preestabelecida pela vontade do defunto, ordem na qual as mulheres encontram um lugar; a sucessão, segundo o direito hindu antigo, era reservada exclusivamente às pessoas que podiam, segundo a religião, conceder vantagens de ordem espiritual ao defunto, e esta ideia diretriz conduzia em geral à exclusão das mulheres. Os inconvenientes do sistema limitavam-se a uma época em que os bens, salvo exceções, eram propriedade da família; o declínio da comunidade familiar de bens, na nossa época, tornou necessária a alteração do direito.

Reformas de grande alcance foram igualmente efetuadas em matéria de comunidade familiar de bens. Já em 1930, declarou-se que os salários adquiridos pelos indivíduos lhes pertenciam como bens próprios. Esta primeira reforma foi seguida de outras. Desde 1936, uma parte da propriedade familiar cabe, como bem próprio, aos diversos herdeiros ou legatórios, entre os quais figura a viúva do defunto. Leis de reforma agrária procuraram, por outro lado, nos diversos Estados da Índia, depois de 1950, reduzir os grandes domínios, evitando, contudo, uma fragmentação excessiva da propriedade.

**462. Natureza da evolução.** O direito hindu sofreu, nos nossos dias, profundas reformas. Continua a ser um direito unicamente aplicável à parte hindu da população da Índia; mas numerosos costumes que comprometiam a unidade deste direito foram abolidos. Em relação ao passado, esta é uma importante modificação. As reformas que foram operadas são, por outro lado, substanciais. Daí não resulta que sejam condenáveis em face da ortodoxia. O *dharma* foi elaborado para uso de grupos sociais colocados a níveis muito diversos de civilização; nunca pretendeu ser mais do que um ideal, destinado a orientar a conduta dos homens, e acomoda-se, pela sua própria natureza, a todas as espécies de acordos provisórios impostos pelo costume ou pela legislação; a situação é aqui muito diferente da do direito muçulmano. Os atuais governos da Índia puderam afastar-se consideravelmente deste direito-modelo; contudo, não deixaram de afirmar, sempre que possível, o seu respeito pelos princípios da civilização hindu. O desejo de ser fiel à tradição existe apesar de todas as mudanças, e o direito hindu permanece, por esta razão, como uma das concepções fundamentais da ordem social existente no mundo contemporâneo.

**463. Direito hindu ou direito da Índia?** Uma transformação radical é realizada quando concebemos o direito não no quadro da comunidade hinduísta, mas sim no quadro das fronteiras geográficas da Índia. Esta mutação foi operada, como veremos, em numerosos domínios, em que atualmente convém falar, em vez de direito hindu, de direito indiano.

O artigo quarenta e quatro da Constituição previu a generalização deste sistema, com a elaboração de um código civil que seria comum a todos os cidadãos da Índia. Porém, como se viu, um outro método foi utilizado; é para uma modernização e uma unificação do direito hindu que até aqui se orientaram os esforços. Não é impossível, contudo, que se chegue gradualmente a realizar a promessa da Constituição, por meio de reformas que, em pontos particulares, afastarão ou modificarão os direitos de estatuto pessoal para os substituir por um direito comum.

Certas leis podem iniciar tal movimento, prevendo e regulando relações entre indianos de credos diferentes, que a religião de uns e outros não autorizava. O *Special Marriages Act*, 1954, declara, assim, válidos em face da lei os casamentos celebrados entre hindus e muçulmanos ou outros não hindus. A adoção desta lei define claramente a revolução que se operou nas ideias há um século; há cem anos, sir Henry Maine havia efetivamente elaborado um projeto de lei semelhante, mas este projeto viria a ser abandonado em virtude da oposição unânime que suscitara; "bispos, *pundits*, rabinos, *mobeds* e *mullahs* encontravam-se, pelo menos por uma vez, em completo acordo"[22]. É possível que um direito interpessoal venha assim a desenvolver-se, constituindo uma nova espécie de *jus gentium* aplicável no domínio até agora reservado a estatutos pessoais distintos.

Seja qual for a evolução futura, o direito hindu continua a ser, atualmente, para a imensa maioria dos indianos, o único sistema de direito que diz respeito à sua vida privada. É aquele que rege o seu estatuto pessoal e este é compreendido no seu sentido mais amplo. O estatuto pessoal não abrange só as relações extrapatrimoniais, mas também compreende aspectos do direito patrimonial, quer se considere o direito sucessório ou a comunidade familiar de bens. O direito hindu penetra, por este meio, no direito comercial. Se um negócio, por exemplo, é explorado pelos membros de uma família, como será muitas

22. Vesey-Fitzgerald, S. G., "The Projected Codification of Hindu Law", in 29 *J. of Comp. Legislation* (1947), p. 19-32.

vezes o caso, sem que estranhos a esta família lhe sejam associados, as regras do direito comercial indiano, insertas no *Indian Partnership Act*, não serão aplicáveis; as relações entre sócios serão reguladas pelo direito hindu, porque elas derivam do seu estatuto e não se consideram como emergentes de um contrato. Por outro lado, não é necessário insistir sobre a importância que apresenta a comunidade familiar de bens, do ponto de vista do crédito, num país onde apenas a família pode, em princípio, ser proprietária; mas parece que as comunidades familiares de bens se vão tornando cada vez mais raras.

**464. Direito novo e costumes tradicionais.** O que é permitido pergunta-se, sobretudo, é em que medida o direito estatal dá hoje conta da realidade sociológica da Índia. O legislador pode, de um só golpe, abolir o regime das castas, autorizar os casamentos intercastas, substituir os *punchayats* de aldeias aos *punchayats* de casta tradicionais. Porém, a sua obra, mesmo se necessária ao desenvolvimento do país não pode, de um dia para outro, mudar hábitos e pontos de vista enraizados há séculos e ligados a crenças religiosas. A maioria dos hindus (80%), vivendo no campo, continua a viver como seus antepassados; são administrados e julgados, à margem dos organismos oficiais, pelas instituições que sempre conheceram. Uma obra de legislação não basta; impõe-se uma obra paciente de reeducação.

O sucesso dessa obra está ligado ao desenvolvimento de uma economia moderna na Índia; é evidente a dificuldade de escapar aqui a um círculo vicioso, sendo este desenvolvimento consideravelmente freado pelas estruturas, crenças e comportamentos forjados por uma tradição imemorial, sempre venerada.

Capítulo II

# *O direito nacional da Índia*

**465. Definição do direito indiano.** O direito hindu é o de uma comunidade fundada sobre a vinculação estreita e uma religião. Este direito tende a ser substituído, atualmente, por um direito nacional, cuja aplicação é independente da filiação religiosa dos interessados. A tendência atual na Índia é substituir o conceito tradicional de direito religioso (direito hindu, direito parsi, direito muçulmano, direito canônico) pelo conceito ocidental de um direito laico, autônomo em relação à religião. Este direito nacional da Índia é chamado direito *indiano*, por oposição ao direito *hindu*. Ele compreende todas as leis da Índia que são, em princípio, de aplicação geral, mesmo quando disposições particulares destas leis as declaram inaplicáveis a certas categorias de cidadãos. O *Indian Succession Act*, por exemplo, é considerado parte do direito indiano, embora esteja previsto expressamente nesta lei que, com exceção de algumas disposições, ela não se aplica nem aos hindus, nem aos muçulmanos, nem aos budistas, nem aos parsis e que deixa fora do seu domínio a imensa maioria da população da Índia em tudo o que respeita às sucessões *ab intestato*.

**466. A noção de *lex loci*.** A noção de direito territorial (*lex loci*), que concebe o direito como um corpo autônomo de regras em relação à religião ou a tribo, é uma noção ocidental, moderna, estranha à tradição da Índia[1]. Era desconhecida na

1. Da mesma forma, em Roma, o *jus civile* só dizia respeito aos cidadãos romanos, e foi necessário desenvolver um outro sistema, o do *jus gentium*, para as relações nas quais estava implicado um não romano.

Índia antes do domínio britânico. O direito muçulmano era então, é certo, o único direito aplicável pelos tribunais, cujo acatamento era assegurado pelas autoridades públicas, mas não podia, só por isto, ser considerado como um direito territorial; o direito muçulmano está ligado à religião do islã e é, pela sua própria natureza, inaplicável aos não muçulmanos, quer se trate de cristãos, judeus ou gentios (*gentoos*), como eram então qualificados os hindus. Apenas em matéria de direito criminal se aplicava aos hindus, na maior parte da Índia, o direito muçulmano[2]. Nas outras matéria deixava-se que aplicassem entre eles os seus costumes; não existia direito territorial.

A criação de um direito territorial impôs-se na Índia sob o domínio britânico. A constituição de um tal direito surgiu como o melhor meio de regular as relações entre pessoas pertencentes a comunidades diferentes. Por outro lado, direito muçulmano e direito hindu deixavam fora da sua aplicação comunidades importantes da população da Índia[3]: cristãos, judeus, parsis e pessoas cuja integração numa comunidade era duvidosa. Impunha-se a criação de um direito territorial para uso destas populações, cada vez mais numerosas, a partir sobretudo do momento em que a Índia, em 1833, se abriu aos europeus. Direito muçulmano e direito hindu, enfim, comportavam grandes lacunas, mesmo concedendo que em teoria eles estavam aptos a regular todas as espécies de relações; o desenvolvimento da Índia seria favorecido se, para regular as novas relações, se instituísse um direito territorial comum aos muçulmanos e aos hindus, assim como aos habitantes pertencentes a outros credos.

**467. A *lex loci* nas Presidências.** Qual vai ser este direito territorial, e como ele vai poder ser constituído? A resposta a

---

2. A província de Bombaim fazia exceção a esta regra.

3. Poucos países existiam, note-se, onde tanta gente não seria submetida a lei alguma se não houvesse *lex loci*. Alguns juízes aplicavam, nestas circunstâncias, o direito canônico às comunidades cristãs; *Lopes v. Lopes* (1885) I. L. R. 12 Cal. 706. Outros faziam apelo ao seu sentimento de justiça, outros, ainda, aplicavam o direito inglês.

estas duas questões variou em razão da complexidade e evolução política e constitucional da Índia[4].

Nas instâncias de Bombaim, de Calcutá e de Madras (*Presidency Towns*) os tribunais reais, criados desde a origem do domínio britânico, receberam instruções no sentido de aplicarem, em princípio, o direito inglês, tal como era aplicado no ano de 1726. Contudo, este princípio comportava duas ressalvas. O direito inglês só era aplicável sob reserva dos regulamentos (*Regulations*) que em certas matérias podiam ter sido definidos pelas autoridades locais. Só era aplicável, por outro lado, na medida em que a sua aplicação parecesse possível no meio particular da Índia[5]. Por último, e em especial, a competência dos tribunais reais abrangia originariamente apenas os litígios em que um dos interessados era inglês ou os litígios para os quais esta competência era formalmente admitida pelos pleiteantes. Quando, em 1781, a competência dos tribunais ingleses se estendeu a todos os litígios, especificou-se que, para os litígios privados, interessando a muçulmanos ou hindus, o tribunal estatuiria, conforme o caso, segundo o direito muçulmano ou hindu. O direito, fundado sobre o direito inglês, aplicado nas Presidências é, todavia, a origem daquele que viria a ser o direito anglo-indiano (*Anglo-Indian Law*).

**468. A *lex loci* no mofussil. Primeiro período.** No restante da Índia, chamado *mofussil* ou *moffassal*, a situação era diferente[6]. Os tribunais estabelecidos no *mofussil* não são tribunais reais ingleses, mas tribunais da Companhia das Índias

---

4. Setalvad, M. C., *The Role of English Law in India* (1966).

5. Rejeitou-se, assim, a aplicação das leis inglesas sobre o respeito ao domingo, as sanções penais previstas pelo direito inglês no caso de suicídio, a regra inglesa proibindo aos estrangeiros possuir imóveis e muitas outras regras técnicas do direito inglês. M. C. Setalvad fala a este propósito de "aplicação seletiva" do direito inglês: *The Common Law in India* (1960), p. 53.

6. Não parece que haja lugar à distinção, neste nosso tema, entre províncias administrativas diretamente (*British India*) e os Estados indianos. Os Estados indianos cobriam, antes da independência, um terço da superfície e agrupavam pelo menos um quarto da população da Índia.

(*East Indian Company*); esta tem, desde 1765, em virtude de um privilégio (*diwani grant*) que lhe fora concedido, o direito de cobrar impostos mediante o pagamento anual de uma soma adjudicatória ao imperador (*Mogol*); a este direito está ligado o de administrar a justiça. Esta situação durará até 1858, data em que o governo da Índia ficará sob a autoridade direta da Coroa.

A necessidade de aplicar o direito inglês não era sentida no *mofussil*. A aplicação deste direito teria sido, de resto, difícil. Por consequência, fez-se uma distinção, cuja origem se encontra no "plano" estabelecido em 1772 pelo governador-geral Warren Hastings. Em matéria de sucessões, de casamento, de casta e de outros usos ou instituições ligados à religião há lugar para a aplicação, segundo os casos, das regras do direito hindu ou das do direito muçulmano. Noutras matérias convém estatuir segundo os princípios de justiça, de equidade e de consciência (*principles of justice, equity and good conscience*). Esta fórmula é a de um regulamento de 1781, que cria dois tribunais superiores, um em matéria civil (*Sadar Diwani Adalat*), outro em matéria penal (*Sadar Nizamat Adalat*) para as províncias de Bengala, Bihar e Orissa. Ela é retomada no *Indian High Courts Act* de 1861, que reorganiza a justiça em toda a Índia[7]. A situação no *mofussil* é, por consequência, a seguinte: por um lado, o direito muçulmano e o direito hindu, limitados a certos domínios específicos, não têm o mesmo alcance de aplicação que nas Presidências; por outro, o direito que deve, além deles, ser aplicado não é, como nas Presidências, o direito inglês: os tribunais devem encontrar a regra de direito aplicável, procurando a solução mais conforme aos princípios da justiça, da equidade e da consciência.

Esta fórmula, como recentemente mostrou um autor[8], não teve por objeto proteger a importação do direito inglês, mas

---

7. A distinção entre tribunais reais e tribunais da Companhia desapareceu então, mas os termos dos antigos regulamentos, indicando como os tribunais deviam administrar a justiça, são reproduzidos na nova lei.

8. Derrett, J. D. M., "Justice, Equity and Good Conscience", in Aderson, J. N. D., org., *Changing Law in Developing Countries* (1963), p. 114-53.

sim excluir a aplicação da *common law*. Também, numa primeira fase, um importante lugar foi deixado à sabedoria daqueles que eram chamados a solucionar os litígios. Nenhuma "recepção" deliberada do direito inglês teve lugar nesta época, pelo menos de modo geral, a partir da fórmula que a lei empregava[9]. A justiça era então feita pelos administradores civis (*Revenue Officers*), que não eram juristas nem conheciam o direito inglês, e os debates realizavam-se muitas vezes numa das línguas da Índia. Por outro lado, o direito inglês não parecia o mais apropriado para as populações nas quais os ingleses eram em número insignificante. Aplicaram-se principalmente, ao que parece, as regras que pareciam, aos olhos dos administradores, considerando a religião que professavam e todas as demais circunstâncias, ser as mais aptas a realizar a justiça: regras do direito hindu ou do direito muçulmano, costumes locais ou regras que pareciam ser simplesmente as mais equitativas segundo o bom senso do juiz, porque uma "notável ausência de princípios jurídicos indígenas"[10] caracterizava a situação.

**469. Segundo período. A codificação.** Inicia-se um segundo período com o *Charter Act* de 1833. A fórmula da codificação, que triunfou na França e que teve na própria Inglaterra numerosos partidários, parece ter desempenhado serviços relevantes na Índia. Ela vai servir, neste país, para conferir segurança e unidade ao direito, no interesse da justiça e do desenvolvimento do país; ela permitirá a recepção de um direito inglês sistematizado, simplificado, modernizado e adaptado às condições próprias da Índia.

Um *law member*, verdadeiro ministro da justiça, é acrescentado em 1833 ao conselho de três membros que assiste o

9. A Regra VII de 1852, de Bengala, especifica que a fórmula "justiça, equidade e consciência" não deve ser interpretada como justificando a aplicação do direito inglês ou de qualquer outro direito estrangeiro. Importa que os juízes se interroguem, em cada caso, se a regra que têm em vista tem capacidade para satisfazer as exigências de justiça, tais como elas surgem no contexto próprio da Índia.

10. Gledhill, A., *The Republic of India* (2ª ed., 1964), p. 211.

governador-geral no governo da Índia[11]. A primeira personalidade nomeada para este posto, o futuro Lorde Macaulay, é, como muitos dos seus contemporâneos, um fervoroso admirador de Bentham e da codificação, prevista formalmente pela seção cinquenta e três do *Charter Act*. Uma primeira *Law Commission*, sob a sua presidência, vai funcionar de 1833 a 1840; dessa gestão resultará um famoso relatório conhecido sob o nome de *Lex Loci Report*. A comissão projeta a elaboração de três códigos: um que exponha sistematicamente as regras do direito muçulmano, um segundo código que exponha as regras do direito hindu, e um terceiro que exponha as regras do direito territorial (*lex loci*) que será aplicável sempre que o direito hindu e muçulmano não o sejam; este terceiro código porá fim à diversidade do direito que se observava entre as diversas regiões da Índia, e especialmente entre as regras e os próprios princípios de decisão seguidos nas Presidências por um lado, no *mofussil* por outro. No que se refere a este terceiro código, a comissão propõe tomar por base o direito inglês, salvo certas exceções e observando certas adaptações; uma cláusula geral salvaguardará os costumes estabelecidos e os usos imemoriais aos quais os indígenas estão submetidos.

As propostas feitas pela primeira comissão, e especialmente um projeto de código penal por ela preparado, não produziram um resultado imediato. O princípio da codificação, por ela admitido, encontrava nos juristas da *common law* sérias resistências, e o projeto de códigos relativos ao direito hindu e ao direito muçulmano, por outro lado, suscitava graves objeções. Uma segunda comissão, constituída em 1853, abandona estes dois últimos projetos e concentra os seus esforços no estabelecimento de uma *lex loci*[12]. Foi necessário, porém, esperar pelo

---

11. Diferentemente da Inglaterra, existe ainda atualmente, na Índia, um Ministro da Justiça (*Minister of Law*).

12. A comissão observou em 1882, muito justamente, que, no que respeita ao direito muçulmano, o código considerado não poderia realizar-se, dada a natureza deste direito. O legislador não devia comprometer a sua autoridade numa tal obra.

choque provocado pela rebelião de 1857 e pelas reformas constitucionais que estas revoltas provocaram, para que fossem realizados progressos substanciais[13].

Segue-se um intenso movimento legislativo, de 1859 a 1882. Constituiu-se, então, um vasto corpo de direito indiano, com a cooperação de duas novas comissões, tendo a sua autoridade substituído aquela que se atribuía precedentemente ao direito inglês nas Presidências, por um lado, e, por outro, à jurisprudência do *mofussil*, fundada sobre os princípios da justiça. Este processo iria em seguida se abrandar, sem contudo cessar.

Os principais elementos do direito indiano são constituídos por diferentes códigos e por grandes leis. É curioso constatar que se deu o nome de códigos às leis indianas somente nos casos em que eles, quanto ao seu conteúdo, correspondiam a um dos códigos do modelo napoleônico. Assim, existe na Índia um código de processo civil (1859, atualmente substituído por um código de 1908), um código penal (1860), um código de processo penal (1861). As outras grandes leis, que codificaram a *common law* da Índia, não são chamadas códigos. Podemos citar a lei sobre a prescrição (*Limitation Act*, 1859), a lei sobre as sucessões (*Succession Act*, 1865, hoje substituída por uma lei de 1925), a lei sobre os contratos (*Contract Act*, 1872)[14], a lei sobre as provas (*Evidence Act*, 1872), a lei sobre a execução específica das obrigações (*Specific Relief Act*, 1872), a lei sobre os atos do comércio (*Negotiable Instruments Act*, 1881), sobre a transferência de propriedade (*Transfer of Property Act*, 1882, emendada em 1929), a dos *trusts* (*Trusts Acts*, 1882) etc. Notar-se-á que, tal como na França, o direito da responsabilidade delitual (*torts*) não foi codificado; um projeto preparado por sir Frederick Pollock, que visava esta codificação, não chegou a realizar-se.

---

13. Já antes desta data fora julgado necessário, em 1793 (*Cornwallis Code*) e em 1827 (*Elphinstone Code*), reformar profundamente o direito criminal, considerado como bárbaro e que dava lugar a graves arbitrariedades.

14. O *Indian Contract Act*, 1872, comporta duzentos e sessenta e nove artigos, dos quais os sessenta e seis primeiros constituem uma parte geral.

**470. Recepção do direito inglês.** Por efeito destas diversas leis, que foram elaboradas por juristas ingleses e muitas vezes mesmo em Londres[15], operou-se na Índia uma verdadeira recepção do direito inglês. Esta recepção foi confirmada ao término do estatuto particular da *East India Company*, em 1858, com a abolição da soberania nominal do Mogol e quando a justiça, depois de uma reorganização dos tribunais, veio, em 1861, a ser administrada cada vez com mais frequência, em todo o território da Índia, por juízes formados na *common law*[16]. Estes, muito naturalmente, completaram a obra de recepção realizada pelo legislador e consideram, contrariamente à verdade histórica, que por "princípios de justiça, equidade e de consciência" se deveria entender as regras do direito inglês. A evolução pode ser considerada como concluída em 1887, data em que a Comissão Judiciária do Conselho Privado, que controla como instância superior a administração do direito na Índia, a consagra: "A equidade e a consciência podem ser interpretadas, de um modo geral, como significando as regras do direito inglês, se estas forem consideradas suscetíveis de aplicação à sociedade e no contexto próprio da nação indiana"[17].

**471. Originalidade do direito indiano.** Os códigos e as leis com que a Índia foi dotada, na época do domínio britânico, são fundados sobre os conceitos do direito inglês. Estão, porém, longe de ser uma obra de simples consolidação; não se limitaram a expor sistematicamente as regras do direito anterior; a

15. A segunda comissão, em particular, funcionou em Londres de 1853 a 1855.

16. O *High Courts Act* de 1861 aboliu os "Sadar abalats", assim como os supremos tribunais existentes junto às presidências. Os *High Courts* substituíram-nos em certas províncias; em outras, foram atribuídas funções análogas aos *Judicial Commissioners*, enquanto se aguardava a substituição destes pelos *High Courts*.

17. *Waghela v. Sheikh Masludin* (1887) Law Reports 14. *Indian Appeals* 89, 96. A Comissão Judiciária do Conselho Privado tinha, antes de 1870, utilizado fórmulas muito menos claras. Gledhill, A., "The Influence of Common Law and Equity on Hindu Law since 1800", in *Int. and Comp. L. Q.* (1955), 576-603.

codificação foi utilizada para reformar o direito. Os autores do código penal declararam formalmente que tinham sido influenciados na sua obra pelo código penal francês[18] e pelo código penal da Louisiana, confissão que deveria ter sido cuidadosamente evitada na Inglaterra. Os codificadores do direito indiano não temeram tampouco introduzir, nos seus códigos e suas leis, as reformas que julgaram desejáveis no direito inglês: na lei sobre os contratos, por exemplo, foram dadas soluções originais no tocante aos contratos celebrados por menores, aos contratos formais, à impossibilidade de execução e à responsabilidade contratual; foi igualmente consagrada uma concepção diferente de ordem pública (*public policy*). A codificação indiana, por esta razão, revela um progresso acentuado em relação ao direito inglês; ela foi o modelo seguido pelos que, na África Oriental e no Sudão, pretendiam codificar os seus direitos, continuando fiéis aos sistemas de *common law*.

As particularidades da Índia foram naturalmente levadas em conta na codificação indiana. Comprovam, especialmente esta observação as incriminações mantidas pelo código penal, ou, em relação ao código de processo civil, a eliminação do júri em matéria civil[19]; na lei sobre os contratos notar-se-ão as regras relativas à coação, à cessão de direitos litigiosos e à assistência dada aos pleiteantes (*maintenance* e *champerty*) e às cláusulas restritivas da liberdade comercial; na lei sobre as sucessões notar-se-á, também, a eliminação de toda a distinção entre *real* e *personal property*, o desaparecimento da declaração das liberalidades e a simplificação trazida às formas inglesas do testamento.

---

18. Anantanarayanan, M. Balasubrahmanyam, V., "Criminal Law in India", in *Revista del Instituto de Derecho Comparado*, n$^{os}$ 8-9 (1957), p. 149-55. De fato, uma certa influência escocesa parece ter sido, nesta matéria, mais importante que qualquer outra influência estrangeira.

19. Mesmo em matéria penal o júri só é imposto pelo código de processo penal nas Presidências. O código deixa a cada província a liberdade de admitir ou não esta instituição, conforme a julgue oportuna. De fato, a prática variou enormemente a este respeito. A comissão jurídica constituída em 1955 recomendou a abolição do júri, "prática inglesa que não se desenvolveu e não ganhou raízes na Índia".

**472. Ligação à família da *common law*.** Quaisquer que pudessem ter sido as reformas operadas, e apesar da importância atribuída à técnica da codificação e ao direito legislativo, o direito da Índia continuava antes da independência a pertencer à família da *common law*.

Pertencia a essa família, antes de mais nada, pela sua terminologia e pelos seus conceitos. As soluções do direito indiano podem não ser as mesmas do direito inglês; no entanto, elas inserem-se em quadros e utilizam conceitos que são próprios da *common law*. Um grande número de conceitos relativos ao direito tradicional da Índia foi eliminado[20].

O direito indiano liga-se à *common law*, em segundo lugar, pelas suas técnicas e pela própria concepção que ele tem da regra de direito. Os indianos podem ter utilizado a técnica da codificação para reformar o seu direito, porém os seus códigos são de *common law*, que os juristas da Índia utilizam da mesma maneira como são utilizados estes materiais legislativos nos países de *common law*.

A regra do precedente é admitida e chega mesmo a ser oficializada como nunca o fora na Inglaterra. Compilações de decisões judiciárias foram publicadas na Índia desde 1845, e a iniciativa privada continuou a publicar numerosas compilações: a publicação de compilações oficiais foi considerada, depois de 1861, como uma tarefa que a administração devia assumir, devendo esta dar a conhecer do mesmo modo tanto o direito de origem judiciária como o direito de fonte legislativa.

No que se refere aos conceitos e técnicas, o direito indiano é incontestavelmente aparentado com a família da *common law*. O exemplo do código penal indiano é a este respeito característico. Macaulay, o seu autor, considerava o direito criminal inglês da sua época como atrasado e bárbaro, e era sua intenção formular um código independente de todo e qualquer sistema de direito criminal existente; a Comissão Jurídica, no seu relatório de introdução ao código, envolve na mesma

---

20. Cf. as instituições evidenciadas em 1883 por Justice Field. Sir G. C. Rankin, que as assinala, concluiu que nada existia de indiano ou oriental nos códigos da Índia: *Background to Indian Law* (1946), p. 139.

censura o direito muçulmano, o direito hindu e o direito inglês. Elaborado por juristas ingleses, o código penal indiano surgiu, contudo, logo que foi terminado em 1860, como um código fundado sobre a *common law*: o código indiano rejeitara todas as soluções ultrapassadas do direito inglês, mas permanecia fundado sobre os conceitos e as maneiras de pensar dos juristas ingleses; podia-se mesmo encará-lo por esta razão, como um verdadeiro código-modelo para uso da Inglaterra[21].

A Índia não se liga à *common law* apenas pelos conceitos e pelas técnicas do seu direito. Está ainda ligada a esta pela concepção que aí existe da função judiciária, pela importância que aí se atribui à administração da justiça e ao processo e pela ideia que aí se faz da supremacia do direito (*rule of law*). Os indianos depositam a sua confiança num bom processo, decalcado do processo inglês, para atingir uma solução justa quanto ao fundo. A psicologia dos seus juristas e dos seus juízes é, por outro lado, a dos juristas e juízes ingleses, com o mesmo prestígio ligado à função judiciária[22]. O mesmo papel preponderante é tanto na Índia como na Inglaterra, atribuído ao Poder Judiciário, implicando a negação da distinção entre direito público e direito privado. Os tribunais devem exercer um controle geral sobre todo contencioso, sem que haja lugar para distinguir se o autor de uma infração ou aquele que infringiu uma regra de direito é um particular ou um agente da administração.

**473. Diferenças em relação ao direito inglês.** Não é necessário levar estas conclusões demasiado longe. Desde a origem, existem elementos que diferenciam profundamente os direitos da Inglaterra e os da Índia[23]. A distinção inglesa da

21. Setalvad, M. C., *The Common Law in India* (1960), p. 127-8; Rankin Sir G. C., *Background to Indian Law* (1946), p. 208.

22. Assim é, ainda que os juízes tenham sido tradicionalmente recrutados na Índia de duas maneiras: uns provenientes da advocacia, como na Inglaterra, outros, pela sua origem, sendo funcionários.

23. Não apenas os autores ingleses, como a própria Comissão Judiciária do Conselho Privado, advertiram os tribunais indianos, numerosas vezes, contra a tendência de seguir precedentes ingleses inadequados à Índia. Setalvad, M. C., *The Common Law in India* (1960), p. 69, 86.

*common law* e da *equity* não se faz na Índia. Isto é facilmente explicável. Nunca existiram na Índia jurisdições especiais para aplicar as regras da *equity*. Os mesmos tribunais foram sempre convocados para aplicar, ao mesmo tempo, a *common law* e a *equity*. Por esta razão, na Índia, chegou-se desde o início a uma conclusão idêntica àquela para a qual os tribunais ingleses se encontram irremediavelmente voltados após a reforma dos *Judicature Acts* em 1873-75: *common law* e *equity* são considerados como um sistema único; segundo a fórmula de um juiz, a *equity*, na Índia, encontrou o seu lugar na *common law* e não em oposição à *common law*[24]. A fusão assim realizada, da *common law* e da *equity*, conduziu a uma consideração muito diferente da inglesa da figura do *trust*; a terminologia indiana ignora, nesta matéria, a distinção inglesa dos direitos (*legal rights*) e dos interesses protegidos (*equitable interests*); para o jurista indiano, se a propriedade pertence ao *trustee*, o beneficiário do *trust* não é menos titular de um verdadeiro direito[25].

Em matéria de direitos reais, a terminologia do direito inglês foi conservada. Mas é aplicada para organizar um regime fundiário tão diferente do inglês que se pode perguntar se a identidade de terminologia não cria somente uma falsa aparência; os conceitos que se batizaram com nomes ingleses parecem ser muitas vezes, nesta matéria, diferentes na Índia e na Inglaterra.

O *Specific Relief Act* de 1877 manifesta também a originalidade do direito indiano. Esta lei reagrupou regras que, diferentes pela sua origem, parecem apresentar aos olhos dos ingleses um caráter completamente heteróclito: regras de *equity* referentes à execução *in natura* das obrigações contratuais ou

---

24. Setalvad, M. C., *The Common Law in India* (1960), p. 57: "In India equity worked through and not in opposition to the common law". Na Índia, a *equity* se realizava por meio da *common law* e não em oposição a ela.

25. Ele tem, em vez de um *equitable estate*, um *statutory right to enforce the trust* (um direito existente em virtude de a lei exigir a execução pelo *trustee* das suas obrigações). A lei indiana sobre os *trusts* não regula as relações no interior da comunidade familiar de bens; ela o especifica expressamente.

outras, mas também à retificação ou anulação dos escritos de onde derivam as obrigações, regras relativas à restituição dos bens indevidamente detidos ou usurpados, regras respeitantes às ordens que um tribunal de *common law* pode dirigir à administração (*mandamus*).

O direito internacional privado da Índia inspira-se em soluções do direito inglês. Contudo, a atenção dos juristas da Índia, neste domínio, dirige-se principalmente para as questões de conflitos entre leis de estatuto pessoal, que não se apresentam sob o mesmo aspecto e são, afinal, secundárias para os juristas ingleses[26].

**474. A independência: confirmação do direito anterior.** A independência da Índia não acarretou uma revisão dos conceitos implantados na época da dominação britânica, tampouco colocou em perigo a obra legislativa realizada.

A Constituição de 1950 proclamou a manutenção em vigor do direito anterior (art. 372). A Índia, que continua a pertencer ao *Commonwealth*, permanece sendo um país de *common law*. Entretanto, sob diversos aspectos, se reduziu a ligação com o direito inglês. Independentemente das matérias referentes ao estatuto pessoal, em que participar de uma determinada comunidade constitui um fator decisivo, o direito indiano apresenta, no interior da *common law*, uma indubitável originalidade, comparável à que vimos existir no direito dos Estados Unidos, em relação ao direito inglês.

**475. Direito constitucional.** Esta originalidade aparece especialmente para quem considera o direito constitucional da Índia[27]. A Constituição da Índia, promulgada em 1950, comporta trezentos e noventa e cinco artigos agrupados em duas partes e oito anexos. A própria existência deste documento e a União

26. Rama Rao, T. S., "Influence of English Law on Indian Private International Law", in *Revista del Instituto de Derecho Comparado*, n^os^ 8-9 (1957), p. 128-48.

27. Doré, F., *La République indienne* (1970).

de Estados que ele constitui[28] distinguem a Índia da Inglaterra, que não é um Estado federal nem tem Constituição escrita. Por outro lado, a diferença, embora não tão marcada, não deixa de ser considerável com os Estados Unidos da América.

Em ambos existe, sem dúvida, uma estrutura federal, mas os Estados da Índia dificilmente podem ser comparados aos Estados Unidos da América, porquanto a unidade linguística, que constitui um fator de unidade nos Estados Unidos, não existe na Índia. Quinze línguas, que pertencem a quatro grupos linguísticos diferentes, são reconhecidas como oficiais nos diferentes Estados[29]. A disposição da Constituição, que prevê que o *hindi* seja a língua oficial da União, dificilmente se tornará uma realidade no subcontinente indiano que, neste aspecto, se assemelha mais à Europa do que aos Estados Unidos da América[30].

Independentemente disto, as relações entre Estados e União não puderam ser regulamentadas do mesmo modo que nos Estados Unidos. A repartição de poderes entre os Estados e a União não se operou da mesma maneira nem quanto à forma, nem quanto ao fundo. Não existe na Constituição da Índia nenhuma disposição análoga à que se encontra na dos Estados Unidos, definindo o princípio de que a competência dos Estados é a regra e a das autoridades federais a exceção; a Constituição da

---

28. A divisão da Índia em Estados, prevista pela Constituição de 1950, foi modificada por diversas emendas. A Índia comporta atualmente vinte e dois Estados e um certo número de territórios. Notar-se-á que, antes de 1947, existiam, fora da *British India*, quinhentos e quarenta e nove principados extremamente variados quanto à sua importância, tanto em extensão geográfica como em população.

29. Segundo os linguistas, falam-se na Índia cento e setenta e nove línguas e quinhentos e quarenta e quatro dialetos, que se repartem em quatro grandes famílias.

30. A disposição da Constituição de 1950, prevendo que o hindi substituiria o inglês como língua oficial da Índia, teve de ser alterada em 1963 e em 1968. A própria Constituição previa, de resto, que, no que respeita ao direito (leis e atos do processo), o inglês permaneceria como língua oficial até uma data a ser fixada pelo parlamento da União. Atualmente, uma comissão procede à modernização da língua hindi para lhe permitir exprimir os conceitos da *common law*.

Índia enumera certas matérias da competência exclusiva da União (noventa e sete artigos) e outras que são da competência dos Estados (sessenta e seis artigos); outras, finalmente, cuja competência cabe a ambos, porque nesse caso a unificação surge como desejável, mas não como absolutamente necessária (quarenta e quatro artigos). Entre estes últimos figura o estabelecimento de um código civil único para toda a nação.

Por outro lado, são reconhecidas às autoridades federais amplas prerrogativas, em condições sem paralelo nos Estados Unidos, para intervirem nos Estados em circunstâncias excepcionais, com vista à manutenção da ordem e da paz; fez-se um largo uso destas disposições sempre que um Estado foi julgado ingovernável; foram também usadas para suspender as liberdades fundamentais dos cidadãos em caso de ameaça contra a segurança do país ou contra a ordem pública[31].

Submetidos durante muitos séculos ao domínio estrangeiro, os indianos experimentam um profundo sentimento de unidade e um legítimo orgulho por terem conquistado, por meios não violentos, conformes à sua doutrina, a independência. Entretanto, a Constituição de 1950 não é o mesmo tipo de documento que a Constituição dos Estados Unidos da América. Não possui, em especial, a mesma estabilidade; relativamente fácil de modificar num país em que existe um partido político dominante, ela sofreu, em vinte e cinco anos, quarenta alterações.

O controle da constitucionalidade das leis, reconhecido pelo Supremo Tribunal, tem, nestas condições, um significado diferente do dos Estados Unidos. Não se poderá falar propriamente, na Índia, de “governo de juízes”, porque as decisões do Supremo Tribunal, que contrariam o desejo de reformas do governo central – ou de certos Estados –, são facilmente neutralizadas por uma emenda à Constituição. Tal fato foi particularmente notório quando o *High Court de Patna* e o Supremo Tribunal declararam inconstitucionais, porque se mostravam contrárias ao respeito pela propriedade, as medidas de reforma

31. Pasbecq, Ch., “L’état d’urgence en République indienne”, in *Rev. int. droit comparé* (1977), p. 301-927.

agrária bastante radicais, tomadas nos Estados de Bihar e de Bengala Ocidental[32]; a quarta emenda à Constituição, votada em 1955, reagiu contra esta jurisprudência e veio permitir aos Estados, tal como à União, iniciar uma política agrária "socialista"; a mesma emenda, para excluir qualquer espécie de dúvida, tornou válidas, ao mesmo tempo e de modo expresso, sessenta e quatro leis relativas a essa matéria.

Profundamente tolerante, mas tendo de fazer face a uma extrema pobreza, a Índia hesita entre a via do liberalismo e a do socialismo e procura conciliar essas duas tendências. Os problemas apresentam-se aqui de modo diferente do dos Estados Unidos, país de abundância. A própria Constituição da Índia afastou-se deliberadamente da dos Estados Unidos em diversos aspectos. Ela procurou especialmente dar uma certa moderação ao princípio da "igual proteção das leis", reconhecendo a necessidade de consentir na existência de um estatuto especial para certas classes desfavorecidas de cidadãos ou em favor de certas castas ou tribos: cerca de 40% da população incluía-se nessas categorias[33].

A Constituição da Índia definiu, por outro lado, que o *due process of law* implicava somente a conformidade às leis regularmente publicadas e que esta fórmula não autorizava os juízes a pronunciarem-se sobre o valor moral ou o mérito dessas leis.

**476. Organização judiciária e regra do precedente.** Um outro fator que diferencia o direito da Índia do direito inglês é o modo como é organizada a justiça e como funciona a regra do precedente.

---

32. *State of West Bengal y Bela Benerjee* (1954) S. C. R. 558; – *Kameshwar Sing v. State of Bihar* (1951) 30 Pat 454. O *Land Reform Act*, promulgado em 1950 no Estado de Bihar, previa que a indenização devida ao proprietário desapossado seria variável em função da fortuna deste proprietário. A partir de então, são levadas a cabo reformas radicais em diferentes Estados, limitando a oito ou mesmo a cinco hectares a extensão de terras cultiváveis que podem ser objeto de propriedade privada.

33. Doré, F., *op. cit.*, p. 78 ss.

A Índia, consideradas sua extensão e sua população, não pode ter uma justiça centralizada como a da Inglaterra. A organização judiciária que ela adotou é, contudo, muito diferente da dos Estados Unidos da América. Na Índia não existem jurisdições federais[34] à exceção de um Supremo Tribunal Federal, com sede em Nova Delhi, composto pelo *Chief Justice of India* e treze juízes[35]. Os juízes do Supremo Tribunal são designados pelo Presidente da República, após ter recebido diversos pareceres consultivos, sem que seja necessária a aprovação do Senado.

O Supremo Tribunal tem por função essencial zelar pelo cumprimento da Constituição. Pronuncia-se sobre a validade das leis da União ou dos Estados quando a constitucionalidade destas leis é contestada. Pode ser chamado a pronunciar-se, por outro lado, nos casos em que é alegada a violação de um "direito fundamental" garantido pela Constituição. Além disso, o Supremo Tribunal tem igualmente uma competência extensa: pode, por exemplo, ser chamado a pronunciar-se pela via de um recurso contra qualquer decisão proferida por um *High Court* em matéria civil, se o interesse em jogo ultrapassa as 20.000 rupias, e pode, por outro lado, admitir um "apelo especial" contra qualquer decisão proferida por qualquer tribunal da Índia, exceção feita aos tribunais militares.

O Supremo Tribunal estabelece, ele próprio, o seu regulamento do processo, que deve, contudo, ser aprovado pelo Presidente da República; a Constituição obriga-o a prever que pelo menos cinco juízes devam participar no julgamento dos processos nos dois primeiros casos supracitados; igualmente cinco juízes se devem pronunciar quando é pedido ao tribunal

---

34. Sobre a organização judiciária nos Estados, cf. Doré, F., *op. cit.*, p. 397 ss. Além de jurisdições inferiores encontram-se, no civil, tribunais de distrito, no criminal, *Sessions Courts* e, acima destes tribunais, os *High Courts*. A alçada destes *High Courts* pode excepcionalmente compreender vários Estados ou territórios.

35. A possibilidade de um recurso para a Comissão Judiciária do Conselho Privado, em Londres, foi excluída em 1947.

um parecer meramente consultivo por parte do Presidente da República, conforme autoriza a Constituição.

O Supremo Tribunal da Índia, como o dos Estados Unidos, pode operar mudanças de jurisprudência. Isto se verifica raramente, dada a grande facilidade com que o parlamento pode modificar a Constituição. Um caso notável veio pôr em relevo esta possibilidade. O Supremo Tribunal, revendo sua jurisprudência, decidiu, em 1967, num acórdão muito contestado, que somente uma Assembleia Constituinte poderia, eventualmente, restringir os direitos fundamentais garantidos pela Constituição; o parlamento não tinha, segundo ele, este poder[36].

No que respeita a outras jurisdições, que não o Supremo Tribunal, a própria Constituição (art. 141) define que estas jurisdições devem seguir os precedentes estabelecidos pelo Supremo Tribunal. E quanto às decisões proferidas por jurisdições diferentes do Supremo Tribunal? A questão coloca-se, neste aspecto, tal como nos Estados Unidos da América. Pode perguntar-se perfeitamente se, para simplificar a administração da justiça e para assegurar a uniformidade do direito nos diversos Estados, não conviria antes abandonar, ou pelo menos tornar mais flexível, a regra do precedente, tal como ela pôde funcionar na época do domínio britânico. Uma comissão constituída em 1955 considerou a prática anterior tão ligada à psicologia dos juristas que não era possível colocá-la em causa, mesmo que isso parecesse desejável[37]. O importante papel atribuído à lei e os progressos da ideia da codificação poderão levar, na Índia como nos outros países de *common law*, a significativas mudanças nesta matéria.

---

36. *I. C. Golak Nath v. State of Punjab* (1967) S. C. 1643.

37. *Report of the Law Commission of India*, p. 628-9, citado por Setalvad, M. C., *The Common Law in India* (1960), p. 50.

TÍTULO III
# Direitos do Extremo Oriente

**477. Considerações gerais.** Os países do Extremo Oriente apresentam, quando considerados do ponto de vista da sua história ou nos dias de hoje, uma grande variedade. Dominando toda esta variedade parece possível, contudo, pelo menos do ponto de vista europeu, discernir certos traços comuns a todo o Extremo Oriente. Diferentemente dos ocidentais, os povos do Extremo Oriente não depositam a sua confiança no direito para assegurar a ordem social e a justiça. Certamente que neles existe um direito, mas este direito tem uma função subsidiária; os tribunais apenas se pronunciam, as próprias leis apenas são aplicadas se, pelo recurso a outros meios, não se conseguir eliminar os conflitos e restabelecer a ordem perturbada. As soluções precisas que o direito comporta, o recurso à coerção que ele implica são vistos com um extremo desprezo; a preservação da ordem social repousa essencialmente sobre métodos de persuasão, sobre técnicas de medição, sobre um apelo constante à autocrítica por um lado e ao espírito de moderação e de conciliação por outro.

Este ponto de vista comum em nada impede que existam, entre os diversos países do Extremo Oriente, enormes diferenças, porque a pressão social exercida sobre os indivíduos pode ser colocada a serviço de concepções muito diferentes da sociedade; geografia e história diversificaram profundamente neste aspecto a China, o Japão, a Mongólia, a Coreia, os Estados da Indochina, antes que, nos séculos XIX e XX, a intromissão do Ocidente obrigasse esses países a questionar as suas estruturas tradicionais.

Verificou-se então, pelo menos em aparência, uma verdadeira revolução. A maior parte dos países do Extremo Oriente recebeu códigos[1] e o que parecia era que, repudiando as suas maneiras de ver tradicionais, esses países pretendiam, a partir de então, fundar as relações sociais sobre o direito, ligando-se à família romano-germânica. Por outro lado, numa época posterior, alguns deles manifestaram a sua vontade de transformar as suas estruturas, edificando o comunismo.

O alcance das modificações que assim intervieram é considerável. As modificações que tiveram lugar e as que estão em curso estão longe, porém, de ter eliminado a tradição. As estruturas e instituições de tipo ocidental que foram criadas podem, em numerosos casos, constituir uma simples fachada atrás da qual as relações sociais continuam a ser regidas, em larga medida, em conformidade com os modelos tradicionais. Independentemente disso, torna-se claro que os governantes deviam considerar atitudes mentais firmadas na consciência popular e que a eles próprios dominavam; a China está comprometida, por isso, por meio de seu próprio caminho, muito diferente do soviético, com a realização do comunismo.

Examinaremos neste título, em dois capítulos, o direito dos principais países do Extremo Oriente, a China e o Japão, que representam atualmente dois tipos de sociedade, tendo um como objetivo estabelecido o comunismo, estando outro ligado aos princípios de uma democracia liberal.

Capítulo I – O direito chinês.
Capítulo II – O direito japonês.

1. O mesmo não sucede na Malásia e na Birmânia, países submetidos ao domínio britânico; o direito consuetudinário destes países – influenciado já pelo direito muçulmano e direito hindu – foi completado e transformado, em múltiplos aspectos, por instituições e concepções tiradas da *common law*.

Capítulo I

# *O direito chinês*

**478. Ordem cósmica e harmonia.** A concepção da ordem social sustentada pela tradição da China, e que se desenvolveu longe de qualquer influência estrangeira até o século XIX, difere totalmente da concepção ocidental. A ideia fundamental que está na sua base é, independentemente de qualquer dogma religioso, o postulado da existência de uma ordem cósmica, comportando uma interação recíproca entre o céu, a terra e os homens[1]. Céu e terra obedecem a regras invariáveis; os homens, pelo contrário, são senhores dos seus atos; da maneira como se conduzem vai depender a ordem ou a desordem no mundo.

A harmonia, da qual dependem o equilíbrio do mundo e a felicidade dos homens, comporta um duplo aspecto. É, em primeiro lugar, uma harmonia entre os homens e a natureza. O comportamento dos homens deve ser coordenado com a ordem da natureza. Convém, para evitar as epidemias, as más colheitas, as inundações, os tremores de terra, levar em conta o ciclo das estações, a posição dos astros, os acontecimentos naturais, para realizar os atos da vida pública e privada. Os governantes, em particular, devem dar o exemplo de uma vida conforme à ordem da natureza; está nisto a sua função essencial. Também a virtude e a moralidade contam mais nos administradores que os conhecimentos técnicos.

1. Gernet, J., *Le monde chinois* (1972). A mesma ideia foi admitida outrora, no Ocidente, com o recurso à ordalia como meio de prova. Coing, H., Die historischen Grundlegen der europeischen Rechtseinheit, J. B. der Max Planck Gesellschaft zur Forderung der Wissenschaften (1973), p. 24-36.

É necessário, em segundo lugar, uma harmonia entre os homens. É preciso, nas relações sociais, colocar em primeiro plano a ideia de conciliação, procurar o consenso. Toda a condenação, toda a sanção, toda a decisão da maioria devem ser evitadas. Todo o litígio deve ser "diluído", mais que resolvido e decidido; a solução proposta deve ser livremente aceita por cada um, porque cada um a considera justa; ninguém deve ter, assim, o sentimento de ter levado a pior. A educação e a persuasão devem estar em primeiro plano, e não a autoridade e a coerção.

**479. Função menor do direito.** Este modo de encarar as coisas leva os chineses a considerar com uma extrema reserva a nossa ideia de direito, com tudo o que ela tem de rigoroso e de abstrato[2]. Os homens não devem afirmar direitos, visto que o dever de cada um é prestar-se à conciliação e apagar-se, se houver lugar a isso, no interesse de todos. Desconfia-se muito dos juristas. Estes se arriscam bastante, referindo-se a regras abstratas, a suscitar obstáculos a soluções necessárias de compromisso; quer queiram ou não, eles encorajam, deste modo, comportamentos censuráveis, contrários ao interesse da sociedade. A solução dada deve, em qualquer ocasião, ser conforme, independentemente de um esquema jurídico, à equidade e ao sentimento de humanidade: as perdas e os danos, deste modo, devem ser tais que o seu pagamento não prejudique o autor do fato danoso e não o reduza, e à sua família, à miséria[3].

As leis não constituem um meio normal de regular os con-

---

2. A própria palavra direito, observa R. Dekkers, evoca uma certa rigidez: a linha direita. A Justiça, na sua representação simbólica, tem os olhos vendados: ela não vê os pleiteantes.

3. Tsien, Tché-Hao, "La responsabilité civile délictuelle en Chine populaire", in *Rev. int. droit comparé* (1967), p. 875-82. Adenda Tsao, Wen-Yen, "Equity in Chinese Customary Law", in *Essays in Jurisprudence in Honor of Roscoe Pound* (1962), p. 21-43; "é uma tradição venerada pelos chineses que os litígios devam ser resolvidos, considerando em primeiro lugar o sentimento de humanidade (*ch'ing*), em segundo lugar os ritos (*li*) e a razão (*lii*), e somente em último lugar fazendo apelo ao direito (*fa*)"; casos característicos são citados no mesmo artigo.

flitos entre os homens. Elas podem desempenhar uma função útil, propondo modelos de conduta ou formulando ameaças para aqueles que tiverem uma conduta antissocial. Mas não se poderia esperar que elas fossem seguidas à letra; deve observar-se uma grande discrição na sua aplicação e na sua utilização. O ideal é que as leis nunca sejam aplicadas e que os tribunais nunca venham a proferir sentenças.

Na concepção tradicional chinesa o direito não é excluído, mas é, dizem-nos, bom para os bárbaros[4]: para aqueles que não têm nenhuma preocupação com a moral e a sociedade, para os criminosos incorrigíveis, para os povos de outras raças e para os estrangeiros que não participam das ideias da civilização chinesa. O povo chinês vive normalmente sem a preocupação do direito. Não se pergunta quais são as normas legais, nem comparece perante os juízes; regula as suas relações com outrem de acordo com a sua noção daquilo que é conveniente, sem reivindicar direitos, mas tendo em vista a conciliação e a harmonia. O restabelecimento da harmonia é bastante facilitado pelo fato de uns e outros, de acordo com a educação por eles recebida, estarem naturalmente dispostos a procurar a origem dos conflitos nos seus próprios erros, na sua incúria ou na sua inabilidade, mais do que atribuí-los à má-fé ou à incapacidade do seu adversário. Típica é, neste aspecto, a atitude dos funcionários que, constatando perturbações na ordem social da sua província, se culpam dela perante o imperador ou até se suicidam, levando os súditos a interrogarem-se se não serão eles próprios os verdadeiros culpados[5]. Numa tal atmosfera, em que cada um está pronto a reconhecer os seus erros, é fácil levar as pessoas a fazer concessões e a aceitar a intervenção de um árbitro; o temor da opinião pública pode, de resto, dar muitas vezes a esta aceitação um caráter obrigatório.

---

4. Segundo a lenda, o direito (*fa*) foi inventado por um povo bárbaro, os Miao, no tempo do sábio Shun (séc. XXIII a.C.); Deus, depois, exterminou os Miao; cf. Bodde, O. e Morris, C., *Law in Imperial China* (1967).

5. T'ung-tsu, ch'ü, *Law and Society in Traditional China* (1961), p. 226 s.; Vu Van Mau, "Influence du bouddrisme sur le droit", in *Rev. asienne de droit comparé* (1964), p. 3-26.

A aversão pelo direito deve-se a diferentes fatores, entre os quais figura em primeiro lugar a má organização, talvez desejada, em todo o caso aceita alegremente pelos poderes públicos, da justiça[6]. O funcionário, ao qual incumbe administrar a justiça, está longe dos que perante ele devem responder; não é, por outro lado, um jurista e, recrutado, por princípio, numa outra província, ignora o dialeto e os costumes locais; os funcionários, aos quais o litigante deverá recorrer, estão corrompidos e arrastam voluntariamente os processos, dos quais se sustentam; o litigante está submetido a múltiplas humilhações, e o êxito dos processos é, em todos os casos, muito duvidoso: "Das dez razões que podem originar a decisão do juiz, nove são desconhecidas do público", declara a sabedoria popular, enquanto um outro adágio diz: "Processo ganho, dinheiro perdido". Tudo concorre para desviar os chineses dos tribunais e para lhes fazer regular as divergências por processos extrajudiciários[7].

**480. O confucionismo: a preeminência dos ritos.** O tipo de sociedade que se procurou realizar e manter na China durante séculos foi aquele que o confucionismo propunha. A célula de base era constituída pela família, organizada hierarquicamente sob a autoridade quase absoluta do chefe de família. As coletividades públicas e o próprio Estado eram concebidos sobre o modelo da família e evitavam imiscuir-se no largo domínio reservado àquela. Nas comunidades ou coletividades de

---

6. Um grande imperador do séc. XII, K'ang Hsi, declara-o abertamente: "Os processos tenderiam a multiplicar-se de modo assombroso se as pessoas não temessem ir aos tribunais e se tivessem confiança de encontrar sempre uma justiça facilmente acessível e perfeita. Tendo o homem ilusões a respeito do que é bom para ele, os litígios seriam então sem fim e a metade dos indivíduos do nosso Império não bastaria para regular os litígios da outra metade. Eu desejo, por consequência, que aqueles que se dirigem aos tribunais sejam tratados sem nenhuma piedade, de tal modo que se desgostem do direito e tremam à ideia de comparecer diante de um magistrado" (Citado por S. Van der Sprenkel, *Legal Institutions in Manchu China* [1962], p. 77).

7. Cohen, J. A., "Chinese Mediation on the Eve of Modernization", in 54 *California L. R.* (1966), p. 1.201-26.

todas as espécies, o dever de cada um era viver segundo ritos que o seu estatuto lhe impunha na comunidade. A observação dos ritos, prescritos pelo costume, era o princípio que, na China, se substituía ao da lei.

Nesta concepção essencialmente estática da sociedade, a ideia de piedade filial, a de submissão aos superiores hierárquicos, a interdição de qualquer excesso e de qualquer revolta eram os princípios básicos. A autoridade, porém, evitava ser arbitrária; era ela também exercida no respeito dos ritos, e era marcada por uma moral que impunha uma explicação antes de ordenar, arbitrar antes de julgar, prevenir antes de punir[8].

A China pôde viver deste modo durante séculos, sem ter uma profissão jurídica organizada. A justiça era feita por administradores que, tendo se elevado à sua função por exames puramente literários, ignoravam tudo do direito e consultavam rábulas que pertenciam a uma casta hereditária. Os homens de lei, desprezados, apenas eram consultados em segredo. Nenhuma doutrina jurídica se formara, nenhum jurisconsulto deixara nome na longa história da China.

**481. A escola dos legistas.** Apenas de modo excepcional o valor destes princípios foi contestado. O período mais marcante em que isso aconteceu é o chamado dos reinos combatentes. Nesta perturbada época, que se situa no século III antes da nossa era, a escola de pensamento dos legistas insistiu, mais do que sobre a virtude dos governantes (governo pelos homens), sobre a necessidade de obedecer às prescrições da lei (governo pelas leis). As teorias dos legistas, expostas especialmente na obra de Han-Fei-tseu, afirmam a necessidade de leis permanentes que os funcionários deverão conhecer e ao domínio das quais os indivíduos estarão inexoravelmente submetidos. Elas exprimem uma concepção da lei e do direito muito vizinha da que prevalece no Ocidente, e constituem aos nossos olhos, observa J. Escarra, "lugares-comuns não isentos de uma certa ingenuidade".

8. Tsien (J. e Tche-Hao), *loc. cit.*, p. 432.

Mas estas teorias continuam tão estranhas quanto possível à mentalidade da maioria dos chineses. Na medida em que eles se afastaram muito das ideias vigentes, os legistas apenas obtiveram um sucesso fugaz. Não lograram firmar na China a noção de regras constantes e a concepção de uma lei soberana.

Retomado sob a dinastia dos Han (206 a.C.), o confucionismo não deixou, a partir de então, de dominar o pensamento chinês. Os mongóis, no século XVIII, manifestaram por ele o seu desprezo, colocando os letrados confucionistas em companhia das prostitutas e dos mendigos, na décima e última classe da população. Esta atitude oficial passageira não teve influência; o pensamento confuciano prevaleceu até o nosso século, e o direito não interessou os chineses que procuravam noutras vias o meio de realizar a justiça. A lei apenas desempenhava um papel complementar, a serviço de uma ordem social que tinha por base os ritos[9]. Para conhecer as regras que eram efetivamente seguidas na China tradicional, no que nós chamamos direito privado ou direito civil, é necessário fazer abstração da lei e apenas levar em consideração o costume[10]. Efetivamente, os códigos chineses, que se sucederam a partir da dinastia Han, comportam somente disposições de ordem administrativa ou de ordem criminal; o direito civil é considerado apenas na medida em que a violação de certas regras consuetudinárias é sancionada[11]. Aquele que pretendesse obter, em matéria de direito

---

9. T'ung-tsu ch'ü, *Law and Society in Traditional China* (1961): "A lei interessa-se por manter o estatuto de cada um na família, não em determinar o que está bem e o que está mal."

10. McAleavy, H., "Chinese Law", in Derret, J. D. M., org., *An Introduction to Legal Systems* (1968), 105-130, p. 115.

11. Os primeiros códigos perderam-se. O código mais antigo que se conservou data da dinastia *T'ang*, do séc. VII da nossa era. O plano dos códigos ulteriores encontra-se já aí. O código está dividido em duas partes: a primeira relativa ao direito criminal (*lu*), a segunda contendo disposições de ordem administrativa (*ling*). O código em vigor quando da queda do Império, denominado *Ta-Ts'ing lü li*, havia sido publicado na sua primeira edição em 1646; a sua primeira parte comportava quatrocentos e sessenta e sete regras de base (*lu*), completadas ou modificadas por cerca de mil e oitocentas regras complementares ou de aplicação (*li*). As regras eram agrupadas em seis títulos,

privado, a intervenção do Estado devia acusar a outra parte de haver cometido um crime; a opinião pública condenava de modo geral, mesmo neste caso, tal comportamento, e o acusador expunha-se a ser ele próprio severamente punido se não provasse a sua acusação.

**482. A codificação.** O ideal de uma sociedade sem direito pôde parecer posto em causa pela Revolução de 1911. O desejo de se libertarem do Ocidente levou então os chineses a munirem-se de códigos manifestamente inspirados em moedas ocidentais: código civil em 1929-1931 (que engloba o direito civil e o direito comercial), código do processo civil em 1932, código agrário em 1930[12]. Aparentemente, o direito chinês foi, assim, europeizado e integrou-se na família de direitos resultantes do direito romano. Dessa forma, não faltaram pessoas, na China e na Europa, para o estudar como tal, num plano puramente teórico.

**483. Persistência das ideias tradicionais.** No entanto, por detrás desta fachada, as concepções tradicionais subsistiram e, salvo algumas limitações, continuaram a dominar a realidade da vida chinesa. A obra de alguns homens, ciosos de ocidentalizar o seu país, não teve por efeito a transformação súbita da mentalidade chinesa e a adaptação, em poucos anos, dos juristas e do povo chinês à concepção romana do direito

---

conforme interessassem a um ou a outro dos seis *Offices* que constituíam a administração imperial. As edições completas do código comportavam glosas, um comentário e exemplos ilustrando o sentido do texto (McAleavy, H. *op. cit.*, p. 119-22). Um resumo do *Ta-Ts'ing lü li* foi publicado em francês por G. Boulais: *Manuel du code chinois* (1924). Cf. igualmente Philastre, P. L. F., *Le Code Annamite* (2ª ed., 1909); este código, código dos *Lê*, reproduz quase textualmente o código chinês.

12. Estes códigos mantêm-se atualmente em vigor em Formosa. Sobre o direito aplicável em Hong Kong, onde estes códigos nunca vigoraram, tendo a Inglaterra anexado a ilha em 1843, cf. McAleavy, H., "Chinese Law in Hong Kong: the Choice of sources", in Anderson, J. M. D., org., *Changing Law in Developing Countries* (1963), p. 258-69.

desenvolvida por um trabalho de mais de mil anos dos juristas cristãos do Ocidente. Códigos e leis apenas eram aplicados na China na medida da sua conformidade ao consenso popular da equidade e das conveniências. A prática ignorava-os quando eles atentavam contra a tradição; não se recorria aos tribunais, ou porque se ignoravam os próprios direitos, ou porque não se queria incorrer na reprovação da sociedade; as relações sociais continuaram, por conseguinte, a ser, de fato, reguladas como no passado. Recorrer-se-ia excepcionalmente aos tribunais? Mesmo quando isso acontecia, os juízes chineses continuavam a estatuir em numerosos casos segundo o padrão confuciano, em vez de aplicarem as regras da lei escrita; recusavam-se a expulsar um locatário porque ele era miserável, desde que não tivesse cometido nenhuma falta, quando o proprietário fosse abastado e não tivesse necessidade do seu alojamento; estabeleciam prazos dilatórios para o mutuário se ele estava na miséria, quando o seu credor era um homem rico. A promulgação de novos códigos teve, no entanto, por resultado, como se temia, uma multiplicação de processos: isto parecia aos chineses ser um sinal de decadência. Parecia desejável, mesmo aos espíritos mais avançados, um retorno ao confucionismo[13].

**484. A China comunista.** A China tornou-se, em 19 de outubro de 1949, pela vitória do partido comunista dirigido por Mao-Tsé-Tung, uma república popular. Ele aderiu desde então, como a Rússia, ao dogma marxista-leninista.

A situação da China é, porém, profundamente diferente da situação da União Soviética.

A União Soviética e as democracias populares da Europa resignam-se facilmente a aceitar, numa fase de transição, o princípio de legalidade. Concedeu-se nesses países, durante séculos, um papel de primeiro plano à lei; não se experimentam grandes dificuldades em recorrer a esta técnica se ela parece ser a mais eficaz para construir e organizar a sociedade de tipo novo, igualitária e sem classes. Na China, pelo contrário, o princípio de

13. Chu-chong, *On the Reconstruction of the Chinese System of Law* (1947).

legalidade é repudiado: apenas representa, aos olhos dos chineses, um episódio de breve duração da sua história, ligado ao imperialismo ocidental do qual por fim haviam se libertado[14].

A China está, mais que a União Soviética, preparada para dar preeminência à formação moral e à educação cívica dos cidadãos sobre a coerção, mesmo que o laço que no passado se estabelecia entre harmonia social e ordem da natureza já não seja reconhecido.

**485. Primeiros anos: a via soviética.** O "Programa Comum", estabelecido em 1949, aboliu em bloco (art. 17) todas as leis, todos os decretos e todos os tribunais existentes. Após esta abolição tornou-se urgente reconstruir.

Nos primeiros anos que se seguiram à tomada do poder pelos comunistas parecia que, com este objetivo, tal como na União Soviética, se ia reconhecer, a contragosto, o primado do direito e da lei, porque se via neste princípio o meio mais eficaz e mais rápido para transformar totalmente a sociedade e preparar o advento da sociedade comunista.

Leis orgânicas, a partir de 1949, empreenderam uma obra de reorganização segundo o modelo soviético. Um Supremo Tribunal popular é encarregado de orientar o trabalho de todas as novas jurisdições; uma *Prokuratura* é igualmente instituída (sua criação parece anunciar o triunfo do princípio de legalidade). Publicaram-se grandes leis em 1950 (leis sobre o casamento, sobre a reforma agrária, sobre os sindicatos) e em 1951 (regulamento provisório sobre a organização judiciária, lei sobre a punição dos contrarrevolucionários). Constitui-se, no seio do governo central, uma comissão de codificação; ela inicia, a partir de 1950, a redação dos códigos.

Na ausência de juristas suficientemente seguros[15], a criação de novas instituições reveste-se, contudo, de grandes difi-

14. Shao-Chuan Leng, *Justice in Communist China* (1967).

15. Em 1952 e 1953 efetuou-se uma grande depuração entre o pessoal da justiça; cerca de 80% dos juízes são eliminados, entre aqueles (6.000 em 28.000) que serviram sob o regime anterior; 6.500 novos juízes são recrutados entre os "ativistas".

culdades. Os órgãos de polícia e de segurança pública assumem muitas vezes a tarefa dos tribunais; também funcionam tribunais de execução, ao lado dos tribunais populares normalmente competentes. Estes últimos são dominados muitas vezes pelos sovietes; a *Prokuratura* organiza-se com dificuldade e, muitas vezes, dificilmente discerne o que deve fazer na ausência de leis. O princípio de legalidade se instala com muita dificuldade; numerosos ataques lhe são dirigidos em 1952-1953: contra a separação do direito e da política, contra a independência dos juízes, contra a igualdade de todos perante a lei, contra o formalismo, contra a ideia de irretroatividade das leis, contra o princípio *nulla poema sine lege*, contra a prescrição.

Parece, contudo, que o modelo soviético será seguido em definitivo, e que o princípio de legalidade socialista vai triunfar. A Constituição de 1954, calcada sobre a Constituição Soviética de 1936, confirma efetivamente esta tendência[16]. A normalização faz progressos. Tribunais e *Prokuratura* são reorganizados em setembro de 1954: mais de 2.700 tribunais populares foram criados até 1957, e 94.000 "correspondentes" assistem os procuradores em setembro de 1956; um regulamento, elaborado em dezembro de 1954, concede garantias contra a prisão e a detenção.

**486. Abandono desta via: o marxismo-maoísmo.** A Revolução Chinesa toma um novo curso a partir de 1957, ano em que ocorrem as primeiras dificuldades com a União Soviética, antes da ruptura ocorrida em 1960. A China se orienta decididamente, nesta época, numa via diferente da soviética para a construção de uma sociedade comunista.

Apesar das críticas chinesas concentrarem-se sobre a equipe que sucedeu Stálin na União Soviética, a China rejeita toda a linha política seguida nesse país desde 1917. Os bens de produção foram coletivizados na União Soviética; esta é uma medida fundamental da doutrina marxista e foi igualmente

16. A Constituição comporta uma Declaração dos Direitos desenvolvida. O seu artigo setenta e oito garante a independência dos juízes.

tomada na China. Mas esta coletivização não é suficiente, nem é talvez o essencial. Marx e Lênin o compreenderam e escreveram: a classe operária não pode se limitar a tomar o poder; deve destruir uma estrutura de produção que é profundamente ligada à dominação da classe burguesa e na qual o trabalhador é apenas um "acessório vivo e isolado", utilizado para criar riquezas. Em sua preocupação exclusiva de aumentar a produção, os dirigentes soviéticos negligenciaram as reformas profundas que eram necessárias na própria gestão dos bens de produção, e a União Soviética perpetuou o essencial da ideologia de produtividade capitalista. A China quer se afastar deste modelo, que não é mais que um capitalismo de Estado; não quer substituir à luta pela emancipação total da humanidade, que propõe o marxismo, a "luta por um prato de lentilhas", proposta pelos "revisionistas" soviéticos.

Em consequência disso, a China não dará prioridade ao crescimento econômico, mas às transformações sociais: novos tipos de relações devem ser estabelecidos entre os homens, para liquidar qualquer possibilidade de exploração. Não se buscará primeiro, como na União Soviética, o desenvolvimento de um determinado setor (a indústria pesada), em detrimento dos camponeses: importa, desde já, que estes, que constituem a massa da população, tomem consciência de que as coisas mudaram e que eles não são mais explorados. Não se permitirá a uma "elite" de intelectuais (profissionais liberais, engenheiros e funcionários) que se elevem acima dos proletários; não somente os operários participarão da gestão da empresa; os diretores e demais administradores deverão igualmente participar do trabalho de produção, de modo a acabar com a distinção entre trabalhadores intelectuais e manuais. Também por uma preocupação de igualitarismo se rejeitará o sistema de salário por peça, ou por tarefa, praticado na União Soviética. Um critério político subjetivo substituirá o critério econômico de produtividade, levando em consideração a dedicação de cada um ao trabalho comum: a remuneração individual será fixada pela coletividade depois que cada trabalhador tiver declarado, conscienciosamente, o quanto julga que tem direito[17]. Talvez a produtividade seja prejudicada por estas inovações e a elevação do nível de vida dos chineses venha a ser adiada; isto, entretanto, não é garantido e de qualquer maneira valerá a pena, se por este meio for criada uma atmosfera de fraternidade[18].

Também de outro ponto de vista a via chinesa de distanciará da via soviética. O princípio do "centralismo democrático", admitido na União Soviética, e os métodos autoritários, bem como as medidas de repressão policial praticadas neste país, são vistos na China como inadequados para um Estado onde o proletariado tomou o poder. Será dada mais ênfase à persuasão que à coação, tradicionalmente considerada na China como último e lamentável recurso. Admite-se que exista no partido comunista uma direita, um centro e uma esquerda; estas contradições são normais e necessárias em todo organismo vivo. Mais ainda, se reconhece que existe sempre o perigo de o partido se esclerosar, seus dirigentes se separarem das massas e prepararem o caminho para a restauração do capitalismo, em seu benefício. Aconselha-se a tolerância; nenhum adversário é visto *a priori* como irrecuperável. Por outro lado, as massas são convidadas a exercer sua vigilância sobre os dirigentes do partido em todos os escalões, sem exceção do Comitê Central, e devem participar ativamente da definição da política a ser seguida. O próprio Mao convida o Comitê Central à autocrítica, colocando na entrada da sala de reuniões um cartaz (ta-tsu-bao) dizendo: "Fogo no quartel-general"; convida as massas à crítica e estimula a discussão em todas as organizações de base, lançando o *slogan*: "Que desabrochem cem flores, que cem escolas discutam." Ao término da "Revolução Cultural Proletária" (1966-1969), durante a qual o partido foi fortemente abalado pelas massas agrupadas em novas organizações de base, o 10º Congresso do Partido Comunista Chinês, em 1973,

---

17. Esta substituição, considerada desejável, é realizada em um número limitado de comunidades.

18. Lubman, St., "Mao and Mediation: Politics and Dispute Resolution in Communist China", in 55 *California L. R.* (1967), 1284-1359, p. 1.349 ss.

comprometeu-se a promover no futuro mudanças da mesma natureza das que então ocorreram. No capítulo primeiro dos novos estatutos do partido está consagrado este compromisso.

**487. Repúdio do princípio de legalidade.** Ao mesmo tempo que se procura, desta forma, construir verdadeiramente uma nova sociedade e não uma simples economia nova, opera-se na China uma volta à tradição, invertendo-se os papéis reconhecidos respectivamente à educação e ao direito.

O princípio de legalidade, que jamais conseguiu penetrar nos espíritos e se afirmar na prática, será repudiado. O trabalho de codificação será abandonado; as diretivas do partido substituir-se-ão à lei. Os tribunais verão a sua atividade restringida e serão subordinados aos sovietes dos diferentes escalões.

Por estes novos desenvolvimentos regressa-se à venerável tradição chinesa. A paz social deve ser conseguida por meio de uma obra de educação; é preciso obter o acordo de todos para o estabelecimento da nova ordem. Fizeram-se "pactos patrióticos", pelos quais os cidadãos se comprometem a observar as leis e a disciplina social. A conciliação é colocada em destaque; o direito apenas desempenha uma função subordinada. Proclama-o o próprio Mao-Tsé-Tung num discurso proferido em 27 de fevereiro de 1957: o direito não se fez para todo mundo. Dois métodos são, segundo os casos, apropriados para resolver as contradições que se produzem na sociedade. Um deles é o que apela para o direito e para as suas sanções: é o método da ditadura. Considerava-se outrora bom para os "bárbaros"; atualmente, reserva-se a sua aplicação para os contrarrevolucionários, logo que toda a esperança de se corrigirem deva ser abandonada. O direito não é feito para as simples contradições internas, diferentes das contradições antagonistas. A massa dos cidadãos não tem de sofrer a ditadura que ele exerce. Se um cidadão comete uma falta, não se deve pronunciá-lo criminalmente, citando-o perante um tribunal, condenando-o e infligindo-lhe uma sanção. Esta degradação e esta vergonha devem-lhe ser poupadas. Ela não teve, sem dúvida, plena consciência daquilo que fez; o que se impõe a seu respeito é uma obra de educação e de persuasão, não a indignidade que representa uma condenação civil ou penal.

**488. Diferenças em relação ao passado.** A composição das divergências, a dissolução dos litígios, o arrependimento das faltas continuam, pois, a estar, hoje como no passado, na ordem do dia. Falamos a este propósito de um retorno à tradição; é, porém, apenas num plano formal e técnico que se pode empregar esta expressão: quanto à essência, existem diferenças fundamentais entre a China de ontem e a China de hoje[19].

Uma primeira diferença essencial é que a ideia de uma ordem cósmica, inerente à natureza, que engloba os fenômenos naturais tal como o comportamento dos homens, desapareceu. Deixou de se acreditar que as secas, as inundações, as pragas de gafanhotos estejam em relação com a conduta dos homens. O modelo sobre o qual os homens se apoiarão para manter e restaurar a harmonia do mundo já não é constituído pelo ciclo das estações do ano; encontra-se atualmente nos ensinamentos da doutrina marxista, vista através do pensamento do presidente Mao. A vontade dinâmica de criar uma ordem nova substitui a concepção estática de outrora.

A segunda diferença com a situação do passado é ligada a uma transformação que já se pode notar: a substituição dos antigos organismos de conciliação por organismos novos. Antes, para solucionar os litígios, as pessoas se dirigiam à família, ao clã, aos vizinhos e aos notáveis. Hoje, estes organismos vão sendo abandonados; a conciliação, as advertências necessárias vão naturalmente sendo atribuídas aos politicamente mais esclarecidos, visto que é uma doutrina política e não a ordem da natureza que se toma por modelo. Foram constituídas mais de 200.000 "comissões populares de mediação", semioficiais, que resolvem milhões de litígios; além destas comissões, um número ainda maior de processos em potencial é liquidado por mediadores de múltiplas espécies (sindicatos e outras organizações sociais, comissões de rua, células do partido,

---

19. Cohen, J. A., *loc. cit.*, p. 1.202.

ativistas etc.)[20]. O papel desempenhado por estas instâncias de mediação talvez explique por que não se julgou útil, na China, instituir um sistema de arbitragem pública análogo ao da União Soviética.

Finalmente, uma terceira diferença: outrora procuravam-se, essencialmente, soluções de compromisso; cada um era pressionado a sacrificar uma parte das suas pretensões, dos seus direitos, para o restabelecimento da harmonia. Este modo de ver continua ainda, sem dúvida alguma, a dominar a regulamentação de numerosos litígios. Uma outra consideração, porém, tornou-se primordial. É menos importante restabelecer o entendimento entre os adversários que assegurar o sucesso de uma política; disto resulta uma menor importância para as ideias de conciliação e de transação. Em numerosos casos regular-se-á o conflito apenas repreendendo as partes, ordenando-lhes o abandono dos comportamentos de natureza feudal, apelando para a sua consciência, fazendo-lhes ver que a sua conduta deve estar subordinada aos imperativos da produção. Em nenhuma circunstância se trata de copiar o Ocidente, colocando em primeiro plano regras gerais e abstratas. Basta recorrer a um método, aplicar diretivas: todo o problema encontra solução para quem se inspira no pensamento de Mao, baseado numa interpretação correta da doutrina marxista-leninista.

Como na China tradicional, muitas das questões que seriam no Ocidente levadas aos tribunais continuam a ser resolvidas, na China comunista, em um nível pré-judiciário. Com uma grande paciência, procura-se levar os cidadãos a reconhecerem os seus erros e a corrigirem-se, quer se trate de questões civis ou penais. Aquele que incorre em erro não é conduzido até os juízes: as próprias pessoas de seu meio, discutindo com ele e manifestando a sua reprovação, reconduzem-no ao bom caminho.

Os processos são raros; eles apenas intervêm contra os inimigos do povo, os incorrigíveis e os depravados. As sanções

---

20. Sobre a concepção chinesa do direito internacional público, cf. Hungdah Chiu, "Communist China's Attitude toward International Law", in 60 *Am. J. of Int. Law* (1966), p. 245-67.

do direito não devem ser aplicadas àqueles que, apesar das suas possíveis faltas, continuam a ser bons cidadãos. O princípio de legalidade socialista, ao qual o direito havia parecido, numa certa época, querer ligar-se, é abandonado. O direito é o último remédio para os casos em que os outros modos de solução dos litígios tenham excepcionalmente falhado. A atividade dos tribunais, afirmam-nos, tem tratado fundamentalmente (cerca de 50%) de litígios provocados pela aplicação da lei sobre o casamento, promulgada em 1950; é aparentemente difícil para os organismos de conciliação efetuar a revolução que esta lei exige nos modos de ver tradicionais, numa matéria que toca a vida de todos os cidadãos.

**489. Leis, jurisprudência e doutrina.** Promulgaram-se na China, depois de 1949, poucas leis. Isto não se deve à situação revolucionária na qual se encontra a China, nem à impossibilidade de formular regras que rapidamente seriam ultrapassadas pelos acontecimentos. Deve-se bem mais à alergia tradicional dos chineses pelas fórmulas de arestas definidas do direito. Tal como as leis, também não existe, na China, jurisprudência: poucos acórdãos do Supremo Tribunal foram publicados e a noção de precedentes obrigatórios é desconhecida. Não existe também doutrina. Entretanto, após a morte de Mao, em 1976, ocorreu uma mudança. Após a promulgação da Constituição de 1978, assiste-se a um movimento legislativo. Assim, foram votadas, desde 1979, uma lei eleitoral, uma lei orgânica dos tribunais, uma lei sobre as *joint ventures*, uma lei regulando os investimentos de capitais chineses e estrangeiros e uma lei sobre o casamento (destinada a tornar mais flexível a instituição dos casamentos tardios, criada em 1950 para ajudar a resolver o problema demográfico). Também foram adotados um código penal e um código de processo penal. Trata-se de códigos volumosos (o de direito penal contém cento e oitenta e dois artigos e o de processo penal cento e sessenta e quatro). Quais são as razões desta mudança? Os dirigentes atuais, humilhados durante a revolução cultural, sentiram a necessidade de tranquilidade dos chineses e pensaram que a existência de textos normativos poderia ser um obstáculo às injustiças. Pretenderam também, mostrando-se mais legalistas, opôr-se à política anterior e fornecer garantias aos estrangeiros convidados a investir na China. Ao adotar um código penal, os dirigentes quiseram também combater a crescente criminalidade, esperando que um conjunto de regras tivesse um efeito dissuasivo.

Entretanto, a aplicação destes textos legislativos só poderá ser feita realmente quando o número de tribunais, magistrados e advogados tiver aumentado consideravelmente, e sobretudo quando as mentalidades, tradicionalmente hostis à rigidez das leis, tiverem evoluído. Parece difícil que o princípio de legalidade e o direito venham a desempenhar, neste país, papel semelhante ao que tem nos países ocidentais.

**490. Concepção chinesa do direito internacional.** Sempre almejada no plano das relações internas, a conciliação não parece menos desejável no plano do direito internacional[21].

No domínio das relações do comércio internacional, constitui-se na China, em 1954, uma Comissão de Arbitragem do Comércio Internacional, no seio do Conselho Chinês para a Expansão do Comércio Internacional[22]. O código de processo civil, adotado em 1982 por um período experimental, incluiu, no livro V, disposições especiais relativas ao processo em matéria de direito internacional privado. A arbitragem é regulamentada no capítulo XX. Havendo consentimento da parte chinesa e da parte estrangeira, todos os litígios relativos ao comércio internacional, aos transportes, ao direito marítimo, são submetidos a um organismo arbitral. A decisão arbitral tem autoridade de coisa julgada, e as partes já não poderão, assim, levar o caso a um tribunal popular.

---

21. Crespi-Reghizzi, G., "Legal Aspects of Trade with China: The Italian Experience", in 9 *Harvard Int. Law Journal* (1968), p. 85-139.

22. *Ibidem*, p. 124. A Comissão teve de conhecer, principalmente, casos em que os chineses eram vendedores. Quando os chineses são compradores, a cláusula compromissória prevê frequentemente a arbitragem num outro país; isso não acontece se os processos então iniciados forem concluídos por acordos de conciliação.

Capítulo II

# *O direito japonês*[1]

**491. Dados históricos: *ritsu-ryô* e feudalismo dualista.** O Japão não teve, até 1853, nenhum contato com o Ocidente; teve, porém, no decurso de sua história, relações com a China. Os seus modos de pensar tradicionais, muito afastados dos nossos, sofreram, em diversas épocas, a influência chinesa. Conservaram, contudo, em relação ao pensamento chinês, uma marcada originalidade, devida ao caráter próprio dos japoneses e ao isolamento em que os seus dirigentes mantiveram o Japão durante 250 anos.

Os primeiros movimentos do direito japonês surgiram na era Taika, que se inicia no ano de 646. Sob a influência chinesa, um planismo estatal e moralizador acaba por ser introduzido no Japão, particularmente com um sistema de repartição periódica dos arrozais do Estado, em proporção com as bocas a alimentar e uma estrita divisão de sociedade em *rangs*. Cada classe deve realizar no Estado um serviço bem definido. São estabelecidas compilações jurídicas, chamadas *ritsu-ryô*[2]; compiladas segundo o modelo chinês, comportam regras repressivas (*ritsu*) e regras de administração (*ryô*). Está-se longe, nestas compilações, da ideia de direitos subjetivos. Contudo, o que parece é que se caminha para uma concepção que concederia

1. Noda, Y., *Introduction au droit japonais* (1966). Cf. a interessante obra publicada sob a direção de A. Von Mehren, *Law in Japan* (1963), em que são especialmente consideradas, sob um ângulo crítico, as modificações trazidas ao direito japonês, sob a influência dos Estados Unidos, depois de 1954.

2. *Taihô Ryô* (701), *Yôrô Ryô* (718).

ao direito uma certa importância: escolas de direito e de administração são estabelecidas no Japão, onde se ensinam e comentam os *ritsu-ryô*.

O sistema de repartição das terras, instaurado pelos *ritsu-ryô* do século VII, vai funcionar deficientemente no Japão. O elemento fundamental na sociedade japonesa será, nos séculos IX e X da nossa era, a senhoria (*shô*), que então se desenvolve à custa das terras públicas submetidas ao regime da repartição. A senhora japonesa apresenta-se como um domínio inviolável, gozando de isenções fiscais; o chefe do *shô* transformou a dotação da sua função pública hereditária em um grande domínio fundiário; exerce no interior do *shô* poderes de jurisdição soberanos[3].

A impotência da justiça criminal, a insegurança que dela resulta e as guerras civis conduzem, no fim do século XII, em 1185, à combinação com este regime senhorial de um novo regime feudal. O imperador é, nesta época, privado de todo o poder real e a nobreza da corte dos *kuge* é arrastada no seu declínio. O imperador continua a ser uma personagem importante e venerada, devido às prerrogativas de ordem sagrada que exerce, mas a realidade do poder escapa-lhe: uma casta militar, que não encontra equivalente na China, vai governar no Japão[4]. Esta casta militar (*buke*, *bushi*, *samouraï*) vive segundo um direito consuetudinário próprio (*buke-hô*), que constitui a sua lei pessoal; o "código da cavalaria" que a rege[5] é fundado sobre a ideia de uma obrigação de fidelidade absoluta do vassalo para com o suserano; exclui toda ideia de direitos ou obrigações de natureza jurídica. O vassalo não tem nenhuma garantia contra o poder arbitrário do senhor; o julgamento pelos pares nunca se estabelecerá no Japão. A própria ideia que o vassalo possa ter de direitos

---

3. Joüon des Longrais, F., *L'Est et l'Ouest, Institutions livres du Japon et de l'Occident comparées* (seis estudos de sociologia jurídica) (1958).

4. O Japão não tem o sentido igualitário da velha sociedade chinesa. O sistema de recrutamento por exames dos funcionários, típico da sociedade chinesa, nunca penetrou no Japão.

5. O *Goseibai Shikimoku*, compilação dos costumes dos *buke*, datando de 1232, foi publicado em francês por Appert, G. "Un code de la feodalité japonaise au XIII siècle", in *Nouv. Rev. hist. de droit* (1900), p. 1-28.

contra o seu suserano é chocante; a relação que os une é calcada sobre aquela que se estabelece entre um filho e um pai. Não existe entre vassalo e suserano nenhum contrato; os "sentimentos como a afeição, a fidelidade, a abnegação, a devoção a uma pessoa, o espírito de sacrifício a uma ideia perdem a sua força desde o instante em que se procura encerrá-los em limites rígidos, ainda que razoáveis"[6].

**492. Regime do feudalismo unitário: decadência dos *ritsu-ryô*.** Durante vários séculos a ética dos *buke* subsistirá lado a lado com a regulamentação mais pormenorizada dos *ritsu-ryô*, continuando esta última a aplicar-se àqueles que não fazem parte da classe dos guerreiros. Na era dos *shogun* (Ashizaka (1333-1573), que sucede à era dos Kamakura (1185-1333), um período de anarquia e de guerras civis faz triunfar o regime dito de feudalismo unitário. Afirma-se a superioridade do guerreiro sobre o camponês; o representante local da classe militar (*jitô*), encarregado de assegurar a ordem pública e de receber o imposto, açambarca as rendas do *shô*, das quais até agora tinha apenas recebido uma parte. O Japão é dividido entre alguns grandes senhores locais, independentes (*daimyô*), aos quais estão enfeudados os *jitô*, que guerreiam entre si. A regulamentação dos *ritsu-ryô* cai em desuso; só o antigo direito pessoal dos *buke* continua em vigor e substitui os costumes territoriais.

Existira no Japão, até então, uma variedade de classes, regidas cada uma pelo seu estatuto particular. A este regime não igualitário, mas que comporta certos estatutos, sucede no século XIV uma estrutura uniforme, fundada sobre uma estrita hierarquia, e que exclui a ideia de direitos do inferior em face do seu superior. Não existem nem contrato, nem obrigações legais recíprocas entre os membros da classe dos guerreiros; fica claro que não poderia haver a sua existência entre os senhores e os cultivadores do solo[7].

---

6. Joüon des Longrais, F., *op. cit.*, p. 104 ss. Cf. a interessante comparação feita por este autor com a França, a Inglaterra e a evolução sofrida pelo feudalismo europeu com o renascimento do direito romano.

7. Joüon des Longrais, F., *op. cit.*, p. 256.

A estrutura não igualitária do Japão, que não dá lugar à ideia de direitos subjetivos, encontrou-se reforçada quando, na era dos *shogun* Tokugawa (1603-1868), foi inaugurada no Japão uma política de isolamento. Por reação às influências europeias[8], o confucionismo é admitido como doutrina oficial. Uma política de estreita vigilância e de delação é inaugurada em 1597 com a constituição, em todo o país, de grupos de cinco pessoas (*goningumi*), encarregados de denunciar os crimes, manter a ordem pública, dar a conhecer à polícia as mudanças dos seus membros ou a presença de estranhos; o grupo, considerado como solidário do ponto de vista fiscal e penal, deve estar de acordo para que um processo possa ser intentado; intervém na vida familiar dos seus membros, fornecendo-lhes conselheiros ou testemunhas, controla a maneira como as terras são exploradas; esta instituição, que marcou profundamente o espírito japonês durante a era dos Tokugawa, deixou até os nossos dias diversos traços no Japão.

A ordem estabelecida é considerada nesta época como uma ordem natural, imutável; é fundada sobre uma estrita separação das classes sociais (guerreiros, camponeses, comerciantes) e sobre um princípio de hierarquia destas diversas classes. Todo o modo de vida dos japoneses é determinado pela classe à qual pertencem: assim são decididos o tipo de casa que habitarão, o tecido e a cor de suas roupas, o modo da sua alimentação. O *shogun*, que tem em Ido a realidade do poder, não considera que a resolução dos litígios faça parte, normalmente, do quadro das suas funções. Apenas em casos excepcionais, aceita fazê-lo. É necessário esperar pelo século XVIII para ver desenvolver-se a sua jurisdição. Nos termos de uma decisão elaborada em 1767, ela abrange então cinquenta e três tipos de questões, classificadas em duas categorias: conflitos principais e litígios de interesse pecuniário. Porém, a política do poder central visará sempre a manutenção, não a usurpação, da competência das jurisdições locais; a justiça será sempre administrada a contra-

8. Os portugueses deram a conhecer a Europa aos japoneses em 1542. A pregação do cristianismo põe em perigo a ordem social japonesa.

gosto pelo *shogun*, e nunca se reconhecerá aos indivíduos o direito de consultarem os tribunais. As funções judiciárias nunca serão distinguidas das outras funções públicas; não existirão no Japão nem escolas de direito, nem juízes profissionais, nem Ministério Público, nem advogados, nem notários.

**493. Ausência da ideia de direito. Os *giri*.** Se nesta época existe um direito, e até mesmo regras escritas, serão apenas instruções dadas pelos superiores aos inferiores. O inferior tem apenas de obedecer; o povo, mantido sistematicamente na ignorância, não está de modo nenhum protegido contra o arbítrio. Não podem existir questões de direito nas relações entre pessoas pertencentes a uma classe inferior e a uma classe hierarquicamente superior. A ideia de direito está do mesmo modo excluída nas relações entre pessoas pertencentes à mesma classe. Tal como na China, no Japão fica-se chocado pela brutalidade das soluções, pela ausência de matrizes que a noção de direito inevitavelmente comporta. Desenvolveu-se todo um conjunto de regras que dizem respeito às conveniências tanto ou mais que à moral, e que regulam em todas as ocasiões da vida a conduta dos indivíduos nas suas relações. Estas regras de comportamento, análogas aos ritos chineses, são chamadas *giri*: há o *giri* do pai e do filho, o do marido e da mulher, o do tio e do sobrinho, o dos irmãos entre si, e, fora da família, o do proprietário e do rendeiro, do credor e do devedor, do comerciante e do cliente, do patrão e do empregado, do empregado mais antigo e do menos antigo etc. "A Ásia confucionista – escreve F. Joüon des Longrais – prefere, à igualdade, um ideal de relação filial feito de delicada proteção e de respeitosa subordinação."[9]

O *giri* substitui o direito e, segundo certos japoneses, substitui mesmo a moral. É observado espontaneamente, menos por corresponder a uma certa concepção da moral ou de obrigação estrita, do que por incorrer na censurada sociedade quem com ele não se conformar. Seria uma vergonha, uma falta de caráter para um japonês, não respeitar um dos *giris* nos quais se encontra

---

9. *Op. cit.*, p. 256.

inserido. Um código de honra, puramente costumeiro, determina todos os comportamentos. Ele tornou inútil e mesmo odiosa, até uma época recente, a intervenção do direito.

**494. A era de Meiji: ocidentalização do direito japonês.** Tal era o quadro da sociedade japonesa quando a era de Meiji se inicia em 1868. Todas estas estruturas parecem então ter sido destruídas, numa renovação total da sociedade japonesa. Um Estado democrático de tipo ocidental tomou o lugar do Estado feudal de outrora. Um progresso espetacular fez do Japão uma das maiores nações da nossa época no comércio mundial. Apresenta-se atualmente uma legislação moderna, que aparenta o direito do Japão aos direitos do Ocidente, e mais especialmente aos direitos românicos do continente europeu. Os trabalhos escritos no Japão confirmam-nos essa impressão de uma total ocidentalização do direito, do pensamento jurídico e da sociedade japonesa. Os trabalhos de filosofia do direito escritos pelos japoneses expõem as teorias do Ocidente, sem qualquer alusão às ideias tradicionais, especificamente japonesas. Uma solução de continuidade absoluta parece existir entre o antigo direito e o direito moderno japonês. É muito rara a referência ao direito antigo, do qual não existe nenhuma obra que o trate no seu conjunto. O direito japonês atual liga-se de modo exclusivo ao direito ocidental; o romanista japonês Harada mostrou-nos a ligação aos direitos ocidentais ou ao direito romano de todos os artigos, sem exceção, do código civil japonês.

A ocidentalização do direito japonês foi decidida quando se iniciou a era de Meiji, para terminar com os tratados de comércio desiguais que certas potências ocidentais (Estados Unidos, Reino Unido, União Soviética, França, Países Baixos) tinham imposto, em 1858, ao Japão e que este considerava como uma humilhação nacional. Era mais fácil, a curto prazo, dotar o país de códigos que adotar o sistema da *common law*. Desde 1869 que a tradução dos códigos franceses foi iniciada; foi realizada em cinco anos, apesar de todas as dificuldades que esta tarefa comportava: não existia nenhum jurista japonês, e havia necessidade de encontrar termos apropriados para exprimir noções tão elementares como a de direito subjetivo (*kenri*) ou de obrigação jurídica (*gimu*), de todo estranhas ao pensamento japonês. Com a assistência de um jurista francês, G. Boissonade[10], e de diversos outros juristas alemães ou mesmo ingleses[11], foi preparada uma série de códigos a partir de 1872. Um código penal e um código de instrução criminal, estabelecidos sobre o modelo francês, são promulgados em 1882. Uma lei sobre a organização judiciária e um código de processo civil são adotados em 1890; o modelo é de preferência extraído do direito alemão. A adoção do código civil levanta mais dificuldades; o projeto preparado por Boissonade, modificado no que respeita às partes relativas ao direito das pessoas e ao direito das sucessões, é adotado em 1891, mas a sua entrada em vigor é adiada. Oposições de origem diversa aliaram-se; redige-se um novo código civil que nada mais é, em teoria, que o antigo código revisto, mas que, na realidade, é bastante diferente, tendo os redatores sido profundamente influenciados pelos projetos do código civil alemão então existentes. O código civil japonês, adotado e posto em vigor em 1898, será elaborado segundo o esquema do código civil alemão; mas é, na realidade, uma obra eclética, que acolhe a influência dos diversos direitos do continente europeu. É completado por um código de comércio (1899), no qual se encontram as mesmas características.

A toda esta série de códigos, acrescenta-se, no domínio do direito público, uma obra paralela, comparável, de renovação das estruturas existentes. A liberdade de cultivo é proclamada em 1871, a de vender as terras em 1872. Em 1889 uma Constituição é outorgada pelo imperador aos seus súditos. A organização administrativa é também modernizada com uma nova divisão do país em departamentos (*kin*), leis sobre as comunas (1888) e sobre os departamentos (1890).

---

10. Noda, Y., "Gustave Boissonade, comparatiste ignoré", in *Problèmes contemporains de droit comparé*, t. II (1962), p. 235-56.

11. Sem ser chamado a participar na obra de codificação, o jurista americano Wigmore passou, nesta época, vários anos no Japão. As passagens que consagrou ao direito japonês, no seu *Panorama of the World's Legal Systems* (1928), merecem ser lidas.

Importantes modificações serão introduzidas no direito japonês, fundado sobre todos estes textos, depois de 1945. Mas não se tratará, de modo algum, de um regresso às regras mais conformes ao espírito e à civilização do Japão. As reformas então introduzidas, tendo em vista a democratização do Japão, são de inspiração americana, e não especificamente japonesa. Elas dão ao Japão uma nova Constituição (1946), reformam a organização administrativa, o estatuto da função pública, a competência e o processo em matéria administrativa; reorganizam sobretudo, de modo radical, o sistema dos tribunais e a polícia e introduzem diversas modificações nos códigos existentes.

**495. Ocidentalização do Japão?** Uma influência anglo-americana veio, a partir de 1945, acrescentar-se à influência dos direitos românicos e concorrer com esta última. A questão continua sendo a de saber em que medida, por detrás desta fachada ocidental, o Japão sofreu, em profundidade, uma transformação e acolheu a ideia de justiça e de direito tal como são concebidas no Ocidente.

A questão apresenta-se quer no plano do direito público, quer no plano do direito privado. Em um e outro caso o direito estatal, copiado do Ocidente, disciplina, na realidade, apenas uma pequena parte da vida social japonesa. Este direito pressupõe uma sociedade burguesa, composta de pessoas livres, que estabelecem as suas relações em função desta liberdade; este estado de coisas continua, no Japão, afastado da realidade. Os costumes dos japoneses evoluem, certamente, e aproximam-se gradualmente daqueles que as leis supõem; o movimento vai-se ampliando no meio urbano e nas jovens gerações. A sociedade japonesa, porém, está ainda longe, pela sua estrutura e pelos seus costumes, de ser uma sociedade ocidental. Os costumes e maneiras de pensar de outrora continuam vivos na maioria dos japoneses, mesmo nas cidades e nos meios trabalhadores ou no comércio. Surgiu um capitalismo de Estado, ou de grandes homens de negócio, ao lado de um proletariado rural cuja condição pouco mudou, e que está unido por elos estreitos ao proletariado industrial. O espírito crítico está pouco desenvolvido e persiste a ideia confuciana de uma ordem hierárquica inerente à própria natureza das coisas. O individualismo nunca criou no Japão fortes raízes. As estruturas sociais e o espírito liberal, que os códigos de inspiração ocidental pressupunham, apenas se encontram em grau diminuto na realidade japonesa. Os códigos ocidentais são feitos para um meio racionalista, as suas construções abstratas são o produto do espírito cartesiano ocidental; a aplicação do direito moderno choca-se, no Japão, com o sentimentalismo místico dos japoneses, mais voltados para a poesia que para a lógica e insensibilizados pela sua história às ideias de liberdade e dignidade humanas.

**496. Direito público.** No domínio do direito público, as instituições democráticas aperfeiçoadas, que as leis consagram, são falseadas no seu funcionamento pelo fato de os japoneses não gostarem de interferir nos assuntos públicos e de preferirem abandonar o governo aos grandes. Os japoneses continuam a ignorar que são, hoje, senhores do seu destino. Um especialista da história das ideias políticas, o professor Oka, não hesita em falar, para caracterizar o regime político do Japão, de "constitucionalismo aparente". A atitude arbitrária da polícia levanta poucos protestos; o Ministério Público considera que é seu dever agir de modo que a polícia não tenha de envergonhar-se, e isso supõe que ela descubra, em todos os casos e por todos os meios, um culpado quando um crime foi cometido. Os juízes motivam sumariamente as suas decisões, julgando inútil justificá-las aos olhos dos interessados. O controle da constitucionalidade é exercido com muita prudência, senão mesmo a medo, pelo Supremo Tribunal[12].

**497. Direito privado.** No domínio do direito privado, a realidade continua igualmente afastada da teoria. Os japoneses continuam a ver no direito o aparelho de repressão que o Estado emprega para impor a vontade mais ou menos arbitrária dos

12. Tanaka, K., "La démocracie et la justice au Japon", in *Revue de la Commission internationale des juristes*, t. II (1959-1960), p. 7-19.

dirigentes. A ideia do direito continua associada nos espíritos à ideia de pena e à de prisão; o direito é algo detestável; as pessoas honestas devem continuar a afastar-se do direito; ser citado em justiça, mesmo em matéria civil, é considerado como uma vergonha; e o temor da vergonha – perder a dignidade – pode ser visto como o móbil que determina, mais do que uma ideia moral, a conduta dos japoneses.

A ideia de direito não penetrou na vida quotidiana dos japoneses. O caráter abstrato das regras do direito, o caráter lógico do direito continuam a ser assunto estranho num país que, até uma época recente, ignorou a obra de Aristóteles. O essencial para os japoneses são as regras de comportamento (*giri-ninjô*) estabelecidas para cada tipo de relação humana pela tradição e fundadas, pelo menos aparentemente, no sentimento de afeição (*ninjô*) que une os indivíduos nessas relações. Aquele que não observa essas regras é um homem que procura o seu interesse em vez de obedecer à parte mais nobre da sua natureza; chama para si e para a sua família o desprezo. Com exceção das relações entre grandes empresas despersonalizadas, não se recorrerá à justiça para fazer valer os direitos, como seria permitido segundo os códigos. O credor pedirá ao devedor para cumprir de modo gracioso e voluntário o que ele prometeu, de modo a evitar ao credor uma situação difícil; a vítima de um acidente, resignada à sua má sorte, renunciará espontaneamente a fazer valer os seus direitos, e aceitará reconhecida, com as desculpas do autor do acidente, a módica indenização que este compeli-lo a aceitar. Comportar-se de modo diferente seria admitir a existência de um culpado, isto é, de um homem desonesto. O ato de recorrer à justiça para fazer valer uma pretensão que o direito declara legítima, dificilmente se distingue, no Japão, da extorsão. A noção de direito subjetivo despersonaliza as relações humanas; coloca todos os homens num plano de igualdade, desprezando a ordem hierárquica que, segundo a doutrina confuciana, conformadora de toda a tradição japonesa, existe na natureza. Ele repugna ao sentimento dos japoneses e estes se deixam guiar mais pelo sentimento do que pela razão. Os tribunais do Japão estão longe de estar inativos, mas a parte mais importante da sua atividade, nas relações entre particulares, é a sua função de conciliação mais do que a do julgamento.

**498. Importância da conciliação no Japão.** Diversos tipos de conciliação são previstos pela lei[13]. Um primeiro tipo de conciliação (*jidan*) situa-se, de acordo com a tradição, em um nível pré-judiciário. Ir aos tribunais continua a ser, aos olhos dos japoneses, um comportamento condenável. Antes de se resolverem a isso, procurarão, recorrendo a mediadores de todas as espécies, resolver amigavelmente o conflito que se gerou. Este tipo de conciliação escapa à estatística[14], mas parece que, neste aspecto, a polícia desempenha uma função de grande importância. A polícia municipal de Tóquio foi encarregada, em 1958, de 21.596 questões cíveis; conseguiu, em 59% dos casos, obter das partes em litígio uma solução amigável.

Na maioria dos casos, o conflito terminará aí. À falta de um tal acordo as partes poderão dirigir-se, nos nossos dias, a um tribunal. A ideia de conciliação nem por isso está afastada. Segundo o próprio código do processo civil (art. 136), o juiz deve constantemente esforçar-se no processo de persuadir as partes a transigirem; o ideal é, mais do que a obtenção de um julgamento sobre o qual as partes estarão de acordo, obter a desistência das partes que terão concluído uma transação. Muitas possibilidades se oferecem evidentemente em todos os escalões, neste quadro, ao juiz que pode, de fato, desempenhar uma função de mediador[15]. Entretanto, a simples intervenção do juiz é sinal de uma perturbação social e, por isso, se procurará evitá-la. Ao lado do processo que acaba de ser descrito (*wakai*),

---

13. Henderson, D. F., *Conciliation and Japanese Law: Tokugawa and Modern* (1964).

14. Contudo, pode-se afirmar que, em 1955, mais de 90% dos divórcios registrados (68.514 em 75.267) resultaram de acordos firmados entre as partes.

15. A proporção das desistências elevou-se, em 1959, a 40% das questões. O próprio Supremo Tribunal se esforça, por vezes com êxito, por obter uma desistência.

um outro processo (*chotei*) é oferecido às partes[16]. Estas, quando consultam o tribunal, podem, em vez de solicitarem um julgamento segundo o direito, exigir que o tribunal designe uma comissão de conciliação encarregada de encontrar uma solução amigável. Em princípio, a comissão será composta por dois conciliadores e um juiz, mas este último abster-se-á de participar nas sessões, porque não é forçoso dar a impressão de que o litígio seja, na realidade, resolvido pela autoridade do juiz. As partes, ciosas da sua reputação, preferirão, muitas vezes, consultar os tribunais por via de *chotei* do que exigir-lhes uma decisão de direito para o seu litígio. De resto, para certas categorias de questões (questões de família, conflitos de trabalho), a própria lei impõe o recurso a esse processo.

Suponhamos agora que este, depois de se ter prolongado durante meses, tenha, excepcionalmente, falhado: os conciliadores propuseram uma solução, mas uma das partes, ou as duas, recusaram-se a ratificá-la. É então possível a uma ou a outra das partes, num prazo de duas semanas, o recurso ao tribunal. A lei japonesa dava, neste caso, anteriormente, ao tribunal uma opção: resolver o litígio segundo o estrito direito ou homologar a solução transacional proposta *ex aequo et bono* pelos conciliadores. Colocou-se a questão, contudo, de saber se esta disposição da lei era ou não contrária à Constituição. O Supremo Tribunal, em 1960, a declarou contrária ao artigo trinta e dois da Constituição, que garante o livre acesso de todos aos tribunais, e ao artigo oitenta e dois da Constituição, que estabelece o princípio de que a justiça é feita publicamente: o processo de *chotei* só é admissível se a solução encontrada é aceita voluntariamente pelos interessados.

Observa-se, por outro lado, no mesmo sentido, um certo declínio, depois de 1958, do processo de *chotei*. As estatísticas

16. A instituição do *chotei* foi posta em funcionamento gradualmente, entre 1920 e 1930, pelas leis referentes às relações entre proprietários e rendeiros ou locatários e, posteriormente, para as questões de natureza comercial, as dívidas de dinheiro etc. Ela é atualmente regulada por uma lei relativa à conciliação em matéria civil, que havia sido promulgada em 1951.

mostram que se exige aos tribunais, hoje mais frequentemente que outrora, que estatuam segundo o direito. Os japoneses estão longe, no entanto, de ter repudiado a sua tradição. As estatísticas mostram que eles são pouco demandistas. Os juristas, no Japão, são pouco numerosos (7.136 em 1964), do que resulta, nos tribunais inferiores, os processos desenrolarem-se frequentemente sem a participação de um advogado; aumenta assim a possibilidade, para o juiz, de conciliar as partes ou de estatuir, mais ou menos abertamente, segundo a equidade.

O aspecto antijurídico do seu espírito afasta os japoneses da própria arbitragem (*chusai*); parece desonesto prever que de um contrato poderá nascer um conflito e, se isso acontecer, que a dificuldade não possa ser resolvida por um acordo direto, fundado sobre a boa vontade comum dos interessados. As cláusulas de arbitragem são frequentes nos contratos que interessam ao comércio exterior; são substituídas, no caso do comércio interno, por uma cláusula prevendo que se procurará, se for necessário, uma solução de conciliação.

**499. Realidade social e direito. Futuro do direito japonês.** Os japoneses acolhem de bom grado todas as ideias que lhes são apresentadas como modernas; preocupam-se pouco com sua origem estrangeira e são pouco sensíveis às contradições que, por vezes, possam existir entre elas. De resto, não existe nenhuma incompatibilidade entre edificar um direito ocidental e perseverar em um modo de vida que ignora as regras deste direito. Em país algum o direito é por si só a única regra de vida que governa as relações entre particulares, e consideramos uma felicidade que assim seja. O direito propõe um modo de solução para os casos em que não é possível um comum acordo. De que maneira serão reguladas as coisas se o forem de comum acordo: segundo o modelo oferecido pelo direito ou de outro modo? Conhecem-se as dificuldades que os sociólogos sentem para responder a estas perguntas. Nos países do Ocidente, o direito esforçou-se por reproduzir as soluções que correspondiam ao nosso sentimento de justiça e aos nossos costumes. O direito importado de modo artificial pelo Japão não apresenta, pelo contrário, esta mesma relação.

Diferentemente do que se passa nos países socialistas, os dirigentes do Japão não tiveram nenhuma intenção, promulgando os códigos, de transformar a maneira de viver do seu povo. O desejo de desenvolver o país no domínio econômico, que conduziu à adoção de formas jurídicas ocidentais, coexistiu, bem ao contrário, com um desejo de conservar os costumes tradicionais; não se cuidou da contradição existente entre as duas coisas; confiou-se no futuro para operar entre elas uma conciliação. Os japoneses continuaram, até 1945, a viver como sempre haviam vivido, ignorando o novo direito.

Os acontecimentos de 1945 constituíram para os japoneses um choque cujas consequências são ainda difíceis de prever. As modernas técnicas transformaram completamente as relações que até os nossos dias haviam existido entre o Leste e o Oeste. A ideia de igualdade entre os homens, que encontra no Ocidente o seu mais firme suporte na igualdade dos homens perante Deus, foi retomada, num plano laico, pelas doutrinas individualistas, que a teoria socialista, quanto a este ponto, viria mais tarde a seguir. O Japão encontra-se isolado na nossa época, entre os países industrializados, na sua ligação ao princípio de uma ordem hierárquica da sociedade, imposta pela própria natureza das coisas. A industrialização e o desenvolvimento das cidades coloca de novo em questão esta estrutura; a derrota de 1945 e a ocupação, sem precedentes, do Japão por um exército estrangeiro fizeram que se duvidasse do seu valor. A antiga geração queixa-se de que os jovens ignoram as regras do *giri*. O progresso das ideias democráticas e a intensificação das relações com o estrangeiro podem gerar, a longo prazo, no Japão, a convicção de que o reino do direito é a condição necessária do reino da justiça. Mas isto não passa por ora de uma hipótese.

TÍTULO IV

# Direitos da África e de Madagascar

**500. Roteiro.** Os direitos da África e de Madagascar chamam muito especialmente a atenção dos juristas da nossa época. O período da colonização atingiu o seu termo; os africanos e os malgaxes tornaram-se, finalmente, senhores do seu destino. Cabe examinar a situação em que eles encontraram o seu país, no que se refere ao direito aplicável, no momento em que adquiriram a independência. Convém igualmente interrogarmo-nos acerca das tendências que se manifestam e sobre a orientação que parece deva ser dada, pelos novos dirigentes, aos direitos desta parte do mundo.

Capítulo I – A base consuetudinária.
Capítulo II – O período da colonização.
Capítulo III – Os Estados independentes.

Capítulo I

# *A base consuetudinária*

**501. Variedade de costumes.** A África, ao sul do Saara, e Madagascar viveram durante séculos sob o domínio de um direito essencialmente consuetudinário. A submissão ao costume era espontânea, e cada indivíduo sentia-se obrigado a viver como haviam vivido os seus antepassados; o temor das forças sobrenaturais e da opinião pública eram suficientes, na maioria das vezes, para impor o respeito e a observância dos modos tradicionais de vida. Uma organização mais ou menos complexa permitia regular os conflitos ou determinar uma regra de conduta aplicável quando as circunstâncias colocassem a comunidade diante de um problema novo.

Os costumes da África e de Madagascar eram múltiplos e variados[1]. Cada comunidade tinha os seus usos e costumes próprios, bastando-se a si mesma. Entre os costumes de uma região ou etnia, as diferenças, se as houvesse, eram em geral secundárias. Pelo contrário, elas poder-se-iam considerar profundas, logo que se saísse de um ou outro destes quadros. Encontram-se na África povos vivendo em regime democrático, e não faltam também tribos onde só dificilmente se descobrem elementos de alguma organização política. A família é, algumas vezes,

---

1. A antiga África Equatorial Francesa e o antigo Congo Belga comportavam cerca de mil e quinhentas etnias, o Sudão, quinhentas e setenta e nove, a África Oriental Inglesa, duzentas, Madagascar, dezenove. No Senegal, sessenta e oito costumes estão oficialmente reconhecidos por uma decisão de 28 de fevereiro de 1961; entre estes costumes, vinte são qualificados de costumes islamizados e sete, de costumes cristãos.

do tipo patrilinear, outras, do tipo matrilinear, comportando cada um destes dois tipos numerosas variantes. A exploração do solo é submetida a regras muito diversas. É difícil, por esta razão, e muitas vezes arbitrário, falar de um modo geral de direito consuetudinário africano e malgaxe.

Isto quer dizer que não existe unidade alguma no interior deste direito? Embora reconhecendo a extrema diversidade de costumes num continente dividido em uma multidão de comunidades, admite-se a existência de certos traços comuns a todos os direitos africanos que os opõem aos direitos europeus. Um autor inglês resume a opinião geralmente aceita, escrevendo: "Os direitos da África apresentam semelhança o bastante, relativamente ao processo, aos princípios, às instituições e às técnicas, para que se torne possível compreendê-los globalmente; pode-se afirmar que eles constituem uma família, ainda que não se possa descobrir algum antepassado que lhes tivesse sido comum"[2].

**502. Concepção africana da ordem social.** O costume está ligado, no espírito dos africanos, a uma ordem mítica do Universo. Obedecer ao costume é um testemunho de respeito à memória dos antepassados, cujas ossadas se misturam ao solo e cujos espíritos velam pelos vivos[3]. Quem transgredir o costume arrisca-se a desencadear não se sabe que reações desfavoráveis, dos gênios da terra, num mundo onde tudo está ligado, natural e o sobrenatural, o comportamento dos homens e os fenômenos da natureza[4].

---

2. Allott, A. N., "African Law", in Derret, J. D. A., org., *An Introduction to Legal Systems* (1968), p. 131.

3. Verdier, R., "Chef de terre et terre de lignage", in Poirier, J., dir. *Études de droit africain et droit malgache* (1965), p. 333-59.

4. Deschamps, H., "Les fondements du droit quotodien melgache, *ibidem*, p. 19-23. A palavra malgaxe *fomba*, que designa o costume dos antepassados, significa etimologicamente a cobertura protetora da ordem do mundo; todo atentado ao *fomba* constitui um pecado (*fady*) e um perigo para o Universo, particularmente para o contraventor do costume e para o seu grupo.

O costume africano baseia-se em concepções diametralmente opostas às que dominam o pensamento ocidental moderno. Numa concepção essencialmente estática do mundo, os africanos rejeitam a ideia de progresso e veem com desdém qualquer operação (como a venda imobiliária) e qualquer instituição (como a prescrição) que tenha por efeito uma alteração dos esquemas estabelecidos. O seu interesse concentra-se sobre os grupos que perduram no e para além do tempo (tribos, castas, aldeias, linhagens) e não, como acontece no Ocidente, sobre os elementos mais transitórios como os indivíduos, casais e domicílios[5]. A terra pertence aos antepassados e às gerações futuras tanto quanto, senão mais, aos homens atualmente vivos. O casamento é bem mais que uma união entre dois seres, uma aliança entre duas famílias. O indivíduo não é ignorado; a sua personalidade é reconhecida, mas, perante o exterior, é o grupo que aparece como unidade de base[6].

Uma tal concepção confere pouca importância à noção de direitos subjetivos ligados à personalidade dos indivíduos; bem mais importantes que estes são as *obrigações* atribuídas a cada indivíduo em função da sua condição social. Mal se distingue, entre estas obrigações, quais as que assumem uma natureza jurídica e quais as que possuem uma natureza simplesmente moral. Tal distinção pode ser feita no seio dos próprios costumes africanos pelos juristas europeus; mas dificilmente será compreendida pelos africanos, porquanto nos seus países não existem ciência do direito ou juristas. As distinções do direito público e do direito privado, do direito criminal e do direito civil, do direito e da equidade, são, *a fortiori*, desconhecidas; os direitos reais e o direito das obrigações, ligados à ideia de estatuto pessoal, são intimamente ligados ao direito das pessoas[7]. Os au-

5. Alliot, M., "Les résistences traditionnelles au droit moderne dans les États d'Áfrique francophone et à Madagascar", in Poirier, J., dr., *Études de droit africain et de droit malgache* (1965), p. 235-56.

6. Allott, A. N., "African Law", in Derret, J. D. M., org., *An Introduction to Legal Systems* (1968), p. 147 ss.

7. Gluckman, M., *The Ideas in Barotse Jurisprudence* (1965), p. 94, 170. A observação havia já sido feita por Maine no seu *Ancient Law* (1861),

tores europeus são levados a interrogar-se, em presença do que lhes parece uma inextricável confusão, se não será artificial pretender encontrar na África e em Madagascar a nossa noção de direito, e se o direito consuetudinário destes países não deveria ser considerado mais como um objeto de investigação para o antropólogo que para o jurista[8].

**503. Função do processo.** Consideremos o que acontecerá se acaba por se produzir um conflito em que o indivíduo é acusado de ter agido contrariamente ao costume. O costume pode perfeitamente comportar regras. Mas essas regras, na maioria dos casos, limitam-se, quando surge um litígio, a indicar um organismo para lhe pôr fim e, simultaneamente, fornecer uma base de discussão. A justiça nunca encontrará regras de fundo para aplicar. A sua função é, mais do que sancionar direitos, conseguir uma amigável conciliação entre os interessados[9]. Não se procura atribuir a cada um "o que lhe é devido". O verdadeiro sentido do "justo", no contexto africano, liga-se, antes de tudo, à necessidade de assegurar a coesão do grupo e de restabelecer a concórdia e a boa harmonia entre os seus membros.

Do ponto de vista de comunidades restritas, como o são todas as comunidades da África e de Madagascar na era pré-colonial, ou do ponto de vista de comunidades vastas, como o são os nossos Estados da Europa, o direito e a justiça são inevitavelmente encarados de maneiras diferentes. A justiça indígena apresenta-se como uma instituição de paz, porquanto ela não visa, em primeira linha, a aplicação de um direito estrito; ela propõe-se, acima de tudo, reconciliar as partes e restaurar a

---

traduzido para o francês sob o título *L'ancien droit considéré dans ses rapports avec l'histoire de la société primitive et avec les idées modernes* (1874).

8. Gluckman, M., *Politics, Law and Ritual in Tribal Society* (1965), p. XXII, 112; Allott, A. N., *New Essays in African Law* (1970), p. 148.

9. Allott, A. N., *Essays in African Law* (1960), p. 73; Gluckman, M., *The Ideas in Barotse Jurisprudence* (1965), p. 10, 22. Este último autor sublinha a ausência total de formalismo no processo africano; nunca existiram na África regras de processo limitadoras da competência ou dos poderes dos órgãos encarregados de administrar a justiça.

harmonia na comunidade. A ausência de processos eficazes de execução das sentenças torna, de resto, necessária a realização de um entendimento, visto que uma decisão fundada sobre o princípio da autoridade arriscar-se-ia a tornar-se ineficaz. Dentro de um espírito de generosidade, característico da sociedade africana, não é raro, aliás, que aquele que obteve uma decisão favorável renuncie à sua execução[10].

**504. Dificuldades em conhecer os costumes.** Para um estrangeiro, o estudo dos costumes africanos e malgaxes revela-se de uma considerável dificuldade.

É bastante difícil, mediante o recurso à nossa língua, descrever as instituições africanas e malgaxes. Tentar descobrir aí as categorias e utilizar os métodos dos nossos direitos ia conduzir a uma total deformação das concepções costumeiras[11]. Este problema surge, com particular acuidade, na matéria relativa aos direitos da família. A família africana constitui um grupo diferenciado da família ocidental; as relações de parentesco são concebidas de modo totalmente diferente do nosso; o dote africano nada tem a ver com o dote do direito muçulmano e muito menos ainda com o dote romano; a devolução sucessória realiza-se segundo regras que nós temos dificuldade em compreender; a ideia de que um indivíduo possa ser proprietário de terras vai contra os mais profundos sentimentos dos africanos[12].

É igualmente difícil saber em que medida o costume, tal como pode ser definido por um interlocutor indígena, corresponde verdadeiramente ao costume tal como ele é efetivamente praticado pela população e, mais ainda, tal como ele é apli-

10. Van Velsen, J., "Procedural Informality, Reconciliation and False Comparisons", in Gluckman, M., *Ideas and Procedures in African Costumary Law* (1969), p. 137-52.

11. Gluckman, M., "Legal Aspects of Development in Africa", in Tunc, A., dir., *Les aspects juridiques du développement économique* (1966), 59-73, p. 61.

12. Cf., sobre todos estes pontos, Kéba M'Baye, "Droit et développement en Afrique francophone de l'Ouest", in Tunc, A., dir., *Les aspects juridiques du développement économique* (1966), p. 121-65.

cado pelos tribunais; o nativo frequentemente o deforma, para não parecer contraditar às pessoas que o questionam ou no desejo de demonstrar que sua tribo é civilizada.

Nenhum documento escrito, de origem indígena, permite, com o mínimo de segurança, que nos orientemos no labirinto dos costumes e que possamos explicitar os seus princípios. O costume permanece, na África, puramente oral. Os códigos e as leis malgaxes[13] não constituem uma exceção; apenas tiveram por função prever certas soluções particulares ou introduzir disposições regulamentares; a ordem social tem continuado a procurar a sua regulamentação mais detalhada, e a sua própria base, fora deles, nos *fomba*, que correspondem aos ritos chineses ou aos *giri* do direito japonês.

As numerosas "compilações de costumes" (cerca de cento e cinquenta), redigidas na época da colonização, devem-se à solicitude dos administradores coloniais na África francesa; todavia, só um pequeno número dentre estas foi publicado, sendo o seu valor bastante desigual[14]. Por outro lado, na África inglesa, pôde verificar-se um desinteresse quase completo pelos costumes[15]; foi somente numa época muito recente que obras escritas por etnólogos ou juristas nos permitiram entrever toda a diversidade dos costumes e compreender o seu mecanismo e espírito.

**505. Influências do cristianismo e do islamismo.** As influências estrangeiras, na África e em Madagascar, fizeram-se sentir antes mesmo da colonização. Estas influências foram, em especial, as do cristianismo e as do islamismo.

---

13. Thebault, E. P., *Les lois et coutumes malgaches* (1960). Esta obra contém o texto malgaxe e a tradução francesa do *code des 305 articles* publicado em 1881. Os códigos anteriores são mais breves: o de 1828 comporta apenas quarenta e oito artigos.

14. Sobre a história da redação dos costumes jurídicos na África Ocidental Francesa, cf. a introdução de B. Maupoil ao *Coutumiers juridiques de l'A. O. F.*, 3 vols. (1939). Poirier, J., "L'avenir du droit coutumier négro-africain", in *L'avenir du droit coutumier in Afrique* (*Symposium – Colloque, Amsterdam*, 1955), p. 155-69.

15. Cotran, E., "The Place and Future of Customary Law in East Africa", in *East African Law today* (1966), p. 72-92.

A evangelização da África realizou-se em duas épocas. A Etiópia tornou-se cristã a partir do século IV; a conversão ao cristianismo de outras partes da África e de Madagascar ligam-se, pelo contrário, à fixação dos europeus nestes países, principalmente no século XIX; calcula-se que cerca de 30% dos africanos, ao sul do Saara, seguem presentemente o cristianismo. A islamização constituiu um fenômeno mais progressivo. A partir do século XI, os países da África Ocidental foram parcialmente islamizados. O islamismo, nos séculos XIV e XV, penetrou também na Somália e propagou-se pelas costas do Oceano Índico. Cerca de 35% dos habitantes da África negra (45% na África Ocidental) são muçulmanos[16].

A influência que o cristianismo e o islamismo tiveram sobre os costumes foi muito variável. Os costumes continuaram, em geral, a ser praticados, ainda quando eram contrários à nova fé; e isto tanto é verdade para um país cristianizado como para um país islamizado: o homem é um pecador, e as sociedades humanas não são na África, como em nenhuma outra região do mundo, a Cidade de Deus[17].

Além das transformações que puderam impor aos costumes, a cristianização ou a islamização tiveram uma consequência muito importante. Os costumes, ainda que continuassem a ser seguidos, haviam perdido aos olhos das populações o caráter necessário, ligado ao sobrenatural, que os caracterizava anteriormente. Em lugar de parecerem impostos pela ordem natural do mundo, eles se tornaram o símbolo de uma sociedade imperfeita. Na medida em que não tinham a qualidade necessária para se reformarem, as pessoas continuaram a viver tal como no passado, mas, a partir de então, reconheceram que não viviam segundo a lei de Deus, segundo o "direito". Na verdade,

---

16. Anderson, J. N. D., *Islamic Law in Africa* (2ª ed., 1970); Monteil, V., *L'Islam noir* (2ª ed., 1971).

17. Froelich, J. O., "Droit musulman et droit coutumier" in Poirier, J., dir. *Études de droit africain et de droit malgache* (1965), p. 361-89; Anderson, J. N. D., "Islamic Law in Africa: Problems of Today and Tomorrow", in Anderson, J. N. D., org., *Changing Law in Developing Countries* (1963), p. 164-83.

os costumes puderam conservar o seu valor sociológico; a sua autoridade é questionada quando se concebe a ideia de uma ordem, simultaneamente social e moral, distinta deles e que lhes é superior. A situação tornou-se, guardadas as devidas proporções, análoga à que se estabeleceu na Europa com o renascimento dos estudos do direito romano: aí também puderam subsistir os costumes regionais e locais; o direito encontrava-se, entretanto, num outro corpo de regras. A ideia do direito progrediu na África nos mesmos moldes em que progredira na Europa; a cristianização e a islamização retiraram aos costumes o seu fundamento sobrenatural e mágico; abriram o caminho para a sua decadência.

**506. Exemplo da Etiópia.** O exemplo da Etiópia é, a este respeito, típico. A Etiópia, ainda que dominada por populações cristãs – amaras, tigrinos, galas cristianizados – tem vivido até a nossa época sob a observância de costumes profundamente diversificados[18]. Acima destes costumes, que representavam um puro fato, o direito, para os cristãos da Etiópia, era constituído por um cânon legal, redigido no Egito no século XIII e traduzido do árabe em língua *ge'ez* no século XVI, o *Fetha Negast* (Justiça dos Reis)[19]. Graças à iniciativa do imperador Hailé Sellassié I, foi levada a cabo uma obra de modernização. Os novos códigos puderam, assim, afastar-se profundamente da prática costumeira, sem que se elevasse qualquer voz de protesto. Sem dúvida, subsistem na Etiópia certos costumes, mas o costume, geralmente reprovado pela religião, não tem para os etíopes qualquer caráter sagrado[20].

---

18. Cf. Conti-Rossini, C., *Trattato di diritto consuetudinàrio delle'Eritrea* (1916); cf também Ostini, F., *Trattato de diritto consuetudinàrio dell'Eritrea* (1965).

19. O *Fetha Negast* foi publicado, em *ge'ez* e numa tradução italiana, por Guidi, I., II Fetha Negast o Legislazione del Rè, Codice ecclesiastico e civile di Abissinia, tradotto e annotato (1899).

20. David, R., "A civil code for Ethiopia", in 37 *Tulane, L. R.* (1963), p. 187-204; Beckstrom, J. M., "Transplantation of legal systems: An early report on the reception of western laws in Ethiopia", in 21 *Am. J. Comp. Law* (1973), p. 557-83.

Capítulo II

# *O período da colonização*

**507. Atitude dos colonizadores.** África e Madagascar caíram no século XIX sob o domínio dos europeus[1]. Qual foi, no que concerne ao direito, a atitude assumida pelos colonizadores?

Comecemos por dizer que a atitude dos ingleses, por um lado, e a dos latinos, por outro, foram basicamente diferentes. Os franceses, os espanhóis e os portugueses orientaram-se no sentido de uma política de assimilação, fundada no duplo postulado do igual valor de todos os homens e da superioridade da civilização europeia sobre os costumes africanos. Esta orientação política manteve-se até o fim da era colonial[2]: a Constituição de 1946 proclamou na França que os nativos que tivessem adquirido a cidadania francesa conservariam o seu estatuto pessoal, mas unicamente "enquanto a ele não tivessem renunciado"; a tendência francesa aparece claramente nesta ressalva. A situação não parece ter sido fundamentalmente diferente no Congo Belga, salvo quanto ao fato de o princípio do respeito aos costumes indígenas ter sido, neste país, proclamado mais cedo pelos textos: desde a fundação do Estado Independente do Congo, em 1885, e pela Carta Colonial de 18 de outubro de 1908. No Congo Belga, como nas possessões francesas, a assi-

1. A República da Libéria foi fundada em 1847 pelos negros repatriados dos Estados Unidos, a partir de 1821, através da Sociedade Americana de Colonização. Ressalva-se o caso especial da Etiópia.

2. Numerosos dirigentes da África francesa exerceram na França funções de deputados, podendo mesmo ascender ao cargo de ministro.

milação fora considerada como um resultado normal da ação civilizadora, assumindo a metrópole, diretamente, o encargo da administração do país. Os ingleses, pelo contrário, enveredaram por uma política de administração indireta (*indirect rule*); admitiram, em princípio, que os indígenas deviam continuar a governar-se e a administrar-se, ainda que sob o controle dos britânicos, de acordo com seus costumes.

A oposição das duas correntes políticas afirma-se claramente no plano do direito público. A fórmula da colônia submetida diretamente à administração da metrópole fora adotada e seguida pelos países latinos; os ingleses propenderam para a fórmula do simples protetorado. Uns e outros transpuseram muito naturalmente, para o plano colonial, as concepções centralizadoras ou descentralizadoras que aplicavam no seu próprio território no que respeita às coletividades locais. Contudo, por detrás destas diferentes fórmulas de administração foi realizada uma obra em larga medida idêntica[3]. Para nos convencermos disso, basta-nos considerar os resultados a que se chegou: os Estados originários do Império Britânico consideram-se hoje como países de *common law*, os Estados originários do Império Francês e o antigo Congo Belga, tal como Ruanda e Burundi, aderiram ao sistema dos direitos românicos.

Como se produziu todo este estado de coisas e em que se transformaram, neste processo, os costumes africanos e malgaxes? Verificou-se um duplo desenvolvimento. Por um lado, assistiu-se a uma recepção de um direito moderno, regulando todas as questões propostas devido à passagem para uma nova civilização, às quais os costumes tradicionais não traziam elemento algum de solução praticamente utilizável. Assistiu-se, por outro lado, a uma transformação do direito consuetudinário, mesmo naquelas matérias em que este direito oferecia uma regulamentação completa: seja porque este direito não foi considerado pelo poder colonizador como suficientemente civili-

---

3. Gonidec, P. F., *Les droits africains* (1968), p. 248 ss.

zado, seja porque se impunha a sua adaptação às transformações que se haviam produzido em outros domínios.

Seção I – O direito moderno.
Seção II – O direito tradicional.

## SEÇÃO I – O DIREITO MODERNO

**508. Necessidade de um novo direito.** O costume disciplinava originariamente, na África e em Madagascar, a totalidade da vida social. Estabelecia as regras de organização da sociedade nos seus aspectos políticos e econômicos, assim como nas relações de família ou nas relações de troca entre os indivíduos, o direito penal e o processo. O direito tradicional exprimia, a propósito das mais diversas questões, a concepção de ordem social reinante na aldeia ou na tribo. Contudo, ele não possuía a aptidão necessária para se adaptar, com a rapidez exigível, ao tipo inteiramente novo de sociedade que iria surgir no século XIX e no século XX.

A elaboração de um novo direito impunha-se em certos domínios. Ela foi, assim, necessária para criar um direito comercial moderno. O direito consuetudinário apenas disciplinava um pequeno número de contratos da vida rural; todo o direito relativo às sociedades, o direito cambiário, o direito marítimo e o direito dos contratos no seu conjunto tiveram de ser importados do Ocidente. Segundo as concepções tradicionais, o trabalho era, mais que um modo de ganhar a vida, uma forma de vida, preordenada em perfeita comunhão com as forças da natureza e comportando a realização de ritos; a ideia de um contrato, pelo qual uma pessoa se compromete a trabalhar para um estranho em troca de um salário, era impensável[4]. O novo direito, regulador das relações do trabalho, teve também de ser, nestas condições, importado do Ocidente, a partir do aparecimento de uma mão de obra assalariada.

---

4. Gonidec, P. F., *op. cit.*, p. 20. Adenda Kéba, M'Baye, "Droit et développement en Afrique francophone de l'Ouest", in Tunc, A., dir., *Les aspects juridiques du développement économique* (1966), p. 181-2.

Por outro lado, os costumes deveram o seu desenvolvimento à necessidade de regulamentar as relações entre os membros das comunidades que praticavam o modo de vida indígena. Para atribuir um estatuto aos europeus, cujo modelo de vida era totalmente diferente, tornou-se necessário aceitar um direito de tipo ocidental. Para regulamentar as relações entre indígenas e europeus, ou mesmo as que se estabeleceram entre indígenas oriundos de diferentes comunidades ou que se haviam emancipado da sua comunidade, houve necessidade de se criar um direito moderno (como outrora se criou um *jus gentium*). Para a aplicação do novo direito, importado do Ocidente, não era possível recorrer às jurisdições e aos processos costumeiros. Em todos os países da África e em Madagascar verificou-se, assim, a criação, fora das jurisdições tradicionais, de jurisdições do tipo europeu, competentes em todos os casos em que as regras de direito costumeiro não podiam ser aplicadas: litígios em que estavam implicados não africanos, litígios que punham em jogo relações de tipo novo, não disciplinadas pelo direito consuetudinário.

**509. Restrições do domínio do direito consuetudinário.** A evolução não terminou aí. O comércio com os países da África e a exploração do país, necessária para elevar o nível de vida dos habitantes, exigiam uma administração moderna. Em toda a África e em Madagascar, foi posta a funcionar uma administração que estabeleceu uma solução de continuidade com as instituições costumeiras. As administrações locais foram reorganizadas e sujeitas a um controle, quando não suprimidas. Foram instituídos novos tipos de assembleias locais. Os serviços financeiros, de polícia, de saúde, de instrução e de obras públicas foram organizados em quadros inteiramente novos, porquanto as estruturas tradicionais não ofereciam nenhuma base para a sua estruturação.

Em matéria de direito penal, as potências colonizadoras esforçaram-se, desde o início, por eliminar certas práticas bárbaras e combater os abusos. A sua intervenção foi-se tornando cada vez mais incisiva. No termo desta evolução, o código penal francês tornou-se aplicável, em 1946, em toda a África francesa e em Madagascar, sob reserva de certas adaptações efetuadas em consideração aos costumes locais; as jurisdições de direito francês tinham igualmente adquirido uma competência exclusiva em matéria penal. Códigos penais e códigos de processo penal baseados no direito criminal inglês foram introduzidos em toda a África ocidental inglesa, à exceção de Serra Leoa, que, sem necessidade de adotar um código, se colocou sob a influência da *common law*.

Pela ação de todo este novo direito, o direito consuetudinário restringia-se, na África francesa e em Madagascar, ao domínio limitado das relações de direito privado que interessam à família, ao regime de terras e às obrigações de puro "direito civil". Verificou-se uma situação idêntica nas colônias submetidas a outras soberanias; contudo, o direito consuetudinário manteve uma certa importância, em matéria de direito penal, nas colônias inglesas e no Congo Belga.

Nos domínios em que ele foi conservado, o direito consuetudinário podia ainda, por uma outra forma, ver-se substituído por um direito de inspiração estrangeira. Nas possessões francesas, belgas e portuguesas, foi concedida aos indígenas a opção de se submeterem ao estatuto europeu[5]. Na África de língua francesa, os indígenas podiam, por outro lado, colocar as suas terras sob um regime inteiramente diferente do proposto pelo costume. Uma evolução semelhante se verificou nas colônias inglesas. Os indígenas não podiam colocar-se, aí, por uma opção geral, sob o regime do "direito moderno"; mas esta situação era-lhes possibilitada em relação a certos atos e a certos estatutos; podiam concluir um contrato ou celebrar um casamento "à europeia", com todas as consequências subjacentes.

**510. Afinidade do direito moderno com as famílias de direito ocidental.** O direito de inspiração europeia, aplicado

---

5. A legislação do Congo Belga distinguia o estatuto civil, obtido pelo registro, e um estatuto intermediário (estatuto cívico), outorgado aos titulares de uma "carta de mérito cívico".

nas colônias, é um decalque do direito da metrópole. Contudo, devem ser dados, a este respeito, alguns esclarecimentos.

Na África francesa e em Madagascar, os códigos e as leis francesas somente se aplicavam na medida em que um decreto houvesse ordenado a sua aplicação; os decretos ou outras medidas regulamentares podiam prescrever, em certos territórios, a aplicação de regras particulares. Verificava-se uma situação análoga nas possessões espanholas e portuguesas, e também no Congo Belga, onde estava em vigor um código civil próprio.

Nos territórios submetidos à soberania britânica, súditos e protegidos britânicos – em oposição aos indígenas (*natives*) – estavam submetidos a regimes que variavam segundo as regiões, em conformidade com as *Orders in Council* e com as medidas de legislação local. Na África ocidental, na Rodésia do Norte (Zâmbia), em Nyassaland (Malawi) e na Somália britânica aplicavam-se a *common law*, as doutrinas da *equity* e as leis de alcance geral (*statutes of general application*)[6] que vigorassem na metrópole numa data determinada: 1874 para a Costa do Ouro (Ghana), 1880 para a Serra Leoa, 1888 para a Gâmbia, 1900 para a Somália, 1902 para o Malawi, 1911 para a Rodésia do Norte (Zâmbia). No Leste africano, a referência era feita ao direito da Índia (*British India*), tal como ele se prefigurava numa certa data (1897 para o Quênia, 1902 para Uganda, 1920 para Tanganica), não se reconhecendo ao direito inglês senão um valor subsidiário. Ao sul do Zambeze, o direito em princípio aplicável era o direito romano-holandês (*Roman-Dutch Law*), com as leis de âmbito geral em vigor numa certa data, numa determinada colônia: a do Cabo da Boa Esperança na Rodésia do Sul (Zimbábue), na Bechuanalândia (Botsuana) e na Basotelândia

6. Sobre as dificuldades que esta fórmula levanta, cf. Allott, A., *New Essays in African Law* (1970), p. 28-69. Pergunta-se se a referência era feita à *common law* da Inglaterra ou a uma noção mais geral de *common law*, se a data da referência se reporta só às leis de âmbito geral ou também à *common law*, quais as leis que possuíam um "alcance geral" etc. Uma outra questão que deu origem à discussão refere-se à autoridade das decisões judiciárias proferidas no país em que se verificou a recepção do direito, posteriormente à data prevista pela recepção; cf. Allott, A., *ibidem*, p. 87-92.

(Lesoto)[7], a do Transval na Suazilândia (Ngwane). Na Libéria declara-se aplicável "a *common law* e os usos dos tribunais da Inglaterra e dos Estados Unidos da América, tal como eles se encontram expostos em Blackstone, em Kent e em outras obras de reconhecida autoridade".

A recepção do direito, assim ordenada, não era nem definitiva, nem total. Em princípio, o legislador local podia modificar o direito assim recebido[8]; os tribunais podiam igualmente excluir a aplicação de tal ou tal regra, se ela não lhes parecesse apropriada às condições locais. Por efeito de um desenvolvimento, legislativo e jurisprudencial, o direito dos países da África veio a distinguir-se, por vezes consideravelmente, daquele que, numa certa data, havia sido considerado, em princípio, aplicável; os novos ramos de direito provêm daquilo que não é mais que um tronco comum[9].

## SEÇÃO II – **O DIREITO TRADICIONAL**

**511. Evolução necessária do direito consuetudinário.** As potências colonizadoras não se limitaram apenas a elaborar um direito novo naqueles domínios a que o direito consuetudinário nunca se havia estendido e onde ele não oferecia uma base adequada para uma regulamentação considerada indispensável. Independentemente disso, excluíram a aplicação do direito consuetudinário de numerosos domínios em que ele existia a se aplicava, mas onde as suas regras não pareciam as mais aceitáveis do ponto de vista dos governantes europeus. Na África francesa foram tomadas diferentes medidas, visando por exemplo liberar os indivíduos de algumas servidões ou elevar a condição feminina, embora estas disposições tenham sido

7. Poulter, S., "The Common Law in Lesotho", in 13 *J. Afr. Law* (1969), p. 127-44.

8. Um novo código penal substituiu, assim, o código penal da Índia em 1930, no Leste Africano; Tanganica adotou o *Law of Property Act* inglês em 1902 etc.

9. Allot, A., *New Essays in African Law* (1970), p. 68-9; Roberts-Wray, Sir Kenneth: "The Adaptation of Imported Law in Africa", in 4 *J. of Afr. Law* (1960), p. 66-78.

frequentemente inoperantes[10]. Na África inglesa, os tribunais podiam deixar de fazer cumprir as regras costumeiras, quando estas lhes pareciam contrárias à justiça, à equidade ou à consciência; foi feita uma utilização muito moderada desta faculdade[11].

Resta considerar a transformação sofrida pelo direito consuetudinário nos domínios em que se admitira que ele podia e devia manter-se em vigor.

O direito consuetudinário não é contrário a toda a evolução. Desde antes da colonização, ele sofreu alterações pelo fato de se terem constituído novos agrupamentos políticos (no Buganda, na Basotelândia ou entre os zulus), e mais ainda pela influência do islã e do cristianismo; a título de exemplo pode-se afirmar que em diferentes países a família deixou de ser do tipo matriarcal para se tornar do tipo patriarcal. As estruturas e as novas ideias introduzidas pelos colonizadores fizeram precipitar esta evolução. A introdução de uma economia monetária, a urbanização, a criação de um mercado de trabalho, a difusão da instrução, do individualismo e das ideias democráticas, a crescente facilidade das comunicações e o contato com os europeus criaram uma atmosfera propícia, levando numerosos africanos a interrogarem-se sobre o fundamento das regras tradicionais. Na verdade, a maioria dos africanos continuou a viver como sempre viveu, mas um número crescente deles vem questionando as instituições e práticas consuetudinárias.

Se se quisesse salvar o sistema tradicional, não bastaria proclamar o princípio do respeito aos costumes indígenas. Esta afirmação seria ilusória se não lhes facultassem condições de sobrevivência. Impunha-se, por esse fato, uma obra positiva: tornava-se necessário clarificar, reformar, sistematizar os costumes, conceder ao direito consuetudinário o meio de se afirmar

---

10. O Decreto Mendel, de 15 de junho de 1939, e o Decreto Jacquinat, de 14 de setembro de 1951, por exemplo, procurando introduzir certos princípios ocidentais no casamento; cf. Kéba M'Baye, "Droit et développement en Afrique francophone de l'Ouest", in Tunc, A., dir., *Les aspects juridiques du développement économique* (1966), p. 128.

11. Allott, A., *New Essays in African Law* (1970), p. 158. Esta ressalva foi suprimida, após a independência, em Gana e na Tanzânia.

ao lado do direito europeu. Houve pouca preocupação com isto. As potências colonizadoras proclamaram, em princípio, o seu respeito pelos costumes. Porém, as medidas tomadas na pretensão de assegurar a aplicação dos costumes levaram a falsear, de modo completo, esta aplicação.

**512. Papel das jurisdições costumeiras.** O fato é evidente na África francesa e em Madagascar. A própria composição das jurisdições encarregadas de aplicar o direito consuetudinário foi profundamente modificada nestes países, sendo as autoridades tradicionais substituídas por funcionários administrativos, simplesmente assistidos por assessores especialistas em costumes.

Em compensação se poderia esperar ver o direito consuetudinário evoluir de um modo mais natural na África inglesa onde, de acordo com o princípio da *indirect rule*, se deixou ao cuidado das autoridades tradicionais a administração da justiça, sob um simples controle dos administradores ingleses. Contudo, a diferença não é tão grande como parece, porque em numerosos casos a administração inglesa foi levada a descobrir instituições indígenas sem apoio na tradição ou a reforçar o poder de chefes que haviam acabado de ser reconhecidos como tais.

Todavia, isto não é essencial. O aspecto mais importante é que na África inglesa, tal como na África francesa, se desvirtuou o direito consuetudinário e se falseou por completo a sua aplicação ao pretender considerá-lo como um direito de tipo ocidental. Na preocupação de eliminar arbitrariedades, e no desejo de assegurar a segurança das relações jurídicas, transformaram-se as condições de funcionamento e a própria função das jurisdições indígenas. Pretendeu-se fazer delas os garantes dos direitos subjetivos reconhecidos aos indivíduos; elas deixaram, por esse fato, de cumprir o seu papel tradicional, que era o de compor conflitos e operar conciliações; assim "tornaram-se pouco a pouco instituições estatutárias sem nenhuma ligação com o costume jurídico tradicional"[12].

---

12. Allott, A., "La place des costumes juridiques africaines dans les systèmes juridiques africains modernes", in Poirier, J., dir., *Études de droit africain et malgache* (1965), p. 257-66.

**513. Papel das jurisdições de direito moderno.** As jurisdições de direito moderno, com o seu corpo de juristas de tipo europeu, apenas puderam reforçar esta tendência para ver nas regras consuetudinárias, contrariamente à sua natureza, regras de um direito concebido à europeia. No caso em que tiveram excepcionalmente de aplicar os costumes, ou naqueles em que foram chamadas a controlar a sua aplicação, elas não intervieram dentro do espírito do direito consuetudinário, ao qual, de resto, a sua própria intervenção era, por princípio, oposta.

Na África inglesa, em especial, as jurisdições de direito moderno desorientaram-se em presença dos costumes. Quando estes eram declarados e aplicados por uma jurisdição indígena, elas viam na existência e no conteúdo do costume uma questão de puro fato, e admitiam, por uma "regra do precedente invertida"[13], que os *Native Courts* se pronunciassem soberanamente a este respeito. Quando elas próprias tinham de aplicar um costume indígena, procuravam transpor para a África as regras prevalentes na Inglaterra, relativamente à prova do direito estrangeiro ou à prova dos costumes locais ou comerciais. Nenhuma destas maneiras de ver podia considerar a verdadeira natureza do direito consuetudinário; a aplicação deste último apenas podia falsear-se com esta distorção. A aplicação da regra do precedente, no caso em que um costume se tornava, em justiça, suficientemente conhecido, revelou-se pouco satisfatória, particularmente no meio africano, em que a necessidade de permitir a evolução dos costumes é bem mais urgente do que a necessidade de assegurar a previsibilidade das decisões de justiça e a segurança das relações jurídicas[14]. Nem a todos os países se ajustam as mesmas concepções em relação às fontes de direito.

**514. Conclusão.** A maior modificação trazida ao direito consuetudinário, na época colonial, resultou, com o abandono do modo tradicional da solução dos litígios, da influência exer-

---

13. A expressão é do professor Allott, *New Essays in African Law* (1970).
14. Allott, A., *New Essays in African Law* (1970), p. 151, 253 ss.

cida por uma nova concepção da ordem social, rígida e formalista, incompreensível para os africanos[15].

Os resultados são, atualmente, julgados com severidade. Pretendendo realizar prematuramente o reino do direito consuetudinário à europeia, desorganizou-se a ordem de sociedades que regulavam a sua existência pelo recurso a outros meios e de modo algum preparadas para aceitar a moderna ideia europeia de direito. A civilização africana fundava-se sobre certos valores: espírito de comunidade, respeito pelos velhos, ausência de classes antagônicas. Facilmente se aceitou que esses valores fossem destruídos sem a preocupação de os substituir por novos, originando assim, de modo inconsciente, um enfraquecimento dos elos da família e do clã, sem que se pudesse impor em seu lugar a solidariedade de todo o corpo social.

---

15. Cotran, E., "The Place and Future of Customary Law in East Africa", in *East African Law Today* (1966), p. 77.

Capítulo III

# *Os Estados independentes*

**515. Confirmação do direito moderno anterior.** A evolução produzida desde o período da colonização surge, no seu conjunto, aos olhos das populações africanas e malgaxes como uma circunstância inelutável. O acesso dos países africanos e de Madagascar à independência de modo algum determinou uma reação contra ela; muito ao contrário, os novos dirigentes desde cedo manifestaram o desejo de a completarem.

Todo o direito de inspiração ocidental, que as tendências colonizadoras haviam estabelecido, foi reconhecido nos novos Estados; mesmo naqueles países que se declaram socialistas, nenhuma voz parece ter-se erguido para reclamar a sua derrogação. Nenhuma lei importante foi abolida, revelando, um espírito de regresso ao passado. As medidas tomadas, nos diversos países, manifestam, pelo contrário, com nitidez a vontade de manter em vigor e aperfeiçoar o "direito moderno" introduzido na época da colonização.

Entretanto, a independência levou ao poder pessoas diferentes, que passaram a considerar os problemas de um ângulo diverso. Os dirigentes africanos dos países tornados independentes tiveram, em maior grau que seu antecessores europeus, a preocupação de transformar seus países e também a de afirmar os valores encontrados na tradição. Disso resultou um vigoroso movimento de reforma, que abrange tanto o direito público quanto o privado.

Do ponto de vista do direito público, o modelo da democracia pluralista, das constituições da Europa ocidental, mostrou-se inadequado para as sociedades africanas. Foi abandonado em todos os países, em favor de um regime presidencial, que frequentemente não passa de uma ditadura com um sistema de partido único, excluindo qualquer participação dos cidadãos no exercício do poder. Esta situação é considerada como provisória; espera-se que permita a modernização das estruturas sociais e econômicas e das mentalidades, medida indispensável para que possa funcionar um regime democrático[1].

Do ponto de vista do direito privado, a contradição não foi menor. Pretendeu-se, por um lado, reabilitar o costume e afirmar o apego aos princípios do direito consuetudinário cujo valor moral era sublinhado. Entretanto, por outro lado, se quis repudiar numerosas regras e destruir muitas estruturas que comprometiam o desenvolvimento do país; houve também a preocupação de reforçar a unidade, frequentemente precária, do país, dotando-o de um direito nacional. O direito tornou-se, nestas condições, um instrumento de transformação revolucionária, afastando-se, na maioria dos casos, dos costumes e da tradição.

**516. Reabilitação dos valores tradicionais.** Aqueles que tomaram para si o encargo dos destinos dos novos Estados são, atualmente, africanos que haviam sido educados dentro do ambiente costumeiro; muitos deles persistem em afirmar e manter certos valores de ordem moral que aprenderam a respeitar dentro deste ambiente, certos de que, expurgados que sejam certos abusos, os costumes possam constituir a base das relações de ordem privada entre os africanos. Nem tudo é de se rejeitar no modo de vida tradicional. O poeta-presidente do Senegal, L. S. Senghor, exalta a "negritude". A solidariedade que os costumes estabelecem entre os membros do grupo constitui, neste aspecto, um elemento positivo que deve ser preservado; África e Madagascar[2] não devem cair nos excessos do individualismo,

---

1. Lavroff, D. G., *Les systèmes constitutionnels en Afrique noire. Les États francophones* (1976); Techirkin, V. e Youdin, Y., *L'État à orientation socialiste: instrument de transformation révolutionnaire* (1974).

2. Cf. o *Recueil des lois civiles* (T.I.: Dispositions génerales. Droit de la famille) publicado em 1964 pelo Ministério da Justiça da República Malgaxe, com um interessante relatório de síntese de M. A. Ramangosoavina (p. 7-76).

hoje condenado no próprio Ocidente. Dignificam-se as palavras "socialismo africano"[3].

A descolonização foi frequentemente acompanhada por declarações que deixavam bem expresso o desejo de fazer justiça ao direito consuetudinário; deseja-se, a crer nos dirigentes, reabilitar o direito tradicional, reagindo contra a atitude de condescendência e de desprezo que muitas vezes imperou durante a época colonial.

Na verdade, têm sido realizados esforços meritórios para melhor se conhecerem os costumes. Assim, desde 1957, uma resolução da assembleia representativa de Madagascar ordenou a certificação e a codificação dos costumes; também no Senegal foi nomeada uma comissão para codificar os costumes. O mesmo se verifica na Tanzânia a partir de 1961; os conselhos de distrito reproduziram em caráter oficial, em língua *swahili*, numerosas regras consuetudinárias, na preocupação de introduzirem uma certa unidade nos costumes[4]. Na Nigéria, as assembleias regionais foram encorajadas a elaborar compilações, destinadas a declarar de forma autorizada o costume. Foi empreendida uma vasta obra de exposição sistemática do direito consuetudinário africano (*Restatement of African Law Project*), sob o patrocínio da School of Oriental and African Studies, da Universidade de Londres, com o apoio da Nuffield Fondation e a colaboração dos países interessados. Diversos volumes já foram publicados, expondo o direito do casamento e o direito das sucessões no Quênia (1968-69), o direito

3. Sobre o socialismo africano e a influência do marxismo na África, cf. Hazard, J. N., "Marxian Socialism in África", in 2 *Comparative-Politics* (1969), p. 1-15; "Marxist Models for West African Law", in *Ius privatum gentium, Festschrift für Max Rheinstein* vol. I (1969), p. 285-97; "La familia de sistemas jurídicos de inspiración marxista en Africa", in *Libro-homenaie a la memoria de R. Goldschmidt* (1967), p. 131-46. – Institut Gosudarstva j prava Akademij nauk SSSR: Pravo v nezavysimyh stranah Afriki: Stanovlenie i razvitie (1969).

4. O direito do casamento foi efetivamente reformado na Tanzânia pelo *Law Marriage Act*, 1971.

do casamento, das coisas e das obrigações no Malawi (1970-71) e o direito da família no Botwana (1972)[5].

**517. Política dos dirigentes africanos.** Contudo, os trabalhos em questão estão longe de conseguir salvar o direito africano[6].

Os dirigentes dos novos Estados, recrutados entre os "evoluídos" ligados aos modos de vida do Ocidente, puderam perfeitamente exaltar nos seus discursos a negritude e afirmar o seu africanismo. Diferenciaram-se uns dos outros, na medida em que alguns tomaram como modelos os países de economia de mercado, enquanto outros se inspiraram nos países de economia dirigida. Desejosos de modernizar os seus países, de os desenvolver e de fazer deles verdadeiras nações, agiram todos em prejuízo do costume[7].

Sem dúvida que, com o tempo, se tornaria difícil manter lado a lado um direito público moderno, fundado sobre certos princípios, e um direito privado consuetudinário, fundado em princípios opostos. A unidade nacional dificilmente se coaduna com uma forte coesão da tribo; o desenvolvimento da economia exige que o indivíduo se liberte da dependência estreita à sua

---

5. O direito de dezessete etnias, representando 90% da população do Quênia, foi estudado pelo especialista inglês E. Cotran; o de outras nove etnias foi exposto em Botswana por S. Roberts. O trabalho de J. O. Ibik sobre o Malawi compreende também diversas etnias, exceto no que se refere à responsabilidade culposa, em que só é considerada a etnia dos Tumbaka.

6. Keba M'Baye, "Droit et développement en Afrique francophone de l'Ouest", in Tunc., A., dir., *Les aspects juridiques du développement économique* (1966), 121-165, p. 146 s. O autor analisa com oportunidade os fatores que conduziram à revisão de posições demasiado teóricas e à renovação profunda, em diversos domínios, do direito consuetudinário. Adenda Kuper, H. e L., org., *African Law: Adaptation and Development* (1965).

7. Tunc, A., dir., *Les aspects juridiques du développement économique* (1966). Cf. especialmente, nesta obra, os artigos de Keba M'Baye e B. O. Nwabueze, tal como o relatório introdutório de síntese de A. Tunc. Pode, na verdade, com M. Gluckman e A. A. Schiller, deplorar-se o abandono dos costumes e constatar-se a multiplicidade de inconvenientes produzidos pela inadaptação do direito moderno ao meio africano, mas teria sido na verdade preferível e possível, para os evitar, manter na África aquilo a que um autor apelidou de "zoo antropológico"?

família ou à sua etnia. Os dirigentes africanos tiveram que optar. O direito consuetudinário é o de um grupo, do qual não se podem alterar arbitrariamente as dimensões; se se pretender unificar o direito no quadro de uma nação, ter-se-á que realizar uma renovação no seio dos costumes. O direito consuetudinário é norteado pela ideia de harmonia e conciliação; a pretensão de dar realização integral ao império do direito, entendido como a garantia dos direitos subjetivos, vendo-se na lei ou nos precedentes a explicitação das regras a seguir estritamente e não um ponto de partida para uma solução amigável dos conflitos, conduziu à negação daquilo que constituía a própria essência do direito consuetudinário.

Pouco importa, em suma, que a lei ou a jurisprudência tenham retomado e consagrado, em diversos países, estas ou aquelas soluções aceitas pelos costumes. Se se pretendesse verdadeiramente respeitar e perpetuar a tradição africana, tornar-se-ia necessário salvaguardar os métodos flexíveis de aplicação e de evolução próprios do direito consuetudinário; em outras palavras, seria necessário admitir uma concepção pluralista da sociedade; os grupos que houvessem desenvolvido um costume deveriam continuar a administrar este costume; fora disto, não poderia haver um verdadeiro direito consuetudinário. O Estado não pode, sem destruir o costume, substituir-se aos agrupamentos originários para definir o costume ou praticar uma justiça consuetudinária.

Não é este o caminho trilhado pelos novos Estados; há, na verdade, fortes razões para não o seguirem. Em certa medida, o novo direito pode perfeitamente ser estabelecido com base nos costumes; porém, o direito estatal está longe de ser um direito consuetudinário, ainda quando se tenha considerado oportuno conservar na terminologia oficial este vocábulo[8].

---

8. Allott, A. N., *New Essays in African Law* (1970), p. 145 ss. O autor sublinha a dificuldade de realizar uma plena igualdade de tratamento entre o direito consuetudinário e o direito moderno, por um lado, e a de preservar o caráter consuetudinário do direito, por outro (p. 278). O direito consuetudinário é, sem margem de dúvida, direito (p. 148), mas é por essência um direito que escapa aos juristas [Allott, A. N., *Law and Language* (1965)] e que dificilmente se coaduna, em particular, com a regra inglesa do precedente.

**518. Reforma da organização judiciária.** Existiam ao tempo da colonização duas categorias de jurisdições: umas especializadas na aplicação do direito consuetudinário, outras aplicando o direito moderno. Este dualismo foi colocado em causa quando os países da África se tornaram independentes. Então, pareceu chocante que pudessem existir num mesmo Estado duas espécies de justiça, das quais uma era facilmente encarada, com ou sem razão, como sendo de um tipo inferior à outra. Foram publicadas importantes leis no sentido de reformar a organização judiciária; estas reformas integraram as jurisdições indígenas num sistema unitário de administração da justiça. Entretanto, existem ainda, em numerosos países, tanto de língua francesa como inglesa, jurisdições de direito moderno, distintas das que aplicam o direito consuetudinário[9].

Estas reformas estão destinadas a trazer consequências do mais vasto alcance no que respeita ao direito consuetudinário. Foi isto o que se observou em várias ocasiões: existe uma oposição entre as concepções dos juristas e as do direito consuetudinário. Colocando-o sob o controle dos juristas e, mais ainda, fazendo-o administrado diretamente por eles corre-se o grave risco de desvirtuar e precipitar a decadência do direito tradicional.

Consideremos os países de língua inglesa. O direito consuetudinário era, nestes países, até a independência, declarado e aplicado soberanamente pelas jurisdições indígenas, com os tribunais superiores não vendo nos costumes mais que meros fatos. Atualmente, pelo menos em certos países, declara-se que se trata de direito. Por isto, pode parecer que o direito consuetudinário tenha sido beneficiado por uma promoção. Na prática,

9. Isto só ocorre hoje em dia na Libéria e no Togo. Estas jurisdições não integradas na organização judiciária de direito comum continuam, no entanto, a aplicar o direito muçulmano em diversos Estados. Cf. Allot, A. N., *Judicial and Legal Systems in Africa* (2ª ed., 1970); Lampue, P., "La justice civile dans les États d'Afrique francophone et à Madagascar", in *Rev. jur. et pol. Ind. et Coop.* (1966), p. 155-84; Lampue, P., "La justice administrative dans les États d'Afrique francophone", in *Rev. jur. et pol. Ind. et Coop.* (1965), p. 3-31; "Actes du Congrés de l'I.D.E.F. au Canada", in *Rev. jur. et pol. Ind. et Coop.* (1969), p. 451-1.361.

esta promoção significa que ele futuramente será aplicado e, nesta aplicação, reformado por juízes, que brevemente contarão com a participação de juristas formados na escola da *common law*, para quem o costume é assunto estranho[10].

Do mesmo modo, a publicação cada vez mais generalizada de *Restatements* e de compilações de jurisprudência teve manifestamente por objeto salvar o direito consuetudinário; contudo, ela corre o sério risco de contribuir para a sua perda. A imobilização do direito consuetudinário fá-lo perder a sua natureza; o costume que passou a considerar-se como direito já não é o costume da tradição. A descolonização não serviu para reabilitar o costume; na realidade, ela foi o começo do fim do direito tradicional.

**519. Sociedade moderna e costume.** Os direitos modernos da África podem aceitar certos elementos fornecidos pela tradição dos direitos consuetudinários, porém, tendem inelutavelmente a repudiar aquilo que constitui a própria essência destes direitos consuetudinários.

O cristianismo e o islamismo já haviam minado o direito consuetudinário, substituindo a noção de um equilíbrio cósmico, que seria perturbado pela ruptura de interditos, pela ideia de uma lei divina. O próprio fundamento do direito consuetudinário desaparece com o pensamento racionalista moderno, que dissocia o direito das crenças e mitos de outrora.

O direito consuetudinário era o direito das comunidades que viviam fechadas sobre si mesmas. O direito moderno é, por necessidade, um *jus gentium* concebido para uma sociedade na qual as diversas comunidades de outrora se fundem. Ele não pode, portanto, ser o direito de uma dentre essas comunidades[11].

---

10. Richardson, D. S., "Whither lay justice in Africa?", in Gluckman, M., org., *Ideas and Procedures in African Customary Law* (1969), p. 123-36.

11. Cf. a declaração do ministro da justiça da Costa do Marfim referida pelo primeiro presidente do Supremo Tribunal do Senegal: qualquer que seja a escolha, a propósito de cada matéria, quatro quintos da população verão aplicar sobre si uma regra de direito que lhes será tão estranha como o seria a lei francesa ou a lei italiana. Então, por que se privar dos benefícios de uma

Os dirigentes aspiram, em numerosos países, fazer dele um direito nacional, no desejo de reforçar, no plano jurídico, uma coesão nacional que, em muitos deles, está ainda mal assegurada.

O direito consuetudinário satisfazia as exigências das sociedades rurais estáticas. Os dirigentes dos Estados atuais desejam realizar reformas profundas que atinjam a própria estrutura das suas sociedades, preencher o "fosso cultural" que separa, no momento atual, as populações das cidades e as dos campos, os intelectuais e a massa dos cidadãos; pretendem desenvolver novos setores na economia e reformar a estrutura agrária. O novo direito não pode imitar servilmente os costumes, visto que a sua finalidade é precisamente modificar, em múltiplos aspectos, o modo de vida dos habitantes: "A lei – afirma o ministro da justiça de Madagascar – tem por objetivo transformar as tradições e assim permitir a emancipação social e econômica; ela vai, por conseguinte, entrar em conflito com os costumes"[12]. Tal como nos países socialistas, o novo direito apresentar-se-á, em larga medida, como a expressão da vontade dos dirigentes, que desejam realizar uma verdadeira revolução.

**520. Codificação do direito africano.** Uma importante obra de revisão das leis existentes foi realizada nos Estados que foram outrora britânicos, franceses ou belgas e na Etiópia. Mais de cem códigos foram publicados nos Estados de língua francesa desde que estes obtiveram a independência[13]. Na Etiópia, cinco códigos, cujo conteúdo corresponde ao dos códigos napoleônicos, foram promulgados de 1957 a 1965[14]. Igualmente nos países de língua inglesa, especialmente em Gana, na Nigéria e na África oriental, se recorreu a grandes leis.

---

legislação moderna, com a vantagem de nenhum clã, nenhuma tribo poder vangloriar-se de ter imposto a sua lei? Cf. Tunc, A., dir., *Les aspects juridiques du développement économique* (1966), p. 146-7.

12. Ramangasoavina, A., "Les impératifs de la justice dans les pays en voie de développement", in *Ann. Univ. Madagascar* (*Droit*), vol. 2 (1965), 1-30, p. 18.

13. Alliott, M., "Problèmes de l'unification des droits africains", in *J. of African Law* (1967), p. 86-98.

14. Singer, N. J., "Modernization of Law in Ethiopia", in 11 *Harvard Int. J.* (1970), p. 73-125.

O movimento de reforma limitou-se, no início, ao direito moderno. Elaboraram-se novos códigos em matéria de direito penal, reformou-se a organização judiciária; no Senegal, em Gana, em Madagascar e em Uganda reformou-se também o direito das obrigações e dos contratos. Contudo, o movimento não parou e já se iniciou a reforma do direito nas matérias que afetam intimamente o estatuto pessoal dos africanos. As regras relativas à propriedade imobiliária foram profundamente reformadas no Senegal, em Gana e no Quênia. Em diversos países de língua francesa e na Tanzânia, não se vacilou em introduzir reformas, por vezes revolucionárias, no direito da família[15].

Duas questões se apresentam em relação a esta obra legislativa. A primeira é a de saber em que medida as novas leis são respeitadas; a segunda é a de saber se a África não se inspirou demasiadamente nos modelos ocidentais.

**521. Persistência dos modos de vida tradicionais.** É preciso que não haja ilusões: numerosas leis novas, sobretudo as que pretendem reformar completamente as estruturas familiares, dificilmente penetram nas massas e na prática não alteram o comportamento dos africanos. Por detrás da fachada que elas constituem, os camponeses, em especial, continuam a viver como viviam os seus antepassados, ignorando completamente o direito das cidades e as instituições criadas pelos dirigentes. Segundo as personalidades mais autorizadas, 80 a 90% das pessoas continuam a viver segundo o estilo de vida antigo, longe de todo o movimento de modernização[16]. Na verdade, o costume antigo continua a ser observado, sendo os tribunais

---

15. Keba M'Baye, dir., *Le droit de la famille en Afrique et à Madagascar* (1968); Blanc-Jowan, X., "La codification du droit du mariage dans les pays d'Afrique noire francophone", in *Ius privatum gentium, Festschrift für Max Rheinstein*, vol. II (1969), p. 909-35; Verdier, R. "Evolution et réformes foncières de l'Afrique noire francophone", in 15 *Journal de droit africain* (1971), p. 85-101.

16. Esta afirmação só é verdadeira como generalização. Pode acontecer que um costume seja transformado. Cf. Roberts, S. A., "The settlement of family disputes in the Kgatha Customary courts. Some new approaches", in *J. African Law* (1971), p. 60-76.

estatais desprezados em benefício de arbitragens administrativas ou, mais frequentemente, de conciliações obtidas em conformidade com a tradição[17].

Isto não significa que as leis promulgadas pelos governos sejam inúteis. Avançadas em relação à opinião pública e aos costumes que pretendem transformar, as leis podem exercer uma função educativa e de persuasão, como ocorreu anteriormente com o *jus commune*, ensinado nas universidades europeias. As novas regras fornecem a imagem da sociedade que se pretende criar; não se deve esperar vê-las aplicadas imediata e integralmente, como no direito europeu. Desta forma, se o legislador não quiser ver sua autoridade comprometida, deverá se mostrar muito prudente e deixar aos juízes uma grande liberdade na aplicação das novas disposições; estas podem ser concebidas como modelos destinados a orientar o comportamento dos cidadãos, mais do que como imposições estritas.

**522. Problemas de aplicação do direito.** Nos países subdesenvolvidos, é necessário levar em consideração as condições de aplicação do direito[18]. É inútil difundir o ensino do direito, publicar compilações de leis ou de jurisprudência e assegurar a sua conservação, escrever manuais jurídicos e facilitar a documentação em matéria de legislação e de regulamentação africanas. Foram realizados grandes esforços nesse sentido, sobretudo pelos institutos africanos e pelas associações de juristas africanos. Utilizando as estruturas do partido único, eles promovem a informação sobre a nova legislação, através do rádio, de jornais, seminários etc. Contudo, este trabalho não pode

17. Poirier, J., "L'analyse des espèces juridiques et l'étude des droits coutumiers africains", in Gluckman, M., org., *Idées et procédures dans les systèmes légaux africains* (1969), p. 97-109; Ollemu, N. A., "The Structure of Africain Judicial Authority and Problems of evidence and proofin Traditional Courts", *ibidem*, p. 110-122; Krzeczunowicz, G., "The present role of equity in Ethiopian civil Law", in 13 *J. of African Law* (1969), p. 145-57.

18. Boni, A., "La mise en pratique des lois dans les nations en voie de développement", in *Recueil Penant* (1963), p. 449-61; Gonidec, P. F., "Problèmes d'application de la législation en Afrique", in *Bull. Inst. int. d'administration publique* (1967), nº 2, p. 7-22.

produzir, na África, os mesmos resultados que na Europa. À falta de suficientes agrupamentos profissionais e praticantes do direito, as regras jurídicas correm o grave risco de se tornarem letra morta, ou de serem utilizadas apenas em benefício dos elementos mais evoluídos da população, cuja posição privilegiada elas viriam reforçar e não enfraquecer, tal como se pretenderia. Mesmo nos países industrializados tomou-se consciência, recentemente, de que as classes mais desfavorecidas da população não têm, muitas vezes, condições para conhecer e defender seus direitos[19]. Tanto os Estados Unidos como a Inglaterra e a França operaram uma modificação total das estruturas da assistência jurídica durante os últimos anos. O mesmo problema existe na África, com intensidade ainda maior; será útil, neste continente, estudar, além das já referidas, as experiências que se fizeram nos países socialistas, que afirmam haver superado esse problema. Também se deverá examinar a regra admitida no México pelo código civil federal de 1928, que permite aos juízes afastar a regra *Ignorantia juris haud excusat* se, em determinadas circunstâncias, considerada a condição social dos interessados, a sua aplicação não satisfazer a justiça[20].

**523. Primazia da ideia de desenvolvimento.** Pode-se perguntar, por outro lado, se, no domínio jurídico, não se seguiu muito de perto o modelo dos países europeus. O direito, segundo certas opiniões, deve ser completamente repensado na África e em Madagascar, para ser posto ao serviço do desenvolvimento[21], tornando-se secundárias todas as outras considerações em relação a este objetivo principal.

---

19. Cappelletti, M., *Giustizia e società* (1972).

20. Aguilar Gutiérrez, A. e Dérbez Muro, J., *Panorama de la legislación civil de México* (1960), p. 7, 15.

21. Granger, R., "Problèmes d'application du droit moderne dans le pays en voie de développement", in *Ann. Univ. Madagascar*, vol. 2 (1965), p. 113-28; Gendarme, R., "Problèmes juridiques et développement économique", in Tunc, A., dir., *Les aspects juridiques du développement économique* (1966), p. 25-58; Allott, A. N., "Legal Development and Economic Growth in Africa" in Anderson, J. N. D., org., *Changing law in Developing Countries* (1963), p. 194-209; Petit-pont, M., *Structures traditionnelles et développement* (1968).

Certamente que não se trata de sacrificar, na África, nem os valores morais, nem a dignidade do homem; mas é legítimo que, nos países subdesenvolvidos, se subordine, mais do que nós estamos preparados a admiti-lo na Europa, o indivíduo à comunidade, em conformidade ao espírito do costume tradicional.

As relações entre direito público e direito privado existentes nas sociedades em que o progresso se deve esperar mais das iniciativas do Estado do que das dos particulares, demasiado pobres e ignorantes para se evadirem da rotina e dos preconceitos, são inevitavelmente diferentes das que se verificam na Europa. Os direitos naturais do homem devem ser garantidos; mas poderão comportar restrições mais severas que na Europa; o caráter "sagrado" do direito de propriedade não deve obstar às reformas agrárias impostas para a exploração racional do país; a legislação do crédito agrícola deve ter em conta o fato de os camponeses estarem muitas vezes endividados e deve comportar medidas que impeçam que os empréstimos concedidos sirvam para pagar a usuários ou sejam usados para despesas improdutivas nas cerimônias de casamentos ou funerais.

**524. Perigo das leis ou convenções de origem europeia.** A maior parte das vezes, Madagascar e os países da África, receberam, em vários domínios, leis que não se adaptavam às suas próprias condições e às suas necessidades, porque eram simples cópias de leis elaboradas para um país europeu. Os administradores coloniais foram censurados por terem recorrido a este processo simplista. Mas o perigo antes aumentou do que diminuiu, com a descolonização. Os países da África e Madagascar são muito pobres e desprovidos de juristas para poderem estudar de modo conveniente, cada um por si, qual a legislação que lhes conviria. Ainda mais que antes da independência, eles se arriscam a adotar, sem um discernimento suficiente, modelos dos quais se deveriam afastar.

O que é verdadeiro a respeito das leis é ainda mais verdadeiro quanto às convenções internacionais. Certamente é desejável que os Estados da África e Madagascar participem ativamente da vida internacional. É também necessário considerar que os seus interesses ou não estão representados, ou estão muito mal representados, quando da preparação das convenções internacionais; a presença das usas delegações nas conferências em que são debatidas essas convenções, na maior parte das vezes, só do ponto de vista formal, constitui uma garantia em seu benefício.

**525. Necessidade de uma coordenação dos trabalhos.** É possível decifrar o interesse dos países africanos, é possível a um país obter boas leis, auxiliado por peritos suficientemente conscienciosos, que levem em consideração as necessidades do país que a eles recorreu e que tenham bom senso o bastante para não sugerirem leis que, nos seus países de origem, satisfariam os seus desejos de teóricos. No entanto, é profundamente lamentável que esse trabalho se faça sem nenhuma coordenação de esforços; frequentemente, várias pessoas são chamadas a fazer, em diversos Estados, um trabalho que poderia ser feito por um só para benefício de todos. A fragmentação da África em mais de quarenta Estados é profundamente lamentável, numa época em que somente conjuntos bastante vastos têm possibilidades razoáveis de desenvolvimento[22]. Assim acontece, tanto mais que esta balcanização da África representa apenas um prolongamento de divisões territoriais estabelecidas artificialmente se tiver por consequência uma fragmentação do direito que, em larga medida, a colonização evitara. No momento em que os Estados da Europa desejam reencontrar a ideia de direito comum, os Estados da África e Madagascar não devem comprometer-se, ignorando a lição da História, num provincianismo jurídico contrário não só ao interesse do seu desenvolvimento como à própria ideia de direito.

---

22. Guernier, M., *La dernière chance du tiers-monde* (1968); Alliott, M., "Problèmes de l'unification des droits africains", in *J. of African law* (1967), p. 86-98; Keba M'Baye, "L'unification du droit en Afrique", in *Rev. sénégalaise de droit* (1971), p. 65-81; David, R., "Un code civil pour les États Africains", in *Rec. Penant* (1962), p. 352-64, e *Ann. africaines* (1962), p. 160-70.

Isto não escapou a alguns dentre eles. Em matéria de propriedade industrial e de direito marítimo, estabeleceu-se uma certa colaboração entre os Estados de expressão francesa; a iniciativa privada realizou igualmente, em certas matérias, compilações de jurisprudências comuns a vários Estados de expressão inglesa. O que foi até agora realizado neste aspecto continua, contudo, a ser insuficiente. É preciso que a Organização da Unidade Africana ou os grupos mais restritos existentes na África, a Comissão das Nações Unidas para o Direito Comercial Internacional ou outros organismos apropriados atuem para evitar uma fragmentação, desprovida de senso, dos direitos da África.

O acesso à independência, quer na África, quer em Madagascar, pôde suscitar uma onda de entusiasmo. Mas o essencial continua ainda por fazer: é o desenvolvimento, em todos os planos, dos países que são atualmente independentes. Este desenvolvimento pode, em certos aspectos, ser facilitado pela descolonização; porém, a descolonização não basta para assegurá-lo e, em certos aspectos, pode torná-lo até mais difícil. Do ponto de vista estritamente jurídico, ela expõe os novos Estados à tentação de um nacionalismo estreito, que deve ser recusado. O desenvolvimento dos direitos da África e de Madagascar, necessário ao progresso, será facilitado se estes países se mantiverem fiéis ao que é, ao mesmo tempo, a tradição dos países românicos e a dos países da *common law*; longe de nacionalizarem o seu direito, deveriam se aplicar em prosseguir, em comum, o desenvolvimento da sua civilização pela realização da justiça.

Anexo I

# *Informação bibliográfica*

Na elaboração da bibliografia apresentada neste apêndice não houve a preocupação de dar a conhecer os instrumentos de trabalho utilizados pelos juristas, nos diversos países, na descoberta das regras do seu próprio direito. Tampouco se procurou assinalar os trabalhos de direito comparado publicados no campo internacional.

Sem sair do domínio deste manual, o seu objetivo principal, senão exclusivo, é indicar as publicações especialmente úteis à iniciação de um sistema de direito ou à utilização do método comparativo. Por outro lado, limita-se àquilo que tem sido publicado em francês, inglês, alemão, espanhol e italiano.

## SEÇÃO I – **GUIAS BIBLIOGRÁFICOS**

MALCLÈS, L. N., *Les sources du travail bibliographique* (2ª ed., 1969). É uma obra fundamental, comportando, acerca das mais diversas matérias, as fontes bibliográficas essenciais.

Association of American Law Schools: *Law Books Recommended for Libraries*. São 47 fascículos, entre os quais se anotam especialmente os nºs 2 (*Comparative Law*) e 45 (*Foreign Law*), por Ch. Szladits (1962), além dos nºs 39 (*African Law*, por A. A. Schiller), 40 (*Chinese Law*, por S. Sorich), 41 (*Islamic Law*, por Ch. Szladits), 42 (*Latin American Law*, por H. L. Clagett) e 44 (*Russian Law*, por H. J. Berman).

*Catalogue des sources de documentation juridique dans le monde* (2ª ed., 1957). Publicado pela Unesco, informa, sobre cada país, as bibliografias jurídicas, as coletâneas de leis e jurisprudências, as revistas jurídicas e os principais centros de documentação jurídica existentes.

SZLADITS, Ch., *Bibliography on Foreign and Comparative Law* – Books and articles in English – (4 vols., 1955, 1962, 1968, 1975). É uma obra que analisa todos os livros e artigos publicados em língua inglesa de 1790 a 1971 sobre direito comparado e outros direitos diferentes dos da *common law*. Anualmente são publicados suplementos sob os auspícios da Parker School of Foreign and Comparative Law, Columbia University in the City of New York.

*Introduction bibliographique à l'histoire du droit et à l'ethnologie juridique*, sob a direção de J. Gilissen. 8 vols. a publicar: A – Antiguidade; B – Europa medieval e moderna (aspectos gerais); C – Europa ocidental (medieval e moderna); D – Europa central (medieval e moderna); D' – Europa oriental (medieval e moderna); E – Ásia; E' – África; F – América e Oceania. Estão previstos um total de 143 títulos com aproximadamente 8.000 páginas. Em 1º de outubro de 1977 estavam já publicados 75 títulos.

*Index to Legal Periodicals* e *Index to Foreign Legal Periodicals*. Duas importantes publicações, incluindo, a primeira, os artigos publicados em língua inglesa e, a segunda, os de língua não inglesa nas principais revistas jurídicas de todo o mundo. As suas publicações iniciaram-se respectivamente, em 1907 e 1960. O *Index to Foreign Legal Periodicals* assinala e classifica, em 1973, os artigos aparecidos em 350 periódicos de 61 países.

## SEÇÃO II – **REVISTAS DE DIREITO COMPARADO**

Todas as revistas jurídicas publicam ocasionalmente artigos inerentes a mais de um direito. Assinalamos nesta seção as que são especializadas em direito comparado e direitos estrangeiros. As revistas de interesse exclusivo a um determinado grupo de famílias de direito encontrar-se-ão na seção correspondente.

a) *Em francês*

*Revue internationale de droit comparé* (1949) – trimestral. Continuação do *Bulletin de la Société de legislation comparée* (1869-1948). O nº I, do ano de 1978, desta revista foi dedicado ao Supremo Tribunal Judiciário (enquete comparativa), p. 5-486.

*Journées Juridiques*. A Sociedade de Legislação Comparada publica com este título, desde 1961, sem periodicidade, os trabalhos realizados nas reuniões de juristas por ela organizadas.

*Annuaire de législation française et étrangère* (1952). Continuação do *Annuaire de législation étrangère* (1872-1951). O Anuário contém uma série de artigos com as principais modificações introduzidas no ano precedente às legislações de numerosos países e alguns artigos sobre direito comparado.

*Revue de droit international et de droit comparé* (1908) – trimestral. Esta revista substitui a *Revue trimestrielle de l'Institut belge de droit comparé*, que havia sido publicada, sob diversos títulos, entre 1908/1914 e 1922/1939.

*Revue hellénique de droit international* (1948) – trimestral.

*Annales de l'institut de droit comparé d'Istanbul* (1950). Com artigos publicados em francês, inglês e alemão.

*Revue de la Commission internationale des juristes* (1957) – semestral. A Comissão Internacional dos Juristas defende os princípios das democracias liberais. Publica principalmente artigos relacionados com problemas de organização judiciária e de liberdades públicas.

*Revue de droit contemporain* (1954) – semestral. Revista publicada pela Associação Internacional dos Juristas Democratas, com tendência comunista.

b) *Em inglês*

*International and Comparative Law Quarterly* (1952) – trimestral. Continuação do *Journal of Comparative Legislation* (1896-1951).

*American Journal of Comparative Law* (1952) – trimestral.
*Comparative Juridical Review* (Coral Gables, Flórida, 1964).
*Inter-American Law Review. Revista jurídica interamericana* (1959).
*Review of Socialist Law* (1975) – trimestral.
*Korean Journal of Comparative Law* (1973) – anual.
*Annual Survey of Commonwealth Law* (1970).

c) *Em alemão*

*Rabels Zeitschrift für ausländisches und internationales Privatrecht* (1927) – trimestral.
*Brunz's Zeitschrift für ausländisches öffentliches Recht und Völkerrecht* (1927) – trimestral.
*Zeitschrift für vergleichende Rechtswissenschaft* (1878). Especializada em direitos primitivos e direitos orientais.
*Zeitschrift für Rechtsvergleichung* (1960) – trimestral. Publicada pelo Instituto de Direito Comparado da Universidade de Viena e pelo Österreichische Gesellschaft für Rechtsvergleichung.

d) *Em espanhol*

*Boletin mexicano de derecho comparado* (1968). Continuação do *Boletin del Instituto de derecho comparado* (1948-1967) – trimestral.
*Revista del Instituto de derecho comparado* (Barcelona, 1953) – trimestral.
*Inter-American Law Review. Revista jurídica interamericana* (1959).

e) *Em italiano*

*Annuario di diritto comparato e di studi legislativi* (1927).

## SEÇÃO III – **OBRAS DE INTRODUÇÃO AO DIREITO COMPARADO E AOS DIREITOS ESTRANGEIROS**

a) *Em francês*

DAVID, R., *Traité élémentaire de droit civil comparé. Introduction à l'étude des droits étrangers et à la méthode comparative* (1950). A obra só conserva interesse na primeira parte, relativa aos problemas gerais do direito comparado.

GUTTERIDGE, H. C., *Le droit comparé* (1953). Trata-se da tradução da obra inglesa *Comparative Law* (2ª ed., 1949).

ANCEL, M., *Utilité et méthodes du droit comparé* (1971).

CONSTANTINESCO, L. J., *Traité de droit comparé*. T. I: *Introduction au droit comparé* (1972). T. II: *La méthode comparative* (1974).

RODIÈRE, R., *Introduction au droit comparé* (1979).

*Livre du Centenaire de la Société de législation comparée*. T. I: *Un siècle de droit comparé en France* (1869-1969). *Les apports du droit comparé au droit positif français* (1969). T. II: *Évolution internationale et problèmes actuels du droit comparé* (1971).

*Les systèmes de droit contemporains*. Esta coleção contém uma série de volumes, destinados a preparar o jurista no estudo dos diferentes direitos estrangeiros. Até o momento encontram-se publicados os seguintes: I: R. DAVID, H. C. GUTTERIDGE e B. A. WORTLEY, 1948 (sobre a Inglaterra); II: L. MILLIOT, 1953 (sobre o direito muçulmano); III: I. ZAJTAV, 1953 (sobre a Hungria); IV, V e VI: A. e S. TUNC, 1954-1955 (sobre os Estados Unidos); VII e VIII: R. DAVID e J. N. HAZARD, 1954; IX: I. LAPENNA, 1954 (sobre o direito soviético); X: R. LEMASURIER, 1956 (sobre a ilha de Jersey); XI e XII: R. DAVID e col., 1960 (sobre o direito francês); XIII: R. JAMBU-MERLIN, 1960 (sobre a Tunísia); XIV: K. STOYANOVITCH, 1961 (sobre a Iugoslávia); XV e XVI: P. CATALA, A. GERVAIS e col., 1964 (ao direito libanês); XVII e XXI: L. BAUDOUIN, 1965-67 (sobre o direito da província de Quebec); XVIII: C. G. GOUR, 1965 (sobre o

Camboja); XIX: Y. NODA, 1966 (sobre o Japão); XX: R. LINGAT, 1967 (ao direito tradicional da Índia); XXII: TCHE-HAO TISEN, 1970 (sobre a China); XXIII: H. DAVID, 1971 (sobre o direito escocês); XXIV: M. FROMONT e A. RIEG, t. I, 1977, t. II, 1982 (sobre a República Federal da Alemanha).

*Comment ils sont gouvernés*. Coleção orientada por G. BURDEAU, comporta os princípios governamentais seguidos em diversos países. Compreende atualmente 28 volumes: *Afrique noire indépendante* (J. BUCHMANN, 1962), *Afrique du Sud* (C. CADOUX, 1966), *Benélux* (A. MAST, 1960), *Bulgarie* (B. SPASSOV, 1973), *Cameroun* (M. PROUZET, 1974), *Chine* (TSIEN TCHE-HAO, 1977), *États-Unis d'Amérique* (A. TUNC, 3ª ed., 1973), *Ghana* (G. TIXIER, 1965), *Inde* (F. DORE, 1970), *Irlande* (G. LANGROD e M. CLIFFORD VAUGHAN, 1968), *Israel* (R. WAELES, 1969), *Italie* (G. MARANINI, 1961), *Japon* (J. ROBERT, 1970), *Maroc* (J. ROBERT, 1963), *Mexique* (T. WYRWA, 1969), *Pakistan* (A. KRIEGER, 1974), *Pays nordiques* (R. FUSILIER, 1965), *Portugal* (L. PAJOT, 1971), *Pologne* (S. ROZMARYN, 1963), *République Démocratique Allemande* (R. CHARVIN, 1973), *République andines* (T. WYRWA, 1972), *Sénégal* (D. G. LAVROFF, 1965), *Suisse* (C. J. GIGNOUX, 1960), *Tchécoslovaquie* (V. KNAPP e Z. MLYNAR, 1965), *Tunisie* (C. DEBBASCH, 1962), *Turquie* (B. N. ESEN, 1970), *Union Soviétique* (H. CHAMBRE, 2ª ed., 1966), *Yougoslavie* (J. DJORDJEVIC, 1967).

b) *Em inglês*

GUTTERIDGE, H. C., *Comparative Law* (2ª ed., 1949). Obra que examina os problemas gerais do direito comparado, analisando os métodos adotados pelo jurista inglês e pelo jurista francês, terminando com três capítulos relativos aos problemas da unificação do direito.

WIGMORE, J. H., *A Panorama of the World's Legal Systems* (3 vols., 1928, e reed., 1 vol., 1936). Obra talvez demasiado abrangente, mas com interesse por ter sido das primeiras a vulgarizar o estudo do direito comparado, demonstrando a variedade do pensamento jurídico e dos sistemas de direito em todo o mundo.

DAVID, R. e BRIERLEY, J. E. C., *Major Legal Systems in the World Today* (2ª ed., 1978). Tradução, com adaptações da presente obra.

DERRETT, J. D. M., org., *An Introduction to Legal Systems* (1968). Apresenta sete artigos de eminentes especialistas sobre direito romano, hebraico, muçulmano, hindu, chinês, africano e inglês.

EOSCI, G., *Comparative Civil (Private) Law* (1979).

The Indian Law Institute: *An Introduction to the Study of Comparative Law* (1971). A terceira parte (p. 57-149) compreende estudos sobre os direitos do Ceilão, da China, da Indonésia, do Afeganistão, da Malásia e do Japão.

ZWEIGERT, K. e KÖTZ, H., *An Introduction to Comparative Law*. I: *The Framework*, II: *The Institutions of Private Law* (1977). Tradução de uma obra alemã.

EHRMANN, H. W., *Comparative Legal Cultures* (1976).

SCHLESINGER, R., *Cases and Materials on Comparative Law* (2ª ed., 1959).

LIEBESNY, H. J., *Materials on Comparative Law* (1976).

MERRYMAN, J. H. e CLARK, D. S., *Comparative Law: Western European and Latin American Legal Systems, Cases and Materials* (1978).

*The British Commonwealth. The Development of its Laws and Constitutions* (organizada por G. W. KEETON). Esta coleção fornece uma introdução ao direito dos diversos países do *Commonwealth*; compreende até o presente os seguintes volumes: *England and Wales, Northern Ireland and the Isle of Man* (I. G. W. KEETON e D. LLOYD, 1955), *Australia* (II: G. W. PATON, 1952), *Union of South Africa* (IV: H. T. HAHLO e E. KAHN, 1960. Suplemento, 1962), *India* (VI: A. GLEDHILL, 2ª ed., 1964), *Ceylon* (VII: Sir IVOR JENNINGS e H. W. TAMBIAH, 1963), *Pakistan* (VIII: A. GLEDHILL, 2ª ed., 1967), *Malaya, Singapore and Borneo* (IX: L. A. SHERIDAN, 1961), *Ghana and Sierra Leone* (X: T. O. ELIAS, 1962), *Scotland* (XI: T. B. SMITH, 1962),

*Tanganyika* (XII: J. S. R. COLE e W. N. DENISON, 1964), *Uganda* (XIII: J. S. READ e H. F. MORRIS, 1966), *Nigeria* (XIV: T. O. ELIAS, 1967).

c) *Em alemão*

ZWEIGERT, K. e KÖTZ, H., *Einführung in die Rechtsvergleichung auf dem Gebiete des Privatrechts*. vol. I: *Grundlagen* (1971), vol. II: *Institutionen* (1969).

DAVID, R. e GRASMANN, G., *Einführung in die grossen Rechtssysteme der Gegenwart* (1966). Tradução e adaptação da presente obra.

CONSTANTINESCO, L. J., *Rechtsvergleichung*. vol. I: *Einführung in die Rechtsvergleichung* (1971).

*Einführungen in das fremdländische Recht*. Uma nova coleção, empreendida pela Wissenschaftliche Buchgesellschaft, Darmstadt. Ela compreende ou anuncia obras sobre os seguintes países: Bulgária (G. GEILKE e J. CHRIST, 1975), Polônia (G. GEILKE, 1971), União Soviética (G. GEILKE, 1966), Estados Unidos (P. HAY, 1976), Inglaterra (D. HENRICH, 1971), Itália (G. LUTHER, 1968), França (H. G. SONNENBERGER, 1972), República Federal da Alemanha (F. BAUR, 1974); EBERT, K. H., *Rechtsvergleichung* (1978) "Einführung in die Grundlagen", direito dos países árabes e direito muçulmano (K. DILGER, 2 vols.), países nórdicos (F. LIPOWSCHEK), Japão (W. ROHL), Holanda (A. SCHMINCK), Suíça (B. SCHNYDER).

*Die Zivilgesetze der Gegenwart*. Esta coleção publicou, antes de 1939, trabalhos referentes ao direito francês, ao direito inglês, ao direito brasileiro, ao direito soviético e aos direitos sueco e finlandês.

*Wie man in... Recht spricht*. Esta coleção publicou, entre 1945 e 1950, trabalhos referentes aos direitos da Inglaterra (MC CLEARY), da Suíça (H. FRITZSCHE), da Suécia (P. O. EKELÖF) e da Turquia (B. N. ESEN).

d) *Em espanhol*

SOLÀ CAÑIZARES, F. de, *Iniciación al derecho comparado* (1954).
MARTINEZ PAZ, E., *Introducción al estudio del derecho comparado* (1934). Esta obra, originalmente publicada na Argentina, foi reeditada, em 1960, pelo Instituto de Direito Comparado do México.
GUTTERIDGE, H. C., *El derecho comparado* (1954). Tradução da obra inglesa.
DAVID, R., *Los grandes sistemas de derecho del mundo contemporaneo* (1968). Tradução da presente obra.

e) *Em italiano*

ASCARELLI, T., *Studi di diritto comparato* (1952).
DAVID, R., *I grandi sistemi giuridici contemporanei* (1967). Tradução da presente obra.
ROTONDI, M., *Scritti giuridici*. Vol. II: *Studi di diritto comparato e teoria generale* (1973).

f) *Em outras línguas*

ROTONDI, M., dir., *Inchieste di diritto comparato*. T. 2: *Buts et méthodes du droit comparé* (1973). Este trabalho contém 42 artigos, escritos em alemão, inglês, espanhol, francês e italiano.
ZWEIGERT, K. e PUTTFARKEN, H. J., dir., *Rechtsvergleichung* (1978). Agrupa 22 artigos escritos em alemão (7), em inglês (8) e em francês (7).

## SEÇÃO IV – **ENCICLOPÉDIAS DE DIREITO COMPARADO. COLETÂNEAS**

### A) ENCICLOPÉDIAS

*International Encyclopaedia of Comparative Law* (17 vols.). Organizada por K. ZWEIGERT.

I: *National Reports* (V. KNAPP); II: *The Legal Systems of the World: their Comparison and Unification* (R. DAVID); III: *Private International Law* (K. LIPSTEIN); IV: *Persons and Family* (M. A. GLENDOW); V: *Successions* (K. NEUMAYER); VI: *Property and Trust* (A. N. YIANNOPOULOS); VII: *Contracts in General* (A. TAYLOR VON MEHREN); VIII: *Specific Contractes* (K. ZWEIGERT); IX: *Commercial Transactions and Institutions* (J. ZIEGEL); X: *Unjust Enrichment* (E. VON CAEMMERER); XI: *Torts* (A. TUNC); XII: *Law of Transport* (R. RODIÈRE); XIII: *Business and Private Organizations* (A. CONARD); XIV: *Copyright and Industrial Property* (E. ULMER); XV: *Labor Law* (B. HEPPLE); XVI: *Civil Procedure* (M. CAPPELLETTI); XVII: *State and Economy* (B. T. BLAGOJEVIC e K. DAM). A publicação desta enciclopédia prossegue após 1971, por volumes separados.

*Encyclopaedia Universalis*. Esta enciclopédia, publicada de 1968 a 1974, compreende grande número de artigos referentes ao direito privado e ao direito público. A parte *Droit privé* foi dirigida por A. TUNC e a parte *Droit public* foi dirigida por G. BURDEAU.

SCHELEGELBERGER: *Rechtsvergleichendes Handwörterbuch* (7 vols., 1929-1939). Comporta 262 artigos, organizados em ordem alfabética, dos 300 previstos; vai até a palavra *Vermächtnis*. Só se refere ao direito privado (civil e comercial). Está bastante ultrapassada.

*Juriselasseur notarial, Droit comparé*. Publicada em francês, contém uma série de fascículos que expõem o direito de numerosos países estrangeiros, para todos os aspectos do direito estrangeiro de interesse prático na França.

MARTINDALE-HUBBLE, *Low Dictionary*. Obra equivalente à anterior, embora mais abrangente, publicada nos Estados Unidos, com edições anuais desde 1931. As partes desta enciclopédia que interessam aos comparatistas são os volumes III e IV: *Law Digests*.

### B) COLETÂNEAS

*Introduction à l'étude du droit comparé* (3 vols., 1938). Uma coletânea de estudos em homenagem a Édouard Lambert.

*Mélanges offerts à Jacques Maury* (2 vols., 1960). O último artigo do volume I e todo o volume II contêm apontamentos sobre direito comparado.

*Problèmes contemporains de droit comparé* (2 vols., 1962). Textos publicados pelo Instituto Japonês de Direito Comparado, Universidade Chuo.

*Festschrift für Ernst Rabel* (2 vols., 1954). O volume I contém artigos de direito privado internacional e de direito comparado, escritos em alemão, inglês e francês.

*XXth Century Comparative and Conflicts Law. Legal Essays in Honor of Hessel E. Yntema* (1961). *Essays in Jurisprudence in Honor of Roscoe Pound* (1962).

*Vom deutschen zum europäischen Recht. Festschrift für Hans Dölle* (2 vols., 1963). Artigos em alemão, inglês e francês.

*Studi in memoria di Tullio Ascarelli* (3 vols., 1968).

*Ius privatum gentium. Festschrift für Max Rheinstein* (2 vols., 1969).

*Mélanges de droit comparé en l'honneur du doyen Àke Malmström*. Acta Instituti Upsaliensis Jurisprudentiae Comparativae XIV (1972).

LAWSON, F. H., *Selected Essays*. I: *Many laws*. II: *The Comparison* (2 vols., 1977).

RHEINSTEIN, M., *Einführung in die Rechtsvergleichung* (1974). Conjunto de artigos de Rheinstein, apresentados de modo sistemático, com excelente bibliografia.

KAHN-FREUND, O., *Selected Writings* (1978).

*Multitudo legum Ius unum*. Coletânea em homenagem a W. Wengler (1973).

*Acta Acadamiae universalis jurisprudentiae comparativae*. Memórias da Academia Internacional de Direito Comparado (2 vols., 1928, 1934-35).

*Rapports généraux au V^e Congrès international de droit comparé*, Bruxelas, 4-9 agosto, 1958. Publicados sob a direção de J. Limpens (2 vols., 1960).

*Rapports généraux au VI^e Congrès international de droit comparé*, Hamburgo, 30 julho-4 agosto, 1962. Publicados, sob a direção de J. Limpens, pelo Centro Interuniversitário de Direito Comparado (1964).

*Rapports généraux au VIIe Congrès international de droit comparé*, Uppsala, 6-13 agosto, 1966. Acta Institui Upsaliensis Jurisprudentiae Comparativae IX (1968).

*Rapports généraux au IXe Congrès international de droit comparé*, Teerã, 27 setembro- 4 outubro, 1974. Publicados em Bruxelas pelo Instituto de Direito Comparado de Teerã (1977).

*Rapports généraux au Xe Congrès international de droit comparé*, Budapeste, 22-29 agosto, 1978. Publicados em Budapeste (1981).

## SEÇÃO V – **FAMÍLIA ROMANO-GERMÂNICA**

### A) REVISTAS E PERIÓDICOS

*Travaux de l'Association Henri-Capitant des amis de la culture juridique française* (1946) – anual. A Associação organiza congressos em que se reúnem juristas dos diversos países de direito aparentado com o direito francês. Anualmente publica um volume dos trabalhos dessas reuniões.

*Annales de la Faculté de droit de Toulouse* (1953). Esta publicação reproduz, ao lado de outros artigos, os relatórios feitos às jornadas de direito franco-espanhol, organizadas todos os anos entre as faculdades de direito desses dois países.

### B) FORMAÇÃO E HISTÓRIA DOS DIREITOS ROMÂNICOS

VILLEY, M., *Leçons d'histoire de la philosophie du droit* (2ª ed., 1962), p. 1-106.

VILLEY, M., *Cours d'histoire de la philosophie du droit* (1961-62 e anos seguintes).

SCHULZ, M., *Principles of Roman Law* (1936). A obra procura menos descrever as soluções do direito romano do que fazer ressaltar certas particularidades deste direito, perpetuadas nos direitos românicos atuais. Há uma edição anterior alemã do mesmo livro sob o título *Prinzipien des römischen Rechts* (1934). A edição inglesa mais recente é preferível.

BUCKLAND, W. e McNAIR, A. D., *Roman Law and Common Law* (2ª ed., por F. H. Lawson, 1953).

*A General Survey of Events, Sources, Persons and Movements in Continental Legal History* (*Continental Legal History Series*, vol. I, 1912, reeditada em 1968). Excelente obra, de diversos autores, na qual são apresentados os principais direitos do continente europeu por meio de uma perspectiva histórica.

MERRYMAN, J. M., *The Civil Law Tradition. An introduction to the Legal Systems of Western Europe and Latin America* (1969).

COING, H., *Handbuch der Quellen and Literatur der neueren europäischen Privatrechtsgeschichte* (3 vols., 1973-1977).

KOSCHAKER, P., *Europa und das römische Recht* (3ª ed., 1958).

WIEACKER, F., *Privatrechtsgeschichte der Neuzeit* (2ª ed., 1963).

*L'Europa e il diritto romano. Studi in memoria di P. Koschaker* (2 vols., 1954). Estes dois volumes contêm numerosos artigos escritos em alemão, inglês, francês e italiano.

### C) DIREITOS DA EUROPA
(excetuando-se os do grupo nórdico)

Bibliografias organizadas sob a orientação da Associação Internacional de Ciências Jurídicas (31, rue Saint-Guillaume, Paris, VII): Alemanha (*Gesellschaft für Rechtsvergleichung*, 1964. Suplementos 1969 e 1975); França (R. David, 1964); Luxemburgo (*Comité national luxembourgeois de l'A. I. S. J.*, 1967).

CALHOUN, G. M. e DELAMERE, C., *A Working Bibliography of Greek Law* (1968).

SZLADITS, Ch., *Guide to Foreign Legal Materials: France, Germany, Switzerland* (1959). Excelente guia a respeito das fontes e da bibliografia dos direitos francês, alemão e suíço.

GRISOLI, A., *Guide to Foreign Law Materials: Italy* (1965).

GRAULICH, P., GLASTRA VAN LORN, J. e VAN HOLK, L. E., *Guide to Foreign Legal Materials: Belgium, Luxembourg, The Netherlands* (1968).

LAWSON, F. H., *A Common Lawyer Looks at the Civil Law* (1953).

RYAN, K. W., *An Introduction to the Civil Law* (1962).

MEHREN, A. e VON, GORDLEY, J. R., *The Civil Law System: An Introduction of the Comparative Study of Law* (2ª ed., 1977).

DAVID, R. e KINDRED, M., *French Law* (1972).

DAVID, R. *English Law and French Law* (1980).

AMOS, Sir MAURICE e WALTON, F. P., *French Civil Law* (3ª ed., por F. H. LAWSON e L. NEVILLE BROWN, 1967).

BROWN, L. N. e GARNER, J. F., *French Administrative Law* (2ª ed., 1973).

SCHWARTZ, B., org., *The Code Napoleon and the Common Law World* (1956).

KAHN-FREUND, O., LEVY, C. e RUDDEN, B., *A Source Book on French Law* (1973).

DE VRIES, H. P. e SCHNEIDER, G. A., *Civil Law and the Anglo-American Lawyer. A Case-illustrated Introduction to Civil Law Institutions and Methods* (1976).

CAPPELLETTI, M., MERRYMAN, J. H. e PERILLO, J. M., *Introduction to the Italian Legal System* (1966).

COHN, E. J., org., *Manual of German Law* (2ª ed., 2 vols., 1968-71).

FRAGA IRIBARNE, M., *General Introduction to Spanish Law* (1967).

KOKKINI-IATRIDOU, D., *Introduction au droit hellénique* (1968).

ANSAY, T. e WALLACE, D., *Introduction to Turkish Law* (2ª ed., 1978).

CONSTANTINESCO, L. e HÜBNER, U., *Einführung in das französische Recht* (1974).

HUBRECHT, G., *Grundzüge des französischen Rechts* (1973).

FERID, M., *Das französische Zivilrecht* (2 vols., 1971).

## D) DIREITOS DOS PAÍSES NÓRDICOS

Bibliografia estabelecida sob a orientação da Associação Internacional de Ciências Jurídicas: países nórdicos (Dinamarca, Noruega, Suécia, Finlândia, Islândia), por S. Iuul,

A. Malmström, J. Sondergaard, K. Haukaas, A. Snaevarr e H. Jokela (1961).

*Scandinavian Studies in Law* (1957) – anual. Publicados pela Faculdade de Direito da Universidade de Estocolmo. Nesta publicação, os artigos resumem periodicamente tudo o que foi publicado em alemão, inglês e francês sobre o direito escandinavo.

Danish Committee of Comparative Law: *Danish and Norwegian Law. A General Survey* (1963).

ORFIELD, L. B., *The Growth of Scandinavian Law* (1953).

Union of Finnish Lawyers (VOTILA J., org.): *The Finish Legal System* (1966).

*Einführung in das schwedische Rechtsleben* (1950).

## E) DIREITOS DA AMÉRICA LATINA

VILLALON-GALDAMES, A., *Bibliografía jurídica de América Latina, 1810-1965*. T. I: Introdução, Argentina, Bolívia, 1969. A Editorial Jurídica de Chile, que edita esta publicação, anuncia 5 volumes e suplementos quinquenais.

ELOLA, J., dir., *Bibliografía sumaria de derecho mexicano* (por M. de la VILLA e J. L. ZAMBRANO, 1957).

*Guide to the Law and Literature of...* A Livraria do Congresso, Washington, D. C., publicou nesta série bibliografias comentadas dos direitos dos diversos países da América Latina.

A Organização dos Estados Americanos, seção jurídica, publica, referindo-se a cada um dos Estados da América Latina, folhetos relativos ao direito comercial: *Statement of the Laws of... in Matters Affecting Business*.

LAMBERT, J., *Amérique latine. Structures sociales et institutions politiques* (2ª ed., 1968).

DUMON, F., *Le Brésil: Institutions politiques et judiciaires* (1964).

CLAGETT, H., *Administration of Justice in Latin America* (1952).

KARST, K. L. e ROSENN, K. J., *Law and Development in Latin America: a Case-Book* (1975).

EDER, P. J., "Law in Latin America", in *Law: A Century of Progress, 1835-1935* (vol. I, 1937), p. 39-82.

Universidade de Brasília: *Notícia do direito brasileiro* (1970) – anual.

VANCE, J. T., *The Background of Hispanic-American Law: Legal Sources and Juridical Literature of Spain* (1943).

EDER, P. J., *A Comparative Survey of Anglo-American and Latin-American Law* (1950).

EDER, P. J., *Principios característicos del "common law" y del derecho latino-americano* (con concordancias entre los códigos argentinos y la legislación del Estado de Nueva York, 1960).

F) DIREITOS MISTOS

SMITH, T. B., *British Justice. The Scottish Contribution* (1961).

Bibliografia estabelecida pela *Association International des Sciences Juridiques: Canada* (R. Boult, 1966).

CLARENCE SMITH, J. A. e KERLY, J., *Le droit privé au Canada. Étude comparative*. I: *Introduction générale* (1975).

LASKIN, B., *The British Tradition in Canadian Law* (1969).

McWHINNEY, E., *Canadian Jurisprudence. The Civil Law and Common Law in Canada* (1958).

*Livre du Centenaire du Code civil* (Quebec). Vol. I: *Le droit dans la vie familiale* (1969); Vol. II: *Le droit dans la vie économique et sociale* (1970).

BADIOU, E., *Le droit romano-hollandais. Son évolution, ses caractères généraux, son avenir* (1951).

HAHLO, H. R. e KAHN, E., *The South African Legal System and its Background* (1968).

LEE, R. W., *Introduction to the Roman Dutch Law* (5ª ed., 1961).

NADAJARA, T., *The Legal System of Ceylon in its Historical Setting* (1972).

GAMBOA, M. J., *An Introduction to Philippine Law* (1969).

*Études de droit français et mauricien* (1969).

CHLOROS, A., *Codification in a Mixed Juridiction. The Civil and Commercial Law of Seychelles* (1977).

## SEÇÃO VI – **FAMÍLIA DOS DIREITOS SOCIALISTAS**[1]

### A) BIBLIOGRAFIAS

Bibliografias estabelecidas pela Associação Internacional de Ciências Jurídicas: *Hongrie 1945-1965* (L. Nagy, 1966); *Pologne 1944-1956* (W. Czachórski, 1958); *Roumanie 1944-1973* (T. Ionasco e D. Rusu, 1969-74); *Tchécoslovaquie 1945-1958* (V. Knapp, 1958); *U.R.S.S.* (Academia de Ciências da U.R.S.S., Instituto do Estado e do Direito, 1960); *Yougoslavie 1945-1967* (B. T. Blagojevic, 2ª ed., 1968).

*Legal Sources and Bibliography of...* A Livraria do Congresso, Washington, D. C., publicou, sob este título, uma série de bibliografias comentadas dos seguintes países: Bulgária (I. Sipkow, 1956); Hungria (K. A. Bedo e G. Torzsay-Biber, 1956); Estados Bálticos: Estônia, Letônia, Lituânia (J. Klesment, D. Krivickas, V. Riismandel e A. Rusis, 1963); Polônia (P. Siekanowicz, 1964); Romênia (V. Stoicoiu, 1964); Tchecoslováquia (A. Bohmer, J. Jira, S. Kocvara J. Nosek, 1959); Iugoslávia (F. Gjupanovich, A. Adamovitch e V. Gsovski, 1964).

BUTLER, W. E., org., *Writings on Soviet Law and Soviet International Law. A Bibliography of Books and Articles Published Since 1917 in Languages Other Than the East-European* (1966).

Association of American Law Schools: *Law Books Recommended for Libraries*. Nº 44: *Russian law*, por H. J. Berman.

### B) REVISTAS E PERIÓDICOS

*Annuaire de l'U.R.S.S. et des pays socialistes européens* (1970). Direito, economia, sociologia, política, cultura.

*Revue de l'Est. Économie et technique de planification. Droit et sciences sociales* (1970) – trimestral.

*Bulletin de droit tchécoslovaque* (1925) – trimestral.

*Le nouveau droit yougoslave* (1950) – trimestral.

---

1. Consultar também as seções de 1 a 4 deste anexo.

*Droit yougoslave* (1975) – três fascículos por ano.

*Revue de droit hongrois* (1958) – três fascículos por ano.

*Droit polonais contemporain* (1963).

*Revue roumaine des sciences sociales. Série de sciences juridiques* (1964).

*Droit bulgare* (*Doctrine, Jurisprudence, Législation*); coleção periódica, nºs 2-3 (1971).

*Revue de droit et de législation de la République démocratique allemande* (1965) – semestral.

As *Acta juridica Academiae Scientiarum hungaricae* publicam igualmente artigos em francês. O mesmo acontece com as *Acta Universitatis Szegediensis* (*Acta juridica et politica*) e com os *Annales Universitatis Scientiarum Budapestinensis*.

Na Polônia a revista *Panstwo i Prawo* publica resumos em francês dos seus principais artigos, reunidos depois numa brochura mensal.

Os artigos publicados nas principais revistas jurídicas das democracias populares são frequentemente acompanhados de resumos em inglês e francês. O mesmo acontece com suas principais obras.

*Soviet Studies* (1949) – trimestral.

*Slavic Review. American Quarterly for Soviet and East European Studies* (1942) – trimestral. Anteriormente esta revista chamava-se *The Slavonic Yearbook* (vol. I), depois, *The Slavonic and East European Review* (vols. 2 e 3), e, por fim, de 1945 a 1950, *The American Slavic and East European Review* (vols. 4 a 20).

*Soviet Statutes and Decisions* (1965).

*Soviet Law and Government* (1963). Tradução de artigos de revistas soviéticas.

Estas duas últimas revistas são publicadas pelos serviços culturais soviéticos.

*Law in Eastern Europe* (1958) – sem publicação regular. Esta publicação da Universidade de Leiden (Países-Baixos) contém artigos em inglês e em francês dos direitos dos países socialistas europeus (20 volumes editados até 1976).

*Ost-Europa Recht* (1955) – semestral.

*Jahrbuch für Ostrecht* (1960) – semestral.
*Recht in Ost und West* (1957) – mensal.
*Berichte des Ost-Europa Instituts an der Freien Universität Berlin, Reihe Wirtschaft und Recht* (79 cadernos publicados de 1952 a 1967).
*Studien des Instituts für Ostrecht* (Munique). Foram publicados 18 volumes em 1967.
*Review of Socialist Law* (ed. Feldbrugge, Holanda, 1974) – trimestral.

## C) OBRAS GERAIS

a) *Em francês*

*Les principes du marxisme-léninisme* (2ª ed., 1964).
CHAMBRE, H., *L'évolution du marxisme soviétique. Théorie écónomique et droit* (1974).
STOYANOVITCH, K., *La pensée marxiste et le droit* (1974).
LESAGE, M., *Les institutions soviétiques* (1975).
LESAGE, M., *Le droit soviétique* (1975).
CHARVIN, R., *Les États socialistes européens* (1975).
LESAGE, M., *Les régimes politiques de l'U.R.S.S. et de l'Europe de l'Est* (1971).
DEKKERS, R., *Introduction au droit de l'Union Soviétique et des Républiques populaires* (2ª ed., 1971).
BLAGOJEVIČ, B. T., CZACHORSKI, W., IONASCO, T., KNAPP, V., KROUTOGOLOV, M. A., SZABO, I. e TOUMANOV, V. A., *Introduction aux droits socialistes* (Budapeste, 1971).
ROZMARYN, St., dir., *Introduction à l'étude du droit polonais* (1967).
SZABO, I., dir., *Introduction au droit de la République populaire hongroise* (1974).

b) *Em inglês*

HAZARD, J. N. e SHAPIRO, I., *The Soviet Legal System. Post-Stalin Documentation and Historical Commentary* (1962).

A obra comporta 20 capítulos, cada um dos quais resume muito bem a evolução do direito soviético. A apresentação histórica de cada capítulo é seguida de documentos, resumos de leis, decisões judiciais, obras ou revistas jurídicas soviéticas que fazem parte da prática atual do direito soviético. Uma edição revista deste trabalho foi publicada em 1969 por HAZARD, J. N., SHAPIRO, I. e MAGGS, P. B. Uma terceira edição foi publicada em 1967 por HAZARD, J. N., MAGGS, P. B. e BUTLER, W. E., *The Soviet Legal System, Fundamental Principles and Histotical Commentary*. Os documentos reproduzidos são bastante diferentes nestas três edições. Por outro lado, a terceira edição foi completada por BUTLER, W. E., *The Soviet Legal System, Selected Contemporary Legislation and Documents* (1978).

FELDBRUGGE, F. J. M., org., *Encyclopedia of Soviet Law* (2 vols., 1974).

HAZARD, J. N., *Communists and their Law. A Search for the Common Core of the Legal Systems of the Marxian Socialists States* (1969).

NOVE, A., *Soviet Economy. An Introduction* (3ª ed., 1968).

HAZARD, J. N., *The Soviet System of Government* (5ª ed., 1980).

HAZARD, J. N. e BABB, H. W., *Soviet Legal Philosophy* (1951). Tradução de uma obra de Pachoukanis e de artigos soviéticos, com uma introdução de J. N. Hazard.

ZILE, Z. L., *Ideas and Forces in Soviet Legal History* (1970).

BERMAN, H., *Justice in Russia. An Interpretation of Soviet Law* (edição revista, 1963).

CONQUEST, R., org., *Justice and the Legal System in the U.S.S.R.* (1968).

JOHNSON, E. L., *An Introduction to the Soviet Legal System* (1969).

KUCHEROV, S., *The Organs of Soviet Administration of Justice; their History and Operation* (1970).

*Contemporary Soviet Law*. Ensaios em homenagem a John N. Hazard, organizados por D. B. Barry, W. E. Butler e G. Ginsburgs (1974).

NAGY, L., dir., *Register of Legal Documentation of Socialist States* (3 vols.).

c) *Em alemão*

PFAFF, D., *Die Entwicklung der sowjetischen Rechtslehre* (1968).
MEDER, W., *Das Sowjetrecht. Grundzüge der Entwicklung 1917-1970* (1971).
PETEV, V., *Sozialistisches Zivilrecht* (1975).
REICH, N. e REICHEL, H. C., *Einführung in das sozialistische Recht* (1975).
BRUNNER, G., *Einführung in das Recht der D. D. R.* (1975).
MAMPEL, S., *Das Recht in Mitteldeutschland* (1966).
ARLT, R. e STILLER, G., *Die Entwicklung der sozialistischen Rechtsordnung in der D. D. R.* (1973).

d) *Em italiano*

NAPOLITANO, T., *Istituzioni di diritto sovietico. I presupposti e gli ordinamenti* (1975).

e) *Em espanhol*

DAVID, R. e HAZARD, J. N.: *El derecho soviético* (2 vols., 1964).

## SEÇÃO VII – **FAMÍLIA DA *COMMON LAW*** [2]

CHLOROS, A. G., org., *A Bibliographical Guide to the Law of the United Kingdom, the Channel Islands and the Isle of Man* (2ª ed., 1973).
ANDREWS, J. L., CHARPENTIER, A. A., MARKE, J. J. e STERN, W. B., org., *The Law in the U.S.A. A Bibliographical Guide* (1966).

2. Consultar também as seções de 1 a 4 deste anexo.

COING, M., *Bibliographie des études publiées sur le droit des États-Unis en des langues autres que l'anglais* (1967).

a) *Em francês*

LEVY-ULLMANN, H., *Le système juridique de l'Angleterre*, Tomo I (único publicado): *Le système traditionnel* (1928).
ANCEL, M. e RADZINOWICZ, L., *Introduction au droit criminel de l'Angleterre* (1959).
MATHIOT, A., *Le régime politique britannique* (1955) (*Cahiers de la Fondation nationale des sciences politiques*, nº 68).
PACTET, P., *Les institutions politiques de la Grande-Bretagne* (1960).
DAVID, R., *Le droit anglais* (2ª ed., 1969).
SCHWARTZ, B., *Le droit administratif américain. Notions générales* (1952).
STONE, F. F. *Institutions fondamentales du droit des États-Unis* (1965).
OGG, A. e RAY, P. O., *Le gouvernement des États-Unis* (1958).
SCHWARTZ, B., *Le droit aux États-Unis, une création permanente* (1979).
CRABB, J. H., *Le système juridique anglo-américain* (1972).
TUNC, A. e S., *Le droit des États-Unis* (3ª ed., 1974).

b) *Em inglês*

HAY, P., *An Introduction to the U.S. Law* (1976).
DAVID, R., *English Law and French Law* (1980).
FARNSWORTH, E. A., *An Introduction to the Legal System of the United States* (2ª ed., 1975).
*Annual Survey of American Law* (1942). Este anuário, publicado pela New York University, descreve as principais alterações que se produziram durante o ano nos diferentes ramos do direito nos Estados Unidos.
*Law: A Century of Progress, 1835-1935* (3 vols., 1937). Compilações descrevendo a evolução e as tendências do direito americano em seus diversos ramos, durante o período de um século.

c) *Em alemão*

FULDA, C. H., *Einführung in das Recht der V. S. A.* (1966).
PARKER, R., *Das öffentliche Recht der V. S. A.* (1963).
PARKER, R., *Das Privatrecht der Vereinigten Staaten von Amerika* (1960).
LOEWENSTEIN, K., *Verfassungsrecht und Verfassungspraxis der Vereinigten Staaten* (1959).
RIEGERT, R. A., *Das amerikanische Administrative Law* (1967).
SCHLESINGER, R., *Die Rolle der Supreme Court im Privat- und Prozessrecht der Vereinigten Staaten* (1965).
BLUMENWITZ, D., *Einführung in das anglo-amerikanische Recht* (1971).

d) *Em espanhol*

TUNC, A. e S.: *El derecho de los Estados Unidos. Instituciones judiciales, fuentes y técnicas* (1957). Tradução do terceiro volume e de um capítulo do primeiro volume dos mesmos autores, citados acima (coleção *Les systèmes de droit contemporains*).
CHOMMIE, J. C., *El derecho de los Estados Unidos* (3 vols., 1963).

e) *Em italiano*

SERENI, A. P., *Studi di diritto comparato*. I. *Il diritto degli Stati Uniti* (1958).
ILIFFE, J. A., *Lineamenti di diritto inglese* (1966).

## SEÇÃO VIII – **OUTRAS CONCEPÇÕES DA ORDEM SOCIAL E DO DIREITO**

### A) OBRAS GERAIS

ANDERSON, J. N. D., org., *Changing Law in Developing Countries* (1963).

ANDERSON, J. N. D., org., *Family Law in Asia and Africa* (1967).
BUXBAUM, D. C., org., *Traditional and Modern Legal Institutions in Asia and Africa* (1967).
DIAMOND, A. S., *Primitive Law. Past and Present* (1971).

## B) DIREITO MUÇULMANO E DOS PAÍSES MUÇULMANOS

*Index Islamicus, 1906-1955* (1958). Bibliografias de artigos sobre o islã, publicadas em outras línguas que não o árabe. Publicadas sob a direção de J. D. Pearson, com a colaboração de J. F. Aston (as páginas 101-41 referem-se ao direito muçulmano). Um suplemento dos anos 1956-1960 foi publicado em 1962; neste suplemento, as páginas 876-1294 tratam do direito muçulmano.
Association of American Law Schools: *Law Books Recommended for Libraries*. Nº 41: *Islamic Law*, por Ch. Szalidts.
*Encyclopédie de l'Islam* (4 vols., 1913) – 2ª edição, por B. Lewis, Ch. Pellat e J. Schacht. Três volumes publicados em 1954, 1965 e 1971. O quarto volume, em vias de publicação, termina na palavra *Kemal Pacha Zâde*.
*Studia Islamica*. Publicado sob a direção de R. Brunschwig e de J. Schacht.
BOUSQUET, G. H., *Le droit musulman* (1963).
LINANT DE BELLEFONDS, Y., *Traité de droit musulman comparé* (2 vols., 1965). Vol. I: *Théorie générale de l'acte juridique*. Vol. II: *Le mariage. La dissolution du mariage*.
TYAN, E., *Histoire de l'organisation judiciaire en pays d'Islam* (2 vols., 2ª ed., 1961).
TYAN, E., *Institutions du droit public musulman* (2 vols.). Vol. I: *Le Califat*; Vol. II: *Sultanat et califat* (1954-1956).
CHEHATA, Ch., *Droit musulman. Applications au Proche-Orient* (1970).
SCHACHT, J., *An Introduction to Islamic Law* (1964). A obra contém uma excelente bibliografia do direito muçulmano.
ANDERSON, J. N. D., *Islamic Law in the Modern World* (1959).

COULSON, N. J., *History of Islamic Law* (1964).
KHADDURI, M. e LIEBESNY, H. J., *Origins and Development of Islamic Law* (1955).
SANTILLANA, D., *Istituzioni di diritto musulmano malichita, con riguardo anche al sistema sciafiita* (2 vols. 1938).
LOPEZ ORTIZ, J., *Derecho musulmán* (1932).
CHEHATA, C., *Études de droit musulman* (1970).
ANDERSON, J. N. D., *Islamic Law in Africa* (2ª ed., 1970).
FYZEE, A. A. A., *Outlines of Mohammadan Law* (4ª ed., 1975).

C) DIREITO JUDEU E DIREITO DE ISRAEL

*Connaissance du droit israélien* (1976). Revista de estudos jurídicos.
LIVNEH, E., *Israel. Legal Bibliography in European Languages* (1963) – suplementos anuais.
COHEN, B., *Law and Tradition in Judaism* (1959).
COHEN, B., *Jewish Law and Roman Law. A Comparative Study* (2 vols., 1966).
BAKER, H. E., *The Legal System of Israel* (1961).
ELMAN, P., *An Introduction to Jewish Law* (1958).
TEDESCHI, G., *Studies in Israel Law* (1960).
*International Lawyers' Convention in Israel*, 1958 (1959). Coletânea de artigos sobre o direito judeu e o direito de Israel.
*Biennal Survey of Israel Law* (1958-1959, e anos seguintes). Publicado pelo Institute for Legislative Research and Comparative Law da Hebrew University of Jerusalem, Faculty of Law.

D) DIREITO DA ÍNDIA

JAIN, M. P., *Outlines of Indian Legal History* (2ª ed., 1966).
DERRET, J. D. M., *Introduction to Modern Hindu Law* (1963).
DERRET, J. D. M., *Religion, Law and the State in India* (1968).
SETALVAD, M. C., *The Common Law in India* (1960).
MARSH, N. S., org., *Some Aspects of Indian Law Today* (1964).
ALEXANDROWICZ, Ch., *Bibliography of Indian Law* (2ª ed., 1974).

LINGAT, R., *The Classical Law of India*. Tradução para o francês com acréscimos de D. Derret (1973).
DERRET, J. D. M., *A Critique of Modern Hindu Law* (1970).
SETALVAD, M. C., *The Role of English Law in India* (1966).

## E) DIREITOS DO EXTREMO ORIENTE

BODDE, D., *Chinese Law: A Selected Bibliography* (1961).
Association of American Law Schools: *Law Books Recommended for Libraries*. Nº 40: *Chinese Law*, por S. Sorich.
LIN, FU-SHUN, org., *Chinese Law Past and Present. A Bibliography of Enactments and Commentaires in English Text* (1966).
*Revue bibliographique de sinologie* (1955). Publicada pela Escola Prática de Altos Estudos, 6ª seção (Sorbonne).
*Chinese Law and Government* (1968).
*Studies in Chinese Law*. Publicados pela Harvard Law School.
*Law in Japan*. Anuário (1966).
ESCARRA, J. e *Le droit chinois* (1936).
*La République populaire de Chine: cadres institutionnels et réalisations*. Vol. I: *L'histoire et le droit*, por M. Engelborghs-Bertels e R. Dekkers (1963). Vol. II: *La planification et la croissance économique*, por V. Ginsburgh (1963).
BODDE, D. e MORRIS, C., *Law in Imperial China* (1967).
CH'Ü, T'UNG-TSU, *Law and Society in Traditional China* (1961).
LI, V., "The Role of Law in Communist China", in *The China Quarterly*, nº 44 (outubro-dezembro, 1970), p. 66-111.
LENG, S. C., *Justice in Communist China. A Survey of the Judicial System of the Chinese People's Republic* (1968).
JOÜON DES LONGRAIS, F., *L'Est et l'Ouest. Institutions du Japon et de l'Occident européen. Six études de sociologie juridique* (1958).
MEHREN, A. VON, *Law in Japan. The Legal Order in a Changing Society* (1963).
HENDERSON, D. F., *Conciliation and Japanese Law: Tokugawa and Modern* (1964).

BLAUSTERN, A. P., org., *Fundamental Legal Documents of Communist China* (1962).

COLEMAN, R. e HALEY, J. O., *An Index to Japanese Law. A Bibliography of Western Languages Materials 1867-1973*. Edição especial de *Law in Japan* (1975).

TSIEN, T., *Les institutions chinoises et la Constitution de 1978* (1979).

CHEN, P. M., *Law and Justice-Legal System in Communist China, 2400 B.C.-A.D. 1960* (1974).

COHEN, J. A., *The Criminal Process in the People's Republic of China 1949-1963. An Introduction* (1968).

HEUSER, R., *Zur Einführung: Recht und Rechtstheorie in der Voldsrepublik China* (1973).

TOMSON-JYUN-HSYONG SU, *Regierung und Verwaltung der Volksrepublik China* (1972).

HAHM, PYONG-CHONN, *The Korean Political Tradition and Law* (1967).

VU VAN MAU, "Introducción al derecho vietnamita", in *Rev. del Instituto de derecho comparado*, Barcelona (1964), p. 38-71.

NODA, Y., *Introduction to Japanese Law* (1975).

WANG, D., *Les sources du droit japonais* (1978).

KITAGAWA, Z., *Die Rezeption des europäischen Zivilrechts und seine Fortbildung in Japan* (1970).

BARTHOLOMEW, G., *Source and Literature of Singapore Law*, Malaya L. R. (1975), p. 314-45.

KAISHER BAHADAN, K. C., *Judicial Customs of Nepal* (2ª ed., 1971).

## F) DIREITOS DA ÁFRICA E DE MADAGASCAR

VANDERLINDEN, J., *Bibliographie de droit africain, 1947-1966* (1972).

Association of American Law Schools: *Law Books Recommended for Libraries*. Nº 39: *African Law*, por A. A. Schiller.

A rápida evolução produzida nestes direitos torna necessário, para conhecê-los melhor, consultar as revistas especializadas no estudo destes direitos. Limitar-nos-emos a assinalar as publicadas na Europa:

*Revue juridique et politique Indépendance et coopération* (1947) – trimestral. Esta revista foi anteriormente publicada sob os títulos *Revue juridique et politique de l'Union Française* e, mais tarde, *Revue juridique et politique d'Outre-mer*.

*Recueil Pennant, Revue de droit des pays d'Afrique* (1891) – trimestral. Criada sob o título *Tribune des colonies*, chamou-se ainda, depois, *Recueil général de jurisprudence, de doctrine et de législation d'Outre-mer*.

*Journal of African Law* (1956) – trimestral.

*Annual Survey of African Law* (1967). Esta publicação visa apenas o Congo-Kinshasa e a República Unida dos Camarões.

RUBIN, N. e COTRAN, E., orgs., *Readings in African Law* (1970). Vol. I: *The Customary Judicial Process. Crimes and Civil Wrongs. The Law of Contract, Land Law*. Vol. II: *The Law of Persons. The Law of Marriage and Family. The Law of Succession and Inheritance*.

*Systèmes familiaux et matrimoniaux en Afrique* (1953). Obra publicada sob a direção de A. R. Radcliffe Brown e D. Forde, sob o título *African Systems of Kinship and Marriage* (2ª ed., 1962).

*Systèmes politiques africains* (1964). Publicada sob a direção de M. Fortes e E. E. Evans-Pritchard, com o título *African Political Systems* (1940).

*Africain Agrarian Systems*. Studies presented and discussed at the second international African Seminar, Lovanium University, Léopoldville. Edited with an introduction by D. Biebuick (1963). A obra comporta uma introdução e 20 artigos de vários autores.

*African Systems of Thought* (1965). Prefácio de M. Fortes e C. Dieterlen.

MILNER, A., org., *African Penal Systems* (1969).

ALLOTT, A. N., *Essays in African Law* (1960).

ALLOTT, A. N., *New Essays in African Law* (1970).

ELIAS, T. O., *La nature du droit coutumier africain* (1961).

GONIDEC, P. F., *Les droits africains. Évolution et sources* (2ª ed., 1976).

LAVROFF, D. G., *Les systèmes constitutionnels en Afrique noire. Les États francophones* (1976).

*Les aspects juridiques du développement économique*. Publicada sob a direção de A. Tunc, com o título *Legal Aspects of Economic Development* (1966).

GASSE, V., *Les régimes fonciers africains et malgache. Évolution depuis l'indépendance* (1971).

GILISSEN, J., dir., *L'organisation judiciaire en Afrique noire* (1969).

PHILLIPS, A. e MORRIS, H. F., *Marriage Law in Africa* (1971).

*Études de droit africain et malgache* (1965). Publicados sob a direção de J. Poirier.

HUTCHISON, T. W., org., *Africa and Law. Developing Legal Systems in African Commonwealth Nations* (1968).

GLUCKMAN, M., org., *Ideas and Procedures in African Customary Law* (1969).

M'BAYE, K., dir., *Le droit de la famille en Afrique noire et à Madagascar* (1968).

KUPER, M. e L., *African Law: Adaptation and Development* (1965).

MASSERON, J. P., *Le pouvoir et la justice en Afrique noire francophone et à Madagascar* (1966).

ALLOTT, A. N., org., *Judicial and Legal Systems in Africa* (2ª ed., 1970).

EKOW DANIELS, W. C., *The Common Law in West Africa* (1964).

CONTINI, P., *The Somali Republic. An Experiment in Legal Integration* (1970).

RUBBENS, A., *Le droit judiciaire congolais* (1970).

HARVEY, W. B., *Law and Social Change in Ghana* (1966).

VANDERLINDEN, J., *Introduction au droit de l'Éthiopie moderne* (1971).

*The Legal Systems of Africa Series*. Coleção publicada pela Universidade de Virgínia, sob a direção de K. R. Redden, publicou obras relativas ao Congo-Kinshasa (J. M. Crabb, 1970), à Etiópia (K. R. Redden, 1968), à África francofônica (J. W. Salacuse; t. I: au *Sud du Sahara*, 1969; t. II: au *Nord du Sahara*, 1975), ao Lesoto (V. V. Palmer e S. M. Pulter, 1972), à Somália (Haj. N. A. Noor, 1972), ao Sudão

(Z. Mustafa, 1971). Estão sendo anunciados volumes relativos a Gana (T. A. Mensan), ao Congo (O. K'ombudo), ao Malawi (V. G. Davidson e C. A. Baker), à Nigéria (M. L. Marasingue e S. Zabes) e ao Zâmbia (J. J. Collingwood, J. L. Barrington Jones, L. K. Young e B. P. Cullman).

Association Internationale des Sciences Juridiques: *Le droit de la terre en Afrique – au Sud du Sahara* (1971).

*Law in Africa Series*. Trinta e cinco obras, publicadas de 1962 a 1975, sobre diferentes aspectos do direito africano e do direito de alguns Estados africanos em particular (Sweet and Maxwell, Londres).

University of Ife: *Integration of Customary and Modern Legal Systems in Africa* (1972).

SACCO, R., *Introduzione al diritto privato somalo* (1973).

## SEÇÃO IX – **UNIFICAÇÃO E HARMONIZAÇÃO DO DIREITO**

*International Encyclopaedia of Comparative Law*, vol. II, cap. V: "International Unification of Private Law", por R. David (1971).

GRAVESON, R. H., *Selected Essays*. II. *On Jurisprudence and the Unification of Law* (1977).

Anexo II

# *Informações úteis*

## I – CENTROS DE DIREITO COMPARADO

A *Revista del Instituto de derecho comparado*, Barcelona, n$^{os}$ 6-7 (1956), p. 165-488, publicou uma relação dos Centros de estudo do direito comparado: *Catálogo de centros de derecho comparado en el mundo*. As informações fornecidas por esta publicação são atualizadas por diversas revistas de direito comparado, sobretudo pela seção "Actualités et Informations" da *Revue internationale de droit comparé*.

*Bulletin d'information des organismes français et associés de droit comparé* (1957) – anual. É completado por folhas de informação sem periodicidade regular. Publicado pelo Centro Francês de Direito Comparado (nº 26, 1980-81).

*Études universitaires sur l'intégration européene* (nº 6, 1970), publicado pelo Instituto da comunidade europeia para os estudos universitários (244, rue de la Loi, Bruxelas), relaciona os centros que estudam a integração europeia e os trabalhos que publicam ou patrocinam.

Unesco: *Guide des centres nationaux d'information bibliographique* (3ª ed., 1970).

## II – BIBLIOTECAS

OLIVIER, M., *Répertoire des bibliothèques et organismes de documentation* (1971) – suplemento em 1973.

As principais bibliotecas de Paris, para o estudo dos direitos estrangeiros e do direito comparado, são as seguintes:

Faculté de droit et des sciences économiques: Bibliothèque principale et Salle de droit comparé, rue Cujas, V^e^.

Centre français de droit comparé, 28, rue Saint-Guillaume, VII^e^.

Société de législation comparé, 31, rue Saint-Guillaume, VII^e^.

Services de recherches juridiques Comparatives, 27, rue Paul-Bert, 94200 Ivry.

Fondation nationale de sciences politiques, 27, rue Saint-Guillaume, VII^e^.

Bibliothèque de documentation politique contemporaine, 5, rue Auguste-Vacquerie, XVI^e^.

Bibliothèque du Ministère de la justice, place Vendôme, I^er^.

Bibliothèque nordique, 6, rue Valette, V^e^.

Bibliothèque nationale, 58, rue de Richelieu, II^e^.

Secrétariat général de la Communauté, 2, rue de l'Elysée, VIII^e^.

Centre de documentation Sciences humaines, 54, boulevard Raspail, Paris-VI^e^.

Para saber se um periódico estrangeiro é recebido em uma biblioteca francesa, deve-se consultar a publicação seguinte que infelizmente não compreende as compilações de leis nem de jurisprudência:

Bibliothèque nationale: I.P.P.E.C. (Inventaire des périodiques étrangers reçus en France par les bibliothèques et les organismes de documentation, 1973).

O *Bulletin d'information des organismes français et associés de droit comparé* divulga as revistas estrangeiras e de direito comparado recebidas pelos diversos organismos franceses de direito comparado. Esta lista compreende os periódicos recebidos nas bibliotecas das diversas faculdades de direito francesas; ela compreende as compilações de leis e de jurisprudência.

Biblioteca Nacional: Catálogo coletivo dos periódicos, do início do século XVII até 1939, conservados nas bibliotecas de Paris e nas bibliotecas universitárias dos departamentos (4 vols., 1967-1969).

## III – CURSOS DE DIREITO COMPARADO

a) *Na França*

O Institut de droit comparé de l'université de Paris (28, rue Saint-Guillaume, VIIe) e diversos institutos de direito comparado nas outras universidades francesas mantêm cursos de direito comparado e conferem o respectivo diploma.

A Faculdade Internacional de Direito Comparado com sede na Universidade de Estrasburgo organiza todos os anos duas sessões para a iniciação dos estudantes ao direito comparado. Estas sessões, cuja duração é de cinco semanas, realizam-se em março-abril e em agosto-setembro. A sessão de março-abril realiza-se sempre em Estrasburgo, enquanto a sessão de agosto-setembro é geralmente realizada em outras cidades universitárias, na França ou no exterior. O ensino na Faculdade Internacional é dividido em três ciclos. No primeiro ciclo os cursos são dados em francês, inglês e alemão. São recrutados professores e alunos nos diversos países; as aulas magistrais são completadas por seminário e trabalho práticos. Secrétariat de la Faculté: Esplanade, 67000, Strasbourg.

A Faculdade de Direito da Universidade de Paris I (Panthéon-Sorbonne) permite aos estudantes franceses que tenham um bom conhecimento da língua inglesa, que façam seus estudos de direito sucessivamente em Londres (King's College) e na Faculdade de Direito da Universidade de Paris I. Os estudantes aprovados recebem ao término do quarto ano o diploma inglês de LL. B. da Universidade de Londres e o diploma francês de direito, referente a "direitos francês e inglês".

b) *Em outros países*

A Faculdade Internacional de Direito Comparado de Luxemburgo mantém um curso semelhante ao da Faculdade Internacional para o Ensino de Direito Comparado de Estrasburgo. Entretanto, o número de cursos oferecidos aos estudantes é menos variado e estes cursos se realizam unicamente em Luxemburgo. O endereço da secretaria é 13, rue Rost, Louxembourg.

Cursos de iniciação ao direito inglês, com duração de 5 a 6 semanas, são organizados a cada dois anos (anos pares), em julho-agosto, pela Universidade de Cambridge: Board of Extramural Studies, Madingley Hall, Madingley, Cambridge.

Outros cursos de iniciação ao direito inglês são oferecidos todos os anos em julho-agosto pela City of London Polytechnic: Summer School, City of London Polytechnic, 84 Moorgate, London EC2 M6 SQ.

O British Institute of International and Comparative law e o German Academic Exchange Service também oferecem no mês de julho, em Londres, cursos de introdução ao direito inglês, ao direito alemão e ao direito das comunidades europeias: German Academic Exchange Service, 11-15, Arlington Street, London SW I A IRD.

Cursos de introdução ao direito americano, de cerca de um mês de duração, são organizados anualmente, em datas variáveis, pela Salzburg Seminar of American Studies (Schloss Leopoldskrone, Salzburg, Autriche).

Outros cursos de iniciação ao direito dos Estados Unidos são organizados em julho, na Holanda, em colaboração com as Universidades de Leyden, de Amsterdan e da Columbia University (*Summer Program in American Law*: Juridisch Studiecentrum II, Hugo de Grootstraat, 27, Leyden).

A Università degli studi d'Urbino organiza anualmente, em agosto-setembro, cursos de iniciação ao direito italiano com duração de um mês, ministrados em francês.

Algumas universidades estrangeiras (sobretudo da Itália e da Espanha) permitem aos estudantes licenciados em direito, na França, que obtenham em um ano sua licença em direito nacional.

Outras universidades estrangeiras dispõem de um curso de estudos especial para introduzir os estudantes estrangeiros a seu direito nacional. A New York University (Washington Square, New York) organizou um curso desta natureza com duração de um ano. Um curso semelhante, embora mais voltado para os problemas das relações internacionais, foi organizado em Bolonha, na Itália, pela John Hopkins University.

Para outras possibilidades, consultar o *Bulletin d'information des organismes français et associés de droit comparé*, anteriormente mencionado. Consultar também o boletim bimestral *Nouvelles universitaires européenes* (2, rue Mérimée, Paris, XVI), no que diz respeito aos estudos de direito europeu organizados ou patrocinados por diversos centros: Instituto Universitário Europeu, de Florença, Colégio de Europa, em Bruges, Instituto Universitário Europeu, de Turim, Centro de Estudos Europeu, de Nancy, Instituto para o Direito Europeu de Sarrebruck etc.

c) *Bolsas de estudo*

Sob o título *Études à l'étranger et cours de vacances. Bourses et échanges internationaux*, a Organização das Nações Unidas para a educação, a ciência e a cultura (Unesco, place de Fontenay, Paris VII$^{e}$) tem uma publicação que indica todas as bolsas disponíveis para os estudantes que pretendem estudar no exterior. Vol. XIX: 1972-73 E 1973-74 (1969). Esta publicação é completada pela *Échanges universitaires* (2ª ed., 1967). *Cours de Vacances* (vol. XX, 1971).

Consultar igualmente os *Bulletins d'information*, mencionados anteriormente.

**5ª edição** 2014 | **1ª reimpressão** junho de 2022 | **Diagramação** Studio 3
**Fonte** Times New Roman PS | **Papel** Offset 63 g/m²
**Impressão e acabamento** EGB